# 大国
## DA GUO DUN GOU MENG
# 盾构梦

李遨 著

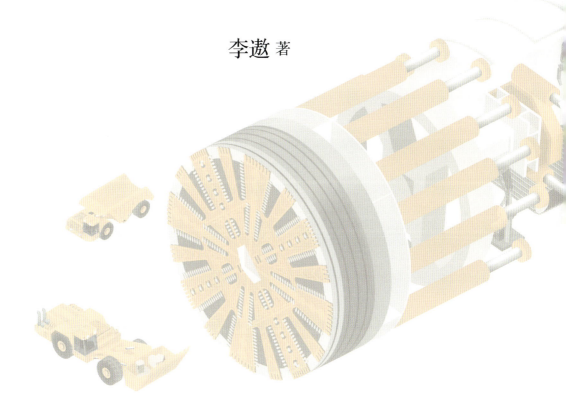

甘肃文化出版社

**图书在版编目（ＣＩＰ）数据**

大国盾构梦 / 李遨著 . -- 兰州：甘肃文化出版社，2023.8

ISBN 978-7-5490-2524-4

Ⅰ.①大… Ⅱ.①李… Ⅲ.①长篇小说—中国—当代 Ⅳ.① I247.5

中国国家版本馆 CIP 数据核字（2023）第 080656 号

# 大国盾构梦

李　遨 ｜ 著

责任编辑 ｜ 张莎莎

封面设计 ｜ 今亮后声・小九　白今

出版发行 ｜ 甘肃文化出版社

网　　址 ｜ http://www.gswenhua.cn

投稿邮箱 ｜ gswenhuapress@163.com

地　　址 ｜ 甘肃省兰州市城关区曹家巷 1 号 ｜ 730030（邮编）

营销中心 ｜ 贾　莉　　王　俊

电　　话 ｜ 0931-2131306

印　　刷 ｜ 兰州新华印刷厂

开　　本 ｜ 787 毫米 ×1092 毫米　1/16

字　　数 ｜ 450 千

印　　张 ｜ 28.5

版　　次 ｜ 2023 年 8 月第 1 版

印　　次 ｜ 2023 年 8 月第 1 次

书　　号 ｜ ISBN 978-7-5490-2524-4

定　　价 ｜ 88.00 元

# 目　录

01　请求您开除我!　……………………………001

02　大漠孤烟　……………………………………005

03　换岗　…………………………………………009

04　小白鸽　………………………………………013

05　牺牲就在眼前　………………………………018

06　矽肺病　………………………………………023

07　新兵与小白鸽　………………………………027

08　诈出来的真相　………………………………032

09　安全会议　……………………………………036

10　塌方　…………………………………………040

11　盾构法　………………………………………045

12　叛逆　…………………………………………050

13　老顽童　………………………………………055

14　大玩具　………………………………………060

15　权力交接　……………………………………063

16　成长的烦恼　…………………………………067

17　"那就别回来找我"　………………………071

18　故事　…………………………………………076

19　偶遇　…………………………………………081

20　姐弟　…………………………………………085

21　风灾 ……………………………………………………090

22　处分 ……………………………………………………095

23　言传身教 ………………………………………………100

24　经验汇编 ………………………………………………105

25　不一样的革命友谊 ……………………………………109

26　文工团下基层啦 ………………………………………114

27　又是白莎燕 ……………………………………………119

28　小谭教员 ………………………………………………124

29　求婚 ……………………………………………………129

30　父子心结 ………………………………………………134

31　遇险 ……………………………………………………139

32　救援 ……………………………………………………143

33　白月光 …………………………………………………148

34　老妈的心结 ……………………………………………153

35　吃华铁的醋? …………………………………………158

36　工地乱象 ………………………………………………162

37　汪小子的阴影 …………………………………………166

38　玩不转工地? …………………………………………170

39　我"胡汉三"又回来了 ………………………………174

40　爬山的约定 ……………………………………………177

41　不幸的婚姻 ……………………………………………181

42　艰难攻关的开始 ………………………………………185

43　造不如买,买不如租? ………………………………190

44　硬汉也偷师 ……………………………………………195

45　咱们工人有力量 ………………………………………200

46　小蝴蝶的翅膀 …………………………………………204

47　自己来换刀 ……………………………………………208

48　比德国人快! …………………………………………212

49　小天才 …………………………………………………216

50  盾构梦 ……………………………………… 221

51  历史性会议 ………………………………… 225

52  不平等条约 ………………………………… 228

53  知耻而后勇 ………………………………… 232

54  浮生乱 ……………………………………… 236

55  记忆碎片 …………………………………… 241

56  去特区 ……………………………………… 245

57  钱箱子 ……………………………………… 250

58  那场大火 …………………………………… 254

59  高薇的抉择 ………………………………… 259

60  谁说了算? ………………………………… 264

61  爷爷来啦 …………………………………… 269

62  我回来啦 …………………………………… 273

63  启航 ………………………………………… 277

64  飞赴大西北 ………………………………… 282

65  佝偻的身影 ………………………………… 286

66  尘封网事, 一网打尽 ……………………… 291

67  一代人的使命 ……………………………… 297

68  自信的鲍尔 ………………………………… 301

69  最高价与最低价 …………………………… 304

70  答疑 ………………………………………… 309

71  互联网传媒 ………………………………… 314

72  中标 ………………………………………… 318

73  交大风波 …………………………………… 322

74  要分手? …………………………………… 327

75  姑且夸耀的容颜 …………………………… 333

76  突泥涌水 …………………………………… 338

77  我有 ………………………………………… 342

78  两亿六千万 ………………………………… 346

79　左右为难 ……………………………………351

80　迷妹声援团 ……………………………………355

81　实习生 ……………………………………359

82　答案 ……………………………………364

83　奔跑吧！兄弟！ ……………………………………368

84　不降价 ……………………………………373

85　好大一股子醋味儿 ……………………………………377

86　主场偏分 ……………………………………382

87　帮忙 ……………………………………387

88　准婆媳的交锋 ……………………………………390

89　回来吧！ ……………………………………395

90　请给我时间 ……………………………………398

91　"4·4事件"调查组 ……………………………………403

92　汪承宇的反击 ……………………………………407

93　搬起石头砸自己的脚 ……………………………………411

94　道歉 ……………………………………416

95　违规工程 ……………………………………420

96　非法闯入 ……………………………………424

97　伤逝 ……………………………………429

98　默哀 ……………………………………434

99　国之重器 ……………………………………438

100　在一起 ……………………………………443

101　走向世界 ……………………………………447

# 01 请求您开除我!

2010 年，华铁隧道集团国家盾构及掘进技术实验室由科技部批准建设，"863" 计划进入关键时刻，拉开了中国盾构产业化的序幕。

然而，此时的实验室职工宿舍大院里，门卫大爷、跳舞的大姐、打篮球的小伙子，他们的目光全集中在一位矮小壮硕的老工程师身上。

八卦之心人皆有之，不管是跳广场舞的大姐，还是打篮球的小伙子。

"老严咋又回来啦?" 方才还跳得起劲儿的郑大姐摘下耳机，自言自语地发问。

"谁知道呢?" 陆大姐也是一脸迷惑。

"又被老婆赶出家门了。" 谭雅细眉一挑笃定地说。到底是教授级高工，谭雅就是有见识，她也是五十多岁的人了，看起来仿佛刚四十的样貌，连她在实验室里带的学生私下里都称呼她为姐姐。老一代人皆知谭高工的情史，可即使长舌妇也不敢背后议论，唯有看过她冻龄般的样貌时暗暗嫉妒，献给事业的女人果然看起来更年轻。

的确，老严的提包有点大，还背着内务绳捆好的老军被和脸盆，说他是想重走老红军的长征路都有人信。

"这是又做好长期战斗的准备啦?" 郑大姐看热闹不嫌事儿大。

"算起来一年里这是第四回了吧。" 平均每季度一次，陆大姐居然把次数也记下了。

"863" 计划已经进入攻坚阶段，实验室的成立就是为了这个，不过这不是严开明卷铺盖住进宿舍的理由，尽管他那间宿舍常年留着，随时等他回来。

严格意义上说他们已经步入中年，实验室里人员年龄普遍偏大，四十几岁还被称为年轻有为呢，他们这群人可不被称为小伙子嘛! 这些人都是 "985 工程" 大学毕业或海外知名大学的毕业生，堪称青年才俊。

"砰砰砰"的拍球声又慢慢响起，不过篮球场上并没有继续刚才那番酣畅淋漓的对抗。

按道理青年理工男对老年理工男不应该有兴趣呀，可汪承宇偏偏对一脸倔强的严高工产生了兴趣。

"你们说男人被女人赶出家门是不是很丢人？"汪承宇喃喃问道。

"那还用说？"张启源根本没理会话里的意思，大喇叭嘴张口就来，"除了被绿，恐怕就这种事最难以启齿了。"

"那我现在要是上前问他'你是不是被老婆赶出来了'会怎么样？"

"那还用说，严工肯定告你的状。"

"告状会怎样？"

"会被开除！"张启源还没来得及回答，一旁的耿家辉撇着嘴说。

汪承宇夸张地白了耿家辉一眼，很不屑地说道："大人说话小孩儿少插嘴。"

耿家辉被噎得火冒三丈，职工宿舍院里住的不是单身就是有特殊情况的人，哪儿来的小孩儿？耿家辉很恼汪承宇的态度，两人是同一所大学的同学，学习成绩都很优秀，按理说做不成朋友也不该不对付，可是偏偏两人就像火石一样，只要一擦上就会着火。

耿家辉看不惯汪承宇的轻佻，汪承宇讨厌耿家辉老气横秋的模样，偏巧两人都是不服输的，见面不揶揄两句似乎就少了点儿什么。

"我要是没被开除你怎么办？"汪承宇右眉高挑，嘴角仿佛都露着傲人的笑。

"我就爬到窗户上大喊三声我是傻×！"

沉不住气的果然容易被激怒。

"好！少喊一声数量乘三。"汪承宇说着，把手中的篮球一丢，抬起步子奔着严高工跑去。

"小汪这两条大长腿真直啊！"郑大姐的兴趣很快从老严这里转移到小汪身上。

"可不是嘛，虽然是学理工的，可人家运动样样精通，去年还参加'勇攀高峰'活动，拿了全国第三名呢。"陆大姐附和着。

"快三十了吧，咋还不找对象呢？谁家姑娘要是嫁给他还不幸福死？"郑大姐边说边摆手，"你说是吧，阿雅，阿雅？阿……"

谭雅面带微笑地塞上耳机，悠悠然绕着跑道慢跑去了，丢给两位大姐一个让人羡慕的曼妙背影。

"严工！"汪承宇跑跑跳跳的几个呼吸间就蹦跶到老严身边，伸手把老军裤摘下，露出一脸坏笑，说，"您老腰不好，我来帮您背。"

严开明一愣，这个年轻人他认识，汪老的亲孙子嘛，虽说人活泛了点儿，不太听话一点儿，喜欢挑刺了一点儿……

汪老是什么人？铁道兵时代的功勋人物，当年从东北开赴西南，大军走到哪儿，铁路修到哪儿，汪老跟到哪儿，就冲这手技术，当年搞运动的时候有人想整他，硬是被司令员给保下来了，你说汪老的面子大不大？

不过，汪承宇这小子除了调皮些，学习是真好，985 工程大学毕业，虽然家里不缺钱，但是年年拿奖学金。不能说他学习不刻苦，不过比起真刻苦的太随意了一点儿。

帮自己背内务？

老严的神经有点儿紧，虽然他也是老铁道兵，但是绝对不能和汪老比，人家名满天下的时候，自己还是个用小推车运残土的"除渣工"呢。

"这些人啊，嘴上说尊老爱幼，您这么多行李也不说上来帮帮您，都是玩嘴的料啊，还是我实诚，对吧。"汪承宇一笑，露出洁白的八颗牙。

越是人畜无害，老严越是紧张，手上一抖，行李箱也被提走了，小汪步伐快，三步并做两步已经跑到宿舍门前了，他好像突然想起了什么，把行李箱往地上一放，顺势拉开。

"你干什么？"老严是真急了，赶忙跑两步，已然来不及了。

洁白的内裤仿若旗帜般被小汪攥在手里招摇飞舞，大姑娘小媳妇儿们纷纷捂住绯红的脸。

奇怪，一条内裤而已，满市场挂着的，不至于脸红啊，捂脸干什么？

就在宿舍的所有女性作鸟兽散的时候，老严一把扑了上去欲夺回羞耻的象征，可惜个子和小汪差得太远，蹦了几下也没够到高高扬起宛如白旗的内裤，更难堪的还在后面。

"老严又被媳妇儿赶出来喽！老严又被媳妇儿赶出来喽！"

耻辱啊！

老严这一辈子何尝受过此等耻辱，这小兔崽子真是给脸不要脸啊，若不是自己腰上有伤，真想狠狠上去揍他一顿。

张启源吓傻了，耿家辉更是脑子"嗡"地一下，这家伙疯了吗？这可是盾构技术国家重点实验室，他居然……居然做出这种出格的事儿？

疯了！

一定是疯了！

耿家辉笃定，怪不得从前的竞争中自己一直落下风，原来对手不是个正常人，只不过对手隐藏得太深了，多年以后才显露出真容。

"叭！"

张启源对着耿家辉的后脑勺拍了一下，急吼吼地对他喊："还愣着干什么，快上去拉啊！"

在张启源的带领下，打篮球的小伙子们一拥而上，将嘚瑟得没有边际的汪承宇一举拿下，为了显示与这个疯子的不同，所有人争先恐后地扑上去把他压倒在身下，结果一个接着一个地表功，纷纷扑了上去。

张启源的嘴惊讶得合不拢，生怕这座"肉山"把汪承宇给压死！

"胡闹！"

一声中气十足的怒吼震慑了整栋宿舍，这下不只是大姑娘，小媳妇儿们心里也抖三抖，连那些平时走路都喜欢扬起头的教授级高工也低下了头。

一身少将军装的季先河气势汹汹地走上前去，亲手拉开肉山上的一个个大活人，被捏过手腕的年轻人直龇牙，却不敢叫出声儿来，心底腹诽着：这老头儿，手劲儿真大。

"汪承宇！你想干什么？"

季先河是有军职的，让他来领导实验工作正是看中了他的威望和在老铁道兵部队中的资历，这一声吼连无关的人也要肝颤，可汪承宇却面色麻木。

只见汪承宇懒洋洋地从地上爬起来，拍了拍身上的灰，颇有些无赖地说："季叔，您就把我开除了吧。"

季先河一副恨铁不成钢的样子，咬牙切齿道："你的成绩够，学历够，这里是最能发挥你才能的地方，别人打破头都想挤进来，你居然做出这么恶劣的事，让你爷爷知道了怎么想？"

"我爷爷和我说过，做自己喜欢做的事就好，是我爸那个老古董，非逼着我学这个，我又不喜欢……"

人比人气死人，不喜欢还学得这么好，要是喜欢还不得上天啊？

"你是不是真以为我不敢开除你？"季先河怒目圆睁。

"那倒不是……"还真以为汪承宇天不怕地不怕，会死硬到底，在季先河的怒视之下还是怂了三秒，三秒钟后，"您肯定敢把我开除，求求您开除了我呗！"

"你……"

一把大手搭在季先河手腕上，严开明低眉顺目地说道："算了，孩子和我开的一个玩笑……"

说着，在所有人的注视下，严开明默默地背起内务包，拾起地上散落的物件塞到行李里，垂着头走进职工宿舍。

"这都没事？"

耿家辉有点后悔自己刚才说出的那句话，眼见雷霆风暴即将到来，却被轻轻揭过，就算这小子门路深，可也太神奇了吧。一定有问题，一定是哪里出了问题。

# 02　大漠孤烟

二十五平方米单人宿舍，有床、办公桌和独立卫浴，条件不算奢华，可也顶得上普通三星级宾馆。

严开明撤换掉宿舍的被子，铺开伴他三十几年的军被。这条被子缝补过不知道多少遍，单是被面整体更换就换过五次，老棉花更是弹了续，续了弹，可不论走到哪里都会背着它，仿佛是老友一样，一摸到它就会有说不出的亲切感。

看着这位"老友"，严开明有些出神，他这次回来是下了决心的，不克服关键技术问题绝不收兵。

实验室多好的条件呀，在这里工作过被人叫一声科学家也不为过。大盾构研发，是一代隧道工程人的梦，能参与其中是多么光荣啊。可惜现在的年轻人心太野了，哪里似他们当年，只要祖国有需要，他们的身影就会出现在最需要的地方。

好怀念那些战友们啊，他们有些人的年龄就定格在照片里那张稚嫩的脸上了。生活不易，对有些人而言连生命也是为之不易的，就像当年的战友们连遗书都来不及写，斯人逝矣，活着的人却要替他们完成那个青春热血年代留下的使命。

严开明的眼睛模糊了，他仿佛看到一支队伍正唱着高亢的歌儿向他走来，他张开双臂迎上去。仿佛回到了年轻时代的他，奔向那支满是激情的队伍里，同战友们一起，战天斗地……

"背上行装扛起枪，雄壮的队伍浩浩荡荡……我们要到祖国最需要的地方……铁道兵战士志在四方……"

广袤的西北大地，荒凉的戈壁滩又迎来了一年最大的风季，风沙格外猛烈。

一支四千人的队伍埋起头蚁作前行，砂石啪啪地打在脸上，抽得人一阵阵作痛，脚步声混在风里时隐时现，这还只是中级风，再大的话，多坚强的铁军也得停下来找避风港了。

年轻的严开明有着一张俊朗的脸，一看就是电影里那些很正派的形象，刚从新兵连下来的他，一来就上了个大工程，整师人都得上前线、打硬仗。

铁道兵最大的硬仗是什么？

穿隧道！

英雄铁道兵怕过谁？

东北哈长、华北津浦、西北陇海、西南湘桂哪里没有他们的身影，解放战争时期便已功名赫赫，抗美援朝顶的可是美国人的飞机，这次与兄弟部队会战南疆，打通万年雪山，临出发前早已立了军令状，没有铁道兵啃不下的硬骨头。

小严个子不高，但是身体壮实得像只老虎。早听说铁道兵苦，他不怕苦，可他不知道是这种苦，一连吹了几天风沙，当初的雄心壮志差点飞到爪哇国了。

"呸！"

唾了一口沙子，一脚踩到软沙面上，一个趔趄，沉重的背包绳一滑，绑在内务上的搪瓷脸盆连带藤盔像纸片一样飞到空中。

这简直违反了地心引力定律，小严刚一张口一捧沙子结结实实灌进嘴里。

眼见内务也要吹飞，真叫人欲哭无泪，还没上战场呢，就要丢盔卸甲了。

一双大手吃力地抓住小严的内务，大风里即使粗得像胡萝卜一样的手指也刚好抓住飞扬的内务。

风太大，感激的话就不要多说了，小严热切地看着老连长，真心感谢这一抓，不然小严的第一战就太糗了。

铁道兵的故事堪比一千零一夜，而老连长是最神秘的。

严开明还在新兵连的时候，新兵班长谈及老连长时就是一脸崇拜之情。还是过年的时候，老连长特意跨越几百公里路来看望这些新兵。

第一次见到老连长的时候，严开明正在扫地，不经意间一抬头发现门帘被挑开，一个长得像邻居大叔的可亲中年人出现在他面前，看出严开明有些紧张，大叔憨厚地拍了拍严开明的肩膀，和蔼地问道。

"来部队还习惯吗?"

尽管不知道该怎么称呼，不过来部队已有月余的严开明也知道这是一位干部，扫帚和撮子还紧紧拿在手里直愣愣地打了个立正。

"报告首长，部队吃得好住得好，习惯得很呐。"

老连长很满意这个兵的应答，再一次用大手重重地拍在严开明的肩头，差点给他拍了一个趔趄。

"不要叫首长，你是九连的兵，我是你的连长!"

"是! 连长!"

这个时候班长带着帮厨的兵回来了，一见到老连长惊喜得连忙敬了个军礼，然后亲热地凑上前去问候。

任谁都看得出，这种亲热不是假装的，在九连，老连长就是他们的主心骨。

老连长姓张，据说十年前他就是营长了。

……

"你的搪瓷盆和藤盔。"通信兵徐复文捡到了严开明被风吹跑的行李，远远地跑来。

严开明重新捆好内务，在老兵徐复文的帮助下，这一次捆得更结实。

"这里的风真大呀。"严开明感慨着。

徐复文一脸不屑地看着他说："这还叫大？先头部队探路的时候一个连队十二顶帐篷一下子全被大风吹走了，那才叫大风。"

"帐篷都能被吹走？"严开明试图从徐复文的眼里找到开玩笑的痕迹，然而没有。

铁道兵扎帐篷和普通百姓不一样，常年奋战在恶劣环境的铁道兵官兵甚至能在九十度悬崖上安营扎寨，平地里扎的帐篷自然结实无比，这样的帐篷也能被风吹跑？那还是风吗？

徐复文是老兵，但是年龄很小，严开明十九岁，而徐复文刚满十七岁，不过那是他填表的年龄，他实际才十四岁，就是因为那张小得过分的脸，老连长才把他带在身边护着。

即便如此，老兵就是老兵，在部队里等级不是按年龄排的，如果在战争年代，早一天也得叫老兵，这是不争的事实。

老兵说的话也不容置疑。

"谢谢徐老兵。"收拾好东西严开明脚下加劲，刚才已经被落下了，现在要加紧赶上队伍。

光荣的铁道兵历史上，大军打到哪里，铁路就修到哪里。如今虽然不是战争年代，可是行军速度怎么可能因为一个战士而耽搁，而严开明又怎么能丢铁道兵的脸呢？

1974年，南疆铁路东段开工，该段线要面对的万年雪山，铁五师、铁六师等多个兄弟部队会战在近一千五百公里的战线上。

凿穿万年雪山，开前人未有之壮举，逢山凿路，遇水搭桥，只有铁道兵才敢面对这样的险阻。

严开明很幸运，他的军旅生涯赶上这么一场壮举，可这种幸运不知道要付出多少艰苦才能看到胜利的曙光。

初到军营的严开明还不知道，眼前的风不过是牛刀小试，后面要经历的是让他一辈子无法释怀的痛。

"徐老兵。"

"什么？"

顶着风沙，严开明还是忍不住挂在心中很久的疑问。

"老连长十年前就是营长了，可为什么现在还是连长？"

徐复文瞪了他一眼，一张稚嫩的脸上努力保持住老兵的威严，厉声呵斥道："保密守则怎么学的？不该问的不问！"

"是！"

部队有纪律，尤其是对他们这些新兵蛋子，他们还没学会如何迂回规则。

老兵们不仅脚程快，施工经验也足。新兵队列抵达目的地的时候，已经看到成排带烟囱的土坯房，房子建在荒山脚下，一道清澈又湍急的小河流经房舍，目光越过河边的一簇簇红柳，那一边是荒无人烟的戈壁滩。

烟囱正在冒烟，一派"大漠孤烟直"的景象，古有都护铁骑入胡塞，今有铁道官兵战天山。

有炊烟就意味着有饭吃，从沙依巴克小站下车，这些兵硬是在戈壁中走了两天，终于有个地方能吃上一口热饭了，还有什么比这更幸福的事呢？

大漠孤烟？哪有炊事班的饭菜更吸引人。

老兵们不仅修了房舍，还铺设了一条弯弯曲曲的便道直抵荒山脚下。铁道兵南征北战的历史上不知道修建了多少条这样的便道，这次也不例外，便道的终点是国兴3号隧道，真正的会战就在这里。

眼前的山真大啊，终年积雪，绵延不绝，仿佛雄鹰也难飞越，要凿穿这样一座大山不知道要流多少血汗，然而没有铁道兵解决不了的困难，当年美国空军怎么样？还不是在铁道兵面前叹服了？在这支最能吃苦、最能战斗、最不怕死的部队面前，就没有征服不了的大山。

想到来时的誓师誓词，严开明的精神为之一振，男儿生来就该战天斗地，参加铁道兵才不枉一生。


# 03　换岗


这里是南疆铁路最难啃的施工段。

九连是团里最顽强的硬骨头连，哪里有难关，哪里有九连。

开隧道的方法，严开明已经在新兵连学习过了，但是真实看到施工现场的时候，还是被这万年绝壁震慑到了。

工程才刚刚开工，头炮早已打过，老兵们才不会为了等新兵蛋子而耽误工期。掌子面的位置还很浅，阳光还能照射进去，即便如此工地现场依旧灰烟弥漫，铁道兵官兵们就靠着一根根纤细的风枪来对抗这看似牢不可破的石壁。大山却根本看不到头，没有大型机械，全靠人工，尽管使用矿山法打眼放炮挖隧道，对九连来说这套流程已经轻车熟路，但是当这样一座大山放在眼前的时候，严开明这才领悟到什么是铁道兵精神。

愚公算什么？他才移了几座山？铁道兵战天斗地，移过的山不知道有多少。

"喂，新兵蛋子发什么呆？快把新钻头递过来。"

刘高卓为了说这句话不得不把风枪停了一下，这令他十分不满，上前线第一天就发呆，这是来帮忙的，还是拖后腿的？

要知道刘副班长可是有三等功在身的，要不是为了南疆铁路工程他已经够提干的标准了，可是提干就要有两个月的集训，工程不等人，他毅然放弃提干的机会提起风枪奔赴前线。

不出所料，又是一座大山。

被训斥的严开明连忙道歉，手上一用力，将一根长长的钻头递了上去。

尽管在严开明看来动作已经很标准了，但是刘高卓依旧不满意，一边换钻头一边嘟囔着说："上级总说要给我们补充力量，结果每次补充来的都是你们这些新兵蛋子，忙帮不上多少，拖后腿倒是一把好手。"

严开明被训得脸色涨红，他不服气地大声喊道："报告！"

刘高卓被喊愣了，怔怔地回望他。

"给我风枪，我也能冲锋！"

刘高卓戏谑地看着他笑了，仿佛在看痴人说梦一样。

"给我风枪！"

刘高卓怒了，他不想再因为不懂事的新兵耽误工作量，训斥道："去找你的班长报到，这里不用你！"

严开明彻底被厌恶了……

有再多的争执不会在掌子面解决，这里好比战场的前线，不是耍脾气的地方，很快有另一位高个子副手顶替了严开明的位置。

"我干什么去？"严开明怔怔地问班长。

班长指了指外面的小推手，不带任何表情地说："除渣。"

"轰——"

一声巨响过后，掌子面被炸得稀碎，浓烟还未散去，只听老连长一声哨响，随后九连的官兵爆发出潮水般的呐喊。

"冲啊——"

仿佛在战场上发起冲锋，除渣队推着一辆辆小车排成纵队冲向渣石堆。

加入了除渣大军，只需要把炸下来的渣土运下来即可，难度比当风枪副手低，但似乎也没什么技术含量。

在九连，拿风枪的好比重机枪手，副手则是预备机枪手，机枪在步兵连是第一的位子，风枪手的地位自然是首屈一指，从第二降到最没技术含量的除渣工，严开明尽管热情不减，内心的失落可想而知。

"嘿嘿……"

吃饭的时候，一位老兵蹲在路边的大石块儿上对着严开明笑，四目相对之时，老兵咧嘴说道："新兵蛋子，被老刘训啦？"

严开明心情不好，支吾着应答了。

"嘿，他就那脾气，除渣没什么不好的，至少小命儿进了保险箱。"老兵说。

"保险箱？"严开明仅仅迟疑了一秒钟便马上明白老兵话里的意思。

铁道兵是和平时期最危险的兵种，哪里修铁路哪里就有牺牲，最为惨烈的成昆铁路是用烈士的鲜血铺就的，平均每一公里铁路就有一名烈士长眠。

风枪手好比尖刀兵，平时受尊敬，战时是要牺牲的，而除渣工好比尖刀兵炸了碉堡之后看见信号就喊"冲啊"的跟屁虫。

这么形容似乎不太恰当，可严开明也找不到更好的形容词了，老兵的话可能是好意，却深深地刺痛了他的心，他也想当先锋。

"班长，让我回去当副手吧。"

吃过饭，严开明主动向班长申请。

老班长姓丰，从加入铁道兵开始，就把部队当家了，一辈子没想过离开部队。每到退伍季他也不走，就这么留着、留着，一晃服役十几年了。

丰班长看惯了世态，他不会像年轻的小战士那样好冲动，慢慢舒展了一下脸上的皱纹，目光掠向满腹怨气的刘高卓。

"不行！"刘高卓如工作时一样，一口回绝了。

"领袖说过，对于犯了错误的同志，帮助他们改正错误，允许他们继续革命。"严开明很聪明，伟人语录他能大段大段地背诵，这在文化水平偏低的部队里是件很值得骄傲的事。

这一招在刘高卓面前失效了。

"领袖也说过，南疆铁路必须通车，当年打成昆线的时候领袖睡不着，如今打南疆线领袖就睡得着啦？"

严开明语塞，他总不能为了当风枪副手去贬低别的同志吧。

还没来得及说什么，老班长一双长满厚茧的大手拍在他后背上，依旧看不出喜怒哀乐地说："除渣一样光荣。"

老班长不怎么管事，班里刘高卓说了算。

在严开明眼里，刘高卓就像一位暴君，拒绝给他改正错误的机会。不仅如此，还让他失去了上前线的资格。

胡杨沟呈一个巨大的葫芦形，葫芦嘴儿就是那个把一个连队的帐篷都刮飞的风口，那里至今还屹立着唐朝时筑起的烽火台；葫芦的底部便是国兴三号隧道口，唐人没能穿过的山，铁道兵要把它打穿。

铁道兵的入驻把这里的戈壁压成了一条条平坦的道路，如果能从空中俯瞰，则能清楚地见到一辆辆解放卡车汇成车流，来来回回穿梭在这片葫芦形的沟槽中。

铁道兵个个是铁人，可铁人也离不开衣食住行。

泥坯房边的小河源于天山冰川，顺山川流下时并不怎么显得湍急，可要是被表面现象给迷惑了，那是一定要吃大亏的。

刘高卓嫌弃严开明笨手笨脚，趁着正午还算暖和，打发他替全班战士洗衣服去了。若是在江南水乡蹲在河道旁洗衣服是件很惬意的事，但是，胡杨沟冰冷刺骨的河水可以在四五分钟内把人冻僵，如果掉进去分分钟就会失去知觉。

严开明打了一盆水，这里打水特别有讲究，不能逆着水流舀水，看似平静的河水因为落差巨大，在水下形成湍急的暗流，一不小心便会着道儿，一旦被冲入水中必是险象环生。

这些注意事项，老兵们已经讲解过多次，严开明熟记在心，洗衣服也是在盆里洗。

铁道兵的衣服有什么好洗的，胰子都不用打，泡进大盆里使劲搅，一件衣服能捞出半盆沙，把沉淀出来的沙再倒回河中一件衣服就算洗完了。就算这些衣服被洗得再干净，大家进隧道不到一分钟又成了泥猴儿。

水是真凉啊，泛着冰碴儿的河水把手指节泡得通红，这还是正午，换做晚上非把指节冻硬不可。

严开明一连洗了几件衣服，手指冻得有些受不住了，他停下来甩干了水，掌心合十搓了几下，忽然听见一阵如百灵鸟般的清脆声音。

听到这种声音，年轻的严开明不禁心猿意马，这里怎么会有女人？

他不禁抬起头看了一眼河对面，两个内里穿着军装，披着白大褂的女兵欢喜着牵手来到河边，她们的皮肤相对还很白皙，一看便是来南疆没多久。

她们这是去水边玩？

严开明抬头看了一眼，不看还好，这一眼看过去吓得他失声惊叫。

"不好！"

然而与此同时，一位女兵已经把水桶逆着河水的流向伸进水中……

# 04　小白鸽

"啊——"

河流的水虽浅，但湍而急，水桶逆着流向一下子把力量柔弱的女兵带进河里，一声尖叫后，还没来得及发出求救的声音，人已经落入水中，白衣圆圆团团地裹住瘦弱的女兵顺流而下。

糟啦，有人落水！

严开明一激灵，丢下洗衣盆顺着流向往下游跑去，边跑还边脱掉身上的棉袄，他顾不得水冷，一个箭步跳进河中。

小河浅而急，湍流之处，激流冲向大石，站不稳的人一不小心会被这两股力量挤压，加上寒冷，落水的人极度危险。

严开明的脑海里只有"救人"两个字，哪还顾得上眼前的危险，他使出吃奶的劲儿，连走带划地扑向落水者。

眼看已经抓住了，结果激流一冲又脱手了，当他再次迈步向前扑时突然觉得胸口一闷，险些没喘过气来。

初入水时还不觉得什么，一连几个大动作，竟然气血不支，好容易喘过这口气，人已经飘远了。

年轻的战士不乏热血，可这点热血在大自然面前实在算不得什么，他眼见着落水女兵顺流而下，眼睁睁地竟然做不了什么。

岸边，一道白影向他挥手，口中还不停地喊着什么。此时河水已漫及胸口，耳畔全是哗哗的水声，目视尚且不清楚，更不用说听到别的声音了，不过即便如此，严开明本能地觉得女兵是让他快上岸，别把自己搭里面。

咦？那是？

落水的一团白影不动了。

那是岸边半缘冰形成的一道凹槽，女兵正卡在里面停住了。

好机会！

激流一刻不停地冲刷着，落水女兵卡在那里摇摇欲坠，仿佛随时会被冲走。

如果要救人，这是最后的机会了，严开明提起精神，一鼓作气奔向女兵。

抓住了。

他松了一口气，然而当他看清女兵的脸时竟然吓了一跳，原来嘴唇发紫真的不是夸张的说法。

紫着嘴唇的女兵已经昏过去了，河水湍急，稳住身子尚且要使出全力，哪来得及探鼻息？他抱住女兵试图把她推上岸，然而半缘冰很滑，也有随时塌陷的迹象，第二次努力时，严开明自己险些被河水冲走。

"体力透支！"一个可怕的念头在严开明脑子里盘旋。

这种情况下，如果没有外力，等来的结果就是他和女兵双双殒命。

岸上的白影向他冲来。

"别过来!"严开明大喊。

如果她踩到那些半缘冰会一起跌入水中,除了搭上一条人命毫无益处。

河水越来越凉,冰冷刺骨,严开明的身体不由自主地开始哆嗦,此时如果他放手的话或许还有生还的可能,但是那将放弃一条人命。

模糊的视线中,岸上的白影也很焦急,她在试图找到一切可能延长手臂的东西,然而除了结实的红柳,似乎只有把衣服拧成绳子……

白影犹豫了一下,脱掉白大褂,又脱掉自己的军装,两件衣服绞结实甩出去。可惜,她已经坐在岸边了,还是差那么一大截。

看着嘴唇已经白得发紫的严开明和昏迷的战友,她已经顾不得什么了,解开腰带连同军裤也一同奉献了。

衣服绞在一起拧成的绳子很结实。

严开明一手抓住绳子,一手挟住落水女兵,而岸上的女兵则使出吃奶的劲儿,手脚并用,坚实的戈壁滩上都被踩出了大小不等的坑。

绳子一点点向岸上移动,严开明试图活动冰凉的脚趾攀缘在湿滑的冰面上,试图寻找着力点。

女兵的身上裹着棉衣,全力以赴的她几乎不能发声,连多呼吸一口新鲜空气都是奢侈的。然而,不能放弃啊,两个人的生命就系在一根绳子上……

"哇……"

滚到岸上的严开明终于松了一口气,虽然浑身还抖得厉害,但是这辈子似乎从来没这么放松过。

死里逃生啊。

女兵浑身脱力,还未顾得上探望昏迷的战友,整个人已经瘫在河岸边,汗水顺着额头滴答滴答地落下来。要知道在温差极大的胡杨沟,冬季正午最高温度才3摄氏度,夜晚则下降到零下二十八摄氏度,营房里有地火龙可以抗寒,此时刚刚从冰水里出来的严开明可受不住。

女兵这才想起了什么,顾不得发软的身体,连忙四处找柴草。

葫芦沟里可是无人区,官兵们都在隧道里,河边可找不到人。此时求援的话,等找到帮手,恐怕落水的两人已经冻死了。

乖乖，这女兵是干什么的？严开明想。

葫芦沟里什么都缺，就是不缺枯干的柴木，很快一大堆柴堆好，女兵竟然有一面放大镜，她聚着太阳光引燃柴火。

太聪明了。

严开明跳下水的时候脱了棉袄，情急之下棉裤却没有脱，此时湿冷地裹着的两条腿没了知觉。

火堆燃起，热气传过来，身上感觉好多了。

那位女兵没和他说话，走到她的战友身旁，用耳朵在胸前听了一下，兴奋地自语："太好了，还有心跳。"

女兵在试图搬动战友，试了几次没能成功，她望向严开明求助道："你还有没有力气？"

严开明活动了几下，翻身坐起，这才点点头。

"快把她倒背在身上。"

"哦。"

严开明上学的时候学过一些简易的急救方法，从来没实践过，虽然知道对方说的是一种救治落水者的方法，但是不知道管不管用。

刚才使不上劲儿是因为身在冷水中，身体体能下降得厉害，现在缓和了一些，倒背着一个女兵倒也不算什么，比除渣土的小车轻多了。

"跑！跑！"

女兵催促着。

严开明也只好在河岸边来来回回打转转。

"哇哇……"落水的女兵突然吐了好几口水。

"好啦！"女兵兴奋得直拍手。

轻轻地把人放下后，落水者的眼神朦胧，瑟瑟的冷风吹得她身体不停地发抖。

"快把她抱过来烤火。"

不知怎的，又是背，又是抱的，严开明对怀中的女兵没有丝毫异样，而面对仅穿着棉衣的女兵却是一脸羞红不敢直视，潜意识里觉得她很美。

"你是哪个部队的？"女兵问他。

"九连。"

"那个硬骨头英雄连啊。"

"嗯。"严开明的头垂得更低了。

"我脸上有什么吗?"女兵问。

严开明慌乱地摇摇头。

"那你躲我干什么? 你是救人的英雄,又不是敌特分子。"

"没……没……"提起救人,严开明更羞了,差一点儿没上来,人没救成还把自己搭里了,最后还是这位小女兵把两人拉上来的。

小女兵?

严开明这才偷偷地看着女兵的侧脸,一束清秀的发丝垂在脸颊边,虽是素面朝天,但那线条明朗的五官精致异常,加上刚来葫芦沟不久,白皙的皮肤似乎能照出人影般光滑。天呐,这是哪里来的天仙?

"要看就大方看,英雄的铁道兵战士可不会偷偷摸摸的。"

"呃……"严开明面色一窘,慌乱地转过头去。

"喏。"一只洁白如玉的手伸过来。

"这是……"严开明愣住了。

"白莎燕,很高兴认识你。"

握手?

记忆里严开明就没和谁握过手,更不要说和一个这么漂亮的女兵,还是刚刚把自己拉上岸的女兵。

"严开明。"人家已经主动介绍,自己不能再惺惺作态,说得也是呢,自己一个大男人怎么比女兵还羞?

"你是救人的英雄。"手握在一起,白莎燕不吝惜地赞誉。

"不,不……人是我们两个救的,没有你我也差一点……"

"是你的英雄壮举给我争取了时间。"

白莎燕的眼睛真明亮啊,清澈得仿佛一泓清泉盈盈流动,那一波涟漪涌出无法言喻的魅力。

"关于廖雨凡不小心落水这件事我希望你能保密,不然对她的政治影响就太不好了。"

"呃……"廖雨凡？哦，是这位女兵的名字吧。严开明暗想。

"怎么？你不愿意？"白莎燕在他面前眨着大眼睛。

严开明连忙摇头，不假思索地说道："没，我同意。"

此时，他满心都是这位女护士，好像一只小白鸽啊，不知怎的，他找不到比这更好的形容词了。

"谢谢你！"

白莎燕面露微笑。

# 05　牺牲就在眼前

严开明把身上的衣服烤干后才回营地。战友们本来就奋战在一线，班里没有人，营救女护士落水的事也就这样被隐瞒了下来。

当晚，小严还推上土车参与除渣，更没人发觉异常。

严开明是一腔热血来报国的，本就没把儿女情长放心上，部队更是禁止驻地谈恋爱，虽然不知道白莎燕的具体职务，但是他知道她的军装是四个兜，那就是干部，自己一个小兵更不要有什么妄想。

可是……

自从那次邂逅之后，他经常魂不守舍，恰好坐实了副班长刘高卓那句"不专心"的评语。

刘高卓换了一个东北大个子做他的副手，没几天就手把手教他使用风枪，大个子起初也是笨手笨脚的，面对震荡不停的风枪身体不停抖动，把持不住，使挺大力气才打二三十厘米，但因为大个子为人沉稳，看着就像能吃苦的样儿，刘高卓不厌其烦地为他做示范。

刘高卓的三等功是干出来的，看他打风枪的样子就知道为什么会把三等功给他。近170斤重的铁家伙在他手里十分听话，梅花形的钻头轻快灵巧地钻进岩壁，很快打出一个2米深的炮眼，就凭这手技术，硬骨头九连里也找不出几个。

大个子名叫佟铁军，平日为人低调，在新兵里第一个使上风枪也没过多得意，大部分时间他都在钻研打风枪的技术。

矿山法开凿隧道已被铁道兵使用得非常成熟，甚至总结出开隧道要"闯三关"。

第一道就是心态关，铁道兵的苦不参与其中不知道，尤其是从城市来的战士，哪里受得了大山深处的苦。何况眼下还不是一般的大山，那是自古把南疆和北疆分隔万年的大雪山，单靠人力与岩石做斗争不摆正心态是沉不下来的。

第二道是艰险关。施工手段再成熟也避免不了意外的发生，开隧道的危险太多了，塌方、哑炮、地下暗河、污浊的粉尘，还有很多看不见的危险。

第三道就是技能关。当然这个技能与严开明的现状几乎不挨边儿，他每次都是在风枪手撤下来后等待那一声炮响，然后与战友们一同冲进硝烟还未散尽的隧道，用铁锹、洋镐、撬棍把一块块碎石装上除渣车。

"这还是刚开始，等挖深了就换成轨道翻斗，到那个时候你可不能再走神儿了。"班长特意嘱咐严开明，似乎是倾向于刘高卓的评语。

这种特殊待遇倒让严开明无地自容，可是他又总是禁不住暗想，什么人会笨得从除渣车上甩下去？

不干活儿的时候，严开明总是向葫芦口张望，或许是希望还能看见白衣女兵的身影。其实也就是白莎燕的身影，倒不是想做什么，就是想看看，至于为什么，连他自己也说不清楚。

"轰！"

日落前的最后一次爆破，严开明又一次加入除渣大军。

此时的东北大个子已从掌子面下来擦拭心爱的风枪，风枪就是铁道兵的钢枪，战斗的时候人可以歇，枪不能停，一旦停下来就必须清灰除渣做保养，不然第二天就有可能不好使。

最后这一波渣土终于赶在太阳还有最后一丝余辉时清理完毕了。

"今天是最后一天用小车了，隧道深度够用了，明天开始铺轨道，上翻斗车。"

全班休整时，班长适时宜地传达命令。

刘高卓不阴不阳地说："翻斗车可不比小车，某些人注意着点儿，别倒渣土的时候把自己也倒出去。"

全班战士哈哈大笑，除了佟铁军，这个大个子把风枪擦了一遍又一遍，憨笑着问："班长，俺能不能晚上再去打一炮？"

"胡说什么呢？"班长以为佟铁军在开玩笑。

佟铁军勾起胳膊比划着粗大的肱二头肌笑着说："俺有力气。"

"有力气都省着点儿，今晚电影队过来，大家集体看电影。"刘高卓抢过话茬。

"电影队！"

不论新兵和老兵都很兴奋。

胡杨沟里几乎没有娱乐活动，每天除了上工就是睡觉，都是血气方刚的年龄，哪能一点儿娱乐活动也没有呢？能看一场电影，简直比什么都幸福。

"晚上多穿点儿，冷！"丰班长总是在不紧要的关头补充上一两句话。

电影队是乘卡车来的，赶到九连这块阵地的时候天已经完全黑下来了。在卡车灯的照射下，放映员才勉强搭好幕布与放映机，等到开播的时候，放映员的手指已经冻僵了。

胡杨沟里的昼夜温差就是这么大，莫说山外来的放映队，就是沟里的坐地户也受不得夜里的冷。

天呐！居然放铁道游击队，这老电影从小看到大，少说看了不下十几遍了吧，台词都快背下来了。

也多亏是背下台词了，如果放映的是新片子根本听不清演员说的是什么，看露天电影真是冷啊，满场战士们全都在跺脚，重重叠叠交织在一起形成了共鸣，就这样战士们还看得津津有味。

突然，"轰"的一声巨响，打破了短暂的欢愉。

"隧道！"

"是隧道！"

"隧道出事了！"

施工的战士们即使摸着黑，也能找到隧道口的位置。刚才那一声响是放炮的响声，整日打眼放炮的铁道兵对这种声音再熟悉不过，可现在没开工呀！又是哪里来的炮响？

油气灯很快照亮了洞口，爆炸的尘烟还没散尽，所有的施工单位都在洞口集合，清点人员。

老连长敏锐地意识到爆炸只能是人为的。

"各班清点人数，有没有偷偷摸进隧道的？"

"一班到齐！""二班到齐……"

"五班……"丰班长愣住了，平时一成不变的表情，此时瞳孔也在放大。

"佟铁军呢？"刘高卓首先发现了问题，"大个子！大个子人呢？"

五班的战士你看看我，我看看你，始终没有看见佟铁军的影子。

"风枪！快去工具库看风枪！"刘高卓这才意识到，这个大个子可能擅自行动了。

平时隧道口是有人看着的。今日是最后一天清小车渣土，又赶上电影队来了，大家都松懈了。

果不其然，佟铁军擅自动用风枪进入掌子面作业。

"那爆炸？"严开明喃喃自问。

"哑炮！一定是哑炮！"丰班长笃定地说。

天晚了，排查组还没来得及进入隧道，想着明早要铺小轨，夜里大家都在看电影，不会有人进隧道，也就稍稍懈怠了那么一会儿，哪想到这一会儿就出事儿了。

"一定是佟铁军急于争先，未经请示擅自动用风枪，风枪产生的热量引燃了哑炮。"丰班长说。

"那大个子岂不是……"严开明脑子里突然闪过两个字，硬是没说出口。

牺牲……

遭遇塌方，只要运气够好，还有可能活下来，哑炮都是近距离爆炸的，活下来的可能性几乎为零。

当佟铁军的尸首被抬出来的时候已经不成人形，哑炮在头部爆炸，半个头已经没了，躯干更是血肉模糊。

一场爆炸搅扰了整团战士仅有的娱乐活动，九连更是沉浸在一片哀鸿之中。

"是我的错，他是我的副手，本来应该由我带着的。"

当着老连长的面儿，刘高卓首先检讨。

"五班的事都由我承担。"丰班长向前一步，用自己的身体把刘高卓与老连长隔开。

说也奇怪，平时喜欢抢话的刘高卓在认真的老丰班长面前缩了手脚。

看着五班士气不振的样子，老连长的眼睛扫过每一个人。

严开明的大脑一片空白，知道会有伤亡是一回事，亲眼见到死亡又是另一回事，尤其是刚刚还鲜活的一条生命，转瞬间就没了。那种感觉就像被胡杨沟的河水浸泡了一般，冰冷、麻木，不能自已。

"都耷拉着脑袋干什么？"老连长声如洪钟。

所有人还没缓过神，老连长再次提高声音喊道："抬起头来！"

五班战士的身体下意识地挺直立正。

"用眼睛看我！"

目光直视老连长饱经风霜的脸，坚毅、执着。

"佟铁军同志为赶进度放弃休息时间抢工，不幸遭遇未爆炸哑炮身亡，连里决定向上级申报烈士称号。"

是"烈士"！

有战友牺牲，给官兵们带来的影响是负面的，一个"烈士"称号多少能抚慰一下活着的人，也能安慰佟铁军在天之灵。

"开隧道哪有不死人的，都打起精神来！明天继续战斗！"

"是！"

五班的士气被调动起来，谁也不知道老连长身上会承担多少压力。

开隧道必须死人吗？

严开明过不了这个坎，新兵连学的课业中他知道出事故会死人，可他不知道开隧道的过程中出事故是必然的。

谁也不知道下一个牺牲的人会是谁，又会在什么情况下。

# 06　矽肺病

开隧道必须死人。我们什么时候才能不死人？

自从佟铁军出事后，这个念头就始终在严开明的头脑中盘旋。

"像我们开这条隧道还是好的，岩石虽然硬了些，但是少了塌方的危险，只要注意把哑炮清除干净，安全还是有保障的。"

老丰班长不是什么时候都惜字如金的，尤其是在指导新兵实践的时候。

"有些隧道土质较软，就需要支立柱来防塌，小型隧道还好，越是大型的隧道对立柱的要求越高……"

不管怎么说，在老班长的教导下，严开明和他的新兵战友们情绪好了一些，知道佟铁军是擅自行动才引发的事故，反倒更加明白纪律的重要性了。班长和老兵的话一定要听，前人的经验一定要吸取，不然就会用生命做赌注。

也许因为这件事，一连几天，白莎燕的影子都没有再钻进严开明的脑海里。

与此同时，刘高卓的话少了许多，或许他还沉浸在这届最得意的新兵出事的阴影里，不能自拔。

想到刘高卓说的话，又看到了新铺的除渣翻斗车，车下有小窄轨，四方形的车斗容量很大，装满了渣很方便嘛，坐着这东西运渣可比手推快多了。

怎么会把自己甩下去呢？那得笨成什么样子？优哉游哉坐在运渣车上车的严开明想。

"轰——"又一声炮响，除渣的战士们刚要拥上除渣车，老连长将所有人拦下了，他看着烟气笼罩的隧道没作声，半晌才道："烟气散了，可以进了。"

命令一下，小战士们这才生龙活虎地再次冲进隧道。

这样一座大山，不知道要放上几千炮几万炮，枯燥、环境恶劣、死亡的威胁，换做普通人早就无法忍受了，也就是光荣的铁道兵能坚持下去。

丰班长曾经也是风枪手，干了十几年，如今干不动了，这才带领起除渣工，班里突击的任务全部由副班长刘高卓带领。

翻斗车抵近掌子面渣土段，丰班长第一个从车上跳下来，摆摆手命令刹车。

小翻斗车没什么惯性，很顺从地停下了，几十名战士一拥而下，尽管战士们有各自班的归属建制，但是在一起劳动的时候也相当默契，以丰班长为首，当他用撬棍撬开第一块儿大石头的时候，与平时不同。

石头下突然冒起一股烟气，粉尘瞬间弥漫得看不清人与人之间的照影。

"丰班长……咳咳……"

地下经常有不明气体，丰班长大概是触动了哪一股吧，不过只是烟大了一些，没有什么怪味道，也没有燃烧和爆炸的迹象。

这种程度的小问题已经不能称之为问题了。

"搬。"另一位班长果断的下达了命令。

刚搬了两块大石头，严开明就听见丰班长重重的咳嗽声。

"丰班长你没事吧。"严开明连忙凑过去。

丰班长弯着腰咳得厉害，看不清他的脸，由于他一直面朝下捂着嘴。虽然他一只手摆着示意自己没事，但是他的身体却不听使唤一头栽倒在地。

"丰班长！"好多人上前摇晃时，丰班长已经昏迷不醒了。

"烟有毒，快跑！"

不知谁喊了一声，隧道内一片混乱。

直到五班的战士把丰班长抬出隧道，你望望我，我望望你，并不见谁有异样，原来刚才是太紧张了，自己吓自己了。

烟是没有毒的，是丰班长病了。

丰班长是在解放卡车开出十多里地后才醒过来的，他刚一睁眼就剧烈地干咳。

"丰班长，你不要紧吧。"严开明连忙递上毛巾，为他擦拭。

丰班长试图说话，但是咳得越来越厉害，湿毛巾捂住嘴强咳了好一阵，当毛巾从口中拿出来时，殷红的血迹大片大片地洇湿了毛巾。

"班长……"严开明只是被命令护送丰班长去医院，他可没有多少医学常识，不过吐了这么多血，傻子也知道情况不妙。

咯过血后，丰班长似乎好了一些，喘息着说："没事儿，老毛病了。"

医院坐落在葫芦口，葫芦口外是风区，大风可以把汽车刮飞，传说中的风吹石头跑就在这里。

葫芦口里是另一幅光景，在这里风小了许多，但是昼夜二十度的温差足以让很多人在来这里第一天就病倒，医院建在葫芦口倒也方便救治了。

"矽肺病。"

一位披着白大褂的男军医几乎用目力就判断出丰班长的病情。

"大量咯血，病情已经很严重了，很有可能染上了肺结核，入院治疗吧。"军医说着随手写了一个条子递给严开明。

严开明看不懂条子上写的医生体，但是大概也猜得到这是要给丰班长办住院，刚想起身就听到丰班长喊，"不能住院！"

男军医似乎见惯了这样执拗的兵，声色俱厉地质问："你的肺还要不要了？"

"我这病很多年了，铁道兵没几个不得这种病的，没什么大不了的，开点药就行。"

男军医很生气："你的病有可能传染，必须住院治疗，耍倔的话就让你们领导来见我！"

打不垮的铁道兵必须百分百服从命令，丰班长知道，如果把老连长叫来自己说什么也得住院，还要耽误宝贵的工期。

"班长，住吧，我听老人说咳血了容易害命。"

自己的命不是丰班长最关心的，他一向没表情的面孔突然真情流露地说："刘副班脾气不好，但是人不坏，你回去告诉新兵们我住院期间班里全听他的，千万不要和他顶。"

严开明见班长同意住院，点了头应下，同时心里也是暖洋洋的，班长病成这个样子还惦记着自己，回去后一定好好努力工作，不要让班长失望才好。

矽肺病？

这是一种很严重的慢性病，因为工作中经常与粉尘打交道，在铁道兵的官兵中经常发生，轻者盗汗乏力，重者咳痰咯血，像老班长这种严重到昏厥的恐怕是引起并发症了。

严开明回忆着新兵培训的相关知识，如今的铁道兵和 20 世纪 60 年代已经不同了，官兵们开始注意个人保护，打眼放炮要等烟散尽才开始除渣，风枪手要戴呼吸护具，不过就算这样仍然避免不了矽肺病的发生。

铁道兵面临的困难何止是打通崇山峻岭那么简单？

抄好了老班长的病例，严开明把字条揣进军装的口袋里，经过门口时因为低头揣字条没注意，一不小心和一位女同志撞了个满怀。

"呀！"

对方惊叫一声。

严开明羞得头也没抬，连忙说声"对不起"躲闪着往外走去。

"站住！"女同志清脆的一声喊。

严开明下意识地停住了脚步，这声音好熟啊，难道是……

这些天来，紧张的工作让他几乎忘记了那次美丽的邂逅，一声"站住"，又重新唤起了他对白莎燕的回忆。

她戴着军帽，帽后露出两条整齐的短辫，白皙的皮肤泛着微红，一双乌黑靓丽的大眼睛对着他眨呀眨，长长的睫毛翘曲着随之颤动。

这赏心悦目的美令人窒息。

"白医生……"严开明几乎是用蚊子大小的声音说出这几个字的。见到白莎燕他很高兴，可不知道怎么了，表现得竟像要钻地缝一样。

"护士。"白莎燕纠正道，看他脸色不好便问，"你生病了？"

白莎燕可不是他肚子里的蛔虫，怎么会知道此时严开明的心情竟然这么复杂。

严开明慌忙地摇摇头。

"那是……"

"呃……班长、班长……我们班长生病了……"

"你？有口吃的毛病？"

"没……没……"

"真是紧张死了，憋得通红的脸连喘口气都要使出好大的劲儿。真是的，我到底在紧张些什么啊？"严开明心里十分懊恼。

尽管严开明试图放松地和白莎燕说上几句话，但是紧张过度的他根本没听对方在说什么，几乎是落荒而逃。

"就是那个小战士啊。"窗旁，挂着窗棂的廖雨凡远远地望着严开明的背影问道。

"是啊。"白莎燕爽朗地说。

"羞成那个样子，真是他救了我吗？"廖雨凡透着失望的神色。

"铁道兵嘛，见到女兵没有几个不羞的。"

医生也好，护士也好，总归都是铁道兵的人，白莎燕对这种情况司空见惯，手上的白床单一抖，三下五除二，又一张病床铺好了。

# 07　新兵与小白鸽

躺在床上的严开明很懊恼，大个子牺牲了，班长病了，按理说自己应该很难过才是，可为什么一闭眼，眼前闪过的总是白护士那双明亮的大眼睛。

太过分了。

一想到白护士，他又想叫人家小白鸽了。他咒骂着自己，不该有这样的心思，可翻过身白护士的身影还是跃然而出，耳畔甚至能听到她爽朗的笑声……

"徐老兵，你去哪儿啊？"往葫芦口走的道路上，严开明一下子碰到了徐复文。

"给连长开药去。"徐复文说道。

"哦。"严开明眼睑一垂，表情有些失落，不过他还是把手中的包裹递了出去，说道："这是丰班长的衣物，麻烦徐老兵送到医院去。"

"咦？"徐复文很是奇怪地问："指导员不是批准你去了吗？怎么……"

"班里少了两个人，战友们的压力太大了，我得赶紧上工去。"

严开明的语气有些不自然。

佟铁军的烈士称号批下来了，新的风枪手骨干也有了人选，是一名湖北籍战士。本就很失落的他加上丰班长住院，班里对他的冷言冷语多了起来。

刘高卓抢工是一把好手，但是不太擅长团结身边的同志，他这个人爱憎分明，看上的人就爱护得不得了，看不上的连话也懒得多说。

严开明属于想得多的战士，想得多干活儿就分心，干活儿分心速度就慢，刘高卓最看不上干活儿慢的战士。

想替战友分担压力是真的，想去医院看一眼白护士也是真的，好矛盾啊。

不过他还是选择了前者。

"你回来！"

刚转头走了两步，徐复文叫住了他。

看着这个小老兵的眼珠子鬼转，严开明心里直打鼓，他可是老连长的心尖儿，正因为老连长的宠爱，全连人都让着这个小老兵。

严开明也不知道此时他心里打得什么鼓，机械地本着"老兵的话不可违"的基本原则站住了脚。

"跟我去医院。"

"啥？"

"不听老兵的话了吗？"

徐复文果然摆起了架子。

"可隧道那边……"

"又不缺你一个除渣工。"徐复文不由分说，把严开明拉上了拖拉机。

去葫芦口通常有什么坐什么，赶上拖拉机就坐拖拉机，要是有大解放坐那就太好了。

坐上拖拉机的严开明反倒松了一口气，要是真有人问起倒是可以说是徐老兵强拉他去的，不过这样似乎不太好吧。他又想起了白护士那双大眼睛，真亮啊。

"发什么呆呢？"徐复文一脸审视的模样。

"没……没什么……"

"还狡辩，脸上都写着呢。"

严开明并非老实过度，但此时还真把双手遮在脸上了。

"有情况？"

"没有。"

"真的没有？"调皮的徐复文几乎脸贴脸地凑上去，满眼质疑。

"真的没有。"

"那你的脸怎么红了？"徐复文的一双眼睛仿佛把他看穿了一样。

严开明低头不语。

"可别怪我没警告过你，部队战士禁止在驻地谈恋爱。"

"我没有这个意思。"

徐复文把身体靠在拖拉机的翻斗上面带微笑地说："就算你有这个意思也没戏，医院的女兵一个个眼高于顶的。"

"徐老兵对医院很熟悉？"严开明暗暗松了一口气，部队纪律他当然知道，可若是有一丝一毫的机会打听一下白护士的情况，也是好的。

"当然喽。"徐复文不以为意，"你徐老兵是谁？"

"那她们怎么眼高于顶了？"

徐复文满眼质疑地看了严开明一眼，不过很快释然了，他太了解男兵们进了医院都是一副什么德性，严开明也不例外。

"实话告诉你吧，人家要找的一定是干部，而且是那种有前途的干部，像你这种大头兵，还是个新兵，想了也白想。"

严开明仿佛被撞破了心思一样，他岂止是想啊，简直是不能控制地想，好端端的革命友谊，怎么变得那么下流了。

他咒骂着自己。

医院门口从来不缺少各种车辆，尤其是汽车连的兵，一个个趾高气扬的。高志远是他们中气场最强的，入党、提干、开汽车，哪一个都足够他自豪的，沪市来的兵家庭条件都不算差，何况是他这种传统的干部家庭，莫说女兵，就是女干部都愿意与这样年轻有为的干部交往。

"高连长，来找小燕啊。"一见高志远走进医院，总有些自认为很熟的人上前攀谈。

"哦，嗯嗯……"高志远根本没看清是谁在向他打招呼，抓了一把奶糖就继续往里走，他的手提网兜里全是好吃的。

在胡杨沟，吃的东西是最受欢迎的，一年四季难得吃上新鲜蔬菜，更不要说水果了，网兜里那一个个红得发出诱人香气的大苹果真的让人垂涎欲滴。

水果、罐头、糖，这些硬通货一样也不少。沉甸甸的提久了连他这个大男人也觉得手酸，幸亏他是开汽车的，不然单是提过来也是苦差事。

分到糖的护士忙不迭往嘴里塞了一颗，喜滋滋地说："小燕在病房，马上换班出来了。"

"哦。"

在别人面前，高志远一个字也不愿意多说。可在别人眼里，白莎燕就太幸福了。

别的男兵献殷勤充其量也就是一包瓜子，几个苹果什么的，哪像高志远这么阔。他家里殷实着呢，只要张张嘴，市面上有的全能想办法邮过来，要是探亲归来那更是大包小裹，单送出去的礼物就够支援一个护士班了。

"这才半个月，你怎么又来啦？"白莎燕不是客气，她是真的很反感这样搞特殊化。她以为上一次和高志远已经说清楚了两人之间的关系，可是今天才发现，这人就像一块牛皮糖一样粘了上来。

"有吗？我感觉好久了。"高志远嘻嘻笑着打哈哈，他不是第一次路过医院，但是第一次有人印在了他心里，即使被拒绝一次他也毫不犹豫会再来。

"把你的东西拿回去，我不想让别人认为我们之间有什么。"白莎燕果断地说。

"拿都拿来了，很重的，总不至于再让我提回去吧。"高志远不以为意。

"怎么拿来的，怎么拿回去。"

白莎燕推开护士站的门，向外一指，恰巧廖雨凡看到了这一幕。看着高志远线条硬朗的侧脸，她不禁脸颊微红，怔了一下后才发现气氛不对。

"哎呀，高连长来啦。"廖雨凡凑上去接过高志远手上的尼龙网兜。

当着副职不讲副字，廖雨凡对这些潜规则了然于心。

东西虽然被提走了，但是高志远连余光都没看廖雨凡一眼。他很认真地看着白莎燕，讲道："我知道男女交往总要有个适应的过程，我 23 了，不论兵龄、资历都满足结婚资格了，我可以等。"

"高副连长！"白莎燕就不会那一套，她郑重地说："我以为上一次我们已经把话讲清楚了，你和我之间只是普通同志，我还没有再深入交往的想法，请你慎重，也请你尊重我，这是护士站，你打扰到我工作了。"

高志远笑了："呵，好，我尊重。"

说着摆摆手退到护士站门外，这时他才注意到廖雨凡的存在，指着网兜说：

"小兜里有阿胶，气血不足的时候吃一块，尤其是小燕，白得过分。"

"哎！"廖雨凡欣喜若狂，阿胶这种好东西只听过没见过，没想到有生之年还能沾到这种光，白莎燕也真是的，这么好的对象怎么就不领情呢？

高志远要走，看见迎面走来两个小战士，他们正说笑着什么，再看看廖雨凡拎着两个大网兜实在太吃力，这才指着两个小战士说："你们两个去帮她把东西提到宿舍去。"

"哎！"一个矮壮的小战士率先答应了。

另一个年纪小些的小战士显得很精明，盯了盯高志远的四个兜，终还是没说什么。

矮壮的小战士毫不费力地提起两个网兜刚要走，一个声音叫住了他。

"是你？"

那双大眼睛，这次不是做梦吧，他很想擦擦眼睛，可是手上的东西又太沉，四目相对终于确认，自己没看错人，可是看见了又能怎么样呢？

傻笑过后，终还是垂下了头。

白莎燕连叫了他两声，严开明却仿佛没听见一般低着头加快脚步消失在弯角。

高志远狐疑地看着眼神古怪的小战士，在确认他真的只是一个新兵的时候，轻蔑地笑了，心想，白护士认识一个新兵也值得自己这么紧张吗？

"快去吧。"高志远拍拍另一个小战士的肩，又示意廖雨凡去带路。

严开明此时恨不得找个地缝钻进去。

唉，那些龌龊的思想果然要不得，小白鸽什么的终还是只能念在心里。

倒是徐复文满脸狐疑地偷瞄着严开明，仿佛想从他不正常的举动里发现些什么。

# 08　诈出来的真相

"走了？"白莎燕问。

"嗯，走了。"风风火火回来的廖雨凡说道。

"我是问刚才提东西的那个小战士。"

"啊？"廖雨凡的思路显然没接上。

"他可是你救命恩人。"

"哦。"

那张花痴的脸几时把救命恩人放在脑子里了，此刻怕是想着上哪里能找到第二个高志远呢？

"你就没说声说谢谢？"白莎燕追问。

"说了，放东西的时候说的……"廖雨凡的声音越来越小。

白莎燕那双大眼睛在别人眼中是夜空中的明星，在廖雨凡眼中那就是一双火眼金睛，什么小心思都瞒不过她，与其这样还不如早点交代。

"他为了你连功劳都放弃了，就不值得你真心地说一句谢谢？"

白莎燕很生气。

的确，救人一命，往小了说至少可以得一个三等功，这对一个小战士来说是多大的荣耀啊，说放弃就放弃了。

反过来说，如果上报是因为自己的冒失落水，则会给自己的政治生命染上污点，入党提干什么的就别想了。有几个像白莎燕那样有机缘，能从护士岗位上直接提干的？至少她廖雨凡自认没那个命，所以白莎燕有资格不喜欢高志远，她廖雨凡却连个差不多的都难找。

"你快去找他说清楚。"

"说不定他早就走了，一个小战士……"廖雨凡低声嘟囔着。

"什么叫一个小战士，你要是不去我就把你落水的事向上级汇报，就算不给三等功，至少也给一个嘉奖来谢人家。"

"啊！别……别啊……"廖雨凡真的怕了，这个大把柄在人家手上，她哪里敢反抗，急急忙忙像没头苍蝇一样冲出护士站。

"网兜里不是有罐头吗，拿几个给人家——"白莎燕扒着窗户扯着脖子喊道。

严开明这才知道徐老兵为什么一定要叫上自己，原来他手里拎着的那个保温煲不只是给老连长装药的，更是一煲多用。连队刚杀过猪，里面装着猪肝汤，是老连长特意嘱咐给丰班长补身子的。

丰班长望着一煲黑乎乎的猪肝汤直叹气，口中念叨着："何苦来呢？"

"班长，我也不知道，是徐老兵给您带过来的。"

"徐复文呢？"丰班长问道。

"咦？"

帮廖雨凡把网兜放进护士站后就再也没见徐老兵的身影，不过他们说好了，保温煲一会儿要装中药回去的，大概在药局附近吧。

"你去把他找来，我有话问他。"

"哎！"严开明刚想走，突然想到了什么，回头问："那这汤……"

丰班长已经在喝了。

喝了就好，徐老兵特意嘱咐过无论如何要看着丰班长把汤喝下去。

不知怎的，转身的一瞬间，严开明觉得丰班长的年龄似乎和老连长差不多，而他们之间互相提起的时候，那种感情和别人是不一样的。

药局没有找到徐老兵，打听了几个人后，有人说看见一个小战士往特务连跑了。

"特务连？"

特务连负责全团机要，是保证全团通信的要害单位，因为全是女兵，未经许可普通战士是不允许接近的。这是发生什么事了吗？

徐复文很快回来了，他没义务解释自己去特务连做什么，就算严开明问也只会落得个背保密守则的下场，触过一次霉头严开明绝对不会触第二次。

"丰班长喝汤了吗？"一见面，徐复文便急匆匆地问严开明。

"嗯，喝了。"

徐复文大松了一口气，抚平着胸口说："太好了，带你出来就对了，这件任务完成得很好，老连长会表扬你的。"

"啊？就这……"被小老兵表扬，严开明倒不觉得有什么值得骄傲的地方。

"就这任务我可是一次也没完成过，要是我去肯定又被他给塞回来了。"徐复文露出一个值得玩味的微笑。

"为什么啊？"严开明不解地问。

"你不知道吧，丰班长肯定会让我带回去给老连长喝，理由嘛，还是老一套，老连长的身子更需要补。"

这就是官兵情吧，老连长和丰班长之间相处的时间太久了，久到相互之间像家人一样。

"喂！你！过来！"一连三个清脆的跳音，L形走廊的拐角处探出一个小脑袋，一只小手轻轻勾着，仿佛怕被人看到一样。

徐复文愣住了，这不是刚才那个小护士吗？怎么神神秘秘的？

严开明也是一愣，他认出这就是落水的那位护士同志，可他不认为两人之间会再有什么交集，要找自己大大方方的就行，为什么这样啊？

"叫你呢，快过来。"小护士的话里听不到尊重，自然也没什么感情。

严开明稍稍释怀，颇有些身正不怕影子斜的意思，拉了拉徐复文的衣袖，示意一块儿过去。

廖雨凡才不管是单独来还是两人一块儿来，反正她只是机械地执行白莎燕的命令而已。

"诺。"廖雨凡递出四盒罐头、两盒牛肉、两袋水果。

"给我？"严开明大吃一惊，他知道这些东西是刚才那位干部送来的。

"对，快拿走。"廖雨凡恨不得马上结束这次对话。

"为什么？"

"叫你拿着就是拿着啦。"廖雨凡有些不耐烦了。

"总要有个说法吧。"

廖雨凡不想这件事有第四个人知道了，那样的话就会越传越广，最后传到上级的耳朵里，嗫嚅着说："谢谢你。"

严开明终于明白这是谢礼，不过他摆摆手说："没什么的，换做谁都不能袖手旁观。"

"哎呀，你拿不拿。"廖雨凡急了。

"我不能要。"严开明只觉得这气氛太怪异了，推托了一句，转身就走。

"你……"廖雨凡举着罐头，送也不是，收也不是。

徐复文觉得这里面有问题，但这不是靠猜就能得出结论的，他狐疑地看着严开明的背影，又眯着眼看了看不知所措的廖雨凡。

"护士同志，这东西是给他的？"徐复文很聪明地从廖雨凡这里打开缺口。

"嗯。"

"我是他的战友，我替他保管，谢谢了哎。"说着，他把罐头往怀里一塞转身就跑。

"哎……"廖雨凡真的不知道该说什么，总有一种被打劫了的感觉。

今天有一班卡车队会向国兴三号隧道发车，严开明与徐复文也如愿搭上了大解放。

多亏他们的身板小，在拉给养的车里找到容身的位置。

"说吧，这是怎么回事？"

举着罐头，徐复文找到了最得意的话题。

什么是最得意的话题？

男兵和女护士是最得意的话题，未婚男干部与特务连女兵是最得意的话题，已婚干部与嫂子是最得意的话题……

"我和她没关系。"严开明辩解着。

"我知道你和她没关系，我是问她为什么要送你东西？"徐复文端详着封得密实的牛肉罐头，秦皇岛解放军兵工厂的货，通常供应海军的，陆军哪里分配得到这么高级的罐头；更不用说只要一入伍，脑袋上就写着个大大的"苦"字的铁道兵。

这罐头少说辗转上万公里才到达南疆前线，而送罐头的女护士似乎是不得不这样做才送出来的。没故事？骗鬼呐。

严开明真不知道，就这么一会儿徐老兵的脑子里就转出这么多东西，他如实说："我答应她们保密的。"

"她们？"

"嗯，就是你在护士站看到的那两个人。"

"对对对！"徐复文点头说："送东西的确实是其中一个，如我猜得没错，东西并不是送给她的。"

"那我就不知道了。"

"可你欺瞒了组织啊，连队对你这么用心培养，难道你要辜负连队的信任？"

这顶帽子扣得可太大了。

严开明冷汗都吓出来了："不不不，我没欺瞒组织，我……"

"你不说是吧，那好，我报告连长和指导员，让他们来问。"

"别报告！"严开明差一点捂住徐复文的嘴巴。

"那你就说给我听听，如果问题不严重，我帮你保密。"

老实的严开明哪里知道徐复文一肚子的坏水儿啊，这个被老连长宠坏的小老兵贼着呢。

# 09　安全会议

听了整个事件的来龙去脉，徐复文心里有了底，不过这时候的他更坚定地站在战友这一边。

"这小娘皮太过分了，道谢一点儿都不诚恳。"

严开明哪里想得到这些，老实地说："我没想要什么回报，那天也是我太冒失，一头扎下水，不顾深浅，差点儿把自己也搭进去了。"

"就算是这样，那也是舍己救人啊，说不定连队会给你报功的。"徐复文不无惋惜地说。

大解放的颠簸声轰鸣，两人各怀心思。许久，徐复文盯着严开明一脸坏笑地问道："那个护士姐姐是不是很漂亮？"

"哪个……"话题一出口，严开明就觉得自己问得多余，还能有哪个？就是把整座医院翻过来，也只能有那一个，那双大眼睛似乎又钻进脑海里。

望着一嘴唇绒毛的小徐老兵，严开明感叹白护士的魅力，难道连毛还没长齐的孩子都被吸引住了？

还有那个干部……

想到那个高大俊朗的军官干部，又想到他送的那么多东西。

"这东西怎么办？"严开明看着罐头问。

"别人送给你的，你看着办。"

"老连长把汤都给丰班长喝了，我想送给老连长补身子。"

"算你有孝心，不过你这么说老连长是不能收的。"

"那怎么办？"

徐复文目露担忧的神色说："其实……老连长的身体状况不比丰班长好多少……不如我来想办法吧。"

"老连长也有矽肺病？"

徐复文没有回答，那表情算是默认了。

长年奋战在隧道一线，得了这种病没什么奇怪的，只是老连长在战士面前总是一副硬朗的模样，哪里能想到他的肺里到处是大窟窿。严开明也是一脸担忧，在连队，老连长就像慈父，那种亲近感是无法用语言来形容的。

"如果老连长不收怎么办？"

"就说是他老家寄来的。"

"老连长肯信吗？"

徐复文顿了顿，微笑着拍拍胸口说："有我呢。"

车队开到葫芦底的时候，已近天黑，远远地听到一声炮响，如果没有错，这是今天最后一炮。

隧道工程爆破通常装药与钻孔不宜同时进行，因为大个子的牺牲，爆破后排查哑炮的工作更仔细了，除渣前不仅要散尽烟尘，还要仔细排查后，其他人员才可进入，非施工时间洞口留有哨兵。

国家给予修建南疆铁路的时间非常充足，暂不需要抢工，正常施工作业即可，而且这一次光大型施工机械就投放了四千多台，超过以往任何一次施工密度，翻斗式除渣机的进驻使除渣效率高两三倍不止，工程走上正轨后一切都在按部就班进行。

卡车停下后严开明率先跳下去，伸手接过徐老兵递下来的背包后，就听见除渣大军发出潮水般的呐喊。

每次听到这种喊声他的心情都会非常激动，仿佛上了战场一样。

"男儿何不带吴钩，是吧。"徐复文一语道出严开明心中所想。

"我也想上战场啊，可咱们是和平时期，知道什么是和平时期吧，就像现在这样，全军最苦最累的就是咱们铁道兵，如果是战争时期，就该轮到别的部队冲锋陷阵了。"

男儿有几个没有钢枪梦的，来到铁道兵，除了新兵时候摸上两把枪，大部分时间不是在学技术，就是在工地苦熬。如果不把这里当成战场，那么恐怕真的会有很多人熬不住了。

这就是信念，军人的信念。

"谢谢啦——"徐复文从车上跳下来，对开车的司机表示致意。

大卡车"嘀"地一声绝尘而去。

炊事班的烟囱已经开始冒烟，过不了一会儿，官兵们就会集合在一排泥坯房面前唱军歌了，这是全连最放松的时刻。大家吃完饭就可以美美地睡上一觉，迎接第二天的朝阳。

"给。"徐复文递来一盒牛肉罐头。

"这……"

"嘘……"徐复文小声说："我想了，老连长能收一盒就不错了，听说你们副班儿对你有意见，拿给全班加伙食。记住，不要在餐桌上拿出来。"

"明白了。"严开明很感激地看了徐复文一眼，这个小老兵很照顾他。

从宿舍出来，安顿好了的严开明看看时间，快到开饭点儿了，他站在小操场上，等着吹号，忽然，工地那一头出现骚乱。

不好！

严开明本能地向隧道跑去。

翻斗式除渣机是顺着小铁轨出入的，一条支线修在山涧的一侧，机器走到这里一翻，就会把渣土倾倒进山涧，又快又稳。

这一次偏偏是除渣车出了事故，有一个战士连人带渣一齐被倾倒下去了。

山风呼啸着，望着高山深涧，两边近乎笔直的垂壁，人站在边儿上看一会儿就会眩晕，如果从这里摔下去断无生还的可能。

"那小子连续奋战九个小时，八成是累得趴车上睡着了……"有人窃窃私语。

在众多张望的人群中，严开明看到了刘高卓，从他的眼神中似乎读出了警告的意味。他终于明白刘高卓不是在和他开玩笑，原来人真的可以从翻斗上被掀下去……

硬骨头九连鲜见地开起了安全会议，针对接连两起事故，老连长在副政委面前做起了检讨……

"老张啊，我该说你些什么啊……"面对和自己年纪差不多的老连长，副政委也只能委婉地表达一下来自团里的责备。

副政委前脚刚走，连里的气氛就变了。

老连长火冒三丈地把所有班排长叫到队列前面，怒斥道："平日里三番五次强调安全，你们耳朵里塞驴毛啦？"

严开明从来没见过老连长发这么大的火气，突然回忆起昨天晚上把战友尸体从山涧拉出来的情景。

虽说比佟铁军的样貌好些，可是整个身子骨软得像面条儿一样，不知摔折了几截，那惨状不忍直视。

"我们不怕牺牲，可是我们不能让战士做无谓的牺牲！翻斗车能把人翻下去，你们究竟有没有对战士讲？"

老连长的怒火全部倾泻在各班排长身上，除了一些懵懂的新兵，所有人都知道这个样子的老连长才是他的真本色。

"报告！"刘高卓踏出一步大声说道："我对战士讲了。"

"你少在这儿装蒜，出事的不是你们班的是吧？"老连长正在火头上呢，这个时候哪容得别人打断。

"报告！刘班长讲过，我证明。"严开明想到了昨晚刘高卓那个意味深长的眼神，他知道丰班长说得没错，刘副班长的心肠真的不坏。

见到严开明这个新兵替刘高卓辩护，老连长不想打消新兵的积极性，何况这个新兵让丰班长喝下了猪肝汤，也算有功的，他的气消了一点儿。

"所有班长排长自己写检讨，每个战士把安全注意事项重新背熟练，我随时抽查。"

任务布置完毕，齐指导员站出来进行会议下一项——体检。

"我说咱们硬骨头九连怎么舍得出时间来开安全会议……"徐复文嘟囔着，恰好被严开明听到。

"徐老兵……"严开明悄声叫着，"体检是要做什么呀？"

"站队的时候往后面一点，这样听诊的时候就不冷了。"……

过去的铁道兵部队这种项目很少，一则工期紧，舍不得腾出半天时间体检，二则施工的地域条件恶劣，医护人员和医疗器械上不来。

为了打通国兴 3 号隧道，国家不遗余力，不仅为部队配备了大量的医护人员，还加强了辎重运输保障营养，基层的战士每天保证一个鸡蛋，有条件的时候还会供应水果，这可是城里的市民都享受不到的待遇啊。

想到军挎里还有一盒罐头，严开明就想着晚上的时候与全班分享了，有了这次勇于站出来，刘副班长对自己的态度该好一些了吧。

本来脑子里是想着这些乱糟糟的事，却没想到一个人的出现让他的大脑瞬间短路了。

"哎呀妈呀……"同时停顿的不只是严开明，几乎所有看见来人的时候都瞬间停滞了几秒。

那不是白护士长吗？即便在众多穿白大褂的医护人员中，她也是最显眼的。

万绿丛中一点红，动人春色不须多。


# 10　塌方


铁道兵医院的医护人员在旁边的泥坯房置上了一个私密的隔间。

铁道兵一线人员得慢性病的很多，军官不愿意让战士知道自己有病，可能会影响指挥员的威信，所以很多人都极力隐瞒病情，等到发现的时候已是病入膏肓。

不过，那是前些年的事了，这些年医护人员也与时俱进了，检查的时候把人隔开，进入了私密环境，听到的真话就会多些，便于及早发现问题。

严开明前胸后背被捶了几个遍，不咳嗽也咳嗽了，不过当着白护士长的面，他忍着，腰挺得倍儿直。

"小杨，我的听诊器可能有些不好用，你帮我找马大夫换一个。"白莎燕说。

"不好使？不太可能吧。"小杨疑惑着。

不过白莎燕是护士长，威信较高，小护士尽管疑惑，却不敢当面质疑，不就是换一个嘛。

小杨出了门，隔间里就剩下严开明与白莎燕了。

"咳——"

白莎燕轻咳了一声，有些不好意思地说："那件事委屈你了，我代我的战友向你道个歉，她的感谢不诚恳，不过我记住你啦，以后有什么事到医院来找我，给我递个信就行，能帮的我一定帮忙。"

白莎燕的话让严开明不禁一阵脸红，什么听诊器坏了，全是为了说这番话的借口。

这是孤男寡女共处一室吧。

"白护士长呀，是我对不起你呀……"

严开明很忐忑，他害怕本该保密的事泄露出去后，白护士长会生气，但是他又不想欺瞒，于是把徐老兵也知道真相的事坦白了。

看着他几乎带着哭腔的坦白，白莎燕哭笑不得。

这位新兵太诚实了，就算他不讲，自己也不会知道。毕竟，哪有永远藏得住的秘密？

"没什么的，说到底还是我们该感谢你，你放心吧，小徐是不会说出去的。"

白护士长说话柔声细语的，听在耳朵里是极好听，可她为什么那么肯定？

虽然没有答案，可严开明没有追问，真想时间永远静止在这一刻呀，这样就能一直和白护士在一起。

屋内烤着炭盆，严开明红通通的脸还可以解释为是热的，不然白护士长非发现自己那点小心思不可。

体检一个个进去，检查完就在房子外整队集合。

刘高卓看严开明的眼神说不上喜欢，至少态度不比之前好多少。

"快点入列。"

"是。"

严开明整个人看起来恍恍惚惚的，就是这状态让刘高卓不喜，一个兵怎么就没点兵样子，至少要精神专注些吧。

"你不会是有什么病吧，怎么就你检查了那么久？"刘高卓冷着脸说。

"啊？没……"严开明害怕被看出小心思，反而越说越结巴："听诊器……那个听诊器坏了……"

就在刘高卓觉得异样，想要继续追问的时候，一声闷响轰隆隆地传过来。

"隧道！是隧道方向……"

"糟了！"

老连长听惯了工地上的声音，这闷声太熟悉不过了。

"全连集合，带工具准备救人！"

隧道塌方了！

这个时候别说体检了，什么工作都得停下，初步判断是隧道塌方，但是塌方程度如何，有没有伤亡暂且不知道。

不论工地上还是营地里的战士，全得抄家伙冲上去。懵懂的小兵也就罢了，有经验的指战员脑子里全画上了大大的问号，不是说硬岩隧道吗？怎么就塌方了？

此时，各连队官兵和团机关主要干部都到齐了。

隧道口的烟尘还没散去，先前工地上的官兵最熟悉情况，团长一到马上进行汇报。

"塌方区域是隧道中段，五连一部正在掌子面作业，大约三十多人被困洞中。"

团长的眉头皱成了"川"字，害怕什么来什么，先前两起事故可以说是意外，那么这起事故就是人为功课没做好了，他把目光落在身旁一位五十几岁的技术人员身上。

与印象中的知识分子不同的是这位技术人员穿着普通的军装，只是头发比较长，微微分开的黑发里掺杂着些许银丝，只见他两只手拄着一根大手杖，打眼望着整座山丘，又环顾四周地形，仅仅几分钟就笃定地说。

"单靠雪山化的水很难在这么短的距离内形成湍急的河流，我断定山体里有暗河，水量还很大。"

这个判断一下子让团机关的干部蒙了一脸灰。

宣传干事有些不敢相信，上前问："汪工，你不会判断错了吧。"

"怎么可能？硬岩只是表面，虽然暂时还无法判断出具体地质构成，但是从表面上看，这座山的地质结构十分复杂，当初勘探的时候怎么这么马虎，武断地判断为硬岩是要吃大亏的。"

"那现在怎么办？"团长问。

汪工手杖一挥说道："没事，才掘进一百多米，表面也没见涌水，应该是普通碎石带塌陷，抓紧时间清理，抢救人应该来得及。"

团长微微松了一口气，立即部署救援。

大石头扒开一层又一层，似乎在印证汪工的话，碎石与沙土混合的土层被战士们手中的工具挖掘出来。

时间一点一滴过去，宝贵的八小时抢救时间也在流逝。

断面实在太小，全团空有人多使不上力气，轮到九连时，太阳已经偏西。

"掌灯！"

一盏盏煤气灯被运进隧道，官兵们摸着黑尚且挥舞镐锄，有了亮度后干劲更加十足。

严开明挥着铁锹，愤愤地挖着砂石，这种土质最难挖掘，石不石、沙不沙的，一锹下去铲到硬东西，插不进去，只能带出一点点土，照这个速度何时才能把被困的战友抢救出来。

所有人如严开明一样，脑子里没有别的念想，只有"救人"两个字。

老连长细数着掘进的米数，凭借脑中的印象就能估算出两者的大概距离。

"从事发到现在已经掘进六七个小时了，别的不怕就怕里面缺氧……"老连长经验丰富，他向团长汇报的时候很果断。

团长凝思，如果什么也不顾，埋头硬掘，是要担后果的。

"果然是沙土，看样子已经很近了。"汪工在作业面边查看边说。

"您有什么办法吗？"

"如果里面塌下来的地方没有硬岩，那么可以打进去两三根钢管试试，这样就可以清楚里面的情况了。"

话音刚落，一位干事从洞口匆匆跑到团长耳边低语。

团长点点头，"嗯"了一声就挥挥手，然后对作业面的战士说："中央来电话了，领袖很关心我们战士，他老人家要我们一定要救出自己的战友。"

"噢"的一声，九连沸腾了，连中央都知道他们在救人，说明他们这个工程的受重视程度高啊。战士们手中的工具顿时快了数倍不止。

"打钢管，要快！"团长对老连长下达了命令。

不一会儿几位健壮的战士抬着钢管进了隧道，随之抬进来的还有风枪。

刘高卓一马当先，抬起风枪在沙壁上突进一个大眼儿，随后把一根钢管打进去，另一个风枪手如法炮制，然而风枪打过的眼儿很快被沙土填埋了，钢管根本插不进去。

焦急的战士们满头大汗。

"用大锤！"老连长果断地下令道。

很快，四根钢管被楔进沙墙，有经验的老兵抢起大锤"叮叮当当"地把钢管砸进壁中。

"使劲！"

很快，第一根钢管撞到了硬物，任由大锤砸出火星怎么也砸不进去。

"我这边也是！"

沙混石。

这种塌方是最难处理的，遇到阻碍的小队立即换位置，然而这两个小队运气一直不怎么好，没抢几下就遇到硬物，负责指挥的班长很沮丧。

第三根钢管在打进去三米左右的时候也受阻了，只有严开明抬着的这根还很顺利。

"砸！"

所有人的希望都寄托在这一组上了，恨不得都亲自伸手上去抢锤。

本来也没期望所有钢管都砸穿过去，只要有一根凿穿就算成功。

臂肌粗壮的老兵把铁锤抡得浑圆，均衡有力地一点点推进着钢管前进。

严开明握紧钢管的手都被震麻木了，可他浑然不觉，心里念叨的是被填埋在里面的战友。突然他的手上一松，那一头只是发出轻微的声音，但是全连战士为之欢呼，这意味着沙壁被凿穿了。

"有没有人！听得见吗?"老连长拨开严开明，对着钢管口向里面喊。

这是一根救命的钢管，里面的人在被埋的一瞬间有些惊慌，很快在有经验的班排长带领下安静了下来就地等待救援，然而暗无天日的等待并不是一个好滋味，随着时间一分一秒过去，洞中的氧气越来越少。

尽管只是插进来一根钢管，但对洞内已闷热得无法忍耐的状况无异于救命稻草。

严开明的耳朵贴着钢管壁，清晰地听见里面的回音。

"我们都还活着，没有人受伤，谢谢同志们!"

九连的战士激动得流下热泪。


# 11　盾构法


救出战友的那一刻，九连的官兵连欢呼的力气也没有，集体瘫倒在作业面。

抢冲进来的官兵和医护人员抬着担架，把疲惫的战士一个接一个从隧道中抬出去……

国兴3号隧道并非一开始判断那样是单一硬岩山体，而是一个多地质带不良地质体组成的复杂地质结构，这座隧道将成为整段南疆铁路最难开的拦路虎。

"这是国内罕见的灯泡型隧道，有可能是目前最大的一座，整座山体内部呈褶皱构造，不仅有断层及破碎带，带有岩溶、软岩等多个地质层，而且还会有半冰封的地下暗河……"

这是严开明第一次见到汪工，也就是后来被称作汪老的人。他的全名叫汪锡亭，是国内顶尖的隧道专家，早年因为成分问题差一点受牵连，还是铁道兵第一任司令员保下来的，可以说铁道兵部队就是他的避风港，十多年下来他已经把铁道兵部队当家了。

望着这位大名鼎鼎的专家从身边经过时，严开明满眼崇敬，年轻的脑子里甚至在想如果汪工早点儿来，是不是很多事故都可以避免了？

"不是的！"

当这个疑问说给老连长听时，得到的却是否定的答案。

"干隧道工程，再大的专家也避免不了意外。"

当年汪工在修西南铁路的时候遇到过类似的意外，所以这一次处理起来非常有经验。

老连长说这话的时候像是在现场看过一样，他的目光闪烁像是有什么话想说，又吞了回去。

塌方并没有影响部队的干劲儿，施工空闲的时候老连长会把新兵们聚在一起传授经验。

"有意外并不可怕，可怕的是面对意外时的慌乱。"

老连长说着，眼神仿佛突然凝固了，失神了几秒钟，就在战士们尚未发现之前他恢复了清醒，继续说道。

"九连是硬骨头连，但不意味着要做无谓的牺牲。"

这位老连长带兵和别人不同，他总是把避免牺牲这样的字眼儿讲出来，而不像某些同志把这种话当作懦弱的表现。

"就像上次五连那样被困在隧道里要不慌不乱是吗？"一个小战士提问。

老连长点点头说："对，要相信战友，一定会救援的。"

"连长！开隧道不能不死人吗？"严开明问了一个尖锐的问题，这个问题困扰他太久了。

老连长深深地吸了一口气，自感无法回答，只得打气道："我们是和平时期的尖兵，需要牺牲的时候我第一个上！"

似乎这是个无解的问题。

"塌方、岩爆、岩熔、瓦斯爆炸、突涌水、洞外危崖落石、危石……"

休息的时候，严开明对着一处砂石堆发呆，嘴里还嘀咕着什么。

"你干什么呢？"徐复文看出了古怪，沙堆中间插着一根钢管，而严开明对着这根钢管念念有词。

"我在找凿隧道不死人的方法。"

徐复文嘴张得大大的，他居然想解决铁道兵成军二十几年来没解决的难题？这个新兵有点意思啊。

当晚，徐复文一边放着被子，一边把自己的见闻对老连长说了。

"那他找到了吗？"老连长在昏暗的灯光下推了推老花镜，又翻了一页书问道。

"怎么可能，就他一个新兵蛋子。"

老连长嗯了一声，随即又叹着气说："不能小瞧任何一个人啊。"

说完，也没看徐复文怪异的表情，继续埋头看书。

"徐老兵！徐老兵！"

一连过了两三天，徐复文都快忘记严开明那次古怪的表现了，不料对方主动找上了他。

徐复文正拎着一桶水往部队走，听见有人叫他，便不耐烦地说："有话快说，我这儿忙着呢。"

"你看！"

严开明把一个木质的管状模型在徐复文眼前晃了晃。

"这是什么？"木制的管是通透的，里面层层叠叠的似乎是小格子，管内还有不少"×"型支撑。

"凿隧道不死人的方法？"严开明兴奋地说。

"就这？"徐复文仿佛在听天方夜谭，先前怕打击到他没说丧气话，他还真鼓捣出个东西来，不过拿给自己看是什么意思？

"你和连长熟，你给连长说说呗。"

居然是这个心思。

"你这是什么东西啊？"徐复文的脑子里可没有什么概念，若论动心思，一百个严开明也不是他的对手，可若论认真，似乎就差了不少了，至少小徐不会揪着一个问题往牛角尖里钻。

"这是模拟隧道，里面的东西是撑靴，我从掌鞋人那里得出的想法。如果隧道这么一直撑着前进，开凿时再用护盾，不对，如果直接用机器……"

"停停停！"徐复文打断他的话，摇着头说："你是说铁道兵二十几年的先辈都没想到过这个？"

"我没那个意思。"一盆大冷水把严开明烧热的脑袋浇凉了。是啊，如果自己的方法奏效为什么二十几年来没人提出过？是前辈们想不到吗？

不！不可能！

严开明想到了那位汪工，他看起来就很有水平嘛，一眼就能看出山体结构很复杂。他有些灰心，想把手中的东西摔了，可又舍不得，思前想后还是从徐老兵的面前跑开了。

"你说……那小子想了个什么方法？"老连长还在翻书。

"对啊。"徐复文为老连长的大茶缸续上热水说道："他做了个木制模型。"

老连长突然放下手中的书，嘴角勾起一丝微笑，饶有兴趣地问："那他怎么不自己来找我？"

"没自信呗，他一个新兵蛋子，懂什么呀……"

老连长想了想后命令徐复文把严开明找来，还特地嘱咐把他做的东西带过来。

五班。

刘高卓实在气愤不过，这个严开明的心思全然不在工作上，经常发呆不说，还动不动一个人玩消失，看到他鼓捣出来的木制模型，气就不打一处来！

当初选风枪手的时候没选他就对了，像他这样不务正业的人不耽误进度才怪！

"给九连丢人！"刘高卓大喊，刚要把东西摔碎，突然听到一声"报告"。

一回头，目光正对徐复文的小眼睛，那双眼里可透着精明。

"有事快说，我正在处理班务。"就算徐复文再受宠，像刘高卓这样的功勋人物实在没必要打溜须。

"连长叫严开明过去。"

"啊？"

不只是刘高卓，五班的战士全都愣住了。

徐复文是个多么会察言观色的人，当时就知道老连长很喜欢这个新兵，老连长喜欢的人就是他徐复文要护着的人，于是他特意强调："老连长说了，要严开明把制作的东西带上，那东西很重要。"

刘高卓不可思议地望着手中差点被他摔碎的四不像。难道，太阳打西边出来了吗？

军令如山倒，他刘高卓再硬气也不敢违抗连长的命令，气哼哼地把模型丢给严开明。

"嗯……"

老连长借着灯光仔细观察着严开明的模型，看了许久才点点头，轻轻放在一边问："你自己做的？"

"是！"

"没借鉴点儿什么？"

"借鉴什么？"严开明一脸木讷。

老连长笑了："有点意思，有点意思啊，你知道这是什么？"

严开明想摇头，忽然想到这东西就是自己做的，再摇头算怎么回事，慌忙点点头说道："撑住隧道的方法，我们做个大铁壳子，把隧道撑住，上面用护盾，下面铺铁轨，向前掘进即使塌方了也不会伤到人，这样打隧道就能不死人啦。"

老连长哭笑不得，看来这东西真是战士自己琢磨出来的。

果然，智慧都在人民群众中间啊。

"你是怎么想的？"老连长端详着这个模型问。

"鞋匠做靴子的时候为了防止靴筒塌下来就用个撑子撑住，这样做鞋的时候方便做手工，我想隧道和靴子筒虽然不是一个东西，但如果也有个什么东西撑住会不会就不塌方了？"

"可是考虑过没有？隧道这么大，上哪儿找这么多木头支护？更别说胡杨沟这地儿本来就没有几棵树，就算有也撑不住隧道啊。"

"这……"严开明情绪低落了下来，徐老兵早说过如果方法奏效为什么前人没想出来？自己这不是要小聪明嘛。

"哈哈哈……"老连长不逗他了，指点着模型说道，"你知道吗？这个方法前人想过，这叫盾构法。"

"啥？已经有名字啦？"

因为这个模型，严开明第一次与汪锡亭有了直面接触，看着这位还有些怯生生的小战士，汪锡亭欣慰地说："领袖教导得没错，劳动人民的智慧是无穷无尽的。"

"我是人民解放军……"严开明小声嘀咕着，却又不大敢和汪工争执。

"我们都脱胎于劳动人民嘛。"汪锡亭乐呵呵地笑了，随后他话锋一转说道："用盾构机挖隧道国外早有先例，只不过像国兴 3 号这样的大型隧道还是不太适用盾构法，一则我们还造不了盾构机，二则嘛……"

汪锡亭慨叹一声终还是没说出口，十年后严开明才琢磨出汪老这句话的含义，二则国家很穷，买不起那么贵的设备。

"想不想上学？"

汪锡亭把这个问题摆在严开明面前的时候，他一下子迷茫了……

# 12  叛逆

2010 年，国家盾构及掘进技术实验室职工宿舍。

"哎哟！"

"爸！"

"您轻点，别打啦！"

杀猪般的嚎叫传遍全楼，临时把孩子带来的职工连忙把小孩儿关在屋内捂上耳朵，生怕给幼小的心灵蒙上阴影。

汪建国气不打一处来，自家的儿子越来越不像话了，居然对老严做出那样的事，还对老季扬言有本事开除他，简直反天了，只要他老汪有一口气在，擀面杖就不能停。

"哎呀妈呀，这么打还不把孩子打死啦？"郑大姐也不知道是在惋惜，还是在幸灾乐祸。

"放心吧，汪承宇这孩子从小到大挨的打还少啦？皮实着呢，出不了事儿。"陆大姐附和着，仿佛走廊里传来的不是惨叫，而是有节奏的小调儿。

"也是，这孩子太过分了。"

"不打不成才，不打不成器；三天不打上房揭瓦；下雨天打孩子，闲着也是闲着……"陆大姐像念经一样叨着走开了。

"下雨？"郑大姐看了看窗外，翻了个白眼道，"哪里下雨了……"

汪建国抢着擀面杖，全楼的注意力都被这根一上一下的擀面杖牵动着。

汪承宇灵活地躲避着这根象征着权杖的"武器"，他从小就这样，如果求饶没有用的话，那么就抗争到底，而他爸就是不折不扣的抗争对象。

"你还敢背宣言？"

汪建国果然气坏了，本已累得气喘吁吁的他果断再次举起"权杖"冲向胆敢口出狂言的"叛逆"。

汪家，汪锡亭、汪建国父子两代献身隧道掘进技术，这第三代人本来也是按部就班培养的，如果一切顺利的话，那么参与"863"计划，将为履历上增添浓墨重彩的一章，多少人盼不来的荣耀事，但是汪承宇这小子偏偏不上道，一心闹离职。

这次闹到这个份儿上，把汪建国在华铁三十年的老脸都给丢光了，他能不生气吗？

孩子大了倒不担心能打出毛病，但是涉事当事人却不再袖手旁观了。

严开明推开门走出来，面色苍老的他步态却很稳健，腰杆挺得倍儿直，三十多年了，一身兵的风骨始终保持着，他不紧不慢地说："建国啊，别打了，再打下去把孩子打坏了！"

不劝还好，一劝之下汪建国这一下打得格外狠。

"啊——"

本次挨打以来最响亮的惨叫，好友为之心哀，对手为之称快，看到这"父子相残"的一幕，耿家辉确信汪承宇最大的靠山是动了真怒了。

"28岁的孩子？早知道这样，还不如当初生出来的时候就掐死。"

听着汪爸爸的怒吼，张启源吐了吐舌头，目光不忍地看着惨兮兮的汪承宇，虽然被打得狠了点，不过这小子这次闹得实在太过分了。

老严情绪很稳定，他走上前夺下汪建国手里的擀面杖平静地说："又没什么大不了的事，怎么下这么重的手？"

"连基本教养都没有了，我都得叫您一声叔，汪家怎么出了这么个不孝子！"

老严叹了口气说:"这孩子不想干这个你也不是不知道,闹到这个份儿上你也该做检讨了。"

汪建国有些窘,恨铁不成钢地说:"就算不想干这份儿工作,不会写辞职信吗,怎么能做出这种事?"

汪承宇趁势反击道:"写辞呈有用吗?辞职信一准儿送到您的办公桌上,您能批吗?"

"你……"汪建国伸出大巴掌作势要打,可巴掌举到半空中却落不下去,头突然一阵眩晕,不承认不行了,自己终是老了。

"儿大不由娘,打也没有用。"严开明劝道。

"您老好脾气,可是季主任呢……"汪建国无奈地说。

"他也不会和孩子一般见识,都是看着长大的……"严开明的双目再一次恍惚,自己这代人奉献给隧道工程时可比小汪的年龄还要小上许多,时代变了,孩子们看不上这份儿工作情有可原,就算当父母的也不能勉强吧。

"你当真不想干?"汪建国质问着。

"不想!"汪承宇斩钉截铁地回答。

"唉……"

汪建国不是不知道,这孩子的心早就野了,尤其是交往了女友之后,他找谁不好,偏偏找上那个人的女儿,唉……

一言难尽,当年若不是那个人,集团早年能窘迫成那个样子吗?

现在好不容易走出来,他的儿子却和那个人的女儿搞在一起,岂不是说那个人做对了?那他们老一辈人众志成城从坎坷中走出来拼的那一口气,传给后代的精神还有意义吗?

当年"兵改工"那段日子……

汪爸爸心中的那个人此刻可是意气风发,而对那个人的女儿高薇来说,今天可是一个大日子,正式接手志远集团业务,从后台走向前台,完成由大小姐到掌舵人的蜕变。

今天是南新区会展中心奠基的日子,市领导和行业内的前辈都会来,在这样的日子里正式亮相,是具有极重要的意义的。

"高总今日当真英姿飒爽。"

一直跟在她身边的白秘书从来不吝赞美之词,白秘书三十余岁,比青涩小生要成熟,面相看起来却像所有从事秘书行业的人一样,颇为年轻。

高薇勾勾嘴角,不想理会秘书的恭维。喜怒不形于色,又让人抓不住痛脚,父亲传授的真言她怎能不记得?

她看了看手表,还有一个小时就要开始了,她现在的状态刚刚好。

电话铃声响了,高薇拿起手机,看一眼来电显示,这个家伙,怎么在这个时候打电话?

"我自由啦!"耳畔传来汪承宇欣喜若狂的声音。

"哦?"高薇淡淡地说:"那恭喜你啦,下一步打算怎么办?"

"怎么办?"听筒那边诧异地问:"咱们不是说好了嘛,怎么?你变卦了?"

"怎么会?先前是意向,如今要实施了,总得有具体计划不是吗?"高薇的语速平缓,声调起伏极低,莫说对着手机,就是面对面也看不出喜怒,就这一点来说,她已经青出于蓝了。

"我这个985工程的研究生还配不上志远集团吗?"

"志远集团缺985工程的研究生吗?"

"哎?高薇你什么意思?过河拆桥啊?"对方有些愠怒。

白秘书递过一叠文件,高薇飞快地浏览了题头,然后提起笔刷刷刷地签上字,挥挥手让白秘书离开,莞尔一笑:"汪承宇!你别不识好人心啊,我这不是怕有人说你吃软饭嘛。"

"年轻人肠胃不好,适当吃点软饭养胃。"

汪承宇的玩笑开得不是时候,若是平时这样说高薇只会一笑而过,但是今天她变了,如果汪承宇在他身边的话一定能看见她那张变得铁青的脸。

恋人的心思总是细腻的,仅从高薇语气短促间的变化,汪承宇感受到气氛不对,立即话锋一转,凌厉地说道:"不要动辄给人贴标签,我的本事你还不知道吗?"

高薇松了一口气,心底也知道自己紧张过度了,自己看上的男人怎么能用吃软饭来形容呢?他汪承宇又不是没人要。

"好啦,有话见面说,你在哪儿,我找你去。"男人嘛,心态要豁达一点,总和女朋友计较情感上的事算怎么回事?

"南郊会展中心奠基仪式。"想通了这些，高薇很爽快地说道。

"知道了。"

电话挂掉了。

背后说汪承宇没有对象的人那是不了解他，一般人哪里入得了他的法眼，而他的对象说出来会羡煞那些人。华铁隧道这边的老一辈没人不知道高志远的，提到这个名字都恨得牙根痒痒，恨不得把这个名字埋掉才好，可那个人偏偏还自恋到把自己的名字放在公司的名头上，业务又与隧道集团有交集，让人想忘都不可能。

高薇会是一般人吗？

交了这样的女朋友，知情者只会缄口不言，即使背后闲聊也会用"不知道"来敷衍。

汪承宇飞快地收拾好行囊，多年的抗争终于迎来了自由，连脚步也是轻快的，就在他抬脚跨出门口时，一眼看见走廊里站着的人。

"你真要走啦？"张启源很是不舍地问。

"当然是真的。"汪承宇口气轻松地说。

"可你一直学的就是这个啊，隧道工程哎，多好的实践基地，你……"张启源不知道为什么，鼻子竟然一酸。这位大学以来的损友不仅仅成绩好，而且很有魅力，让身边人不自觉地会以他为中心围拢过来，选择做盾构项目就是被他吸引来的，没想到这样的人生选择在汪承宇心里竟然是被迫的。

"有什么了不起的，哥打小就是在隧道里长大的，看都看腻了。"汪承宇一脸不在乎的样子，可是这话说出来之后总觉得哪里怪怪的。

"哎呀，这是被开除啦，可惜可惜，我没办法兑现了。"耿家辉躲在张启源后面，一脸坏笑。

汪承宇撇撇嘴笑道："让你失望了，我不是被开除，而是主动离职，所以你那三声'傻子'……"

耿家辉说："这样的借口也找得出来，你的不要脸真让我叹为观止。"

"谁笑到最后还不一定呢。"谭雅突然出现在几个人身后。

耿家辉惊讶不已，谭高工这是明显偏帮啊，汪承宇何德何能让自己的老师帮他呢？按理说，自己与老师的关系更近一些不是吗？耿家辉想不通自己是哪里做错了。

"喏。"

谭雅递过来一袋文件。

"这是……"汪承宇猜到是什么了，但是他不确定这东西对他还有用。

"你在研讨会上发表的《关于长距离掘进刀具技术的分析》，我已经在具体技术细节方面帮你改过了。"

四目相对，谭雅的目光是长辈对晚辈的关切，柔和、自然，还包含着一丝宽容，一丝期许。

汪承宇不好意思地挠挠头说："那你平时少抽烟，对身体不好。"

谭雅的烟瘾不轻，但是她吸烟有一个准则，就是只在自己宿舍里或别人看不见的地方吸，很少在公共场合吸烟。

谭雅笑道："小子，知道心疼人啦，长大了嘛。"

汪承宇像个孩子般眯起眼很诚恳地说："那是当然，我不关心您谁关心您？您说是不是？妈——"

耿家辉的下巴都掉到地上了，看着张启源一脸疑惑，内心恐惧到极点。谭高工是这小子的妈？想到在院子里集体抓这小子的时候，自己可是一马当先的，想到谭高工师带徒时候的那种严厉，耿家辉顿时头皮发麻。

# 13  老顽童

窗前。

端着长长的过滤嘴儿，任由烟雾飘散，透过缭绕的烟雾，她的眼神飘向窗外，实验车间外的场地，一台国产自研"前进号"TBME3型直径8m全断面掘进机被当作雕塑放置在场地中间，这台机器象征着华铁装备的崛起，也标志着中国盾构正向产业化迈进。

"'863'计划的早期成果，下一次该是直径超过12m的大家伙了。"谭雅自言自语，望着窗外汪承宇走出大门的背影，她不禁皱了皱眉头轻叹道，"那小子当真赶不上了吗？"

走出大门，汪承宇才知道自己多窘。

南郊会展中心？

因为是正在开发区域，二十公里远，没有公交车……

他一拍脑门毫不掩饰懊丧的表情，何况还有不到四十分钟时间了。

集团有车，但那都是公车，不可能专程拉他一个毛头小子，打出租车的话很贵不说，还需要绕很远，对于刚刚失业的汪承宇来说眼下必须节约每一分钱。

由于城区的扩大，政府欲打造新区，对新区大力开发扶植，过去那一片一发洪水就成汪洋的低洼地，在新阶段的开发中要彻底改头换面了。

要去南郊，必通过郑河，这条河河面宽阔，水量充足，为了打通南北快速路，解决城市拥堵问题，新的开发计划中有两条公路隧道，这两条地铁线要从河底穿过。

"隧道！"

汪承宇的头脑一激灵。

隧道工程正是集团承建的，那里每天都有许多大车经过……

商州地铁二期工程正在紧张的施工中，原定两年时间完成的南线二段工程在新的市委扩大会议召开完毕后，工期被紧缩至十个月，这就意味着工程必须双线同时开工。

"四台盾构机，追加三十个亿的投资，好大手笔！"

刚刚从北京赶到的徐复文不知道是在夸赞还是讽刺，他这个专家是外聘过来的，本来不该多嘴多舌，但是担任首都地铁建设总工程师的老徐还是忍不住为商州的大手笔吐槽了。

"这也是为了商州市的建设。"陪同的是主管市建副市长的秦秘书，他在一旁陪同，尴尬地笑着说。

和首都星罗棋布的地下设施不同，商州的可用地下资源太多了，但是为了打造这条立体交通网络，桥梁、公路、地铁全部贯通在一条直线上，不仅横跨郑水，还要穿过都山，两项大工程全部都要用上盾构机。

"863"计划为数不多的成果只能在一些小项目中试用，要不误工期完成这样一个大项目，盾构机必须采购进口产品。

"四台直径二十一米的大盾构，正宗德国货，您知道的……咱们国产的材料技术上不够强……"秦秘书说话的声音越说越小。

如果不是事实，谁愿意承认这么失败的事儿。

"核心轴承材料……"徐复文也不得不承认，这年头盾构机市场全是外国货，大型工程使用的盾构机不是德国的就是美国的，国货？人家可不敢用，真出了事故扔到地下，这损失谁来承担？

话说，德国货的质量还是不错的。

"是路德集团的产品吗？"徐复文随口问着。

"是的，他们在我市有联络站，出了问题随时可以维修……"

话音未落，奇怪的声音从盾构工作井口传来。

盾构工作进口二十余米宽，用来向内输送管片和向外运送残土，井口上本来一刻不停工作的门型吊也不再工作，井口大量的工人停下来观望。

随着怪异的声音加剧，"轰"的一声，轰隆隆的机器声戛然而止。

徐复文的眼睛都瞪大了，这就出故障了？不会这么巧吧？

过了不多时，头戴安全帽的盾构机驾驶员从进入土仓的安全通道灰头土脸的地走来。

"报告，可能掘到山体硬岩了，正在尝试调试控制系统机器突然停了，怎么也启动不了……"

七个亿一台的家伙也不怎么样嘛，徐复文腹诽着。

"赶快打电话给德方，让他们派人来维修！"市府派来的协调人员忙碌开来，工地上也凌乱不堪。

徐复文皱了皱眉头，这还是集团的人吗？当年铁道兵临危不乱的作风哪儿去了？何况只不过是一件机械性的常规故障。

过了好一会儿，有人回复道："德方人员八小时以后才能到现场。"

秦秘书急得捶胸顿足："怎么搞的，没和他们说工期紧吗？"

"说了，人家说要按章办事，说好八小时后就是八小时后。"

"这……"

德国人的傲慢与古板在全世界是闻名的，别说他秦秘书跺脚，就是市委一把手来了人家该八小时后到还是八小时后到。

"能尝试自己维修吗？"

秦秘书的想法在场的工程人员不是没有过，当初贯穿秦岭隧道的时候就因为德方故意拖慢换刀具的速度，逼得中方偷师学艺，最终青出于蓝，学会了又快又好地更换刀具，这次也不是不想，但是……

一小时后，尝试过的技术人员们全都垂头丧气地回来了。

控制系统出问题了，那是软件的事啊。这……

德方答应八小时后到现场，对整个工程而言耽误的可不止八小时，什么时间修好，修好后重新运转还需要时间，这可真让人急得团团转。

一辆超大载重卡车经过工地，在拥有众多大型机械的工地上一点儿也不显眼。

汪承宇背着书包跳下车，对大卡车司机挥挥手喊道："谢谢师傅！"

卡车司机探出头，面带笑容地回应道："不客气，对了，小兄弟是实验室的人吧，那里的人都是人才啊，今后咱们集团就靠你们啦！"

是啊，谁不知道实验室肯定是华铁隧道最吃香的单位。

司机师傅说得热忱，汪承宇绷住了才没让自己看起来很窘迫，他暗自说服着自己："最后一次了，最后一次了……"

卡车是一直把他送到都山以南的施工现场，这边距离还未开发的市会展中心用地不远，快速路和地铁的修建就是为了开发南郊而做的基础工程。

还要点儿脸的小汪自然没告诉司机师傅自己是要去会展中心工地，而是在隧道集团的工地上下了车。

大卡车卷着尘烟奔驰而去，汪承宇拍拍身上的灰，昂首挺胸向自己的未来迈开了步伐。

"小子！你怎么在这儿！"

这一声洪亮的嗓音喊过，刚刚迈开大步的汪承宇险些没栽了个跟头。

能喊出这么响亮声音的除了爷爷那辈的老战友，还能有谁？

"徐爷爷……"

汪承宇瘪着嘴，腆着脸挤出一丝笑模样。

别看小汪敢一边反抗暴君，一边挑逗老严，可他还是有怕的人。

徐复文，老顽童，别看他五十多岁的年龄，就喜欢和年轻人一块儿，偶尔搭理一下老严，实在是老兄弟战友情太深。

汪承宇自诩聪明，可是在徐爷爷面前不够看，别看这位小爷爷一脸笑眯眯的样子，若是动起坏水儿来，年轻人玩的那套都是人家玩儿剩下的。

"别叫我爷爷，我还年轻呢，说好的，没有长辈在场各论各的，叫大哥！"

"大……"就算汪承宇有那么一丢丢玩世不恭的意味，可毕竟是传统家庭出身，跨度这么大的改口还真难叫出口，这位老徐真是人越老越为老不尊了。

"这是怎么啦？"大哥是叫不出口的，汪承宇借口工地乱岔开了话题。

"切！"此时身边没人，老徐满脸不屑地吐槽道："都说德国货好，我看也不怎么样嘛，说坏就坏了，对了……"

话音未落，老徐突然倒吸一口冷气，看小汪的眼神完全不对劲了，仿佛财迷看到了宝贝，眼神里透出贪婪。

"徐爷爷……您这是……"看着老徐要吃了自己的眼神，小汪暗叫不好，脚底抹油就想开溜。

"叭！"

手腕被老徐死死扣住，小汪暗叫不好，老徐不会真吃了自己吧。

老徐，爷爷辈战友里年龄最小的，却也是最精的，时年五十的他手劲儿真不是一般二般大，连他这个正值壮年的小伙子也挣脱不得，当兵的老底子就这么好吗？

"你小子研究生主修的是隧道工程吧，别告诉我你对盾构机控制系统陌生。"

不仅手劲儿大，记忆力还好得惊人，反正也要耽误八小时，死马当活马医，这小子从小就聪明，不用白不用。

"我有约会呀……"

汪承宇知道今天是逃不掉了，古板的老严也好，聪明的老徐也罢，就算加上自己那个不善沟通的老爸，这些老铁道兵不管什么性格的人都有一个共性——倔！

打定主意的事儿，九头牛也拉不回来。

不拿出几分真本事，这小老头儿非把自己逼死不可，怪就怪自己非要耍什么小聪明，直接央求司机师傅把自己带到会展中心用地就好了。

悔不该呀。

# 14　大玩具

盾构机这种大型隧道掘进机械被形象地称为"地龙"，它就像一条地下长龙，随着掘进深度的增加它的"身体"越来越长，机体在地下行走，直到另一面的破土，全部隧道贯通，工程也就竣工了。

使用盾构法掘进最大的好处在于节约时间，最显而易见的优势在于——不死人！

是的，自从老严指挥秦岭山体隧道提前十个月贯通时，他当场流下眼泪，仰天告慰那些牺牲战友的灵魂。

"我们打隧道终于不死人了！"

铁道兵穿山架桥的历史是战斗的历史，光荣又充满悲壮，最典型的是成昆铁路1100公里的铁道线上长眠着约一千位铁道兵战士，平均每一公里铁路牺牲一名战士，数字是枯燥的，只有亲历的人最能体会那种滋味！

可以说没有铁道兵战士的牺牲，就没有联动新中国命脉的铁路线，而这条铁路线上，最悲壮的是开掘隧道的战士，那一个个"老虎团""硬骨头连"就是顶着巨大的牺牲铸就的钢铁般的队伍。

汪承宇对这条"地龙"可不陌生，别的小孩儿还在玩"过家家"的时候他就用这大家伙当捉迷藏的藏身地，躲在那家伙里面，哪个小朋友也别想找到他。

那个时候爷爷奶奶、爸爸妈妈因工作原因经常不在家，不把他带到工地还真不知道放哪儿。

这么多年来，别人眼中神秘的机械在汪承宇这里如数家珍，除了模样和大小有些区别，功用结构简直闭着眼睛都能讲明白。

上大学的时候导师讲 TBM（一般指全断面硬岩隧道掘进机），他硬是把导师给驳得哑口无言。这家伙理论联系实践，在这领域如鱼得水了，无怪乎学位刚到手，相关专业的单位就抢着要，最后还是当爹的伸手快，直接把他划归门下，从某种程度上来说还真不算徇私。

可惜家长都以为了解孩子，其实"代沟"这种东西还真是存在的。

父子间的确心连心，可两者间的巨大沟鸿并不是刻意回避就不存在的。

当汪承宇被老徐硬拉进停摆的那台机器里面的时候，熟悉的感觉又充斥在身体之间，看着焦急的工程师和驾驶员，汪承宇把不屑的表情已经挂在脸上了。

所有人都疑惑徐老为什么要拉一个小年轻进工地，还是进这种核心位置，当徐老向众人说明请来一位专家给看看问题的时候，所有人都大跌眼镜。

"这不就是一个刚毕业的学生吗？"

汪承宇暗笑，自己面相是年轻了些，可也不至于刚毕业吧。

"徐老这是您家子侄吧……"

说这话的人有些不客气了，就差没说："您老倚老卖老也就算了，带个小年轻戏弄我们算怎么回事？"

汪承宇本来是被动的，可当那些人把挑刺儿的眼光落在自己身上时，骨子里的傲气顿时被激发出来，他一头扎进驾驶室，像摆弄玩具一样熟练地查看各种软硬件。

驾驶室非常狭窄，两个人并行尚且不能，所以没人看到他在鼓捣什么，就在大家担心这个年轻人把金贵的机器鼓捣坏了，刚要发表意见，"轰隆隆"响动声发出，停摆的机器重新启动了。

"这怎么可能？"

有些人惊讶，更有些人仔细，从这小子进去到出来不到十分钟，说好的德国专家团呢？说好的八小时呢？不科学呀！

碰巧，一定是碰巧。

似乎，大家在同一时间默契地达成了一致。

"刚才我就在检测，是不是刀盘转速达不到设定值造成的。"

说这话的人叫陆凯德，他认得汪承宇，自然汪承宇也认得他。这位陆叔叔入伍比父亲早多了，身为铁道兵的老战士，以作风硬朗著称，曾创下72小时不下火线的纪录，和他一起共事的都称他为陆铁人。

这一次陆铁人刚想发挥连续奋战攻克技术的工作，没想到故障轻易地被解除了，而轻松排除故障的人还是汪建国的儿子，这让他脸上无光了。如果是汪建国自己，还有情可原。

"对呀，刚才地质结构发生变化，软土变硬岩，很有可能是设定值调得不对呀。"有人附和道。

"驾驶员呢？快进去看看机械有没有问题？"陆凯德连忙下令。

工程施工方这边陆凯德是现场总指挥，在现场他最大，驾驶员连忙回到岗位，摸索着检查了半天回应道："完全正常，随时可以投入工作。"

"再等等！"陆凯德说道，"工作人员再把各构件的隐患排查一下，以免刚才没找到真正故障原因，瞎猫碰死耗子的事儿不可能次次有。"

有人说陆凯德这个人没啥毛病，就是认不清自己的能力，想当初和汪建国争领导位置失败，他就到处和别人说局里是看着汪老的面子。其实，后来汪建国接二连三高升也证实了提拔他那位领导有慧眼，就算看汪老的面子，谁也不能一而再再而三，可着一个人使劲提拔是不是？毕竟集团下面可有几万张嘴，没有能力的人上去那可是一场灾难。

事后陆凯德从工程队长也逐步升了几格，但始终离不开现场施工一块工作，直到做到现在的位子。

比不过老子，还比不过小子吗？

本来汪承宇对这位叔叔辈的长辈谈不上好恶，可是他刚才说自己是瞎猫碰死耗子，这可有点儿欺负人了，自己是小辈也就算了，怎么说也是徐老带进来的人。徐老担任过首都地铁工程总工程师，现在也是身居要职，不看僧面看佛面也不带这么埋汰人的吧。

若在平时小汪也就不打算争辩了，可今天是什么日子？是小汪击败权威的日子，是迎来自由的日子，是马上与女友双宿双飞共用创美好未来的日子，这样的大日子怎能留下不愉快呢？

"怕有隐患就拆了机器好好检查一遍，顺便说一句，您就算把机器拆了也找不出问题在哪儿。"

汪承宇这话是直接对陆凯德说的，而且是当着在场所有下属的面，说话的声音还特别大，眉宇间的笑意充满着挑衅的意味，最令在场人意外的是徐老居然和小汪的表情一模一样，仿佛这话只不过是通过小汪的嘴传达他本人的意思。

华铁集团老一代人里没有"花花轿子，人抬人"这种说法，可也不代表会让人当众下不来台，就算徐复文是老一辈，可陆凯德也是华铁一代，工龄近三十年的老员工了。

"你什么意思？"陆凯德冷着脸质问，"你是说我们这么多人都找不到问题，就你一个人能找到？"

"如果你们能找到为什么要等德国专家呢？"汪承宇一点没客气地反驳道。

"那是因为这台机器是德国原装货，不贸然动手是怕给国家造成损失。"

"不如说是怕担责任，把问题统统推给德国人。"这是对待进口机器的通病，大家心照不宣的事却被汪承宇一针见血挑明了，一旁的徐复文哈哈大笑。

"你……"陆凯德涨红的脸满是怒意，但是当着徐复文的面又不好与一个晚辈对撕，就算赢了也太有失身份，缓了半晌慢慢平复情绪的陆凯德反问道："那你说是出了什么故障？"

"刀盘驱动……"

汪承宇话音未落，一旁的驾驶员连忙抢答，生怕答晚了责任落在自己身上。

"我输入了几次启动命令都没反应，不可能是驱动的问题。"

"你输入的是什么命令？"汪承宇反问。

"是德方原装机的命令。"

"谁告诉你这是原装机了？"

这一次话音不大，但却激起一层波澜。

"你胡说什么，合同上明明说……"秦秘书刚想跳出来指责，忽然想到那份德文合同自己也没看全，只模糊记得专家说过机器没问题，难道合同里有陷阱？

# 15　权力交接

秦秘书应该庆幸自己及时收住了话，谨慎无大错，这话应用在什么时候都没问题，技术上的事让技术员们去撕好了，自己只是负责协调。

"你们既然不信，自己慢慢排查好了。"汪承宇拾起背包对徐复文摆摆手，调皮地笑道："徐爷爷我先走啦。"

"说过多少次了，叫我徐大哥！"

众人汗颜，虽然有年轻同志为了讨好老前辈愿意叫某某哥以示年轻，但是老同志主动要年轻人叫大哥的还真没见过。

不过更多的人心思不在这位北京来的地铁专家身上，以陆凯德为首的施工方急切想知道出了什么故障，之后不论写排查报告还是优秀事迹，这一次都是可以树立典型事件。

内容都想好了，就是某年某月的事故中，全体施工人员在陆总指挥的带领下连续奋战刻苦攻关，终于攻克了德国技术专家都难以解决的难题……

不对，跑远了，不是思想跑远了，是人跑远了。

"把他拦下！"陆凯德急了，今天无论如何也要从这小子身上挖出真相。

"我有约会呀！"小汪欲哭无泪，他哪里是这些工地汉子的对手，当场被按了个结实，就差没拿他当犯人审了。

"说！到底是什么故障?"如果不是这小子一脸无辜的样子，陆凯德几乎要怀疑他就是汪建国派来戏弄自己的。

"我说了你们又该有人负责了。"

"什么意思?"陆凯德开始相信这小子说得是真的了，不仅仅因为这小子说的是实话，更是徐老的态度。

采购盾构机的时候，集团专家可是全程参与的，如果真被这小子言中，恐怕真的要有人为此负责了，最有可能的就是陆凯德自己，自己当初可是极力赞成购买德国路德集团的产品的。

把人家德国货夸上了天，到关键时刻该出故障一样出故障，德国专家说八小时后来就不会早到半分钟，一点儿也不担忧工地的施工进度。

花了这么多钱，不就是为了让工程进度再快一点嘛，可以说现在的时间，每时每刻都是宝贵的。

"意思就是你们这些人太蠢，哈哈哈……"

乘人不备，汪承宇狂笑着撒开两条大长腿，飞也似的逃离了工地。

集团工地这么严肃的地方怎么会有人这么狂放? 在场人的脑子同时"宕

机"，待醒悟过来确定是被嘲笑之后，这才火冒三丈吵嚷着要找这小子算账。

市会展中心用地。

这里还是一片荒凉，不过是刚刚完成了生地转熟地的基本工程，就在这片荒凉的平地上搭起了一个舞台，背板上醒目的大字表明这里即将举行一场历史性的奠基仪式。

今天的奠基可谓意味深长，对市里而言这是市区向南发展的标志，对志远集团来说是迈向商州新开发大潮的第一步，仅这一个大项目就能保证未来十年集团的发展呈上升趋势。

为此，高志远今天也是春风得意，染了一头黑发，看起来精神满满，意气风发。

"高总今天气色不错呀。"

在场的人纷纷恭贺着这位商界大佬，乘上了改革开放快车道三十年的高总可谓一直沐浴着春风，他把今天的成功归结为四个字——有情有义。

若非有情有义，他当年何苦带着一群快要吃不上饭的战友出来打拼？若非有情有义，他何必放着享福的日子不过一头扎进工地这种当时谁也瞧不上的地方与战友们同甘苦共患难？

所以说呀，人要是想成功，还是要讲情义的，所谓现代管理就是六亲不认那套伪命题也就骗骗毛头小子，真要是六亲不认了，谁还会实心实意给你干活儿？

如今的老战友们都退下去了，除了享受养老金外，志远集团还额外另开一份工资，当年集团的功勋哪个不是锦衣玉食？

谁敢说给志远集团拼命是亏了？当年跟着高志远干的人那叫有眼光。

"天气真好啊，风和日丽。"比起天气，更加和煦的是高志远的面色。

"是啊是啊。"周围的人一片附和，对待成功人士，除了让他站在主要位置之外，还要让他说过的话不落在地上。

"别看今天这里是一片荒地，明年的春天这里将变成大片的建筑工地，后年将屹立起一座新城，而这座新城将以会展中心为中心向外拓张，第一个新项目就是东边的多功能商场。"要么怎么说陈副主任是有心人呢，这位主管城市建设规划的实际操作者早把这一片规划了然于胸，此时说出来既捧了高志远的面子，又彰显了自己有水平。

"市里的规划指向哪儿，志远集团就打向哪儿。"高志远的话掷地有声，他就是这样一个人，为人谦和，让人放心，身为大老板一不霸道二不高傲，这样一个人又是出了名的有情有义，谁不愿意与之交往？

"新规划有了志远集团的加入如虎添翼呀。"是啊，春风得意的不仅有他高志远，还有陈副主任啊，这个大项目落实了，谁不高看他陈俊杰一眼？如今主任的位置空悬，他若没资格还真不知道谁有资格。

"不过说起多功能商场，如果正建设中的地铁能够稍稍向东偏这么一点点那才叫如虎添翼。"以商人的精明，没有比此时谈条件更合适的时机了。

自家女儿在年轻人一辈中自是不必说，可在老一辈看来还缺乏锻炼。

"只要志远集团如高总所说，一直围着市里的规划转，那么相关的回馈自然让高总满意。"陈副主任还没到几句迷魂汤就会被灌倒的地步，自然是打官腔。

规划这种事又急不得，高志远依旧带着笑，他有七成把握自己所想的能实现。

赞誉声再次起伏，主宾皆大欢喜，高志远是真高兴啊，在六十耳顺的当真是听什么都耳顺啊，不过说的也是实情，集团的发展蒸蒸日上，接班人的表现到现在为止让他满意。正想着，一辆橘红色奥迪 T.T 来到戛然而止飞速闯入会场，在一阵刺耳的刹车声中稳稳地停下来，一位年轻的美女打开车门走了出来，她一甩满头乌黑的秀发，摘下宽边墨镜，大方地向众人走来。

"大小姐还是这样有性格，凡事喜欢亲力亲为。"

在场的人赞叹着，当然这种赞叹是发自真心的，志远集团连退休员工都是车接车送，大小姐怎么可能配不起司机呢，只能是因为有个性。

"她还不成器，今后还需要在场的叔伯多多照应。"高志远说。

"那是那是，一定一定。"又是一阵附和声。

众人都知道，今后的老高只是坐镇，前方拼杀的事全权交给这位高大小姐了，这位天之骄女坐拥巨亿财富，起跑线不知道超越别人家孩子几条街，而且从目前的表现来看还是合格的。

奠基更重要的是仪式感，借助市里向南发展的第一项工程来宣誓志远集团的权力交接，老高这一手不得不说是低调的大手笔。

行为低调，意味深长。

"尊敬的各位领导、企业家、各位来宾，今天是志远集团在南郊工程中的第一个奠基仪式，改革春风拂面，今后的日子里，志远集团将与商州的发展一道走下去，为新城新区的建设贡献自己的力量……"

高小姐的讲话迎来了一阵阵掌声，在场很多老同志忍不住感叹，今后的江山是年轻人的了。

汪承宇赶到的时候，台上相关领导的发言都结束了，看着风格迥异的女朋友，他不禁想起两人刚相识的时候，那个时候的高薇穿着素色的裙子，一副邻家少女的模样，他顿时被这个"朴素"的女孩儿吸引了，事后相当长一段时间才知道，那条"朴素"的裙子价格是 3 万元……

不过汪承宇不怕，他相信自己的才华绝不是有限的金钱可以比拟的，迟早有一天他会证明自己的价值，于是两个人很安心地度过了大学时光。

时光匆匆，对于恋爱男女来说，他们已经不年轻了，可在汪承宇的脑海中，小师妹始终是那个小师妹，哪怕她成了高高在上的高总，在自己的心目中她永远如初见。

# 16　成长的烦恼

汪承宇第一次见到高薇的时候还是在大学的校园里。

在迎接新生入校的过程中，他是亲眼所见高大小姐是如何把前来送她入校的队伍赶跑的。是的，是队伍，还是用赶的，而这些人根本就是主动凑上献媚的，但人家高大小姐根本不稀罕，径直跑向人群中最突出的学长，也就是汪承宇这里，用柔和的笑容细声细语问道。

"学长，可以带我入校吗？"

东南交通大学是一座正宗的 985 院校。老铁道兵们最引以为傲的有两件事，一是以参加铁道兵为荣，二是子女入学东南交大。在华铁各建设局领导的带领下这座学校简直快成了华铁的子弟学校，新生一入校，老生第一个问的不是系别和籍贯，而是"你爸几局的"？

这种风气下让赫赫有名的铁道兵子弟一入学便备受关注，何况还是享誉隧道世家之称的汪家？

汪承宇自入学以来便是学校的风云人物，是很优秀的，但家世也很重要，似乎所有人都知道他将来是要当领导的。这种攀附风曾一度让这位有志青年极度困扰，直到几年后与这位小师妹结交，她是不会刻意攀附谁的，如果说为什么愿意与汪承宇接近？

"哥有才华呗。"汪大才子大言不惭地放出话。

校园里的汪承宇自然引人注目，但是才华能不能当饭吃，这个问题还要靠市场来验证。

随后的交往中无数次印证，汪承宇的才华不是假的，小师妹倾心于汪大才子绝对与攀附无关，因为有着国内知名建工集团志远集团这样的背景，若说高师妹想攀附谁那可真是个笑话，华铁再厉害也是国家的，志远集团可是她爸高志远自己的，家里只有一个独生女，之后是谁的还用得着强调吗？

两人在学校演绎了一场才子佳人的好戏，奈何佳人有背景，如今的成就俨然在才子之上，出手就参与商州市新城区规划这样的大项目，在华铁集团就算再有才也要先干个一二十年零杂工才可以独当一面了吧。

奠基仪式虽从简，但基本的讲话、培土和礼炮齐鸣等环节必不可少，这一套下来参会人皆大欢喜，汪承宇赶来时只听到雷鸣般的炮响，加上现场的领导、宾客、记者、礼仪小姐等人员众多，当他把目光锁定在高薇身上时却发现自己这根针竟然插不进密得泼不进水的人墙。

"高总好，我们是博林园艺的，新城区的规划中绿地建设是重中之重，高总一定要尽心关照呀……"

"我们是华匠建设的，生地做成熟地这块业务我们公司最在行了，上一次没竞争过华铁主要是听说令尊是华铁旧人，如果有下一个项目请务必考虑我们……"

高薇如他的父亲一般低调谦和，可越是这样越让人觉得他们父女俩深不可测，主菜被他们志远集团夺了，配菜总得让一些人分一杯羹吧，平时约见大小姐而不得，还有比今日更好的时机吗？

"大家在建筑领域的实力是有目共睹的，我们志远集团也愿意广结善缘，父亲常说市场这么大不是一家做得完的，还望各位叔叔伯伯多多帮我。"

汪承宇纵是有心却也杀不进这满是谄媚的人群围成的圈，奇怪，高薇为什么会对那些人笑？上大学的时候她不是最讨厌这种人的吗？就算演戏这也太逼真了吧。

汪承宇想不明白，高薇却做得极为自然，生意场上嘛就算是竞争对手也没有死仇，何况这些想围着志远集团赚点体己钱的小公司？

小高总若是有心与这些公司结交，那么宴会即使每道菜不重样也能吃到明年，谁让中华美食甲天下呢。

好容易打发走了这些小企业，高薇一拔车钥匙，朝着驾驶室努了一嘴，汪承宇心领神会地坐上了驾驶位，在一众人群惊愕的目光中，高调地接走了小高总。

"这人是谁呀？"

"长得倒是挺好的，小高总喜欢俊男也情有可原吧。"

"绣花枕头满大街都有，小高总初出茅庐，不要被外表骗了才好。"

"方才不是有几位领导中意小高总，要把自家子侄介绍给小高总嘛。"

集美貌与财富于一身，背后不被人议论才奇怪呢，如果要是因为这个打喷嚏，高薇恐怕连睡觉也不得安稳了。

被议论的两个人此时已经过了郑河驶上了环城快速路，此时的环里和环外是两个世界，里面是略显老旧的城区，外面到处是欣欣向荣的工地，很显然未来新城的光辉将会盖过旧城。

"如果要来志远集团上班恐怕得从基层做起，否则会难以服众，带坏了集团风气就不好了。"

此时的高薇自觉地代入了集团管理层的角色，话语中一丝温情也没有。

"高伯伯的意思呢？"汪承宇很不舒服，先前招揽他的时候高志远可是一副伯乐遇上千里马的架势，和高薇如今说的待遇完全不同啊。

"爸爸老了，他的那一套适应不了现代企业，从今往后改组志远集团的工作将会一直推进下去，直到把集团发展成有竞争力的国际化大公司。"

"EMBA毕业后，小高总的想法就是不一样了哈。"汪承宇舒服不起来，刚刚戏谑了隧道集团的现场工程师那股畅快被高薇冷冰冰的话瞬间浇灭，曾经以为不屑世俗的女友从象牙塔里出来适应社会的速度倒是蛮快的嘛。

"没办法，感情是感情，生意是生意。"高薇似乎还没从奠基仪式的状态回来，说起话来还是不紧不慢的，好似游离于情感之外，让人亲近不起来。

"那你对我的感情如何？"

"山无棱，天地合，才敢与君绝。"说这话的时候，高薇终于绷不住了，"扑哧"一声笑了。

"好啊，刚才你是一直憋着坏气我呢！"若不是手把着方向盘，汪承宇真想给高薇一个拥抱。

"说了感情是感情嘛。"

在这个只有二人世界的私密空间里，高薇终于露出了与年龄相符的表情，钱在她眼里不重要，她看中汪承宇的是那份自信，尤其是这种自信偶尔被自己亲手打击了一小下的那种满足感。

"好啊，看在你对我感情这么深的份儿上，我原谅你的无礼。"

"不过你真来我们集团？不怕你爸……"

"那个暴君已经被我推翻了，胜利是属于革命者的。"说着，脚下油门加劲，车子像离弦的箭一样飞驰而出。

"慢点！超速会被开罚单的……"

"啊——"

云霄飞车疾驰而下，瞬时速度120公里的露天飞驰让人心跳加速，血脉偾张。

高薇就喜欢玩这种刺激的游戏，但是从小被教育要做稳重的女孩子，她还没多少机会玩乐，偶尔与闺蜜一起尝试也是尽量端着姿态，唯有与汪承宇在一起的时候才敢畅快地狂喊。她相信这个男人，所以自己一切不好的一面都敢暴露给他，而他也真的不负所托，不论自己做什么从来没引来过一次说教与抱怨，当然与那种谄媚不同。

就比方说疯玩儿，在汪承宇的口中就是人类的自然属性，过分被拘束的欲望总要通过某种形式宣泄出来。他知道，为了这次奠基仪式殚精竭虑的女友需要宣泄，没有比游乐场更好的约会场所了。

"嗯——好吃。"高薇舔着冰激凌，发出由衷的赞叹声。

平时的高薇总是被严苛地管教着，唯有和汪承宇约会的时候才可以稍稍放松，汪承宇简直是她的救星。

说来也怪，她爸看似平易近人，实则看得过眼的人不多，汪承宇能入他的眼还真是老天对她的一种眷顾。因为两人的上一辈虽然同属铁道兵序列，个人私交方面却没什么交集，甚至让人隐隐感到有某种仇视成分在里面。

"你真的辞职啦？"

虽然印证过几次，但是高薇总有一种不真实感，汪家与华铁那么深的渊源，真的说放弃就能放弃？就算是他汪承宇也不见得真能放下吧。

"真的，这一次我玩脱了，老爸对我该是彻底失望了。"

不错，连汪承宇自己都认定这次戏要老严是他成人以来做得最过分的一件事，比之小时候往旱厕里扔鞭炮还过分。

"你还干过这种事？"

"还好啦，你也知道我是在工地上长大的，实在没有玩儿的东西……"

高薇不想追究他小时候做了什么，她只想享受今天，因为过了今天她又得做回那个脸上时刻挂着淡淡微笑小高总。继承家业听起来很美好，却也绝对不是什么美差，高薇的命运从出生就注定了，她必须独当一面，都这个时候了总不能抱着老爸的脖子撒娇说，您还年轻还能再干几十年吧。

唉，这就是成长的烦恼吧。

# 17 "那就别回来找我"

集团常务会上，陆凯德对汪副总发了火，而且当着所有人的面儿指责他教子无方。

"这一次必须给汪承宇处分！"

当着手下的面儿被挑战了权威，换谁都会不好受。

汪建国推了推鼻梁上那副厚重的眼镜，深吸一口气说："教子无方这个我承认，不过要给汪承宇处分这件事儿恐怕做不到了。"

"有些年轻人仗着子一辈父一辈的关系为所欲为，我们不是兵了，可还是国家的企业，不管某些人权力有多大，不管亲疏远近，在华铁不是想包庇谁就包庇谁的！"

如果不是众领导满眼诧异的目光看着自己，陆凯德还真以为这番话说得大义凛然，任谁也挑不出毛病。

不等集团领导发话，参会的徐复文抢先说道："我就卖一把老资格，年轻人的性格是狂放了些，可还谈不上为所欲为吧，他的行为至少替工地抢回十五个小时的工时，最难能可贵的是他打破了只有德国人才能修德国货的定律，不到十分钟就修好了满场工程师都束手无策的大型盾构机。"

说着老徐把目光落在总经理身上，坚定地说："我这个人眼里揉不得沙子，功是功，过是过，汪承宇的口气是狂了些，但还远未达到要给处分的地步，某些人要是想扣帽子，我拼了这把老骨头也要上总局告状去。"

"这……"都是老铁道兵，谁不知道谁的脾气，陆凯德被噎得说不出话来。

在场人谁敢忽视徐复文的话？这位看似玩世不恭的老顽童，实际负责的超级工程有着每公里近十亿元的造价，若是他没有发言权，在场的人谁还有发言权呢？

总经理被徐复文的直率逗乐了，赞了他的风骨后，转头对汪建国说："要打官司当事人总得到场吧，把你家宝贝小子请出来吧。"

汪建国真是欲哭无泪，无奈让秘书把那份辞职报告拿了出来。

"这次是真请不出来了，这小子不想干了，当爸的也不能强留吧。"

看了汪承宇的辞职报告，陆凯德的下巴都惊掉了，合着来自己丢了这么大的脸，这一状是白告了。

"批了吗？"徐复文也大跌眼镜，原来那小子当时已经提出辞呈了，这么说来自己是抓壮丁了？怪不得他当时是一脸不情不愿。

"嗯！批了！正在走人事手续。"汪建国说。

"不行！必须把他弄回来！"徐复文一拍桌子。

老华铁的人都知道这位徐总工，且不论业务能力如何，单说性格就两字儿——骄纵。

老徐当年改了年龄十三岁当兵，事后上了工程兵学院才改回真实年龄，因为入伍年龄小，从老连长到下面班排长一直照顾有加，后来又因为各级领导护着，养成了骄纵的性格，五十多岁的人了，身上总是透着一股孩子气，他要说自己敢找总公司告状，没人敢怀疑他是放空话。

"没用！"一直不吭声的老严发话了，"这孩子自己不想干，九头牛也拉不回来。"

"这是人才啊，你得给留住啊，实验室现在最缺这样的人才嘛，换别人行吗？"说着老徐的眼睛瞟向陆凯德，把老陆臊了一个大红脸。

论打拼老陆行，盾构机？靠边站吧。

"863"计划就是要突破盾构机的核心技术，打破国外垄断在此一举，别说他老陆，就是老严的专家不也只是来当个顾问嘛。

"九头牛不行就十头牛！老汪家这孩子我看得上！"

会议关于汪承宇这一块儿在老徐的坚持下就这么拍板儿了，辞职报告审批权上调一级，一切人事手续暂停办理。

正在享受自由的小汪还不知道呢，自己的自由梦做到头儿了，当然这还取决于他日后的抗争，不过老徐既然铁了心要管这件事就绝不能只在集团会议上拍拍桌子了事。

就在老徐亲自出马找小汪的时候，汪承宇正遇到些麻烦，市会展中心动工用地，本该一片繁忙的工地突然停工了，造成这一切的主要原因是地面用电变电器出了故障。

汪承宇和一个个工作人员瞪起了大小眼，在他的印象里出了故障不是应该马上排除吗？怎么都看着自己？那眼神分明是不怀好意好吗。

宋副总工年近四十，也是干过很多大工程的人，前一段说好要给工地派一个能人，哪想到竟然派这么个毛头小子，学历上一串串的名校名导倒是很吓人，但工程这种东西可不看学历。工地上流传一句话，博士生不如农民工，意思是说他们只会画不准确的图，到了现场全是农民工在解决实际问题。

宋副总工自然是把汪承宇归为眼高手低那一类了，既然公司陡然给自己派了这么个上司，就让新来的上司安排好了。

"排查呀！"华铁的队伍里有傲慢的、有态度强硬的、有脾气不好的，却从来不会在工程上懈怠，汪承宇很不满地看着在场的工作人员。

"线是上个施工队留下的，一时半刻捋不清，还请汪总工给看看吧。"宋副总工的态度不软不硬，就是有点怪。

汪承宇恍然大悟，敢情这是给自己下马威呢。他眉毛一挑，挑衅般地看着宋副总工说："你手下的人都不中用啦？"

一竿子打翻一船人，常在工地打拼，火气都不小，这下子周围人群情激奋。

"有这劲头对我使，怎么不去排查线路？"从小混工地的小汪同志太了解这些人的脾气了，激一下，再显露出自己的本事这才能让人彻底信服，不然真以为自己是软柿子呢？

"用不着你们笨手笨脚的，看我的！"汪承宇撸胳膊挽袖子抄起工具奔向变电箱。

众目睽睽之下，只见他飞快地把线路捋好、拆装，懂行的人立即发出一阵阵赞叹。以往的那些工程师很少有亲自动手的，更不要说这么熟练的，这一手就把人震住了，人们还没等看清楚他是怎么弄的，只见电闸一推，用电通了。

"还愣着干什么？干活去吧！"汪承宇拍拍手，不屑地说。

宋副总工的脸色很不好看，这小子比一般的老手还要熟练，连橡胶手套都不戴，简直就像从小摸着电门长大似的。

"宋副总工啊，下次要是再连这种小毛病也解决不了，我就该质疑你的能力啦。"

还不待宋副总工应声，汪小子扬长而去。

远处，一辆黑色奔驰的驾驶室里响起银铃般的声音。

"我就说他行的。"

看着渐渐秩序井然的工地，高志远也笑了，抚着女儿的头发说："这个宝捡得好，你们可要好好相处啊。"

高薇的脸上浮起一抹红晕，自己选的男朋友能得到父亲的认可，还有什么比这更令人欣喜的呢？

只是……

父亲这是怎么了？

高志远的笑容突然僵住了，他的目光落在车窗外的一个小老头身上，这人他熟得不能再熟，他来干什么？

来的人正是不死心的徐复文，他见到汪承宇一把拉住就往外走。

"徐爷爷，我这上班儿呢。"汪承宇咧着嘴挣脱。

"上什么班儿？你该回实验室上班。"徐复文板着脸说。

"我都辞职了回什么实验室啊，我现在是志远集团的总工程师，我……"汪承宇停止了挣扎，因为他看到高志远父女正向这边走来。

徐复文也看到了，他的脸冷得更厉害了。

"劳动法有规定，用人单位不得强制劳动者违背主观意愿参与劳动。老徐，一把年纪了别这么孩子气。"高志远看似心平气和地劝说，实则是压着火气呢，不然一直在暗中观察的他不会主动现身。

"你把他按在你这里最多出个像你一样的人，国家就损失了一位科研人才，孰重孰轻你就没有分辨能力吗？"徐复文说。

"科研？搞科研能赚几个钱？"

"高志远你也是铁道兵出身，能不能别像个黑心商人一样说话？"

"我一年给国家纳税好几千万，怎么黑心了？"高志远脸红脖子粗，之前和颜悦色的表情瞬间消失。

"你这里不需要那么大的才！"徐复文的语调提高了八度。

"我这里需要什么轮不到你来指责，要找儿子让他汪建国自己来找！"高志远发火的样子让熟悉他的人全都愣住了，多少年了没见过高总发这么大的火，即使企业最困难的时候也只是见他多了几分愁容而已，在有外人的时候从来都是一副风轻云淡的样子，别人都说这是大老板才有的气度。

汪承宇也没见过高伯伯发这么大火，在他印象里从来都是笑眯眯的好大伯，一直是他的榜样，怎么听起来像和这些老同志有仇一般？徐老也是……

不过细细品味，倒像是两个小孩子在斗嘴……

"我可不是替汪建国来找儿子的，我是为国家挽留人才，他的辞职报告没批，我今天来是希望他看在我这个长辈的分儿上回去和我们好好聊一聊。"

"聊什么？"高志远很警觉。

"聊男人该聊的东西!"

"你……"高志远真生气了，多少年了还没人敢这么顶撞他，当然不包括徐复文，这小子从年轻时就没给过自己好脸色。

"爸!"高薇拉扯住高志远叫道："算了，让他去。"

高志远仿佛在故意激女儿一样，弯着腰问她："如果他改变心意了呢?"

高薇瞥了一眼汪承宇，咬着嘴唇坚决地说："那他就别回来找我。"


# 18　故事


汪承宇感觉自己就像砧板上的肉，不论东家还是西家都想上来切一刀，就算自己有点才华，可实验室上百人呢，哪个不是学霸级人物? 不至于偏偏揪着自己不放吧。

随着徐复文回去的路上，他把嘴皮子都磨破了，可一向喜欢斗嘴的老徐这一次充耳不闻，不论怎么说就是一句话。

"到地方再说。"

"咱们这是去哪儿啊?"

公务车一路驶向隧道集团主办公区。

"我说徐爷爷咱们这样没意思，我和我爸那边早就说好了，严爷爷作证……"

"你严爷爷想见你。"

"见我?"

严开明与徐复文只比汪建国虚长几岁，怎么说呢? 这个爷爷的称呼是从汪老那里传下来的，因为渊源太深，还真没办法绕开这个称呼，何况汪承宇打小也是叫惯了的。

这位严爷爷在汪承宇的记忆里便一直是父亲最敬重的人，看似古板的他其实非常慈爱，对自己也很好，也正因如此，这次闹离职是自己昏了头，更是触到了他爸的逆鳞。

就像大庆的子弟从生到死都被油田安排好了一样，华铁的子弟很少有离开华铁去别的地方工作的。汪承宇也没指望闹一次就能顺当离职，本来做好了长期抗争的准备，没想到在严爷爷的劝说下，霸道的父亲居然同意了。

只是……

"既然劝了我爸爸，为什么还要再见我？"

徐复文也没告诉他答案，汪承宇隐隐地觉得这次见面不寻常。

最终的见面地点是在隧道集团的荣誉室，这里有着集团的前生今世，这里既有铁道兵穿山越岭的战斗岁月，也陈列着"863"计划以来实验室创造的成果，最显眼的正中央陈列着集团自主研发的第一台复合式土压平衡盾构机"华铁1号"，尽管廉颇老矣，可它那硕大的身躯依然显示着它在装备领域王者的气度。

这里记录着坎坷岁月，也记录着辉煌时代。

荣誉室还没建成的时候汪承宇就来过了，甚至更久远的历史也从老一辈人口中反复听过很多遍，只是从小到大听的报告可以拍成一部长纪录片，如果严爷爷想用这些打动自己，恐怕……

走过宽阔的成果展示大厅，徐复文带着汪承宇上了二楼拐进了一间小房子里，这里主要陈列着铁道兵的照片和文献资料。

严开明推着老花镜正盯着一张照片出神。

那是一张女兵的照片。

汪承宇一眼掠过去，只觉得照片上的人很惊艳，与寻常女兵常有的飒爽不同。照片上的人是极美的，一双明亮的大眼睛美得让人难忘，这样一张照片只要见过就绝对不会忘记。

没错，汪承宇家里也有一张这样的照片，是在父亲的旧笔记里夹着的。记得小时候偶然翻到这张照片的时候被父亲发现，当场不问青红皂白地挨了一顿揍，这件事他一直记忆犹新，调皮捣蛋挨揍那叫心服口服，这么莫名其妙的一顿揍如何让他服气。

那个时候汪承宇一直以为照片上的人是父亲爱慕的情人，甚至母亲与父亲分居多半是因为她，但是当荣誉室的文史资料里发现她的照片后，汪承宇这才觉察到不对，这个人既然存进了荣誉室，那么……

严爷爷哭过了，汪承宇想。

"34年了。"徐复文的目光落在照片上，长叹着气说。

严开明推了推老花镜框，闭上还湿润的眼睛，点头道："是啊，时间已经很久了……"

"她是谁？"汪承宇问。

两位上了年纪的人默声不语。

"我能看看吗？"汪承宇又问。

严开明默默地把资料推给汪承宇。

"啊！"

当目光扫在资料上时汪承宇惊诧了，果然如自己猜测，那么今天的故事里她应该是主角了。

在汪承宇的成长历史上，这样的故事听过很多，这一次又会有什么不同呢？

"我们只是觉得你该回来，或许有我们自私的原因，或许是我们老了，想早一点看到那一天的实现！"

严开明声音有些沙哑地说。

"汪老对我们的帮助很大，但是对你绝不单单是看在长辈的面子上。"

"三十几年了，有些尘封的往事是该对你讲讲，之后如何选择就看你自己了。"

汪承宇知道，这将是他从未听过的一个故事版本，但已经决断的事怎么能因为那么久远的故事而改变呢？听听也无妨，也好与这份渊源做一个彻底了结。

1976年元月。

命运在汪建国15岁的时候改变了。

这位昨天还在黄土高原上放羊的知识青年到现在还不敢相信，随着火车一夜奔驰，自己已经离那个苦哈哈的小山村有几百公里远了。

此前他一直都知道，当兵这种好事儿对他这种成分的知青来说和做梦差不多，直到两名解放军叔叔……

这两位首长同志不知道对村支书说了什么，硬是把全村唯一的名额放在了自己身上，然后二话没说飞野似的带他离开了那片土地贫瘠的黄土高坡。

在这之前，家里可以说对他是不闻不问，更不要说见一见常年不归家的父亲。

就在他以为一辈子都要在那个山沟子里的时候，命运突然改变了。

"是你父亲让叔叔来接你的。"

这位年纪看起来和自己相仿的人叫徐复文，他似乎很喜欢强调叔叔这个辈分，总是不断提醒着自己。

不过既然和父亲互为同志，那么自己称呼一声叔叔也不算吃亏。

另一位严叔叔看起来很严肃，休息的时候总爱捧着书本，好像一直看不够的样子，徐复文却总说他笨，那么简单的问题还要看很多遍。

严开明不是笨，而是他一直在想怎么才能把盾构机做出来，书里除了几张简单的配图和工程原理就再也没有更深入的介绍，倒是打眼放炮的矿山法长篇累牍，他实在无法从几张简图里看出更深入的构造，不过他知道，用盾构机打隧道死人的概率大大降低了。

"如果我们也有盾构机就不会死人了。"

"嘘……"徐复文制止了严开明继续说下去，仿佛做贼一样左右看看，然后凑到严开明耳边压低声音说："这话题不适合在火车上讨论。"

严开明这才意识到自己失言了，这么大的课题是他这种刚从铁道兵工程学院进修过的小学员能讨论的吗？

不过他实在不能不想，他还记得老连长送他走的那天语重心长的话。

"好好学，学出本事来让咱们的战友少牺牲一些。"

两年来的相处，他和徐复文无话不谈，也终于得知十年前就已经是营长的老连长为什么止步在连长的位置上再也没前进一步。那是一起非常惨烈的地质事故。

那是在修建大西南一条重要的战备铁路线的时候，崇山峻岭加上复杂的地质结构几乎成了修路禁区，铁道兵们逢山开路遇水搭桥。老连长所在的营就在这条线路的关键位置打隧道，这条隧道的复杂情况此前从未见过，刚凿开没多久就凿穿了地下水层，大水把官兵们硬是冲了出来。

用了两个月把水排干继续前进，没想到每前进十几米就会遇到地下溶洞，带着万年积水的地下溶洞深不见底，战士们只得在上面搭钢桥继续作业，其间还遭遇一次大塌方，洞顶直接塌成了通天洞，这些困难都没能让官兵们退缩，然而老连长的命运就在下一次事故中彻底改变了。

突击连队在掌子面作业的时候遭遇地陷，与此同时头顶还在塌方，战士们根本来不及躲避一个班集体陷了下去。见到战友被埋，第一个想到的是去救，结果救人的把自己也搭了进去，后续的战士不顾生命危险，前赴后继续跳下去救人，然而不断塌陷的地面好似绞肉机，无情地吞噬着一个又一个生命。

头顶还在塌方，情况万分危急，时任营长的老连长冲上去张开双臂拦了还在冲的战士们，阻止了这场自杀式救援。

老连长的果决挽救了很多战友的性命，然而那些陷进去的生命再也回不来了，整整十八名战士的牺牲让全营蒙上了一层阴霾。

事后，有人背后说老连长见死不救，这样的话说多了，对老连长的影响非常不好，上级调查后虽然没明面指责老连长阻止继续救援的行为是错，但是以对险情防控疏忽的理由给了他一个严重警告处分，还撤销了营长职务。

自此之后，老连长的职务再也没得到过提升。

见严开明情绪有些低落，徐复文低声安慰道："这也不是你一个人的事儿，没听谭老师私底下讲嘛，咱们国家工业底子薄……"

严开明瞪大了眼睛惊讶地问："谭老师什么时候对你讲的？"

"你不知道？"徐复文也愣住了，具体他也记不清了，不过印象里确实是学院的谭老师对他讲过，思前想后这才一拍脑门说："忘了，那次是我和谭老师喝多了，他是酒后失言。"

"你们还一起喝酒啦？"

学院是禁止饮酒的，严开明不知道这个徐复文到底还干了些什么大逆不道的事。

"总之我们国家开隧道还只能用人力，大型机械的事儿先别想了……"

严开明的话音未落，一道声音清脆地楔入两人之间："谁说我国开挖隧道不能用机械。"

这道清脆的声音把两人吓了一跳，没想到在隆隆的火车上居然有人把他们的话一字不落地听在耳朵里，两人"腾"地站起来，循着声音的方向望去全愣住了。

"是你?"

# 19　偶遇

脆生生的声音是从背后座位一位少女身上传出来的。

两人还没看清少女的样貌,目光却齐刷刷地落在正对座位上的一位女同志身上。

严开明简直不敢相信,返程回来看到的第一个熟人竟然是时不时浮现在自己脑海中的白莎燕。南疆的恶劣环境侵蚀了她的肌肤,不过这种成熟丝毫不掩饰她的美,尤其是那双闪亮的大眼睛,这扇心灵的窗户灿若繁星,是他记忆里最真切的东西。

"你们?"

白莎燕也认出两人,自从一年前有过接触后就再也没见过他俩,繁忙的工作也使她没闲心打听两人的去向,不想再次见面的时候竟然是返程的火车上,而且他们的军装……

"恭喜你们一起提干了。"看到他们军装上的四个兜,白莎燕面露欣喜。

恭喜倒是诚挚的,但严开明觉得白莎燕似乎并不怎么意外。他不好意思地笑笑说:"才进修完,还没有正式任命呢。"

"太好啦!这边没人,过来一起坐。"白莎燕还是那样落落大方。

当汪建国怯生生地换过座位后正对着这位白阿姨,他竟然惊呆了,这也太美啦,这一辈子就没见过这么美的人,而且她还是一名解放军干部,看着两位叔叔熟络的样子,不用问肯定是铁道兵的人。

故人重逢,有欣喜,还有感慨。

白莎燕说:"两年没见了,你们都成熟了。"

"也没什么,当初想了几个小点子,没想到……"严开明不好意思地挠挠头，他不像徐复文那样脸皮厚，敢直接坐在白莎燕身边，斜对着白莎燕的他依然不敢直视那双美丽的眼睛，听着白莎燕的夸赞，心底倒是泛起了嘀咕，好像她的年龄并不大吧。

"士别三日当刮目相看，你们学成归来，可以挑更重的担子了。"白莎燕是真心高兴，她一直为当初隐瞒严开明救人的事而自责，现在看到他居然凭一己之力提干，这说明他是真的很优秀。

"你们刚才说我们掘隧道没用过大型机械？"这时，刚才发问的少女突然用她那特有的清脆声问道。

"这位是……"严开明迟疑着问。

"谭雅，是咱们的军属，这次她妈妈特意嘱咐我把她带过来。"白莎燕介绍道。

"哦？"严开明问道："她妈妈也是咱铁道兵？"

"当然。"白莎燕看着穿着崭新军装的汪建国问道，"这是咱们的新战士？"

"我们是顺路把他接回来的。"严开明不好意思地笑笑。

在学院接到电报时严开明也很意外，不过对上级的命令他可不敢提出疑问，不就是回程路上顺便接一个兵吗？虽然这个兵是汪总工的儿子。

军装这种稀缺资源还是徐复文想办法从当地武装部弄到的，虽然有些不合身。

"汪总工的儿子？"白莎燕特意端详了一下汪建国，他坐在谭雅的身边，这个新兵个子倒是挺高的，就是有些瘦弱，军装穿在他身上有些短小，和同样穿新军装的谭雅比起来气色差了许多。

"在陕北当知青的，这次顺路就带回来入伍了，他们村支书还不同意，我就对他说这是军令，敢违抗军令是什么下场让他自己掂量。"徐复文哪里容得了别人忽视他，两句话就把底泄了个干净。

原来小汪同志的入伍名额是这么来的，严开明总算明白了小徐老兵和村支书密谈的内容了，大抵是偏远山区的村支书不禁吓，这才把宝贵的名额让出来。一路上大谈保密守则的小徐老兵这一次还不待别人问，就主动泄密了，真不晓得白莎燕同志哪儿来这么大的魅力。

"白护士这是从哪儿来？"严开明问。

白莎燕笑着说："从家乡刚休探亲假回来，顺便把这孩子接过来住上一段，这孩子很不得了，对铁路施工熟悉得很。"

"她还懂施工？"

徐复文满脸诧异，这才正眼打量身边的少女，十四五岁的年纪，鹅蛋脸上透着精灵古怪的神气，嘴角带着笑意，仿佛已经习惯了别人惊讶的目光。

"你们连国内设计制造过掘进机都不知道，还来问我懂不懂施工？"谭雅的脸上有着明显未脱去的稚气，小小年纪岂止是不谦虚，简直是没把他们俩放在眼里。

"你是说盾构机？"严开明立即提起兴趣来。

"是不是你说的那种盾构机我不知道，但是我知道咱们国家1966年就设计制造了第一台掘进机用于工业性试验，之后又设计制造过大小不同的掘进机用于隧道工程。"谭雅张口就来，不似作伪。

"你确定是掘进隧道？"严开明不可思议地问。

谭雅很笃定地点头道："确实，不过一共也就制造过三台，性能有限，最长掘进深度669米，最高月进尺179米，最大直径是4米。"

一连串的数据把两位刚刚学成归来的年轻干部震住了，这女孩儿不简单呀。

"是什么样的隧道？"严开明身体前倾急切地问道。

谭雅一脸遗憾的表情，两手一摊说道："两条水利工程隧道和一条煤矿隧道。"

仿佛刚刚点燃的一团火被一盆冷水浇灭，严开明长叹着气捶胸顿足道："可惜，如果是铁路隧道就好了。"

"有什么好可惜的，能造出水利用的就能造出铁路用的，只不过是时间问题。"谭雅满不在乎地说。

"至于盾构法嘛……"谭雅下意识地咬着手指手，像个邻家女孩儿，她自顾自地说，完全没注意到有一双眼睛几乎目不转睛地盯在她身上。

汪建国被小女孩儿身上特有的气质吸引住了，那张洋溢着青春热情的脸庞却在诉说着高深难懂的知识，人家是怎么学的？

青春是有朝气的，青春也是最有权利挥霍时间的，严开明相信谭雅所说的，只不过在场的人谁也没料到，这个"时间问题"一等就是三十几年……

严开明受到了鼓舞，紧握双拳激动地说："早晚有一天我们一定能造出属于自己的盾构机。"

汪建国的嘴一直没合拢过，他问谭雅："你怎么知道这么多啊？"在他心里两位来接他的首长已经懂得很多了，可偏偏在一个小姑娘面前甘拜下风，实在令人难以置信。

"我爸教我的。"

这是汪建国第一次和谭雅说话，这么多年来他一直不敢开口提自己的爸爸，而谭雅偏偏是带着自豪地说起。

"你爸爸是……"徐复文仿佛意识到了什么。

"他在工程兵学院任教。"

谭老师！

当知道这个消息后，严开明释然了，谭老师在学院时是隧道工程的专家，在他眼里可能只有那位汪总工能比，输给他的女儿不丢人。

只不过……

回头再看看这位小汪同志，他好像一点儿也没得老爷子真传啊，都是专家之后差距怎么这么大？

"白护士你长得这么灵秀，家乡一定在江南吧，我听说江南出美女。"学成归来的严开明终是增添了不少自信，说起话来也比从前大方。

"是江南的，还是诗里那个"烟花三月下扬州"的地方。"白莎燕本来是极美的，说到烟花三月，一丝江南婉约的气息仿佛悄然围绕在身边，厚厚的冬棉衣也遮掩不住。

"那里一定极美。"

"那里历史悠久，景色宜人，有大名寺、瘦西湖，风光旖旎，让人流连忘返。"

短短几语白莎燕描绘出了一幅优美的江南风光，对比起外面把日光都吞噬掉的黑风暴，那是怎样一幅诱人的画卷啊，要是胡杨沟也是这番景色那该多美啊。严开明憧憬着想，如果真是那样就算多干几年活儿也会感到惬意吧。

"对了，我这里有石榴。"白莎燕说着便伸手从挎包里掏。

扬州产石榴，红彤彤的大石榴散发着诱人的香味。

在胡杨沟连新鲜蔬菜都不能时刻保障，何况水果这种奢侈的东西，白护士千里迢迢从江南带来的，怎么好意思吃呢？

严开明连忙推辞，可还没等张口，徐复文一脸贪婪地从白莎燕手里抢过大石榴说道："想这口儿很多年了。"

对了，徐老兵的家乡也是那边的。

"剥了皮保存不住了，再说不给战友们分享难道喂了胡杨沟的老鼠呀，不过不能都给你们，除了老鼠还有不少馋猫等着呢。"白莎燕调笑着说道。

白莎燕的话把大家逗笑了，于是一个个不好意思地每人掐了一点儿石榴籽，待一颗石榴转了一圈还剩大半个。

"给！"白莎燕把剩下的半个石榴递给最瘦弱的汪建国。

汪建国几乎不敢相信，刚刚经历了连糠都吃不饱的生活，突然把石榴塞到嘴里，那滋味已经是永生难忘了，白护士还对自己这么好，捧着半个石榴，他哇地一下哭了出来。

"在部队我一定好好干，干出个样儿来报答白阿姨。"

这个小兵芽子太可爱了，满座人都大笑不止。

# 20　姐弟

汪建国既然已经认了两位解放军叔叔，也不再怕多认一个阿姨，没想到他的举动却招来了邻座少女的鄙夷。

"瞧你那没出息的样儿，我这里有苹果你要不要？"谭雅说着从包里掏出一个又大又圆的苹果，红透的表面散发着诱人的果香。

热闹的小团体又发出一阵哄笑。

谭雅清脆的声音让整个旅程多了许多乐趣，也掩盖住严开明那点儿连他自己也说不清楚的小心思。

白莎燕的行李很多，她说都是女兵用的东西，南疆偏远，买点什么东西都不便利，幸好女兵们之间有个不成文的约定，不论谁回家探亲都会主动担任采购员，大包小裹的便不足为奇。

她一直说幸好有谭雅帮忙，不然这次采购的东西怕是挑拣一些半路消灭了。

严开明是知道胡杨沟的生活有多苦，连他们这些男兵都有熬不住的时候，何况曾经娇滴滴的水乡妹子？

一说到消灭采购物品，严开明面色一窘，他有些后悔回来的时候没采购些特产，吃了人家的东西总要还回去呀，好在他知道列车在进入南疆前是要在兰州站停靠补给的。为了能买到还人情的东西，他难得地厚着脸皮搜刮了徐复文的零用钱，这在平时是绝对不可能的。两年的学院生活从来只有徐老兵熊他，怎么可能反过来？

徐复文仿佛心知肚明一般，既不反对，也没问原因，任由严开明把钱拿走。

这个态度严开明虽是始料未及，却也没心思深究，让人郁闷的是列车经过兰州只进行了短暂的停靠，并未像平时一样长时间补给，这便没给他买东西的时间，毕竟这个时候的火车站可没有小贩，而列车上卖的东西不适合送给女同志。

问及列车员缘由，得到的回答是临时调度调整，列车改由武威长停。

这……

严开明头都大了，虽然是第一次从列车从东向西开，可是他也知道，过了兰州再想买到合适的东西是难上加难。

尽管一路上有说有笑的并不寂寞，不过心里揣着事的严开明让人看起来是一副心不在焉的样子。

徐复文冷眼旁观，打定主意想看看严开明到底想搞什么妖蛾子。

列车停靠武威站，这里可不比兰州繁华，因为前路还要走好远，这一停就是两个小时，时间倒是足够了，可是上哪儿买东西呀？

这年头买什么都得要票，买副食品还得去集体副食商店，那些都是大城市才有的东西，武威才多大啊。

严开明一筹莫展，说是上站台走走，这都半个小时过去了，他还是想不出办法，再往西那可就真的什么也买不到了。

一位穿着铁道制服的老同志从低矮的房门走出来，严开明连忙上前问道：

"老同志，这里有什么特产吗？"

老同志看到他是一名解放军战士，这才耐着性子说道："除了黄河水还能有什么特产？"

严开明很懊恼，难道他寻礼物的想法就此落空？

老同志看他着急，便问道："同志，你想要啥特产？"

"最好是水果之类的，易于保存的那种。"严开明是临时起意，也说不上想要啥。

"这边的枣子还是可以的。"

"有卖的吗？"严开明连忙问。

"要9月份才下来呢。"

"干的可以吗？"

您就不能把话一气儿说完？严开明这心就像过山车一样，被这位老同志调得一会儿上一会儿下的。

副食品商店是没有的，不过老同志手里刚好有五斤干枣子，可以分给严开明两斤。

"先说好，不要钱，不过你得想办法给弄双黄胶鞋来。"老同志一本正经地说。

"可是我没有啊？"严开明有些急躁。

"等你有了再寄过来。"

"那您不怕我赖账啊？"

"铁道兵能赖什么账。"老同志不以为意地摆摆手。

"您怎么知道我是铁道兵？"严开明诧异地问。

老同志轻咳了一声说道："除了铁道兵，这个季节哪里会有军人进疆？"

老同志把包好的干枣子塞到严开明手里不再说什么，倒背着手摇摇头，啧啧自语道："起风啦……"

是啊，除了铁道兵，谁会选择在风季进疆呢？望着愈发昏黄的天，严开明想起初次进疆时的窘态。

久久才归来的严开明正琢磨着如何把干枣子送到白莎燕手里才不至于尴尬的时候，突然远远地望着车厢门口，白莎燕正和徐复文相谈甚欢，两人的样子十分亲昵，远超过一般的同志关系。

偷看到这一幕，不知怎的他心中一阵酸楚，紧紧捏着纸袋里的干枣不知所措，不觉间包装纸已经捏破了。

过了许久，严开明神色不安地登上列车，那想不通的一幕让他心绪十分复杂，一想到两人说笑的样子，他就不知道该如何面对，毕竟他与白莎燕之间根本不存在除了战友以外的其他关系，如果一定说有，就是在救人的时候那一次接触。

徐老兵这人聪明，能说会道，平时讨得连队干部战士喜欢，那么讨女同志喜欢也是正常的，自己这是怎么了？那股浓浓的妒意为什么压不下去？

严开明努力说服自己，通往车厢的脚步怎么也迈不开。

"你在这儿发什么愣呢？"

白莎燕的声音把他从失魂状态唤回来，如果他能看到自己的脸，一定知道现在这副脸孔慌乱得可笑。

"这是什么？"白莎燕盯着他手里的纸包问。

纸包已经破了，露出通红的干枣子。

白莎燕的语气平静，平静的面孔上似乎带着些许笑意。

是了，白护士人好，对谁都笑盈盈的，就算和徐老兵聊得开心也很正常啊。这么长时间过去了，她早有了心上人了吧，不，嫁人了也说不定呢。谁让她这么优秀呢？

这一瞬间，严开明仿佛想通了一般，不再执念于刚才的心结，微笑着递上干枣子说："刚才吃了你的石榴，这包干枣送你了。"

白莎燕一愣，忽然想起什么，马上明白严开明消失这段时间原来是寻到了这包东西，满脸笑意说："好啊，那我就替姐妹们谢谢你啦。"

严开明忽然松了一口气，这样就对了嘛，保持一颗平常心。

白莎燕收下东西，刚转身要往车厢里走，突然又停下脚步，回眸问道："你是不是知道些什么？"

"啊？"严开明被这莫名其妙的一问搞愣住了，"知道什么？"

"枣子是补气血的，对女同志好。"还没待严开明反应过来，白莎燕嘴角勾起一抹笑，像一只小燕一样飞野似的进了车厢。

"补气血？对女同志好？什么意思嘛？"

仿佛念着咒语一般，严开明足足愣了五分钟。

"嘿！"

肩膀突然被拍了一下，徐复文活像个跳脚的孙行者一样调侃道："傻愣着干什么？还不快上去趁热打铁？你这个样子一辈子也别想追到我姐。"

"你说什么？"严开明有点蒙。

"别说你不喜欢她，我早看出来了。"

"你……你姐？"

一个姓白，一个姓徐，这算哪门子姐弟关系？

"对呀，我们家比较开明，我姐跟了爸爸姓，我就跟了妈妈姓，所以一般人我不告诉他。"徐复文那得意的样子，仿佛踩了高跷能上天一样。

"这么大的秘密你居然跟我保密到现在？"严开明不可思议地看着他，两年的朝夕相处让他们的感情超越一般的战友情，若不是对他比较了解，严开明定会以为是诓他的。

"你又没问过。"徐复文一副理所当然的模样说。

"我……"想着从前那位徐老兵曾一本正经地对他说驻地不许谈恋爱，原来还有这样深层含义。

"这两年相处发现你很不错，如今也提干了，追我姐，有资格。"徐复文一挤眼走开了。

再回头看，小汪和小谭也不知道去哪儿了，座位上只有白莎燕一人。

这暗示太明显了。

严开明默默地看着她的背影，深吸一口气，鼓足勇气走了过去。

"白……那个莎燕同志……我……"

紧张啊，喉咙突然干涩无比，仿佛被一双手扼住了一样。

白莎燕笑了："结巴的毛病又犯啦？要不要到我们医院找个医生给你治治？"

严开明面色一窘，想起了当初在师医院被问起是不是结巴的那段回忆，单纯啊！

"好吧，我坦白，我犯了一见到白护士就结巴的毛病，尤其是在想到了不该想的问题，不过我这个人保密守则背得好，不该说的秘密不说，不该问的秘密不问。但是现在我认为到了该问的时候，如果……我是说如果您的回答不是我想得到的答案，那么我一定严格保守秘密，这一次我保证再也没有像徐老兵那样能从我口中多问出一个字。"

"扑哧——"

一张绽开得如白兰花的笑脸流露着真实的愉悦，仿若一缕阳光扑面而来……

# 21　风灾

南疆的风季是很可怕的。

仿佛是为了唤起严开明的回忆，昏黄的天空遮天蔽日的扬沙让人睁不开眼睛，比新兵入营时那场风要可怕得多。

沙依巴克小站堆积着大量运送不出去的物资，葫芦口闹风灾，大风已经连刮了三天了，最严重的时候能把白天变得像黑夜一样，一切交通断绝，再这样下去，胡杨沟将面临断粮的危机。直到今日，上级才下达命令，不惜一切代价将补给运进胡杨沟。

要想完成这个任务，必须派一支经验丰富的运输队伍，高志远的汽车连被选中了，所有官兵顶着风紧张地忙碌着。

严开明一行人一下车就受到了大风的洗礼，还是熟悉的味道，好在几人做了准备，随身行李捆得死死的，相互搀扶着，这才勉强稳住一起走进候车室。

这里与其说是候车室，不如说仅仅是大一点的泥草房，窗缝根本不严，屋内的窗台上堆满了细密的尘沙。

即便这样，也比无遮掩地在风里好太多了。

老站长笑呵呵地给他们的军用水壶里补满水，然后一脸为难的表情看着他们说："有女同志在这里不太方便，能找车还是快点找车走吧，晚上还要来一班火车，到时候这里就挤不下了。"

"你照顾好大家，我去找车。"徐复文甩开行李奔出了狭窄的候车室。

望着外面的天，小汪和小谭都不是很淡定。

严开明安慰道："放心吧，徐老兵精明得很，一定能找到车的。"

"这种天气，除非有紧急任务，否则找不到车吧。"白莎燕不无担忧地说。

"找到啦，大家快来！"话音还没落，就听见徐复文兴奋地大叫。

"这么多人？"开车的是一个小战士，不知道徐复文给他塞了什么迷魂汤才答应的，但是一看到人数当时呆住了。

"我们都不胖，挤挤就坐下了。"徐复文嘿嘿笑着说。

这位汽车兵很无奈，拉开帆布帘给大家看了看车里面，只有一个将将能塞下人的位子，五个人除非瘦成干，否则休想塞下。

"这……"几人面面相觑。

"五号车怎么回事儿，还不快点儿。"

一声严厉的吼声传来，随后一名身材高挑的干部来到近前。

"是你！"

高志远的目光完全锁在了白莎燕身上。

自从白莎燕明确拒绝高志远的追求后，他们很久没见过面了，其间高志远相过几个对象，都不甚满意，不论看到谁，眼里缭绕的总是白莎燕的影子。两年来他努力不让自己去想那个影子，可偏偏越来越清晰，清晰到像刻在脑子里一样，轻微地触碰就会跃出来，当再次见到她本人的时候，高志远整个人都呆住了。

"要回胡杨沟？"高志远明知故问。

"是。"白莎燕只觉得看到这个人很尴尬，但是这两年来他也再没骚扰过自己，倒也相安无事，如果不搭理就明显不礼貌了。

"去我车的驾驶室。" 高志远脸上的笑意根本掩饰不住。

"哎？"

白莎燕愣住了，她看了看严开明等人，结结巴巴地问："那他们……"

"他们只能在这里过夜，明天再想办法。"高志远说。

"可这里连住的地方都没有……"

没错，沙依巴克小站连货舱都没有，更不要说住宿的房屋，车站有限的几个工人也是一个窝棚一个坑，勉强遮风挡雨，绝不可能给这十几个人找地方住。

这里一到夜晚气温就会骤降到零下二十几度，冬天更甚，通常是不会有人选择在这儿过夜的，何况此时弥漫着要命的大风，若不是上级的死命令，火车都不会往这边开，有些人开始羡慕那些听劝的人，留在县里等风过去再走。

"那我也在这里过夜。"白莎燕毫不犹豫地做了选择，并且找了一个帆布货堆蹲了下去。

"你是女的，没必要逞强。"高志远急了。

"革命同志不分男女，妇女能顶半边天哩。"说着，白莎燕埋下头，把棉帽扎得更紧一些，好像真的铁了心在这儿过夜了。

大风、低温，说不定还会出什么危险，何况她一个女同志，高志远皱起了眉头。

所有人都看出来汽车连高志远说了算，他们都用殷切的目光看着高连长，而高志远的目光完全落在蜷缩一团的白莎燕身上，半晌他挥挥手说："女同志进驾驶楼，五六七号车各腾出一个人的位子。"

"是！"

每辆卡车的物资都塞得满满的，不过要想腾出一个人的位子还是很容易的，很快各车分别安置好了。

车门重重地关上，当驾驶楼里只有两个人的时候，白莎燕明显感觉到气氛不对，高志远的眼神太过火辣，那满眼迷醉的目光带着浓浓的侵略性让她全身上下都不舒服。

"白莎燕，这两年你好吗？"高志远突然说道。

"高连长，我想你一定误会了什么……"

高志远抢白道："没有，我没有误会，不论相过几次亲，我眼前只有你的影子。"

高志远说着，连动作也带有几分侵略性了。

白莎燕慌忙躲避说道："高连长，我们是同志，也只能是同志，绝不能再进一步。"

"你有心上人了？"高志远追问。

白莎燕不想再纠缠下去，推开车门跳了下去。

"你去哪儿？"高志远连忙摇下车窗问。

"这种苦我还能吃，不劳高连长特殊照顾了。"白莎燕头也不回，上了后面的车。

高志远懊恼地猛捶方向盘，没事儿闲的说那些有的没的做什么。

严开明窝在两箱脱水蔬菜中间，狭小的缝隙让他蜷缩着，就在他刚刚调整好姿势准备长途颠簸的时候，帆布突然拉开，一道人影闪了进来，结结实实压在他身上。

"对不起，你没事吧。"

耳畔传来白莎燕温柔婉转的声音，那点重量早就忽略不计了。

"你怎么来这儿了？"

严开明显然还没回过神。

白莎燕调整了姿势，坐定，喘着粗气说："开明同志，借你的地方委屈一下。"

"不不……"

哪里委屈了，简直上天堂了要不要？能与白护士这么近距离接触是多少人求之不得的。

风沙打在车身上"噼啪"作响，汽车连艰难地出发了。

"我就看不惯他那种高傲的样子，仿佛全世界都要围着他转一样，若不是照顾革命同志的友谊，才不会上驾驶楼，可我一坐上去就发现，连整个驾驶楼里都弥漫着那股傲气，叫人根本受不了。"

白莎燕的嘴像连珠炮似的说个不停，在严开明的耳朵里如听天籁。

"那我这里呢？"

白莎燕抽了抽鼻子说："全是脱水蔬菜味儿。"

两人哈哈大笑。

幸得弥漫的黄沙和隆隆的发动机声把什么声音都掩盖住了，要不然真不知道独自一人开车的高连长听到了会做何想。

漫长的旅程着实无聊，严开明不会讲什么笑话，但也不能浪费这难得的机会，他只得把自己怎么因为小发明受到重视，又是怎么和著名的汪总工认识，又是怎样被推荐进修以及徐复文同志在学校的表现统统讲了一遍。

不料这看似无聊的话题竟然引起了白莎燕的兴趣。

"照你这么说，那个什么盾构法更快捷，也不会死人？"

"盾构法不等于盾构机，盾构法的确安全系数高一些，但是成本高、速度慢，不适合我们的施工现状，何况我们的爆破技术已经很成熟了。"

"那盾构机？"

严开明很遗憾地叹着气说："咱们国家没有。"

白莎燕似无意般说道："要是打隧道全用上机器该多好。"

打隧道的风险太多了，爆炸、烟尘、渗水、塌方等等，哪一个搞不好都要有人牺牲，铁道兵战士被誉为铁人，就是靠着这种不怕牺牲的大无畏精神战天斗地，可不怕牺牲不意味要随意牺牲，有些牺牲太没有必要了。

严开明想到了佟铁军，这个大个子在新兵班的时候与他不在一个班，下连打乱分班的时候才在一起，相处时间不长，更谈不上有什么了解，可佟铁军是他看见牺牲的第一个战士，之后又有第二个、第三个……

一个个年轻的生命就奉献给了祖国，他们的牺牲无疑是伟大的，可更伟大的应该是像老连长那样勇敢站出来阻止牺牲的人。

"这是我的使命！"严开明握紧了拳头说。

"也是我的使命。"白莎燕的眼中闪过不一样的东西，她补充道："防止牺牲和救死扶伤一样伟大，我们一定能实现人生的价值。"

高志远不知道后面两人谈的话题竟然这么崇高，从小到大一直很高傲的人在白莎燕身上屡次尝到挫败感。

白莎燕和那些相亲的女同志不一样，她不会像那些庸脂俗粉那样一见到高大帅气的他就两眼发亮，更何况他根红苗正，年纪轻轻就当上了连长，这些条件都很吸引人，但是他知道白莎燕追求的绝不是这些。

就算高志远心里有气，他仍然是一位优秀的汽车连长，两年来，这条线路他不知道跑过多少回，熟悉得像摸自己家门一样，但是这一次太狼狈了。

没有必要的情况下，车队是绝对不会在风暴最严重的情况下通过葫芦口，然而这一次没得挑，上级下达的是死命令。

越向前走车辆越颠簸，高志远本能地觉得不对，这条路早就被铁道兵的军卡压平了，这么颠簸的原因只能有一个，风把石头吹到路面上来了。

高志远瞥了一眼外面昏黄的天，大白天里车辆也必须开着灯走，不然后车就会跟不上。

车窗外能见度最大不过十几米，黄沙中伴着一阵阵黑色的粉尘。

不好！高志远想起了当地人口中传说的黑风暴，当暴风烈度达到黑风暴那种强度时，风沙会形成黑天的效果，一点光也照不进来，大风会拔起树木摧毁房屋，那么汽车……

他连忙打开双闪，把车开下路基。

训练有素的汽车连官兵马上理解了连长的意图，一辆接一辆尾随而至。

面对能摧垮房屋的大风，高志远不敢大意，全连的车全部用车头对着风向，降低横截面大小，尽量紧密地挨在一起提高抗风能力，就在这一切全都做完的时候，天黑了。

漆黑的天并非因为日落，而是暴风扬起的沙尘浓密到足以完全遮蔽太阳光。

这样的奇景何人见过？

在真正遮天蔽日的飓风面前，人类力量显得极为渺小，多看一眼都会感觉到那种来自心底深处的恐惧，那是一种原始的对自然的敬畏。

# 22　处分

幸得高连长经验丰富，及时把车队停下来，否则这样的风，足以致全连车毁人亡。

原本还有一丝光亮的后车厢此时黑得伸手不见五指，耳畔不住传来沙石吹进车厢的声音，即使紧挨着的两个人说话都需要喊才能听见，然而这么可怕的风已经把两人吓傻了，聊人生聊理想的心情全被吹到九霄云外了，更可怕的事情发生了。

蒙车厢的帆布本来系得很结实，狂风突然加力，一道流风硬生生地扯开了一根带子，随后受力面更大的帆布被彻底掀开。

严开明惊异于大自然恐怖的力量的同时，试图用人力阻止帆布帘继续飞散，他努了几把力，却发现人力与强风抗衡是这么吃力，好容易拉住布帘的一角，却根本拉不住。

白莎燕也过来帮忙，就在两人协力将吹起的布帘将要拉回来的时候，突然又是一股强风袭来。

"啊！"

白莎燕本能地尖叫起来。

蒙车的帆布整张被掀起，卡车后厢再无任何遮掩，车上的物资稀里哗啦地被吹飞。

白莎燕那娇小的身躯差一点就被风吹跑，身子一歪就要往车下栽，严开明一双有力的大手死死地拉住了她。

当风头过后才发现，白莎燕偷偷睁开眼，发现自己正被护在身下，借着狂风缝隙中微弱的光，她第一次从这种角度近距离观察严开明。

多么正气的一张脸啊，好似黑白电影里那些演正派人物的明星一般。

男人的神经总是大条的，尤其是在这种情况下，严开明并没有注意到白莎燕神色间的异样，两人躲在卡车斗里根本不敢抬头，那模样别提多狼狈了。

偷偷瞄了一眼周围，好几辆车的帆布都被吹跑，物资散落一地。

米面还好，脱水蔬菜可避免不了被蹂躏的命运，整袋整袋地被掀到旷野里，成了大自然的佐料。

"开明同志！"

"什么——"

白莎燕扯着脖子喊，可是她那打小说吴侬细语的嗓子即使放开了也斗不过风，严开明根本没听清。

无奈白莎燕只好附耳喊道："把我放开！"

严开明这才意识到这个动作相当不雅，刚才还可以说情急，再这样下去说成耍流氓也不为过了。

两人眯缝着眼睛，蜷缩在一起，尽量躲避着风头。

这大自然恐怖如斯，帆布棚仅仅被吹开几分钟，车斗里已经堆上了厚厚一层沙，豆大的石子打在脸上让人生疼。

风呼啸着，严开明用身体挡住风头，稳稳地把白莎燕护在背后，担心沙石打破她娇艳的脸庞，又担心刚才的举动让白莎燕过于尴尬。

白莎燕拉了拉严开明，在他耳畔喊道："别强撑，俯到挡板下！"

两人匍匐着，利用卡车挡板暂避了风头。

严开明用身体制造了一个狭小的避风港，这里除了耳朵还在被疯狂的大风恐吓，身体是安全的。

狂风中看不清白莎燕的脸，如果可以看到便可以去猜测脸颊那抹绯红真正的含义。

就这样，在听凭狂风肆虐的几个小时内，无意间制造出的二人空间里一种感情在悄然升腾，直到张牙舞爪的狂风也疲倦了，渐渐撤去的扬沙逐渐还给葫芦口一个晴朗的天空。

风停了。

方才的狂风仿佛做梦一样，来得突然，褪去得也干净，但是给人留下的恐惧太深，以至于时不时卷起几个小旋风也会让人惊惧不已，以为又是起风的征兆。

汽车连被狂吹得极为狼狈，七辆大军卡，只有两辆的帆布是完好的，物资更是惨不忍睹，至少被风吹走二分之一，风小后大家便开始组织抢救物资。

严开明起身时看到避风的夹角居然留下了人形印迹，在确认白莎燕安然无恙后，总算松了一口气，立即参与到抢救物资的队伍中。

"我姐和你在一起坐了一路？"徐复文惊讶于这个场景的转换，自己只是稍稍提点了这个榆木脑袋一下子，有可能发展得这么快吗？

想不通这个看似老实的家伙究竟使了什么魔法，看他虽是一脸自然，但总感觉哪里怪怪的。

"喂，小汪呢？"严开明把一箱基本完好的蔬菜装上车，这才发现，这台车应该是汪建国坐的那辆。

"在……哎？"徐复文环视一周，并没有在抢救物资的人群中找到汪建国的影子。

两人这才慌了，回来的主要任务是啥呀，护送小汪啊，两个堂堂铁道兵战士还能活生生把人弄丢了？

"汪建国——"

两人扯着脖子在附近喊了半天不见回应，狂风早把地面上一切痕迹都扫平殆尽，若是这小子是刚才起风时候走丢的，那还能上哪里找？

"什么？汪总工的儿子？"高志远也觉得头大，若非鬼迷心窍，自己完全没必要与这群人有接触，结果鱼没吃着，还惹了一身腥。

"不会让风吹跑了吧。"有人说。

刚才的风真的很恐怖，可要说真能把人吹多远也不尽然，周边都是一马平川的大戈壁，放眼一望就是好几公里，一个大活人是不可能被吹那么远的。

"这小子八成是自己走出去的。"小小年纪的谭雅却出奇地淡定，她在两堆大米之间找到了半个石榴，一看就是精心藏好的。

举着石榴，谭雅说道："他应该是想返回的，结果迷了路。"

风的威力大家都领教过了，保养得极好的大解放表面已是坑坑洼洼，人走进那样的风里会怎样？众人暗暗捏了一把汗。

"高连长，这条路您熟，您给拿个主意吧。"徐复文上去就给戴了一顶高帽。

这倒是有些多余，别说是新入伍的战士，就是普通百姓也不能不管。

高志远当即下令，以避风地为原点，七辆军卡向七个不同方向搜索十公里，不管有没有找到人再返回原点集合。

在那样的狂风下，十公里已经是人能走出去的极限了。

车开得很慢，严开明把着车架，焦急地望着昏黄的沙土地，每一块石头，每一个小沙包都不放过，他有些懊恼没看护好小汪同志，如果出了问题，怎么对得起汪总工的栽培？

随着时间的推移，他的心越来越凉。

看出他的焦急，白莎燕安慰道："别担心，就算我们这边找不到，还有其他方向呢。"

严开明眉头紧锁，说道："你说那么大的风，他跳出车外干什么？"

"也许是为了抢救物资吧，这一点我们的觉悟倒不如小汪了。"

从小汪把石榴藏好的举动上看，他并没有意识到自己的行为有多危险，从小受过良好教育的他一心想抢救回那些被风吹跑的物资，精神可嘉，却也太鲁莽了。

"那是什么？"白莎燕一指前方不远处一块凸起的石灰岩，如果不仔细看很难发现石块根部隆起的沙包表面露出一个军用挎包。

顺着白莎燕手指的方向，严开明伸长了脖子大叫："是小汪的挎包！是小汪的挎包！"

两人兴奋地拍着驾驶楼大喊："停车！快停车！"

驾驶员发现了情况，连忙刹车，两人跳下车直奔岩石而去。

背包下是一层沙土，汪建国一定是想在这里避风，结果被风沙埋了。

扒开沙子时发现他已经奄奄一息，手里居然还抱着一箱脱水蔬菜，他真的是去抢救物资去了。

"是缺水！快！"白莎燕护理经验丰富，看着汪建国干白的嘴唇立即知道问题关键。

严开明扭开水壶，按照白莎燕的指示，小心翼翼地将水慢慢倒进汪建国的口中，过了一小会儿，小汪的气息平静了许多。

"没事，醒过来就好了。"

有白莎燕在，严开明松了一口气，把汪建国安置在驾驶楼里，白莎燕在一旁护理，卡车驱车返回了。

其他几个方向均没有发现，高志远的情绪差到了极点。

"无组织无纪律，你们接回来的是什么兵！"

虽然人安然无恙，但是高志远还是把气撒到了严开明等人的身上，连带着对白莎燕也没留好脸色。

徐复文连连道歉，严开明也跟着连鞠了几个躬，可是道歉哪里能平复高志远心中的怒气。

"处分！这样的兵一定得给处分！我向上级打报告。"

"高连长。"白莎燕站了出来："这个小战士虽然冒失了一些，但也是为了抢救部队物资才在风沙里迷了路，一个处分可是要毁了他的。"

高志远手一挥吼道："那么大的风怎么抢救？他要是死了，挨处分的该是我啦！"

严开明说道："高连长，小汪还在昏迷中，回头让他亲自写检讨可以吗？"

严开明不说话还好，一张口高志远的火气更收不住了，指着严开明的鼻子喊："带你们回来已经是违反原则了，如今还出了这种事，等着吧！"

说完，高志远气哼哼地跳上车，重重地关上车门。

汪建国醒来的时候在师医院，朦胧中他一直觉得有一双温柔的手在照顾他，直到他睁开眼看到那双清澈的大眼睛。

"他醒了。"

尽管知道他不会有事，白莎燕还是很高兴。

谭雅的妈妈是特务连的干部，她嫌特务连无聊，总嚷着要往隧道跑，她的妈妈怎么会允许一个女孩子去那么危险的地方？她只好退而求其次说是去医院看白阿姨。

汪建国醒时，谭雅刚好在。

尽管汪建国比谭雅年龄大，可是他毛躁的个性从这次风灾中体现得淋漓尽致，谭雅十分不屑。

"汪伯伯名气那么大，怎么会有个这么冒失的儿子啊。"

谭雅的话让汪建国面色一红，不知道该接什么。

"我说你小小年纪舌头怎么那么毒，当心长大嫁不出去。"白莎燕也不比谭雅大几岁，却一直拿她当小孩子。

"白阿姨这次倒不虚此行，已经觅得如意郎君了吧。"谭雅嘴毒，眼睛也尖。

"你个死丫头！"白莎燕抄起手作势要打，可又哪舍得真打，不一会儿她把手收回来，双眼有些出神地自语道，"也不知道小汪处分的事怎么样了。"

# 23　言传身教

在学校的时候，严开明最思念的是老连队和白莎燕，想老连队的时候会更多一些，那里有老连长、丰班长和亲爱的战友们。

再次回到他们中间时，那种感觉简直和刚穿上军装时那种兴奋有得一拼。

老连长也是，他拍拍这个，看看那个，似乎还是更偏爱徐复文一些，拉着他的手笑着说道："在学校有没有被批评啊。"

徐复文打了个立正笑道："哪儿能呢，那不是给老连长丢脸嘛。"

"老连长……"

和徐复文相比，严开明的嘴明显笨了一些，但是他看起来更精神。

老连长也拍了拍他的肩笑呵呵地说道："好啊，学成归来可以担更重的担子啦。"

"老连长，我还不成呢，还得您经常指导。"严开明谦虚地说。

寒暄了几句，老连长左右看看问道："不是说带回来一名新兵吗？人呢？"

"医院呢。"

"怎么回事？"

严开明和徐复文面面相觑，这事儿还真是麻烦。

高志远那边不依不饶要打报告呢，问题说得很重，什么无组织无纪律，什么不适合当兵，就差没把因风灾而损失的物资全扣在汪建国头上了，平时惜墨如金的高连长一口气写了十页纸，就在他满意地收起报告准备上交时，门外进来一个人。

高志远愣了一下，随后浮起一脸尬笑："老……老营长，什么风把您吹来了？"

老连长板着一张生硬的脸孔说道："葫芦口的黑风暴啊。"

"您和我开玩笑呢……呵呵……"

"开什么玩笑，我是特意来谢谢你的，我的战士差点牺牲在外面，多亏了高连长。"

嘴上说着谢谢，脸却一直板着。

知道对方来者不善，可高志远不敢硬顶，唯诺地说道："那个叫汪建国的新兵太无组织无纪律了，您说要不是他私自行动……"

高志远说不下去了，因为他发现老连长的目光像刀子一个剜在他的脸上。

"要说无组织无纪律，我是不是也得给某位干部亮亮老底？"

高志远算是知道了，今天这事儿只要他出面就算完了，面色难堪至极，显然是被抓住什么小尾巴了。他犹豫地捏着十页纸，一声叹息，然后故作大方地把报告给撕了。

老连长的面色缓和了一些。

高志远把废纸丢进垃圾篓里，保证道："这事儿到此为止。"

严开明大为惊愕，本以为这件事得闹得人尽皆知，哪想到老连长一出马，三下五除二，风平浪静了。

虽然没听到他们之间说了什么，但是交涉时间之快，令严开明叹为观止。

"您都和他说什么啦，就这么算了？"严开明也有一颗好奇心。

难以想象当时怒得像一头小狮子一般的高连长真的把这件事轻轻揭过了。

老连长十分不屑地说："哼，那个贵公子，我三言两语就能把他打发了。"

"难道……"严开明猜到了什么。

老连长也没隐瞒，冷哼一声说道："他在我手底下当过兵，那年他实际年龄才14岁，我怕他受苦，就像照顾小徐老兵那样把他放在身边，当时我还是营长呢。"

老连长丝毫没有避讳那段历史，而且讲得特别仔细，好像是故意给严开明听一样。

高志远曾经给老连长当过通信员。平时工作就是送邮件，给连队干部洗洗内务干一些杂活儿，比起打隧道的一线人员可轻松多了。可他还是闹着要回家，劝了几次之后，当时的营教导员提出要处分，还是身为营长的老连长给按下了，哪想到这小子不知道哪根筋不好使居然逃跑了。

当时的施工现场深处大山，到处是崇山峻岭，全营为了找他，硬是耽误了三天工。按理说这一次肯定饶不了他了，没想到一纸调令到了，他被调到修理连去了，再后来就是提了干，直到现在当上了汽车连连长。

"原来还有这段渊源，这可是一把大杀器啊。"严开明啧着舌。

"陈芝麻烂谷子了，对他现在也没什么用，只是抖出来面上不好看，再带兵也没脸说那些冠冕堂皇的话了。"

用一些旧闻换了不给汪建国处分，老连长用心良苦，而带严开明来也是大有深意："这件事告诉你，是让你知道，个别干部的底子也不是很好，今后你不再是个兵了，做什么事多动动脑子，有的人软的欺硬的怕，遇上这种人低三下四是没有用的。"

严开明又不是笨，哪还不知道老连长这是耳提面命，以老带新呢，心中顿时暖暖的。

回连队第二天，严开明撸胳膊挽袖子就要上工地，还是被老连长给拦住了。

"施工面现在一切顺利，想积极也不差这一时。"老连长如是说。

跟在老连长身后到处转的严开明知道，老连长这是要带他的。的确，当干部和当战士是不一样的。

"如果只会对着战士喊'冲啊'，这样的干部不当也罢。"老连长的话挺狠，但是一下子让严开明知道，不论是拎风枪，还是除渣爆破，自己甚至不如一些技术战士，学了那么多可是要学以致用的。

"还记得你走之前的那次塌方吗？"

老连长带着他转了半片山，两人站在山坡处，再抬头便可以清晰地看见山顶的雪。

"记得。"严开明点头道。

那次塌方一下子埋进去一个班，幸运的是塌方位没在掌子面正上方，加上救援及时，这才有惊无险。

"从那个时候我就觉得这个隧道不对劲儿。"老连长跺着脚下的土坡说道，"打通大西南线的时候什么样的隧道我没见过，塌方不是这么塌的。"

在其他地方施工，山岭或许险峻，岩石或许坚硬，地质情况或许复杂，但是铁道兵走南闯北见过的隧道太多了，应对塌方是有经验的。常规塌方会有征兆，如见到少量沙石落下，一旦出现那样的情况，第一时间预警，不管是否真的会发生塌方，人员先撤出来，这样就最大限度地保证了人员安全。但是上次一塌方一点征兆都没有，事后据被埋进去的战士讲，当时正在掌子面打眼，"突突"的风枪声让他们什么也没听到，当塌方来时，还没等反应过来眼前就已经是一片漆黑。

"但是施工已经快两年了，不是没有事吗？"严开明不解地问。

"你发明的那种撑靴很好用。"老连长赞了他，"因为支护工作到位，这两年的确一帆风顺，可是汪总工说过，这雪山里面的问题很复杂，他几次尝试过带人爬山取样，但是钻孔深度不够，取到的地质样本有限，如今隧道已经向内有两公里多了，我有些担心……"

理论和实践是有距离的，老连长深入浅出地引导，让严开明心生感激，也下定决心好好学。

"我……"

看出严开明的忧虑，老连长笑着拍了拍他的肩说："不用太过担心，工程到现在还是很顺利的，我也只是启发你一下，希望你能学以致用。"

严开明梦寐以求的盾构机目前还是个梦，即便如此，大家也不会因为缺少大型机械而停止建设祖国的脚步。

受了老连长的启发，严开明真的把注意力集中在这万年雪山的地质研究上了，他的床底下堆满了从附近收集来的岩石样本。

"这是钟乳石？"

当白莎燕再次见到严开明时，已经是一个月后。

汪建国已经正式编班，成了一名光荣的除渣小战士。而谭雅在得知白莎燕要下基层时，吵着要看看隧道，自然而然与严开明见面了。

面对严开明，谭雅显然对收集来的石头更感兴趣。

这一个月下来，严开明沉稳了许多，见谭雅对岩石样本感兴趣，便饶有兴致地为她讲解。

"数万年前这里的地表还很温暖，雪山下的溶洞还到处都是钟乳石，随着气候的变迁土层冰冻，溶洞里再也没有变化，直到我们铁道兵前来打通这万年雪山。"

白莎燕一脸惊愕，叹道："你连这大山里面几万年前的样子都知道啦？"

严开明笑笑说："术业有专攻，要我救人肯定不及白护士。"

"这钟乳石尖是从隧道里带出来的？"谭雅捏着一块岩石问道。

严开明的面色严肃了起来："嗯，这些岩石夹在冰层中，几万年没有变化，而我们打眼放炮改变了洞里的环境，冰层正在逐渐融化，说不定什么时候就会引来塌方。"

"塌方……"

谭雅自小受父亲的影响，对隧道工程的名词耳熟能详，塌方是隧道的天敌，如何能让她淡定。

"确定吗？我没听过这样的塌方诱因。"

严开明不好意思地笑笑说道："是我自己想到的。"

正说着，泥土屋被一群刚刚从工地上下来的战士推开，一股寒气瞬间涌了进来。

屋里人去看屋外人，一个个目瞪口呆，这些回来的战士与上工时形成了鲜明的对比，分明成了一个个"冰人"。

# 24   经验汇编

刘高卓带着战士们下来时，狼狈不堪，战天斗地的铁道兵战士被脏兮兮的冰壳包裹住，人与人之间一拥挤，竟然发出硬物碰撞的声音。

"刘班长你们这是……"

严开明放下手中的岩石样本，怔怔地看着一个个涌进来的冰人愣住了。

"洞里喷水了。"

刘高卓的嘴唇发青，他试图脱掉藤盔，可是棉袄冻得像铠甲一般，两条手臂根本动弹不得，其他人的样子也不比他好到哪里。

"快烤烤火。"白护士出于天职，担心这些战士体温过低，幸好地火龙够暖，很快坚硬"铠甲"软了下来，这些人才把湿漉漉的衣服脱下来。

"今天不知道怎么了，第一炮下去，洞里就开始喷水，水流倒是不大，但是淅淅沥沥流个没完，大家冒着水作业，出来时就成这样了。"

刘高卓对严开明那点怨气早就没有了，严开明提干，他也很高兴，逢人便说自己班里带出个干部，那是面子有光的事儿。

记得临走时，严开明曾感动地说过："本来你自己也能当干部的。"

刘高卓却呵呵一笑，不以为意说道："让我拿风枪还行，当干部？我不是那块料。"

刘高卓率领的风枪班是全连战斗力最强的班组，后来连里决定成立风枪突击队，刘高卓任队长，自此他便有了"风枪队长"的绰号。

今天硬骨头九连的尖刀班头一炮就炸出了水，情况不是很好，但是尖刀班的战士并没有被困难吓倒，提着风枪继续干。

有的战士调侃道：现在不怕有烟尘了。

渗水是克服了一些烟尘，但是却给施工带来极大不便，溶化水落到衣服上很快冻结，形成了如刘班长他们一样的"铠甲"。

这是一个十分复杂的地质现象，严开明立即赶往隧道获取第一手资料。一进入作业面，顿时被淋了个落汤鸡，水比想象中的大。

在隧道里，严开明遇到了汪锡亭。

"小严来啦。"汪总工微微点头示意。

严开明望着头顶不时滴下来的水说道："和判断一样，山体腹地是一个冰冻了万年的溶洞。"

"嗯。"汪总工对严开明的判断很满意，笑道："这次成水帘洞了。"

"那咱们岂不都成了孙悟空？"徐复文在一旁调侃道。

"你就是孙猴子边儿上那只小猴。"老连长毫不客气地戳着徐复文的头。

这小子就算提干了，也是逃出不老连长手心里的一只小猴，他嘿嘿一乐说："您是菩萨行吗？"

"报告！"

有通信兵顺着隧道跑进来，一面躲着上方的滴水，一面朝着汪总工敬了个军礼道："团长让你们过去。"

"我们？"

"对！包括所有新提干的人员。"

隧道发生大面积渗水，团长是一脸愁容，现场他是早就去过的，该如何解决这个问题，还要听在场专家的。

没人比汪锡亭更有资格发言了。

"我们打到了溶洞层，与南方的地下溶洞不同，这个洞内的水都结成了冰，因为打眼、爆破、人员呼吸和电灯带来的热量，冰层是逐渐融化的。"汪锡亭率先发言。

"能不能想办法将水排干再施工作业？"

团长的话刚一出口便看到汪锡亭为难的表情，立即意识到问题并没有想象中那么简单。

106

果然汪锡亭一脸为难地说："这里的冰是渗在岩石中的，地质情况极为复杂，在以往的工程里从未见过这种情况。"

排水还可以试一试，但是排冰……

老团长也知道这几乎是个不可能完成的任务，但是他不能表现出束手无策的样子，转向严开明等人问道："你们这些新学成的预备干部对此有何想法？"

几个人与严开明同批进修的学员窃窃私语。

"有话就大声说。"团长突然提高声音喊道。

几个小干部立时打了立正站好，看似目不斜视，心思却几乎差不多。

汪总工都解决不了的问题，他们能有什么主意？

严开明皱眉思索了许久，鼓起勇气说道："报告。"

"哦？"团长把目光落在严开明身上，这个干部在提干前曾因搞小发明获过嘉奖，团长对他的印象很深，饶有兴致地问："你有什么办法呀？"

"我没办法。"严开明说。

旁听的几个人暗自发笑，没办法还往枪口上撞，没看到团长在气头上吗？

"我只是在想，在岩石缝隙间的冰融化很容易引起塌方，这样的塌方没有征兆，我们必须提高警觉……"

"严开明你什么意思？"

话音未落，斜刺里一个声音打断了他，顺着声音传来的方向一望，学员队里站出一个人，他大义凛然地指责严开明道："我们全团上千战士奋战在国兴3号隧道，不怕苦不怕累，誓要打通万年雪山，你却在这儿大放厥词说什么有塌方危险，影响士气。"

"我只是实事求是说出自己这几天的发现，你难道没做实地勘探吗？"严开明对着来人反问道。

站出来的人叫陆凯德，在学员队的时候就仗着自己是老兵，什么事都要指手画脚一番，这次在隧道中看见官兵们奋战万年溶洞，恨不得自己也冲上去，他早已打定主意，团长这边一完事，马上奔赴前线，和战友们一起战斗。

此刻陆凯德的热血翻涌，水帘洞算什么，他恨不得能再困难十倍，唯有在困难面前才能体现铁道兵的英勇。

严开明的话进到他的耳朵里自然成了懦弱的代名词，他哪里容得有人动摇军心？

"你已经做实地勘探了？"汪锡亭对这个青年很感兴趣，往常的时候这人话不多，每每提的意见都是很实用的，听说这一次还是他负责接兵，把自己儿子带过来，虽然他自己没去看过那臭小子，不过料想在部队也差不了，多少应该表达一下感激之情的。

"是的，这几天一直在做调查，先前已经发现冰了，但是冰层尚浅，即使溶化也形不成水流，不像今天这样。"说着严开明从口袋里掏出两个乳石尖。

"这是自然断裂的。"严开明把两个乳石头拿给众人看。

汪锡亭端详着其中一块石头，眉头不自觉地皱了皱。

"溶洞冰封的时间比较早，冰封后应当发生过地震，山体内形成了挤压现象，原本稳定的冰封层形成了破碎带，自然情况下是不会发生变化的，但是现在我们在打隧道，爆破破坏了原本的结构，融冰会造成破碎带坍塌。"

不知不觉，严开明进入无我的状态，他只是滔滔不绝地讲述自己的发现，却没注意到团长的眉头已经拧成了"川"字。

"走！去现场看看。"团长拎起一根大手杖二话不说，抬步便走。

所有被召集来的人急匆匆地跟在后面。

"不良地质？"

团长挥起大手杖，在冰层间狠狠地戳着，老虎团的威名岂是白叫的？望着坍塌下来的碎石，团长马上明白了，情况比想象的还要复杂。

原本以为只是冰封的溶洞而已，却被这个新提拔的干部道破个中危险。

"险啊。"汪锡亭啧啧感叹，开了这么多年隧道，还没见过这么复杂的地质情况，看来什么时候都不能唯经验论。

"既然是你发现的，那么你有什么办法解决？"团长一双眼睛如鹰般地盯着严开明。

严开明有些紧张，他第一次被这么多人重视，也不知道自己说得对不对，但是看到汪锡亭用鼓励的眼神看着他时，他吞了吞口水说道："每次爆破后，不要急于除渣，派遣两至三人的排查组，用长钢钎探测土层，渗水部分还要靠后期的支护工作……"

"这样得耽误多长时间，党中央可盼着咱们胜利贯通的消息呐……"

陆凯德的话刚一张嘴，突然发现一双凌厉的目光正在盯着他，团长的威严让他把剩下的半段话生生吞到肚子里，却又不满地偷偷瞪了严开明一眼。

团长沉思半晌，踱步到严开明身前，几乎是用长辈对晚辈的语气问道："你是怎么发现的？"

"啊？"洞内水声很大，严开明没听清楚。

"你是怎么发现土层有问题的？"团长提高声音问道。

老把式也会被经验误导，严开明资历尚浅，团长很好奇，那么多学员为什么只有他发现问题了。

严开明看着老连长说："是我的连长教我的。"

"老张？"团长一脸疑惑地望向这位硬骨头九连的老连长，他们可是老战友了，十年前他们还是平级呢。

"有发现怎么不告诉我，偏要借部下的口？"团长以为老连长藏拙。

老连长说道："我都不知道是怎么回事，你问他自己吧。"

都是老战友，团长自然知道对方不会欺骗自己，疑惑地看向严开明问："到底是怎么回事？"

"老连长告诉我要换个角度看问题，以后我也是干部了，干部应该有更大的责任，不是说不能吃苦耐劳冲锋在前，而是要比战士们善于发现更大的问题。"

团长笑了，转头对老连长说："老张，这是你教的？"

"是他自己想的。"老连长笃定地说。

"好！"团长声如洪钟，"把经验下发全团，并编写成册上报师部。"

# 25　不一样的革命友谊

因为严开明对国兴 3 号隧道特殊地质的研究获得认可，他成了师里的红人，对施工现场更加关切的他不得不应付更多大会小会。

虽然有些无趣，但是显而易见的好处就是与白莎燕见面的机会增多了。

严开明已放开了对白莎燕的感情，偶尔出差归来，带回来些奶糖、雪花膏之类的紧俏礼物着实表了一番心意。

可是，严开明对白莎燕始终没有什么心理优势，在她面前就像小弟弟一样，即使他成了典型人物。

所谓人红是非多，在承认他的成果背后，议论的人也不在少数，说什么他不亲赴一线脱离群体，又有说他懦弱怕死，有严重的畏战情绪。

"说这些话的人就是嫉妒，他们自己做不到的事就巴不得把别人拉到同一水平线，真低劣。"白莎燕把这些背后的风言风语告诉严开明，让他小心提防。

严开明有些愧疚地说："有些话是对的，不能因为有了一点小成绩就躺在功劳簿上坐吃山空。"

"哟，理论水准可以啊，最近的报告会没白参加。"白莎燕调笑着。

"读万卷书，行万里路。我这才哪儿到哪儿啊。"

"那也要身体力行啊。"

"嗯，我身体很好，莎燕同志……我……"严开明又犯了老毛病，开始吞吐起来。

"有话直说。"

女性的直觉犀利得可怕，她明显发现了严开明今天的不寻常，一双手往口袋里摸，许久不见的结巴现象又出现了。

"口袋里装的什么？"白莎燕手指一戳。

严开明紧张得要命，只觉得白莎燕如葱般的细指威力竟然比团长的大手杖还强，仿佛要直戳到他心窝子里一样。

索性两眼一闭，伸头一刀，缩头也是一刀，那双厚实的手终于从口袋里拿出来一摊。

一对漂亮的有机玻璃制作的彩色发卡就摊在手掌心，在阳光照射下还泛着光泽。

"送我的？"白莎燕明知故问。

严开明的脸憋得通红说道："我知道我还不够优秀，不过我争取努力上进，做一个优秀的革命战士。"

看着严开明一本正经的样子，白莎燕捧腹大笑，银铃般的笑声让严开明更加紧张，言语竟然滞住了。

"严开明同志，你一定会成为优秀的革命战士的，不过我既不是你的指导员，也不是你的政治老师，你和我说这些做什么？"

严开明努力平复着自己的情绪，慢慢地长舒一口气，说道："白莎燕同志，我们的革命友谊能不能再进一步。"

严开明完成了梦寐以求的表白，接下来的他像等待神圣的裁决一样静静地矗立着。

在他面前的白莎燕第一次流露出迷茫的神色，足足愣了一分钟。

这一分钟好长啊，长到每一秒都是煎熬的，他感觉有一团火在心中熊熊燃烧，烧得他额头渗出汗珠。

直到白莎燕朱唇轻启："开明同志，我愿意考虑你的提议，今后的路上还要一起奋斗。"

严开明心花怒放。

仿佛整个天空都被五彩斑斓的花朵铺满，阳光不论从哪个角度照下来都有七色的光芒，在今后的人生中除了崇高的理想，还多了一份令他奋斗的理由。

严开明回到部队，整个人还沉浸在无比巨大的喜悦之中，仿佛一直在做梦，最好不要让他醒过来。

"吃喜鹊蛋啦，傻笑成这样。"徐复文从他的表情里读出了什么。

"喜鹊蛋？没吃过。"严开明试图收住笑，但是嘴怎么也合不拢。

徐复文懒得和他多讲话，挑干的说："咱们的任命下来了，你小子真幸运。"

"啥？"

刚从外面回来的严开明还不了解情况。

"留在九连任副连长。"徐复文不无嫉妒地说。

"那你们呢？"

"我们哪有你的命，咱们都是排长，你一任命就比我们高半级。"

"都是革命工作嘛……"

"你少来。"徐复文才不和他客套，打断他说："你那套理论和我姐讲去，她就吃这一套。"

严开明面色一窘，低声说道："我已经讲过了……"

"那……"

"你姐答应啦。"

"什么?"徐复文的下巴快掉到脚面上了,"你小子假公济私啊,明面上去做报告会,暗地里都干了什么好事?"

"这不是你教我的吗?"

"我教你什么啦?"

"要及时改变自己,不然就没资格。"

说完严开明也不多做解释,哼着歌儿走了。

"我的好姐姐呀,不会就这样被骗走了吧……"徐复文翻着白眼望着天,第一次觉得自己的脑子不灵光了。

矿山法施工对老虎团来说已是轻车熟路,这段工期里所有的干部上工时都拎着个大钢钎,在工地上十分醒目。

自从有了大钢钎,交接班的时候轻松多了,谁带着钢钎谁就是指挥员,特别好找。

因为这个,严开明又结结实实被人背后议论了一回,不过这一次基本是褒义。

"开明啊,你过来一下。"丰班长叫住了他。

"丰班长。"

对这位老班长,严开明心中充满敬意。如果说新兵连完成了从地方青年向一名合格战士的考验,那么老班长使他完成了从成长到成熟的阶段。

隧道内,施工作业的声音隆隆作响,两人不约而同地向隧道外走,稍稍远离了作业面,这里是浇筑好的支护墙地段,噪声小了许多。

丰班长慢慢从怀里摸出一张烟纸。

"丰班长,您的身体不好,少抽烟。"严开明关切地说。

丰班长不以为意地摇摇头,将烟沫慢慢捻进烟纸里,然后熟练地搓成一根烟说:"吸了那么多烟尘,也不差这么点儿烟了。"

严开明没有再劝下去,他知道丰班长把最好的年华都奉献给了部队,如今这被掏空的身子就是回老家种地都会拖后腿。

胡杨沟苦啊,官兵们除了上工几乎没有任何业余娱乐生活。一开始还搭了一个篮球场，后来几乎没怎么用，因为在地处海拔 3000 米的高原，篮球还没拍几下，人就气喘吁吁的。电影队下来的次数有限，大部分时间长夜难熬，能抽两口烟已是了不起的享受了，不少从前不会吸烟的战友就这样染上了烟瘾，烟草还经常断顿。

丰班长慢慢地点着一支烟，若有所思地长长吸了一口说："咱们连有多少人？"

"118 人。"

严开明出任连队干部以来生怕自己跟不上，对连队的方方面面仔细得紧，人数张口就来。

"像我这样长期留队的多少？"

严开明细想了一下摇了摇头说："年限超过十年的肯定是没有……哎？丰班长你问这个干什么？"

丰班长似乎得到了满意的答案，又吸了几口烟，重重地咳了几声说道："没什么，让我再想想。"

说着，丰班长便向隧道外走。

严开明很少从背面看丰班长，突然发现他的腰有几分佝偻，走路的步子也着实慢了一些，远远望去，背影有几分寥落。

丰班长有心事？

当时正在施工，严开明未及细想，事后偶然一次机会从白莎燕口中得知，自从丰班长上次住院以后，身体一天不如一天，医生给的医嘱是远离粉尘含量大的施工环境。

部队是需要技术骨干的，但是丰班长那一套都是十年前留下的老办法，会的人不少，不是什么必不可少的经验，丰班长的心事难道是因为这个？

思想工作是革命军队的法宝，连里每一个人的思想状况都是值得关注的，何况丰班长为部队付出过汗马功劳，发现这样的情况必须向连长和指导员做汇报。

严开明猜出事情真相后，急匆匆地赶往连部。

连部是连队办公的地方，也是连长和指导员住的地方，除了比别的房子长一些，无论是外表还是内部陈设均没有任何特殊化。

一进门，严开明愣住了，老连长和丰班长好像刚谈着什么，见到他进来，谈话被打断了。

"开明啊。"老连长一边寒暄着一边在地火龙上烤着棉手套问，"有什么事吗？"

严开明不忍在丰班长面前谈他的问题，搪塞着说："没什么事。"

"那你坐下来和你丰班长好好说说话，送一送你丰班长，以后再见面就难了……"老连长欲言又止。

"原来你们已经谈了……"

铁道兵的官兵显老得快，丰班长才三十好几，看上去像四十五六岁的模样，头发上的根根白丝让他看上去略显几分苍老。

普通战士退伍时尚且不舍，何况与部队有十几年的感情，丰班长看似平静的脸孔下泛起着波澜，他捏着烟纸想卷烟，试了几次都没卷成，老连长递过去一支过滤嘴儿，被他拒绝了。

索性不卷了，丰班长叹着气说："开明都提干了，还有啥谈的，我是当过他的班长，可他的成长全靠他自己，之前都没啥教的，现在还能谈什么？"

"不！班长！"严开明上前一步，激动得泪水溢到了眼眶，"您不能走，我们可以向上级提申请的，留下来我们还要一起战斗。"


# 26　文工团下基层啦


丰班长要走，严开明热泪盈眶。

"连长，丰班长为部队做过贡献，部队一定能留下他对不对？"

丰班长还没表态，严开明把希望放在老连长身上。

老连长划着一根火柴，可能火柴皮过潮，划了几次也没成功，他无奈地叹着气说："这话还用你说？我早劝过了，可是……"

目光落在丰班长身上，只见他苦笑着说："开明啊，别劝了，要走是我自己决定的，别人当兵三年，我能留在部队十几年，知足了。"

"丰班长……"严开明还要劝，丰班长止住了他的话继续说道。

"听我把话说完。"丰班长的眼睛湿润了，他的喉咙有些哽咽地说："天下没有不散的宴席，能在复员前看到自己班的战士提干，我甭提多知足了。"

"开明啊，咱们连叫'硬骨头九连'，好好干，别给咱们连丢脸。"

"刘高卓很好，就是脾气火暴了些，都是当兵的，别起什么冲突。"

"咱们班我没什么好牵挂的，就是有一点，我老家在山里，希望有一天，咱们部队修铁路能修到我家乡去……"

"班长……"严开明再也止不住泪水了，大男人的眼泪像断了线的珠子一样掉了下来。

"开明！都是干部啦，咋还哭鼻子呢？"丰班长自己的情绪也很激动，但是他更不忘安抚严开明。

严开明入伍没到一年就保送进修了，这两年没经历老兵退伍，这一次丰班长走，他的感情特别强烈，虽然不断地劝告自己要坚强，可是他就像一个孩子一样，怎么样也控制不住自己的情感。

与丰班长相处时间不长，却像家人一样，明知道铁打的营盘流水的兵，说不定哪一天轮到自己，可当别离来得这么突然的时候，那种不舍，却不是假装难过。

老班长把自己最好的一件衣服拿出来穿在身上，仿佛新兵入伍一样，站了最后一班岗。

丰班长站岗的时候，严开明特意选了这个时间来查岗。

胡杨沟的昼夜温差大，老连长为了照顾有病的丰班长，曾一度下令不允许他上岗，他却经常夜里起来，把一些还没适应艰苦环境的小战士换下去，这一次他不知道谁来换他，但是此时严开明陪在他身边。

"开明啊，想过今后会怎么样吗？"许久，丰班长打破夜的寂静。

"我想发挥最大的能力，让咱们能又快又好地完成施工任务。"

"怎么才叫更好？"

严开明思索了一会儿，坚定地说道："不死人。"

丰班长仿佛发现了另外一个严开明，他不仅成长，而且成熟了，这样的一定能为部队做更大的贡献。

错愕了一小会儿，丰班长赞叹道："要是真有那天，你得告诉我，不管多远，我都会到这胡杨沟的烈士墓前告慰他们的英灵。"

"是！"

严开明把身体挺拔得像棵松树。

国兴3号隧道口散发着幽森的光，两人的身影看起来和平时没有什么不同，却又有着不一样的意义。

丰班长走了，送别的只有寥寥数人，严开明没有在其中，是丰班长执意不让送的，他说上工才是对他最好的送别。

丰班长默不作声，背起行囊，形影孤单的背影诠释了一个老兵对祖国和人民的忠诚，在和平年代里谱写了一首奉献的歌。

没有多少人看到丰班长走时略显苍凉的背影，他们把更多的热情投入国兴3号隧道的紧张施工中。

水帘洞问题无法根治，施工又不能停，战士们冒着水帘作业，好似在雨水中施工一般，洞中的水浸湿了棉衣，冰冷刺骨，棉衣上的水很快冰冻了。战士们回到宿舍的时候衣服脱不下来，只好用火烤，一来二去，棉衣破损得特别快，好多战士来不及打补丁，就穿着翻棉花的棉衣继续上工，远远望去哪里还有一点兵样子，活像一群叫花子。

一队卡车卷着尘烟向戈壁滩驶来。

廖雨凡扒着车厢望着曾经熟悉的环境很是感慨，当初她就是在这儿掉进河里，差点儿没了性命，后来越想越后怕，恰好赶上文艺兵招人，她那甜美的嗓音顿时成了成功入选的优势。

医院虽然不像隧道施工那么艰苦，可是高原戈壁的环境对娇滴滴的女兵就是一种摧残，来的时候像朵花儿，没几年就成大妈了。

廖雨凡不想过早地未老先衰，还记得施工紧张的时候，特务连的女兵也去扛水泥了，女兵力气小，男兵一人能扛一袋水泥，女兵就两人一袋抬着，水泥灰弥漫，如花似玉的小女兵顿时变得像男兵一样狼狈不堪，汽车连的战士硬是没认出男女，直到张嘴说话才惊讶道：妈呀，这是一群女兵呀。

廖雨凡倒是没去扛水泥，可是她害怕有一天真和特务连的女兵一样，不得不把自己当男兵使，有机会调走自然格外珍惜，谁想这一次慰问演出居然来到曾经战斗过的地方。

刚才路过师医院的时候，她下意识地低头躲避，生怕遇上白莎燕说她临阵脱逃，不过转念一想，她凭本事调走的，凭什么怕被白莎燕训斥？再说，文艺兵不也是为了革命事业嘛，只是分工不同而已。

这么想着，她的心态平静了许多。

漫长的冬天结束了，荒凉的胡杨沟也抹上些许绿意，上级为了慰问这些长年奋战在第一线的铁道兵，特意派来了文艺兵慰问演出。

听说有演出，全团官兵都兴奋不已，小文艺兵们像一群小鸟，叽叽喳喳地跳下卡车，左看看右看看，看着什么都新鲜。胡杨沟最缺乏的就是娱乐项目了，女兵们尽管穿得很普通，在战士们的眼里已经是花团锦簇了。

不只是团里，连师医院和特务连的女兵们也不辞辛苦，大老远赶过来看表演。

廖雨凡不禁有些鄙夷冷眼旁观，这些没见过世面的小丫头片子，把她们扔在胡杨沟不出三天准哭得连亲妈都认不出来。她的兴奋点可不在胡杨沟的石头上，来时她就注意到了，汽车连长是她心仪已久的高志远，这么长时间没见了也不知道他还是不是单身，过去自己没资格追求他，现在不一样了，离开胡杨沟整整保养了一年，原本有些灰黄的脸蛋多了几许红润，再加上略施粉黛，她自信地认为即使现在的白莎燕站在她面前，也没有她漂亮。

"高连长好啊。"

趁着文艺兵们四处乱看，廖雨凡凑到了高志远身边。

"哦……你是？"

高志远向来眼高于顶，过去从未拿正眼看过廖雨凡，这会儿又哪能认得出来呢？

"我是廖雨凡啊，原来师医院的……"

"哦。"

这一次高志远也就是多看了一眼，然后没再说什么。

"谢谢高连长送我们来啊，再回胡杨沟真是感慨万千，咱们的同志太辛苦了……"

"职责所在，我们还有任务，就先走了。"高志远多一句话的兴趣都没有，转身走了。

高志远这种人放在现在就是高富帅，不会像没见识的小兵一样见到女兵就走不动道，看着高志远渐渐远去的背影，廖雨凡气得直跺脚，却无计可施。

女兵们心目中的战士都是高大威猛、仪表堂堂的，她们有一些同志也去过别的部队慰问演出，年轻战士们一张张热情洋溢的脸也经常勾得这些小女兵花枝乱颤。

坐了两天的火车，又坐了一整天的汽车，当终于见到传说中的铁道兵时，有的小女兵差点吓哭了。

"妈呀，这不是一群乞丐嘛，咱们这是慰问谁啊？"

文工团长马上止住了小女兵的嘴，说道："可不要胡说，这都是咱们的战士，最可爱的人。"

工期不能停，团里把人员的工作调配好，文工团也分上下两场演出，刚从隧道里下工的铁道兵战士的外表着实太过褴褛，个个棉衣露着棉絮，活像一群叫花子，和解放军战士形象差太远。

廖雨凡许久没回来了，放眼望去，这些施工现场的兵比她走的时候更狼狈，怎么成了这个样子？她不由得一阵阵心悸。

"咦，那人是……"

严开明喊着口令，刚刚从施工现场下来的九连官兵立即整队，他们努力做好队列动作，然而即使外行也能看得出来这队列着实不专业。没办法，铁道兵长年施工作业，在外人看来越来越没有兵样子，但是他们对党和人民忠诚的心却不比任何一支部队差。

廖雨凡远远地便看见了严开明，在队列前的他格外显眼，虽然他的装束不比别人好多少，但是这个人的精气神和印象里完全不一样了。

"他提干了？"廖雨凡自言自语。

如果廖雨凡没有调入文艺兵的队伍，那么今年刚好是她的退伍季，她就得像许许多多退伍兵一样，打起背包回到故乡，如果故乡是大城市还好说，可廖雨凡和绝大多数战士一样，来自于贫苦的老区，她不想再回到那样的生活环境。

高连长是没指望了，而当初不起眼的小兵如今成长为一名军官了，这倒令她意外。

"廖雨凡，你回来啦！"

一个熟悉的声音传来。

# 27　又是白莎燕

廖雨凡从失神中回到现实，笑逐颜开地拥向好姐妹。

对白莎燕嫉妒是有几分的，更多的是战友情，她自知很多地方没法和白莎燕比，也就自觉放弃了心思，两年没见，如今重逢，说不高兴倒是假的。

"莎燕姐。"廖雨凡有几分扭捏。

"行啊，越来越漂亮啦。"白莎燕望着廖雨凡的红唇，赞叹道："我们的小雨凡出落了，不像我们这些山沟里的土哈哈。"

"莎燕姐长年奋战在一线，才真的值得我们尊敬呢。"虽是官腔，也有几分真情，在廖雨凡的眼里，当初最出落的莎燕姐颜值下降了。

胡杨沟的戈壁风沙摧残的不只是奋斗在隧道里的铁道兵战士，还有她们这些曾经娇滴滴的女娃子。

不过，从一名地方女青年成长为一名合格的战士，这些都是必须经历的，没人会过多惋惜。

"呵呵，在文工团里把嘴练甜了。"白莎燕是真心高兴，差一点就抱住小姐妹了，说着说着，她发现廖雨凡的目光一直瞟向远处，顺着她的目光方向望去，那边最吸引注意力的就是……

"你在看谁？"

"那个是不是……"

"哪个？"

"救过我那个。"

"他呀，今年返回连队，为部队排除险情做了重大贡献，团长特意推荐的，从学员直接提了副连长。"

廖雨凡的嘴巴都合不拢了，士别三日当刮目相看啊。

文艺演出很精彩，文艺兵们把平时刻苦的训练转化成舞台上精彩的表演，赢得了官兵们阵阵喝彩。

当廖雨凡上台唱歌的时候，不少台下的官兵还认出了这位从胡杨沟走出去的漂亮女兵，掌声不断，下台时还不让走，强烈要求再唱一首。

文工团长不得已，只好调整了安排，亲自伴奏，又让廖雨凡唱了一首《小白杨》。

廖雨凡虽是半路出家，不过底子不错，加上这两年来刻苦练习，甜美的嗓音一下子成了官兵心目中最美好的幻想，她心满意足地走入后台，昔日的姐妹叽叽喳喳地围过来看她。

严开明有些坐立不安，任谁都看得出来，他的心思不在演出上。

胡杨沟很大，葫芦嘴儿的师医院和葫芦底的国兴 3 号隧道隔着几十公里呢。自从确立恋爱关系之后，两人的工作都忙得不得了，想见一面真是难上加难。文艺汇演这么好的机会，若是不见上一面，说上几句话，一解相思之苦，真是难为恋爱中的青年男女了。

白莎燕似乎有意让自己的意图透露出去，特意经过九连的队伍前往后台。

老连长看着严开明眼睛都直了，不禁轻咳了几声示意道："快去快回，注意影响。"

得到了被允许的信号，严开明心花怒放，尽管他的小心思一直隐藏得不错，但是哪里瞒得过徐复文，徐复文虽然调到其他连任排长，但是依旧和老连长保持密切的往来。

徐复文知道了也就是老连长知道了，都是干部了，想谈恋爱也够条件，何况是自由恋爱，老连长愿意成人之美。

两人的目光对视在一起，下一步……

是啊，下一步干什么？

两个人都是大大方方的人，突然想搞点小动作，又不知道该怎么办，别人谈对象的时候是什么样子呢？

台上一曲完毕，官兵们还吵着要来一个，文工团长很擅于调节现场气氛，他拿过话筒说道。

"我们文工团里有不少是铁道兵基层转过来的文艺兵，可见我们的队伍里人才济济，现在想请大家推荐一个人上台献歌好不好？"

台下的战士们在下面起哄还行，一听要上台，全没了电。

好赖不赖，白莎燕站的位置正处在队伍前，不管是住过院的还是检查过身体的，哪个对白护士没有深刻印象，她哪怕躲在角落里也十分惹眼，何况站在那么醒目的位置。

"白护士来一个！"

不知谁先起了头。

这下尴尬啦，哪里受得住全场上千人起哄，到底是小女儿家，白莎燕的脸红彤彤的，像极了红苹果。

"既然大家要我唱，那我就唱一个。"推辞不过，白莎燕索性上了台，接过团长手中的话筒，大方地说道。

江南女子，本该柔声细语，然而当惯了兵，也学会了和男兵们一样嘶吼，白莎燕的嗓子有些粗，不过稍稍浑厚一点的声音恰好符合战士们的审美。

"一条大河波浪宽，风吹稻花香两岸……"

这还是严开明第一次听白莎燕唱歌，哪想到她唱得这么好，自己不知道是哪里来的福气，能和她在一起。

毕竟不是专业演员，表演有些生硬，但是战士们不管这个，白护士献唱那就是天籁呀。

"再来一个……再来一个……"

没想到白莎燕的人气这么高，这不是让人下不来台吗？

台上台下之间的互动气氛热烈，还是文工团长有经验，几句俏皮话总算把白莎燕给解救了。

"你唱得真好。"严开明会心地笑着。

"胡乱唱的，当不得好。"

"你要不当护士，肯定能当文工团台柱子。"

"哟，看不出呀，严副连长学会甜言蜜语啦，改天我得找件防弹背心穿，省得被你的糖衣炮弹给击穿了。"

台上正在表演杂技，身段柔软的小文艺兵不停地下腰、劈叉，做着惊险的空中动作，引得台下战士一阵阵喝彩，台上的演员表演得更卖力。

小女兵腾空后翻，这已经不是她第一次做后空翻动作了，正常情况应该与躺在下面的男兵默契配合，落下时被稳稳地接住。然而，第一次在高原戈壁表演的小女兵在空中突然晕厥，男兵猝不及防，仓促间想去接，哪里还来得及。

"砰"的一声，小女兵重重砸在木板搭制的舞台上。

台上台下一片惊呼。

"糟啦！"

救死扶伤是白衣天使的本能，何况受伤的还是自己同志，白莎燕二话不说三步并做两步冲到舞台上。

严开明知道不能上去添乱，只得安静地等。

文工团长经验丰富，简单了解情况后，立即作了决定。

"意外是我们疏忽造成的，慰问演出不能因此而停，那样太对不起我们的战士了。"

就这样，临时调整了几个节目，演出继续开始了。

在经历了短暂的骚乱后，现场的秩序再一次恢复井然。

临时搭建的抢救室门口，医护人员进进出出的，门前还有许多焦急等待的文艺兵，还有铁道兵派来查看情况的干部，严开明站在这里一点儿也不显得突兀。

小门每开一次，严开明就会投以期盼的目光，在外人看来好似在关心伤员。他太渴望和白莎燕说说话了，哪怕一两句无关紧要的话也可以啊。

"是你？"

一个甜美的声音从身后传来。

严开明转身一看，这人好眼熟，却有些对不上号，只能怪他看表演的时候目光一直往师医院的观众席里瞟的缘故了。

"不认识啦？刚才我还上去献了两首歌呢。"

廖雨凡印象里的小战士比从前成熟了许多，举手投足间有了带兵人的气质，一个能破格提拔的干部，只要不犯错，前途不可限量。

文工团不乏俊朗的男干部，还有一些条件是相当不错，然而那些人不是已经结婚了，就是眼光太高，看不上廖雨凡这样无根无萍的，只要不是相貌能在文工团里出挑，那么想吸引那些人等于痴人说梦话。

但是，在铁道兵队伍里，像严开明这样新提拔的干部一定急于好好表现，不大可能把心思放在找对象上，廖雨凡自信三下五除二定能吸引对方的注意。

"你还救过我呢，一直没来得及好好说谢谢。"

时间过去那么久了，廖雨凡也离开了原来的单位，现在的她可不在乎这点事儿被人议论。

"哦……"严开明恍然大悟，"你是……廖……"

"廖雨凡，现在在文工团担任歌手。"

"哦，刚才那位受欢迎的女兵就是你啊。"

伸手不打笑脸人，人家笑脸相迎，严开明总不好板个脸对待。

"难道你鼓掌了？"

"鼓了……"严开明的确鼓掌了，不过那掌鼓得太随意。

"听说你破格提拔副连啦？"

"是的。"

"那你的工作表现一定很优秀。"

"还不够呢。"

本来就是没话找话，廖雨凡问一句，严开明答一句。廖雨凡也注意到对方的眼睛总往小门里瞟。

"那个受伤的女兵你认识？"

严开明慌忙摇头。

"那你这么关心她。"

"呃……"严开明被问得直结巴。

这是个榆木脑袋啊……廖雨凡心想，照这个样子，只怕自己一转身对方就会忘了自己长啥样，得想个办法。

"哎呀，刚刚脸沾水了，你这里有镜子吗？我得补补妆。"

"没有。"

笑话，一群大老爷们儿，要镜子干吗。

"那你帮我看看脸上的妆花了没有？"

"没花。"

若不是有心，廖雨凡定会生气，这人怎么这么不解风情啊，就在她怀疑对方大脑是不是有问题的时候，对方的脸上浮现起了笑容，那发自真心的笑格外阳光灿烂，再配上一张正气凛然的脸，倒也担得起当她对象……

"咦?"

还没等廖雨凡的小心思动完，严开明硬生生地绕过她，直奔她身后而去。再回眸一看，两张笑意浓浓的脸正对上，那情意绵绵的样子傻子都看得出来。

完蛋了，为什么每次都是白莎燕?

廖雨凡寥落了……

# 28　小谭教员

严开明傻笑了半晌，终于意识到该说些什么，周围全是人，这个时候实在不适合说什么情话。

"她……没事了吧?"

好在，严开明的脑袋还没秀逗到家，知道问下伤者的情况。

"颈部软组织损伤加上高原反应，已经做了应急处理，没什么大碍，脸上也有少量擦伤，不过比较浅，不会留疤。"

"那就好，多亏有你们在。"

白莎燕有些愧疚地垂下头说："先前是我们疏忽了，应该早点提醒文工团的战士们，高原不适宜做剧烈体力运动表演。"

"谁都有疏忽的时候，就像我们打隧道，一旦疏忽了就会造成非常严重的事故。"严开明三句话不离本行。

白莎燕莞尔一笑，说："团长不是大会小会表扬你嘛，说因为你的安全意识高，全团的事故率降到最低，自从指挥员亲自检查工地后，没出过一次事故。"

严开明有些不好意思，事情是他提出来的，但功劳不能都落在他头上，这样不公平，他决定有时间找团长谈谈。

"哎？对了，廖雨凡和你说什么了？"

严开明环顾四周，这才发现刚才说话的那位女同志不知道什么时候走远了。

"我也不清楚，可能就是见到熟人了闲聊两句吧。"严开明说。

白莎燕有些怀疑，但是并没有多想。

"严开明，严开明同志请到看台上来，严开明同志在吗……"

大喇叭里传来一连串紧急的呼喊。

"叫你呢。"白莎燕偷偷抿嘴一乐，推了严开明一把。

"叫我做什么？"

"谁知道，也许又是表彰吧，快点去吧……"

演出进入了尾声，看台上正在表彰一位年轻的副连长，全军没有比铁道兵更重视技术人员的了，严开明的行为被视为技术救人的典范，大会小会都要点名表扬一番。

望着台上风光的严副连长，廖雨凡暗自叹着气，如果早知道这小子有今天，先一步拿下该多好，可惜后悔药没地方买呀。

文艺演出很成功，出意外的演员也并没有什么大碍，当天就恢复了行动。

文工团长当场表示，慰问演出结束了，对文工团干部和战士的教育才刚刚开始，要他们学习铁道兵不怕吃苦、战天斗地、默默无闻地为祖国和人民做奉献的精神。

第二天团里就安排文工团的人参观正在施工的国兴 3 号隧道。

此时的隧道又向前推进了二百多米，水帘洞问题还没解决，小女兵们一见施工现场的恶劣环境，望着一个个的泥水人，顿时感动得一塌糊涂。

"妈呀，都说铁道兵苦，哪知道苦成这个样子。"

感动的话伴着眼泪，这情绪一传染顿时哭成一片，哭声大得连十几杆风枪都掩盖不住。

通过这次文艺演出，团里的政工干部得出一个结论，就是干部和战士的文化生活太匮乏了，下基层转一转就会发现，战士的业余文化生活除了聚在一起吸烟就是打扑克，不是说不行，就是有点不积极向上，必须得让文化生活配合思想政治工作。

"搞文化补习吧。"政委一锤定音。

是啊，文化补习多好，既能提高知识水平，又不至于让战士们在下工时太过无聊。

当时的干部和战士普遍文化水平不高，最糟糕的是有些人字都认不全。铁道兵是对技术要求比较高的单位，干活全凭经验哪行？严开明学成归来后对地质的分析及时避免了多起可能发生的塌方，倒不要求所有人都能达到这种水平，但起码的常识应该懂吧。

"下工后，睡觉前，每天补习半小时。"

上级不由分说地把严开明拉上了前线，让他任补习老师。

严开明上过高中的，可他上学那会儿哪有人学习呀？进修的时候最吃力的就是文化课，好在有谭老师细心补习，这才勉为其难地把课程坚持下来。

想起谭老师，严开明就想到那个整天吵嚷着要进隧道的小谭雅，她的愿望到底没实现，在部队探亲留了一个月后被妈妈带回了老家。

"记得那丫头的功底不错，要是她来补习就好了。"严开明说。

徐复文两手一摊："没办法，谁让咱进修过呢，赶鸭子上架吧，也不知道还能想起来多少。"

两人夹着书本刚想去上课，这时团里的宣传干事匆匆忙忙跑过来说："这节课你们不用上了，师里派下来教员了。"

"师里都开始关心我们啦？"严开明问。

"可不是，自从团里提议搞这个文化补习呀，师里觉得好，很重视，要把咱们团搞成典型，这不，特意送来一位宝贵人才。"

两人顺着宣传干事手指的方向，定睛一看，当场大跌眼镜。

"谭雅！"

真的是谭雅，一身新军装明显还没穿在身上多久，她不是回家去了吗？难道……

精明的谭雅读出了两个人表情里的含义，得意地点点头说："不错，我现在是一名光荣的解放军战士了，不过新兵连战士到齐还需要一段时日，在等新战友这段时间里我就勉为其难地做你们的文化教员吧。"

"这也行？"

谭雅嘴一努，那表情似乎在说，别想甩开我。

"这一次，国兴 3 号隧道你们让我看也得看，不让看我偏要看。"

"我说，你够年龄吗？"两个大男人被噎得不轻，徐复文总想找回点面子。

"不劳徐排长操心，本姑娘年方二八，刚好够入伍年龄线。"

徐复文自己还是偷改的年龄才能入伍，倒不好意思在这个问题上深究，对于谭雅的文化水平，那是不容置疑的，谭老师的亲闺女还能差？

只不过……

她好像不太了解部队现状，满黑板写的那个是啥呀？

也许是师领导晓得轻重，这节课是试讲，来听课的都是各连队抽调来文化素质较好的，可无一例外全被谭雅震住了。

"好像是水均衡法的公式，用来测算涌水量的。"徐复文小声说。

严开明眯着眼睛反复斟酌，确实像是测算涌量的公式，不过要复杂得多，其中有一个公式是冰和水体积的转换，这小丫头有备而来啊，不过这么难的题，大家能看懂吗？

果然，瞥了一眼四周的同志，个个呆若木鸡，若不是团首长在后面坐镇，这会儿早已哈欠连天了。

"不知道大家看懂了没有，我们现在要学的就是应对目前隧道施工出现的情况。"

之后，她不管下面的人听懂了没有，按照自己的方法教授起来。

谭雅没有一般同龄女孩子那种扭捏，讲起课来简洁大方，她的底子实在是太好了，在场的没有一个人能跟得上她的节奏。

三十分钟很快，这一节试讲大家就在云里雾里间结束了。

"怎么样？照这样学，回到各连能不能教战士们？"团副政委兴奋地上台问。

铁道兵从来不打败仗，"不能"两个字早就从他们的字典里抠出去了，然而这一次谁也没有胆量喊"能"，一个个低着头哼哼唧唧的。

副政委一脸尴尬地看向谭雅。

刚才侃侃而谈的谭雅此时的脸倒是红了，这副表情才符合她的年龄嘛，只见她怯怯地说："这么简单的题……难道你们都不会？"

众人面面相觑。

副政委看出问题之所在，小谭教员不是水平不好，而是太好了，好到战士们根本接受不了这么拔高的教学内容。

"那个……严开明啊，你文化水平高，你们和小谭教员研究一个教学方案出来，尽快开展教学工作。"副政委说完，倒背着双手轻咳着走了出去。

留下严开明和谭雅大眼瞪小眼。

这种事，严开明不擅长，可是他能拉上小徐老兵嘛。就这样，三人研讨小组成立了。

"你确定这是搞文化补习？"小谭教员一脸难以置信地盯着徐复文，她对那个讲童话故事似的文化补习方案惊愕不已。

"要是这样还不如讲小马过河。"小谭雅嘴一撇，活像个邻家小妹妹，哪里有解放军的气质，不过这也怪不得她，谁让人家还没参加新训呢，算不得正式的兵。

"小马过河好啊。"徐复文两手一拍，"就得让广大干部战士知道，想去了解一件事物的本质必须亲自下河才能得出最正确的结论。"

严开明被这两个活宝搞得头都大了，副政委交代下来的任务还不得不完成，可是这两个人意见相左，一个把文化补习搞得极为复杂，一个又视若儿戏，两边都交不了差，怎么就不能综合一下呢？

"这根本就是一个不可能完成的任务嘛。"徐复文两手一摊说道："你说，咱们要是有本事把全团的文化水平提上一个台阶，干脆去学校当教授好了。"

"那也不能太儿戏啊。"严开明说道。

"那怎么办？"徐复文反问。

思前想后，严开明只有一个主意："咱们得根据各营连不同的任务，制定不同的教学方案，再根据各单位人员文化水平的不同，制定不一样的课程。"

"就凭咱们仨？"徐复文两眼一瞪。

严开明苦笑道："还能以老带新嘛。"

# 29　求婚

　　文化补习课总算在全团办起来了，有条件的全营一起上大课，没有条件的各连单独补习。

　　因为谭雅的数学太好了，所以她的任务特殊——定期巡视各连，检查学习成果。

　　九连所在的营是施工主力营，上工时间排得满，所以各连只能单独补习，严开明把整理好的卷子交给谭雅时，战士们还没解散。

　　这是谭雅第一次阅卷，因为严开明已经勾画过对错，所以检查得有些走马观花。

　　"哎，这个是……"

　　谭雅的目光扫在一个名字上迟疑着。

　　严开明伸过头看到这张卷子是汪建国的，谭雅和汪建国早就认识，谭父是教课的，汪父是隧道工程专家，两人家世可谓相近，只不过汪建国的数学可没法和谭雅比。

　　本想这次阅卷后找这小子谈谈，父亲是英雄，儿子总不能当狗熊吧，自己再多照顾照顾，顺便请教请教这位小教员，想必提升不是什么难事。

　　严开明一直以为虎父无犬子，汪建国除了数学差些，平时的工作生活中总是憋着一股劲儿，那种不服输的劲头连外人都能看得出来，是个可造之才，没给他爸爸丢脸。

　　"你！怎么回事？"

　　谭雅居然直接越过严开明找上了汪建国。

　　"就那么回事儿啊。"汪建国不敢看谭雅的正眼。

　　"这张基础卷子也就比初中题难一点点，你怎么做成这个样子？"

　　"不为什么。"

"你什么态度?"谭雅急了,她可是代表师里来的,这些天去哪个连队不是客客气气的,哪像汪建国这样明明错得一塌糊涂,还如此理直气壮。

"对不起,我态度不好。"虽是道了歉,可那语气却像是别人欠他钱似的。

谭雅一个小姑娘,哪经受得了这个刺激,指着汪建国喊道:"你爸爸好歹是隧道工程领域的专家,你这数学就学成这样?"

"那你考我爸去。"

两人的对话像两个小孩子耍脾气,下面的战士们一阵哄笑。

"汪建国!你!"谭雅气得直跳脚。

"不是每个爸爸都像你爸爸那样把自己会的都教给后代,他没教过我东西。"后面这句汪建国说出来时脸上的委屈显而易见。

"你学不会还有理啦?"

"哼!"汪建国脸一扭说道,"学这乱码子有什么用?老虎团没学这个之前还不是一样打隧道?"

两人越吵越凶,对战士们的影响可不好,严开明不能不管了,他站起来厉声训斥道:"汪建国!你是一名战士!学习文化课是部队的命令,学不会还顶撞教员,谁给你的权力?"

严开明不仅是副连长,还是近期师里的典型人物,这次全师掀起学习文化课的热潮,多半还是因为他的缘故。

当了一段时间干部,严开明威严日盛,这一训,在场没人敢吱声了。

汪建国虽然不还嘴了,但是却没有认错的态度,最近他表现得很积极,工作任劳任怨,上工时埋头苦干,却不知道为何,在这件事上极为倔强。

"罚你做习题,做一百道!"谭雅到底还是个小姑娘,当众耍起了性子。

"对不起,没有纸。"汪建国还在消极抵抗。

"我有!我有很多纸,足够把你手写麻。"

"没有墨水……"

"你……"

谭雅被气哭了,一抹眼泪飞野似的跑了出去。

"汪建国!"

严开明没想到自己主持的文化课上居然出现了这种情况,这么带兵要是让老连长知道肯定要批评自己，他当即令各班排长把人带走，单独留下汪建国，准备好好收拾一顿这个"刺头儿"。

"学习不好还把人家小姑娘气走了，你出息了啊，从地方青年到合格解放军战士的转变，你就是这么转变的？"

汪建国入伍以来表现还不错，突然惹出这种祸，真让严开明气不打一处来。

"说！你是怎么想的？"

汪建国低头不语。

"这会儿怂啦？刚才的威风呢？"

汪建国的头越垂越低，一点儿兵样子也没有了，这下更让人生气了。严开明狠狠地训斥了一番，本以为他该服软了，哪想到消极抵抗的惯性居然延伸到他这里了，自己发了半天脾气，人家却是油盐不进，再好的脾气也控制不住了。

"什么事发这么大脾气？"

白莎燕的造访让严开明很意外，若在平时早就喜出望外了，这会儿心情巨大落差让他硬是没憋出笑脸来，直硬硬地问："你怎么来啦？"

"我来还要向严副连长汇报呀。"白莎燕有意开点小玩笑调节气氛，可是突然发现这气氛实在有点尴尬，只得问道："小汪犯了什么错吗？"

"不好好听课，还把人家小谭教员给气跑了。"提起小汪，严开明头就大。

"为什么要顶撞教员啊？"白莎燕一脸关切地走到汪建国身边，两人的身高差让她不得不仰视这位年轻的战士，却还要摆出一副长辈的模样亲切地说，"没事儿，告诉阿姨，如果别人有做不对的地方，阿姨替你做主。"

"阿……阿姨？"严开明目瞪口呆，这才想起第一次见面的时候小汪还真张口叫阿姨来着，看她这样子，哪里是要说教，分明是要护犊子嘛。

"那个……"严开明怕白莎燕护得太过失去了教育意义，出言提醒道，"那个小谭教员可是谭雅……"

"我知道。"

白莎燕头也不回地继续劝慰汪建国："没事，这里没外人，别人要是说得不对阿姨替你做主。"

为了抚摸汪建国的头发，白莎燕不得不踮起脚，可是她的话仿佛有魔力一般，严开明气得都要动手打人了硬是没撬开小汪的嘴，白莎燕关切的两句话居然能感动得小汪流下泪来。

神了！

严开明边想边退到一边，给他们留下足够培养气氛的空间。

铁道兵虽苦，但是保障却是有力的，即使在胡杨沟这种地方，每个战士每天都能吃到一个鸡蛋，这在那个物资匮乏的年代是不可想象的，这个传统还是以前留下的。

参军快半年的汪建国已经从那个豆芽菜长成壮小伙子了，别看他平时从不叫苦，心里的一道坎却是过不去。

"妈妈没的时候他都没回去看过，更不要说教我知识……"

严开明全明白了，谭雅用汪锡亭来刺激小汪，结果年轻人却起了逆反心理，别问严开明是怎么知道的，他也是从那个年龄过来的。

"可是你想过没有，谭雅的妈妈也是长年奋战在铁道兵一线，她是爸爸抚养长大的，从这个程度上讲你们的遭遇是一样的。"

"可……"汪建国的心里还是有些不平，却无从反驳。

"人家是女孩子，你个小伙子就不能有点包容心？"

汪建国彻底投降了，连连道歉，称自己错了，刚才死硬的嘴就这么打开了，幡然醒悟得还挺彻底。

"下次上课的时候当众念检讨，再在同志们面前郑重向小谭同志道个歉。"严开明决定了处理方法，汪建国心服口服。

屋内只剩下两个人，严开明再也难以抑制激动的心，走到白莎燕面前，两个身躯都快贴上了，好想抱一抱她呀，可是温存的话到了嘴边却变成了……

"你……是不是有任务？"

白莎燕嘴一撇说："最近一些战士太不注意个人防护，渴了就直接在你们的水帘洞里嘴一张，说过多少次了那儿的水不能喝，可就是有人不听，好几个都喝出结石了。"

"哦。"严开明的情绪缓和了不少，说道，"我知道，洞口是备了热水的，不少战士为了节约喝水过程中来回走路的时间，就直接喝洞里的水了。"

"洞里的水碳酸钙成分太高，喝多了会害病的。"

严开明不好意思地笑笑，这可不太好劝，不少连队还把这种事儿当先进事迹往上报呢。

"你们团不是在搞文化补习试点嘛，师医院决定增加卫生常识课，让战士们知道得病了自己难受暂且不说，一个病号国家要浪费多少医疗资源，一定要严格树立生病就是浪费资源的意识。你们连队是第一站，到时候可得好好听课呀，你要是敢像小汪一样顶撞我，看我不扒了你的皮。"

严开明装作害怕的样子举手投降道："哪能呢，我保证不仅认真听课，还要把听课的内容全记录下来，当作……当做对白护士长的敬重。"

"贫嘴，什么时候学会的？"白莎燕的脸上抹了一层绯红。

笑声结束后，气氛突然暧昧起来。

严开明的脸已被高原的日晒催黑了，不然他现在的脸定是憋得通红。

"莎燕……那个……我……"

"结巴病又犯啦？要不要住师医院治治。"

严开明轻咳了两声，深吸一口气，莎燕同志来得太及时了，不如趁此机会，把同志两个字去掉……

"再过两年国兴3号隧道也打通了，我也够结婚年龄了，我想等工程结束就向组织提出申请好吗？"

这是求婚啊。

白莎燕一点心理准备也没有，彷徨，又有些小小的甜蜜。

"我……我……"这下轮到白莎燕自己结巴了。

还没等她反应过来，一双大手紧紧地抱住了她，长这么大还是第一次和男人贴得这么近。她本能地挣扎了一下，却很快像一只乖巧的小猫，曾经以为他们之间的情感不需要庸俗的拥抱，然而当这样的形式成为现实的时候，白莎燕的手不知不觉间摸上了严开明宽阔的后背，把头紧贴在对方的胸膛上。

听得见彼此的心跳，也交换了彼此的信任，那一刻，一股暖流在两人体内循环，又仿佛有一根线，把两人紧紧地缠绕在一起。

从今往后，一路上的风景有你也有我。

# 30  父子心结

原来拥抱是这样美好，在彼此爱意浓浓的时刻，又把彼此交给对方，给你温暖，又能一起憧憬未来，他们就这样紧抱着不愿分开。

未来的三天定是两人入伍以来最幸福的时光，即便将来转业了，一起老去了，他们还有最美好的回忆。

最珍贵的时光，在战斗过的胡杨沟。

我们有着共同的理想，和一起为理想而奋斗的脚步。

"你要留在连队多久？"

"三天。"

"太好了……"

"经历过狂风，才知道头顶蓝天的美好；燃烧的日子，才能激起最珍贵的革命情感。严开明，我不知道自己有多爱你，比爱自己都爱你。"

说这话的时候，白莎燕把头埋进严开明的怀里，埋得深深的，深深的……

"莎燕，我会守护着你，一辈子守护着你。"

她不再是高高飘于天空的云朵，此刻，她依偎在自己的胸膛，那种真实感可以记住每次呼吸的节奏，这是一生中最幸福的时刻。

时间真的是世界上最宝贵的东西，再这样下去，莫说天明，就是抱上三天三夜也不会腻。

"呀，天都黑了。"

胡杨沟的日落晚，到天黑至少要北京时间八时整，两人依依不舍地走出屋子，直到出门前一刻，两人的手还紧紧地牵着。

"对了，谭雅气哭后去哪儿了？"白莎燕觉得这个时候的自己可不是一个合格的阿姨，想想刚才自顾自享受幸福的样子都有些羞愧。

"回团部了吧，最近她是住团部的。"严开明是个大老爷们儿，还是一百多人的副连长，总不好什么都问得那么细。

白莎燕瞪了他一眼，佯怒道："你们男人啊，这些事就是不中用，我得去看看。"

"哎，天黑了，我陪你去吧。"

"那怎么行？部队有纪律，怎么可以为这种事请假。"

"那……你自己小心点。"

刚与白莎燕分开，严开明连忙安排战士把两位女护士的屋子再收拾一遍，床铺垫得厚厚的，暖水壶灌满热水，可惜满沟也找不到水果，只得作罢。

一切收拾停当，只等白莎燕回来，哪想到迎回来的是一脸惊慌的白莎燕。

"谭雅失踪了？"严开明一脸惊愕。

"是啊。"白莎燕一脸焦急，"我问过团部的干部，谭雅上完课后根本没回去。"

"那她能去哪儿？"

偌大的胡杨沟，她一个女孩子能跑哪儿去。

"我马上发动人去找。"

"等等。"白莎燕到底心细一些，拉住严开明悄声说，"还记得廖雨凡吗？"

"什么？"

"现在情况不明，先别大规模发动人找，万一是女孩子有心事不想让人知道呢？"

"能有什么心事，定是汪建国那小子给气的。"

"所以说先找几个人小范围寻找一下，别声张，谭雅才刚入伍呢，初入伍的战士心态都会有些不好，尤其是女兵。"还是白莎燕想得细。

严开明点点头，回头带着些许怒意把汪建国从班里拉出来，简单说了缘由后，命令他务必把小姑娘给找回来。

汪建国是有羞耻心的，尤其是被白莎燕安慰过后，把对父亲的怨气撒在小姑娘身上是有些过分，这件事因自己而起，自己去找回来最好了，可以当面道个歉。

三人行色匆匆地走出连队的院落时，一个熟悉的声音叫住了他们。

"你们这是去哪儿？"

徐复文呐徐复文，真是哪儿都有你。严开明腹诽着。

白莎燕给严开明递了个眼色，随后把弟弟拉到一旁悄悄说了几句，徐复文自然愿意帮忙。

四个人分四个方向寻找。

谭雅一开始的确是被气极了。她妈妈回家探亲时把她从胡杨沟带走后，她特意去学校看望了爸爸，从谭爸爸口中得知了汪锡亭的大名，父亲不仅与这样大名鼎鼎的隧道专家是好友，小时候他还抱过自己呢。

原来火车上那个面黄肌瘦的大个子竟然是他的儿子，后来铁道兵招兵，她一打听正是妈妈入伍的地方，竟然胆大包天到没有和任何人商量就偷偷报了名。

谭雅心高气傲，急于和同龄人一较高下，哪知对方竟然是个大草包，都说盛名之下无虚士，哪知道虎父也会生犬子。可怜的汪建国就这样被小姑娘给定性了。从连队跑出来的谭雅忽然意识到此时她的行动是自由的，那么……

她抬眼望向已燃起灯火的国兴3号隧道，听说这是国内有史以来地质最复杂的隧道，此时不看看，等日后修好了还看个啥劲呀？

小脑瓜念想一转，脚底下就偷偷换了方向。

修南疆铁路的关键在于能不能凿穿这座万年雪山，国兴3号隧道就是这条路的关键。

自冬季起官兵们在水帘洞里作业已超过四个月，这对官兵们的精力和体力是极大的挑战。远的不说，单是最近一个月里往医院送的病号就比先前两年送过的人还要多，也无怪师医院派人下来普及卫生常识了，病房经过两次扩建，还是塞不下日益增多的病人。

"再这样下去，全团非战斗减员就得超过三分之一，到那时上级说不定就得把我们团撤下去，这可是团史里最耻辱的一页啊。"

隧道口灯火通明，最后一车渣除尽后便进入修整状态，少量的支护人员会维护到深夜，其余的官兵全部撤出。

团长拎着大手杖站在隧道口叹着气对汪锡亭说："渗水问题不解决，不仅会拖慢工期，而且会给我团带来不可估量的损失。"

如果只是地下暗河，或抽或排，总会有办法解决的，可这碎石带里埋冰真是让人一筹莫展。

汪锡亭也很苦恼："前天我带人上山脊上取样，结果打坏三个钻头，硬成没成功。"

"这说明什么？"

"这说明渗水带不会太长了，再向前应该是硬岩了。"汪锡亭笃定地说。

"好！明开我就安排战斗大会，全团誓师，昼夜加班，争取在师里有新命令下达之前突破这渗水带。"

两人说得慷慨激昂，哪料到脚下的一块大岩石后面，一对小耳朵正竖起来偷听。

谭雅把两人的对话一字不落全听在耳朵里，心里打了个鼓，这要是突破了渗水带，自己上哪儿找这样的现场去？

不行！今晚必须得想办法溜进去。

她打定主意，心里不服气地想，凭什么文工团的人都能进去，而自己这个隧道专家的女儿进不去？

团部里那些干部净骗人，说什么在里面打隧道的男人都光着身子哩，哼？当自己是三岁孩子吗？

当谭雅打着坏主意的时候，哪里知道有几个人正心急如焚地到处找她。

胡杨沟有一个好处，就是沟里地势平坦，若在白天，一眼望去就是十几公里，可惜此时日落了就成麻烦了。

到处没有路，到处又都是路，小谭雅会跑哪儿去呢？

团部也好，基层各连也好，房子就那么几幢，转遍之后无果，总不会趁黑跑到大戈壁里去了吧，那样的话就得想办法白天找卡车搜救了。

汪建国起初没把这个任务当作多重要，可随着寻找时间的加长，他心里越来越不安了，一个女孩子，心态有些傲娇也是正常的，万一因为自己想不开，或是半夜慌不择路落入湍急的河流里去……

汪建国不敢想，脚下的步子越来越慌乱。

"你哪个连的，黑灯瞎火的乱跑什么？"

一个严厉的声音叫住了他，汪建国登时立住，抬头便见到团长那张不怒自威的脸，他心里"咯噔"一下子。

害怕的不是别的，白阿姨说好了这事儿要保密的，要是团长知道，还不非得全团紧急集合呀。

"建国?"

团长身后的一个身影愣住了,端详后确认真的是自己的儿子。

父子相见竟相互无言。

团长好像看出了什么,轻咳一声说:"你们先说说话,明天再追究你乱跑的问题。"

说着团长握着大手杖倒背着手大踏步离开了。

"建国,连队里的生活还适应吗?"

这话问出后汪锡亭自己都觉得有些尴尬,儿子来部队四个月了,自己有主动去看过一眼吗?

究竟是害怕别人说小话,还是父子俩本就生疏,这笔账算不清了。

汪建国本能地想逃避,却突然想起谭雅质问自己时那些刺耳的话,本想反问父亲为何不教自己知识,话到嘴边却温吞如水。

"挺好的,你要注意身体……"

汪锡亭的眼睛突然模糊了,汪家祖上书香门第,连名字都论资排辈的,到了自己儿子那里他连想都不愿意想,大笔一挥——建国。

新中国成立前后,也不知道出生了多少个建国来,普通老百姓家里都得想想,要不要起个卫国、保国啥的避免重名?可他这个大知识分子家庭却随意到了极点。

那些年热情高啊,总觉得祖国需要自己,工作是干不完的,一心扑在工作上,家里自然照顾得少了。

儿子和自己生疏还是因为他妈妈的病逝,除了让他奶奶给照看下,自己连封信也没回过。

不过,付出是有回报的,铁道兵这边非常尊重他这个专家,不惜一切代价把他保下来,想想那些老友的遭遇,汪锡亭现在还唏嘘不已。

"部队有纪律,半夜别乱跑,早点回去。"

看着儿子欲言又止的样子,汪锡亭的心还是软了,他长叹一口气说:"改天找个时间给你请个假,咱们父子俩好好聊聊。"

"是。"

# 31  遇险

深夜的隧道口只有一名站岗的哨兵。

隧道工地既不是要害目标，又地处偏远，自然条件恶劣，方圆几十里没有人烟，牧民也只是在夏秋两季来这边短暂居住，哨兵的警惕性自然不可能和兄弟部队相提并论。

趁着换岗的间隙，谭雅一头钻进了隧道。

听说洞里渗水严重，临行动之前她还没忘记把书本压在一块大石头下面。

学隧道掘进这么多年，她还是第一次钻进正在施工中的隧道，那感觉真是既紧张，又刺激……

隧道口有灯。

白莎燕和汪建国不约而同地找到这里，两个人失望的眼神一对就知道没找到人，难道她钻进隧道了？

已是半夜 11 点了，再乱跑非惹人注意不可，抱着最后一丝希望，两人询问了隧道口站岗的战士。

"真的没人进去？"

"我向领袖保证，真的没人进去。"小战士信誓旦旦地说。

"真的没人进去那这是什么？"

还是白莎燕心细，在暗影角落里找到谭雅藏好的本夹和教科书。

"这……"小战士一愣，物证俱在，可他实在想不明白一个小女兵大半夜往隧道里跑什么？

"我们去去就出来，不会给你带来麻烦的。"白莎燕不由分说冲进隧道。

汪建国同志对小战士报以歉意的微笑，也跟了进去。

"石头缝里藏的书本和有人进隧道有什么关系？"小战士还是不相信有人会往冰冷的隧道里钻，自顾自地嘟囔着。

谭雅是留了心的，所以才把书本留在外面，可她还是没想到隧道内的实际情况比想象的还要恶劣。

最新的作业面还没安装电灯，森然的掌子面堵在那里，它就好比是一个守门的怪物，战士们夜以继日地奋战，就是为了凿穿它。

什么时候在另一面见到光明，什么时候才是胜利会师之日。

缘于国兴3号隧道的特殊地质构造，这座隧道也成了国内当时最大的灯泡型隧道，如果打通了，也将是当时国内最长的隧道。

隧道口的灯光早就无法照到这么深的地方了，谭雅打开一只小手电向内照进去，里面黑漆漆的仿佛一张怪物的口，连光线都要吞掉。

那些可以游览的溶洞无一例外都会挂上各种各样的彩灯，光怪陆离的造型被照得五彩斑斓，游人们在欣赏它的美丽之时却忘记了其中的危险。

而国兴3号隧道的洞顶，爆破时已被炸得一塌糊涂，那些本应该存在的万年钟乳早就没了应有的样子，对隧道工程师而言，这样冰夹石的洞顶无疑是令人头疼的。

黑漆漆的幽闭环境，寻常人只身潜入其中会很不适应，然而谭雅的胆子是大到了极点，她不但不害怕，反而看着石缝中渗下的水兴奋不已，这种在常人眼中没什么看头的隧道工地，在她眼里是一辈子也遇不上几次的特殊地质层。

果然是水帘洞，水流成线型向下落，顶壁不断被冲刷，有的地方是水滴，有的地方则像瀑布，洞内冬暖夏凉的环境促使着夹冰还在不断融化。

难以想象，居然有人能在这样的环境下作业施工。见到实地的样子后，谭雅对那些平日夸赞铁道兵的话有了直观的认识，若非有着坚决的战斗意志，什么样的人能在这种环境下施工呢？

好像不论怎么搜肠刮肚，也再难以找到能够具体赞颂铁道兵伟大的句子了。

溶洞都是冬暖夏凉的，国兴3号这个溶洞是冰封了几万年的，陡然打开温度升高，溶化的速度非常快，先前已有过连续几次的小塌方，不过由于安全检查到位，并没有造成人员伤亡。

谭雅尽力记住这里的地貌，后悔没把工具也带来，好歹取回几种样品回去啊，她想到严开明那里有岩石样本，便不再觉得遗憾，心满意足地准备离开时突然发现外面传来两束手电光。

"谭雅！谭雅在吗？"白莎燕的声音远远地传来。

谭雅第一反应是有人来抓她了，仔细一听这声音有些耳熟，好像是白阿姨。

这位比她大不了几岁的小阿姨在上一次送她来的路上十分照顾她，人漂亮又温柔，应该不是来抓人的吧。

"我在这里。"思前想后，谭雅还是回应了。

"太好了。"白莎燕如释重负。

与此同时，一道身影急匆匆地冲上前来，好像火烧眉毛一样，生怕晚一步就看不到她似的。

"你急死我们啦。"手电光下汪建国满脸水珠，不知道是水帘洞的渗水，还是汗珠，不过表情真的是很焦急。

"你来干什么？"谭雅是听出白阿姨的声音才出来的，可不是因为这个惹他生气的小子。

"跟我们回去。"

"偏不。"

"为什么？"

"你不好好学习，还不允许别人好好学习啦？"谭雅反唇相讥。

"来这儿黑乎乎的地方学习什么？"

"没有实践就没有发言权。"

"这里有什么好看的？"

"不懂了吧，这叫理论联系实际。"

论起斗嘴，汪建国可半点不是谭雅的对手，他就差拉着她的手把她强行带出去了。

"嘘……你听。"谭雅故作神秘，连白莎燕也被弄得神经兮兮的，难不成这黑乎乎的洞里还真能发现什么不成？

"听什么呀？"过了一会儿，汪建国出言相询。

"嘘……你听呀。"

又竖起耳朵听了一会儿，还是什么也没听到："到底听什么呀？"

"岩石的声音。"

"岩石？"

"果然，严副连长说得没错呢，冰融化后，碎石会相互挤压，你听到它们相互挤压的声音了吗？"

洞内到处是水声，哪有谭雅说的什么声音，就算有也太微小了。

"快点随我回去吧。"汪建国天天在隧道里除渣，虽然战斗意志顽强，也不免对这种湿乎乎的环境敬而远之。

"我还没看够呢，下一次来还不知道要什么时候，可能已经竣工了也说不定。"

汪建国先前已经被团长训斥过一次了，不想再惹是生非，趁着神不知鬼不觉，赶快把谭雅带回去，他急着说："别听了，工程还要好几年才竣工呢，你有的是时间。"

"没时间了，我听到团长和汪总工说起要加班加点突破碎石带。"

父亲说的吗？汪建国突然回想起刚才和父亲突然照面的情景，虽然生疏，却还是有着那么一种莫名的感情凸显着不一样。

"喂，傻啦？"谭雅戏谑道。

汪建国回过神，喝了一声道："我在想是不是要组建突击队。"

"那是党员突击队，和你有什么关系？"

"我也想入党。"

"只有优秀的人才配入党，就凭你？"谭雅不屑道。

汪建国很不服气地握紧拳手："我一定会做一个优秀的人，不过现在你得跟我走。"

"可以啊，不过你得向我道歉。"谭雅故意刁难道。

"对不起！是我不好！请你原谅我……"这一次汪建国没有丝毫犹豫。

谭雅莞尔一笑，继续板起小脸，一本正经说道："现在知道错了，晚啦。"

"为什么？"

"因为本姑娘已经不生气了。"

"那……"小汪同志有点蒙。

"这个歉留着下次生气的时候再道吧。"

"嗯，好，哎呀……"汪建国发现谭雅的衣服都湿透了，连忙说，"黑灯瞎火的你钻这里干什么，副连长那边都急坏了，你快点回团部吧，理由我们找好了，就说有些战士比较笨，需要小谭教员单独补课。"

"教员就是教员，什么叫小谭教员，你会管老师叫小老师吗？"谭雅还是那么牙尖嘴利。

"扑哧！"听着两人斗嘴，活像一对欢喜冤家。白莎燕听着也乐了。

看到谭雅真的没事了，白莎燕也没想细问中间发生了什么事，至于她为什么会在隧道里，这一点倒是猜得七八分，谭雅本来就一直缠着领导要去隧道参观嘛，愿望无法实现偷着跑来了呗，不过这要是叫团长发现可是犯纪律的。

不管怎么说，人找到了就好，只不过回去后怎么给这两个人开脱啊？

还得找严开明商量一下，不行的话让自己的那个鬼精鬼灵的弟弟也给出出主意。

白莎燕正盘算着回去后怎么才能让谭雅不受处分，丝毫没注意到小谭口中所说的岩石的声音。

谭雅口中的岩石的声音本就极为细小，水帘洞又到处都是"哗哗"的水声，洞顶的挤压变形会有一些变化，但必须是专业人员仔细观察才能看得见，此时洞内漆黑，仅凭两只小手电是做不到这些的。

听不到声音，又看不到变化，何况这种突发事件即使是专业的老虎团也很难应对，何况是两个新战士和一名护士？

白莎燕拉住谭雅的手正要往外走，还没听到声音就感受到地表"轰"地一震，慌乱中白莎燕一脚踩空，一支手电被甩了出去，随即更大的轰鸣声传来，那只手电细小的光亮顿时被埋了下来。

巨大的震颤过后，里面的人已经知道了一个事实，洞顶塌下来了……


# 32  救援


"谭雅、汪建国，你们还好吗？"

洞里伸手不见五指，声音传不远，反弹回来的那种逼仄感让人窒息。

这种碳酸钙含量极高的岩石渣特别粗糙，吸入嗓子眼里令人极不舒服，咳了许久，白莎燕才恢复说话的能力，护士的本能让她第一时间去寻找两名小战士。

"咳咳咳……"

一直在江南娇生惯养的谭雅哪里适应得了这种恶劣环境，"咳咳"地咳个不停，听见谭雅的声音，白莎燕的心放进了肚子里，她开始找第二个人。

不清楚塌方的土石方有多大，身处的空间又有多大，氧气够不够撑到救援赶来，汪建国在哪里？

"喂，你没事吧。"谭雅的声音传来。

顺着声音，白莎燕摸索着来到谭雅身边，颤巍巍的手突然摸到一个熟悉的物件——手电筒。

那束狭小的电光仿佛一下子带来了巨大的希望，扭开它时心底一亮。

电筒的光照在汪建国身上，白莎燕吓了一跳，只见他双目紧闭躺在地上，头和脸全是血，整个人已经晕厥过去了。

"是我……他刚才是护着我才……"谭雅已泣不成声。

险情发生那一瞬间，白莎燕险些跌倒，手电也甩丢了，借着最后的微光，汪建国见到一片碎石砸了下来，千钧一发之际，他用身体护住了谭雅。

"拿着。"白莎燕把手电递到谭雅手里让她照着伤口，仔细检查后发现汪建国的头被硬物砸过，血正是顺着头皮流下来，幸好是头顶最硬的地方，不幸中的万幸。

没有纱布，白莎燕毫不犹豫地脱下贴身的白背心，三下五除二撕成布条，熟练地包扎。

处理好之后，白莎燕终于松了一口气，这才开始观察身处的环境。

好险呐！

塌方的土石距离三人落脚处不过两米左右距离，再向里面一点就能把他们全埋进去。洞内还在滴水，狭窄的空间连回响也弹不出来。

"放心吧，老虎团救援经验足，很快就会有人救咱们的。"白莎燕安慰着大家。

塌方带来的巨大声音不可能瞒过经验丰富的老虎团，犹如吹响了紧急集合号，所有隧道施工的前线人员全都行动了起来。

硬骨头九连因为距离施工地点近，是第一个到达现场的，当严开明看到哨兵手里的书本时脸都白了。

"在里面，他们在里面。"严开明慌了。

"谁？"

老连长看他惊慌失措的样子似乎明白了几分。

"隧道里还有人！"

里面有人这个消息可惊坏了团首长们。

初听塌方的消息时还松了一口气，这会儿已经收工了，应该问题不大，因为严格执行安全施工方法，一直是安全无事故的，政委还开玩笑地说要是能保持到年底，就评个安全生产年，太乐观了。

"什么人进去啦？"团长气得火冒三丈，怎么会有人不顾命令，在收工的时候进入隧道，又怎么偏巧不巧这个时候引发塌方？

"是谭雅，可能……还有白莎燕和汪建国……"都这种时候了，严开明只得如实汇报。

知道这事儿的人只有四个，徐复文人在现场，那么没回来的白莎燕和小汪就有可能在里面。

他真希望里面的人是自己，或者自私一点想，白莎燕只是走得远了没回来。

"快点把他们救出来啊。"严开明惊慌失措地喊。

"慌什么！"

团长大吼一声喊道："老张，马上安排你们连去取风枪和钢钎，其他各连组织人员抓紧休息，随时准备补上。"

隧道就那么宽，人多了也挤不进去，经验最丰富的九连驻地刚好离隧道口又最近，团长在转瞬间就定下了救援方案。

谭雅是在九连上课，白莎燕在九连蹲点，汪建国是九连的人，九连不上谁上？

老连长二话没说抄起家伙就干。

镐头、铁锹加钢钎大锤向塌方地段招呼，严开明心慌，挥镐的手竟失了准头差一点砸到人。

"严开明！"老连长意识到有问题，连忙叫住了他，"这洞有问题，土质疏松，挖多少塌多少，你快算算距离洞里大概有多厚。"

严开明的脑子一片糨糊，哪里还能算得出来。

"3米左右。"一旁的徐复文回答。

因为亲姐姐在里面，所以他被特批留下了，虽说他也着急，可到底比严开明清醒了一些。

"严开明，你去找一根长钢管来，问问刘高卓，风枪调好没有？"

老连长一连串的命令让现场秩序好了很多。

隧道掘进长度有详细记录，塌方段大概3米，意味着给里面留的空间不多了。

白莎燕照顾着昏迷的汪建国，见他呼吸还算均匀，心放下一大截，这时才开始关心起自身的处境来。

因为和岗哨的战士打过招呼，所以救援很快会来，问题是在救援之前，自己这边能不能坚持住。

环顾四周，嶙峋的石壁还在渗水，水浸到绒衣里湿漉漉的，很快冰冷刺骨，小谭雅已经开始打哆嗦了，她的嘴唇已经开始发紫，熟悉医护知识的白莎燕知道，人体热量流失大于热量补给时会造成失温现象。谭雅已经开始打寒战了，再这样下去容易造成心肺功能衰竭。再加上这个空间实在狭小，无处躲避，只得任由融化的冰水继续打在身上。更要命的是空间内已经开始升温，这是氧含量不足的征兆。

微弱的手电光下，谭雅和汪建国的状态都不好，因为空间太狭小，他们可能支撑不了多久，再不来救援，接下来他们可能会心悸、憋喘，甚至休克，白莎燕的一颗心悬了起来。

"突突"的风枪声响起，松软的塌方层毫不费力就被凿穿，然而当风枪抽出来时，打出来的洞眼很快被砂土层填埋。

砂石土层很难打眼，就算风枪队长刘高卓亲自操作也勉为其难，别人的技术还不如他呢。

"老办法，打钢管。"老连长镇定自若。

只要洞内有氧，救援就来得及。

"我上！"顾不得别人阻拦，严开明挥起大锤猛砸钢管。他拼了，不顾一切地拼了，因为他的爱人在里面，他们刚刚还相互承诺等隧道凿穿就在一起，这个时候无论如何也要把她救出来。

看到严开明脱力了还拼命抢大锤，老连长果断的命人把他拉下来，严开明抵死不从，不料拉扯中突然腰部吃痛，原来刚才挥锤的过程中力道不对，拉伤了腰，他身子一软，不由自主地瘫倒在地上。

徐复文接过锤，狠狠地凿了十几下，随后连里有力气大的战士跟上接班。

每个人都把最有力气的那几下贡献出来，钢管也随着砸击，一寸一寸地楔入砂土层。

"同志们，战友们！加把劲啊，我求你们啦……"

严开明哭啦，哭得撕心裂肺，许多干部战士带着狐疑的态度看着他，但见到老连长并没说什么，也大概明白了。

救人这种事本不用求的，都是自己战友，任谁都会尽力。

救援施工正在紧张地进行着。

隧道里越来越闷热，这种不正常的热裹挟着开始失温的身体，让人的神经开始错乱。

白莎燕努力保持清醒，还不忘叮嘱谭雅一定要缓慢，匀速呼吸，这样能节约氧气。可是小谭雅哪里控制得住，她大口地喘着气，呼吸越来越急促。

白莎燕守着汪建国，尽量不让水滴在他身上。

水浸湿了手电筒，灯泡微微一闪，最后一丝光亮也没有了，人在极黑环境下会深深感受到幽闭、恐慌、焦虑，肌肉不由自主地抽动。

"啊——"谭雅失声尖叫，黑暗中只觉得一双温柔的手在抚摸她的娇小的后背……

"你听……"

白莎燕渐渐控制不住呼吸，她感觉有某种东西正在身体里迅速流失，拼了命的也要伸手抓住，然而越是想伸手越流失得厉害，她知道身体已到了临界点，只能靠精神和意志强撑。就在她快要撑不住的时候，耳畔传来这辈子听过最悦耳的声音。

那一锤一锤的敲击声穿过土层传进狭小的空间，似乎越来越近。

一个高大威猛的战士接了锤，还没轮上几下只觉得手上一松。

"凿穿啦！"

"快！手电！"

应急手电顺着钢管向内照去，同时喊道："有人吗？听得见吗？"

不知道是不是精神作用，白莎燕似乎感觉身体一轻，从来没有的舒畅感流经全身，她努力奔着声音的方向爬过去。

普通的钢管连着生命的希望，外面把手电光顺着钢管探进去希望能看到人，无奈钢管太长，若有若无的手电光什么也看不清。

洞里是伸手不见五指的黑暗。

这种环境下，光，只要有一点儿就会给人带来巨大的希望。

白莎燕深吸一口从小小管缝中透过来的不怎么新鲜的空气，那是含氧的，有氧就能生存。

"我在呢，人都活着呢，小汪同志受了点轻伤……"白莎燕努力地呼喊着。

"呼……"所有救援的人员长舒了一口气。

"莎燕！"严开明泪眼迷蒙。

# 33  白月光

严开明的心情从来没像此时这样畅快过，听到白莎燕的声音，他如释重负，甚至连眼泪也来不及擦。

"莎燕，你好吗？"

两人的关系本是处于地下状态，此时也顾不得许多了，关切的话语脱口而出。

战友们终于知道严开明为什么会有那样失常的表现了，换作自己恐怕做得还没有严副连长控制得好吧。

"我……"里面传来了一声轻呼，随后没了声息。

"莎燕！莎燕！白莎燕你回话啊。"直觉让严开明觉得不对，他连忙对着钢管呼喊。

一根小小的钢管牵动着所有人的希望，然而里面得到一次应答后再没了声息。

"也许是知道自己得救了，兴奋过度晕过了。"老连长劝道。

这个时候大家只能往好的方向想。

真正的救援工作开始了，九连的官兵拼了命地挖，不管上方土石方塌下来多少，哪怕整座天山都塌下来，把隧道挖成通天洞，也要挖到底！

一昼夜，天已明！

"换人换人！"

九连全体指战员已精疲力尽，唯有严开明还拼命地挥着镐。

碎石带塌得厉害，一昼夜才前进一米。

虽然知道钢管能给里面输送氧气，可那么一根小小的钢管能输送多少氧气？

严开明是被人抱下来的，从塌方面下来，他整个人像失去了灵魂一样。

呆滞，一动不动，只有死鱼般的目光始终望着隧道方向。

一辆解放卡车疾驰而来，顾不得颠簸，直接开到隧道口，师医院的同志把沉重的氧气瓶从车搬下来。

胡杨沟的夜太冷，开夜车会蒙上一层厚厚的霜。当消息传到师医院的时候，距离天明还有两个小时了，这段时间组织人员调配车辆赶到现场，已经够快了。

氧气顺着钢管输送进隧道内，输送的哪里是氧气，分明是生的希望。

高志远板着脸一言不发地盯着作业面，当得知埋在里面的人是白莎燕时，他什么也顾不得了，恨不得把大解放开出小轿车的速度，可到达现场后才知道，情况比想象中的严重。

"你个懦夫，你给我起来！"高志远拉起严开明的脖领子，一双布满血丝的眼睛好似要吃人般。

严开明一言不发，奋战一夜时间，他比谁都清楚，不论怎么呼喊，里面就是没有回应。

凶多吉少！

他害怕，害怕洞口挖开那一刻所见到的正是他最不希望见到的一幕。可是，又必须挖开，那是希望。

"砰！"重重的一拳砸在脸上。

高志远狠狠一摔，把严开明撂在地上。

严开明根本感觉不到痛，甚至没有气力再起来，他失神地望着天空，天真蓝啊，多么希望这一刻是不真实的，泪水模糊了双眼，湛蓝的天空开始波动，会带来生命的气息吗？

"站起来！"一句命令式的话语，那个平时把嬉笑放在脸上，总是一副放荡不羁样子的徐复文此时特别坚强。

"你给我起来呀！"徐复文歇斯底里地呐喊，"救援还没结束，我们还没有失去希望！你装这副怂样子给谁看？"

严开明的眼里突然有了一丝清亮，是的，他没照顾好白莎燕，可是还没到放弃希望的时候。

"给我一把铁锹！我要铁锹！"他不知道哪里来的力气，突然跃起，抄起一把铁锹，又冲进隧道内。

九连那些精疲力竭的官兵看着他，能够想象他在经历多大的痛苦。

徐复文长舒一口气，也抄起一把铁锹冲了进去。

救援队伍里多出两个人并不惹眼，只是他们发疯的劲头，比那些生力军还要猛。

高志远看着两个人的背影，满心的愤恨此时没地方发泄，心一横也抄起一把铁锹加入救援大军。

他们三个从来没在一起工作过，这时三人的心都被里面的人牵动着，只要多挥一锹，里面就多一份生的希望。

不顾身体损伤，不顾体力消耗，只有机械性地挖掘，像一台机器。

"通了！通了！"

不知过了多久，碎石塌方带突然被掘出了一个小洞，兴奋之下大家再接再厉向内挖掘，塌方带的土仿佛忽然间被吞噬了一般，"哗啦啦"地露出一条通道。

"有人吗？"

严开明一头就要往里钻，前脚刚迈出去，徐复文眼疾手快，一把拉住了他，这一拉救了严开明一条命。

口子仿佛是突然出现的，几乎不是挖掘工具起的作用，里面黑洞洞的，不细看根本察觉不了什么，应急手电光一照才发现，里面竟然塌陷出一个直径三米多的大洞，那些渣土就是直接起填埋在这个洞穴中的，而且塌方带还在继续填下来。

严开明的脑子"嗡"的一下，眼前一片空白。

所有人都愣住了。

塌方的同时还出现了地陷，这种情况所有铁道兵三十几年来只在修西南铁路的时候遇到过一次，在国兴3号隧道里居然全都出现了。

在场的人全都明白了，为什么钢管打通的时候还有回应，然后突然就没了声音。

仔细回忆起来，那个时候似乎地表有轻微的震颤，不过当时碎石带还在塌，没引起人们的注意。

"不——"严开明歇斯底里地狂喊，"莎燕！"他不顾一切地要冲进去，试图跳进坑去救援。

一双有力的大手拉住了他。

"放开我！"严开明挥起一拳正打在对方的脸上。

"严开明！你疯了吗？看清楚，这是老连长！"徐复文一个巴掌扇在严开明的脸上。

纵然怀着巨大的背痛，徐复文也绝不允许有人对老连长不敬。

"放开我……我去救人……"严开明失魂落魄地说。

老连长没有介意脸上的痛，仿佛一下子回忆到了什么，叹着气摇头说："没用的，这种洞下去多少人都得填上。"

"不……她一定没事的，让我去，她还活着……"

"时间太久了……"说到这儿，老连长沉默了，曾经的痛苦又一次出现在眼前时，他还会像上次一样毅然挡在面前，何况这一次时间太久了，所谓的希望不过是不切实际的幻想而已。

那一次拦住了后面的牺牲，这一次他依然不允许有人做傻事。

"咳咳……"

所有人的注意都集中在地陷的时候,洞内传来轻微的咳嗽声。

"有人!"

"里面还有人活着!"

刚刚沉浸在悲痛中的官兵们再次升腾起希望。

"谁在里面?"

手电光照过去,谭雅蜷缩在掌子面下的角落里,身边躺着尚在昏迷中的汪建国。

陡然间见到光,谭雅的眼睛根本睁不开,这个时候严开明突然来了精神问道:"只有你们吗?你白阿姨呢?"这是他最后的希望。

谭雅适应着光线,不知道该如何作答。

严开明抢过一支手电,把洞内边边角角全照了一遍,哪里还有人影?

难道她真的……

体力透支加上巨大的精神落差,严开明眼前一黑,昏倒过去。

事后,官兵们搭上铁板把谭雅和汪建国救了出来,得知白莎燕确实在隧道里的事实后,大家都默声了,胡杨沟最美的女兵就这样离开了他们,好像不愿意让人见到她凄惨的样子,走得悄声无息。

这次事故让原本顺利施工的隧道不得不停工三个月。

下葬的时候,徐复文捧着白莎燕生前穿过的军装,整整齐齐地埋在烈士陵园里。

何处黄土不埋人,铁道兵嘛,走到哪里都要有把生命丢到哪里的觉悟。

"这样也好。"凝望着白莎燕的墓碑,徐复文沉痛地说,"她肯定不希望我们看到她不美丽的一面,永远埋在国兴3号隧道里,列车呼啸而过的时候,没人比她听得更清楚了。"

严开明默默地看着墓碑上的字——白莎燕烈士之墓。

小白鸽终还是飞走了,与电影里大团圆的结局不一样,她走得无影无踪,还没来得及做出任何承诺。

"那是一条地下暗河,说不定她走得很远了。"严开明低声说,目光始终离不开墓碑。

"不会的，碎石层很厚，她走不远。"

如果在平地上，动用大型机械是可以挖开地表找到她的，但那里是隧道，还要处理余下的塌方，至于找还是不找，徐复文选择了后者。

徐复文深吸一口气，望着天空喃喃地说："她小时候就喜欢管我，明明自己学习很一般，却总拿我的学习说事儿。不过多亏她的督促，不然学院那关我肯定过不去。"

这一年国家发生了许多事，一名普通护士的牺牲很快被人淡忘了。

人不能总沉浸在悲伤里，何况这陵园里埋葬的上百位烈士的遗体，这是每个铁道兵都应有的觉悟。

"团长已经允许你调走，怎么样？准备好离开这伤心地了吗？"徐复文看着严开明问道。

严开明表情肃然地摇摇头，坚定地说："不！我要亲手打通国兴3号隧道！和战友们一起，告慰烈士们的在天之灵。"

忽然间，墓园里吹起一阵苍凉的风，映着惨白的月，一座座墓碑似乎在诉说着什么，这里面的故事，只有故事中的人才能读懂。


# 34　老妈的心结


聪慧的汪承宇已经猜到后面的故事了。

包括他爸爸和妈妈之间的感情问题，隔着这么大的一堵墙，的确不好打通。

严开明和徐复文一直是盾构领域的专家，他们对盾构机国产化的关心程度比关心自己还要高。事故发生后的十几年，徐复文凭借着自己的刻苦学习加上不断的实践，成了地铁专家，严开明则成为大盾构施工的先驱者。

两人把自己叫到这个满是历史沧桑感的地方，绝不是说说旧事那么简单，自己的父母可以说与盾构领域血脉相连，或许是这个凄惨的故事才让他们走在一起的。

不过，那又怎么样？

自己就一定要背负前人的伤痛前进吗？

铁道兵的故事他打小就听惯了，烈士陵园也不知道拜祭过多少次。虽然不得不承认，他们的确很伟大，可那也不代表自己就要放着轻轻松松能赚钱的生活不要，一头扎进无边无际的苦海吧。连亲爷爷都没说什么，这两位……

这些话，汪承宇只能在心里想想，对这两位，他还是满心敬意的。与其说是尊重，不如说有些畏惧，尤其是小徐爷爷，一把年纪了，一肚子坏水儿，一会儿不会打什么坏主意吧。

哪想到这两个头发都白了的小老头儿费尽心机把他叫来，这会儿却把他撂在一边自顾自地说话。

"咱们多久没回去了？"徐复文感叹着说。

"十多年了吧。"严开明双眼迷离。

"再过两年土库二线可修好啦，距离一下子拉近好几百公里，到那时候胡杨沟可不通车了。"

"是啊，战友们再也听不到火车汽笛声了。"烈士鲜血铺就的一条路就此荒废，想想就让人感伤。

"二十几年来凡是火车经过国兴 3 号隧道都是要鸣笛的，这以后要是没有了鸣笛，那些长眠的战友们可咋办啊。"徐复文叹道。

"是啊，等中天山隧道贯通，国兴 3 号就成为历史了。"提到中天山隧道，严开明的眼里多了几分清明，赞道，"二十二千米，很了不起的数字，咱们当年打通国兴 3 号隧道牺牲了 25 名官兵，也不过六千米的长度。"

"小汪这一次大半的精力都用在这条隧道上了，听说谭老还不辞辛苦特意去参观了……"

汪承宇目瞪口呆，来的时候以为自己是主角，哪想到听完故事居然直接被无视。他真想喊，你们尊重我一下行吗？

"那个……严爷爷……我向你道歉……"汪承宇慌里慌张的，生怕下一句两个老头儿不讲理，说出非要让他留在实验室的话。

哪知道严开明已经不介意，摆摆手又陷入沉思。

不提让我回来？

汪承宇稀里糊涂地来，又稀里糊涂地离开。

不！确切地说好像有什么东西钻进脑子里了，隐隐约约的，现在还说不上来。

"站住！"

很久没被这么呵斥过了，骨子里的记忆让汪承宇的腿肚子转了筋，身体止不住打了个哆嗦。

"妈……你那么凶干什么？"汪承宇回过头，像只小绵羊一样。

谭雅满脸狐疑地打量着自家儿子，又抬眼看了看荣誉室的大门，厉声问："你不是走了吗？来这儿干吗？"

"我……"

汪承宇刚要张嘴，谭雅像连珠炮一样打断他："是不是徐复文拉你来的？我猜得没错的话，严开明也在吧。他们是不是对你说了什么？难不成又把当年的破事儿抖搂出来了？"

"我……"

母亲大人是何其英明，堪称女中豪杰，又有江南女子清丽婉约，那两个哼哈二将又哪里是对手呢？

想到这儿，汪承宇对着老妈竖起大拇指。

"我就知道他俩又拿我卖惨。"谭雅果然被气得脸色铁青，不过再面对自家儿子的时候又是一脸关切道，"还没吃午饭吧，走，跟妈吃饭去。"

"哎！"汪承宇在家是爷爷宠着，姥爷惯着，父亲不管，唯独在这个严母面前噤若寒蝉，不管什么时候总像犯了错一样。他灰溜溜跟在谭雅后面进了食堂。

今天食堂的伙食好啊，冬瓜羊肉、肉丝烧茄子、葫芦头……

怎么全是西北菜？

"哎？汪承宇你回来啦？"张启源这个二愣子也不看风向，远远地招呼着。

汪承宇对他挤眉弄眼地示意，他这才看见走路带风的谭阿姨，赶紧缩着身子吐了吐舌头，谭阿姨个性强，脾气不好，全集团谁不知道？张启源可不敢触这个霉头。

看样子损友这是要倒霉啦？

"他们没少煽情吧。"吃着菜，谭雅眉头都不抬一下问。

"还行吧……就是讲点儿当年的事儿。"

"也没要求你回来？"

"集团这么大，人才这么多，我算哪根葱啊？"

谭雅瞪了他一眼，往口中送的菜也停了下来。

这一瞪汪承宇立时通身紧张，今天就不该来，总有一种厄运缠身的感觉，甩都甩不掉，一会儿还不知道有什么在等着自己呢。

"你爷爷是隧道领域第一人，放眼全国没有比他资历更老的了，你外公是地质兼机械领域的专家级学者，你妈妈是盾构机研发分项目负责人，国产盾构领域专家，你爸爸……算了，不提也罢……"

老妈这是什么意思？难道是说我回不回来没关系，但是不能说自己不行？

也对啊，男人不能说不行。

汪承宇心里打着鼓，见老妈终于不再问什么，于是吊着胆子开始撸虎须。

"妈，当年你为什么和我爸分居啊？"

"他笨。"谭雅简洁得不能再简洁地说。

"可你们当初不是因为那件事儿才走到一块儿的吗？"

"是啊，我都后悔死了，当初就是太可怜他了。"

"可怜？"

爸妈的历史他从来不知道，不管向谁问起都碰一鼻子灰，若是赶上心情不好的时候，还会挨一顿数落。

"就是可怜。"谭雅笃定地说，"那件事儿后，他哭了三天三夜，一开始我是跟着哭的，可哭着哭着发现脸上生疮了，疼得厉害，就不敢再哭了。"

说到这儿谭雅沉默了好一会儿，仿佛不愿意在儿子面前露出自己软弱的一面。

"一开始我是自责的，恨自己为什么要钻隧道，结果把人害了。"

"后来呢？"

"后来我反应过来，要不是你爸我又怎么会到处乱跑，动了钻隧道的心思？隧道平时是有人把守的，偏巧那天让我钻了空子，早几分钟晚几分钟我都进不去，而且不管早进去还是晚进去都不会有事，偏巧在最不该的时候进去。"

或许一直把这件事压在心底，谭雅提起这件事的时候有些偏执，她吃不下了，碗筷一堆，头也不回地走出食堂。

汪承宇细嚼慢咽地把食物吃完，收好了餐盘，正要转身出去，却险些和一个人撞了个满怀。

"哎？是你啊。"

"汪承宇！"

对方显然比汪承宇还要吃惊，他指着汪承宇的手都哆嗦了。

"我办离职的手续停了，说好的大叫三声呢？"汪承宇得理不饶人。

"事情还没结束呢，你留不下，你放心吧，我知道你肯定留不下。"耿家辉极度讨厌这张得意忘形的脸，可他又不敢太过分，这几天谭老师也不知道怎么了，像吃枪药一样狠狠地修理了他一番。

"哈哈，那就再等几天，让你心服口服。"汪承宇扬长而去。

心服口服？

自己为什么这么说呢？

似乎什么也没发生，似乎又发生了很多。

谭雅的屋子里烟气弥漫。

妈妈又开始抽烟了，汪承宇默默地打开窗子，越长大越发现，妈妈的心里一直耿耿于怀一些事情，现在这件事情的源头被自己找到了，可是怎样才能让她从阴影中走出来呢？

那次事故后，因为谭雅入伍时还未经新训，勒令退出现役，档案不做入伍记录，而汪建国则给予严重警告处分，这个处分直到兵改工之后也没撤销。

之后几年汪建国发愤图强，一边埋头苦干，一边刻苦学习，终于获得提干的机会。两人再次相见是在工程兵学院，因为相互间都有心结，所以经常在一起聊天，被外人误以为他们在处对象。

一位政治部主任做了红娘，介绍两人处对象，谭父十分欣赏汪建国的拼劲，谭雅懵懵懂懂根本不知道自己想要什么，稀里糊涂地结了婚。

婚后不久谭雅发现自己怀孕了，因为夫妻长期两地分居，谭雅只得一边教书，一边独自带孩子。

幸好两年后铁道兵不留一兵一卒，全员兵改工，分居的日子总算结束了，然而更可怕的事发生了……

"之后我发现两个人在一起还不如不在一起。"谭雅吐着烟圈，面带倦容地说道，"我们在一起根本就不适合。"

汪承宇小的时候，父母就两地分居，老妈长年住宿舍，不到过年绝不回家。他俩都快赶上牛郎织女了，不过牛郎织女好歹是相互思念，这对夫妻却是各自投身各自的事业，也不提离婚，就这样过。

"你们是不是在一起就会想起那些事？"

谭雅没作声，默认了。

# 35　吃华铁的醋？

汪承宇没法劝，自己老妈是什么人物，女中豪杰呀。

当年工地有个传统，不允许女工程师下井，一些人哄骗谭雅说井下没有厕所，工人们都就地解决。

谭雅不吃这一套，剪了短发，戴上头盔打破了这个规矩。不仅如此，她的高标准严要求让见到她的人都胆战，每次她当值，工地上都有一种魔头来了的感觉。

凭一己之力，把五大三粗的工人治得服服帖帖，像老妈这样的女人凤毛麟角。

"如果，我是说如果，没有那件事，你们会互有好感吗？"汪承宇试探着问，这似乎意味着向某种禁忌发起挑战。

谭雅比他爸爸更加认定儿子的成长，她狠狠地把最后一口烟吸完，长吐着气说："不会，你爸那么笨……"

她似乎有意在强调父亲的"笨"。

父亲学什么确实不快，和同龄人比起来确实显得有那么一点笨，但正因为这种笨，让他在学习的时候更下苦功，所学的知识极为扎实，这也是他能在众多技术人员中脱颖而出升任集团领导的原因之一。

而谭雅强调的这种"笨"，似乎来源于某种执念。

往事真是让人头疼。

汪承宇看得出来，母亲的情绪不好，他又不知道该如何安慰，这次回到实验室，心里多了几分沉甸甸的东西。

那种感觉，说不清道不明。

简单劝慰了母亲几句，汪承宇灰头土脸地离开盾构实验室的职业宿舍。

"小汪啊，回来啦。"郑大姐丝毫不顾忌汪承宇狼狈的神态，热情地打招呼。

"我听说你的辞呈没批呢，咱们华铁多好，总比给资本家干活儿强。"陆大姐附和着说。

对这两位八卦大姐，汪承宇敬而远之，有种近乎仓皇逃窜的感觉，末了，郑大姐的一句话差点让他跌了个大跟头。

"咱们的小汪啊，哪儿都好，就是28啦还找不到对象，你说是不是性格随他爸……"

"你才找不到对象，你们全家都找不到对象。"汪承宇气愤地诅咒着。

前脚刚踏上充满自由空气的大马路，后脚一辆轿车追风似的从他身旁呼啸而过，只差那么一寸就刮到他了。

"你赶着投胎呀……"

哪料一抬眼，那辆车竟然是熟悉的奥迪TT。

"喂！高薇你等等我呀！"

他的声音还没传到，车子早已消失在视线中。

"这……"一种无以言表的感觉袭来。

志远大厦还是20世纪90年代初建造的，开工前几年，高志远带着一群老铁道兵南下特区参与了著名的"深圳速度"的大建设，他发财了，就把公司总部安置在商州，存心给老同僚看。

这座大厦在当时就用了非常时髦的镜面玻璃，太阳光一照，全市就属它刺眼。

刺眼的大厦顶层，志远集团的员工们可倒了大霉。

小高总今天的脚气不好，一位老财务一进来就触了霉头。

"这块费用支出是怎么回事？眉目不清不楚的？"

老财务解释道："这是集团的一些杂务开支，平时都是些小碎票子，以前大家都这么记账的……"

"那是以前！"小高总火冒三丈，狠狠地把账本摔在桌子上，"从今天开始，有些老规矩要改改了，咱们公司体量小，比不得大国企，一分一毫都浪费不得！"

"我……我重新整理。"老财务唯唯诺诺地拾起账本。

"查！这里面明显有问题，给我狠狠地查，我倒要看看谁是集团的蛀虫，开除、报警、退赃，一个也不能少！"

还没接手集团业务之前，小高总还是很谦和的，哪想到自家买卖也有新官上任这一说啊。

员工们赶紧埋头干活，生怕这股火烧到自己身上。

"哎？"汪承宇气喘吁吁地推开门。

自从在街上见到高薇的车呼啸而过，汪承宇就知道有问题，高薇这是生气了，不过他理直气壮啊，自己什么也没答应啊。

汪承宇这才匆匆地摸出两块钱登上公交车，投币时心里还犯嘀咕，华铁这边的工资给停了，志远这边还没办入职。如今的汪大才子只剩下空空的口袋了。

"嗨！大家都这么忙啊。"汪承宇热情地和职员们打着招呼。

没人理他，有好事者还用眼睛狠狠地瞪着他，心道，小高总脾气不好说不定就是你惹的，谁还敢沾你这个惹祸精？

汪承宇没这个自觉，一路笑嘻嘻地和所有人打过了招呼，一脚刚踏进总经理办公室，就听到一声厉吼。

"出去！"

今天这是怎么啦？老妈让自己站住，女友让自己出去。

他轻轻地敲敲门，"高总，我可以进来吗？"

"不可以，出去！"

吃了闭门羹？

这碗羹可不好吃，高薇强硬的态度让他心里堵得慌，还真当老子是吃软饭的！

小汪同学一怒之下，推开门走了进去。

"你！谁让你进来的？保安！保安！"

保安哪里敢拦着，就站在门口助威，谁知道他们这是发的哪门子邪火？

"我说高薇你是怎么回事？我怎么了你嘛。"

"你……"

高薇也意识到，自己这仿佛喝醋般的态度明显发泄的不是地方，可那种不安的情绪仿佛有人会抢走她的心上人一般。

"我今天先不和你说，这里是公司。"

"我知道是公司啊，所以才来的，有件事和你汇报一下啊。"

一听是公事，高薇冷静了下来。

"什么事？"

汪承宇直言不讳道："你们工地上临时用电不设隔离开关，开关箱门也没有，还存在乱拉乱接现象，我找了相关负责人，他把我给顶回来了，说以前一直都这么干的。"

"这……有什么问题吗？"高薇不懂工地上的事，有问题都是下面人给建议，她批准就行了。

"问题？问题大了。"汪承宇仿佛有功之臣一样，大大咧咧地一屁股坐在高总办公桌上。

"咳！"高薇轻咳一声示意他。

"哦。"汪承宇这才注意到自己的失当，毕竟是在公司，得给小高总留面子嘛。

"我告诉你啊，这个问题不解决，电力事故还好说，电死了人就不得了啦。"

"会这么严重？"

"那可说不准，反正我就没见过谁家施工队这么松松垮垮的。"

"哦，我会注意的。"高薇眉头一皱，工地的乱象她听说过，只不过那些人一直是父亲那边的，自己还没想好该怎么办，也许是该治治这乱象了。

"对了，你看见我为啥要踩油门啊？"

对这个一点眼力见都没有的人，小高总也只能以白眼视之，哪想到本来缓和的局面因为小汪同学随口一句话炸裂了。

"以前我在华铁的时候啊，施工队规规矩矩的……"

"闭嘴!"高薇突然极其反常地指着汪承宇的鼻子喊道,"不许在我面前提华铁!"

# 36　工地乱象

高薇知道,放眼偌大的公司,能无条件接受自己脾气的只有汪承宇了,也只有他敢对自己说真话。

工地很乱?

过去只是耳闻,施工这一块一直是父亲的老战友负责,就算再乱也轮不到她来指手画脚。

可现在她执掌公司,父亲可一直在旁观她的能力呢,能不能彻底放手就看这两年的表现了。

会展中心工程就是一张毕业试卷。

穿上劳保服,戴上头盔,有意遮掩一下脸颊,小高总不请自来了。

为了看到真实的现场,她特意谁也没带。

果然如汪承宇所说,工地的管理很稀松。

大门口特意搭了个钢板房做门卫室,但是自己走进去的时候却没有一个人来问自己是做什么的,几个保安聚在一起打扑克。

再往里走明显感觉到一股慵懒的气氛,连高薇这个外行都明显感觉得出来。

工人都是按天算钱的,这样使用人力是巨大的浪费。

再看细节,果然如汪承宇所说,开关箱是裸露着的,电焊机二次线也是随意接长,不做绝缘处理。看着工人们拖沓的样子,这种事已经司空见惯了,上次大停电不是偶然。

工地才刚刚开始建设就显得杂乱无章,这可是志远集团的形象工程。

昨天的财务账让高薇觉得公司存在很多问题,仿佛整个公司的人都在算计她的钱,如今在现场再一次得到印证。

平日里身边尽是些说奉承话的，听多了还真以为志远集团蒸蒸日上，哪知道是"金玉其外，败絮其中"啊。

那些奉承的话简直就是一剂毒药，无论品格多么高洁之人也禁不住在这碗药里泡久了。

高薇看得越多越心惊，越来越感觉自己离不开汪承宇，身边没有贴心人哪成？

若不是汪承宇提点，自己哪能发现这么多问题？

不过……

要入手整治的话也不是那么容易的，千头万绪。

有了！

小高总眉头一皱，计上心来，有汪承宇这个大杀器为什么不用呢？不过他只是个工程师，没有管理权，要怎么想办法把他调成副经理呢？

"你是哪个部门的？"就在小高总盘算着该怎么调整人事权的时候，一个人言语很不客气地叫住了她。

这人三十来岁，长得不算难看，就是有点胖，不过脸上有股子傲气怎么也遮掩不住，好像工地是他家的一样。

"我……"

高薇刚想开口，那人毫不客气地打断她说："谁让你乱走的？"

"我没乱走啊。"

"还说没乱走，我看你东张西望，是不是想偷东西？"

这是栽赃啊。

高薇长这么大还没受过这种气呢，不过转念一想工地里鱼龙混杂，好汉还不吃眼前亏呢，自己可是小女子。

她口气一松，拘谨地说："我第一次来，有点不熟悉。"

"新人啊，怪不得不认识我。"那人脸上止不住地得意，目光反复在高薇身上打量，让人很不舒服。

"我这就走……"高薇说着转身就走。

"站住，说来就来，说走就走，也不向主管领导报到，你当工地是你家开的呢？"

高薇本不想应付工地上的人，此时却觉得是一个整顿工地乱象的机会，于是假意殷勤道："对不起，我还不认识谁是主管领导呢。"

"谁把你招进来的……"那人问话还没出口，寻思了一下说，"算了，让你认识认识我是谁。"

"你是谁呀？"

"我是这个项目的副经理，我叫高又轩。"

好嘞！

小高总心中喜不胜收，脸上的笑再也抑制不住了。

"哎呀，你也姓高啊。"高薇随口说道。

旁边有人帮腔："哎呀，高经理你都不认识？"

"就是，不知道志远集团姓高吗？"

言外之意这位副经理应该和集团董事长有什么关系。

"算了算了，提那个干吗。"高又轩故作姿态，似乎要把事情坐实。

高薇只是咯咯地笑，见小美女笑得还挺灿烂，高又轩还以为她像其他新人员工一样要讨好自己，哪想到对方笑着笑着转身就走。

"你什么意思？让你走了吗？不知道在这儿我说了算吗？"高又轩扯着嗓子喊。

"哦。"高薇一副憨态可掬的样子，"那就请高大哥今后多多照应。"

"看你态度还马马虎虎，今天就放你一马，不过今后不要在工地上瞎走，有事没事儿到我这儿报到，让大哥好好教教你。"

这高又轩真是胆大包天，说着话满眼放光，就差没流下口水了，这家伙竟然起了色心。

看着这人身边围了不少人，都是捧臭脚的，高薇暂时不想以身犯险，只得喏喏地说："知道了。"

看到小美女如此上道，高又轩笑呵呵地补充道："今后工地上有大事小情尽管找我，集团那边我说得上话，你要是做错了事可别怪我扣你工资哦。"

"呵呵……"高薇一脸尴笑，"那我可以先回去了吗？"

"去吧，明天记得来我这儿报到啊。"

"哎。"

高又轩伸长着脖子巴望着小美女的背影，口水都要流下来了。

"嘿，别说哎，这身段！穿这么肥的工作服都藏不住哎。"

"可不是……"

"哎，她哪个部门的?"高又轩问身边人。

"刚才没来得及问啊，你看她开车来的哎，车还挺不错的，还奥迪呢。"

"可不是奥迪 TT，橘红色的，和咱小高总开的是同一款。"

"家庭条件这么好还上什么班啊。"

"就是……"

高又轩僵住了，一张胖脸瞬时煞白。

小高总?

回到志远大厦，高薇就禁不住一阵阵后怕，幸好自己不是真的新员工，不然还不真被那家伙欺负?

工地上招的都是些什么人?

理由找好了，也不用顶着什么工程师的名头了，高薇把劳动合同往汪承宇面前一拍。

"签!"

汪承宇没有心理准备："啊?我和那边……"

"别提那边!"

汪承宇心里这个颤抖呐，这还没过门呢就这么厉害，将来的自己还不得"气管炎"晚期啊?这和他一开始的初衷不太一样吧，想当初学妹是一个多么清纯可人的甜甜女啊，让人见一眼就会生出保护欲。

"哟，副经理呀，这个厉害。"汪承宇一边翻看着合同一边说，"不过我可事先说好啊，要是华铁起诉志远集团，这事儿可不能赖我啊。"

高薇不耐烦地说："我说你是学土木的，还是学法律的?"

"我这不是好心嘛，怕给咱集团带来麻烦。"

"法律的事儿有法务部，你就给我老老实实当好这个副经理。"

"得令。"

就算哄女朋友开心吧，这个合同也不能不签了。说实在的，寄人篱下这种事儿小汪同学根本没打算长做，他只是想攒攒经验，在行里拓展一些人脉圈子。

合同签了，高薇心里的一块大石头也就落地了，她这才把工地的事儿说了，汪承宇一听就气得火冒三丈，拍案而起，怒而离去。

"哎，你去哪儿？"

高薇想追，却哪里追得上那两条大长腿。

自此，工地上又发生了一起治安事件，全公司都在传，新任副经理把前任副经理给打了，据说下手还挺利索。

"刘总啊，你可得给我做主啊。"

高又轩的鼻梁上还贴着创可贴呢，不过是创可贴而已，听他哭丧的声还以为是缝针了呢。

"小高总微服私访，可我也没说什么呀，回过头就把我给炒了，好歹我也在志远集团干了这么长时间，不能连个理由都不给吧，小高总这是杀鸡儆猴啊。"

雅致的房屋内，摆放着一张宽大的茶台。坐于茶榻上的老者穿着宽松的中式休闲装，面色红润，一手握着茶壶，一手把着烟斗，好一派高情逸态，哪还能看到当年风枪队长的影子？

# 37　汪小子的阴影

茶室内坐的正是当年荣获三等功，却自愿放弃提干机会的风枪突击队长刘高卓，他和高志远的关系还是那年兵改工时建立的。

创建志远集团，刘高卓可是立下了汗马功劳，如今闲下来了，高志远哪能亏待他，不仅分了别墅，还用大把的金钱养着。

国家有退休一说，志远集团是私营的，什么时候退休还不是高志远一句话，集团副总的职务也没停，愿意上班就来，不愿意上班就在家养着。

高又轩是刘高卓的外甥，带在身边也有五六年了，这两年才撒手。

听着高又轩的哭诉，刘高卓本不愿意管他那些鸡零狗碎的事儿，可高又轩的话又不得不引起他的警觉。

刘高卓品了一口茶，却越品越不是滋味。

杀鸡儆猴？

谁是鸡，谁是猴？

这不是不言而喻嘛，老的明明年富力强，再干二十年不成问题，为啥非得把小丫头推到前台？这是天踏下来了要杀功臣啦？

这些年养尊处优，刘高卓虽面上看不出喜怒，可是熟知他每一个举动的高又轩又哪里看不出，他重重地磕了三下烟斗已经说明很生气了。

这天是要变呐，看来自己这把老骨头还得走上一遭，刘高卓打定了主意。

"你先回去吧，过几天我再找你。"

"哎。"

高又轩笑着退下，心满意足地走了，这顿揍肯定不白挨。

对汪承宇而言，自律的生活再正常不过了，不吸烟、不喝酒，喜欢跑步、健身、登山，健康而规律的生活把高薇也带动了。

公园的健步道上，两人慢跑结束，正做着热身动作，高薇问道："你把人打啦？"

高薇很郁闷啊，公司的人都知道工地发生的打人事件了，唯独她是最后一个知道的，自己提了他当副经理，可没放纵他出去打人啊。

"啊。"汪承宇的口气很轻松，"自卫反击，打得很成功，终于打掉了敌人的嚣张气焰。"

"你还贫，打人是要负责的，你知道吗？"高薇嗔怪道。

"知道啊，不过我要是不动手怕是出不了工地了。"汪承宇对自己的果断还挺得意。

"到底怎么回事？"

汪承宇就把当天的事复述了一遍。听说高薇险些被欺负了，汪承宇就气不打一处来，跑到工地找高又轩理论，哪知道高又轩似乎破罐子破摔，一副有恃无恐的样子，召集了不明真相的工人把小汪包围了，若不是小汪眼疾手快牵制住了高又轩，使对方投鼠忌器，后来的传言就得反过来了——前任副经理招人打了新任副经理。

"他有这么大胆子？"高薇大吃一惊，知道汪承宇是自己对象还敢动手，他高又轩真以为集团是他家的?

难道有什么阴谋诡计?可在志远集团,有什么阴谋诡计又能怎么样呢?

高薇还是太年轻,不了解集团经过二十几年的发展已今非昔比了。

人是欲壑难填的,昔日一起打拼出来的老战友如今鲜衣怒马了,就想要更多,细究其原因,真有种"成也萧何,败也萧何"的味道。

老战友找上门时,高志远呵呵笑着推托自己在泰国呢,以信号差为由搪塞过去了,可他知道搪塞不了多久。

很快,他前脚刚下飞机,后脚就有人找上家门了。

"老高啊,你推小高上台我们没意见,可是她总不能不问青红皂白就随意开除人吧,还有那个小汪,你忘了他爸当年干的蠢事了吗?"

在高志远面前,刘高卓不用端着,那些门面功夫是给外人看的,对汪建国夫妇的憎恶,刘高卓不比高志远差,当年因为那次事故,九连的先进中队没了,老连长和指导员双双挨了处分,偏巧汪建国还是他手下的兵,本来说好的提干也没了影儿。

刘高卓不在乎提不提干,可主动放弃和不给机会是两个概念,前者光荣,后者耻辱。

"呵呵呵……"高志远脸上依旧挂着笑,拍拍老战友的肩膀说:"年轻人嘛,总会有些冲动,不过老汪和小汪不一样,这个孩子本性纯良,现在的社会上可很难找本质这么好的孩子啦,何况他的能力还是很足的。"

刘高卓冷着脸说:"那小子做技术就够了,做管理?他有那个经验吗?我也是老把式了,知道工地上的人不好管,把他弄成副经理你就不怕出乱子?"

高志远认真地说:"要是真出乱子,我就把高薇也撸下来,我这把老骨头能干到哪天算哪天,只要我活着,绝不让老战友吃不上饭。"

听高志远这么说,刘高卓的心气也平复了些,感慨道:"当年要不是吃不上饭,咱们老战友何至有今天?"

那可真是一言难尽的岁月啊。

高志远也很感慨,点着头说:"是啊,老战友们走到今天不容易,你毕竟还是公司副总嘛,又是高薇的前辈,有事多提点她,她会听的。"

谭雅是参与过国内第一台复合式土压平衡盾构机研发的,而这次的重点在于大直径硬岩隧道掘进装备（TBM）关键技术研究及应用，这种超大型装备全世界还仅有美日德这样的发达国家做得出来，国内是没有相关经验的。

自家那个不成器的小子被人家给高薪诱惑走了，按理说做母亲的应该很高兴儿子能轻轻松松地生活，可是她又深感遗憾，这大概是儿子最后发挥才能的地方了。这个项目结束，国产盾构领域基本触到研发的天花板了，短时间内不会有太大的突破，再想等机会怕不止二三十年。

谭雅深有体会，如今年龄大了，干活时间一长就乏力，不像年轻的时候，一画图纸就是一整天，时间飞快地流逝，根本感觉不到累。二三十年后，儿子就算有心再回这个领域，就算他不断学习，身体也会吃不消的。想到自己的儿子可能错过一个天赐良机，她不免感到遗憾。

可是又总不能为了自己的儿子让研究进度放缓，那小子还没这个分量。

"谭老师好。"走廊里，耿家辉感觉自己像在做贼，每次看到谭老师都心虚不已。

"嗯。"谭雅正在想事，也就不太热情地应了一声。

耿家辉灰溜溜地刚要走人，却突然被叫住了。

"什么家辉，是吧？"

"耿家辉。"耿家辉这个郁闷，连姓什么都没记住，这母子俩也太欺负人啦。

嗯？为什么是母子呢？

"从今天开始你负责一下长距离刀盘伸缩机构的研发设计，相关资料去我办公室取。"

"那不是……"耿家辉下意识地想说，那不是汪承宇负责的项目吗？突然心中一阵狂喜，这是不是说明那小子回不来啦？

赢了！终于赢那小子一回！这辈子破天荒头一次，皇天不负有心人，在那小子作死式的折腾下，自己终于赢了。

刚兴奋得准备跳起来，迎头被浇了一盆冷水。

"先前汪承宇的设计初稿你拿去做参考。"

为啥要参考那小子的？这不是整个项目都要活在那小子的阴影下吗？

耿家辉欲哭无泪。

# 38 玩不转工地？

早晨。

汪承宇放缓了跑步的节奏，锻炼到面色潮红、微微出汗也就适可而止了。

许多人以为健身必须狠下功夫练，殊不知坚持才是王道。

晨跑可以让人一整天精力充沛，就在汪承宇精神饱满地走马上任时，真是冤家路窄，一到工地就碰上高又轩，他又抖起来了。

"你不是走了吗？"

汪承宇一眼见到昨天掐架的高又轩，这家伙皮笑肉不笑，明显一脸得意，下巴高高扬起，鼻孔出气道："我又回来啦。"

"胡汉三才回来呢。"

"谁是胡汉三？"也许是记忆太久远，高又轩反应半天才明白，这小子骂他呢。

"想弄走我，没那么容易，工地上的事儿没有我，你根本玩不转。"高又轩又开始宣示主权了。

"玩不转？"汪承宇不屑道，"小爷我穿开裆裤的时候就在工地玩泥巴了，还有我玩不转的？"

"你可以试试啊，兄弟们走着。"说着，高又轩在一干人前呼后拥下扬长而去。

"还真走了，这家伙什么来头？"汪承宇自言自语。

旁边有好心人劝道："那是刘总家亲戚，你不知道，志远集团除了高总就是刘总了，你斗不过的，赶快服个软，这事儿也就过去了。"

"服软？凭什么？"汪承宇打算和这家伙死磕到底。

高又轩把作业队长、工程部长、技术负责人，甚至技术员都带走了，工地上除了只会算小学数学的工人就没有一个集团的人在。

这是玩空城计啊，也不怕秋后算账，算啦，这是人家考验咱呢，啥也别说，干吧。

汪承宇年富力强，撸起袖子就开干。

"你们那队引导混凝土车，你们那队把电牵过来，这边……这边……说你呢，电焊有那么焊的吗？看我的！"

汪承宇简直就是革命队伍里的一块砖，哪里需要哪里搬。

工人们看得目瞪口呆，这小子全能啊，把工程师、技术员，甚至技术工人的活儿都给干了，从测绘到实摆没有一样不会的，而且战斗力还特别强。

干活的大部分都是外省来的农民工，这些人很朴实，他们佩服有本事的人，以往的工程师总是对他们指手画脚的，到了关键地方，画的图纸和实际总是对不上，这些农民工也懒得请教，开动群众的智慧想办法搞定就行了。按照他们的话说，你别管我怎么弄上的，反正质量是合格的，私底下流传着工程师不如农民工的说法，真是贻笑大方。

这位小伙子不一样，不仅嘴上厉害，手头功夫也厉害，工人们可不管上层的斗争，反正干一天活儿结一天钱，谁指挥都一样，大半天下来效率还比平时快了不少，照这么下来，地基的主桩只要三天就能全部完成。

高又轩很得意，带走了一干心腹去饭店喝酒去了。

几杯酒下肚，话匣子可止不住了，满口都是笑话那小子不自量力，这可不是老家盖房子，那么大的工地是他一个人玩得转吗？

终还是有人担心，小心翼翼地问："高经理，咱们上班时间喝酒，没事儿吧？"

高又轩拍着胸脯说："有我呢，你怕什么？刘总和我承诺了，副经理就是我的，跑不了。"

"那小子呢？"

"他是暂时的，你看过不了几天，新的任命就得下来。"

一般的企业很少有拉帮结派的，志远集团不一样，公司成立早，又有老铁道兵的背景，谁和谁好，谁和谁一派早已是多年的顽疾，众人跟着高又轩干了好几年，对他的关系心里有底。

"正好让那小子出出丑。"

"对了，我回去把图纸收了，防止他拿去用。"一个叫小吴的技术员说道。

"收什么收？"高又轩不以为意，"就算他看得懂图纸又怎么样？图上和现场有差异，你们又不是不知道？"

"知道是知道，就怕这小子有两下子，上次用电出了问题，就是这小子亲手解决的。"

"嗯？还有这事儿？"高又轩根本没把这个高学历的人放在眼里，在他看来学历都是扯淡，搞建筑现场才是真格的，他就不信那小子能考那么好的大学，还能把工地现场玩转。

"不用管他，咱们吃饱喝足，回去看他笑话去。"

话音一落，众人哄笑一堂。

不过，笑归笑，平日里懒散一点儿没问题，反正大家都一样，谁也不会检举谁，可这一次毕竟是公然顶撞了小高总的恋人，搞不好事情会闹大。

至于谁输谁赢，神仙打架总不会给凡人好果子吃。

喝酒归喝酒，还是有人留了心眼，举杯干的时候吆五喝六，下肚的时候就抿一小口。

高又轩酒足饭饱，存了心回去看笑话，这些人自己怎么带来的怎么带回去。有些人想浑水摸鱼不回去，但转念一想，今天可是项目部除了经理之外，主要负责人一个不落，想跑也不容易，只好跟着回去。

到了工地，工地上正干得热火朝天。

"这都下完六个钢桶啦？"一位工程人员惊讶地说。

"这才多大工夫啊，平时能干完仨就不错了。"另一位也惊讶不已。

不会是豆腐渣工程吧，一些人暗想，连忙上前查看。工人们看到这帮大爷们回来了，理也不理，继续埋头干活儿。

"哎，你们活儿干得对吗？"

"你们不是专家吗，自己看呗。"一位老工人爱搭不理地说。

挨个查看下去的结果是，嗯，比平时干得还好。

这全是那小子一个人指挥的？

有些人表示不信，当找到汪承宇的时候，亲眼见到那一幕后，都服气了。

"我说你这混凝土配比不合理，需要添加引气剂，不然做出来的模板全是麻

172

面气泡……"

他连搅混凝土都会？

"这都是你一个人做的？"一位老工程师推推鼻梁上的眼镜问。

回头瞥了一眼回来看热闹的人群，汪承宇颇有些居高临下的意思，该轮到他鼻孔朝天了。

"这算什么？小爷我穿开裆裤的时候就在工地上玩水泥，我钻盾构机的时候，只怕你们还不知道大型机械施工是什么样子呢。哼，玩建筑？很高端吗？塔吊、钻孔机、搅拌机哪样小爷玩不转？低级得很，知道什么叫超级装备吗？不知道赶紧回家查查字典，哦对了，忘了告诉你们，字典里没有这个解释。"

羞辱！赤裸裸的羞辱啊。

这一番话说得在场人无地自容，平时一个个都觉得自己是个人才，在人家面前就是个渣。

啥也别说了，赶紧找家伙准备上工吧。

"酒后不能上工啊，全都回家老实待着去，明天集体到人力资源报到。"

"不能开除我啊。"有人开始哭丧着脸。

"是啊是啊，都是高副经理，他带我们走的，我们哪敢不去啊。"

"就是，人家有刘总当后台……"

高又轩的脸都绿了，这些人吃里爬外，转眼就把他给卖了。

这也不怪在场的人，这些人都是就地招的，工程结束就找别的活儿干了，根本不用给高又轩太大的面子。

虽说建筑行业好找工作，可那也得现找不是，现成的饭碗不端，总不能没事闲着玩什么跳槽吧，又不给加工资。

刘高卓再次看到高又轩那副哭丧的脸时，养气的功夫差点儿给破了。

真想狠狠地抽他一嘴巴，自己怎么有这么个外甥？

好歹在工地干了六七年了，怎么让一个毛头小子给比下去了，最可气的是那个毛头小子还是汪家的人。

不成器，太不成器了。

刘高卓是讨厌汪建国，但是对汪锡亭他是敬重的，难道让自己拉下老脸去和姓汪的小鬼打擂台？

他盘算了许久，暗下决心。

这些年们老战友们都闲下来了，也该出来过问过问世事了，不要以为这志远集团的天真的变了。

# 39　我"胡汉三"又回来了

志远集团的人力资源部门前站了七八个大男人，一个个垂头丧气的，他们穿着工作服，一看就知道是工地上的人。

这些人一大早就站在这里，说是要来领罚。人力资源部的员工也蒙了，平日里这些人都是工地上有头有脸的人物，见到办公室的人恨不得张口就说老子当年怎样怎样，此时像霜打的茄子一样，让人不知道该如何处理。

"这是怎么回事儿？都站在这儿还办不办公啦？"

人力资源部经理一看是小高总来了，像看到救星一样赶过去把情况一说。

高薇一听这些人是被汪承宇弄折服了才不得不来的，当场没忍住，"噗"地笑了，又觉得太不深沉了，马上恢复了正色。

那些人一个个恨不得把头藏裤裆里，一些年纪大的还直叹气，唉，混了一辈子这老脸丢到家了。

"请高总给处分。"一些会说话的人道。

高薇想了想说："就按旷工一天处理吧，如果再犯就不会这么轻了。"

这些人如蒙大赦，一个个灰溜溜地走了，背后传来一片女员工的嬉笑声。

女员工们窃窃私语。

"小高总的对象真有本事，把那些工地上的大佬都给收拾服帖啦。"

"就是，那些人仗着是建筑行的老油条，平日里一副把谁都不放在眼里的模样，早该有人收拾他了。"

"唉，为什么有本事的人总和有钱人在一起。"

"不和有钱人在一起难道和你在一起啊，做梦吧？"

174

"哎呀，你太残忍啦，我做做梦都不让啊……"

"嘻嘻……"

汪承宇不知道自己成了未婚女性眼中的"国民男神"，更不知道背后竟然会有人惦记上了自己。

不得不说汪承宇的钻孔灌注桩的活儿干得就是漂亮，既美观又实用，流程还非常清晰，而他本人还神采奕奕的，不像受过多大折磨的样子。这些天他是真的把精力全都用在工地上，每天只睡四个小时。

高志远是非常满意的，这个效率很多年没见过了，最难能可贵的是质量有保障，不愧是老华铁的子弟。不过有些人对这个后生的出现十分忌惮，高志远也知道会有反弹，就是还不清楚这个反弹的力量有多大。

宽大的包房悬吊着水晶吊灯，折射出斑斓的光芒，大花瓶里鲜花盛开，据说这家酒店的鲜花每天都要从云南空运过来，单是装饰就是一笔不小的费用，进这里来的人肯定会以为席上全是燕鲍翅，其实人家订的是全素宴。

刘高卓把曾为志远集团拼过命的老战友们全请来了。

非年非节，又不是什么纪念日，鸿门宴的意味十足。

高志远知道，这是向自己叫板来了，偏偏这个板人家还真有这个资格叫，志远集团起家若没有这位突击手，怕是很多工程都不会顺利拿下，靠着老铁们的拼劲儿，志远集团才能在众多成熟的建筑公司中抢到饭碗。

"呵呵，老铁们都来啦。"高志远姗姗来迟，向在座的老战友点头致意。

这个"老铁"泛指老铁道兵，只有老战友才有资格叫。在座的人都是追随高志远打天下的功臣，他先声夺人，示以尊敬，就是希望一会儿的发难来得不要太凶，那样大家都下不来台。

刘高卓这会儿养气的功夫又好起来了，完全不似针锋相对的样子，他招呼着高志远坐上主位，这才叫服务员传菜。

"曾经一顿能吃五斤肉的风枪队长如今也吃起素来了，呵呵……"高志远笑着说。

刘高卓一副谦谦状说道："当年吃的苦太多，谁能想到咱这穷命也能得一身富贵病，趁现在好好调养，以后我建议大家也改吃素。"

"这可不是当年的干白菜，一桌好多钱。"一位老战友面色有些阴沉地说道。

"若不是老战友来，我也舍不得花钱啊，也不知道哪天咱就得讨饭去喽。"刘高卓说。

"讨饭哪轮得着你呀，怎么也得咱们这些小门小户先来啊。"又一位老战友话里带刺。

高志远商场沉浮，自然听得出这些人话中带刺，也不兜圈子，直截了当地说："我之所以来迟是因为去工地转了一圈，活儿干得不错，才几天工夫，地基打得像模像样的，那个桩瓷实得都快赶上特大桥了。"

"您老养女婿，自然舍得不惜工本，我们的身家可禁不起折腾，水泥又涨价了，你看看股票就知道了今年建筑业行情有多好。"

刘高卓打算当佛了，先把一帮老战友推上去理论，自己最后上。

"所以呀，质量上舍得下成本，咱们的招牌才能越打越大，这可是市政形象工程，做好了这个就是赔钱也值，新南区的商圈用地才是重点。"高志远解释道。

"名字真好，新志远大厦！"一位老战友说，"盖好后到底是你们家的，和我们这些老头子有什么关系？"

高志远没法淡定了，当初为了调动积极性，这些起家的老伙计可都是给了股的，如今联合起来可是一股不大不小的势力。他们针对的不是汪承宇本人，而是他这个准女婿的身份，在他们看来这是要培植高家势力，把老战友们赶出去。

"老战友们许久没凑在一起了，我先敬一杯，有什么话咱们可以慢慢说。"高志远举起杯，先干为敬。

不过在场的人都没领这个情，谁也没把杯子端起来。

刘高卓看着高志远黔驴技穷了，也该平衡一下局面了，于是说道："咱们老了，让小的上没什么，但是不能太过，上来就搞人，这就不好了嘛，那小子才来几天本性还没露出来呢。"

高志远只得赔着笑说："上次我说过了，小辈的事您尽管教训。"

"我还拉不下那个老脸，说实话，就汪建国干的那些破事儿，还轮不到我来教训他的儿子，他配吗？"

这次连高志远也不淡定了，汪建国和严开明，他哪个名字也不想提起，一个抢了他的心上人，一个埋了他的心上人。

这些年来高志远的脾气磨了不少，傲气少了不少，唯独对这件事的梗结一点儿没变。

老战友们哪个不知道当年那桩事故，工期整整延了三个月，团里还被上级严重警告了，这可是集体的荣誉。

高志远举起第二杯说道："我高志远重情重义，我承认，我是看中那个小子，不过在这里我再声明一次，我更看中咱们老战友的情谊。"

话音未落，满座响起掌声，刘高卓板着的脸上终于露出笑容，重重地拍了几下巴掌。

"我胡汉三又回来啦。"

上次被汪承宇用这句讥讽，没想到恬不知耻的高又轩还真把这种话拿出来说。

当然，在厚脸皮的高又轩眼里这可是一种光荣啊，地主怎么啦？什么年代了，谁还会瞧不起地主？此地我就是地主，如今我又回来了。

而汪承宇鄙视的目光则被高又轩当成失败者的不甘，洋洋得意地对着现场的工作人员说："我高又轩你们不信，却去信这个小子？你们以为他是谁啊？志远集团最大的软饭王，哈哈哈……"

汪承宇拳头捏得紧紧的，目光冷到可以杀人了……

# 40　爬山的约定

高薇气坏了，她不理解，说好的把公司交给她管，这才几天啊，老头子就出来插手了。

从公司出来，她便直奔老爹的别墅而去。

高家的别墅坐落于市郊，一座凸起的硬石山，把郑河分成两道支流绕山而过，宅址三面环水，背靠石山，风景极佳。据说当初选址的时候特意从香港请了好几位大师，任谁都说此地收山收水，是令生人纳福纳财、富贵无比的宝地。

“呦，薇薇来啦。”刚开门，保姆谢阿姨便热情地打着招呼。

老爸的气色看起来很不错，他正在院子的草坪上练习挥杆。

这些年，高尔夫球是一项时尚优雅的运动，高尔夫球俱乐部成了富豪俱乐部，不管喜不喜欢都要挥上两杆。高志远也不例外，见到女儿来了，知道她是兴师问罪来了，他不动声色收了杆。

“怎么有空来我这养老的地方啊？公司的事都处理好了吗？”

高薇显然听懂了其中的话里有话，应道：“您老稳坐中军帐，决胜千里之外，我就不信有什么事能瞒过您的法眼。”

高志远笑了，说道：“怎么？从大公司实习回来，看不惯本土公司的作风啦？”

“要怎样才能看得惯？别告诉我这是实情。”

“对，这就是实情，不仅仅是实情，也是志远集团的‘情义’！”

“情大于一切规定吗？”高薇不解。

高志远笑着点头道：“规定是给人看的，需要的时候是规定，不需要的时候就是摆设。”

“我不懂。”高薇嘴一噘。

“来来来，我给你细讲……”高志远牵着女儿的手走进别墅。

高志远把自己的无奈和盘托出，市会展中心的工程不是利润大头，甚至有可能还会贴钱，但是新志远大厦却是重中之重，几位老战友都在里面下了本钱，如果这个时候几个人联合起来撤资，短期内志远集团也搞不到那么大一笔钱，何况做建筑的都知道，每天睁开眼睛盘算的不是数钱，而是还钱。

谁不想拥有花不完的资金流，可钱就像流水一样，怎样也留不住，别看公司摊子这么大，处处都得用钱。如今全指望新志远大厦翻身呢，只要再挺过两三年，等新商圈建成了，那个时候以志远大厦为中心的新南区商圈会成为商州多中心格局的南线重心，那将是怎样的一番前景？

“忍过这口气，今后的天下还不是你们的？”高志远生怕姑娘用情过深，语气里把那小子也带进去了。

“可是，可是工地真的很乱，我亲眼看到的……”高薇试图解释。

"我知道，小不忍则乱大谋嘛。"

"可要是工人出事了怎么办？"

"赔钱就是了，志远集团再穷还差那点钱吗？"

高薇脑子里"轰"的一下子，她还没到能把人命等于钱的概念认为是理所当然，陡然听见这么残酷的话一时间瞠目结舌。

高志远以为女儿是初次尝到掌权的滋味被驳了面子难过，便安慰道："这样，你也歇几天，你们出去玩玩，等你们玩累了回来，这边的事情我也办好了。"

半晌，高志远意味深长地自语："放心，志远集团姓高。"

初次执掌一项工程的汪承宇还沉浸在那种一切我能搞得定的自我满足之中，根本不知道这背后的乱象。

像往常一样，一大早起来穿好运动服下楼晨跑，刚跑到楼下小花园，就听到一个最不想听的声音叫住了他。

"小汪啊，晨跑啊，来，跟大哥一起跑。"

汪承宇的脸都要绿了，这是怎么了，阴魂不散啊。他尴尬地回过头，强挤出一丝笑容，自己都感觉声音颤巍巍地说："徐爷爷早啊……"

老徐怎么会出现在家属楼里？

徐复文现在的单位虽为华铁，但并不属于隧道集团序列，当年分家属楼也没他啥事儿啊。

"这不是怀旧嘛，就在这儿买了一间，别说，商州的房子真便宜啊。"

"您还真有钱……"

是便宜啊！和首都比起来哪儿的房子不便宜啊？

摸摸自己的口袋，再听听人家老徐不差钱的感叹……

不对，老徐这是心理战术，我要坚定，我要赚大钱，我要开豪车！

徐复文的身体保养得不错，得益于他长年锻炼，和年轻人跑起来丝毫不落下风，令汪承宇刮目相看。

"公司给你批了十五天带薪假，这段时间不耽误你领工资。"徐复文边跑边说。

"徐爷爷，您还是劝劝领导们快除掉我这匹害群之马吧，也给集团省点资源。"

"不急。"徐复文岔开了话题,"听说你喜欢爬山?"

小汪一脸无奈。

"那不是爬山,是攀登,很危险的,不适合老年人……"

"这几年搞地铁,竟钻地洞了,也没山可爬,反正你也休假,不如陪我们老人家出去走走?"

"我最近忙着呢,没时间啊。"小汪抢先说道。

"是嘛,忙什么呢?"

"这不才担任会展中心项目副经理嘛,忙着帮高薇整顿工地。"

"哟,出山就接大项目啊。"

"嘿嘿。"汪承宇不好意思地笑道,"和您老比差得远呢。"

放眼全国也没有几个工程敢和徐老主持的工程相比,要不是为了给年轻人让路,他才不会被借调到商州这种地方大材小用。

跑了几步,徐复文突然问:"说实话,为啥不想干?"

汪承宇脱口说:"从小就被安排好一辈子,这种生活您喜欢吗?"

徐复文没表态,似乎是默认了,又问:"还有吗?"

"还有就是说是搞科研,名字好听,一个月才给一千多块,这都什么年代了,吃饭都不够啊,我的那些同学搞建筑,哪个不是月薪过万?"

"嗯,还真是个问题,这个问题我给你解决。"

"哎,徐爷爷您别解决啊,您解决了和我也没关系呀,我……"

汪承宇正要与徐复文理论,就听见高薇清脆的声音招呼道:"徐爷爷好。"

徐复文佯怒:"叫大哥,别跟这小子学。"

高薇穿着一身浅绿色运动服,显得青春洋溢,不知道的还以为是在校大学生呢,她笑容可掬地应道:"哎,徐大哥。"

她还真敢答应,汪承宇十分尴尬。

高薇似乎没怎么受那件事的影响,一副神采奕奕的样子。

"你们聊什么呢,好像挺开心的样子。"高薇笑着说。

你哪只眼睛看见我开心啦?汪承宇一个劲儿地给高薇使眼色,她和老徐又不熟,肯定不晓得这老头儿的手段,一不小心就得栽进去。

高薇像没看到一样边跑边说:"徐大哥,您这身体不错啊。"

"那是，刚才还说要一起爬山呢。"徐复文当 80 后大哥的愿望终于在小高身上得到了满足，心里乐开了花。

"爬什么山？"

"怎么？有兴趣一起去？"

"当然有兴趣。"

汪承宇连忙打断她的话说："哎，公司一摊子事儿呢，咱们哪有时间玩儿？"

高薇白了他一眼说道："公司你说了算啊，你被免职了。"

"什么？"汪承宇一脸大惊，不知道哪里出了问题，前天高伯伯不是还视察工地来着嘛，看他的样子挺满意的啊。

"怎么？我说话不好使啊？"

"好……好使……公司都是你们家的，有什么不好使的。"汪承宇不满地嘟囔着。

"那就说定啦，我这就让老严订票去，就定在……"徐复文算了一下日子肯定地说："明天。"

"啥？我还没答应吧……"

"那就定了。"高薇根本不给汪承宇插话的机会。

还真去啊。

汪承宇对高薇还是有些了解的，知道她决定的事很难改，不论从男朋友角度还是从员工角度，自己都得满足她这个愿望。

约定就这么定下了。


# 41 不幸的婚姻


实验室职工宿舍。

徐复文上门拜访，严开明却显得有些心不在焉。

"老严，咱们出去散散心好吗？"

“好啊。”

“嗯？答应得这么痛快？”徐复文做好了磨破嘴皮子的打算，哪知道一切痛快得出乎意料，又补充了一句，“我说的可是出去旅游，一走大半个月那种。”

“我知道。”

严开明平静地回答，平静得有些过分。要知道严开明这个工作狂以往是请都请不动的，老徐曾经无数次邀约，都被他爽约了，这一次怎么答应得这么痛快？不会又爽约吧。

“明天就走。”

“好。”

有情况！

徐复文直奔写字台而去。

严开明的办公文件都在办公室锁着，宿舍的写字台很干净，只放着几封私人邮件。

多年的老战友了，徐复文也不讲究什么礼貌了，百无禁忌地翻弄起来。

“这是什么？”一封邮件被老徐找到了，看着寄件人的姓名，徐复文本能地觉得里面有问题。

严开明想拦，可又仔细一想，老战友早晚会知道，叹着气又坐了回去，说道：“你自己看吧。”

徐复文打开邮件，看了里面的内容，长呼一口气，并不觉得意外，却不免遗憾地说：“终于走到这一步了吗？”

A4 纸上的题头赫然打印着“离婚协议书”几个大字。

严开明蓦然失神，叹道：“三十多年了，也该到头了吧。”

“你决定了？”

“还没有……”

“没有回旋余地了？”徐复文想了想又说，“我觉得你们还不至于走到这一步，再好好想想吧。”

严开明沉默了。

两位老人很显然不可能是攀登危险系数比较高的大雪山，徒步登山的话装备就简单多了。

"速干衣、登山鞋、登山包……嗯……水壶是必备的，帐篷嘛……"一想到有可能和高薇住一个帐篷，小汪止不住兴奋了起来。

登山也不错嘛。

"你决不许打什么鬼主意啊……！"电话那头，高薇果决地掐灭了小汪的幻想。

"好吧，说正事，这一次为什么连你也打退堂鼓？"

"我怎么会打退堂鼓？只不过我们还太年轻，有些事还看不懂……"高薇话里有话，但是她不想把和老爸的对话告诉对方，她对老头子们的守旧不满，但更对他们漠视人命的言谈感到害怕。

高薇不想再解释什么，便说："好啦，你准备吧，明天早晨老地方见，不要迟到哦。"

和老徐一起晨跑已经成了自然而然的事，然而今日的队伍里多了一个人，一见到这个人，汪承宇的脸就臊得通红，恨不得找个地缝钻进去。

两眼一闭心一横，上前一步深深鞠了一躬，说道："严爷爷对不起！"

严爷爷？

高薇仔细打量着这位传说中的隧道专家，他身体看起来还很健康，白发也不多，只是精神状态看上去不大好。

这就是父亲耿耿于怀的人啊。

这个名字不说多熟悉，至少老爸每年的老战友聚会上总少不得听到骂声，当然也少不得汪承宇的老爸……

都曾经是一个部队的，也不知道他们两拨人曾经有什么深仇大恨。

徐复文一拍汪承宇的脑袋笑道："行了小子，你严爷爷怎么可能记恨你？以后记得多孝敬孝敬就行了。"

"严大哥好。"高薇今天的声音特别甜，仿佛占了很大便宜一样。

严开明看着这个女娃子就知道她是谁了，他瞪了老徐一眼，那意思大概是说，你终于得逞了。

汪承宇不干了，扯着嗓子喊："哎，你别占我便宜啊。"

高薇嘴一噘："哼，各叫各的。"

徐复文得意地大笑："这就对了嘛，整天叫爷爷还怎么交朋友？"

交朋友？

辈分乱得乌七八糟，汪承宇的头这个疼啊。

登山队伍里加入了一位老人家，不过两位老人家的身体看起来还不错，至少晨跑时可以看出没落下风，唯一需要担心的是老严有过腰伤，别半路发病就可以。

拿着一张到陕西的火车票，汪承宇就迷惑了，这登的是哪座山啊？

大盾构长距离掘进项目刚刚开始立项，还有大量前期准备工作要做，如果不是因为不幸的婚姻，严开明不会轻易答应徐复文出来旅行。

忙碌了大半辈子，落了个孤老的结局，谁也难以承受这样的现实，可是不承受又能怎么样呢？

女儿已经上大学了，守着名存实亡的婚姻一点意义也没有。

与汪建国夫妇一样，严开明的婚姻也是组织介绍的。那个时候不管组织交代干什么事都像神圣的任务一样，必须完成，不过严开明的婚姻倒也说不上一点缘分没有。

送白莎燕的那天，廖雨凡哭得像个泪人，送葬的人一波波来，一波波走，唯有她一直守在衣冠冢前，哭到最后没有力气，就手扶墓碑跪坐着。

那副模样人人都不忍再看下去，还是严开明把她扶走的，这一扶倒成了他们两个的缘分。

一年后，组织介绍他们结婚。一听说严开明对廖雨凡还有救命之恩，当即武断地决定两个人合适。

这样武断的决定，反而成了他们一辈子挥不去的阴影，两个人的中间总有另一个人的影子，他们的结合从一开始就埋下了导火索。

铁道兵都是那样，长年在外，家里难得见几面，这些廖雨凡倒是忍了，可忍不了的是兵改工之后。

别人家的男人都想着办法往家跑，可自家的却还像当兵时一样长年在外，这个家有他没他似乎无所谓了。别人家孩子都会打酱油了，自己这边一点动静都没有，在她强行要求下，这才留了个女儿。

之后就一直冷冰冰的。

廖雨凡终于有一天忍不住地喊："你是不是忘不了白莎燕。"

严开明默默地收拾了行囊，那是他第一次搬回职工宿舍。

当天，廖雨凡哭得厉害，她知道白莎燕在严开明心里的位置一直没有变过，偏偏她还没法去争。

两人连面上的平和都保持不住了，在一起就会吵，吵厉害了，严开明就会搬走。

一直到女儿上了大学，廖雨凡终于下决心离婚。

晴朗，中级风，山坡上还是有些微凉。

到底是岁月不饶人，前面的一对小情侣爬这种野山很轻快，两位上了年纪的工程师只得拄着拐杖慢慢走。

徐复文停下脚步歇了一口气，慢慢面向严开明问道："你好好想想，你们之间就没有一点感情吗？"

"感情早就没有啦，当年傻，早知道就不该答应这种婚事。"严开明叹着气说。

徐复文无语，他总不能说，嗯，你是真傻，哪有结婚这种事儿还凑合的。不过自己这位老战友确实是那样一个人，三十多年了，他心中的那道坎始终没有迈过。

"命运总是阴差阳错。"徐复文只能叹气。

"你说命运？"严开明两眼空洞地望向蓝天，仿佛在问徐复文，也仿佛在问自己，"真的有命运这回事儿吗？"

徐复文回答不了这样的问题，只能转移话题问道："你女儿在哪所大学？"

"东南交大……"

# 42　艰难攻关的开始

高志远比较窝火，他劝女儿出去玩玩，可没想让她和严开明一起出去旅游，时隔三十多年了，他一提起这个人，面部便忍不住地抽搐。

"你不许去。"

"凭什么?"高薇满不在乎,边收拾东西边说,"票都买好了。"

"你去哪儿都行,和谁去都行,就是不许和严开明一起去。"高志远十分激动地说。

"资本家在不涉及自己利益的时候都是开明的,一旦有人动了他的蛋糕就会变得比暴君还要独裁。"高薇念念有词。

"这话谁说的,宣言里没有这一段吧?"高志远有点蒙。

"汪承宇说的。"高薇有些小得意,自己这个男朋友不仅专业知识好,还颇有小聪明。

"好啦,你不是看中那小子嘛,我不跟着,他可真的被抢走了。"高薇找了个理由。虽说事实恰恰相反,她不决定去,汪承宇是绝对不会同意的。

高志远被女儿顶得无话可说,他隐隐地觉得哪里不对劲儿,一定是高薇的心态在某个点上发生了变化,而这个变化的诱因大概和刘高卓他们争权逐利有关。

自己必须早点解决这个棘手的问题,可偏巧如女儿所说,新志远大厦那块蛋糕他是真不忍心拱手让人。

好难啊。

在一座建在城墙根下,带着古朴美感的火车站下车,望着这座透着沉稳、沧桑的老站,汪承宇感慨,不愧是十三朝古都,一下车给人的感觉就不一样。

严开明左右瞧瞧,口中叹道:"变了,变化太大了。"

徐复文像是故意唱反调一样:"没有啊,就是灯多了一点儿,建筑物还是那些。"

"徐爷爷,您什么时候来过?"汪承宇问。

"去年。"

严开明至少有十年没来西安了,十年前他也只是路过,很少在这座大城市里逗留,这次也不会留太久。

尝过了回民街上的羊肉泡馍和粉蒸肉,高薇只觉得有些油腻,没有想象中那么好吃,但是两位老人却吃得津津有味,徐复文还不断称赞这家馆子正宗。

"下一站就不坐火车了。"徐复文说。

这趟行程搞得两个年轻人懵懵懂懂的，完全是徐复文一手主导的，说好的散心呢？

汪承宇大概猜到了什么，却一脸讳莫如深的样子，不肯说。

"薇薇，你说这世上到底有没有'洗脑'这一说？"汪承宇神神秘秘地问。

高薇一脸迷惑地问："为什么问这个？"

"我觉得咱俩好像在被洗脑的过程中。"

高薇却不以为然，她说："要是这样，那我倒觉得洗脑是一门艺术，可以互相交流一下。"

汪承宇一直觉得自己很聪明，可遇上高薇这个魔怪，聪明似乎没了用武之地，难道真有所谓的一物降一物的说法？

"绿竹入幽径，青萝拂行衣。"说的是唐朝时的秦岭，此时别说绿竹了，树都稀少得很，也就比黄土高原深处好那么一点点，一道道沟壑和裸露的岩石让整座山看上去瘦骨嶙峋，从专业角度讲，这种山的地质结构十分复杂。

"山体是由片磨岩和混合花岗岩构成的，当时施工时，高地应力、岩爆、地垫、断裂带涌水、围岩失稳等地质灾害让我们遇了个遍。"一路上沉默寡言的严开明说到专业问题便侃侃而谈。

"即便如此，秦岭隧道还是提前十个月贯通了。"徐复文应声道。

越过峰脊线，一条铁路延伸至山脚下，无疑，脚下这座山的底部有一座隧道，而且是一座规模很大的隧道群。

果然，下火车后，又坐了几个小时的汽车，爬了半天山，终于还是来这儿受教育了，汪承宇想。

南疆铁路修建历时五年，268名铁道兵战士长眠于天山脚下。

国兴3号隧道贯通的时刻恰好迎来铁道兵历史上最大一次改制。这次改制后，51万铁道兵集体退出现役，完成兵改工的大壮举。

从军队变企业，从国家保障到在市场求生存，不深入其中很难知道这些铁道兵战士经历了怎样的心路历程。

集体退役改为华铁总公司的老铁道兵们经历了改革的大潮，凭着老一辈逢山开路、遇水搭桥的精神，硬是在改革开放的春风里闯出一条路。

到1994年的隆冬，华铁已是一家拥有强大竞争实力的超大型企业。

严开明和徐复文这样的老兵早转变心态了，铁打的营盘流水的兵，脱军装虽然难过，但是没什么遗憾，若说还有小小的缺憾，那就是别人脱了军装还有老部队可以探望，铁道兵是一水儿齐退伍，谁看谁呀。

不过今天徐复文拎着两瓶酒来探望严开明可是有重大消息要透露的。

"报纸上都发稿了，咱们的大工程就要开始喽。"徐复文说。

"嗯。"严开明抿了一小口酒，点点头。

"怎么样，有没有信心？"

严开明没有立刻应声。

西康铁路施工关键工程是秦岭1号和秦岭2号隧道，华铁公司发扬铁道兵精神，一不怕苦、二不怕死。即使兵改工之后，也不是一般企业比得上的，尤其是在交通工程方面，更是首屈一指。隧道工程局改组之后已经形成了以集团公司为核心，集勘测设计、建筑施工、科研开发、机械修造于一体的华铁隧道集团。这些精英中的精英，向来以敢打硬仗著称。这次由中国铁路工程发包公司作为甲方的大工程中，总公司第一个想到的就是铁隧这个精英团体。

严开明参与国兴3号隧道工程后，陆续参与了多个国内重点工程。对盾构法一直很痴迷的他，一有时间就会去有相关施工经验的兄弟单位学习。由于他总结出大量的盾构法施工经验，这次打通秦岭隧道，局里第一个想到了他。

"这是咱们国家第一次使用盾构法贯通铁路隧道，你有信心吗？"徐复文问。

严开明摇摇头说："我可不敢像公开场合那样做什么保证，不过再加上你，应该没问题了。"

"老严，你可不仗义啊，拉上我算怎么回事？"

"谁让你刚学成归来呢。"

这些年徐复文也没闲着，刚修了个土木工程博士学位，这倒是可以告慰书香门第出身的家人的在天之灵了。

两人喝过这顿酒，难得露出笑容，如果这次施工顺利，那么埋在心底多年的愿望终于实现了。

然而事情并不是一帆风顺。

"什么意思？为什么两条隧道不同时使用盾构法？"严开明担心的事终于发生了。

这些年他小心又小心，可是人工作业难免发生事故，这就是说，人的精神是最难控制的，再有经验的管理者也永远无法预料到被管理者下一个想法是什么。

"毕竟我们没有大盾构的施工经验嘛，我们可以边施工边积累经验，不能把什么都交给机器，人定胜天嘛。"一位新上任的局领导说道。

"什么人定胜天，是不是又要抛出机器抢人饭碗的老一套？"严开明坚决反对，"要么全使用盾构法，要么我退出，不当这个总指挥了。"

"哎，老严你闹什么情绪嘛，你可是总公司亲自点的将……"局领导欲追问，被徐复文拉住了。

徐复文挤了个眼说："我去劝劝他。"

这个会开完，严开明可是怄了一肚子气，说好的盾构法呢？

没有盾构机难道搞人工手掘啊？

四十好几的人了，他不想再看到人死在隧道里，每次出现这种情况，他的情绪就特别崩溃。

徐复文这个老友是了解状况的，他在郑河边找到了生闷气的严开明。

"就知道你没回家。"

听到熟悉的声音，严开明回头哼笑："你是我肚子里的蛔虫啊。"

"我记得老八（铁八师）做引滦入津工程时，你特意托人送礼去找当时负责SJ-58型掘进机的负责人要了全套施工资料。"

"嗯，提这个干什么？"

"这次和老八一起会战，怎么一点儿也不兴奋啊？"

严开明摇摇头说："我就不明白了，施工的地质已经探查清楚，为什么不能全盾构施工？"

"贵啊！"徐复文一语道破关键，"知道一台盾构机多少钱吗？"

这个严开明还真没打听过，想来也得上亿吧，不会太便宜。

"5.5亿一台，这次工程一次批给你两台，怎么样？大手笔吧？"

"5.5亿！"严开明的眼珠子都瞪直了。

在纯肉馅的馅饼3毛钱一张的时代，5.5亿是什么概念？严开明虽然知道盾构机很贵，却还是被这个数字惊到了。

"这还不包括德国工程师的工资，人家要求开时薪的，用美元付账，我们一个技术组八个人一天工资才 5000 元，人家一个人一天就要 10 万元，拿什么供你啊？"

到底是徐复文，三言两语把严开明给说动了，甚至他最后的那一点忧心也解除了。

"二线归我负责，我打算采用新奥法施工，安全系数比以往高了数倍不止，只要不是不可抗的天灾，我保证不死一个人，咱们就比比哪条线更快吧。"

严开明伸出手，重重地点头。

两个老友好久没好好地握过手了，这次两只饱经风霜的手紧紧地握在了一起。

# 43　造不如买，买不如租？

定下动工的日子后，秦岭隧道二线（右线）工程在徐复文率领的团队领导下，先期开工了。

当年老八这只猛虎发挥了引滦入津作战时的顽强作风，二线平导坑于 1995 年 1 月 18 日动工，平导单口平均月进度为 200 米 ~ 250 米，大大高于一线的施工速度。

而一线（左线）这边，仍在进行慎重的地质勘探。

严开明知道，这次国家花大价钱引进盾构机可不单单是为了这座隧道工程，更有投石问路的意思，为盾构机国产化打下基础。

贯穿整个八十年代，国家在掘进机项目上都有研究，但是通常工程规模小，而且也暴露出国产的掘进机零部件不合格的缺点。

之前最大的工程是使用直径 10.8m 掘进机开挖了 10km 的引水隧道，那台掘进机是美国制造，成功引进也使得国内有信心在更大的工程上使用大型盾构机。

此次引进德国路德公司的两台盾构机直径 8.8m，为全断面硬岩掘进机。毕竟这次施工长度达到 18km，是我国目前施工长度最长的隧道，而且又是复杂地质施工，盾构机的实际效果像不像外国专家声称的那样先进，国内的专家心里还没有底。

因为没人会操作这两个大家伙，这就需要外国人亲自来做。

德国人名字很长，此次来华的两个专家组负责人就简称埃里希和鲍尔吧。

埃里希的样貌是典型的德国脸，一眼望去便觉得严肃、刻板。鲍尔面相好一些，可是却沉默寡言，好像多说一句话就要付钱似的。

严开明对两个德国人的第一印象是不好对付。

果然如此。

吃饭的时候，为了适合德国人口味，局里特意准备了烤乳猪，这是招待德国朋友的不二法宝，然而这一次失效了。

埃里希还适当地称赞了一下美味，鲍尔只是低头吃，看不出喜欢还是不喜欢。

"能问问盾构机是怎么制造的吗？"严开明的德语很书面化，他的语言偏向专业用语，基本对话反而生疏，他干脆开门见山地说出了自己感兴趣的问题。

埃里希开玩笑说："当然是在鲁尔区制造的。"

工程局的一些专家们脸色不太好了，有些人甚至一脸怨气地看着严开明，似乎在笑话他傻，教会徒弟饿死师父，人家德国人也是懂这个道理的。

严开明不为所动，说道："我国曾经和意大利还有法国合作制造过盾构机，不知道有没有机会与德国合作？"

两位德国专家面色如常，倒是几个国内的专家拉下了脸。

"开明，这是欢迎会，问什么技术问题嘛，德国朋友刚下飞机，哪有你这样不礼貌的？"

严开明不悦，老铁的人做事从来不会拐弯抹角。他当即站起来，对说话的人道："这位同志请你说话注意一点儿，在场的不是什么德国朋友，而是德国工程师，我们花每小时 4000 元的价钱雇佣来的，我们有理由问他们一些问题。"

气氛顿时尴尬了。

谁也不敢再接严开明的话茬，除了一开始自找不痛快的那位工程师瞠目结舌地站在那里，还指望有人替他说句话。

鲍尔吐了一口乳猪骨头，然后很斯文地用餐巾擦了擦嘴，深吸一口气，抬起头正视严开明，用字正腔圆的中国话说道："既然你对盾构机的制造感兴趣，那么请你去找法国人和意大利人合作，如果他们有能力做出最高日进尺超过 20 米的大型盾构机的话。"

说着，鲍尔把餐巾往餐桌上一撂，起身走了。

话不多，但是那股硬气让在场最能言会道的人也哑口无言。

埃里希似乎好说话一些，不过他举杯的时候面上也不见带着多少笑容，这边的国内专家尴尬地赔着笑。

这一餐当真是不欢而散啊。

层峦不断的山峰上飘着红旗，从特定的角度可以看出，这些红旗是沿着设定好的线安插下去的，每个红旗下有一个钻探组，他们正用形态各异的钻头向下打孔。

严开明喜欢收集岩石样本的老习惯还没变，盾构法施工和打眼放炮可不一样，这台大地龙一旦钻进去可倒不出来，对地质勘探的要求很高，右线已经开工两个多月了，左线这边还在做先期准备工作。

"怎么样？老八能干吧，这会儿都打进去两百多米了，平均每天 3 米多，这可比咱们当年凿天山快多了。"迎着山脊呼啸的风，徐复文喊道。

他是看到老战友在山顶作业，特意爬上山头的。

"是啊，照这个施工速度，你们的平导比我们要快十个月完工，不愧是猛虎老铁八，人工能达到这个速度，全世界也没谁了。"

山顶的风不算小，可是见识过葫芦嘴的黑风暴，再大的风他们也不放在眼里了。

"听说背后有人嚼舌根，说你老严顶撞德国朋友？"

"谁和他们是朋友？不花钱他们肯来和我们做朋友吗？"

"不要这么说嘛，八十年代那会儿咱们国家好多工业基础项目还真就是德国朋友伸的援手。"

"那会儿两德还没统一嘛，现在形势变了，人家说话硬气着呢。"

徐复文放眼眺望连绵不绝的秦岭大山，这条中国南北的分界线一边带着北国的冷风，一边却展现着南国的温润，贯通东西、连接南北。这种工程当年的老铁没少干，现在兵改工了才知道，祖国大好河山的建设才刚刚开始，有些路还很长。

徐复文长舒一口气，大声说道："没办法，谁让人家的家伙好，家伙好腰杆就硬，当今世界敢在这个领域叫板的也就三个国家，基本垄断在几家公司手里，路德公司这方面的技术是世界一流的。"

严开明提出采集上来的地质样本，不无担忧地说道："看，含绿色矿物混合花岗岩，和前面的不一样，这边的地质带有断层。"

经验丰富的严开明仅仅看了一眼样本就作出断言。

徐复文接过样本看了看说："哟，还真是，也不知道德国的家伙行不行？"

"行不行也是我们自己的工程，必须想办法解决。"严开明放下样本，回过头说，"你刚刚说他们是世界一流的？"

"对呀。"

"嗯！"严开明坚决地说，"要学就学一流的，二三流的有什么意思？就算学好了还得重新研究，走弯路啊。"

徐复文大笑："那你可要加油啦，能不能弯道超车就看你老严的啦。"

"我肯定尽力，不过你得帮我想办法，要知道这可不是咱俩竞赛，你我可是一条船上的。"

就在严开明全力以赴准备迎接这两台世界先进的超级装备时，一次普通得不能再普通的常规会议可把严开明气坏了。

"要我说啊，造不如买，买不如租，租多便宜啊，反正买来的也用不了多少次，算成本，一个工程下来比租用的造价高多了。"

这是一位从原铁路系统调过来的老技术员，名叫赵秉全，调过来任质检员的。也许是原来做甲方惯了，也许是质检这个工作本身就是挑毛病的，他坐在众人中间说着上句，看起来倒像领导一般。

"这就不对了，如果我们自己能造，单台的价格肯定会下来，如果能形成产业……"严开明当场反驳道。不过他太理想化了。

"咳……"

一声重重的咳嗽打断了严开明，他放眼望去，声音是从坐在上首第二个位置发出的。这人不是别人，正是自己当年的老上级，硬骨头九连的指导员齐壁光。

"我算过一笔账啊，买两台 11 亿，租的话只需要 1 亿，自己造……"他沉吟着，又看了看今天参加会议的全是自己系统的人，于是仗着胆子说："自己造就是个无底洞，不知道要浪费多少国家资金，那些宝贵的资金可以用在更重要的地方啊，比如兴建教育……"

"指导员！"严开明重重地说，这么多年了，见到老上级他还是改不了口。他痛心疾首地说："怎么连您也抱着这种想法？你难道忘了天山脚下那 268 位战友了吗？"

齐壁光当即一怔，随即反驳道："我怎么会忘记？我这算的是经济账，现在是市场经济，一切都得顺应市场规律来。"

是啊，市场。

还记得兵改工那会儿，新成立的华铁公司对变幻莫测的市场还是持有怀疑态度的，现在倒好，拿市场当法宝，好像只要说出符合市场规律，一切都是对的。

市场真的有规律吗？

有的，不过不必像齐壁光说的那样"一切都得顺应市场规律来"，后来翻天覆地的变化证明了，市场规律是可以主导的，和当年战天斗地一样，只要有决心，人定胜天。

不过在当时，外国的月亮比国内的圆，在场竟然有三分之二的人支持齐壁光这种思想，而那些支持国产制造的人也不敢硬顶，显得严开明格外孤独。

"抱着这种思想，我们早晚要受制于人。"严开明据理力争。

"我当然知道。"齐壁光被老部下驳了面子，很难高兴得起来，他重重地说："可是盾构机涉及地质、土木、机械、电气等多方面的科学技术，我们还是社会主义初级阶段，机械工业底子很薄，还有大量基础建设要搞，那么多项目难道要等你把盾构机研究出来再搞？五十年后吧！"

齐壁光说的是现状，也是事实，虽然总觉得哪里不对劲，可是在场人当时却挑不出毛病。

这会开不下去了，走的时候严开明沉闷地丢下一句话。

"等着吧，别看德国人要了这么高的价，这事儿还没完呢。"

# 44 硬汉也偷师

"你不该和指导员顶嘴，尤其是那种公开场合，这种争论其实没有必要。"

那天不欢而散之后，徐复文过来劝解严开明。

严开明的心思却不在这场争论的表面，他担心的是这种思想的蔓延。

初次尝到市场大潮的甜头，这种"造不如买，买不如租"的思想，在当时的装备制造业界内很有市场。

反正都是用，买来也是用，租来也是用，甚至出现了买装备不要图纸的现象。

诚如严开明担忧的那样，德国人并不好伺候。

"装备我们运来了，你们有没有合适的起重机和我们无关。"埃里希一副公事公办的模样，两手一摊表示无能为力。

"为什么和你们无关，合同里不是说你们负责组装吗？"齐壁光顾不得老态的身躯，上前与德国人理论。

"可合同里并没有说由我们提供组装设备的机械。"

"这……"

"除非……除非你们再订购我们路德公司专用的吊具，那时我们就提供全套的吊装服务。"

在场的工程师全都傻眼了，这会儿订购吊具哪里还来得及？

"难道不能从其他地方借运？"有人提出建议。

"可那样的话，工期又得耽误好久，右线已经推进 1.8 公里了，咱们这儿还没动静呢。"

有人小声嘀咕："右线比我们提前近两年施工呢，这个速度也很正常啊。"

"机械化到底行不行啊？"

盾构机刚运来时，大家还很兴奋，看起来这个大家伙并不难搞，可组装到了关键时刻却都傻眼了，要把三层楼高的巨大刀盘竖起来安在主轴承上需要250T大型履带式吊车，因为道路原因，进入工地现场的只有一台160T汽车吊，一台50T汽车吊。借口装配工具不合格，德国人趁机歇了工。他们歇了不要紧，一小时四千多块的工资还得照付。

"这是旷工，找他们领导去。"

也不知道说这话的人有没有过脑子，跨越千山万水，你把电话打到德国有用吗，沟通得明白吗？

严开明反复研究图纸，脑子里盘算出起重机的运动轨迹，然后扯过一张纸飞快地运算起来，两台不同吨位的汽车吊配合使用，理论上可以吊起超过早大起吊重量的物体，但是如果操作不慎就有翻车的危险，造成损失不说，还有可能造成人员伤亡。在场的操作员没有这个胆量尝试。

5.5亿这个概念在人的脑子里根深蒂固。这年头少有人见过5.5亿是什么样子，那堆成山的纸币换来的两台超级装备要是因为组装损坏了，谁负得起责任？

"你再把吊装路径描述一下。"

严开明站了出来。

埃里希一副说了也白说的样子，拒绝配合。

"合同里的约定清清楚楚，提供组装服务是你们的工作。"严开明义正词严地说。

"可我刚才……算了……"埃里希不想争执，板着脸说，"我就再说一遍，听不懂不要来找我。"

埃里希这一次认真地描述了组装流程，严开明听完二话不说，对吊车驾驶员说："加配重！"

"我不干！"吊车驾驶员怕担责任啊。

"不用你干。"说着，严开明钻进了160T吊车驾驶楼。

众目睽睽之下，徐复文钻进了另一辆小一点的50T吊车，两个老战友要合作一个大项目了。

有人想站出来指责，可这个时候指责，一旦出了事故，会不会怪在自己头上？那些人不确定，还是静观其变。

大块的配重铁加在吊车支架上，起到稳定重心的作用，但可不是小孩堆积木那么简单，人们看不清驾驶楼里两人的面目，却能看得到地面指挥人员安全帽下渗出的汗水。

实在太紧张了，看着那圆形的大铁家伙在两台吊车的协力之下一点一点从地面被吊起，再慢慢倾斜……

这个过程十分缓慢，因为每一步都必须万分小心，敢提枪上马的，也只有从事机械化施工二十几年的老铁了。

两台吊车像大拇指和食指一样相互配合着，随着刀盘慢慢竖起，越来越接近主轴承，所有人的心都提到嗓子眼儿里，最关键的对接开始了。

徐复文那边已抵达就位点稳住不动，剩下的工作只能由严开明单独完成。

地面人员全力配合，到了这一步，谁也不希望失败。

大刀盘又靠近了一寸，突然一阵大风袭来，地面人员首先做的不是蒙眼睛，而是把目光锁在刀盘上，这个时候一个错误就会让前几个小时的工夫全白费了。

风过去了，好在铁家伙够重，仅仅是轻微地晃了晃。

严开明心里有了底，只要不是葫芦嘴的那种大风，今天的安装工作定能在天黑前完成。

随着一声金属的撞击声，所有人发出欢呼。

刀盘安装成功了。

一直在观望的埃里希不自觉地拍起了巴掌，连鲍尔也勾了勾嘴角。

这个不要命的家伙，用不合格的吊具吊装巨大的刀盘，一旦倾覆，不死也重伤。这是鲍尔心里给严开明的评价。

盾构机从安装好以后立即显示出现代科技的巨大威力，集开挖、支护、出渣于一体，实现隧道的一次成型。伴着机器的轰鸣，庞大的刀盘开始转动，坚硬的山体在地下蛟龙强大的威力下破碎，渣土随着螺旋输送机而出，再顺着皮带输送机运至渣土车内，随着一车车渣土的倾倒而出，盾构机庞大的身躯开始向山体内侵蚀。当天实现日掘进 22 米的优异成绩，是人工最高掘进速度的 7.3 倍。

数月来的等待不是没有效果的，得到这个数据，所有人都发出欢呼，这前进的二十米不只是秦岭隧道完工提前的标志，也是中国隧道进入盾构化的标志，这一页必将写入历史。

盾构机每前进一环都要停下来衬砌，衬砌管片采用高强抗渗混凝土，确保可靠的承载性和防水性能，停下来的时候，严开明就会带着技术队进入隧道研究盾构机。

盾构机倒是不怕看，毕竟是从德国人的角度来说，早晚要看个通透，只不过德国人似乎有自信，"工程装备之王"的称号不是白叫的，作为结构最复杂的超级装备，涉及上百个技术难关，即便看了也仿制不出来。

盾构机的刀具是消耗品，以衬砌管片为单位，每一段完整的衬砌称之为一环，掘进50至100环发现盾构机前进速度明显变慢就要停下来更换刀具。每当这个时候埃里希和鲍尔就会搞得神神秘秘的，如果有中国的技术人员接近，他们就会毫不客气地大吼。

在鲍尔眼里不要命的严开明，在这个时候做了一件不体面的事。

"老徐，跟我来。"严开明神神秘秘地带着徐复文进了隧道平导洞。

依着徐复文的聪明劲儿，马上意识到严开明要干什么，这种事还真得叫上老战友，不然一个人是记不住的。

盾构机的刀具十分复杂，简单描述可以分为两大类，即切削刀和滚刀，再细分下去类型就太多了。

这是德国人第二次更换刀具了，上一次换刀具整整停工两天，出于对这个领域的陌生，严开明不敢说这个时间是不是标准工时，但是本着怀疑一切的精神，他决定一探究竟。

洞口是鲍尔在守着，硬闯是会激化矛盾的，但是平导和主隧道之间是有消防通道连接的，隧道内光照又不好，混进工作组应该不会很难。

打定主意，严开明决定和与自己默契极深的老战友一起行动。

隧道平导是专有名词，可以理解为隧道平行导洞，平导比主隧道小，先于主隧道施工，开挖时可以防止坍塌，起支护跟进作用，建成后又有排水、通风、消防、救援等多个作用，还有一个作用是严开明发明的——偷师。

如凿壁窃光一样，严开明要钻平导学艺。

这次施工不仅要积累盾构机的使用经验，还要学会维修、维护相关经验，还有一件事是严开明盼了多少年的，就是积累制造经验。

过去是战天斗地，今天是与人斗其乐无穷。

德国人施工很讲究，要戴上口罩和护目镜，再加上工地必备的安全头盔，正是看中了这一点，严开明才敢仗着胆子混进来，不然那一张中国脸一下子就暴露了。

刚钻进主隧道，顺着严整的混凝土衬砌管道向机器方向望去，两点若明若暗的火光忽隐忽现的。

"他们在抽烟。"徐复文把声音压得极低。

早听说德国人烟瘾大，没想到大到这种程度，这要是中方人员，施工隧道内吸烟，开除了也说不定。

严开明又把身子缩回通道，示意徐复文安静。

再等等，严开明比画着手势。

不一会儿两名德国技工驱动除渣车向隧道外前进，这肯定是把更换下来的刀具送出去。

根据上一次的观察，送出送入的时间间隔约为二十分钟，严开明果断招呼徐复文行动。

里面的隧道传来叮叮当当的声音，还有人在里面工作，两人蹑手蹑脚地仿佛正在接近敌军的特工。

是埃里希在里面。

从刚才运送刀具的情况来看，前期的清理工作已经结束，埃里希正在卸下旧刀具，他正拆的是正面滚刀，从堆放的旧刀头看，磨损还是很严重的。

老实说这些刀的价格不菲，但是和庞大的盾构机相比已经不算什么了。

严开明飞快地在本子上记录着：刀盘前换刀，高压舱、有积水；注意控制压缩空气……使用工具：螺栓、锁块、照明灯具、小型通风机、风动扳手、常规工具……

德国人没什么反应，两个人的胆子越来越大，已经能够从缝隙中看到掌子面了，与打眼放炮的掌子面不同，盾构法掘进形成的掌子面像树木的年轮一样，一圈接着一圈。

直到两个人已经能看清埃里希在动的影子。

徐复文是第一次钻进正在工作中的盾构机如此靠前的位置，复杂的结构令人为之折服，惊叹之下他一个不小心，脚踢到一个头盔，又偏巧碰到钢梁上了。

安静的隧道里发出一记很清晰的撞击声。

# 45　咱们工人有力量

埃里希嗯了一声，嘟囔一句德语。

事发突然，严开明心里一紧，并没有听清他说什么，又不好问，怕露馅。

"烟。"埃里希又说。

这次听懂了，可严开明不抽烟呐，他一把抓向徐复文的口袋。

徐复文也不咋抽烟，可当时的礼节大都是见面要敬烟，平日口袋里也揣着，只不过这中南海香烟上面可有明晃晃的中国字呢，瞒得过德国人吗？

顾不得那么多了，能蒙一阵是一阵吧。

严开明把烟递了过去，又很礼貌地为埃里希点了烟。

感谢德国人的傲慢，埃里希从头到尾都没看他一眼。

"当克。"埃里希用德语说着谢谢。

"不客气。"严开明也含糊着用德语糊弄了过去。

长这么大，还从来没这么心惊肉跳过，徐复文大呼刺激，后又咬牙切齿："这些个德国鬼子竟敢在咱们隧道里抽烟，幸好发现得早。"

"发现得早又能怎么样？你信不信前脚揭发他们，后脚就会有一大帮替德国人找理由的人站出来。"严开明撇了撇嘴。

"哼，崇洋媚外。"徐复文不屑地冷哼着，随后他立即变了副脸，过来抢严开明的本子，"都记了些什么，我看看。"

"不过是一些使用工具，事后还要做刀具磨损情况的记录。"严开明也不会对老战友守密。

"就看这么一眼有用吗？"

"嗯。"严开明表情严肃地说,"有用。"

"你学会啦?"徐复文很吃惊,严开明不像那种短时间内能学会东西的人。

"没学会。"

"那有什么用?"

"至少我知道刀具是用人换的。"

"当然是用人换的……"徐复文有些不可思议地望着严开明,"你不是想……"

严开明点点头:"我会告诉盾构机驾驶员,下次再出现推进缓慢的状况直接向我报告。"

"喂喂,你不是要带人拆吧,要是弄坏了怎么办?"

"只要是机械的就有办法。"严开明很自信地说。

埃里利咆哮了。

这事儿还得从那根烟头说起,第二次换刀具快要结束的时候,照例要打扫一下烟头,虽然德国人完全可以不用做,但是毕竟施工段抽烟违反了中方的施工规定,必要的掩饰还是要做的。

也正是德国人的严谨,让他们发现了那根中南海的香头。

这不是他们的烟。

埃里希可以肯定,手下那几个大烟枪绝对不会抽焦油含量这么低的烟,有中方人员混进来了。

"我抗议,我抗议,有中方人员混进来了。"埃里希仿佛受了极大的委屈一样挥着拳头。

"埃里希先生,我们可一直遵守施工规定的,你们有什么证据证明在贵方换刀具的时候我们的人进了隧道?"严开明一本正经地说,他的德语可是说得越来越溜了。

自从上次与鲍尔交锋后,严开明意识到一个可怕的问题,对方能把中文说得那么流利,自己这边只能说着拗口的德语,在语言上就落了下风。好在德国人也并不完全像埃里希和鲍尔那样古板,那几个年轻的技术员很好说话嘛,尤其是在见到烤乳猪的情况下。

埃里希和鲍尔对严开明与几位年轻技术人员交往的事儿睁一只眼闭一只眼,

他们又不懂核心技术，没有什么密可以泄的，如果姓严的总指挥想从年轻人身上打开缺口，那么他打错算盘了。

事实证明，高手在民间。严开明从德国年轻技术员身上打开的缺口不是一般大，从言谈中，严开明在不断推导刀盘更换的方法。

这些德国年轻人显然是得到了授意，一开始口风把得很严，几瓶西凤酒下肚也就忘了自己有几斤几两了。严开明这个时候就从旁敲侧击变成直接询问了，而对方也是知无不言。

学德语只是附带的好处。

埃里希还来不及细想严开明的德语有哪里不对劲，手中举着烟头喊道："这就是证据。"

严开明不屑地冷笑道："这算什么证据？证明贵方在施工时违反我方施工规定？"

埃里希有些懊悔自己的莽撞，这不等于将把柄送给人家吗。

"本来嘛，我们是朋友，这种小事可以睁只眼闭只眼，但是鉴于德国朋友做事一向认真严谨，我也只好勉为其难按照合同规定办事了，贵方违反施工规定，第一次发现扣罚三分之一约定工资；另外出于对贵方的不信任，我方有权在贵方下次作业时派人监督。"

严开明下了一手狠棋。

你们不是不让看吗？我偏要看，而且要大大方方地看，不仅看你们换刀具，你们的一切作业都要看。

偏偏你们违规在先，能说明什么？

"我不服！我要申诉！"

埃里希以咆哮开始，以咆哮结束，只不过这无力的咆哮声只能证明严开明又赢了一次。

就在左线两台盾构机发挥强大功能，以突飞猛进的日掘进速度前进的时候，右线以老铁八为骨干的施工团队正在展开一场人工赶超机械的比赛。

"要知道，咱们可是提前两年开工，就算赶不上盾构机也不能差太多吧，咱们是英雄老铁八，大家加油干啊！"

徐复文最擅长这个，鼓动工人干劲儿，当年给老连长当通讯员时就没少干。

当严开明来到这个已推进两公里的右线时，忽然有一种时空错乱的感觉，仿佛一切又回到了天山脚下，回到了曾经的青春岁月。

隧道内灯火通明，大喇叭里放着《咱们工人有力量》。隧道里外，工人们进进出出，一派热火朝天的景象。

不同的是混凝土的用量可是远超当年。

新奥法施工，即新奥地利隧道施工方法的简称，它将锚杆和喷射混凝土组合在一起，作为主要支护手段的一种施工方法，在洞身开挖之后必须立即进行的支护工作。安全系数大大提升，这也是徐复文有胆子拍胸脯说不死人的底气之所在。

"你这里不错呀。"

掌子面轰隆隆的，严开明不得不大声喊。

"哪赶得上你那边，怎么样？我的一根中南海让德国人服了吧。"

"错打错着。"严开明哈哈大笑。

徐复文放眼望着工人，自豪地对严开明说道："别看兵改工了，咱们的劲头不比老铁时候差，你看这些工人，我敢说若论人工速度，咱们世界第一。"

严开明点头道："不错，这点我认同，不过要想加快咱们国家的基础设施建设，大型机械装备才是王道。"

徐复文不反对，补充道："可我总觉得，这些工人才是国家最宝贵的力量，他们才是大国建设的基石。"

"看不出来咱们的小徐老兵也会发出这样的感慨。"

"我也是为了实现咱们那些战友永远无法实现的梦想。"说着，徐复文的声音颤抖得厉害，"他们再也起不来了，他们再也看不见了，但是我保证，他们看不见听不见的，我们要替他们看见、听见！将来到他们的墓碑前自豪地说，咱们兵改工了，但骨子里兵的风骨永远没变！"

"对！咱们先干出一个标杆工程来告慰战友的在天之灵。"

两个老友这个时候情绪激动，伴着大喇叭的音乐高唱：咱们工人有力量，嘿！咱们工人有力量，每天每日工作忙，嘿！每天每日工作忙，盖成了高楼大厦，修起了铁路煤矿，改造得世界变呀么变了样，哎嘿……

"哟，不错呀，很有激情嘛。"一道清脆悦耳的声音从众多男人中穿出来。

两人还没等看清隧道口站着的身影已经确定，这么有穿透力的声音，不是谭雅还有哪个？

# 46　小蝴蝶的翅膀

谭雅就站在隧道口，她的身边带着一个半大小子。

这么多年了，她的相貌变化不大，还是那么清秀。

虽说谭雅和汪建国分居的事工程局的老人都知道，但是两人毕竟还没有公开表态关系恶化嘛，对外只称工作需要，礼貌的人是不会当面询问别人家事的。

"我说你把儿子带工地来干吗？"徐复文根本不管汪承宇愿不愿意，上去就摸着他的头逗弄。

谭雅看着儿子一脸不情愿被徐复文摆布的样子，笑道："要上高中了，学习得抓紧了，再放在他爷爷那儿，都给宠坏了。"

"叫严爷爷、徐爷爷。"谭雅一拍儿子的头说道。

徐复文乐了："你这是什么叫法？"

"他爸叫你们叔，儿子不得叫爷爷啊。"

这个小子当年还算老实，小眼睛怯生生地瞄着隧道里干活的工人。

从小养成的组织纪律性让他知道，再怎么想玩也不能在工地上胡闹，别看工人们一派热火朝天的景象，不熟悉工地的人可不知道，工地上到处是危险。电焊机、金属切割机、冲击钻、深基坑、竖井，等等，哪个不小心都能要了人命，更不必说隧道工程还有塌方的可能性。

"严爷爷、徐爷爷好。"小汪承宇这个时候嘴还是比较甜的。

"哎，好孩子。"严开明乐哈哈地摸了一把小孩子的头，这次汪承宇接受了，还偏着头瞪了一眼徐复文。

严开明突然想起什么，一拍脑门说道："你看我，站这儿干吗，咱们去宿舍，这工地上也没有适合小孩子玩的东西。"

"就让他学着点儿，以后也好接他爸的班儿。"

谭雅这次是带着施工任务来的，说白了就是奔着这两台盾构机来的。

装备局成立研究所，谭雅任研究员，学习仅两年，结束学习就来实践。

"给您透个底，咱们华铁要研发自己的盾构机，我这是来实习啦。"

徐复文哈哈大笑："那你可来对地方了，放眼全国也只有咱们工地有两台大宝贝。"

"二位前辈可不能藏私啊。"谭雅还像少女时一般，莞尔一笑。

那是汪承宇第一次见到正在工作的盾构机，庞大的机体，干净整洁的衬砌，彻底改变了他对隧道工程的看法，当时的他还不太成熟地想，这是历史性的一刻吧。

记忆的闸门一旦打开就收不住了。

汪承宇一行人登上顶峰，望着脚下绵延不绝的群山，听着火车汽笛过隧道时的长鸣，他已经清晰地回忆起脚下这条隧道还在建设中的时候那些点点滴滴的事。

"咱们脚下的隧道就是历史，见证了中国第一次使用盾构机掘进铁路隧道，也是中国历史上第一次长距离掘进。"汪承宇也是个有志青年，从小他与盾构机就结下了不解之缘，上大学、考研，他之所以比其他学生优秀，原因在于他能接触到实体，对工地施工有概念。

听了汪承宇的感慨，高薇不禁流露出羡慕的神情，一股神圣感从心底油然而生。

"小子，跟着我们在一起是不是很自豪？"徐复文不忘自夸。

"停！一码归一码，我是中国人，当然会为了我们国家发展而自豪，但这和我选择什么工作是两码事。"汪承宇知道对方又要趁势"洗脑"，很坚决地说，"我汪承宇这辈子没什么出息，就想守在媳妇儿身边，帮助她，爱护她，不让人欺负她。"

哇！好暖心啊。

一时间高薇都不知道是神圣感多一点，还是暖心多一点。

总之，自己找的男人，没错儿！

"脚下这条隧道，有你们汪家一门三代的身影。"徐复文想到了什么，接过严开明的叙述，又开始侃侃而谈……

两台盾构机虽然贵，但是一上马立即显示出强大的威力，日掘进尺超过人工的七倍，可以24小时昼夜不停工作，一时间秦岭隧道工程在全国工程界成了美谈。

汪锡亭早已到了退休年龄，他这样一副华铁活地图是不会太闲的，他又被请回去担任隧道工程局任高级顾问。这个顾问可不闲着，听说这边盾构机施工取得了良好的成绩，他风尘仆仆地赶来了，随他一同前来的还有谭雅的爸爸。

"汪总工、谭老师，知道你们要来，我们都激动得睡不着觉。"徐复文这张嘴还是那么甜。

汪锡亭乐哈哈地说："我们又不是大姑娘，你们有什么睡不着觉的。"

"我们都是你的学生嘛。"徐复文拉着严开明，两人一起呵呵地笑。

"爸，您跟着跑来干什么？"谭雅有些嗔怨地看着父亲。

谭老师一见到女儿，反而把脸板起来了："你说你，胡闹也要有个样子，把我外孙子接到工地上来干什么？开明他们工作多忙，多重要，还要帮你照顾孩子不成？"

提到儿子，谭雅一脸的不情不愿："放到您那儿倒好了，整个一个放养，这都什么时代了，就这样也想让他接公公的班儿啊？"

汪锡亭赶忙劝道："谭老师哪里会放养啊，你这是说到我头上了，带来也好，让他提前见识见识咱们华铁人的精神，将来接班儿也入行快一些。"

汪锡亭常年和兵在一起，整个人显得粗犷一些，谭老师则是一脸书卷气，但是一直入隧道，不论是实践派还是理论派都吃了不小的一惊。

趁着管片衬砌的间歇，两人一齐进入隧道参观盾构机，看着干净、严丝合缝的混凝土管片衬砌，再看着结构复杂的"地龙"，不由得感慨国外施工的先进。

"盾构机的原理并不难，难的是我国整体工业制造水平。"严开明近来研究盾构机颇有心得，他介绍道，"盾构机制造，集光、机、电、液、传感、信息技术于一体，这么大一个家伙，哪部分配合不好都要出事故的，说句不好听的话，当年我们出事故是人牺牲后清理了再干就行了，盾构机一旦出事故，就得重新选址重新干，损失无比巨大。"

两个退休老人听明白了，说穿了就是这两个大家伙，造起来贵，用起来也贵，出了事更贵。

"盾构机还有一个独特之处在于要适应工程地质选择机型，说白了就是私人订制，每一台的直径、刀盘、结构都不一样。盾构机国产化还有一个难点，我们是先照着现有技术水平研发，还是直接研发高端产品，到攻克技术难关后直接上马制造？"严开明补充道。

两个人老人听得极认真，他们都是业内老将，一个是经验丰富的实践派，一个是理论水平高的学院派，平时家庭聚餐的时候都少不得争论几番，家里人都听烦了，可是这一次他们的意见竟然出奇的一致。

"要研发就做最先进的。"两人异口同声地说。

"那些落后的机械样本是国外走的弯路，我们没必要再走一次，今后我们还会有目的地引进。"汪锡亭仿佛一副指挥千军万马般神态自若。

谭老师补充道："回去后我就组织学生写理论性学术报告。"

这些人现在肯定不知道，他们看似随意的几句对话竟然成了未来国产盾构机的研发方向。

一只蝴蝶在巴西扇动翅膀，一个月后得克萨斯州将卷起一场龙卷风。

盾构机国产化这个理想目标，目前还只是一只蛹，谁也没想到二十年后它将掀起一场盾构产业化的风暴。

此时的新老工程师们被一只更小的蚕蛹搞乱了阵脚。

汪承宇不知道是怎么进的隧道平导，又从平导钻进主隧道。

工地上能让孩子分心的项目实在不多，除了石头、水泥和泥巴，不知道哪个更适合半大小子玩，这也是谭雅把孩子带工地上来的用意，等于半封闭教学了。

不过事实证明，只要孩子想，总能找到合适的娱乐项目，钻隧道探险就很不错，只不过这一次他被抓了个正着。

"孙子，你给我出来，你别往里钻，危险……"

汪老果然豪放，六十好几的人了，跑起来竟然健步如飞……

众人面面相觑。

# 47  自己来换刀

秦岭的地质带并不比天山好多少，尤其是掘进 18 千米这么长的隧道，盾构机刀头磨损得厉害。

没到第三个月，驾驶员报告掘进速度变慢了。

好！

严开明等着就是这一刻，这三个月来他们把正在使用中的两台盾构机研究了个通透，报告写出一大堆，就看实操能不能玩转了。

这种事怎么能少得了徐复文呢？

两位四十多岁的人了居然像孩子一样兴奋，各带一组人分别偷偷进驻 1 号机和 2 号机。

第一次给盾构机换刀具，难免有些紧张。

这可不是上级给他们分派的任务，一个不小心可要捅大娄子的，要是把 5.5 亿的大家伙给搞坏了，这样的损失把工程局卖了也赔不起啊。局里那几幢破房子才值几个钱？

何况，高压舱内大气压是正常的两倍，长期在高压环境工作对身体是有损害的。

首先要排除密封舱内的泥浆和土体，接下来注入压缩空气，队员们必须进到一个与密封腔联通的过渡舱内进行加压，慢慢适应高压环境，然后开始作业。

这一刻演练了很久，带出来的组员都是精心挑选出来的骨干，先前也都观摩过盾构机工作，每个小组共计 9 人，严开明和徐复文各一组，兼隧道主管和工程师的职务，刀具更换作业班组配备三人，电工和机修工各一名，还有三人进行辅助作业。

这些人虽然先前在纸上和心中演练很多遍更换刀具流程，轮到实操的时候手心也不免捏了一把汗。

"德国人换一次刀具需要两天时间，时薪4000块，是我们工资的640倍，他们凭什么这么贵，要是我们学会了，这笔钱就省下了，到时候局领导要是不给咱们发奖金，我带头闹去。"严开明在临上阵前鼓励道。

组员们听到这种话顿时义愤填膺，对呀，同样是人，凭什么老外就金贵啊？

在国家荣誉和奖金的双重鼓舞下，组员们不紧张了，反而干劲儿十足。

谭雅偷偷地笑了，趁别人不注意小声对严开明说："真是近朱者赤，和老徐的腔调一个模样。"

严开明这才发现一个严重问题："你怎么把儿子领来了？"

果不其然，谭雅身后站着的那个外表看似老实，实则极度调皮的半大小子就是汪承宇。

"我让他长长见识，看看他妈是怎么为了咱们不被洋鬼子欺负，奋起反抗的。"

好吧，这也算爱国主义教育了。

严开明没阻止，但还是强调了纪律，只许看不许动手，更不许乱走。

小汪承宇懵懵懂懂地跟着工人叔叔们走进隧道，平日里再怎么探险，机器那头是绝对进不去的。今天，那个神秘莫测、能把石头吃进肚子里再吐出来的钢铁巨怪，就要在他的眼前显露真容了。

望着白炽灯下妈妈和工人叔叔们的影子，小汪承宇止不住有些兴奋。

盾构机早就停下来了，今天给德国人统一放了假，安排他们去西安玩一天，第二天中午才会回来，严开明能抓紧的只有这一天半的时间。

只许成功，不许失败。

紧张的施工作业开始了……

盾构机的施工关键在于地质，不同的地盾要使用不同的刀盘，根据淤泥、黏土、砂层到软岩及硬岩等，配置滚刀、刮刀、切刀等。乍看上去很复杂，但是工人们一上手发现，似乎就刀具更换来说并不比鼓捣其他大型施工机械更复杂，唯一需要注意的是刀具很重，拆卸时千万要注意不要砸到人。

果然不出严开明所料，只要是机械，就很容易搞懂，毕竟我国从1958年开始机械化施工以来，已经积累了近四十年施工经验，相应的人才培养体系还是健全的。

唯一值得担心的就是时间，要想让德国人不发现问题很难，但是工程局还是有相应的应对办法，毕竟埃里希的工资还要看表现。

第一个旧刀具成功拿下来后，谭雅在过渡舱外飞快地作着记录。就在这个时候，工人们惊奇地发现，小汪承宇也在配合母亲做记录，记录本上时不时要拉上好几道让人看了就眼晕的公式。

"你教他这些？"这个时候最紧张的严开明也忍不住插嘴询问。

"基础的岩体坚固性系数分级而已，这还是咱们老铁道兵西南工程指挥部总结的经验。"谭雅漫不经心地说。

西南铁路？

严开明记得很清楚，那是一场铁道兵提起来就津津乐道的会战，那可是用鲜血累积出来的经验。

想到这儿，严开明更加下定决心，今后打隧道不能再死人了，那个必然死亡的时代应该一去不复返了。

除了第一个刀具拆卸花费的时间长一点，后面越来越熟练，以至于严开明觉得可以增加人工，以提高速度。

这个想法一旦冒出，就控制不住了。

工地上有着同类施工经验的工人很多，至少组成两个组没有问题，严开明一面布置继续换刀，一面去外面组织人力。

不愧是老战友，徐复文那边竟然不谋而合，两人想到一块儿去了，原本还有些遮遮掩掩的，现在倒颇有大张旗鼓的意思了。

"你们在干什么？"

急吼吼发出声音的是质检员赵秉全，他担任施工工程的初检，设备的完好率也在他的工作范围内。

好容易支走了德国人，却忘了这位大爷。

"马上散去，马上恢复原状！"

此时，大半天已经过去了，最早参加装卸的那组人早已汗流浃背，正在喝着水喘气，也许是平时受赵秉全的气太多了，这会儿有正副两位总工程师撑腰，也不怎么理老赵。

210

一位工人脖子一仰，把大茶缸的水大口灌了下去，发出了一个很舒服的声音后，白了赵秉全一眼说："拆得太多，恢复不成了。"

"我要告你们，我要告你们，你们这是破坏生产工具，不对！是破坏国有资产！"赵秉全气得直打哆嗦，话也说不利落了。

"你要告谁?"一个洪亮的声音很有压迫感地大声说道。

赵秉全一回头，仿佛看到了救星，冲上来就差拉着对方的手了，他激动地说："汪主任啊，你看看他们做下的好事。"

汪建国显示出他的领导能力时是在兵改工之后，集体退役，脱下军装，让曾经的大兵们去面对改革开放后的市场是一件很残酷的事。

铁道兵虽然辛苦，但是解放军的身份又让他们感到无比自豪，如今变成了局长、段长、总经理，称呼上的改口就一时难以适应，更难以适应的是吃军粮的时代结束了，今后要自己赚钱自己花。

这支具有铁道兵风骨的建设大军必然会成为一支令市场望而生畏的力量，但是在当时他们还很迷茫，面临马上要断粮的窘状，汪建国带着自己原来那一排人揽到了一个活命的活儿，疏通城市下水道。

过去打通隧道是光荣，如今却要钻肮脏的下水道，干这种让人抬不起头的活儿，曾经的战士们弯不下腰。汪建国就第一个跳了进去，忍着几乎令人窒息的味道在狭窄的下水道里钻了个来回。

兵毕竟是兵，脱了军装依然保持着军人本色，见到带头人跳下去了，一个个终还是放下了身段。

有了第一次，之后就好办了，这些老铁们不管是疏下水还是清垃圾，只要有活儿就干，就是这种弯得下腰的行为让改制后的工程局渡过了难关，汪建国也获得了上级的表扬。

汪建国这个临时调配委员会负责整个秦岭隧道工程的协调问题，各局之间、上下级之间、铁路与地方之间，只要有问题就找他，现在轮到中外之间了。

不能说赵秉全就是错的，同时这是他的本职，但是他表现出的那种乱扣帽子的行为让人闻到了一股旧有的保守味道，眉目间那股崇洋媚外的表情让人不舒服。

汪建国表面上没有说什么，但是骨子里的厌恶之意已经生成了。

"本来是应该德国人干的，现在他们这种私自拆卸行为触动了德方，对方要是抗议撂挑子，我们可担待不起。"赵秉全以为自己抓住了问题的关键，稳稳地站在上峰，说起话越来越肆无忌惮。

汪建国眉毛一挑，递给赵秉全一个警告的眼神，然后和睦地问严开明："严总工，明天中午之前能不能完成换刀？"

严开明很肯定地回答："没问题。"

汪建国既不表示支持，也不表示反对，沉默不语，然后背着手走了。

大家都抓紧时间干活了，只有赵秉全还在原地发愣。

"哎？怎么就这么走了？汪主任，这事儿你得管啊……"

干活的工组有老铁，也有新入职的技术工，但是有着铁道兵传统的战斗队伍在紧密配合时，发扬了军人的传统，除了必要的交流，所有人不多说话，默默干着手中的活儿，累了就擦一把汗，渴了就喝一口水。直到隧道内的两组人干到半夜，已经筋疲力尽了，但是换刀工作还没有结束，想着如果不能在明天中午前完工，就可能面对与德国人的第一次冲突。

尽管这种冲突不可避免，但明天不是时候。

中国工人换的刀具到底有没有德国工人换得好，能不能胜任施工任务，还需要时间来证明。


# 48　比德国人快！


小汪承宇早就被送回临时铁皮宿舍了，谭雅虽然不干体力活儿，但是精力也透支了，脸上有了明显的倦容。

高压舱的环境严重制约着体力，严开明从一开始就坚持在岗位上，这个时候他不能让工人们看到他的倦态，他必须坚持。

已经进行一半了，工人们的速度明显慢了下来。

时间虽然还很充裕，但是短时间内实在不能再找出第三组人来，也就是说这两组人必须连夜奋战，可照这个速度下去，来得及吗？

现在还不是和德国人发生正面冲撞的时候，因为华铁自己的人员还不能确保换刀成功，一旦出现问题还得让鲍尔手下那些人善后。

严开明有些忧虑，作为一个资深的工程人员，那么多大风大浪都闯过来了，好容易迎来了中国铁道盾构元年，绝不能在这个征程上倒下，该怎么办？能怎么办？

这个时候信念很重要，从高压舱出来，一身泥水的严开明轻哼起了歌，那曲调正是伴随着先辈们四十年征程的《铁道兵志在四方》，曾经响彻在祖国大地上，这首歌到哪里，哪里就织起一张张铁路大网。

如今岁月荏苒，征程不止，战斗不息！

一开始只是严开明一个人在唱，在场有不少原铁道兵老兵，他们听到严开明的哼唱后也加入了进来。

渐渐地，哼唱变成了共鸣，歌声从小到大，成了一曲合唱。

人为什么要唱歌？

这是一个涉及哲学、历史、人类学等诸多领域的课题。此时这首老军歌在新式开工的隧道里唱响，唤醒了好多人渐渐远去的记忆，那战天斗地的日子曾经与他们血脉相连。如今他们在进行另一场战斗，激情的血液在身体里沸腾，顿时驱散了疲倦。

"党员留下，其他人员回去休息。"人群中自发地爆出一声呐喊。

"凭什么让群众回去？我们不比党员差。"

"小睡四个小时，天亮前重新上工，明天中午前务必完成任务。"严开明意识到适当的休息很重要。

尽管不情愿，但是很多年轻的工人还是放下了工具，他们把工具码得整整齐齐的，以备再上工时很容易找到趁手的工具。

很久没有组织党员突击队了，过去那是在遇到困难和危险的情况下才有的组织形式，现在就是有困难的时候。

尽管施工慢了下来，但是一直没有停，严开明与党员同志们在进行着另一种形式的战斗，这场战斗的意义比再穿十座隧道还大。如果成功，那么外国人赚了盾构机的钱还要额外延伸服务的费用就完全可以省下来了，这样一笔开支，不论用在哪里都是宝贵的，或者就像严开明向同志们保证的那样，给大家发奖金。

"谭雅，回去睡一会儿吧。"严开明安抚道。

谭雅努力地摇摇头说："我是个女人，但我也是党员，这个时候我不能退，何况干体力活儿的是大家，我做做辅助……"

尽管谭雅的铁道兵生涯只有短短的一个月，但老铁身上的倔强她学了个十之八九。

严开明暗暗叹息，他知道，谭雅和他们一样，都是很不容易走出精神的泥潭，唯有做些什么，做更有意义的事情才能让自己不至于再陷进去，而现在做的事就和那件事有关。

如果当年就有盾构机，怎么会有25位战友为国兴3号隧道而牺牲？

其中就包括老连长。

或许是对一生战斗征程的总结，或许是冥冥之中老连长必然的宿命。老连长阻止过很多人的盲目行为，挽救过很多人命，但是他自己却注定要追随战友们而去，或许是他根本不愿意脱下军装。

那是距离国兴3号隧道全线贯通的前一天，全长6152米的大型隧道只剩最后3米了，施工支护主体段已经完成，就等明天一声炮响庆祝胜利了。

九连的官兵们做好一切应急准备，静静地守候在隧道口待命，团后勤处送来了好酒、好烟、好糖，准备慰劳凯旋出洞的战士，政治处为英雄们准备好了大红花，工地广播站在等候着这一重要历史时刻的到来。

老连长独自一人走在隧道里，深深地凝望着最后的掌子面，一切都是值得的，战斗即将胜利。那天晚上如果说老连长在想什么，那么一定是在想，这会是自己最后一场战斗吗？

1977年7月28日零时，我国最长的一座铁路隧道，在海拔3000米的南疆打通了，随着新闻的播报，全国人民都为之欢欣鼓舞，唯有九连沉浸在一片哀恸之中。

最不该发生的意外发生了，一切巧合让人难以置信，怎么就发生了那样的事，一块比头盔略大的石头从洞顶最末端未支护的狭长穹顶掉落，就那么一块儿。

如果当时戴的是钢盔或者是后来用的那种安全帽也许就没事了，偏巧藤盔没禁住石块的重力加速度。

那么多惊心动魄的险情都闯过来了，谁也没有想到在最后即将胜利的时候，老连长就被那么大一块儿小石头砸中。几乎堪比豌豆落在针尖上的概率发生了，那伤口小到让非医护人员都不会束手无策，似乎只要一块纱布就能捂住，但是老连长却再也没能醒过来。

烟没人抽，酒没人喝，大红花没人戴，九连的战士根本不相信这是事实，他们的老连长走了，在即将胜利的前一天走了。

五年后，国务院办公厅、中央军委办公厅下发通知：撤销铁道兵建制，把铁道兵并入铁道部。

老连长没看到胜利的那一天，也没经历脱下军装的悲恸，他的样貌永远定格在胜利的前一天。

今天，我们不会再死人了。

严开明在心里默念着，默念着一个个名字，佟铁军、老连长，还有……

那个痛得让他不敢念出来的名字——白莎燕。

那些牺牲的战友们，我们要告慰你们，打通隧道死人的年代一去不复返了，今天我们正在做的就是所有隧道人的大盾构梦。

这是第一战，我们不能倒下。

两个小时过去了，有的年轻工人小睡了一会儿又返了回来，陆续又有工人提前返工，还是没有过多的交流，他们很熟练地找到自己码放工具的地方，钻入狭窄的盾构机土压舱，钻进掌子面。

隧道内少有交谈，工具的声音就是最好的交流，慢下来的工作又渐渐快了起来，严开明的脸上终于露出笑容。

汪建国像是在迎接胜利的英雄般守候在洞口，看着一个个戴着安全帽，一个个从隧道中拖着疲惫的身躯走出来的工人们，他自发地鼓起了掌，他身后的所有人鼓起了掌。

严开明和徐复文两队人胜利会师，总计工时 27 个小时，比德国的换刀速度快了 21 小时。

这是一个激动人心的数字，证明这个工作不仅我们自己能干，还干得很好。

随着盾构机缓缓轰鸣，两台"大地龙"又开始突飞猛进地向前掘进，强劲的身躯又开始宣示它工程之王的威力，本次换刀结束后，因为已经能够熟练操作盾构机，实现日最高掘进尺超过 30 米。

严开明不想说"这是我们进步的一小步"，但确实是进步的开始。路还很远，这个征程还很长，但是绝对不会长到需要几代人才能完成，严开明和他的战友们坚信这一点。

德国人最终还是发现了问题，感觉这一次换刀具间隔的时间太长了，于是到库房查看。工程部门早预料到会有这种情况，及时补充备件，德国人看来看去也没挑出毛病，又是研究渣土，又是检查零部件，最后得出一个令人啼笑皆非的结论——地质层发生变化，刀具质量高，磨损度降低。

# 49　小天才

"哟，那个德国佬总结的时候哟，脸板得严严地说道，'地质层发生了变化，刀具使用寿命大大降低，还得是我们德制造，质量是过硬的。'"

食堂里，在众多工人中间，小承宇惟妙惟肖地学着德国人说话的样子，把大家逗得哄堂大笑。

一位技术员逗着他说："然后呢？咱们是怎么对付德国人的？"

小承宇换了个口气说道："质量好了，但是你们没有机会工作了，时薪就领不到了。"一看就是在学徐复文说话。

"你们没看到呀，当时那个德国人的脸都绿了。"旁边有人补充道。

"哈哈，严总工和徐总工这一手够狠的，把德国人给摆了一道。"

话音没落，一个声音打断了几个人逗弄初中毕业生。

"你们还有脸在这儿玩，小承宇都会计算岩体质量系数了，你们赶得上人家孩子吗？"严开明走了进来，对着吃饱了不抓紧时间休息的工人板着脸训斥道。

"啥？"刚才那个小技术员不可思议地望着汪承宇问道，"严总工，你不是在逗我们吧，那么复杂的公式……"

"不信你自己问。"

小技术员还是有两把刷子的，他问道："岩体质量系数的表达式不同，有哪几种计算方法？"

小承宇白了对方一眼，很不屑，又好像在担心别人觉得他在吹牛，很不耐烦地说："有积商法与和差法，国内国外都有不同的表达式，常用的有 15 种。"

小技术员听得直咂舌，这才相信严总工说的话，这小子是天才。

其实哪里有天才啊，谭雅从小对汪承宇的学习抓得很紧，尤其是数学。大概是对自己当初给战士们补习的那短暂时光念念不忘，教学的时候不让汪承宇称呼她妈妈，而要叫谭老师，工地上嘛，肯定是教学，叫谭老师的时候居多，以至于不熟悉的人会误会谭雅把弟子带到工地上来了。

汪承宇的童年是那么不幸，是在工地摸爬滚打和在数学公式里泡大的。

汪承宇的人生又是何其幸甚，在别的小孩每天放学想着写完作业就去玩的日子里，远远地甩开了同龄孩子。

这种人生经历，以至于汪承宇的性格复杂又矛盾，一边是个天才，一边又很叛逆。

只不过此时还没人注意到这点。

严开明和徐复文除了工程进度，又多了一点关心，就是谭雅和汪建国的感情问题。

他们单独出现的时候并没有什么异常，可是身为夫妻，同时出现，却不在一起居住。汪承宇要一边叫着爸，一边叫着谭老师，怪怪的。

深夜，谭雅还在伏案整理工程资料，这全是现场施工的第一手资料，从盾构机开始组装时起就在整理了，这个时候轻薄的铁皮房门被敲响了。

"谁呀？"

"是我……"

听到这个声音，谭雅一下子怔住了，这个人和她的关系一直比较尴尬。她也说不好该用什么态度去面对他，唯有一点，他们之间没有爱，一种僵持着，近乎麻木的关系，冰冷到每年春节同床时却会不自觉地空出一条分割线，平淡到连公事公办的时候都不愿意多说一句话。

今天，某人似乎要主动来交流，可是能说出什么呢？

谭雅打赌不会超过三句话。

"有事？"

谭雅没去开门。

"嗯。"

对方沉重地哼了一声。

"很重要？"

"很重要。"

"需要开门？"

"嗯……"

谭雅输了，今天那人似乎下定了某种决心，她僵死的心陡然跳动了一下，一个想法在头脑中冒出来，不会是主动来说离婚吧。

谭雅也会生出小鹿乱跳的心，冰川冻太久，融化的时候就会发出惊雷一般的巨响。

铁皮房门发出"咯吱咯吱"的声音，打开了，借着白炽灯管的光，汪建国那张不怒自威神态的脸出现在谭雅面前，上一次这么近距离接触是什么时候？去年过年吗？

谭雅的身体有些发颤，她转回屋子，给汪建国留下一扇无力晃动的铁皮门。

汪建国推门进来，屋子很小，一张床，一张办公桌，一把椅子，一个脸盆架，再加上墙上挂着的衣服架，构成了最基本的生活设施。谭雅坐在椅子上。

能坐的位置只有床铺，床铺很整洁，整洁到能看出精心修整的床单线，完全是一副军人做派，不过态度也很明确了，就是不希望汪建国坐下来。

汪建国就那样站着，轻轻叹息过后，问道："孩子还好吧。"

"嗯。"谭雅惜字如金。

"我们的关系……"

"就这样吧。"谭雅生怕汪建国说出令自己猝不及防的话，及时阻断了继续说下去的可能。

"可你明知道我们之间有问题。"

"黎曼猜想至今已有一千多道命题了，不是也没解开吗？"

"人生不是数学题。"汪建国的语气有点重。

谭雅显然是挑剔了，指着门口提升了声调说道："如果你是来给我当领导的，请出去到会议室说，这是我的私人空间。"

"谭雅……"汪建国想劝，却发现了谭雅的脸挂上了久违的泪珠。

"我害怕……"谭雅的声音很轻，轻到只有极近距离的两个人才能听得到，汪建国的心里"咯噔"一下，他知道，那是两人跨不过去的坎。

"黑……"谭雅说，"手电光越来越微弱，直到四处一片漆黑，那个空间很小，却因为黑暗变得像无底洞一样巨大，白护士长的声音消失了，身边只有一个什么也不知道你！"

谭雅激动了，她直勾勾地盯着汪建国质问道："你知道当时我有多羡慕你吗？我情愿像你一样什么也不知道，那样我就没有现在这样痛苦！如果你一定想解决什么问题，那就解决吧。"

汪建国无语了，他不再是年轻的毛头小子了，有些事，随着年龄渐长，也越来越懂。当初他觉得亏欠谭雅，发誓一辈子保护好她的，却哪里知道这种保护对她而言，其实是一种伤害，就像刺猬试图带给伙伴温暖，靠得越近，刺得越痛。

脓疮已经埋得很深，一旦揭破必是满身血污。

保守治疗吧。

汪建国慢慢地移开了步子，工作领域他敢带头，有担当；生活领域却不敢拔出插在心头的一根刺。

严开明目睹了这一场在外人面前看起来连吵架都不算的冲突，虽然双方的声音都不大，只言片语后就结束了交锋，可是他知道这其中有多沉重，那根刺何止仅扎在他们的心头，自己又何尝不是？

夜深。

静静地聆听，可以清晰听到盾构机从山体内发出的轰鸣声，向前掘进的不只是隧道1号线，更是打开心房的冲击钻，什么时候能见到另一头的光明？

也许从那时候起，心里的阴霾就淡化，会随着一次又一次成功的掘进最终风轻云淡。

皎洁的月光升至中空，银月洒满绵延的大山，生命的价值已经与穿山破岭相连，唯有投入其中才能稍减心中的痛苦。有些伤需要躲在角落里静静地舔舐，望着淡淡的月色，一句久违的话从心底涌出——莎燕，你在那边好吗？

工地上的生活是枯燥的，小承宇的到来给施工人员带来了不少乐趣。一些工程师和技术人员喜欢逗弄他，这会儿淘气的孩子已经上了房，几个年轻的工程师正围着他逗着玩。

"来来来，考考你，新奥法在支护手段上的特点是什么？"

尽管私下里已经有不少工程人员管汪承宇叫小天才，但是还有没亲自试探过的人想来一探究竟，看看这个初中毕业生的天分到什么程度。

汪承宇对这种问题很不屑，噘起嘴白了对方一眼说道："锚杆、喷射混凝土，初期支护不拆除。"

"嘿，可以呀，将来干个项目经理没问题呀。"

小汪承宇鼻孔朝天说道："我才不要干工程，工程一点儿都不好玩。"

"那你……"

话音没落，一声怒吼远远地就传过来："汪承宇你给我下来，三天不打上房揭瓦，摔下来怎么办？"

小承宇吓得一激灵，随后发现了自己的地利优势，面对领导派十足的汪建国，他竟然全然不惧，挺直了腰杆辩驳道："第一，铁皮房没有瓦，我自然不能揭瓦，再说我是从后面小坡上去的，从这边过来就是平地，安全系数很高的。"

"你……你……"汪建国也发现了地利优势的好处，他这么大一个人总不能亲自爬房上把孩子抓下来吧，手边只有安全帽，丢出去也不像话。

"小汪啊，快下来。"严开明这时出现了，他向汪承宇招招手。

汪承宇故作害怕地指着汪建国说："不行，我下去他打我。"

"下来。"严开明勾勾手说道，"我保证他不打你。"

"那你说话算话。"

严开明点了点头。

汪承宇慢慢绕了一个圈，从后面的土丘下了房，一下来便躲在严开明身后。汪建国再生气也不能拨开严开明去打孩子吧，那还像个领导干部做的事吗？这时，严开明说道："咱们谈谈北京会议的事儿吧。"

# 50　盾构梦

北京会议是华铁总公司组织的一次大型会议，目的是研究和解决装备制造升级的问题，其中盾构机是重头戏。

"严叔。"单独在一起的时候，汪建国还是称呼老严为叔，尽管他们的实际年龄差并不大。

"上次你父亲来的时候我们私底下已经定好了，各论各的，别客气。"严开明摆摆手。

汪建国不否认也不接话，换了话题说："这次北京会议总部领导总体来说还是倾向于装备自研的，只不过落到具体细节困难重重。"

"施工方面有我，论证方面有谭雅，怎么也能争下一块阵地来。"严开明有些踟蹰。

"不用顾虑我，您接着说。"

"严父是必要的，但是那孩子的母亲已经充当了这个角色，你对孩子就要温和一些。"

汪建国没想到老严突然改变话题，打了他一个措手不及，愣了一下，半晌才回应道："我知道了。"

严开明摇了摇头，轻声道："有些东西失去了才知道珍惜，能挽回的情感还是保留的好。"

"昨晚您都听到了？"

严开明又摇了摇头："我没听到，我也没有听墙根儿的习惯，但是你们谈什么我猜得差不多，老实说我也难过了一宿，有些事已经过那么久了，就算它是根刺，也不急于一时拔了，先对孩子好一点吧。"

汪建国沉思良久，然后默声不再提此事，不一会儿话题又回到北京会议这边。

"这一次与会者很多，都是电气、机械、工程等领域的专家学者，还有一线的施工老手，我们局打主攻，让严叔当先锋，这任务有点重。"

"我不怕任务重，这一刻我等很久了。"严开明顿了一下说出自己的担忧，"我不担心别的，我担心我们去开会，德国人在后面捣乱，你撑得住吗？"

"撑不住也得撑，我就是干这个的。"汪建国露出一丝苦笑，过去的沧桑岁月，让他看起来比实际年龄苍老许多，但是做保证的时候，骨子里却和千千万万老铁道兵一样倔强。

"你们是一群无耻的骗子，我要向总公司投诉，我还要向驻华大使馆反应！"

就在严开明走的第二天，德国人终于发现问题了。

鲍尔那张曾经不管遇到什么事都波澜不惊的脸上终于露出愤怒的神色，他挥舞着拳头，一副极为不满的样子，手下的德国工程师险些与中国工人冲突起来，幸好有汪建国从中拉着。

其实鲍尔更想找的人是严开明，但是不巧，工地上只剩下徐复文。一口江南方言让鲍尔听得头都大，不是个好沟通的角色，退而求其次，只得把脾气发到汪建国身上。

汪建国这个部门是个万金油，什么都能插上一手，又什么也不能主导，这个临时调配委员会主任不好干呀。

此时，平时看起来似乎很好说话的汪建国却露出了他的另一面。

汪建国两手一摊说道："请问我们哪里骗人了？"

"你们偷偷更换了刀具！"

尽管事后做了多方掩饰，但是没有不透风的墙，再加上这次推进的时间超过平时的两倍，刀具终是钢铁之躯，寿命是可以计算出来的，偶尔可以凑合，但是绝对不可能以高速掘进的速度坚持这么久。

鲍尔发现问题了，奇怪的是这一次埃里希没和他站在一起，或许是因为上次吃了亏，或许有了别的想法，谁知道呢？

鲍尔极怒，光秃秃、油亮亮的额头上青筋暴起。

"无耻！有违一个工程师的尊严！"

鲍尔应该是来华生活过很长时间，使用汉语的能力并不逊于自己的母语，甚至知道汉语的某些词在表达上要比德语更优秀，比如发泄愤怒。

"实在抱歉，我不知道你们在说什么。"汪建国打算来个死不认账，反正也不可能让德国人拿到证据，就算向上级反映，哼哼！

这些外国佬难道不知道有个词叫默许吗？

"我要向路德公司反应，你们偷偷更换刀具，我会要求公司以违约为理由终止合同，我还要你们赔偿巨额的赔偿款。"鲍尔气急败坏地喊着。

"可盾构机的工作记录中德双方各持一份，哪一页也没有证据证明我们违约啊，总不能听你的一面之词吧。"

以子之矛，攻子之盾。

中华文化博大精深，上下五千年的智慧层出不穷，报告是你们自己写的嘛，地质层发生变化，刀具使用寿命延长，你们拿什么告？

汪建国志得意满地看着哑口无言的鲍尔，在这件事的交锋中，双方高下立判！

工业革命以来，装备建造史上从来都是你超我赶。19世纪时德国制造是假货的代名词，20世纪时日本制造又让各发达国家头疼不已，仿制从来不是错，问题是有些重型装备不像面包机一样简单，它需要考验一个大国的综合实力，盾构机就是其中最有代表性的重器。

世界盾构机市场没有客户至上这种说法，因为能造出它的国家寥寥无几，90%的盾构机被美日德垄断着。

20世纪90年代末期，中国经济虽然在飞速发展，但距离成为世界级或者地区级经济中心还相差甚远。这三个超级强国分别是亚洲、欧洲和世界的经济中心，世界上最强的三大经济体。当时的中国想要制造盾构机，无论从财力还是工业实力都相差甚远，但是差距从来不是止步不前的理由。

北京，中国的首都，这座古老的城市伴着改革开放的春风，正在飞速发展，日益增长的城市规模和拥挤的交通让整座城市不得不向地下寻找空间。在这里，未来的城市地铁网络正在紧张地计划施工中，此时距离那个令世界叹为观止的超级工程才刚刚开始。

严开明和谭雅的到来并不是为了这座工程，但是他们还是在地下迷宫般的施工现场观摩了两天。

"显然，我们需要更多、更优秀的工程师加入建设大军中。"

说这话的人和严开明很熟悉，他叫许建军，曾经是严开明的直属排长，如今华铁总公司高层、高级工程师。老战友相见自然欣喜，然而建设的脚步不能停，时间对于这个飞速发展的国家来说太宝贵了。

许建军在见到严开明的第一时间就偷偷告诉他，华铁要自己设计并制造盾构机，并且很有可能应用于目前正在建设的地铁工程，这个时候有着盾构施工经验的工程师就是宝贝。

"怎么样？参与进来吧。"许建军问道。

严开明的脑海里装着一张地铁网络图，网络图下，他又脑补了一系列的地质画面，轻轻勾勒出一个微笑说："老排长，我的性格你是知道的，太单一，玩不了这么复杂的活儿，不过有一个人应该会喜欢做这种挑战。"

"徐复文！"

许建军不愧是两人曾经的领导，一下子猜到严开明口中这个人是谁，沉思片刻说道："那小子倒是鬼精鬼灵的，就是怕他不踏实。"

严开明语气很平实，他看着许建军很自信地保证："有些事情不要被惯性思维给误导，所谓"鬼精灵、不踏实"完全没有证据，事实证明徐复文在施工过程中极重视细节，他不仅能够规划出整个工程方案，也能保证方案中的每一个细节在实操中都有体现，在具体施工中徐复文指挥的项目还没有出现过一起人为事故。"

许建军知道严开明关心什么，也就不再这个问题上过多争执，笑道："那好，我向领导们建议一下，最终还要靠党委定夺。"

"其实就是您定夺，党委的很多同志不了解他，您的推荐意见至关重要。"

都是老战友，说话不需要虚，但是该走的程序还是要走的，许建军点头答应了。

严开明希望老战友接下这个超级工程，那对他的未来，对他的人生价值才是最大的诠释。

而他？要的是那个盾构梦。

从1953年国内第一次尝试盾构施工以来，中国的盾构就比国外落后一百多年，而盾构机制造更好比一个还不会走路的婴儿想要跑一样，但是这一天总会到来。

# 51　历史性会议

华铁总部，人才齐聚一堂，电气、液压、机械、隧道工程，从各单位抽调的方方面面的专家有一百多位，目的只有一个，研讨盾构机设计与制造的可能性。

大热的天，即使会议室内的风扇全开，也因为人员众多显得空气不那么流通，坐在那里都能渗出一身汗来。

在座的专家学者，有的认识，有的不认识，严开明并没有主动和谁打招呼。他在盘算着数月来的实际施工经验，这个会议他的发言必然十分重要，决定着华铁要不要自己造盾构机，他必须把盾构机的实际功效，自研与购买的优劣势阐述清楚，以便与会者给出更多专业的参考意见，再由领导定夺。

严开明喜欢讲大实话，能不能用这些实话说服在场人的支持，他心里很没底。

一个声音缓缓地从耳边传过来，安抚着他似乎随着闷热而渐渐躁动的内心。

"没关系的，只要实话实说就可以了，反对声音一定会有，但是我相信上级一定会支持我们的。"

是谭雅，她的期盼不比严开明低，她可以断定只要能参与进这个历史时刻，钻进那个梦里，她的心结一定会打开，事业与生活的未来就会逐渐变成另一个样子。

会议往往是如此，大会并不解决实际问题，实际问题都由小会决定。上百人在一起人多口杂，怎么商量问题嘛，主要是定个初步的方向，有人提供建议，有人提供依据，再看看各单位的意见。

即便如此，严开明的报告仍然像丢给与会者一颗炸弹一样。

两台盾构机引进的时候不少人痛心疾首，直呼太贵了，而且仅准备工作就做了快两年，但是施工时盾构机爆发出来的强大威力让所有人叹为观止。外围单位的人多数是耳闻，如今有施工总指挥现场汇报，盾构机的形象就更生动了。

"如果今后每个工程都用盾构机，那咱们的工人干吗去？总不能下岗喝西北风吧。"

第一个论调抛出。

其实与会者大多能够猜到会遇到哪几种反对言论，一种是绝对反对派，就是这一种，认为机械抢了工人的饭碗，而且传统的打眼放炮又不是不适用了，不至于什么活儿都用上盾构机。

其实这一种很好反驳，英国的"卢德运动"已经表明，工人为保全饭碗而砸掉机器的行动是完全没有必要的，事实证明，工人的生活并没有因为用上了机器而被毁掉，社会反而更加进步了。

第二种论调就比较麻烦，也是现状实情。

"我们不是不赞成使用盾构机，只不过我们国家工业底子薄，单靠我们华铁搞这么大规模的研发，多花钱不说，花了钱就能保证成果吗？如果花了几亿几十亿最后只做出个能掘进几百米的小家伙，难道不觉得愧对党和国家吗？"

这一种最难反驳，就像之前施工时齐壁光说的那样，算经济账，走市场路线，比较符合实情，哪怕严开明把华铁工人换刀具速度远超德国工人的实例讲出来，这种思想依旧根深蒂固。

"我们不是抬杠啊，那么大的家伙，涉及方方面面的技术不下上百种，我们华铁才能做下来几种？"华铁装备的一位工程师说道。

"我们可以联系外联单位制作。"严开明说。

"你觉得放眼全国，哪家铸造厂能做出你们正用的那种刀具？"

全场人鸦雀无声，都是业内人士，国家工业的底子到底如何，对于他们来说不是报纸上的几行字，而是实实在在感受到的。小小的刀具都做不出合格产品，更何况对铸造要求更高的主轴承？

现在不是新中国成立前，不是那个连钉子、火柴都造不出来的年代，但是在座的总有一种一朝回到解放前的感觉，空有雄心万丈却使不上力气。单是一个铸造就困难重重，况且华铁又不是干铸造的。

严开明站了出来，他目视着这位工程师，犀利的眼神让人发毛，随后他环视在场上百人，慷慨激昂地说道："大家的发言都很中肯，就我在工地上指挥盾构施工的感受而言，不论是买还是租，这个市场上的垄断者脑子里想的只有攫取更大利润，他们不仅要卖机器，还要挖掘附加价值，他们仗着有机器，向我们出售低效的人工，德国工程师进驻工地三个月以来，他们十几个人光乳猪就吃掉上百只，这只是最微乎其微的表现。我们这么大的国家，在高端装备上受制于人那是一种怎样的感受？那意味着我们拼命在别的领域赚的钱一股脑地倒进一个无底的大深窟窿里，所以我认为这个会要解决的不是要不要造的问题，而是能不能造的问题，不然我们上百位专家在这儿打口水仗就太没意思了……"

会议第一天就陷入僵局。

严开明掷地有声，让很多人不再明目张胆地喷口水，毕竟干这种活儿，隧道工程局最有发言权，其他单位做得再好也只是配合而已，想打主攻这也是人之常情，可盾构机这么大的项目，单靠隧道工程局是完不成的，必须获得很多外围的助力。

"严格来说，我们是企业，企业要成长就要有项目，常言道，工欲善其事必先利其器，抗日战争时期部队有重机枪、迫击炮腰杆子才能硬起来，建国后有核武器我们才真正不受威胁，对于我们而言不仅要赚钱，还要为国家分担强国重任，这才是我们华铁人该有的使命。"许建军和许许多多老铁们一样，他是心系盾构机产业化的，在这个会议上，他的发言很重要。

他继续说道："发展高科技，实现产业化，是符合'863'计划精神的，我们这么做也是对党、对国家该尽的义务，这个项目的立项是可以获得'863'计划资助的。"

资助的钱并不多，能够获得资助，不仅仅为了那点钱，更多的是一种信号，表示我们的行为是受党和国家支持的，能拿到奖金扶持，在很大程度上能消弭反对声音。

在大方向的倾轧和主要领导的支持下，大会议已经把论证要不要造的问题抛在一边，改为研讨能不能造的问题。

分析到具体问题，这就需要把会场拆解开，分成若干讨论小组进行具体内容的研讨。

就在分组讨论刚研究出一个大纲的时候，现场出事儿了。

"停摆？"

"对，由南向北进的 1 号机停转，故障原因不明。"电话那头传来徐复文焦急的声音。

徐复文的本事没人比严开明更了解，把他留在那里就是为了应对复杂情况，现在连他也觉得棘手，那么问题就严重了。

"好，我和会议小组说一下，争取今天下午就赶回去。"

严开明挂了电话，简单和谭雅碰了头。谭雅表示会议这边自己能应对，严开明这才向大会组委会说明了情况。

许建军的眉头皱得很深，他不无忧虑地说："会议还要进行几天，如果那边能尽快解决还是要赶回来。"

"请老排长放心，我有分寸。"

严开明打了个立正，就差没敬军礼了。

会议这边，本来就是严开明唱主角，他一走这个研讨会立刻失了主心骨，纷乱嘈杂的声音纷纷弥散开来。

"听说了吗？秦岭隧道出事儿了。"

"从总公司那边传来的消息，德国人闹得很凶。"

"不好收场啊……"

有人在摇头、有人在叹气，不管是冷眼旁观，还是幸灾乐祸，整体氛围对这次会议的影响是负面的。

许建军也是一肚子苦水，他是打心眼里期盼严开明那边能顺利解决问题，但是直觉告诉他，事情没那么简单。

# 52　不平等条约

大热天，本是动一动就汗流浃背，比这天气更上火的是人心。

1 号机突然停止掘进，德方袖手旁观，他们卷起铺盖要走，这是对中方私自换刀具没有告诉他们的报复。

徐复文不是那种胆小怕事的人，但偏偏这个亏还得吃下去，因为他已经带着中方工程师反复检查多遍，均未发现问题所在，连问题都发现不了，何况解决问题？

在求助德方的时候碰了个大钉子。

"你们不愿意我们赚这个钱，我们可以去别的地方赚，而且赚得更多，我会如实告诉公司你们的小动作，我想今后我们的合作不会很多了。"鲍尔一副盛气凌人的样子。

在场的中方人员哑口无言。

徐复文什么时候被人用鼻孔看过啊，气得火冒三丈，破口而出："少了你这盘黄花菜我们还不过年了咋的？"

陆凯德连忙上前把他拉到一边。

为了推动中国盾构技术的发展，华铁公派了一批人去国外考察，陆凯德就是刚刚从美国考察回来的，出过洋见识广。他压低了声音对徐复文说："路德公司的盾构机在全世界都是有名的，就是美国也会订购他们的产品。"

"不是还有日货吗？"

"别提日货了，先前我考察的时候就有一个实际案例，美国要修一条引道隧道，向日本订了一台大型盾构机，结果施工到一半零件出故障，维修的钱都快赶上再买一台盾构机了，相比之下路德公司的产品还是过硬的。"

"过硬怎么坏了……"

话一出口，徐复文好像想到了什么，一拍脑门道："糟了，他们是故意的。"

严开明接到电话后，匆匆坐上火车往回赶，事态紧急，汪建国这边派了小轿车接站，小轿车一溜烟地开到工地。

严开明下车后连口水都没喝就直奔现场。

徐复文把自己的分析转告严开明，严开明愣住了，古板的德国人也会玩伎俩吗？

这两台大宝贝的到来，中方工程人员以无比认真的热忱对待它们。因为是第一次使用这种超级装备，它的运行、维护、故障分析等记录做得极为详细，对比之前总结的可能出现故障的原因，徐复文已经做了排查，但是一无所获，这才给了德国人要威风的机会。

"漏油、漏气、漏水现象都没有发现，注浆泵也是完好的。"徐复文的脸上少有的出现一筹莫展的表情。

是刀盘驱动密封给脂不足，还是滤芯阻塞？

严开明也一筹莫展，在北京开会的时候信誓旦旦要制造盾构机，可眼下连成品出现故障的原因都找不到，再回去开会哪里还有底气？

严开明钻进隧道里茶不思饭不想，可是冥思苦想也找不到答案，这台大地龙已经让他来来回回看了不下上百遍，可问题究竟在哪儿呢？

外面负责交涉的汪建国更不好过。

"条件一，我们撤走，今后购买盾构机的价格上浮20%；条件二，我们现有的实薪从4000元/小时提升至5000元/小时，中方人员不得参与任何维护与维修工作。"鲍尔一副吃定了对方的样子说。

德国人提出的条件太苛刻，如果答应了那心情和签不平等条约也没什么两样了吧。

德方心里有底，路德公司的产品性价比是最高的，除此之外，中方别无选择，给出两个条件已经是施舍了。

汪建国心里有苦说不出，可眼下的情况是全国到处都在大搞基建，路德公司要是真的把交易价格上调20%，那可是一笔天文数字，相比之下那点人员工资已经不算什么了。

屈辱啊，他突然有些理解旧中国那些外交家们在一个又一个不平等条约上签字的心情了。弱国无外交啊。

同理，工业基础差就没有说话的权利，汪建国的心都要被揉碎了。

上嘴唇一碰下嘴唇的事儿，却怎么也张不开嘴。

汪建国也好，严开明也好，全都急得像热锅上的蚂蚁，期望能够在隧道那边有所突破，但是时间一点一滴地过去，专家组仍然毫无进展。

工程不能停，总部那边还等着他们的回信。

耻辱！

可是再耻辱，总有人要承担吧。

"答应他们吧。"严开明痛心地说出最难过的话。

"答应什么？"一向清醒的汪建国，此时也彷徨了。

"给他们提薪资，让他们来修。"

"严总工……"汪建国哽咽了。

没人愿意忍受这样的耻辱，可是最终在鲍尔与埃里希趾高气扬的鼻孔下，汪建国还是签署了新的补充协议，与德方的洋洋得意相比，中方全都垂头丧气。

隧道里那个大家伙哪里是盾构机，分明就是从远洋开过来的坚船利炮，有这家伙在手里，他们随时可以提出苛刻的要求，随时可以修改合同，他们不仅可以争取好的待遇，还可以反过来羞辱雇主。

盾构机市场上从来没有顾客是上帝这一说法，买了东西还要看脸色，这才是现实。

补充协议签署后，德方人员进驻施工段，用了整整四十八个小时将已经停转的盾构机修好，"地龙"再一次高速掘进，而为此中方要多付整整二百万。

这还是在别人的施舍之下。

入夜，狭长的铁皮房内，吊扇有气无力地转动着，带起来的风都是热的，小电视机上还回放着香港回归的历史性画面。

多少年了？自1949年以来，我们再也没受过这般屈辱，如今在紫荆花旗飘荡神州的大喜日子里，却品尝到了堪比割地赔款的屈辱。

全国人民都沉浸在香港回归的喜悦中时，严开明几人正围着一张简易圆桌坐着，气氛十分压抑，相比甩开殖民统治的巨大欢欣，这里的人却经历着剜心的痛。

汪建国给自己开了一瓶啤酒一饮而尽，没有那种解暑的甜畅淋漓，反而像是有意麻痹。

"建国啊，别给自己那么大压力，这事儿怪我考虑不周，给了德国人钻空子的理由。"严开明劝解道。

不劝还好，这一劝之下，汪建国那么大个子的男人眼睛居然湿润了。

委屈啊！

仿佛有千万根钢针直刺心头，想要呼喊，喉咙却被什么东西塞住了一般。

远处，地底施工发出的声音仿佛沉闷的波浪，一波波传入耳中。只要这个声音在响，意味着地下正在飞速掘进，若在以往这是多么美妙的声音，而今天，这声音听起来格外刺耳。

"我去!"沉闷了许久,徐复文拍案而起,"我去北京和那些老头子说清楚,咱们必须造自己的盾构机。"

"徐老兵。"严开明的嗓音有些沙哑,他面无表情地说,"你觉得这个时候把这件事拿出来说是支持的声音多呢,还是反对的声音多?"

一向聪明的徐复文也沉默了,人们都喜欢锦上添花,很少有人对救困扶危感兴趣,没有不透风的墙,这件事说不定早就传到北京去了,会上喷口水的人肯定比比皆是。

"不过徐老兵说得对,我们必须赶快把这里的情况汇报给总部,咱们得一起去,是我下的决定,要担责任的时候,你们不要抢。"

三个大男人忧心忡忡地坐上前往北京的列车。

时间过去三天了,眼下最该担心的是谭雅,她一个女人顶得住吗?

# 53  知耻而后勇

谭雅的笔记发挥了重大作用,她把历年来使用掘进机施工的作业记录和本次在现场得出的监控记录全部带到会场来。

那些仿佛绘画般勾勒出来的公式成了最有力的武器。

她不谈经济账,不谈实力问题,只谈技术,也只与在场的技术专家交流,至于从施工现场传来的风言风语,她一概置若罔闻。

那一本本记录详尽的"谭雅笔记"令在场的专家叹为观止。从数据反映出来的实际情况就是没有什么困难是攻克不了的,我们国家的盾构技术也不是一蹴而就的,从 20 世纪 50 年代手掘式盾构开始,到不断自研与合资,只要坚持下去,盾构机的研发与制造一定会实现。

闷热的天气,谭雅口干舌燥地与专家组不断交流,汗珠儿顺着两鬓"滴答滴答"地流淌。

随着秦岭前线交锋失利的消息逐渐蔓延,一开始持有支持态度的一些人也开始暧昧起来。

严开明这些人最拿得出的说辞就是德国人能换刀具，我们比他们更快更好，在场的专家没吃过猪肉也是见过猪跑的，能换零件那是技工的工作，现在怎么样？遇到症结了吧。

现在是市场经济年代，不是振臂一呼什么困难都不怕，有差距不可怕，可怕的是这个差距大到隔着年代差。

连故障在哪儿都查不出来，何谈制造？

谭雅的解释越来越苍白，认真回应的人也越来越少。

秦岭隧道盾构1号机故障的现场报告由严开明、徐复文、汪建国、陆凯德四人亲自带到总部的会议现场。

在现场，他们见到了谭雅努力维持局面的那一幕，那个娇小的身影仿佛扛着万钧的重担，她曾经清脆的声音都已经沙哑了。

争论着，突然对方没了声音，现场人的目光都集中在四个风尘仆仆的大男人身上。

谭雅意识到了什么，慢慢回过头，看到他们的身影，长舒了一口气，她的上身一晃，无力地瘫坐在椅子上。

汪建国看在眼里，很想上前扶住她，可是突然意识到这个会议的结论如此重要，他必须舍掉儿女情长，何况他与谭雅之间有一直没解开的心结。他强忍住关切谭雅的冲动，向在场的领导把交涉情况详细地汇报了一遍，在场的人无不义愤填膺。

可这股悲愤劲儿过后，又不得不面对现实。

陆凯德将他在美国考察的情况和本次现场事故解决方式的原因做了阐述，众人听了无不唏嘘。

"连那种超级强国都会吃哑巴亏，我们这种损失不算大。"又有人找到了理由。

其实有些话不能拿到台面上明说，那就是不论购买还是租赁，那都是国家花钱，与华铁何干？华铁的钱都是一砖一瓦一个枕木一条铁轨堆起来的，来之不易，投到这种无底洞，多少单位会面临困难？

远的不说，最有名的就是志远集团，他们凭什么拉走华铁的老战友？还不是公司太穷，让很多人吃不上饭了？

如今肯定不至于吃不上饭，可也绝对和富裕沾不上边儿，再看看人家，哪个不是手握着大把钞票？

那么多钱投进去，职工住房、子女教育、单位福利等与生活相关的开销就得削减，再大的热情也会消耗没的。

"超级强国怎么啦？两百年前他们不也是末流国家吗？盾构机研究不出来，我死不瞑目！"

一个苍老的身影拍案而起，他掷地有声，环视着在场动摇的人群，痛心疾首地说道："修鹰厦铁路我参加过，修成昆铁路我参加过，南疆不用说了，你们问一问自己还需要多少战友的血才能铺满新中国的路？现在有机会不奋起直追，我们就是历史罪人！"

"爸！"汪建国不由自主地叫出声，他没想到这次会议竟然还请来了许多退休的专家，汪锡亭就是其中一个，他不顾七旬的高龄在这次会议上坚决地站在了正确的一边。

"汪老，没人忘记战友的鲜血，可战友的鲜血不是为了让我们坐在这里做盲目决策的，咱们华铁十几万张嘴要吃饭的。"一位主席台上的领导说道。

又一个身影拍案而起："那就把我这碗饭先省下来。"

这位老人一站起来，更多的人站起来向他行礼。

"谭老师！"

在场的大部分人都接受过谭老师的教育，对他的师德和教学水平是由衷敬佩的，今天的他本不在参会名单里，但是他却来了。

谭雅望着自己的父亲，疲倦的身体再也控制不住自己的感情，她的眼泪唰地流下来，无声地啜泣起来。

"1954年的时候工程兵学院是什么样子？现在的工程学院又是什么样子？三十几年前研究的东西，我们现在还会再继续研究吗？"谭老师没了温文尔雅的样子，说起话来仿佛透着几分军人风骨，"科技是在进步，为了眼下那点经济利益损失掉科技的进步，秦岭隧道的情况就会一次又一次上演，你们还想再经历一个1840？"

两位老人的出现让现场一度沉默。

严开明受到了极大的鼓舞，他站出来面向与会者举起一本笔记，声如洪钟般说道："你们看好了，这次我们虽然失利了，但是并非一无所得，这是最新总结的《盾构机常见故障原因及对策》，接下来会拿到会场讨论，古人云'知耻而后勇'，只要我们一次比一次做得更好，胜利终会属于我们。"

仿佛有一道清爽的春风带走了会场的沉闷，经久不衰的掌声在会场中响起。

一声火车的轰鸣，把人从故事里又带回现实。

那是华铁历史上著名的"七·四"会议。

一条十八公里长的隧道，仿佛时光隧道，一头连着那激荡人心的历史时刻，一头又穿越到现代，宣示着更加恢宏的未来。

山风回荡，汪承宇恍然大悟，他忽然想起来自己母亲的确有一大堆硬纸板做封面的大笔记本，她经常把自己埋在这些笔记堆中间，原来那些笔记曾经发挥过这么重大的作用。

作为一名交通工程和机械工程双学位毕业生，汪承宇自然知道 1997 年华铁总部那次著名的会议，它被写进了中国盾构发展史，那次会议提出了对隧道工程局进行改组，从而推动了盾构产业化的发展，直到今天盾构实验室的成立，实现了国产盾构的规模化。

他脑子里突然浮现出一个形象，一位巾帼女性在上百名专家中间舌战群儒，用一个个数字、一道道公式和一次次现场记录来说服他们，原来妈妈竟然是一位如此不屈的女性。

严母的形象在脑海中又升级了。

"那次会议的结果……"高薇沉吟着。她在书本里学过，当然知道会议的结果，可她猜想，大会的整个过程一定很艰辛，和汪承宇一样，对那位把青春奉献给事业的女性产生了崇拜。

"好想成为那样的女性呀。"高薇发出由衷的赞叹。

"你要继承你爸爸的巨额财产，怕是没什么机会啦。"徐复文调侃道。

老徐和高薇混得比较熟了，知道他口无遮拦，小高总并不想争辩，她觉得有些遗憾，这浩荡的历史时刻没有他的爸爸，没有她的位子。

一边是装备制造史上无私奉献的一群英模，一边是改革大潮中先富起来的成功人士，到底哪一边才是高薇期望的选择呢？

高薇也没有答案，她把目光投向汪承宇。

汪承宇一改玩世不恭的态度，认真地说："严爷爷、徐爷爷，我知道你们为咱们国家做了很大贡献，你们也牺牲了很多东西，这一次的教育效果非常好，让我非常感动，可不经历风雨怎能见彩虹？改革的风帆正高高扬起，我又怎能不去试一试？"

"可是……"

老徐的话还没开口，汪承宇接着说："你们不必担心我会荒废学业，我会随时关注咱们盾构事业的发展。"

讲了这么多故事，这小子还没改变想法，不过态度缓和了不少，至少没有先前那样坚决了。

趁汪承宇没注意，徐复文给了严开明一个得意的眼神，温水煮青蛙，一切都不着急。

"虽然我们现在实现了盾构国产化，但是路德公司的竞争实力依然强劲，要想屹立于世界民族之林，我们还有很长的路要走，这两把老骨头扔在里面也能当把柴烧。"

严开明说罢，拍拍屁股站起来，步履有些蹒跚，往山下走去。

望着他的背影，汪承宇的视线仿佛模糊了。他看到的不是一个垂暮之年的老者，而是一个随时准备燃烧的斗士，那矮小的身躯瞬间高大了起来，一个想法突然从脑子里冒出来。

"他们的青春燃烧了，我呢？"

# 54　浮生乱

说是野营，汪承宇哪有胆子让两个五十多岁的老人住山上，那可是一对儿国宝啊，陪着他们故地重游，忆往昔峥嵘岁月后，还是当天返回了西安。

春水碧于天，画船听雨眠。入夜，绚丽的灯光给曲江池披上了五彩斑斓的霞光，一边是象征着大唐风华的阅江楼，一边是有着流传千古爱情故事的寒窑，清水碧波旁悠悠的秦腔清晰可闻。

相比大唐芙蓉园宫亭楼阁的极尽奢美，幽幽的曲江更似一块碧玉，默默地诉说着汉唐兴亡，若是有感而发，则可大谈贵妃倚栏饮酒的媚态，忆开元盛世时沿着湖畔川流不息的香车宝马，唱十三朝之兴亡，叹千年回肠之爱情。

如果用诗来形容两个人此时的心情，那么高薇的心情应该是：要么我拾起你扔下的白手套，要么你接住我甩过去的剑，要么你我各乘一匹战马，远远离开遮天的帅旗，离开如云的战阵，决胜负于城下。

是的，她被那个故事深深地吸引，恨不得自己就是以孤身挑起盾构产业化先河的谭雅，她恨不得站在时代风口浪尖之上，挥舞红旗，为国争光。

而形容汪承宇的诗则是：罗网是坚韧的，但是要撕破它的时候我又心痛。我只要自由，为希望自由我却觉得羞愧。

从小被安排的命运固然是一种束缚，然而前辈们的坚持又是伟大的，在唱响冲锋号的时代，为了自由而选择当逃兵是耻辱的，有什么理由站在先辈的功劳簿上坐享其成？那点小聪明——可耻！

许久，水面泛着霓虹灯的倒影映衬了高薇娇美的脸庞，她回望着已经渐远的寒窑，发出一声轻叹："若你是薛平贵，我是否能耐得住寂寞一守寒窑十八载？"

完了，到底是女人，竟先发花痴了。

汪承宇暗想，嘴上却还不能明说："薇薇，别乱想，现在有高铁有飞机的，就算我在大西北，想见面还不是两天的事儿吗？"

"为什么是大西北？"

"嗨，我不就是那么一说，你还认真啦……"

高薇不顾别人的干扰，顺着自己的思维说下去："你是不是觉得有什么东西埋在那边了？"

"薇薇……"

"我觉得你一天看似什么都不在意，其实心里挺沉重的，能告诉我你到底怎么想的吗？"

"我能怎么想？"汪承宇一脸冤枉的样子说，"该辞职我肯定不后悔啊，我想和你一起创建事业，这有什么问题吗？"

"有问题……"

"什么问题？"

"我还没想好。"

有些环节，高薇确实还没想清楚，不过离做决定的时间不会太远了。

选择是相对容易的，一旦选择了影响的是后半生的命运，自己和他有没有做好投入到浩荡洪流中的准备？

这次短暂旅程之后，两个年轻人的心里都是沉甸甸的，仿佛有什么宝贵的东西就要从手边流逝。


华铁隧道集团总部。

大楼巍峨，彰显着新一代建筑企业的实力，里面却传出了一阵争吵声。

老徐终于还是发飙了，他闯进正在召开的常委会，在会议室里当着所有在场领导的面儿，不顾一切地争吵起来。

"一千多块包食宿，这是科研人员该有的待遇吗？还有多少年轻人会为了这点钱留在实验室？"

"老徐，你冷静一下子……"

"我怎么冷静？说出去也是世界五百强的企业，这么对待自己的人才，说得过去吗？"

汪建国不能再默声了，他连忙搀扶住徐复文，耐着性子劝道："是不是我家那小子和你说什么了？那小子信口开河，你可不要信啊……"

"松开松开……"徐复文支开汪建国，瞪了他一眼说，"我是那种不做调查就胡乱发言的人吗？我几乎打听遍了，都是这个待遇，就拿今年为例，招聘的一百多位研究生里到现在留下的已经不到三十人了，还有人陆续在离职，这能怪你家儿子吗？"

"可是集团薪资待遇是有标准的，擅自改动会引起别的部门反感的。"

"谁有意见来找我，我和他到总部领导那说道说道，我还就把话撂这儿，谁能研发盾构机谁拿高薪，没那个本事少在背后喷口水！"

在座的领导们全都面面相觑，这位老徐大家都得罪不起，可是研发人员薪资待遇低也是不争的事实，实验室刚成立，按理说这个规矩是该改，可是经费……

"别和我提经费不足，那些人加一块儿能多耗多少钱？你们要是不出台个办法我就回北京，找人想办法去！"

常委会确实有议题研讨实验室的工作，可老徐提出这个问题更尖锐，也更实际，研究生的补贴十年没涨了，2010年的物价别说买房结婚，就是吃饭都成问题，好在集团是供伙食的，不然叫苦连天的不知道有多少人。

徐复文夺门而去的时候，留下满座的领导们相互对望，对着这个动辄耍脾气的老前辈，又不能说他不顾组织纪律。

不少人的目光望向了汪建国，很难说有多少人心生不满，似乎在说你儿子惹出来的祸，你自己解决吧。

汪建国是想解决这个问题，可老徐又没拿他儿子说事儿，人家说的是人才引进的那些硕士生、博士生。

据不完全统计，三年来从集团离职的高才生里15%出国深造，55%去了各大建筑企业领高薪，10%在各国家级研究院（所），10%去了其他地方，一百个人里只有10个人愿意留下来，再细算一下，愿意留下来那10%里，因为父辈是华铁人的比例占八成。

今年的人才流失情况还会继续恶化，也难怪徐老和严老为之着急了，后继乏力，无人继承啊！

桌面上的小烤炉上，一串串羊肉被烤得"滋滋"作响，浮满了通体透亮的羊油，让人看了就食欲大振。

"哇，徐爷爷这么猛啊。"一边儿撸着烤串儿，汪承宇一边感叹道。

"那是，你也不看看咱徐叔的履历，一般人还真惹不起。"张启源喝了啤酒，这会儿热得满头大汗，衬衣的扣子已被解开，露出白花花的胸膛，他手舞足蹈地把老徐大战集团常委的事迹描述给汪承宇听，好像他就在现场看见了似的。

说来真让人兴奋，难得有人替他们这些苦学生说理，传统意义上，他们还只是学徒工，说是学生也恰当。

"你少占我便宜。"汪承宇作势要拨弄张启源的头，却被张启源灵巧地躲开了。

张启源继续说："你爸也出面劝了，不过没用，明眼人都看得出来，老徐闹这一遭分明是由你引起的。唉，你是怎么想的？"

汪承宇虚张声势地说："我能怎么想，他做什么和我有关系吗？我是要将革命进行到底的人。"

"你再革命下去，那个长距离掘进刀具研究与设计的项目可落到耿家辉手里啦，你就那么甘心？"

"那小子……"汪承宇握紧了双拳。

"你气也没用，你妈亲自交代的项目。"

"你……"

被张启源这么一激，这些天来一直闷着的小汪同学早就气血上涌了。

"给我一杯啤酒！"

张启源大吃一惊："你从来不喝酒的。"

"给我一杯！"

汪承宇不由分说站起来，就差把袖子也卷起来了。小串店内，好多食客莫名其妙地望向这边，不就是一杯啤酒吗？怎么弄得像上刑场壮行似的？

汪承宇接过张启源倒过来的酒，一饮而尽。

杯子重重地拍在桌子上，汪承宇的脸色已经涨红，他一只脚踏在凳子上，一只手比画成拳头愤愤地说道："这个项目交给他，那就是给实验室丢人现眼！"

"不是……"张启源一头雾水，说道，"人家耿家辉技术还是不错的。"

"胡扯，那小子鼠目寸光，做出来的活儿肯定是丢了西瓜捡芝麻……"

"不至于吧……哎！"

只听"咣当"一声，汪承宇竟然支撑不住身体，重重地摔倒在地上。

他被一杯酒给灌趴下了！

欲追眼前浮华，却被浮华乱了此生。一杯散酒，竟迷了那一双慧眼，云蒸霞蔚，谁是谁非？我不是刀客，不想解这江湖，心中堪乱烦忧，前路可寻，莫让年华付水流，趁青春。

# 55　记忆碎片

高薇起得很晚，她有意慢吞吞地拖慢节奏，像个小公主般在镜前精心打扮着自己。自从上高中以来，她就很少对自己的容貌有过多关注，反正东南交大，只要是个女生就会被捧为校花，最近又流行一个新词——"女神"。

我配得上"女神"的称号吗？

对着镜子里的自己，高薇扪心自问。

一双明亮的双瞳时时透着淡雅的风姿，从小到大，除去那些睁眼说瞎话的别有用心之徒，别人给她的更为中肯的评价是清秀、脱俗、活泼、气质独特之类，也就是说以相貌而论，她并不占优势，但是稍加打扮后则不同。

人靠衣装，只要在化妆师的精心打扮下，配上低调奢华的饰品，她的气场足以使校花们黯然失色。

别人在介绍她的时候，必然会加上一句"志远集团的大小姐"，在这个光环下，很少有人关注她的才华，其实她是靠实力考上东南交大的，算得上学霸级人物。

在习惯了大小姐身份后，高薇渴望得到真正的认可，对她能力的认可。

经历了这次"副经理事件"后，高薇明白了，去掉父亲的光环，自己所拥有的东西其实并不多，哪怕是她旅行归来，父亲告诉她事情已经摆平了，再也没人忤逆她的意思后也一样。

那不是她自己的本事。

说好听的是她还年轻，还有待成长；说不好听的是她还是父亲膝边的小公主，还没有左右企业大局的能力，连元老们的一次发威都需要父亲亲自出面。有些事情本不是她想象的那样简单。

"高总。"白秘书寥寥地向她点头行礼，"会展中心那一块还是由高总直管，您是安排汪经理过去，还是继续由高副经理接着干？"

高薇没有立刻回答，她环望着明显空荡的办公室。

今天志远大厦的办公室里只有寥寥几人，大多数的人去参加新志远大厦的奠基典礼。同时开工两个大型项目对目前的志远集团来说还是一种挑战，因为新志远大厦将是一座摩天楼，一座比会展中心更具地标意义的建筑物。

行内的人都知道摩天楼这种产物象征意义更大于实际使用意义，若非是正在腾飞的大国，寻常小国根本承受不起这种奢华的投资。新志远大厦更是以摩天楼为主体，以写字楼和商场为衬托的中心地标，在商州市未来第二中心的建设格局中起着至关重要的作用。

这大概就是父亲向叔伯们妥协的原因吧。

高薇的心情不是很好，她却在极力压制自己心底呼之欲出的呐喊声。摩天楼固然了不起，可那如剑般倒插在土地上的大楼，此刻在她眼中却是那么俗气，她似乎有些明白了，什么叫商人身上的铜臭味，如今她的身上却不得不染上这种味道。

"白秘书。"高薇轻轻地说。

"在。"

"去把高董的办公室打开。"

"这……"白秘书有些犹豫。

"怎么？我也不能进去吗？"

"高董吩咐过，外人不得入内。"

"我也是外人吗？"高薇的脸上蒙上一层愠怒。

白秘书额角的汗都流了下来，自知失言，今天怎么犯了这么低级的错误？他不再看高薇阴晴不定的眼神，低头去找钥匙了。

高志远没去过欧洲，也不见得喜欢古老欧洲的保守的建筑风格，但是他办公室的装修却是地地道道的欧式风格。厚重的大门框是仿古罗马多立克柱式的柱头，一进去映入眼帘的便是高高悬垂着的流苏水晶吊灯，宽大的办公桌后方，华丽的书架上堆满了绝不是高志远能看懂的英文书籍。宽大的落地窗两旁，复古的落地窗帘束在窗户两侧，明亮的阳光洒在波斯风格的羊绒地毯上，外人一进来便会被这华丽的景象震惊。

此刻，这一切在高薇看来，却是满眼的矫揉造作，越缺失什么越需要在装饰上弥补，从这间办公室里可以透露出父亲内心的空虚。

从小以来，父亲的高大形象正在高薇心中坍塌。

有一些人就不需要这样的装饰，像严开明，像徐复文，像和他们一样的千千万万的铁道兵战士们。

高薇绕过宽大的老板台，拿起后面书架上一副相框，那是1984年兵改工时全团的大合影，照片特意做了翻新放大处理，比原版看起来还要清晰一些，照片上一张张年轻的脸如今变了模样。

高薇默默地在上面找着熟悉的面孔，蓦地，她看到了严开明的脸，她又找到了徐复文，时光带走了很多东西，可他们脸上浮现出的神情始终没有变。

她想起这次旅行中讲的故事。

故事明显还没有讲完，后来的一些事情还要靠她自己去拼凑，看着这张照片，她愈发地回忆起一些事情，那是停留在幼年的记忆，此刻清晰如泉涌。

每年，父亲的老战友们都会聚在一起，从小在父亲膝下长大的高薇也会被带着，耳濡目染，他们的记忆便在自己的脑海里拼凑成一张张记忆碎片。

关于铁道兵的……关于胡杨沟的……关于兵改工的……

当一张张记忆的碎片拼凑起来，后面的故事渐渐清晰。

1984年冬。

中原大地的气候明显比南疆好太多，然而有一些人却情愿留在那个一到春天就漫天狂沙的胡杨沟，在那里他们可以活在自己的世界里不出来，也不用面对现实。

工程开始时他们是以光荣的解放军身份开赴南疆的，工程结束了，他们却不再是兵，他们必须接受局长、经理这样对他们来说怪异的称呼，尽管他们还在坚持出操，坚持把被褥叠得像豆腐块儿一样。

那是一份对兵的记忆的留恋，对兵的身份的认同。

老团长的办公室门前传来一阵破碎声，那是老团长正挥着不知道哪里找来的大锤，把办公室"副总经理室"的门牌砸得稀碎的声音。

发泄完了，他并没有消气，把铁锤重重地摔在墙角，水泥地被砸出一道裂缝。

老团长这番火气把地方上的同志吓坏了，他们不知道这位德高望重的老团长哪儿来的这么大的火气。

部队上退下来的同志们都知道，兵改工两年了，先前因为有工程在干，这股邪火儿一直没有发泄出来，从南疆搬到中原腹地，有了常驻办公楼和办公室，不得不面对现实了。

"什么副总经理，不干！"老团长这声吼满楼都听得清清楚楚，心里的火气有多大可想而知。

其实不好过的何止老团长一个人。

刚到驻地的时候，中央和地方都给予了一定的补助，可是那点补助杯水车薪，突然面对什么市场，这些从前只知道服从命令的军人们全都迷茫了，今后该何去何从？

工程局以后要自己找活儿干，可是除了挖隧道、修铁路，他们会干什么活儿？

改革开放初期，市场还没有搞活，各地方全都在摸着石头过河，对于这些从队伍上退下来的铁道兵们，除了一句自力更生，根本给不了实实在在的帮助。

冬天到了，新年、春节将至，有的人家里连蜂窝煤都添置不起了，一家老小就裹着被，蜷缩成一团一起御寒。

这些还能将就，可肚子一顿也饿不得啊。

"咱们为国家流血流汗，现在一家老小都搬来了却连顿饱饭也吃不上了吗？"

带头的人曾是硬骨头九连赫赫有名的风枪队长刘高卓，根据待遇，这些老兵分的公用房条件比较差，家里人口多的如刘高卓这样一家六七口人挤在二十多平小屋里的比比皆是。

孩子上学问题倒是解决了，可一家人得吃饭啊，而这个月只开出了十五块钱的工资，这会儿早就见底儿了。

老指导员齐壁光，当时任工会主席兼行政办公室主任，这种事也不是闹了第一次了，每次都是他出面劝，这一次不太好收场。

"让家属们到食堂来吃饭嘛。"

食堂负责人不干了，翻弄着眼睛，用吊尖的嗓子喊道："不要每次都把压力丢给食堂嘛，食堂的饭菜也不是天上掉下来的，对不上账还不得我们自己赔？"

不论齐壁光怎么挤眼睛，食堂这一次就是不配合，还扬言这种事就算告到总公司他们也有理。

齐壁光已是两头作难，他真想对着苍天大呼，老连长啊，你把我也带走吧。

这边的事还没完呢，另一伙人闹将进来。

"汽车连没有了汽车，你让我们抢大镐去？"

这拨人以高志远为首，矛头直指齐壁光。

齐壁光这老好人当不得了，只得放低了姿态苦苦地说："卖解放卡是党委做的决定，我当时不过是个建议，再说，同志们都吃不上饭了，不卖卡车……"

"你少装蒜，把我们汽车连的卡车卖了给你们九连的人吃饭，我们今后喝西北风去啊？"

高志远脸红脖子粗，上前要对齐壁光动粗。

老铁道兵本来就不怎么搞军事训练，齐壁光更是常年从事思想政治工作，身子骨差了一点儿，被高志远这一冲撞差点栽了个跟头，得手的高志远还要上前动手，手腕却被另一只手死死地钳住了。

# 56　去特区

"不许你动我们指导员。"

刘高卓扛风枪的身板儿哪里是高志远能顶过的，一个照面儿就败下阵来。

其实，当时的齐壁光称主席也可，称主任也行，这些老兵骨们就是不改称呼，张口就是你们几连。

自己和老指导员吵是一回事儿，有外人欺负可不行，刘高卓当之无愧地站了出来。

"你就是刘高卓？"高志远手上落了下风，嘴上却兀自强硬，"把我们的卡车卖了填饱你们的嘴，让咱们喝西北风去啊。"

刚搬家的时候，老部队还有不少生产工具一并搬来了，可是没有相应的保养经费，陆续地或卖，或租，已经处理得差不多了，好几千张口要吃饭，卖掉高志远他们驾驶的那些破旧圆头解放卡也是不得已而为之。

　　虽是局里统一决定，可是这些解放卡偶尔也能捞些外快，贴补本不富裕的经费，指缝里漏下点私活儿，高志远这些人的生活也能好一些。可是吃饭的家伙被人卖了，他们又能怎么办？

　　不能找局领导，便只能找齐壁光这个传声筒出气了。

　　"我是刘高卓，你们的卡车是卖了，可是我们吃上饭了吗？你看看这些同志，他们哪个家属肚子填饱了？"

　　被刘高卓指点到的老战友们一个个面露苦相。

　　"唉！"高志远气得一跺脚，挺大的男人竟然赌气蹲在原地。

　　"都是搞市场闹的，好好兵不让咱们当，当个工人吃不上饭，就算想回老家，连地也没有了，让咱们怎么活？"人群里有人吵嚷。

　　"对！怎么活？"

　　闷了半天气的高志远"蹭"地站起来，他把老军帽往地下一摔，说道："咱们有手有脚有技术，现在开放了，干什么不能吃一口饭？何必窝在这个破局里饿死？有没有一家老小吃不上饭的？咱们一起去特区！"

　　刘高卓两眼放光地盯着高志远，将信将疑地问："去特区能养家？"

　　高志远肯定地说："当然能养家。"

　　"一个月开多少钱？"

　　"没人开钱，自己赚！"

　　"能赚多少？"

　　"我的老战友上个月赚了六百多块。"

　　这个数字一讲出，人群炸开了锅。

　　上个月局里东挪西凑才给员工凑了十五块钱的工资，省吃俭用也将将够家人吃上半个月的，那些家里人口多的十天都撑不过去，六百块是什么概念？

　　"咱们去能干什么？"刘高卓生怕是假的，连忙追问。

　　"那边到处都在搞建设，就凭咱们的技术，干什么不行？"

　　刘高卓犹豫了片刻，重重地点头道："好，我跟你走！"

　　高志远受到鼓舞，振臂一呼："还有没有想去的？一起走！"

　　"有！"

"去特区。"

高志远这辈子从来没被人这么推捧过，一时间响应者云集。

这还了得？

齐壁光一见场面竟然变成这般失控的局面，脑子里直冒出两个字——叛逃。

常年做思想政治工作，敏感性还是够强的，必须向上级汇报。

"有人要叛逃！"

当齐壁光闯进局领导办公室的时候，时任局副总经理的老团长正襟危坐在左上首第二把椅子上，对着齐壁光喝斥："你慌什么？"

"有人煽动……"

"煽动什么？"

对呀，煽动什么啊？齐壁光这才一拍脑门，咱们都不是兵了，什么叛逃？什么煽动，无稽之谈。刚才还敏感得像一台探测雷达般的齐壁光突然蔫了，局领导们看着这个像霜打茄子般的老政工也是一阵阵苦笑。

沉默了许久，老团长说："天要下雨，娘要嫁人，随他们去，要办离职的都给他们办，把局里的经费都拿出来，离职补助能发多少就发多少。"

"这……"

"执行吧！"

老团长走出办公室，曾经那腰杆挺得板直的军人如今看起来是那样落寞。

发离职补助的现场人头攒动，他们不是乖乖领路费回乡，而是在论资排辈嫌弃领的补助太少。

"我七二年就入伍，当年隧道塌方，就是我领着一个班的战士躲在支护洞里等来的救援，命差点搭上，现在就拿十块钱给我打发了，也太抠门了吧，就算咱们自力更生，老部队也给点念想吧。"

"就是啊。"

"你不错了，按年头给的，我才八块钱，老小算一块儿一家八口人，平均每人一块，够不够我到特区的？"

"咱们为国家把青春都奉献了，就这点钱算怎么回事？"

齐壁光头都大了，身为一名老政工，原本百试百灵的法宝这会儿早就失去了作用，思想觉悟很重要，可是挡不住一张张要吃饭的嘴啊，钱是少了点儿，可这也是局里仅能拿出的一点儿现金了。

十块八块的，基本等于均分，不够是肯定的，聊胜于无吧。

齐壁光这么想，可这些即将离职的员工不这么想。

那是一种脱缰野马陡然间自由之后的狂放，他们自当兵开始，到脱下军装之后，第一次感觉到自己是自由的，群情激愤之下，有人终于做出冲动的事了。

"还我们的血汗钱！"

"就是，赔我们的工资！"

"我们要吃饭！"

一声口号越喊越响，不知谁在后面推搡，两伙人拥挤在一起，靠得近的还动起手来。

齐壁光被几个年轻人保护在中间，饶是如此，也挨了几拳头，外面保护他的年轻人则更狼狈，再这样下去会出事的。

"住手！"

人群的更外围，又有一群人冲了上来，他们高喊着驱散着围攻齐壁光的人群。

起初，两帮人谁也不让谁，但是很快，围攻的人群主动散开，让出一条路来。新冲进来这伙人简直就像叫花子，他们戴着安全帽穿着施工用的棉袄，那样子比刚从国兴 3 号隧道施工完出来还要惨，棉袄冻得像盔甲，大冷的天也掩饰不住一身的臭味儿。

过激的行为一旦被制止，人群很快安静下来，他们默默地看着这些脏兮兮的人。

汪建国从这些"脏人"中走出来，他用冻僵的手指努力地从棉袄的口袋里掏出一叠纸币，没法细数，就这样一把把地放在齐壁光面前。

"指导员，就这些了。"

齐壁光看着面前一把把的钱币竟然呆住了。

"一共三百七十二块五，您数数，够不够他们的遣散费，不够我们再去赚。"汪建国的声音压得很低。

这个时候叫花子队伍里有人不乐意了："组长，凭什么咱们拼命赚的钱要给这些狼心狗肺的东西？"

"就是！这是咱们人去通下水道才换来的血汗钱。"

"你们去城里通下水啦？"齐壁光不可思议地望着汪建国和他身后的这些人。

那件事齐壁光也知道，老城区下水道堵了也不是一天两天了，粪水积得已经溢出路面上，臭气熏天，让人大老远闻了就想绕开，可是大冬天的哪个单位也不愿意接这个活儿，有人找到局里，汪建国二话没说，带着班组成员拿上工具就去了。

这边在闹离职，另一边像忠于职守的卫士一样，两边人立即对立起来。

"嗯。"汪建国简单地回应着指导员的问话，好像只是在做一件微不足道的事。

"那下水道得用人下去啊！"齐壁光有一个毛病，就是见不得有人做奉献，一遇上这种事迹，他的眼睛就湿润，看着这些叫花子般的工人，他终于明白了为什么会这样。

两帮人相互敌视着，显然"叫花子"愤恨的目光占了上风，闹离职的好些人臊得面红耳赤，眼睛向下瞄，好像在找条地缝躲进去。

汪建国面无表情地说："钱不多，每人也能分上几块，要是还嫌少，到了特区把地址寄来，咱们再去赚。"

沉默了许久，离职人群中爆发出一声喊："怎么不是过日子，当年那么苦都挺过来了，眼前这点儿困难还过不去吗？我不走啦。"

有人开始离开高志远的队伍。

"对，想一想就是自己懒，城市这么大怎么就找不到活儿，拿汪组长赚的钱心里不安。"

陆续又有一小拨人开始散开。

人群开始动摇了，就在领离职补助的人越来越少时，又一拨人闯了进来，高志远扯着嗓子喊："走！谁想走都可以走，以后有你们后悔的时候。"

"对，朝三暮四，到哪儿都没人重用你们！"刘高卓也站了出来，一旦做了决定他是不会退缩的。

动摇的人群又开始彷徨，过了一会儿有人站出来，对高志远一伙人说道："不是我们不想走，舍不下一家老小，怎么走？"

高志远回答："家人先不走，到了特区赚到钱再寄回家，到时候想留想走自已决定。"

"可是家里穷得连火车票钱都不够，就这点补贴……"

高志远手一举："买不起火车票的到我这儿报名，钱我先借给你们，赚到了钱再还我。"

"你哪儿来的钱?"好多人诧异地问。

"高连长把老家的房子卖了……"

大城市对经济的变化是敏感的，高志远一点儿不后悔卖祖产的决定，在他看来，自己在做一件大事业。

有了钱做后盾，一些动摇的人又坚定了。

最终，高志远他们带走了一百三十多人，闹离职的人群里，只有少数选择留下。

离职补助终还是拿了，有多少分多少，他们眼里只有特区的繁华，未来的路注定要和老战友分道扬镳。

临走前，高志远的眼和汪建国的眼终还是对在了一起，那是两双仇视的眼。

有些事不是因为对方做了什么，说了什么，表现怎样就能忘记的。那个绕不开的名字，那个像小白鸽一样守护着大家的身影，虽然她已经走远，但是她永远留在了最青春的年华。

# 57　钱箱子

汪建国的留守在高志远眼里没有丝毫意义，反而也成了他不愿意再留恋工程局的原因之一。

北国还是寒冬腊月的时节，南方已是一片鸟语花香。

深圳，中国的窗口，此时著名的深圳速度正激荡着全国，三天一层楼，二十天一座医院，正如高志远所说，这个城市正在经历着翻天覆地的变化，无数建设大军爬向这座城市，其中就少不得老铁道兵的身影。

高志远起先是要建公司的，但是他没有资质，在老战友的介绍下，这些从工程局带出来的人被安排在一家兵工厂南下的建设队中，因为人生地不熟，这些老铁们不能发挥自己的特长，他们第一份工作是抬电线杆。

1979年的时候，深圳只有一座110千伏的变电站，到了1984年，已立起二三十座变电站，这个速度可以看得出深圳的用电量正在与日俱增，他们要架的是一条35000伏的高压线。

以往干工程的时候也需要架线，所以这个活儿对老铁们来说并不陌生。

电线杆是18米长的水泥杆，需要人工用手抬上山脊，虽然苦了点儿，但是和挖隧道相比差得远了，再加上中午大锅炖的菜里有肉，这让许久没见到荤腥的他们已经满足了，听说还有很多工钱可以拿，这个"很多"是多少，大家还没有概念，具体都是由高志远和甲方谈。

高志远说，干完这个活儿就想办法开自己的公司，不再让别人盘剥。

罗阳是这群人中年龄比较小的，他让人一眼看上去就想起徐复文，刚入伍就退伍，没经历过几天穿军装的日子。刘高卓把他带在身边，凭着自己的威信护着这个曾经的小兵芽子。

吃饭的时候，刘高卓总是挑出两块肉夹到罗阳碗里。

有人打趣道："老刘，你认他当儿子得了。"

这个时候，刘高卓总是翻着白眼说："家里两个小子用不着这么大的哥哥。"

每当此时，大家都会哄堂大笑，然后看到罗阳仍显得稚嫩的脸上变得红扑扑的。

每个人都在憧憬着发薪水的日子，第一个月的工资下来了，正要发的时候却被刘高卓拦下了。

"按每家人头数把钱寄到家里，其余的攒着。"

刘高卓的决定惹来一片反对声音，但是碍于他风枪队长的威名，这些怨言只敢私下里说说。

刘高卓的住处和普通工人一样，就住在简易搭建的铁皮房子里，深圳这地方热，通常铁皮房子都是四面敞开的，因为都没什么财产，也就没有门上锁这一说，但是刘高卓这间则是经常锁着的，因为这里放着一个一人长、两尺宽的大铁箱子，铁箱子上挂着四五把锁，每把锁的钥匙都掌握在不同人的手里，刘高卓自己拿着最大一把锁的钥匙。

工钱就锁在这个大铁箱里，有人提议存银行吃利息也被老刘否决了，他说人太精明，存在银行里肯定会有人想办法取出来。

高志远也急了，他生怕刘高卓的做法逼走这些工人，若真出现这种事，到时候去哪儿招这么好的工人？

"该发就发嘛，那些钱你替他们保管算怎么回事？"

刘高卓吸着烟，慢条斯理地说："这地方玩乐的东西太多了，我怕他们学坏了。"

"那是他们自己的事！"

刘高卓还是不疾不徐地说："学坏容易，学好难。"

"咱们又不是在部队，偶尔放松一下也没什么嘛。"高志远也有些急，他后悔当初那么大方，把管账的事交给刘高卓，现在他想用钱也是很紧张的。

刘高卓把烟掐灭，深呼一口气说："现在还不是时候。"

说完也不再争辩，抬屁股走了。

一条高压线，用不了多久就建完了，很快工程队找到了新的活计。

深圳几乎每天都在发生变化，这就需要大量的用地，盖楼不是随便找块地就可以的，需要将用地平整，通上水电煤气，也就是业内术语说的，生地变熟地。

建筑队的实力不足，于是高志远瞄上了这个建筑领域的二级市场，注册了公司专搞生做熟。

很早以前，美国西部淘金热，许多人去淘金。但是真正能从淘金中赚到钱的人却少之又少，有一个人发现这里铲子的需求量很大，于是干脆开起铺面卖淘金工具，结果赚到了大钱。

高志远在选择这个领域的时候肯定没听过淘金热的故事，但是他的做法和那个卖淘金工具的人不谋而合，建筑领域的二级市场压力相对小，对劳动力的需求量却很大，他们不愁没有活儿干，于是整个1985年他们就沉浸在劳动改变命运的幸福时光里。

老刘的钱箱子也越来越满了。

大家虽然不敢挑战老刘的权威，但是钱的诱惑是无穷的，大铁箱毕竟不是保险柜，这些老铁们有十八种方法打开它，眼看快到年底了，那里面到底存了多少钱？

老刘只是说给大家存着，却并没告诉大家具体数字，万一里面是空的呢？

尽管不太可能，可还是有人禁不住诱惑，私底下煽动。

他们要面对的不只是大铁箱，还有守卫铁箱的罗阳。

罗阳可是刘高卓的忠实拥护者，绝对不会允许别人碰大铁箱的。

面对四个壮汉的围攻，罗阳用身体把门堵得死死的，却被一路打退，最终倒退到铁箱子上。

"我们想要回自己的钱怎么啦？"有人吼叫道。

有热闹看，于是围过来的人越来越多。

罗阳死死地抱着铁箱子，仿佛手指头都要扣进铁皮缝儿里一样，那几个人几乎每人拉扯着一条肢体，那架势怕要把罗阳五马分尸。

然而罗阳有挚死保卫箱子的觉悟，被人那样硬扯着，嘴上还兀自说："不给你们钱是对你们好，到了年底保证一分不少让你们带回家里。"

四个人在拉扯中，铁箱子显示出了足够沉重的分量，看热闹的人群不禁信了里面有钱。

可万一里面装的是石头呢？

钱莫不是让他俩给分了？

开放的深圳有太多诱惑，不只是纸醉金迷，酒吧、歌厅、赌博、毒品、骗子……

混杂的社会综合体分分钟可以让一个纯良的人选择堕落，能真正从这座城市挖走金子的人并不多。

钱是锁在铁箱子里的，可是却锁不住人心。

终于有一地头蛇把黑手伸向这些来自异乡的人，这四个人就是出去看人家玩牌，结果上了人家的套儿，被骗了钱不说，还被人抓住了把柄，威胁会告到公安局。

特区这种地方，要是在公安局留了底，就别想再回来，他们承诺着有钱，便失心疯一般地回来抢钱了。

"再不给钱，我们就被害死了！"有人歇斯底里地喊。

"你们要是自己不胡闹，谁会害死你们？"刘高卓那充满威严的声音突然出现在门口。

快被扯坏了的罗阳终于松了一口气，他四肢无力，软软地伏在铁箱子上。

刘高卓不仅身强力壮，还是大家信服的人，不止罗阳一个死忠，还有很多拥趸他的人围着他，在这些人的护卫之下，刘高卓扶起罗阳，勉励道："你做得很好。"

罗阳挤下一滴泪。

涂着绿漆的铁箱子挂了很多把锁，刘高卓示意，几个亲信依次把锁打开，刘高卓开了最后一把锁。

成沓摆放得整整齐齐的钞票码在铁箱子里，在场的人谁也没一次性见过这么多钱，眼睛都绿了。

刘高卓随即关掉箱子对大家说："你们的钱我不会动一分，但是也不要像这几个人那样被别人把辛苦钱骗走。"

说着，眼睛瞪向刚才抢钱的那几个人。

那几个人被瞪得羞愧得低下头，最基本的羞耻心让他们不再敢面对刘高卓的目光……

事后，刘高卓在这支建筑队里的声望更高了，直到后来成立公司，高志远是大老板，而刘高卓是不折不扣的当家人，后来业内都称刘高卓的名字起得好——比高志远卓越。


# 58  那场大火


一晃已是年关，家乡的诱惑是抵挡不住的。

建筑工地停工要早，很多人早早收拾起了行李准备出发，因为都是老战友，又是一个新的团体，刘高卓提议回家之前大家一起聚餐，酒足饭饱之后发钱。

一想到花花绿绿的票子马上就要进口袋，很多人兴奋不已。

部队的纪律的确是好传统，刘高卓不搞大锅饭式的均分，而是在平时记录下大家的表现，然后按评分和贡献分配，像先前闹抢钱的几个人就被狠狠地扣了一大笔薪水，但是大家觉得很公平。

大家都是出来打工的，没有道理干好干坏一个样嘛。

分配的钱数还在计算，大锅里的猪肉香已经飘散开了，工地上买了大桶的散白，酒香混着肉香，人们贪婪地吸着这诱人的味道，肚里的馋虫早就被勾出来了。

罗阳乐哈哈地打开刘高卓住处的门，这时有人经过打趣道："罗阳啊，可把铁箱子看好啊，别到年关了把钱弄丢了。"

罗阳笑着回应："放心吧，我看着紧呢，丢不了。"

说完罗阳笑着进了屋，从里面又把门锁上了，在发钱之前他都不打算出去了。

起风了。

是那种在南疆战斗过的老铁道兵们根本不会在乎风，虽然吹在脸上也很有劲儿，但是没有黄沙，偶尔带过来一丝大海的咸腥味也并不觉得怎么难闻。

一些人还在用沥青烫猪头拔毛，狂欢过后还会做一些猪头肉吃。

风吹得灶桶里的火星乱窜，沥青烟散发出刺鼻的硫味。

一名收拾猪头的工人不小心吸入了沥青烟，轻咳了两声，然后不是很在意地揭开糊在猪上的沥青，露出干净洁白的皮，如法炮制，猪毛就会除得很干净。

他弄了几下，手有点酸，停下来歇歇，擦了一把汗，不经意间回了一下头，眼前的情况吓得他丢下怀里的猪头，撒丫子就跑，边跑边叫喊："着火啦！"

不知什么时候，工地上拆迁时码放的废木料堆被引燃了，火借风势竟然瞬间蹿起巨大的火苗，并且沿着工地上的建筑材料迅速蔓延至仓库，那里堆放着大量易燃的油漆、机油等杂物。

"快救火！"

大火从起来时就十分猛烈，一些工人尝试着泼水灭火，结果却只是一阵青烟，连排的铁皮房顶，用沥青浇制的防雨顶也引燃了，一烧就是一排房子，高温把铁皮也烤化了，人力在大火面前真的是无能为力。

"钱——"

有人扯着脖子喊。

这时大家才注意到，火苗已经吞噬了连排铁皮房，刘高卓放钱的那间也在其中，一面是熊熊大火，一面是辛苦一年的血汗钱，就算有几个人要钱不要命，可在真正的火网面前也是瞬间怂了。

工地上有一些消防设施，可对付起这样的大火收效甚微，大家已经不再试图全面灭火了，只求能把钱箱保住，一家老小还等着钱过年呢，怎么能让家里人失望呢。

一条条喷水管扯了过来，普通的水管没有消防喷头那样的劲力，浇在大火上瞬间变成水蒸气，几乎只能给铁皮房稍稍降温，很快，油毡纸融化了铁皮，房顶塌了，房梁也燃烧起来，外围的人绝望了。

"罗阳还在里面！"

突然有人想起来，罗阳是把自己反锁在房子里的，这会儿人群中也没见到他，估计还在房子里，可这个火势……

人们心里一沉。

"罗阳！"

刘高卓在外面办点事儿，回来就见到这熊熊大火，弄清状况后，两只眼睛都红了。

"棉被，浸水！"

风枪队长一声吼，慌乱的人群总算有了主心骨，马上有人抱来棉被用水浸透，刘高卓戴上石棉手套，再披上浸过水的棉被，顾不得熊熊的烈火，一头撞向铁皮房的门。

房门是从里面锁死的，此时大火已把铁皮烧得焦热变形，湿棉被和热铁皮一接触，又是一阵青烟。

没撞开。

刘高卓拼尽全力第二撞，房门还是纹丝不动，此时他也被火给包围了，尽管有人不住地向他喷水，可也只能将将止住火势蔓延，想要灭火却是无能为力。

铁皮房是刘高卓的住处，因为放着钱，门锁比普通铁皮房结实而且已经烧变了形，窗户也用钢筋焊死的，刘高卓试了几次竟是纹丝不动。

大火很快把棉被上的水烤干了。

这时一个身影从人群中飞野似的钻出去，一把抱住刘高卓就往外拖。

"你放手！"刘高卓挣扎着。

"钱没了咱们再赚，不能搭上一条命啊！"抱他的人正是高志远，这会儿只有他能劝刘高卓了。

"那罗阳的命呢？"刘高卓歇斯底里地大喊。

高志远嘴上没有争辩，手上却不减力，拖着刘高卓远离了火海。

狂欢变成了默哀，不知是为罗阳，还是为了那一铁箱子钱。

十几辆消防车终于扑灭了大火，除了那一箱子钱，财物损失并不会很大，但是谁也不敢面对罗阳的惨状，当消防兵用电锯锯开已经变形的铁皮门时，竟然没人敢向里面踏上一步。

最后，还是刘高卓勇敢地面对了现实。

黑漆漆的铁皮房完全变了模样，大火过后的余烟还在，刺鼻的气味引得人一阵阵不舒服。

咳了几声刘高卓才看清屋内的模样……

外面的人在猜测，里面究竟变成了什么样子？铁箱子里的钱还能不能再抢回一些。

有人摇摇头说就算钱在铁箱子里，高温也会把钱给引燃，没指望的。

突然，铁皮房内传来一阵号啕大哭，一开始大家以为是刘高卓伤心过度，可很快人们发现哭声有些不对劲儿。

刘高卓也是老工程人员，对待各种伤亡牺牲都是有心理准备的，不会因为一次意外失态成这个样子，一定有什么预料不到的事发生了。

人们纷纷涌进铁皮屋。

挤进去的人都呆住了。

高志远拨开人群，挤进了第一排，看着刘高卓失魂落魄的背影，又看了看安静得可怕的工人们，这时才发现罗阳的遗体趴在窗边，铁皮箱上裹着棉被，棉被明显有浸湿的痕迹。

因为炎热，又不能经常开门窗，所以屋内一直放着一个大水缸用来降温，水缸的水位稍微一降便会填满，这一直是罗阳的工作。

大火起来时，他显然逃不出去了，如果把自己浸在水缸里或许能活一命，可是他把水全都倒在棉被上，又用棉被保护了钱箱，而自己却死在了窗边。

遗体的惨状，能让人想象到他死前撕心裂肺的惨叫。

此时，所有人的目光落在钱箱子上，棉被浸水能保住他们的血汗钱吗？

高志远在刘高卓的默许下揭开还散着水气的棉被，铁皮箱除了有些微微发烫，外表完好无损，人们的希望又多了几重。

有钥匙的人试图开锁，有的锁是完好的，有的锁芯变了形，工人们干脆用撬棍撬开。

当铁箱打开时，码放得整整齐齐的大团结，一沓一沓摆放在人们面前，没人欢呼，所有人沉默了。

工地上余烟未尽，高志远喊着人名，被喊到名字的默默上来领钱。

刘高卓站在一旁沉默着，除了一根根地吸烟，他的目光根本不往钱堆上多看一眼。

表现最好的管理者能拿到 7000 块，最少的也能拿到 3000 多，这在月工资三五十块的年代绝对是一笔巨款。人们这时才体会到刘高卓的用心良苦，若不是他，众人早就在这花花绿绿的票子中迷失了，过年哪里能带这么多钱回家？

拿了这么多钱，才能对家里有个交代，才不枉从华铁出来打拼，如果没死人就更好了。

"刘高卓，一万五！"

终于念到刘高卓的名字了，他这一年付出的辛苦大家都看在眼里，又是工地的实际管理者，拿高工资没人有异议。

听到名字的刘高卓并没有急于领钱，他抄起手边的一个碗，从酒桶里舀了一碗酒出来，那本来是准备聚餐用的欢庆酒，如今谁还有心情吃饭？

他把酒碗高高举起，做了个祭奠的动作，一碗酒全都泼在了地上。

刘高卓没说话，但是大家知道他的意思，那是在敬为了保护钱箱子而牺牲的罗阳。

只见他洒完酒，用浑厚的声音说："我的钱全给罗阳家寄去。"

"那你的家人呢？"高志远不解地问。

"他们不缺吃的，挺一挺就过去了。"

高志远也沉默了，过了许久，他拍了拍刘高卓的肩，轻叹着说："把我的工钱也一并寄去吧。"

# 59　高薇的抉择

志远集团年会有一个传统，第一杯酒要敬为集团牺牲的老战友，罗阳总是第一个被提到的。

罗阳用生命保护了大家的财产，让志远集团的第一个冬天没有在寒冷中度过。大家怀念他，敬仰他，也总把他挂在嘴边，那是一种舍小家为大家的牺牲精神，是铁道兵精神的延续。

高薇的眼拂过老照片，她试图找到哪一个是罗阳，可惜这个名字她经常听到，却并没有见过，想在上千人的合影中找到一个并不认识的人，那是几乎不可能的，她放弃了，轻轻放下老照片。

屋里安静极了，最尴尬的是白秘书，他不知道为什么小高总会来到董事长办公室，又为什么看着一张照片发呆，而且一发呆就是好久，搞得他进也不是，退也不是，生怕影响了小高总的思考。

高薇在想，那个时候，他们还是重视人命的对吧。

至少不会说出不行就赔钱这种冷血的话。

是什么让他们变了？

当年豁出命在一起的老战友们，如今也学会互相盘算了，大半辈子都过去了，这样做真的值得吗？

高薇的妈妈死得早，与别人家的爸爸不同，高志远是一手把女儿带大的。

从小，高薇奉爸爸为榜样，可是一场旅行回来，她内心的根基在动摇，难道是中了严开明与徐复文的毒药？

建好会展中心，接手集团运营已经不是她的人生第一目标了。

人的一生总要留下些什么，然而人力是有限的，唯有奉献在值得奉献的事业中才能绽放出最绚烂的光彩。

"一个人的生命应当这样度过：当他回忆往事的时候，他不因虚度年华而悔恨，也不因碌碌无为而羞愧。"

这段著名的文字忽然堆砌在耳畔，如果一定要做什么的话，她希望投入到轰轰烈烈的开拓者大军中，去谱写那盛世华彩的篇章。

"白秘书！"

高薇突然说话，倒是吓了白秘书一跳。

"在。"

白秘书虽是狐疑这位大小姐的反常，却不敢怠慢。

"汪承宇的人事合同还没送劳动局审批吧。"

"没有。"

"不用送了。"

"啊？"白秘书一怔，他以为高薇对汪承宇另有安排，但是显然没有下文了。

高薇默默地放下合影，除了留下一串高跟鞋的声音，再没有任何言语回应。

不用送的意思是……

头好疼啊。

汪承宇醒来时两眼还是一片朦胧，模模糊糊地看到了熟悉的天花板，白色的墙，简洁的圆盘吸顶灯，左侧是塑钢窗，窗下有张办公桌，一台黑色老旧的17 英寸纯平显示器……

"嗯？"

汪承宇忽地坐起来，这不是华铁实验室的宿舍嘛！

他几乎以为自己还在梦里，怎么又回到了这个疯狂逃离的地方？环视四周，又反复捏了捏自己的脸，如果梦也会疼的话……

"你醒啦？"

"嗯？"汪承宇几乎要眩晕了，一个比回到实验室宿舍还可怕的事发生了，自己睡的这间竟然是张启源的卧室，他摸着自己的身体。

"你没失身，放心吧，我对你没胃口。"

张启源一脸疲倦地打着哈欠，看样子是趴在桌子上睡了一宿。

"你把我带回来的？"

"难道是鬼啊，没想到你小子这么沉，差点儿把老子累虚脱。"

"呵呵……"汪承宇笑得有点尴尬。

"我算知道你为什么不喝酒了，下次就算你主动喝我也得拦着，不带这么坑人的。"

张启源帮助汪承宇回忆起头一天吃烤串的情景，一杯酒下肚之后，这小子满嘴念着听不懂的诗，好像有什么青春、回忆之类的词语，看得出，那天晚上他的心很乱，不然也不会喝那么多酒。

"糟了！"

看着窗外大亮的天，汪承宇一拍脑门儿："上班要迟到了。"

"你认真的？"张启源追问，"你在这边儿的手续可还没办呢。"

"少废话，我在那边儿签合同了。"汪承宇一边手忙脚乱地穿衣服，一边用贱兮兮的口吻炫耀道："副经理，月薪过万，羡慕得有没有？"

张启源没有附和他低劣的笑话，满面忧心地目送汪承宇出门，直到他的身影彻底消失才喃喃自语道："听说这一次科研人员的薪水要涨到一万以上……"

从宿舍出来，汪承宇大脑空空地走在喧嚣的街上，说是去上班，其实很迷茫。

旅游回来，高薇还没给他新的任命，先前隐约听说她爸爸要去处理公司内部的事务，之后就没有消息了。

当他来到志远大厦的时候，高薇办公室的门紧锁着，熟人只见到了白秘书。

"高薇呢？"

"高总出去了。"

尽管员工们私下里都称呼高薇为小高总，但是白秘书不会犯这种称呼上的错误。

"她有说去哪儿了吗？"

白秘书默默地摇摇头。

"那她有交代我要干什么吗？"

"没有。"

"谢谢。"

白秘书很职业性地微笑，然后离开。

"奇怪了，会去哪儿呢？"汪承宇自言自语，思前想后，高薇也许去了工地，只不过她是有车的，自己可要苦一些了。

换下了高定的高跟鞋，穿上久违的轻便学生装，收拾好了行囊，高薇蓦然地回望堪称富丽堂皇的家，做了 25 年乖乖女，这一次终于要叛逆一回了。

对不起，爸爸。

闭上有些微红的眼，高薇提起拉杆箱，头也不回地离开家。

今天的高志远本是志得意满的。

商场嘛，纵横捭阖，从来不是一味强硬能赢的，多少难关都闯过来了，几个老战友偶尔发难再处理不了他就不是高志远了。

第一块奠基石埋下。

新志远大厦，一座摩天楼，一个新地标，一个新的中心，即将拔地而起。

这座摩天楼是高志远终生为之奋斗的目标，是一座插在商州市土地上的标志，这座大厦终将记入历史。

破土动工的第一天，高志远知道，他赢了，当初曾用这座大厦向他施压的老战友们在人事管理上占了点便宜，事后却被分化瓦解，在新志远大厦的项目上失去了话语权。

名义上高薇还在主管会展中心，实际已经丢给了以刘高卓为首的其他人，摩天楼这边只要稳定动工，高薇的介入是顺理成章的事。

你们想要会展中心那些利益就给你们好了，我有志远大厦就足够了。

高志远在笑，不论人前还是人后，他都笑得一样灿烂，似乎此时天是蓝的，空气是甜的，连风声都好听得不得了。

笑过之后，有人让他笑不出来了。

市里的陈副主任又来了，他面上浮着一脸特别的微笑，让高志远看了就有些厌恶，可这个时候完全没有关系，任谁已经挡不住他的脚步了。

"高总要大开大合了，有些小事却还不得不麻烦高总啊。"陈副主任皮笑肉不笑地说。

明知对方话里有话，高志远却不得不应付道："陈主任哪里的话，我们志远集团可一直围着市里的步调转，不敢大意啊。"

"高总有西瓜，自然瞧不上咱们的小芝麻，可高总别忘了您的西瓜是哪里来的。"

话说得不是很明，但指向很明显，高志远听了就觉得一阵恶心，为什么总有人喜欢在别人高兴的时候添堵呢？

高志远的笑依旧浮在表现，说道："咱们是老相识了，有话还不妨直说。"

陈副主任脸一挂，板着说道："可不敢和高总称老相识，公事公办而已，省建设局要下来检查，前几天我们做了一下自查，我想问一下，高总是多久没去会展中心的工地上看看了？"

又是会展中心。

高志远心中有数，却万万没料到市里的相关部门会在这个时候发难，难道是刘高卓他们？

高志远马上否定了心中的想法，刘高卓虽然敢公然不给他面子，却没有这么细腻的心思，何况在会展中心的人事问题上，自己是退让的，对方就是吃了暗亏也没有理由吃里爬外。

"半个月前我还亲自去看过打桩，质量很过关啊，颇有老华铁的风格。"高志远笑道。

陈副主任笑道："桩打得好不好我们看不到，省里的领导也看不到，但是你那个工地根本不用细验便知道有问题。"

"有那么严重？"

"哼。"陈副主任冷哼一声，故作高深不再回话。

高志远心里这个窝火啊，成为知名企业家后，接触的相关领导大多对他笑脸相迎，不过对方敢用这样的态度，会展中心那边到底乱成什么样子了？

心中有了这个小小的阴影，破土动工的喜悦也少了几分，匆忙应付完这边的场面，高志远悄悄离场，叫来司机直奔会展中心的工地而去。

半个月来，会展中心的工程进度并不快，原先打下的那十八根桩子还在，外观上并没有太大的改观，至于说问题嘛，还没等进入工地，高志远的鼻子都要气歪了。

"高伯伯，你这是怎么啦？"

汪承宇没料到工地上遇到的不是高薇，而是她的父亲。

# 60　谁说了算？

本以为校园已经是久远的回忆，当再次踏入象牙塔的领土时，高薇有一种久违的熟悉感，原来一切过了不到两年的时间。

先前在留校继续学习与接手父亲的产业之间选择时，耳畔尽是唏嘘的羡慕声。

所谓的浮华在接触后才发现，一切并不美好。

校道两旁，花儿摇曳，阵阵的幽香入鼻，新鲜，沁人心脾。虽然这条路在过去几年里无数次走过，然而当再一次踏上之时，却有了刚入学时的新鲜感。那个时候在校门口，遇见了高大帅气的学长，他很阳光，也很有内涵，所有的轻佻都是故意做出来的，他以为他掩饰得很好。事实上，在第一次接触时高薇就已经看得出，这位有着良好家教的学长藏着一颗渴望叛逆的心，却从未实现过。

第一次的坚决是为自己。

这算不算得上是爱？

人们常说，恋人在一起久了就有一种家人的感觉，爱的界限越来越模糊；也有人说爱其实是人类的一个错觉，如果真的是错觉的话，那么就让时间去冷静它吧。

高薇深深地吸了一口气，脚下的步子越来越轻快，提着拉杆箱，愈发加快脚步向校园深处走去……

市会展中心工地。

汪承宇错愕地望着高志远，这位平时总是笑盈盈的高伯伯今天的脸色难看得可怕。

人前风光，人后辛酸，三十年商场奔波，高志远已经很少像今天这样表现出愤怒。

工地一片狼藉，围挡是破烂的，还有多处缺口，钢筋、钢管、水泥、油漆……各种各样的建材杂乱无章地摆放着，临时搭建的铁皮房连最基本的防火要求都做不到，一眼望去像极了城中村的窝棚。

这样的工地根本不用专业人士来检查，就是大街上随便拉来一个老百姓，看过后也会呸上一口——垃圾！

"谁？谁干的？"

高志远的脸狰狞得可怕。

无论是秘书还是司机都感受到了犹如火山喷发前的震颤，他们慌乱地满工地寻找负责人，最终只找来几个年轻的技术员。

"你们经理呢？"高志远对着这些公司的技术员喊道。

第一次见到高总发威，几个小年轻瑟瑟发抖，你看看我，我看看你，终于有一个人说话了。

"去喝酒了。"

"工作时间喝的什么酒？"

"这个……"

秘书好心提醒道："这个工地是高副经理负责。"

"哪个高副经理？"

"高又轩。"

提到这个名字，高志远的怒气更盛了一筹，捏着拳头，恨不得砸些什么，这时他的目光落在汪承宇身上，突然发现了自己的失态，于是立即换上了一副笑脸，柔和地问道。

"小汪，你来做什么？"

汪承宇一直认为，高志远这种变脸比翻书还快的技能是他有生以来见过最厉害的，怪不得能做大买卖。

心里感叹着，嘴上却忙说："我来找高薇。"

"薇薇在这儿吗？"

汪承宇摇摇头说："我也不知道，我以为她会在这儿。"

看着汪承宇，高志远心里有了新的想法，想到先前女儿的情绪不好，他决定给女儿一个安慰，于是对秘书说道："去把薇薇找到这儿来。"

秘书心领神会,然而打了一圈电话,神情突然发生了变化。

"怎么啦?"看着秘书支支吾吾难以作答的样子,高志远问道。

秘书看看周围的人,不好作答,只得凑到高志远耳边耳语几句。

刚刚换上笑脸的高志远突然惊愕,口中一副恨恨的模样道:"这个白秘书,做事也不多留个心眼儿。"

"高薇怎么了?"汪承宇关切地问。

高志远又换上一副笑脸刚想搪塞过去,突然听到远处传来一阵吵嚷声。

"谁在指手画脚?在这儿我说了算!"

这声音毫不加以掩饰,高又轩醉醺醺的,一步三摇的胖肥身材从一辆尼桑轿车上挤下来,一脚踩到一个土坑里,险些栽倒。

"谁干的?门口的路怎么不平整一下?奶奶的,回头别让我找到人,不然我都给你们开了。"话音未落,一个重重的饱嗝声打了出来。

高志远刚刚翘起的嘴角瞬间冷了下去。

得意不到三秒,高又轩就看到老板那张铁青的脸,他双腿一软差点栽倒。

就算和刘副总关系不错,见了大老板还是一下子蒙了,大老板几乎不会亲自来工地,这是怎么啦?难道是他女儿告状?

不会吧,先前刘副总不是说没事了吗?

酒精还没有完全冲坏高又轩的脑子,他立时打了个激灵,赔笑道:"高总大驾光临,有失远迎,罪过罪过。"

高志远面无表情,但是口中的话却带着威胁:"在这儿谁说了算?"

高又轩的话音还没开口,好死不死轮到他今天该死,身后跟班的不认识大老板,抢在高又轩身前,用那小三角眼斜盯着高志远鼻口朝天哼道:"你是谁啊?敢和我们高总这么说话?不知道志远集团姓高吗?"

这个跟班是高又轩家的表亲,当初提拔的时候牛皮吹得太响,以至于在他亲戚眼里天老大,高又轩老二。

此时的高又轩恨不得一巴掌拍死自家不懂事的亲戚,不认识人还不认识老板专用的深蓝色宾利车吗?

"我姓高。"高志远很不屑地说道,那表情就像一只猫在戏耍老鼠。

事关身家,高又轩可顾不得什么亲戚不亲戚了,上去对着那位多嘴的亲戚就是一个大嘴巴子。

"哎？哥？你打我干什么呀？"

"我打不死你。"高又轩真的急疯了，蠢到这种程度就算是亲舅舅也不会护着他，这会儿能做的只有自救了。

工地大门上演着一幕亲戚间相互追打的滑稽剧。

一开始高又轩的表弟只是不停地躲，后来被打急了眼也顾不得尊卑大小，开始还手，高又轩常年浸泡在酒肉里的身子明显吃不住劲，扭打不过一屁股坐在地上。

高又轩近乎用哭腔对他那个傻弟弟吼道："你别在高总面前犯傻。"

傻弟弟抡起来的巴掌兀自未停，口中念叨："小时候一块儿撒尿和泥长大的，对着我你还自称高总？……"

幸好高又轩的弟弟不是真傻，只是神经的反射弧长了些，到此时他才发现不对劲，抡开的手臂在半空中停住了。

"哪个高总？"

高又轩几乎涕零，自己这个表弟总算还是个正常人："还有哪个高总？志远集团董事长兼总经理。"

"高志远？"

这时高又轩的表弟用一种近乎迷茫的表情看着冷眼旁观的高志远，一副恍然大悟的表情终于浮在脸上，随即用着一种谄媚到恶心的表情凑到高志远身前笑道："大水冲了龙王庙，一家人不认一家人，原来是高总啊，哎？你和我表哥是啥亲戚来着？"

汪承宇不屑地盯着高又轩家这个傻亲戚，心底暗叹道：真是极品啊，真不知道这样的极品是从哪里找到的，高又轩这老小子这一次真的是自己把自己作死了。

"滚！"

盛怒下的高志远来唤保安，用一种近乎野蛮的方式把这对儿活宝哥俩给赶得远远的，省得污了眼。

"你跟我来。"高志远轻声唤着汪承宇。

那张一直在汪承宇眼中颇有戏剧性的面孔，难得流露出几分真容。

高志远眉头紧锁地看着工地上的大小角落，不时叹着气摇头。

"小汪啊。"

"哎，高伯伯。"

被突然叫到的汪承宇慌忙应道。

"别说安全了，就连基本的施工也不合适，再继续下去就是豆腐渣工程了，志远集团这些年攒下的口碑就被自己人给毁了。"

汪承宇听出来了，高志远另有所指，看样子是要重用自己了，他突然不知道是该积极表现，还是应该表现得沉稳一些。

"薇薇走了。"话锋突然一转。

"啊？"

陡然听到这么一句，汪承宇吓了一跳。

看到汪承宇差一点跳起来的样子，高志远也意识到自己的口误，连忙改口道："哦，她去学校了。"

"东南交大？"不管怎么说，不是自己理解的那个意思，汪承宇还是松了一口气，只是不知道好端端的高薇回学校干什么。

"她说要继续学习。"

难道说女人都是感性的？想一出是一出？

汪承宇无语。

"临走前她特意嘱咐我，让我不要强行留下你，要你回实验室。"

怎么是这样？

汪承宇蒙了，说好的赚大钱呢？难道当老板的都喜欢过河拆桥？

"我讨厌你爸，但是真心喜欢你，一直想当接班人来重用，不过对你的重用如果让薇薇感到不舒服的话，我是不会强求的，你们年轻人的事情还得自己去解决，长辈是不会干涉的。"

早听说高志远惯女儿，没想到惯成这个样子……

汪承宇没料到今天会看到高伯伯这么多面，霸道总裁和好父亲，到底哪一面占比更多呢？

不过那些对他来说都不重要了，眼下是自己该怎么办？

# 61　爷爷来啦

一场突如其来的大雨。

对于正处在高速建设中的商州市来说，这场雨喜忧参半。

喜的是终于可以抑制一下漫天扬起的沙尘，忧的是不平整的大街小巷到处是一片泥泞。

老城区街心最著名的步行街尽头有一处多路口交叉带，复杂的交通环境让行人不得不通过天桥才能过马路，天桥两边有好几处建筑工地，道路泥泞不堪。尽管是雨天，可是忙碌的人们并没有停下来去匆匆的脚步，过街天桥台阶上的水洼不时地被一双双鞋子踏过，一阵阵水花溅射到桥下。

天桥阶梯下，因为雨的关系，阶梯两边形成了水帘，泥泞潮湿的环境连流浪汉也不愿意窝在这里，一个高大帅气的小伙子却站在这里。

他眼神空洞地望着水帘，这简单的水流形态不知道有什么吸引力，小伙子已经站在那里愣了好半天，以至于不仔细观察会误以为那里站着一个泥雕木塑。

"为什么？"他在想。

为什么每个人都觉得自己有义务替别人挑选命运？

爸爸也是，老徐也是，如今连高薇也似乎拥有了给自己安排命运的资格，他们当自己是小丑吗？

汪承宇内心很凌乱……

有钱人想去哪里肯定很方便，就在自己还在为高薇手机关机而担忧的时候，人家已经坐飞机赶往东南交大了。

再得到消息的时候是合同作废，自己被炒了。

任性的小女友还煞有介事地留言，说自己回到实验室才是更有前途的工作。

而那位从小到大一直"欣赏"自己的高伯伯，终还是敌不过女儿的任性，原本以为可以靠才华吃饭的自己，却轻易地被别人脑子里的一个念头扫地出门。

如此说来，自己确实不该嘲笑高又轩，他是个可怜虫，那么自己又何尝不是对方口中的软饭王？

原本以为自己不一样，可是现在看来，没有什么不一样的——一个生活在别人意志下的可怜虫。

多亏了男人的泪腺不怎么发达，不然这会儿一定像断了线的珠子，哭得要多难看就有多难看。

这就是汪承宇现在的心情，一生之中过得最糟糕、最难过的一天。

在城市的角落，把自己当垃圾一样藏起来似乎是个不错的选择，大半天了，来去匆匆的行人根本不会注意到自己。

人在巨大的城市面前，连颗螺丝钉都算不上，仿佛一片随时可以被污水冲进下水道的落叶。

实验室那边被他自己搅得一团糟，脸皮再厚也没有脸回去了，似乎除了逃离这座城市，再没有别的办法，就让所谓的才华见鬼去吧。

汪承宇似乎主意已定，在一系列挫折面前，他打算逃跑。

这可是老汪家的人从来没有做过的事，所以在这个想法浮现在脑海之后，他一直在犹豫，如果拔腿就跑该往哪个方向去呢？

是带上过往的荣誉，还是选个普通的工作重新开始？

似乎这是一个很难的选择，不过这种凉快的天气有足够的时间让他冷静，冷静到他还没想好，已经被一双凌厉的眼睛盯上。

"妈？"

街对面，打着伞焦急的、左顾右盼的身影不是自己老妈，还会是谁？

谭雅的马丁靴已经溅满了泥污，搞城市建设是好，可是副作用也很明显，改造的过程中出行很不方便。

当谭雅的目光落在街对面天桥角落下的儿子时，她显然愣住了，错愕间猛然想起冒雨出行不是来找儿子的，她向对面招了招手。

这么巧吗？

自己刚想离家出走，老妈就出现了。

虽然对一个成年人来说用"离家出走"这个词实在不恰当，可是汪承宇找不到更好的词了，总不能用"战略撤退"之类军事意味明显的词汇，那是父辈人喜欢挂在嘴边的时代象征。

过去还是不过去？

给他留下的思考时间没有太久，从小慑于谭雅威严之下的汪承宇根本提不起对母亲大人的反抗之心，像只被驯熟了的小猫，乖乖地跨越了两道壕沟，三步并作两步来到母亲面前。

"妈！哎……疼疼疼……"

还没来得及编好说辞，耳根一痛，仿佛小时候一样被母亲灵巧的手揪住，头顺势歪了过去。

"轻点儿……"汪承宇龇牙咧嘴地说。

"你什么时候学会关机了？害得老妈冒雨出门，闪到老腰怎么办？你都这么大了也不知道心疼老人家。"谭雅的嘴像连珠炮一样数落着儿子的不是。

在母亲大人面前，汪承宇逆来顺受惯了，被数落几句也不是什么大不了的事，何况这次自己是做得有点过分。

正寻思着该怎样对母亲大人说，突然听到母亲说："你爷爷来了。"

"啊？"

汪锡亭今年八十多岁了，难得的是耳不聋、眼不花，身体好得不得了，经常一个人满世界乱走，先前得到的消息是人在莫斯科，这是回来啦？不过不应该来商州市吧。

老爷子在济南有房子，儿子在大西北，来商州莫不是要看看刚建立起来的实验室？

嗯，有这个可能。

思前想后汪承宇笃定自己的想法是对的，爷爷从小就疼爱自己，也从不强求自己接过家里的饭碗，不过要是爷爷知道自己闹离职闹得这么离谱，不知道是疼爱多一些呢？还是疼痛多一些？

老爷子来商州市的消息根本没告诉集团领导，不然肯定是大车小车地迎接，哪里会让自己的老妈踏着泥水跑火车站？

一边是自小疼爱自己的爷爷，一边是威严日盛的老妈，借汪承宇两个胆子他也不敢在这个时候提起离家出走，只得乖乖地跟着老妈去火车站，一路上还要承受老妈堪比雨点儿密度的数落。

"你说你挺大个人了，下雨天出门也不带把伞……"

命苦啊！

汪承宇欲哭无泪。

商州市火车站是前几年刚改造过的，不过扩建的速度显然跟不上城市发展的速度，非年非节的，偌大的车站人潮汹涌，出站口人流密集度虽比不得北上广这种一线大城市，但是商州的客流量在全国也排得上靠前，这得益于它中原枢纽的特殊地理位置。

虽然客流量巨大，但只要不是春运，通常的秩序还是能够得到保障的，老爷子从出站口出来时满面红光，丝毫看不出旅途的疲惫。

接过汪锡亭的拉杆箱，汪承宇这个亲孙子结结实实地叫了一声"爷爷"。

汪锡亭像小时候一样伸出大手摸着孙子的脑壳，问了一句他现在最不想提的话："工作怎么样啊？"

本是一句随口的问话，向来机灵的汪承宇居然噎住了。

"怎么？不好？"汪锡亭可不糊涂，前半辈子奉献给了铁道兵，后半辈子献给了华铁，华铁的活化石，一个时代的缩影式人物还能看不出孙子的难堪？

"爸，咱们回去再说吧，这儿雨大。"向来强势的谭雅在汪老爷子面前保持着儿媳该有的姿态，一下子平和了许多。

汪锡亭眉头微微一凝，随即缓和了，能有这么健康的身体，心态很重要，这么一点小事儿乱不了他的心神。

上了出租车，汪锡亭看着窗外的城市景象感慨地说："前两年来商州还不是这个样子，发展得真快呀。"

"再过两年又会是另一个样子，到时候您再看看新南区大道。"谭雅应道。

"再过几年穿江隧道该建好了吧。"不愧是华铁老人，时刻关注华铁在各地的大型施工建设情况。

"那个工程是陆总工指挥，两台 10.5 米直径路德公司的泥水平衡双护盾盾构机同时施工，工程速度很快。"

"还是路德公司的产品吗？"汪锡亭仿佛在自问自答，并没有期待答案。言下之意不言而喻，只不过在出租车上不适合讨论这样的话题，让一向能言善道的"的哥"插不进言。

"您刚从莫斯科回来，连家都没回，是打算在商州住上一段时间吗？"谭雅问。

汪锡亭很自然地点点头说："听说严开明和徐复文在这儿，我就来了兴趣，有他俩的地方准能搞出点动静。"

"我还以为您是来看孙子的呢。"

"嗯，也是来看孙子的。"

汪承宇不自觉地把头埋了下去，莫名地感到羞愧。

# 62　我回来啦

"背上了那个行装扛起了那个枪，雄壮的那个队伍浩浩荡荡，同志呀！你要问我们哪里去呀，我们要到祖国最需要的地方……"

嘹亮的歌声在实验室主楼前的广场唱响，华铁隧道集团及盾构实验室的主要负责人都前来迎接汪老。

尽管是悄悄来看看老战友，汪老的到来还是惊动了集团高层领导，这位中国铁路的先行者有资格接受高规格接待，他本人不住地摇头，口中呢喃道。

"搞什么迎接，太浪费了。"

汪锡亭八十几岁的高龄还在心系中国盾构建设，在他眼中盾构人最宝贵的时间是不应该被占用的。

"是他们自发的，都想看看您老的真容。"徐复文这个鬼精到老也改不了贫嘴的毛病。

严开明不善言辞，只在一旁乐呵呵地看着这位偶像级的人物。

更多的小年轻没见过汪锡亭，但是他的事迹却早已传遍华铁，纸面上的人物今天突然立体起来，让很多年轻的后辈兴奋不已，唯有汪承宇躲得远远的，恨不得躲到大门外去。

直到此刻，看到爷爷的荣光，他才意识到自己做了一件多么荒唐的事，如今那个队伍还有自己的容身之地吗？

季先河站在队伍首位，虽然在场有多位集团领导，不过他有资格站在这里，为了这个实验室，他是付出了心血的。

走进实验室，汪老像个小学生进了科学宫一样，各种先进的设备令他目不暇接，尽管这些年他没放弃对专业的探索，不过苦于年纪大了，很多地方跟不上时代了，他兴奋地看看这边，又望望那边，听着季先河的介绍，不住地感叹。

"好，真好。"

季先河笑着又带汪老来到一台机器前说道："这是 TBM 隧道拟态综合实验台，目前正在推进的盾构机长距离掘进项目就在这儿做实验。"

"长距离掘进，我记得是……"

季先河一阵苦笑，说道："对，还是那小子最先写的论文受校方好评，这才被集团领导重视，咦，那小子人呢？"

季先河在长长的人群队伍中寻找着汪承宇的身影，放眼望去竟然在队伍末端最不起眼的角落里看到了那个久违的身影。

顺着老季的目光，严开明和徐复文也看到了汪承宇，同时把目光扫过去的还有谭雅，这些人足够成为引导人们视线的先行者。他们这样一望，更多人疑惑地向后看去，最终上百人的目光集中在本来最不起眼的队尾。

还处在恍惚中的汪承宇突然怔住了，他不是没有被众人注视过，但以往都是在表扬的时候，而现在他只想躲得远一点儿，可是这么躲还是被人发现了，而且几乎是万众瞩目啊。

这个瞩目肯定不是什么荣誉，上百人的目光让汪承宇的脸灼热起来，让他不得不闭上眼来抗拒这些目光。这会儿他有些后悔，为什么要陪着爷爷来实验室，这不是找不痛快嘛。

这样的场合，逃是逃不掉的，以往的精明让汪承宇在这样的环境下，大脑一片空白。

"还不快点过来！"

季先河用他那浑厚有力的嗓音把小汪从迷离状态下唤醒。

这是一个抉择，归队还是继续抗拒？

脸皮这道坎是最难跨越的，平日里根本不会注意到的迈步动作此时却是这么难，汪承宇只觉得脚步好沉重，迈出意味着回归，也就意味着曾经那些花花绿绿的心思与他告别了。在这里别再想靠小聪明混饭吃，一切回归到原点，回归到原本为他设计好的正常轨道里。

"难道还让我过去请你？"季先河不怒自威。

汪承宇慌忙应了一声。

季主任的态度再明显不过了，根本不想和他的任性一般见识，有些人生来是背负使命的。

凡事迈出了第一步，接下来就容易多了，汪承宇那点小小的自尊心被季先河的一声厉喝震荡得粉碎。

望着爷爷慈祥的面孔，望着妈妈有些琢磨不透的目光，他的内心终于不再抗拒。从小在华铁精神教育下长大的孩子，特别容易回归这个体系，何况他的合同不是还没解除嘛。

在更多年轻后辈几乎愤怒敌视的目光下，汪承宇心安理得地扶着爷爷为他介绍起盾构实验室里的各种技术装备，口中还不无自得地称颂："咱们华铁！"

严开明和徐复文相视苦笑，这孩子终于回来了，也不用枉费他们的一番苦心了。

耿家辉是郁闷的。

汪承宇的归来意味着他需要履行承诺，可是大家都是有头有脸的人物，说好听点儿大小也叫个科学家，那种大叫三声的行为怎么好意思做出来呢？

不过汪承宇似乎并不打算放过他，手叉着腰，洋洋得意地望着这个老对头，那眼神似乎在说：叫啊，快点叫啊。

"你……你太欺负人啦……呜呜……"耿家辉带着哭腔跑掉了。

"那家伙是有些不讨人喜，不过这一次是不是做得有点过分……"张启源低声喃喃道。

"话说本帅哥放弃高薪回归到你们普通人中间，该是你们的幸运才是……"汪承宇旁若无人地说，突然发现身边全是充满敌意的目光，赶忙改口道，"啊不，我是说回归挺好，哎哎，别打呀……"

天空似乎格外晴朗，从前看上去就令人阴郁的院墙今日竟然格外享受某种归属感，汪承宇长长地出了一口气，内心豁然开朗。

"我回来啦！"

东南交大。

郁郁葱葱的常青藤下隐藏着的图书馆大楼看起来颇为古旧，一种近似于北大红楼式的美感，各图书室之间均有着厚厚的间壁墙，每个阅读空间都显得很局促。

高薇已经不太习惯用传统书目式索引找书，适应了好一阵，才挑选出自己需要阅读的书，都是些晦涩难懂的专业类书籍，若非是点燃了内心深处的梦想，便是捧起这堆书都会头疼。

"哇，学姐读这么难懂的书啊。"一个活泼清脆又显稚嫩的声音传入高薇的耳朵。

身边夹杂了太多的奉承声之后，很少听见这么清纯的声音了，高薇不禁回过头，一张近似于娃娃脸的面容出现在眼前。

"你是……"高薇愣了愣，眼前这个女同学她并不认识。

"呀！不好意思。"女学生这时才感到自己的唐突，慌忙掩嘴，试图说些什么来掩饰尴尬。

"严思颜……好奇怪的名字……"高薇怔怔地说。

"呀，你知道我的名字？"女学生显得很惊喜。

高薇指了指她怀中的教材，包裹得很漂亮的封皮上用彩笔写着大大的名字，笔迹很二次元，她说道："这上面写着呢。"

"哦，不好意思。"严思颜慌忙行了个礼说道，"我叫严思颜，大一新生，对学校还不熟悉，打扰学姐学习了，真不好意思。"

新生吗？还蛮可爱的，看着新生略显虎头虎脑的样子，高薇不禁有些想笑，又怕对方误会，只得强忍着，突然她的第六感告诉她眼前这个小女生应该和她有渊源。

"你父亲是不是叫严开明？"

严思颜愣住了，大学生都是这种对话方式吗？好厉害的学姐呀，张口就能叫出父亲的名字，一时间她的小脑袋瓜有些发蒙。

"不好意思，如果我说错了，请你原谅……"高薇也觉察出自己的冒失。

"不！我在想学姐是怎么知道的呢？"严思颜摇摇头。

"真是你父亲！"高薇也不禁张大了嘴巴，似乎自己有点厉害。

旅行的时候严开明就是沉默寡言的，除了谈技术，似乎很少有他关心的话题，能给女儿起如此奇怪的名字也就不足为奇了。

听说老严夫妻感情不好，和这小姑娘的名字也有关系吧。

此前的高薇就一直在继续考研进修和回家接管企业之间徘徊，禁不住身边人的劝，回家试了一试，试出的结果让她失望，似乎做一名企业管理者的生活并不是自己想要的。

管理需要平衡，有些东西明明是不好的，却也不得不容忍，做研究就不需要了，如果没有那次旅行，很难想象高薇需要什么样的决心才能回到校园。

有些时候，改变命运就在一念之间，高薇想。

"那个……能认识一下学姐吗？你和我爸爸好像很熟悉的样子。"严思颜怯生生地说。

"呀。"高薇慌忙从思绪中回来，放下还捧着书的手笑眯眯地说："严叔叔的大名全学校谁不知道呢？他可是中国盾构第一人呢。"

"是这样吗，他这么受推崇……"严思颜强迫自己相信了。

"难道你不喜欢你的爸爸吗？"不知道为什么，高薇对这个女孩一见如故，脱口问出了闺蜜都很少问的问题。

"当然不是，他是世界上最伟大的爸爸，虽然他经常不在家，不过他可是非常有名的盾构专家哦，所以我也要成为他那样的人。"

一瞬间严思颜的脸上有了很多种变化，最终化成了憧憬的表情……

# 63　启航

汪承宇很尴尬，回到实验室的第一个月就遇到了大项目。

时年，改革开放三十余年，中国盾构施工已经非常成熟，但是在自制装备领域还是被外国远超。在 2009 年以前，中国的盾构掘进机 85% 依赖进口，其中

70%份额来自德国路德公司，这个与华铁打了十几年交道的老对手似乎不想放过刚刚诞生的实验室，从市场上开始找麻烦了。

"越江隧道？"

听到这个工程项目的名称时汪承宇知道，挑战来了。

盾构机是装备领域的奢侈品，它的奢华体在"私人订制"方面体现得淋漓尽致，不同的工程需要打造不同种类的盾构机，本次需要穿越的是钱塘江。

听到这个名字，就知道工程难度可想而知，钱塘江大潮是工程人员的噩梦，即便是对盾构施工已经非常专业的隧道集团来说。

"如果只是6.2米外径的小盾构断面，咱们实验室必须拿下。"汪承宇握紧拳头，很有信心地说。

回归实验以后，虽然没有强逼耿家辉履行诺言，但是这家伙却念念不忘"胯下之辱"，逢人便说汪承宇是仗着爷爷和爸爸的威风。

如今也该显露出自己的本事了，不然真叫别人看成二世祖了，虽然先前还有过短暂的"吃软饭"的经历……

谭雅知道，自己的儿子虽然轻狂了一些，但是没有把握的事是从来不会答应的，只是小直径断面的工程，牛刀小试吧。

对于这个才华横溢的后生，严开明也做足了姿态，甘居顾问角色，而徐复文这个借调来的顾问越来越不顾本职工作，三天两头往实验室跑。

到底是给谁来当顾问的？若不是一直以来打嘴仗不是对手，陆凯德恐怕会直接当面骂娘。

"让这小子领跑会不会说我们太偏心？"徐复文关心的重点不在工程方面，这位见过大世面的总工程师自然不把这种小直径穿江隧道放在眼里，他的目光更多集中在这位被寄予厚望的后生成长方面。

"谭雅的信心很足，钱塘江应该不是问题。"严开明有些忧虑，他担忧的本身不是汪承宇有没有能力领跑本次项目，而是在市场竞争方面，"听说鲍尔又来了。"

"那条老鲍鱼？"徐复文提起这个名字就气不打一处来，十几年过去了，当初城下之盟的耻辱他可没忘记。

没忘记的不只是徐复文，整个华铁隧道集团也不会忘记，拼尽全力也要和路德集团拼个高中低下，好的设计方案必不可少，这一点上就看年轻人能不能有更好的创意了。

"要穿钱塘江的地铁需要面临的难题很多，不仅要考虑地质，还有水文，河床冲刷线的位置必须高度重视……"

从接到这个方案设计开始，汪承宇就开足马力说服了集团领导采用他的设计方案，本设计团队的平均年龄不到 30 岁，是个年轻的队伍，而这个年轻的队伍正在书写着自己开创未来的新篇章。

群龙腾跃怒潮来。

这是古人对钱塘江大潮的描述，千里波涛滚滚而来，那场面真是壮观，作为世界有名的大潮，每到潮汐日总不乏冒着生命危险也要一睹为快的观潮人，这样的世界奇景却给施工带来了很多不可预料的因素，一队年轻人正在实地考察他们即将夺标的施工地段。

"要穿江的地段有两道大堤，江东侧还有一个大储量油库，区间全长 3124.25 米，地质以粉砂和粉质黏土为主，砾石含量约为 20%~40%……"

望着天际一线滚滚而来的大潮，汪承宇面色严肃地听取着张启源的报告，有这样一位好助手他省了不少心，老实说，小直径盾构的设计与制造实验室还是有底气的，如何打破施工方的"进口控"才是重点，他必须在设计上动些小心思。

"机器本身难度不大，需要注意河床底部有大量粉质黏土层，对刀头的冲洗要求比较高，需要大量添加除凝剂……"汪承宇呢喃着说，仿佛说给张启源听，又仿佛只是自语。

难度不大？多亏好友已经领会到这种"天才"与常人的不同，所以表现出来的样子并不是很怪异，不过刀头冲刷装置需要重新设计，这样一来造价又提高了。

"少说也得 7000 万。"张启源说。

"7000 万吗？"汪承宇仿佛在自言自语，此时潮声已经掩盖了一切，这种程度的自语除了他自己，已经没人能听见。

连同设计成本在内需要 7000 万人民币，而德方在同类项目上曾经的销售案例是 2.2 亿一台，虽然贵了一倍有余，但是在那些"哈德粉"眼里这个价格是值得的，如果只是 7000 万的话竞争优势不大了。

"必须进一步压缩成本。"汪承宇大声说。

"什么？"张启源知道这句话应该很关键，但是大潮实在太壮观了，他根本听不清汪承宇在说什么。

"两台！多造一台的话成本就会降低！必须让对方订购两台！"

"你说什么？"

不知不觉，汪承宇的思考方向已经从设计转向销售，他知道老铁们要什么，拿下合同，一雪前耻，给老一辈华铁人一个交代！

"哇！哇！哇！"

严思颜前一刻还在问高薇，如此靠近江边真的好吗？此时已经被眼前壮观的场面惊叹，不知道该用什么形容词啦。

"壮观！"高薇高声呼喊。

或许是女人的声音具有足够的穿透力，张启源听不到站在身边的汪承宇在喊什么，却发现了远处正在欣赏大潮的两位美女。

高薇足够有气场，站在哪里都是焦点，严思颜足够可爱，看不出已经是大学生了呢，这对组合站在一起，让那些前来观潮的人也不禁为之侧目。

"你们怎么来啦？"张启源的亲和力比较强，实验室的人里谁是谁家的亲戚，属他认识得最多。

严思颜在上学报到前曾来实验室参观过，对自己即将要学习的专业大为感叹，机械设计师，好高端的职业啊。

"张启源，你好。"高薇郑重地和他握了个手，搞得张启源还挺不好意思的。

此时潮水层峦直伏，一记大回头潮扑向大堤拍岸而起，惊得观潮人发出尖叫纷纷躲避。而汪承宇此时的身子站得直直的，目空一切地迎着汹涌拍来的潮水，那背影在旁人看来凸显高冷，又有点酷酷的。

"他是不是被我气傻了？"潮伏下去之后，高薇怔怔地对张启源说。

"你才傻了！"

还没等瞠目结舌的张启源回应，一记尖叫声伴着两条大长腿风一样地跨越到高薇耳边，大潮都没有迫使高薇捂上耳朵，此时的她却不得不躲避这刺耳的声音。

"喊那么大声干吗？"

"哎，高薇，你不要像个跟屁虫一样，我到哪里你就追到哪里，你自己说，这段时间你来实验室几回了？连我们勘探现场你也要追来，你是学生哎，就该在教室里好好学习，不要到处瞎跑。"

汪承宇这张不饶人的嘴像连珠炮一样发问。

好在已经习惯了对方怪诞的高薇并不以为意，同时发起反击："你以为我愿意看见你呀？要不是导师说必须把书本知识与实践相结合，谁愿意大老远打飞的往你那小部门跑？谁让你们正在设计穿江隧道用盾构机？谁让你们的盾构机偏要穿越钱塘江，谁让今天是观潮日？看看热闹不让啊？你管得也太宽啦。"

还从未见过情侣如此近距离吵架的严思颜吓傻了，连忙上来劝阻："大哥哥和学姐不要吵，唔……"

还没待楚楚可人的小严同学反应过来，张启源一把捂住小萝莉的嘴直接把她带离现场。一个是天才，一个是总裁，夹在这两个家伙中间，有好果子吃才怪呢，小朋友还是不要参与进来的好，非礼勿视，非礼勿听啊。

潮起的汹涌，潮落的平静，去潮后的江水泛着浊浪，滚滚东流。

江边，恋人的背影格外安静，感觉颇为亲密。

望着翻腾着白浪的江水，汪承宇久违地揽住了高薇的腰肢，面目平静，语气却有些不悦地说道："那日我的女友狠心离去，我以为我们的故事如这大潮般，澎湃过后只有狼藉。"

高薇白了一眼道："你是写诗呢，还是在向我抱怨？"

"抱怨有用吗？资本家害怕的只是没有利润或者利润太少。"

"你少在这儿掉文，我和你一样选择了一件伟大的事业。"

"别！我们不一样，您是豪门继承人，我和您比不了。"

高薇有些嗔怒了："汪承宇，我说你不贫不行吗？赚钱不该是你奋斗的目标，你不需要靠赚钱来证明自己！"

"凭什么？"汪承宇扬起下巴。

"凭……"高薇咬紧嘴唇，鼓起很大勇气大声喊道，"凭你有我！"

"你……"汪承宇怔了半天，这才换上一张笑脸赔笑着，手慢慢抚上高薇的肩，亲昵地说道："你看你，一感动就爱哭，我刚才说什么了吗……"

两人的说话声越来越小，不贴近听根本听不到，但是谁会好意思挤进这样一对亲密的人中间偷听呢？

张启源远远地看着两人和睦的背影笑道："看吧，我说的，外人不掺和，两人准和好。"

直到张启源看见身边一张憋得涨红的小脸，正愤怒地捏着小拳头。

"你这是？"张启源大惑。

"你是谁呀？凭什么捂我的嘴？"

张启源猛地意识到眼前这位小姑娘已经是一名大学生了，刚才自己的举动太唐突了，试探地问："你不认识我？"

严思颜坚决地摇摇头，确定地说："不认识。"


# 64　飞赴大西北


大西北。

汪建国被电话里汪承宇的请求气得不轻。

"什么？你要降价？降多少？3000万？要不要把你老爸拆了卖？多卖几台？卖多少？至少八台？你说梦话呢吧！"

老汪差点儿没摔了电话。

大数据表明，中国预计在2016年之前要新增城市轨道交通80条以上，总里程超过2500公里，其中相当大一部分工程在地下，正是盾构机市场竞争的白热时期，但是凭借华铁现有实力，短时间内卖掉八台盾构机无异于痴人说梦。

自己这个儿子是不是又皮痒了？

"卖不掉八台你就接着签不平等条约吧，李二先生也没有你签得多吧。"

儿子的一句话让刚才火冒三丈的汪建国彻底没脾气了。

当下正在施工的中天山隧道用的还是路德公司的产品，十几年过去了，不仅当初的胯下之辱没报，还一连签署了很多不公平的协议。

还是那个原因——技不如人。

此时的铁隧集团在盾构机领域还在摸索中，不过他们有一个别家比不上的优势，就是有着丰富的盾构施工经验。

南疆，土库二线工程正在紧张的施工中，预计2014年底通车，线路的重中之重是中天山隧道。

汪建国的关注重点全在这条长达22千米的超长隧道上，两座单线隧道分别采用两台TBM（硬岩掘进机）进行施工，仅仅这样并不能满足这么长隧道的施工要求。在工程院院士的帮助下，该隧道的施工采用钻爆法与盾构法相结合的施工方式，在世界范围内尚属首例。

从开工以来，已经奋战到了第三个年头，目前的进度完全在掌控中，盾构机多次成功穿越断裂带，成功攻克了TBM全断面掘进机主轴承、刀盘、刀具等关键部件修复技术难题，这给实验室提供了宝贵的数据。

汪建国很欣慰。

儿子明显使的激将法，不过这一次他是自愿上套，于公于私，华铁的盾构机事业必须向前推进。

父子相隔几千公里，为着同一件事业而奋斗，还有什么理由退缩？

今天是个好机会。

华铁总部对中天山项目保持着高度关注，时不时派专家组下来论证考察，还会调用全国的资源直接给予支持，而今天随队而来的人里就有一位老领导。

许建军对目前的工程进度很满意，强大的机械化施工和严格的防护手段尽量避免了意外事故的发生，这和过去不可同日而语，他是有感慨的。

"小汪，这里搞得不错。"

汪建国点头道："还可以，就是条件太艰苦了，夏季白天温度高达四十几度，冬天最冷能达到零下30℃，工人们苦不堪言呐。"

"也就是我们华铁，能发挥铁道兵的精神。"许建军肯定地说道，"土库二线的贯通可以把运力从600万吨提升至5000万吨，这对'一带一路'中畅通新丝绸之路有重要意义。"

汪建国附和着叹气道："的确值得自豪，只不过……这里一畅通，国兴3号隧道就得封闭了，战友们再也听不到火车的汽笛声了。"

许建军苍老的脸上满目疮痍，那刺到了灵魂深处的触感隐隐作痛，半晌才说道："是时候看看老战友了。"

"这一次吗？"

汪建国知道那里，那样的痛他不愿意面对，可是如果他们这代人去了，还会有谁记得那尘封在荒漠里的往事呢？

许建军犹豫着，没有下决心，突然之间去国兴3号隧道，这可是个大动作，如果起不到作用，那么只有徒增伤感。

"关于这次杭州地铁项目，总部怎么看？"汪建国深知老领导内心的变化，适时地转移了话题。

许建军没有直接回答，缓了一口气绕了个弯子说道："北京地铁项目刚开始的时候，我点了徐复文的将，他还真不错，十几年来，分给他的项目都搞了下来，咱们华铁的牌子在首都打响了。如今小辈人要上，我看没问题，重点不在工程而在盾构机！"

汪建国笑了，说道："老排长慧眼如炬，真是什么也瞒不过您的眼睛，老实说盾构机的制造方面我们有信心，问题就在于某些地方领导强烈依赖进口这种心理。"

许建军没有否定："是啊，有些人怕担责，怎么保险怎么来，哪怕低一半价钱也要用进口货，这个心态会阻碍我们发展。怎么？你们有新的建议？"

汪建国认真地说道："低一半的价格对方也许不会动心，但是如果差价是两倍三倍甚至更多呢？"

"你们要降低制造成本？"许建军一愣，这是要打价格战了。

汪建国点点头，说道："如果能把7000万一台的盾构机降到3000万……"

"怎么可能？"许建军先是诧异，随后马上明白了其中的意思，"你们要批量制造？"

"这就需要总部的支持了，咱们的工程尽量用同款，或近似于同款的盾构机，以近十倍的差价彻底打掉路德公司的眼镜。"

许建军沉思着，没有急着给出答案，随即望向西南方向长长地叹了一口气说道："老的要怀旧，小的也得受教育。"

同样一台盾构机，造一台和造两台的价格就差很多了，造三台以上的话成本会刷刷刷地下降，汪承宇这个思路是好的，问题是哪儿来那么多需要使用盾构机的工程呢？

就算全国都在大搞建设，使用盾构机这种奢华装备的工程也是可以数得过来的，除去下水工程，算上轨道工程的话则更为有限。

这种为地铁设计的小直径盾构机想找到买家，必须把目光投向同类中等规模的城市，不过距离投标不到两个月了，现联系这种工程肯定不靠谱啊。

张启源一直埋怨汪承宇狗拿耗子多管闲事，做好设计就可以了，管人家怎么卖呢？这也不是实验室分内的事。

苦于此时已经上了贼船，不管想不想走都得跟下去。

带着厚重的图纸资料，坐上了飞往西北的飞机，此一去可是把实验室的精兵全抽调了，有丰富盾构施工经验的严开明，理论基础扎实的谭雅，地铁专家徐复文，实验室新秀汪承宇、张启源、耿家辉等人，不过……

"你来干吗？"

飞机还没有起飞，过道上一个自带气场的身影着实让汪承宇吃了一惊，高薇不知道什么时候上了飞机。

面对汪承宇的质问，高薇理都没理，径直向严开明走了过去，说道："严叔啊，有件事瞒着您，可别生气哦。"

"哦？"严开明愣住了，除了那次旅行，他和高薇之间没有联系，有什么事会瞒着他呢？

"爸……"一个怯生生的声音从高薇身后传出，随后探出那张可爱的娃娃脸。

"思……思颜？"

高薇笑眯眯地说："学校放假，我就擅自做主把思颜也带来了，她一直说想去西北呢。"

"喂，你是咱们华铁的人吗？"汪承宇急得要站起来，却忘记打开安全带，这一动勒到了他的肚子，倒吸了一口冷气，但还是把质问的话说了出来。

"哼！"高薇扬起高傲的头，冷哼一声道："本小姐自费去西北凭吊烈士的英灵，你算哪根葱？凭什么来管我？"

说完，高薇一把拉住严思颜转身向头等舱走去。

"哎……你……"汪承宇这个臊啊，偏巧还无言以对，这年头，有钱真是了不起啊。

谭雅看着这一幕暗笑，自己这个儿子以后恐怕有苦头吃了。

实验室设计的方案早就投给杭州地铁公司合约部了，他们需要对主要的潜在投标人进行资格审查。根据目前的情势推断，华铁隧道集团肯定会入围，但是对是否采购实验室设计的盾构机谁也吃不准。

毕竟人家的城市不差钱，打价格战是否有优势还无法评估。不过这个时候老领导飞大西北，还要特意带上年轻的团队，意味有些深长了，如果仅仅是搞革命传统教育，用得了这么大的阵仗吗？

谭雅毕竟多心，一边要想办法打出实验室的品牌，不然对不起国字头的称号；另一边嘛，哪个父母不为儿子着想，这一步迈顺了，今后会少很多坎儿。

飞机很快飞越在云层之上，严开明的眼睛仿佛不怕云层反射的刺眼阳光一样，竭力地向更远的地方望去，仿佛能穿透云层看到远方，看到曾经战斗过的土地。魂萦梦绕的大西北在几个小时后会再次出现在眼帘，只是自己真的有勇气面对吗？

徐复文仿佛知道老战友在想什么，他拍了拍严开明的肩膀，仿佛一名老兵在安慰新兵。

有了这只手，严开明安稳了许多，有些事情该面对的终将面对，后三十年的辉煌征程足以告慰烈士的英灵了，安慰不了的只有自己的内心。


# 65  佝偻的身影


一行人在地窝堡国际机场下机后便被接上了大客车，随后在铁路相关人员的安排下，乘上了前往国兴 3 号隧道的工程列车。

相比飞机，汪承宇更喜欢坐火车，毕竟在他的记忆里驰往远方的代表是铁路，而并不是那飞在天上的大翅膀。长达五个小时的飞行差点儿让他把苦胆吐出来，相比之下，身体更为孱弱的耿家辉却用一种近乎鄙视的眼神斜视着他。

坐上火车就没有身体上的忧虑了，只不过呼吸还是很困难。

"高原反应，肺部越健康的人反应越大。"高薇瞥着上气不接下气的汪承宇说道。

在介绍了高薇的身份之后，许建军并没有把她赶出队伍，学生是后起之秀，尤其是东南交大的学生，和老铁有着很深的缘分。至于对高志远的态度，人家在改革开放后追求财富本来也不是错，要怪就怪当时的老铁吃不上饭，苦了一路跟过来的同志们。

严思颜对什么都好奇，尤其是大西北的风景。

"哇，这里真大呀。"她眺望着一望无际的荒原，感叹着。

一眼望不到边的地平线仿佛永远没尽头，老旧的工程列车开得很慢，单一的风景给了人一种始终在原地打转的感觉，这就是大西北，我国面积最大的戈壁滩。

"真难以想象当年是怎么在这里建铁路的。"严思颜偷偷地望了一眼父亲。

严开明很宠女儿，但是在这种场合下又不好表示过分的溺爱，毕竟老中青齐聚在一间车厢里不单纯是为了留恋过去。

按道理，领导们应该先过问钱塘江穿江工程的，可是上车后许建军却只字未提这件事。他的双眼始终凝望着窗外，对这片荒无人烟的土地仿佛有着说不出的眷恋。

三十几年了，哪里都在发生着翻天覆地的变化，唯有这里仿佛沉寂千年一样。

不！这里曾经有过一支大军，与狂风斗，与暴雪斗，与万年雪山斗，这里留下了一条铁路线。

工程列车临时加的车厢里，古旧的车厢配上无尽的荒原，让人感觉仿佛穿越了一般，颇有机械魔幻式的美感，只不过车厢内的气氛颇为沉闷，新老二代人各揣心思，往昔的沉重与未来的不可捉摸交织在一起，形成了一条很难逾越的鸿沟。

"你们……怎么没人说话？"严思颜颇有些"童言无忌"的味道，不过倒也应景，谁让这里她最小，车厢里唯一的90后。

许建军仿佛从回忆中走出来，向严思颜招招手说道："来，到伯伯这儿来。"

"伯伯……"汪承宇又尴尬了，这里谁的辈分都比自己大啊，吃亏啊。

严思颜乖巧地走过去，又回头看了一眼老严，严开明没有阻止，只是用眼神示意她乖巧一些。

忽闪着大眼睛的严思颜今天梳了个双马尾，本就长着娃娃脸的她看上去更像小姑娘，难道是高薇给她打扮的？汪承宇想着斜了一眼高薇。

"在学校都学些什么？"许建军笑着问严思颜。

"隧道工程。"

"呦，老严有接班人啦。"许建军不是故作惊讶，严开明夫妻关系不好是众所周知的，顺带着他的女儿也基本等于隐形了，若不是高薇介绍，只怕会被老领导们认作高中生。

"嗯……"严思颜见这位老伯伯和蔼可亲，胆子也大了些说道，"其实我在考虑要不要在考研的时候改修机械工程，就像高学姐一样。"

"学了机械工程后要做什么呢？"

"设计盾构机。"严思颜不假思索地说。

"好志向。"许建军赞扬道："后继有人啊！"

严开明谦虚地说："小孩子胡思乱想，作不得数。"

许建军不高兴了："都是大学生了，还当成小孩子，老严啊，我得批评你啊。"

严开明少有地苦笑说："我接受批评。"

除了严思颜偶尔搅动了一下沉闷的气氛外，整个车厢依旧没有什么活力。

老中青三代人各怀心事，不知这一行过后究竟能带来什么。

老旧的工程车仿佛一位蹒跚步行的老人，拖着沉重的身躯慢慢前行，让这沉闷的旅行愈发显得冗长。

下车后并没有直接到要去的地方，还需要坐一段客车，这才远远地看到雪山的山尖。

气氛越来越凝重，直到开始步行，国兴 3 号隧道的身影终于映入眼帘，距离越近，脚步越沉重。

那里是老一代华铁人难以磨灭的回忆，当回忆再一次以现实出现在眼前时，他们仿佛听到了当年战友们发出潮水般的喊声，看到了热火朝天的除渣场景，听到了开凿隧道时发出的一声声爆破声。一阵风扬起，带着浓浓的胡杨沟的味道，三十年过去了，只有这味道挥之不去。

老兵们驻足了。

他默默地望着眼前的隧道，拱顶外墙上黑底白字的"国兴隧道"四个大字仿佛士兵的铭牌标识着它的身份，尘封的记忆再一次被打开，当初年轻的身影已两鬓斑白，他们为祖国燃烧了青春，如今这具日趋苍老的身体也要伴着国家的腾飞继续发挥余热。

是要搞爱国主义教育吗？汪承宇心想，如果只是单纯搞教育，用不着飞这么远吧，可如果不是为了搞教育，来这里做什么？

这里是国兴 3 号隧道，当年南疆铁路上最难啃，也是最长的一条隧道，在土库一号线上发挥了四十余年的热量。如今这条铁路线也和它们的建设者一样垂垂老矣，马上就要有一条新的高速铁路线替代它，速度更快，运输距离更短，运力更强。

在场的华铁人和华铁子弟，哪个没听过国兴 3 号隧道的故事？

这条写进史册的隧道记录着父辈的荣光。

站在它的面前，不禁让人生出一种憧憬，好想加入到那场大建设中，去书写属于自己的辉煌。

这的确是一场生动的教育，只是……

单单为了我们几个人吗？

汪承宇和张启源等几个年轻人面面相觑，他们都是本次穿江盾构机的设计者，老领导们绝对不会为这点事兴师动众的。

揣着各种各样的胡思乱想，他们还不敢问，闷声跟在前辈身后，静静体会他们的感受。

严思颜很少有父亲的陪伴，母亲又刻意回避这段往事，使得她对这里的故事知之甚少。不过，她上大学后从高薇口中知道了关于这条隧道当年的故事，又从书中了解到这段历史有多么了不起，本就崇拜父亲的她，此时看爸爸的眼神都变了。

只不过，爸爸为什么和他们不一样？

严开明的双脚像扎在地上一样，一动不动，两眼呆呆地望着隧道深处，那幽深的隧道里有着能够把他钉在那里的东西，厚厚的枕木下，那里流淌着一条暗河，有人永远守在那里，聆听火车经过的声音。

"走吧。"

驻足了很久，许建军终于发话，带头向烈士陵园的方向走去。

严开明依旧没有动，因为他使整个队形都拖沓了下来。

许建军停住了脚步，回头望向严开明，他张张嘴想劝说什么，终还是没说出口，那惨痛的一幕忽地浮上心头。

那次事故不是伤亡最大的，却是最惨痛的，惨痛到全师无不为之哀恸，他知道严开明在伤感什么，却不好上前去劝。

徐复文拉住了严开明的胳膊说，"走吧，当年我们已经移开了脚步，到老了还得拆了这把老骨头给年轻人铺路呢，咱们得走，姐的墓在那边儿，到那边儿烧两张纸，她听得到。"

严开明虽是恋恋不舍地一步三回头，但终是挪动了脚步，一抹老泪还是止不住地流了下来。

女儿严思颜好像看懂了什么，清纯的脸上也浮出了忧虑的神色。

烈士陵园并不远，谁也不想坐车，大家有默契地步行前往。

三十几年了，本以为这荒僻的墓园会凌乱不堪，谁想这里栽着苍松翠柏，围墙也是翻新过的，远远地便看见一排排墓碑整齐地排列着，仿佛站着队。

他们生前是军人，死后也是军人，正门一进去，一个大红五星雕塑标识着长眠于此的战士，黑白相间的纪念碑上铭刻着"人民烈士永垂不朽"几个大字。

风萧瑟，为陵园平添了几分肃穆。

这里面躺着的都是老一代人曾经一起战斗过的战友，还有一些人是这辈子不堪回首的回忆。

严开明想开口问问这里是谁在修整，蓦地他的身体一下子怔住了。

墓园里站着一个佝偻的身影映入眼帘，他的腰背已经驼得很厉害，但那兀自要站直身的风骨标志着他昔年的身份。

他也是一名军人，一名曾经战斗在大西北的军人。

# 66  尘封往事，一网打尽

"丰班长！"

严开明的目光模糊了，丰班长退伍时的背影记忆犹新，如今衰老的身躯已无力挺直，唯有骨子里的倔强，让熟悉的人一下子便能感知到同命运的归属感。

"丰班长你还好吗？"严开明激动地上前，一把拉住丰班长满是老茧的手。

丰班长只是激动，泪花从满是鱼尾纹的眼角挤出来，他哽咽着说不出话，只是一个劲儿地点头。

兵改工之后，严开明曾转道去了趟丰班长的老家，但是没有找到人，那个年代通讯不发达，一字之差就可能走错路。20世纪90年代后，他又曾托人寻找丰班长的下落，得到的消息是外出打工去了，此后音讯全无，不承想三十几年后竟然在昔日战友的长眠之地与丰班长再次相遇。

时光荏苒，当年便已显露老相的丰班长如今已是风烛残年，不过再次见到战友之后，他的精神一下子好了许多。

"这些年就是与这些睡在这儿的老战友相伴，不然精神早垮了。"丰班长感慨地说。

回乡之后，丰班长的身体不适合重体力劳作，初期大队给他安排了看仓库的活儿，后来包产到户，仓库也没什么东西可以看了。拖着不怎么灵便的身体，他进了城，一晃就是十几年，直到干不动了。

"这几年政策好，国家关心老兵，他们问我想干什么，我就说想和战友们在一起，于是就来这儿了。"

丰班长主动提出给战友们守墓，当地政府也同意了，获得华铁集团的捐赠后，把这片陵园修整了一番，这才有今天的景象。

"他们好着哩，每到纪念日总有不少学生来看他们，不寂寞……"

听着丰班长诉说着这里的故事，来的一行人都感慨不已。

远处升腾起一团烟火，众人好奇，除了他们谁会在这个时候来这种偏僻的地方祭奠先人？

好奇的目光投向丰班长，丰班长点点头说："还记得当年牺牲的六个广东兵吗？"

老兵们的记忆"轰"地被打开，那是一起惨烈的事故，是国兴 3 号隧道修建的整个过程中伤亡最大的一起事故。

为了突破该死的冰解水层，全团加班加点采用战时体制，24 小时轮换突击，就在工程突飞猛进地向前掘进时，又发生了一起大塌方。

人员被抢救出来的时候个个血肉模糊，不甘心看到战友牺牲的战士们根本不愿意面对死亡的现实，一个个伸出胳膊要求献血。医生无奈地闭上眼叹气说，已经没用了。

两方险些冲突起来。

一次牺牲了六个，还都是同乡，一起挽着手来的，一起长眠在他乡的土地上。其中一位班长家里刚传来喜讯，媳妇生了双胞胎。

"来的人就是那位班长的后代？"许建军没料到此番拜祭还会遇上这样的事，他决定上前去探望。

一块黑色的墓碑前，纸堆还未燃尽，两个三十多岁的大男人跪在墓碑前，按照传统的方式拜祭。

众人的目光落在墓碑上，隶书烫的金字书写着"陈德军烈士之墓"几个大字，正是当年那位牺牲的班长，跪拜的两人大男人应该就是他的双胞胎儿子了。

墓碑旁站着一个满头花发的老太太，她的双眼通红，还在不住地抽泣。

"老妹子，怎么称呼啊？"许建军上前搭话。

一见这人像个领导，老太太慌忙抬头正视答道："张淑娴。"

仔细看，她的实际年龄并没有看上去那么苍老，或许是全部精力都在扛起一个家，这才使年华迅速地流逝。

许建军点点头说："陈德军同志是好样的，他是牺牲在和平的战场上，我们都应该缅怀。"

张淑娴被勾起了回忆，泪水止不住地再次流下，哭着说："他离家的时候还对我说工程很快就能结束，那个时候他再回来看我，哪知道儿子们刚刚出生，他就……"

老太太的体力有些不支，恍惚着要倒下，两个儿子连忙过来搀扶。其中一个人接过话说道："我叫徐新，我弟弟徐疆，是我妈给起的名字，因为我爸在新疆，她这是不让我们忘记爸爸在哪儿。"

"三十多年了，我妈一直想来看看爸，前些年来找过，没有找到，哪知道墓地搬到这里来了，知道具体下落后她说什么也要来看一看，说不定是最后一眼了……"

几番攀谈，大家才知道，这位为烈士抚育了两个儿子的妇女已经是癌症晚期，祭奠丈夫是她的遗愿。

老一辈人在感叹，新一辈人都被震撼了。

从小听着铁道兵的故事长大，但是那些离自己太远，从来不乏爱国主义教育的青年们，还从来没有参加过如此近距离、如此生动的教育。

三十五年前，一位普通的铁道兵牺牲在祖国的边陲，牵连着一个家庭三十五年后的命运。

汪承宇仿佛顿悟了，他越来越深刻体会到严开明执着于盾构机的动力源泉来自哪里。当年的惨烈太过痛苦，以至于一辈子都抹不平心灵上那道伤，为了牺牲的战友，也为了子孙后代的幸福，他所追求的东西很朴素，却在朴素中孕育出了崇高的灵魂。

汪承宇和高薇不约而同地开始在二百多块墓碑中寻找那个名字，那个牵动着几个家庭三十几年的名字。

白莎燕烈士之墓。

墓碑后简短地刻着几行字：白莎燕（1951—1976），国兴 3 号隧道塌方，她放弃了生的希望保护两名新入伍的战士安全获救，英勇牺牲。

曾经被她保护的两个人就站在墓碑前，静静的，谁也没说话。

汪承宇不禁远远地望了一眼许建军，心道，不愧是老领导，今天这一遭怕不是要把这几十年的尘封一网打尽？

果不其然，一辆小轿车停在陵园门前。

车上下来一个端庄的中年妇女，她挽着手提包轻快地走到许建军身边。

在场的大多数人都认识她，不认识的只有几个年轻人。

年龄最小的严思颜出奇地瞪大了眼睛，脱口而出："妈？"

汪承宇几人恍然大悟。

廖雨凡平静地看着远处的严开明，又有些嗔怪地对许建军说："大老远地把我接过来就为了看这……"

许建军是严开明的老领导，可不是廖雨凡的领导，对他说起话来，廖雨凡不会很客气。

许建军放下领导身段，笑着说："再怎么说咱们也是老战友吧，当年你的歌儿很受欢迎啊。"

廖雨凡在人群中看到了女儿，神情突然开始慌张："你们也太过分了，拉着那个人也就算了，把我们家思颜也带上算怎么回事？"

许建军干笑着说："这个可由不得我，你们家小严是自愿来的。"

廖雨凡面带怒容说："咱们都是老战友了，我也不藏着掖着了，你们是干什么的大家都清楚得很，难道还要让我女儿和你们一样在工地上摸爬滚打吗？她可是个女孩子，就算当年国兴隧道也没有女兵冲在前线的道理吧。"

许建军说："弟妹多心了，现在是高科技时代了，施工未必都要在现场，何况小严不是还在上学呢吗？"

"可你们这是在对她施加影响！"廖雨凡重重地说过这句话后长叹了一口气，目光落在白莎燕的墓碑上，半晌才说，"这个地方我是不愿意来的，不是因为路途遥远，而是只要来了就不得不面对过去，莎燕姐对我也是有救命之恩的……"

廖雨凡哽咽了。

陪同来的人员把准备好的鲜花拿出来，由许建军摆放在白莎燕烈士的墓碑前，大家默默地在墓前鞠了躬。

因为墓地前的道路狭窄，所以大家轮着批次来，先是许建军，接着是徐复文，当严开明站在墓碑前时，廖雨凡突然开口道："站住！咱们今天就当着莎燕姐的面儿把事情说开吧。"

"这样好吗？"严开明的眉头紧皱。

"不然呢？大老远来一次就是为了专程祭拜？"

"廖雨凡，这里是烈士陵园，埋的都你我的战友，你怎么能……"

廖雨凡没接话，从工作人员手里拿过一摞烧纸，在一旁的火盆中点燃丢了进去，边烧边说："我不是对莎燕姐不敬，可三十几年了，你让我过了一天正常女人该过的日子吗？你扑在工作上我认，可是心里也该把我当成正式的妻子吧，一到那个日子你就长吁短叹，我理解，也不和你争，可你现在还要把女儿扯进来……"

"妈，我是自愿的。"严思颜凑过来拉扯廖雨凡的衣袖。

"这里没你的事！"廖雨凡怒气冲冲地说。

气氛一度很尴尬，还是谭雅轻声对汪建国说："我们也拜一下吧，这才把话题暂时转移开。"

后面的话廖雨凡没有说出来，每人都拜过后，都用传统的祭祀方式将各自的情感化为一缕缕的青烟。

"老许，你这盘棋下得可够大的了。"趁着空档，徐复文悄悄拉过许建军在他耳边低声说。

许建军笑而不语。

"未雨绸缪，先稳定后方，再向前冲锋。"徐复文道破老排长的心思。

零零散散的，不同的小团体自发地聚在一起。严开明这边，廖雨凡一直在哭诉。

"如果不同意，当初为什么娶我？"

"是我犯糊涂。"

"我承认，当初看上你是因为你干部的身份，可我还没来得及享受什么待遇，你就兵改工了，我占你什么便宜了？"

"你没有占我便宜，是我……"

"只是放不下一个人是吗？"

在白莎燕烈士的墓碑前争论过往的是是非非，严开明做不到。

"那好，你不好意思说我来说。"廖雨凡把目光瞄向墓碑说道，"莎燕姐，听了你也别见怪，你走了这三十几年了，有些话也该说开了，我和严开明在一起，与守活寡没什么区别。你当初教育得对，人的眼睛不能往浮华上盯，不然会吃一辈子亏的。我已经接受教训了，现在悔悟该来得及了吧。"

选择真的很重要，当初的一个错误决定带来的是半生的痛苦。

如果可以重来……

　　可以吗？

　　"干吗不重新开始？"汪承宇像个二愣子一样，傻傻地脱口而出，害得高薇不得不悄悄扯着他的袖口往后拉。

　　汪承宇仿佛没感受到高薇的举动一样，继续说道："逝者逝矣，生者还没有尝试去爱就把自己的心关起来，这样是对生命的不负责，也是对别人的不负责。"

　　汪建国的老毛病又犯了，他真的又想撸起袖子上去抽自己那个不知天高地厚的儿子，这种场合轮得到他乱说话吗？突然一道毒辣的目光射向他。

　　谭雅！

　　汪建国忽地明白了儿子为什么要说那番话，那不是给老严听的，是在说他自己，说他那对不负责的父母。

　　廖雨凡换上一副和蔼的面孔面向汪承宇，笑着说："孩子，你不知道有些事是没办法重新开始的。"

　　"没办法吗？是不愿意还是不想，既然你们的心结都在这里，那就从这里开始，当初是怎么选择错误的，如今重新选择一次。"

　　"我想……我应该选择……"，"离开"这两个字还没说出口，廖雨凡忽地看到严开明向她走来，多少年了她不曾记得两个人的距离这么近过，虽然离婚协议书是她写的，但未尝不是想试图与他进行更深度的沟通，她的心在急速跳动。

　　"雨凡。"

　　廖雨凡的眼睛瞪得老大，她不可思议地望着严开明，多少年了，他已经很多年没叫过自己的名字了……

　　"从一开始，错误就在我，我一直认为和你在一起是对莎燕的背叛，我无法面对现实，三十几年了，苦了你了。"

　　人老了，心志也没那么坚了，三十几年来一直像一块石头的严开明动摇了。

　　严思颜很想上前去劝，但是她不知道该说什么，她发现自己的母亲流泪了，从小那个对她要求十分严格，逼着她上各种补习班的妈妈第一次在她面前露出软弱的表情，他们在尝试着沟通，这在从前是不可想象的。

　　这个地方真神奇……

# 67　一代人的使命

冰冻三尺，非一日之寒，深厚的矛盾不是只言片语就能化解的，哪怕是在这片埋葬着烈士英灵的陵园里。

严开明与廖雨凡相顾无言，有些事终究还要慢慢缓和。

渐渐地人们把目光集中在汪建国和谭雅身上，他们的事也该解决了吧。

在外面颇有大将之风的汪建国居然手足无措，呆立在原地，都说家丑不可外扬，寻常时候，哪会在这么多人面前议论夫妻间的隐秘，可此时此刻，两人的心结就在此地。

因为一次任性，因为一个人，都说时间能磨平一切，三十年的时间足以让刺痛的伤疤结痂。

有严开明在前面做榜样，汪建国只得硬着头皮上，谈工作头头是道的口才到了这里却结巴起来。

"咳……那个……阿雅……"

"别说了！"谭雅冷冷地打断汪建国的话，扭过头不愿意面对他投来的目光。

汪建国有些想退，可是在场的上有老领导，中间有老战友，下边还有儿子一辈的新华铁人的注视，思前想后，自己没有做过什么对不起谭雅的事，于是鼓起勇气上前一步。

一向天不怕地不怕的谭雅居然不自觉地缩了一步。

"这些年我把太多精力投入在工作上，忽视了对家庭的照顾，我向你道歉。"

"我已经习惯了。"

"那……我们能重新开始吗？"不够浪漫的汪建国突然想到了儿子刚刚说的那句话，虽然是剽窃，亲父子就没必要算这个账了。

"我们不是一直……"

"别骗自己了，过一段时间我休假，咱们一起回家好吗？"

谭雅默声不语。

这么多年谭雅不选择离婚有很多原因，虽然她总是拿儿子当借口，但是儿子都参加工作了，这个借口已经不合时宜了，说起来潜意识里还是对当年那个笨小子有感情吧。

这个时候男人需要主动，一句浪漫的话可以让气氛改变许多。

"表白！表白……"严思颜瞪大了眼睛，脱口而出，年轻女学生的直率让很多人自发地为之拍掌。

箭在弦上，汪建国退无可退，大家都在注视着，个个都好奇他会说出什么样的浪漫话。

"回家的时候我多做几个菜。"

"嗨——"

满以为会有浪漫场面发生的众人大失所望。

"嗯。"谭雅轻哼了一声，随后说，"不要再做烧茄子了，难吃死了。"

"好嘞。"汪建国咧开嘴笑了。

就这么解决了？

汪承宇不可思议，爸妈是什么关系他最清楚，谭老师答应事情不附加条件？难道说都是烧茄子惹的祸？太儿戏了吧！

"咳。"高薇轻咳着凑到汪承宇身边，大拇指和食指在他肋下的软肉上轻掐了一把，痛得汪承宇险些叫出声来。女人都怎么啦？

高薇耳语道："咱俩的事，你打算什么时候解决？"

一向大萝卜脸不红不白的汪承宇突然面色一窘，难不成自己这软饭吃定了？居然被女人主动表白？

矜持，这个时候一定要矜持。

"听……听领导讲话……"

气氛缓和了许多，许建军对今天收获的成果很满意，兵马未动，粮草先行，后方不稳，军心动摇，如今三十几年的纠葛趋于平稳，这是个好态势。他勾起嘴角笑着，心里莫名感叹，多亏了老指导员的神机妙算呐，这几个老部下的脉把得还真准。

"我带大家来这里是有私心的。"许建军站在最前面讲道，"本想让你们实验室的季主任一同前来，不过他在北京有个重要的会议，来不了，我们老一代人心里都有一个盾构梦，如今已经在向前迈进，不过时间不等人，我们毕竟老了，真正能圆我们梦的是你们这代年轻人。"

许建军向着汪承宇这边的年轻团队行了个军礼，礼毕后继续说："我们曾经是军人，骨子里一辈子是军人，我们不怕死，可是我们年轻的战士不能白死，尤其是牺牲在意外事故上。于私于公，盾构机的研发自产意义重大，我们铺了一辈子铁路，挖了一辈子隧道，在盾构机领域，我们华铁人不上谁上？"

"要说我们的勇气来自哪里？"许建军手一挥，指着身后一排排矗立的墓碑，激动地说道，"他们，我们亲爱的战友就是我们的勇气，他们用脊梁硬扛起一根根枕木，一条条钢轨，如今我们就要造出当之无愧的'大国重器'！"

"汪承宇！"

老排长习惯性地挺直胸膛，像在指挥部队一样发出洪亮的声音。

"到！"

从小接受军事化教育的汪承宇不自觉地发出只有军人才会顺利喊出的回应。

许建军接着说："你和你的团队任重而道远，好在你们还很年轻，平均年龄不到三十岁，正是建功立业的好时候，你们必须与路德公司一较高下，打败他们，不只是安慰我们这些老头子，你们要让老一辈革命战士的故事流传下去，也要谱写你们自己的篇章。"

"是！"

此刻的汪承宇热血沸腾，好久没有这种感觉了。从小到大，自以为是天才，如今才真正明白，自己不过是在前人的保护之下，眼下背负的不只是普通的机械制造研究，还有一代人的梦。

在场的人为之一振，终于明白老领导的意思了，不惜大老远把正在一线的年轻团队叫到大西北来，精神意义更大于实际意义，两个女学生的主动到来，更说明了大国制造大有可为。

"当年我们靠着双手能打通天山，今天我们全华铁憋足了劲难道还不能抢他路德公司一个项目？"

也许是快到目的地了，许建军的话越来越有气力，字字激荡在在场人的心中。

汪建国舒了一口气，欣慰地看了一眼儿子，这么多年了，总算可以争气了。

"首长，我还是想问一下。"不想在同龄人面前矮一辈的汪承宇总算找到一个可以不尴尬的称呼，"我想问咱们是不是有工程可以采购我的设计方案啦？"

刚刚想夸儿子的汪建国恨不得将巴掌扬起来，这个孩子怎么能在这个节骨眼儿上提这种明显不可能办到的事？领导明显是有意赔钱做这个项目了，不蒸馒头争口气。

何况一旦成功挤掉路德集团，实验室的产品就可以在市场上立足了，只不过是一个先赚与后赚的问题，这孩子怎么死心眼儿呢？

"这得问你徐爷爷啊。"

许建军一句话，还是把汪承宇尽量想屏蔽掉的字眼儿给抖出来了。

耿家辉"扑哧"一笑，结结实实地迎上了汪承宇恶狠狠的目光，四目相对后，他又是忍俊不禁地大笑。

汪承宇只得靠脸皮硬抗了，转向徐复文，完全不在意小伙伴们的目光，问道："徐爷爷你是不是瞒了我什么？"

徐复文一脸惊疑，转向许建军问道："老领导，你可别涮我啊，东来顺的羊肉可比我好涮多了。"

在场人哄堂大笑，这才让严肃的氛围轻松了许多。

许建军止住笑说："你不是临时借调商州吗？这边的穿郑河地下隧道还算顺利，从这月起你就回北京，继续干老本行。"

"北京地铁？"徐复文仿佛想到了什么，脸上露出喜色。

许建军笑道："咱们华铁给首都人民留下了深刻印象，凭着这块牌子，用自己设计的盾构机来施工不行吗？"

"我努力！"徐复文领会，连忙应道。

"不是努力，是必须完成任务。"

徐复文仿佛一下子年轻了几十岁，站起来敬了个军礼道："是！保证完成任务。"

许建军继续说道："我们会在天津、济南等北方大城市继续推广咱们实验室的产品，尽量做到工程标准化，集中全华铁的力量来支持钱塘江的穿江工程竞标，怎么样？有没有信心？"

所有人的目光都集中在汪承宇身上，若非他的脸皮足够厚，肯定会被这么多双眼瞪晕的。

这是一张可以预支的保票，这张保票的含金量非常大，意味着华铁要率先投资十个亿的资金在先期予以支持汪承宇的项目。

意义重大，责任重大。

"请首长放心，保证完成任务。"汪承宇也想像徐复文那样敬个军礼，可惜他那不伦不类的军礼看上去怎么那么别扭？

好像少先队敬礼啊，严思颜在心里默想。

掌声雷动，久久地回荡在烈士陵园上空。

这一次，一定行!


# 68　自信的鲍尔


一架大型空客 A330 呼啸着降落在这座有着美丽爱情传说的城市，中外旅客鱼贯着走下舷梯。

鲍尔用手遮住阳光，刚一下飞机，这座城市的温度就给他来了个下马威，谁让他生长在北欧童话的国度呢？

不过气候的些许不适并没有影响他的心情，虽说是公事，也定将是一次愉快的旅程。

比起十几年前，鲍尔的样貌变化并不大，谁让他十几年前就谢了顶呢？

坐在奔驰商务车里的鲍尔十分满意这个国家对自己祖国尊敬的态度，和十几年前初次来中国所不同的是，这个国家的变化确实很大，从前随处可见的乡村小路不见了，取而代之的是更多的高速路与更多的高铁，城市也被更多的高楼大厦取代，他们改革的成果还是很显著的。

相同的是他们在高端机械制造领域依旧依赖进口，尤其是德国的产品，德国制造已经成了质量标准的代名词，以至于他们心甘情愿花高价来购买德国产品，路德集团几乎垄断了中国盾构机市场，在盾构领域的价格他们说了算。

这次该要多少钱呢？2.2亿？2.3亿？

这种小盾构实在不值得一提，鲍尔丝毫没有把能否中标考虑在内，能够穿越钱塘江的盾构机对于中国的公司来说是个挑战，但是对路德公司而言是小菜一碟儿。

"哼哼……中国人的形容词还真的有意思……"

熟稔汉语的鲍尔自然懂得很多中国的词汇，他对这个国家太熟悉了，熟悉到身为一个金发碧眼的外国人，站在这个国家的土地上，优越感是自然而然的，根本不用刻意练习就会懂得如何享受别人尊敬目光。在这个国家里敢于以平等口吻与他对话的人并不多，熟识的则更少，记忆里有一个家伙曾经令他很讨厌，不过鉴于自己所服务的公司产品过硬，到底被压服了。

这一次埃里希那家伙也要来，在德国已经很难找到像样的大型基建工程了，但是这个国家不同，他们正在高速发展中，不得不承认这种速度令全世界感到不安，不过对于德国工程师而言，的确能拿一份很好的薪水。

一个懂盾构机施工的家伙，鲍尔的心里就是这样评价自己的老搭档的。

诚然，这个国家已经开始尝试自己制造盾构机，小直径盾构机已经开始降价，不能再像前几年那样漫天要价，不过鲍尔依旧有信心，在盾构机领域路德公司才是老大！

在杭州地铁公司合约部的委托下，招标公司筹备了几个月的招标会开始了。

因为涉及国际标，所以这次的招标审核期很长，足够细致地排挤掉一些规模较小的重工企业，甚至连一家日企也没能顺利入围，这在近几年的国际标中并不经常出现，足见市里对这次招标的重视。

为彰显公平，所有的招标流程全部在镁光灯的监督下进行，中外记者早已准备好长枪短炮，一有消息迅速发布在自家的报纸杂志上。

出师以来，汪承宇还是第一次参加这种规格的竞标会，虽然不至于像刘姥姥进了大观园一样，但是也着实小心脏乱跳了一番。

在集团领导的高度重视下，他们这个年轻的团队要向综合方向发展，参加招标会是为了让他们更好地向市场贴近，对今后的成长有很大帮助。

当然，如果能顺利在招标会上干掉路德集团，不说一雪前耻，至少也算扬眉吐气了。

汪承宇很快收起了那点忐忑的心，镇定了下来。

张启源也跟来了，科研人员不是明星，很少有机会被这么多镜头对着，虽不至于瑟瑟发抖，不过如汪承宇一样，心里有点怯怯的。

"咱们这次能行吗？"张启源小声问。

"男人不能说不行。"汪承宇偏过头回答，目光盯在主席台上那位美丽的开标仪式主持人身上。

"喂，你不要吃着碗里的看着锅里的啊，要是高薇知道非得让你吃不了兜着走。"

"去，想哪儿去了，你注意到没有？"

"啊？"

主席台上摆放着各家的招标文件，薄厚不一，直到汪承宇的目光落在自家那堆文件上时，心凉了大半截儿。

"这个……"汪承宇有点懵，当时做文件的时候仅提供的资料就不下上千页，可为什么和人家的一比还是显得薄？那些家伙的招标文件里到底写了什么？

"吹牛呗。"张启源瞬间明白了什么，幸好他们只是提供资料，可那也是他们这些人几个月的辛苦啊。

两人在心里把制作标书的部门咒骂了好几十遍，要是在这么个小细节上出现失误，那他们回去非得把那些人手撕了不可。

眼下再说准备不充分已经来不及了，他俩把注意力集中在竞争对手身上。

一看对手的名头，原本满满的自信心又凉了一截。

张启源："中交集团，大佬！"

汪承宇："北方重工也来了，共和国长子，东方鲁尔，实力强劲啊！"

张启源伸出手，指着坐在席正中的外国团队说道："你看那个秃头老外。"

"在哪儿呢？"汪承宇拨开张启源遮挡视线的手臂，放眼望去。

"就是他！"

汪承宇的心里在冒火，冤家路窄，路德集团的鲍尔，这个名字可是熟得不能再熟了，就好像"一·二八"抗战时停在上海江面的"出云"舰一样，那是誓要打掉的眼中钉!

全集团从上到下这么重视这次招标,可不仅仅是为了赚点工程费,更是对实验室的一次考验,也是对未来规划华隧智能制造的一次铺垫。

鲍尔好像感觉到了不友好的目光,光亮的秃头回头看了一眼。

目光刚与一位年轻人碰在一起,对方岂止是看起来不好友,简直就像和自己有深仇大恨一样,难道是自己在中国得罪了什么人吗?

仔细确认了两眼,发现自己并不认识那位年轻人,习惯了享受尊敬目光的鲍尔想起了一个人,这个年轻人大概是和那家伙揣着一样想法的理想主义者吧。

"华铁隧道?"

看到对方的铭牌,鲍尔不禁自言自语,他确认了自己的判断,华铁还真是个生产理想主义者的基地。

不过他很自信,根据公司对2010—2011年中国盾构机产业政策环境分析,中国的建设环境意味着这个国家还有相当长的一段时间需要依赖进口。

何况想在盾构机领域打败路德集团,就算他们开出超低的价格也要发标方认可才行,凭他们的制造能力,成本能压缩多少呢?

想到这儿,鲍尔对汪承宇等人挤了挤眼,那样子好像在说:小朋友,跟叔叔学着点儿吧。

"那个老小子!"汪承宇握紧双拳。

"冷静冷静。"张启源赶紧拉住汪承宇,生怕他现场发飙。

"神气什么?谁中标还不一定呢。"

"当然是你中标啦,咱们华铁谁能比你更彪啊……"

# 69  最高价与最低价

声音甜美的主持人走到话筒前,正式宣布招标会开始。

"首先,请各方代表上前确认标书是否封存完好。"

按照招标流程，各方代表上前查验标书，确认无误后均在确认书上签了字，这意味着开标流程公平公正。

在标书制作之前，各方肯定都对现场的地质、水文、施工环境等客观条件做了勘探，相关设计会有差异，但是绝对不会产生代差，除考虑盾构机本身的性能，报价就是很关键了。

报价很吃品牌力的，比如路德公司就敢报出高价，毕竟高市场份额在那摆着呢。

除了德国路德公司，外国产品还有美国威尔逊公司也进入了公开投标流程，在进口货很吃香的年代，他们敢报出高价不足为奇。

同理，中交集团和北方重工虽然在国内很强势，但是比起进口产品还是有差距，小直径盾构机还有希望入围，如果是大直径盾构，全国也没有哪家敢拍胸脯说自己能造，当时的环境就算造出来也没有谁家敢用。

"现在公布报价。"

所有人的耳朵都竖起来了，场内的声音压低了许多。

"德国路德公司 6.2 米外径复合式土压平衡盾构机，报价 2.3 亿人民币。"

自家的报价自家清楚，相较之下，全场一片哗然。

不愧是路德公司啊，知道这家公司来历的人不禁咋舌，路德公司刚进入中国市场的时候好几年没有生意可做，因为他们从不降价，昂贵的价格让当时并不富裕的中国不敢问津。

这一次也不例外，上来就报了个高价。

直到后来改革有了阶段性成果，开始寻找质量的体验时，路德集团才进入中国基建者的视野。

"如果要是像体育比赛那样，去掉一个最高价，再去掉一个最低价……"张启源说到这儿舌头差点没吞下去，他差点儿忘了，自己家的产品就是最低价啊。

汪承宇没心情在这种时候打趣，他知道对手不简单，即便报出这种价格也依然有吸引力。

一家接着一家的标书被拆开，报价数字一个接着一个地念出来，不出所料，不论国内还是国外的公司，都没报出过像华铁这样离谱的价格。

"华铁重工报价 3000 万人民币。"

华铁的价格一出，各家参标单位几乎是不自觉地发出一阵唏嘘。

与路德集团形成了两个极端，华铁一时间成了瞩目的焦点，这种报价近乎报复性竞争，华铁有必要这样做吗？

"哼！"

鲍尔露出一个轻蔑的微笑，心里嘀咕着："一群异想天开的家伙。"

虽说便宜货到哪里都有人要，但这是盾构机，不是便宜就有人敢用的。

通常人们在买东西的时候不会选最贵的，也不会选最便宜的，中档产品销量最高，这是销售铁律。

一个最高价、一个最低价出现在盾构机招标会的现场则有着不寻常的意味。

能研发制造这种大家伙的企业规模通常不会太小，除掉一些接个别代加工单的工厂，这些参与招标的企业在国内外都是响当当的品牌。

报价一出，空旷的大厅立即充满火药味。

"这是华铁想和路德集团拼了？"

"难说，华铁不是成立了一个实验室嘛，说不得是为了打响品牌，赔本儿赚吆喝呗。"

懂行的人在下面窃窃私语。

招标方在公开了所有参标公司的报价后，先是开始了一阵忙碌。

等待的时间有些漫长。

汪承宇窥见鲍尔起身，拍了拍张启源说："借过。"

"干吗？"

"上厕所。"

张启源将信将疑，当他把目光落在向洗手间方向走去的鲍尔时，吓得连忙拉住汪承宇："这可不是职工宿舍，你别乱来。"

"我知道。"汪承宇不耐烦地甩开张启源的手，挤着眼睛跟了过去。

洗手间里，鲍尔在方便。

这几年中国的卫生条件越来越好，这一点上倒比他去过的很多国家要强，相比之下鲍尔还是喜欢做中国的项目。

中国人讲究待客之道，外国友人在这个国家生活得非常舒适，一会儿评审结束宣布中标，自己就可以找一处风景秀丽之处好好放几天假了。

在洗手池，他见到一张带有侵略性的脸孔，这种面孔在这个国度出现得并不多，尤其是在这种场合。

"是你？"鲍尔认出来是华铁的那个年轻人，"找我有事吗？"

"鲍尔先生，我的德文适用于书面专业名词，不过你的中文真的很棒。"汪承宇平静地说，他的身子有意无意地挡住了半道门，不发生冲撞是绝出不去的。

鲍尔知道对方来者不善，但他相信在自己已经认出对方的情况下，他不敢怎么样。

"知道我是谁吗？"汪承宇不客气地问。

鲍尔两手一摊摇摇头，示意不知道，也无所谓。

"记得汪建国吗？"

鲍尔笑了："当然记得。"

"那是我爸。"

鲍尔恍然大悟。那是秦岭隧道时，中方搞小动作，自己用了一些小手段把中方压制得死死的。虽然是一起微不足道的胜利，但是凭借过硬的装备让对方低头，这本身就有一种快感，以至于十几年过去了，还能让他记忆犹新。

"我们打个赌怎么样？"汪承宇自信地说。

"我们之间有什么赌好打的？"鲍尔觉得好笑。

"十年后，你们公司在中国的份额不足 30%。"

鲍尔哈哈大笑，他的眼泪几乎笑出来了，还有比这更好笑的笑话吗？

"莫说十年，就是三五十年这种情况也不会出现。孩子，你太年轻了，这是盾构机不是你家门前卖的白菜，你知道我们国家的工业用了多少年的积累才走到今天吗？"

"我知道，一百多年嘛。"

"如果你说一百年我认为还有可能，一百多年对你我来说很长，对历史来说很短。"

"那你应约吗？"

鲍尔摇摇头："我对看不见结果的赌约毫无兴趣，不过我可以和你打一个新赌，就赌这次招标的结果。"

"好啊。"汪承宇笑了，"赌什么？"

"就赌这次是最高价中标还是最低价中标。"

"如果是中间价呢？"

"赌注无效。"

汪承宇觉得眼前这个德国老头儿挺有意思，笑着说："好啊，赌注呢？"

"不赌钱，赌点你我都能做到的，以私人名义。"

"嗯……"汪承宇思索一下后说道，"如果我输了，只要有你在的招标会我都不会出现，如果你输了呢……"

"你说。"

汪承宇很不客气地指着鲍尔说道："我要你当着记者的面向华铁人道歉。"

"道歉？"鲍尔很疑惑，"我为什么要向你们道歉。"

汪承宇邪邪地一笑，说道："1997年秦岭隧道一号线由南向北推进的1号盾构机故障是人为的，你们做了手脚，身为当时的德方负责人，你不会连这点儿担当都没有吧。"

"证据呢？没有证据不要凭空污蔑。"鲍尔轻蔑地说道。

汪承宇撇了撇嘴说道："刚对你这个大叔有点好感，别一副无赖的嘴脸嘛，今年是2010年，十三年过去了，有人遗忘了那次事故，华铁人可不会忘记，当年没排查出来的问题，今天还排查不出来吗？"

看着汪承宇自信满满的样子，鲍的表情严肃起来，他侧耳倾听。

"我们把当年的两台已报废的机型重新拆解研究了一遍，逆推了当时的施工情况，终于得知你们在控制系统上做了手脚，这就是你们路德公司惯用的手段，现在正在施工的商州地铁郑河穿河隧道工程也出现了类似现象。鲍尔先生，这要做何解释？"

鲍尔拨弄着脑袋笑道："捕风捉影的事不要拿来瞎说。"

汪承宇鼓起掌同样笑着说："鲍尔先生的中文真是一级棒，连'捕风捉影'这样的成语都会用。不过，如果您以为我们真的没有证据的话，您一定会知道什么叫大失所望，类似德国机械用美国控制系统的例子并不鲜见，证据简直信手拈来。"

鲍尔的脸色大变，幸好此时大家的注意力在招标现场，两人的对话没有外人听得见，不然就他现在的表情被记者拍去，还不知道要闹出多大风波，公司一定会开除他的。

"好吧，我同意你的赌约，不过也不要忘记，盾构机是一个复杂的机械综合体，互用他国生产的零部件是很正常的事。"

# 70　答疑

洗手间的门外传来重重的脚步声。

张启源赶来时，鲍尔已经扬起高傲的头颅仿佛胜利者一样往回走，他诧异地看着鲍尔，直到他走远了，这才走到汪承宇身边。

"哎？傻啦？"张启源捅了捅呆若木鸡般的汪承宇。

汪承宇居然傻傻地发出一连串"咯咯咯"的笑声。

"那老家伙对你动武啦？打坏脑子啦？"

"去去去。"汪承宇拨开张启源。

"呼……"张启源长舒一口气，"还算正常。"

"你来干吗？"

"怕你冲动啊。"

汪承宇瞪了一眼这位面相憨厚的同伴，嘟着嘴说道："多此一举。"

"你和他说话啦？"

"走！回去说。"

"当然回去，不回去干吗……"张启源嘟囔着。

按理说两人交锋总有一个人会显出颓态，但为什么两个人都仿佛胜利了一般？他们到底说什么了？

带着满腹的狐疑，张启源陪同汪承宇回到候标大厅。

"下面请念到名字的代表方上前答疑，中交集团的代表请上来。"

参与答疑的都是商务代表，因为随时可能提问到技术细节，各方都是商务代表与技术代表同来的。

像鲍尔这种自信满满不带技术顾问的少之又少，当然他本身既是商务人员，也是技术人员，这是他的优势。

轮到路德公司答疑的时候，鲍尔不慌不忙地拎着提包走上前去。

鲍尔的中文很熟练，但是在答疑的时候始终坚持说德文，以至于招标方不得不自带翻译。

这倒不是刻意摆谱，而是因为翻译的时间留给了鲍尔足够的思考时间，他还是相当精明老练的。

路德公司的品牌果然很过硬，鲍尔很快结束了答疑，他近乎带着胜利的表情瞄了汪承宇一眼，古板的脸上居然多了一道扬眉毛的动作，让这个德国老头儿显出几分可爱的颜色。

这个死老头！

汪承宇暗暗地憋了一股劲儿。

"华铁重工。"

终于叫到他们了。

华铁的商务代表可没有鲍尔那样自信，连忙叫上主设计师汪承宇协助答疑。

"嗯……"上首坐着一个老头，这位就是发标方的首席评审人员了，花白的头发，有着一张比鲍尔还要古板严肃的脸。他的左右各坐着两个中年男人，身后全是翻弄资料的助手。

盾构机招标的资料太多了，身为首席，只挑重点的看。

招标方评审人员不会和参标方有太多客套。

见到对方坐稳了，首席评审员低声吟道："标书倒是很简洁呀。"

"咱们华铁可是三十多年的老字号了，参与过国内外的大工程数不胜数，要是再算上三十年前的铁道兵历史，那给共和国立的功劳可多了……"还不待对方发问，汪承宇的嘴就开始贫了起来。

"咳！"商务代表连忙咳了一声示意小汪同志安静，生怕惹了评审员不快。

汪承宇收了嘴，两眼瞄了一下对方的表情，见对方并无不悦。

首席评审员还未发话，左边的一位年轻人很感兴趣地问道："是什么原因让华铁重工的报价如此……如此低廉……"

3000万的项目在什么地方都是个大数字，但在盾构机领域还真得用低廉来

310

形容。

仿佛生怕汪承宇抢话一般，商务代表连忙回答："咱们华铁承揽了北京、天津、厦门等多个大城市的地铁施工项目，有着丰富的施工经验，在未来要打造多城市统一标准，已预计在全国十余家大型城市的轨道工程中使用同一型号的盾构机。"

首席右边一位中年评审表情有些不阴不阳，问道："各城市地质情况不同，盾构机需要私人订制，这在行业内是众所周知的事，用统一型号？你们在说笑话吗？"

"咳。"首席评审员轻咳了一声，止住了两位代表的好奇，说道："咱们只是审查资质，不相关的不要在这里说。"

仿佛被批评到了，两边的年轻人垂下了头。

"你们的基本条件，包括设备、厂房、人员、业绩、制造经验、技术水平、服务能力不在怀疑范围内，只是设计单位是国家重点盾构及掘进技术实验室，据我所知这个实验室才刚成立还不到一年吧，这么短的时间内就给出设计方案，在知识产权方面确实没有纠纷吗？"

汪承宇恍然大悟，明白标书薄的问题在哪里了：图纸，原始设计的图纸并没有完全附在里面。他的额上一下子渗出汗来，对方果然老练，一下子就发现问题所在。

还是自己年轻没经验啊。

此时的汪承宇不得不硬着头皮顶上说道："我们的实验室是国字头重点实验室，研究成果是上百人夜以继日绘制出来的，仅图纸就有五千多张，太重，没带来，麻烦您，呵呵……"

为什么要陪上笑呢？

心虚啊。

图纸没带全呗。

不过这不是重点，重点是证据。

"你们说多个城市都要应用这款盾构机，那么它凭什么会应用于不同的地质层。"

一说到专业问题，汪承宇立马来了精神。

"刀盘！"

"刀盘？"

"对！我们在一个推进系统上设计了两套刀盘，既适用于软土，也适用于硬岩，可以当 TBM 用的。"

"哦？"老头挺感兴趣，又接连问了几个技术问题，如果他不是评审，那样子怕是要拉起小伙子的手彻夜长谈了吧。

竞标嘛，尽最大努力，准备接受最坏的结果，只要过程不出现纰漏，就会不担责任。

到现在为止一切还算正常，商务人员松了一口气，任由他们攀谈。

焦急等待的不只是现场。

商州。

谭雅望着窗外的雨，忧心忡忡。

儿子那性格看似随性，实则骄傲得很。

实验室刚刚成立，虽说不是在一穷二白基础上搞建设，但就整体实力而言还是稍弱，就怕汪承宇贪功心切，受不了挫折。

其实，不中标也没什么，少了钱塘江祖国不是还有那么多名山大川等着去开凿嘛。

她握着手机想打过去安慰儿子，又怕打乱了儿子的步调，正在左右为难之际，门推开了。

走进来的人是汪建国。

自从飞赴国兴 3 号隧道之后，两人之间的隔阂一下子缓解了许多。

过去的谭雅像个想撒娇的孩子，又过于刚强，刚则易折，所以不愿意面对那段回忆。

尘封三十余年的记忆一旦打开，如开闸放水一样，所有的情感全部倾泻而出。

"你来干什么？"谭雅还保持着她应有的骄傲。

"来看看你。"

"从天山飞回来的？"

"嗯，刚到，过来看看你，给你带了新疆的核桃。"

两人之间的言谈话语明显增多了。

"你还是担心儿子吧,他现在在现场,压力比我们大。"

"一代人做一代人的事,那小子也该自己担起一些事情了。"汪建国轻笑,然后望向窗外,仿佛在自语一般:"唉,商州的雨还真是黏稠呢。"

看着故作忧愁的丈夫,谭雅笑出了声:"到底是父子,儿子时不时地多愁善感原来是从你这里传承的。"

"他要是不像我,怎么能是我的儿子呢?"汪建国的心情好了不少。

说不挂心是不可能的,这次招标,是汪承宇向前迈进的一小步,却是华铁的一大步,这一步迈得好不好并不是关键,关键是要迈出去,早晚要迈出去。

答疑不是报价,不需要公开进行,不过也在严格的监控下,等待在候标大厅的人无从得知里面谈了什么。

"怎么去了这么久?"张启源疑惑着,这时手机响了,"老耿啊,什么事?一会儿再打不行吗?"

电话那头的耿家辉说道:"你以为是我愿意打呀,是谭老师,她想问问这边情况怎么样了?"

谭雅还是忍不住询问情况了,只不过采用旁敲侧击的手段,让别人代劳了。

"公开招标呗,现在答疑呢,还能怎么样?"

"谭老师说了,你们难得出来,招标结束后就留在杭州玩两天,这边给你们请年假。"

"谭老师还真关心人,呵呵……"张启源现在哪有心情玩啊,他伸长了脖子等着里面消息呢,"哎,出来啦,我先挂了啊,给谭老师带好……"

汪承宇满面春风地走了出来。

"怎么样?"张启源欣喜地问。

"放心吧,哥们用魅力征服了一老头。"

# 71  互联网传媒

毕竟是大国重器，采购招标的时间比较长。

招标现场的工作人员已经开始组织休息，等候最后的现场开标。

参会人员可以自取茶水和咖啡，也有一些小茶点供人食用。

张启源一口气往嘴里塞了五六块小酥饼。

"吃吃吃，就知道吃，你看你都胖成什么样子了？"因为先前的准备不充分，汪承宇的情绪不是很好。

张启源边吃边说，酥饼的渣子都喷出来了："你妈可说了，竞标结束后让咱们在杭州玩两天，她给咱们请假。"

"要玩儿你自己玩儿，我没心情。"汪承宇的目光始终没离开主席台后边的评审室。

2008 年后，为应对国际金融危机，我国发行 4 万亿的投资以扩大内需，基建投资迅速创下新高。各级政府部门都在积极地发展，因此，在今后的 10 年时间内城市轨道交通建设在各地政府基建建设中都占有相当大的比重。

一次招标的失败并不会毁掉所有设计人员的心血，但这是实验室年轻一代人的设计产品第一次面向市场，成败影响士气。

汪承宇不希望看到失败，还有更难以启齿的是他和鲍尔打的那个赌，他本想让华铁老一辈人高兴的，要是弄巧成拙，哪怕脸皮赛城墙也扛不住吧。

"您好您好，我们是新南方网的记者，可以接受一下采访吗？"一个甜美的声音从身后传来，随之伸来的是一个麦克风。

"咦？"

汪承宇的思绪从忧烦中走出来，小姑娘戴着圆圆的宽边眼镜，留着学生气质浓浓的荷叶头，长得挺清秀的，就是说起话来有些怯生生的，一看就是新手。

"新南方网？没听过，新网站吧。"汪承宇反问。

眼镜姑娘很年轻，虽然经验不足，但是着眼点挺准的，一下子就瞄中了这个年轻的团队，别家的技术人员都是满头花发的，华铁这边倒像是来参加运动会一般，从商务代表到技术人员清一色的年轻人，看样子都不到三十岁。

"成立时间也不短啦，我们也报道过很多国内外重大新闻的，尤其偏爱报道国内年轻人的事迹，呃……娱乐的、体育的……科技的……"年轻的女记者努力用了正确的措辞。

汪承宇自然而然地把这三方面的称谓全收，毕竟他自喻全能天才，他笑着摸了摸刮得干干净净的下巴，露出一个得意的微笑。

"有什么问题就问吧，我都知道。"张启源凑了过来。

"去去去，一边吃去，饼干渣子都喷到麦克风上了。"汪承宇紧了紧衣襟面对镜头展示出自己最好的状态说道，"我是本次参标项目的主设计师，我从小就了解掘进机，还参观过很多实体，从半机械式到机械式，一直到现在的土压平衡和泥水平衡盾构都懂，别羡慕哥，哥只是把你们玩的时间用来学习了，这里我得感谢我有个好妈妈……"

小记者目瞪口呆，自己还什么也没问呢。

采访正式开始。

东南交大的女研究生宿舍，一阵急促的跑步声从楼梯传来，紧接着脆生生的声音喊道："薇薇姐，薇薇姐，那个……我刚从网上看到……咦?"

当严思颜喘着粗气跑到高薇的宿舍时，突然发现宿舍里围拢了很多人，她们都在围着高薇看着她手中的平板电脑。

平板电脑这种东西在当时可算新鲜而贵重的东西，昂贵的价格让很多人望而却步，更不用说还没毕业的学生。

当然，对高薇来说只要是生活用品就没昂贵可言。

"思颜?"

"你们……你们这是……"严思颜听到一段声音从平板电脑里面传来。

"她就是老一代中国盾构人，说到我妈妈就不得不提我外公，哦，我爷爷也可以提的，不过得先从外公讲起……"这声音不是汪承宇还能是哪个!

这形象是科研人员?

说出去没人信吧。

"你男朋友都出镜了，真了不起呀。"有人赞叹道。

"耍活宝呢。"高薇忍俊不禁地笑道。

"小网站嘛。"另一位室友说。

"你们说这次招标会华铁会不会中标啊？"

"华铁要是能中标啊，我们自然高兴，但是我看八成没戏，咱们那个生产水平你们还不知道？哎，就我爸那车间……"

华铁子弟报名东南交大的人最多，在学生中比例也最高，聊起天来也没什么禁忌，从来都是眼见为实嘛。

刚刚问能不能中标的那个女学生有些失望。

旁边的女学生指着 iPad 问："你们说这 iPad 好不好啊？为什么人家就能生产出来，而我们连个零件儿都造不出来？"

学生们若有所思。

这位女学生继续说："这几年嘛，我们国家的制造业是上来了，但是盾构机领域还差得远……哎……你们别用这种眼光看我啊，这不是我说的，导师不也是这么说嘛……"

迎着周边女同学有杀伤力的眼神，这位女学生抬出了导师语录。

汪承宇的现场讲话直接变成视频传到网上，这意味着他还在现场，虽说大家都盼着能看到激动人心的时刻，不过想想这位女同学的话，还是一阵失望。

"我们是发展中国家嘛，拭目以待吧。"高薇还是那样冷静，看不出欣喜，也看不出颓丧。

网络真的很高效，很多关注这场招标的人都看到了这段网络采访视频，但是在业内还是带来了不小的反响。

候标大厅里的各方人员还在焦急等待。

此时的信息尚未公开，但是初步评审结果已经出来了，复核正在紧张地进行。

"初步结果表明，评分最高的是华铁重工。"

按规定，一位工作人员公开念了初评结果。

评审室内的氛围有些异样。

"这是三位评审员的评审结果综合加权得出的结果，确实是华铁重工分数最高。"怕自己看错了，那位念分数的工作人员特意又核对了一遍结果。

首席评标专家是从专业专家库中随机抽取的，不存在偏袒问题。另外两位，年轻的那位是代表住建委，年长一些的中年人代表城市轨道交通建设公司，都是有中级以上相应专业职称的。

评分最高不意味着一定中标，招标方的领导还没拿定主意，正在左右权衡。

中年评审员发问了。

"我没给华铁打高分，这是怎么一回事？"

首席评审员微眯双眼，一副事不关己的模样，他在专业领域非常资深，没人敢质问他。

年轻评审员左右看看，只得硬着头皮答道："在质量趋同的情况下，选择性价比高的产品也是评审原则之一。"

"质量趋同？"中年评审员仿佛在看火星人一样，"你从哪里看出质量趋同了？华铁自己不也在用路德公司的盾构机吗？"

"这和本次招标无关吧。"年轻评审员两手一摊说。

中年评审员不敢苟同，若没有台上的领导，两人肯定争论起来。

台上的一位领导咳了一声，对年轻评审员说："说说你的看法。"

年轻评审员站起来，欠了欠身然后大方说道："我国目前经济总量在高速增长，但与此同时花销也在日益增长，两个公司之间的盾构机差价在 2 亿元人民币以上，这不是个小数目，对方的相关设计在审查资质的时候我们就看过，能够入围招标现场的质量肯定没问题，这就是我给华铁打高分的原因。"

台上的领导们纷纷点头。

中年评审员不待询问就急着说出了自己的看法："来参标的公司都是合格的，但是路德公司的盾构机是经过二十年实践检验的，事故率很低，即使小故障也很少，正是凭着这种过硬的质量，才占据了高份额市场，这是市场检验出来的结果。"

中年评审员有些激动，清了清嗓子又说："钱塘江这种级别的大江在国内也不多，何况还有钱塘江大潮，盾构机质量能否经住考验是工程成败的关键，何况，华铁的设计团队太年轻了……"

"年轻有错吗？"年轻评审员有些不满这个理由。

"年轻意味着没经验。"

"年轻也代表着更有创造力，而不是保守的，一味不思进取只想着用昂贵的价格去购买性能一般的产品。"

"进口货怎么就性能一般了？"

"进口就一定好吗？"

两人可能是天生的冤家，几句话就擦出了火药味儿。

"好啦。"领导眼睛不满地瞟向稳坐在正中的老年评审员。

头发花白的老评审员不疾不徐，他的身份可不一般，曾是上世纪 80 年代公费出国的留学生，这种老专家的意见还是要听听的。

"便宜未必没好货，那个两套刀具的设计就很有创意。"

# 72　中标

激动人心的时刻到了。

招标方代表纷纷重新入席，正式的开标开始了。

台上的主持人开始发言，大厅内几百双眼睛盯着主席台，镁光灯"咔嚓咔嚓"一阵闪光。

"本着公平、公正、公开的原则，本次招标会经过初审、开标审查、共计 7 家单位通过初选，经过慎重的考量，结合发标方实际，最终确定的中标单位是……"

下面的呼吸声都粗重起来，记者们举着长枪短炮，等待着答案的最终揭晓。

"华铁重工！"

"耶！"

汪承宇激动得跳了起来，大厅里好多人的目光集中在这个年轻人身上。

这一刻成了汪承宇人生中最为欣喜的时刻。

一直忐忑不安的华铁人听到这个消息，竟然难以置信，一时间呆住了，直到掌声雷动，各方代表纷纷上前庆贺时才缓过神。

这是华铁的胜利，也是中国盾构机技术向前迈进的重要一步。

虽然今后的路还很漫长，可是有了这一步，意味着中国制造终于进入了高端领域。

汪承宇和他的团队是当之无愧的英雄，今天的他注定被镁光灯聚焦。

各大报纸、杂志、期刊和新兴的网络媒体纷纷把这一好消息报道在自家的媒体上，汪承宇的名字第一次被业内所周知。

"能讲讲中标的感受吗？"一支话筒递了过来。

"爽！"

汪承宇毫不掩饰自己的兴奋，用年轻人特有的词汇将喜悦通过媒体传播出去。

"你好……你好……"一个娇小的身影从众多记者中挤出来。

这不是刚才采访过自己的什么……什么网站来着……

"新南方网，我们刚才认识的。"眼镜姑娘为了挤进来真是拼尽了全力。

"哦，还有什么问题吗？"

"没，没……"眼镜姑娘连连摆手道，"这个……我的名片，我很关注你们这个项目的，有新闻点一定要联系我，我会第一时间报道的。"

"没问题。"汪承宇收下名片，看了一眼，舒然？真是个恬淡又有意境的名字。

他扬扬手，向对方打了个招呼，示意知道了。

舒然欣喜地退出人群。

随后，汪承宇又像被众星捧月一样，享受着胜利者的待遇。

有人欢喜就有人郁闷。

虽说失了一个小小的标并不能让鲍尔过多在意，但是刚才打的那个赌……

鲍尔决定快点离开现场，今天好像是星期五，该死的东方人特意挑选了一个不吉利的日子吗？

"嗨，往哪儿走？"汪承宇撒开大长腿拦在鲍尔面前，得意地扬了扬眉毛，"想走吗？别忘了你还有赌约呢。"

"拿到了一个小标有什么好得意的？像你们这种亏本赚吆喝的公司是不会有

好的品牌效应的。"鲍尔表情严肃地说。

"亏不亏本儿是我们自己的事，输了的约可要践行哦，不然对路德公司的声誉可不太好。"

鲍尔不想赖账，但也不想道歉。盾构机说白了也是一场生意，生意场上尔虞我诈很正常，如果这也需要道歉的话，那来找自己要说法的人也太多了。

他伸出一根手指说："这个小标你们赢了，如果你们能赢下一个标，以上帝的名义，我会在媒体上发表声明，我不会出现在有你们出现的招标会上，毕竟我只能做自己的主。"

下一个赌约？

记者们都是好事之徒，一见这边有情况，连忙围了上来，当年明争暗斗，吃的那些亏也不全是拿上台面的事，汪承宇不想把事情闹大，于是连忙应下了。

鲍尔仿佛什么事也没发生一样，大步离开了现场。

记者们见没有捕捉到什么新闻点，纷纷散去。

商州。

一场雨过后，空气格外清新，连下午的阳光看上去也那样美丽。

两百多个昼夜以来，全实验室的人乃至整个华铁相关人员都在关注这次的设计与招标，这是实验室的开门红，意味着在实验室筹备阶段就有能力设计出可使用的盾构机。

汪建国激动得把谭雅抱在怀中，望着窗外的阳光，激动的泪花湿润了双眼。

一瞬间，阴霾全部消除了。

人们在庆贺。

当严开明把电话打到老战友徐复文那里时，两位即将退休的老人都握着话筒，久久没有说话。

直到两人都长长地松了一口气后感慨地说。

"中标了。"

"是啊。"

老战友心有灵犀，没在这个问题上深入说下去。

"可以告慰老战友了。"

"老连长听了肯定会高兴的。"

"嗯。"

实验室的所有研究人员都为之欢欣，季先河一连几个电话催促招标团队快点回来，可是得到的消息差点没气得他骂娘。

"休假？什么时候了休什么假？想休假回来再说，想放几天我就批几天。"

"可是……"商务代表在电话里委屈地说道："小汪说是谭老师特批的，已经坐上火车走了。"

谭雅刚好在边上，她突然想起自己似乎是说过替他们请假的事，不过那是为了安慰他们呀，弄巧成拙啦？

看着谭雅并不否认的表情，季先河把气憋回了肚子里，愤愤道："行了，你先回来吧。"

"呃……是……"

钱塘江边。

张启源跟不上汪承宇的步伐，呼哧带喘地喊："你慢点，慢点……"

憋了二百多天的汪承宇像脱缰的野马，恨不得马上跑到火车站去，他要完成一件历史性的壮举——为自己正名。

"你该锻炼了。"汪承宇无奈，一副看着猪队友的眼神望向张启源。

"好……好……回去再说……不过咱们就这么走真的好吗？我可听说了主任来电话让咱们赶快回去。"

"回去？说好的两天假呢？"汪承宇扯着脖子喊道。

"你就不担心谭老师？"

"我妈是什么人？当年舌战上百名专家不落下风的女中豪杰，这两天假请不下来？"

张启源无语。

不过汪承宇连忙软言安慰道："再说了，咱们是什么人呐，功臣呐，回去还不得大红花、表彰会？你担个什么心呢。"

"咱们好歹也是半个纪律单位吧，这样真的好吗？"

"我说你贫不贫呐，说好的一起回学校，现在你变卦了。"

"哎？一开始不是你自己说没心情休假吗？"张启源反唇相讥。

"现在不同啦，再说，难道你不想看看某人吗？"汪承宇神秘兮兮地说。

"谁啊？"

"啧啧啧……你知道的呀，就是那个长相甜美的小萝莉。"

"别瞎说啊，那可是老严的姑娘……"张启源脸臊得通红。

"哎！我有说名字吗？你自己说出来了吧。"

"又上当了。"

鼓动着张启源休假，汪承宇也是有私心的。

长久以来在与高薇交往的过程中，汪承宇始终处于下风，不论是校园舆论，还是社会实力，他都逊得太多了，虽说冠了一个天才的名头，可是天才没有成绩一样被人瞧不上。

这一次他是携胜利之威，要彻底扭转自己曾经在东南交大留下的不良印象。

# 73　交大风波

老实说，这么大的喜事应该先回实验室与大家共享，可谁让汪承宇这个妖孽有私心呢？

抓住老妈的话柄当令箭，置商务代表等人于不顾，也不管实验室从上到下等着给他庆功，还真就潇洒地请年假了。

张启源虽然很纠结，但是这个时候弃汪承宇于不顾，也太不够哥们了。总之，自从和他当了损友，做出的那些事儿都是一言难尽的。

他们在赶往东南交大的路上，殊不知已经有人抢先了。

自从了解到华铁新一代研发人员以东南交大为主，那么这个孕育出一代盾构人才的大学也成了重点采访对象。

发现得最早的还是舒然。

这位网站记者年纪不大，眼光却很独到，心眼也很多，在现场尚未开标之前就瞄准了汪承宇的年轻团队，并提前做了报道，这让新南方的报道抢在其他媒体之前就聚焦了关注点，获得了业内的赞誉。

随后，舒然在旁敲侧击的采访中得知了设计者大多来自东南交大，她敏锐地意识到这所大学是一座宝藏。

能挖掘出什么新闻点还不得而知，但是一定有内容，尤其是和这位不到30岁的主设计师有关的新闻点，他应该毕业没多久吧。

舒然想着想着，就被一群学生包围了。

东南交大的学生对来自华铁的新闻特别感兴趣，在报道汪承宇的时候，舒然也是进了镜头的，刚一张口打听情况就被认了出来。舒然便被学生捧成明星一样问这问那，搞得她很被动，貌似她才是来接受采访的。

女研究生宿舍，一阵"蹬蹬蹬"的脚步声传到宿舍，伴着喘息声，还未见人影，就听见喊声。

"薇薇，你不去看看，有记者向咱们打听汪承宇呢……那八卦事迹都传飞了。"

这是高薇的同伴，像高薇这种自带光环的大小姐，走到哪里都有甘于当跟班儿的小伙伴，推却不掉，只好顺其自然。

听了这话，高薇捋了捋耳鬓的长发，目光依然落在书本上，淡定地说："谁愿意打听谁打听去呗。"

"你就一点儿也不担心？"

"担心什么？"

那份儿恬淡真不是装出来的，得需要多强大的气场才能掌控住这么优秀的男友？

小伙伴儿不禁为她担忧："担心他火了以后被花花草草勾引到了怎么办？"

"笑话！他是理工男，又不是大明星。"高薇有些不耐烦地说，"好啦，不要再打扰我学习了，导师给的课题我还没个方向呢。"

小伙伴一脸羡慕的目光，却不敢声张，偷偷找个没人的地方嘟囔道："家世那么好，还学什么习？我要是她肯定回家享福去了。"

舒然今天的收获太大了，采访本来需要准备很多问题，但是这一次她发现自己很多没准备的问题学生们也给准备好了。

新南方网的标识和她标志性的圆眼镜，让学生们一下子认出来她就是采访华铁竞标的那位女记者，还不待她发问，一个个叽叽喳喳地讲开了。

理工科男生居多，女同学们平日里霸道惯了，如今把记者也给霸占了。

所幸，理工男们平日里擅长交际的并不多，偶有感兴趣的在一旁看看热闹，更多的则不知道脑子里装着什么东西，低着头视若不见地匆匆而去。

"篮球中锋？"

"还是攀登健将？"

"和富家大小姐谈恋爱？"

科学家，配上这些名头，想不火都难啊，舒然觉得自己找到了一个燃爆点。

不过，记下这些之后，她莫名地有些失落，心底一个声音似乎很惋惜地说：原来他有女朋友啦，还那么优秀。

想到这儿，舒然的面色突然一阵绯红，幸好别人没注意到自己，她在想：我在想什么呢？那样优秀的男人，怎么可能没有女朋友呢？总之他的女友是一个新闻点啦，和自己无关，对！和自己无关。

舒然在反复做着心理暗示之时，学校的主路上突然发起一阵尖叫，绝大多数是女生，男同学相对克制一些，但也不远不近地围着。

发生了什么事？

舒然仰面望去，只见一双大长腿，配上一个小胖子，颇有喜剧效果地向周围同学们不断挥手。

"哥回来啦，不要羡慕哥，哥只是一段传说！"

再次踏入校园大门的汪承宇心情非常舒畅，要不古人怎么讲究衣锦还乡呢？尤其还被学妹围着，那种功成名就再回母校的感觉，真是天底下最大的享受。

汪承宇此时就享受着这种感觉。

Sorry!

哥没有别的意思……

他很俗，但不烂，谁让他有才呢。

"你好！"一支话筒递了过来。

汪承宇还处于兴奋中，记得这张熟悉的脸，惊奇地问道："咦？怎么又是你？"

"咱们有缘嘛。"舒然推了推眼镜，不好意思地笑道。

"哎哎哎，什么叫又？人家记者小姐姐来采访咱们东南交大，你身为老学长该欢迎才是。"张启源附和着。

要是高薇在场，汪承宇肯定会收敛收敛，这会儿不是没在嘛，放飞一下自我，问题不大。

汪承宇扬扬手说："怎么？来采访哥的母校啦。"

"是啊，我听说你女朋友也在东南交大读研，请问你有今天的成绩是否有女朋友的功劳？"

网络记者的采访比较随意，玩笑和信息兼而有之，汪承宇本想在美女记者面前装一下，没想到上来被问及女友的事，他一下子噎住了。

若说功劳，她最大的功劳就是把自己炒了吧，害得无家可归的自己不得不回归华铁的怀抱。

等等，不能这么说，太丢人了。

"要说功劳嘛，肯定是没有的，她的功课没法和我比，我爷爷就是挖隧道的，我爸爸还是，我姥爷……"

理工男讲故事的水平就是差，只看外形会让路人疯迷，但是张口讲故事只会让人犯困……

高薇那里不淡定了，"敌情"战报不断传来，让她根本看不进去书。

"不好啦，汪承宇被女学生包围了。"

"薇薇，那个女记者，就是网上见到的那个把你男朋友缠住了。"

"哎呀呀，现在的网络报道真是快呀，人还在校园里，消息就发出来了，薇薇你看。"

高薇抢过 iPad，立马看到网上连续的报道。

网上报道最便捷的就是转载，新南方网一经报道，转载的速度特别快，汪承宇被形容成集科学的头脑、运动员的神经和明星气场相结合的集合体，再报道下去分明就是打造偶像的节奏。

"这个女记者……"身旁一位小伙伴凑了过来，恰好看到汪承宇和女记者的合影，而合影的地点就在学校里。

高薇面色铁青。

另一边，汪承宇还在肆无忌惮地吹嘘。

就在他信誓旦旦地说，是女友看上了自己的才华和魅力时，突然觉得后颈一阵发凉，似乎有什么不好的事物在盯着他，这种感觉……

他感觉冷汗都要下来了，热闹的周围突然鸦雀无声。

汪承宇慢慢回过头，只见高薇仿佛领军的将领，身后跟着一些人，此时一双眼睛正冷冷盯着自己。

"徐叔给我打电话了，他让我转告你没事就快点回去，别让他们这些老头子等太久。"

刚刚还感觉恰似衣锦还乡的小汪同学，仿佛头上被人泼了一盆凉水。

人家大姐头的气场就是强大啊，本以为携胜利之威可以盖过她一头，哪知道一见面就要冷场。

汪承宇干笑了两声，想缓解气氛，却发现身边并没有人附和他。

"凭什么，说好了两天假呢，我……"汪承宇的声音越来越小，以至于眉目轻浮，四处张望却找不到合适的落点，想要勇敢地还击回去，却只是刚一接触高薇的目光便凭空闪开了，无力硬扛。

"学校是学习的地方，不是给你显摆的，取得了一点成绩就得意忘形，这样的汪承宇，我不喜欢！"

高薇丢下这句话，头也不回地走了。

"哎，薇总，你就这么走啦？"有小伙伴儿追在后面插言道，说好的后援好像根本没用上啊。

"打击得也太狠了吧，你就不怕他跟别人跑了？"

好事者的闲言碎语让高薇感到聒噪。

她突然站定，长吁了一口气说："那是他的损失。"

话音刚落，拐角路口走出一个急匆匆的身影，看到高薇一行人，立即站定了。

虽然感觉气氛不算太好，严思颜还是一脸天真地说："哎？高学姐，有人说好像，那个谁……来啦……"

哎！傻萌萌的孩子啊！

一众人叹着气腹诽着。

只留下不明状况的严思颜，呆呆地站在原地。

目睹这一现状的舒然赶忙在小笔记本上庄重地记下——"妻管严"晚期型，未婚先怕。

# 74　要分手？

汪承宇又失踪了，就在张启源和严思颜见面打招呼那几分钟后，再回头人已不见了踪影。

"打电话不接。"张启源无奈地放下手机。

在汪承宇闹离职那会儿，也有过类似情况，张启源多少有些免疫力。

"那怎么办？"严思颜天真地瞪着双眼问道。

"天才的脑回路总是与常人不同的，等着吧。"

东南交大向东二十公里是一片无遮拦海滩，海滩的北侧突出的小半岛上有一座灯塔，大群的海鸥绕着灯塔盘旋，时不时发出鸣叫声。

海浪拍岸，涛声不绝，涌动的海水显得深沉厚重，仿佛汪承宇此时的内心。

与高薇交往时，汪承宇根本不知道她是亿万富翁家的大小姐，只觉得这个小师妹有见地，与众不同。

青年男女，缘来便合呗。

然而，象牙塔终敌不过社会的侵扰，好多学生早早学会趋炎附势，在一片赞誉声中，高薇无形地被捧高了，自己的光环也不那么明显了。

直到……

后来他回归原本的人生路线，并且取得了一定的成就，曾经有人说他和高薇在一起是吃软饭，他不以为意，认为凭本事可以打碎这种谣言。

然而高薇的阴影始终挥之不去，这种影响的存在，使他无法欺骗自己，直到今天的崩盘。

现在看来，从事研究工作一辈子也不可能在财富上超越蒙于志远集团之下的高薇，在一个只看钱的世界里，世人的眼光永远也改变不了。

过去，他曾以为别人的眼光并不重要，现在他发现，他没那么洒脱。

某些标签只要粘上是撕不下来的。

"算了，门不当户不对的，何必捧那个臭脚。"

汪承宇自言自语着，狠狠地向海里甩了一块石头。

大海太过浩瀚，石头丢进去连个水花儿也看不到，这就是石沉大海吧。

在东南交大，得意的汪承宇被高薇毫不留情地冷语之后，他飞快地逃开众人的视线，谁也不想见。

这是汪承宇生活过七年的城市，几乎闭着眼也能走遍这里的大街小巷，偏偏还是来到海边了。

海风忽起，海面上划起了一个旋，随即卷起了一个小龙卷，阳光照射下，水龙卷泛出七色的彩虹。

"哇！好漂亮啊！"

一记清脆悦耳的声音在海滩上响起。

这里并非适合旅游的沙滩，海边到处是怪石泥沼，很少有人来。

汪承宇下意识地顺着声音方向望去，瞬时两眼瞪得大大的。

"不是吧，追到这里来啦？"

水龙卷画了个弧形，旋即消失，女孩子也注意到岸边的汪承宇，他坐在高高的礁石上，两腿很随意地搭在外面，风很大，仿佛随时会被风吹跑。

女孩子短暂地愣了一会儿后，连忙一副慌乱的样子，急忙冲上来，边跑过来边大喊："你不要想不开呀……"

汪承宇以为除了严思颜之外，世上应该没有比她还单纯的女孩子了，眼前这位冒失的眼镜姑娘差一点把他推下去。

"不要胡来好不好？"

舒然窘得把头埋得低低的，牙齿缝间挤出一个声音道："我以为你要……要……"

"要自杀也不会来这种地方，又脏又臭的。"汪承宇很恼火，被高薇当众奚落也就罢了，还被女记者误以为要轻生。

"你怎么来这种地方？你跟踪我？"汪承宇追问。

舒然摇着头说："听说这边有海，我就来了，这是我第一次看海，真的，太兴奋了。"

"看出来了。"

汪承宇没好气地说。

"不过谢谢你啊，我的稿子通过了，获得了网站好评。"说着，舒然快速鞠躬。

该怎么形容这个女孩子呢？

冒失？直率？

"你都写我什么啦？给我看看。"说着汪承宇自来熟地从女记者包里翻出笔记本。

"哎，你太没礼貌啦，女孩子的包怎么能乱翻呢？"

汪承宇不以为意地说："你差点我把我推下去，我要点利息回来怎么啦。"

"你还我。"舒然上前便抢，却哪里是汪承宇的对手，争抢中差点没把自己带个趔趄。

"你太过分啦！"

舒然连连跺着脚，干生气没办法。

"嗯……"汪承宇翻着舒然采访他时用的那本笔记，目光一下子落在最后一行对他的评价上。

"'妻管严'晚期型？"汪承宇挥着笔记恼怒地对舒然吼道，"你难道不过分吗？就这么报道我？身为记者还有没有操守？"

"你……你本来就是嘛。"

"谁说的？"

"你自己不是连还嘴都不敢吗。"

汪承宇的大脑有点眩晕，魔咒啊。

"那是我让着她，有钱怎么啦？有钱了不起啊？有钱就可以决定别人的命运啊？"

汪承宇明显被触动了敏感的神经，越说越激动。

出于职业的敏感，舒然立刻觉得这里面有可挖掘的新闻价值，于是马上转换了角色，不再是那个气呼呼的姑娘，而是一名职业记者。

"说来话长，也许你不能理解，这事儿还得从我爷爷当铁道兵说起……"

汪承宇在海边讲爷爷的事迹，那话能不长吗？

正常人早就把耳朵捂上逃之夭夭了，然而舒然却用一双大眼睛透过眼镜片兴致盎然地听着他的讲述。

虽然汪承宇讲故事的本领极差，但是擅于抓重点的舒然时不时在旁边总结几句，让汪承宇能够沿着故事主线讲下去，出奇地没跑偏。

从正午都快讲到落日了，夕阳西下，天空像火烧了一样，一阵清爽的风吹来，层层的波浪折射着殷红的光芒。

"真美啊……"对着落日霞光，舒然长长地伸了个懒腰，深呼吸后，感觉精神了一些，说道，"原来盾构机的前生今世居然藏着这么多故事，感觉都能写本书了。"

汪承宇很高兴地说："当然能出书，而且是非常精彩的故事，我相信未来一定会更精彩。"

舒然抿嘴笑了。

突然，汪承宇难得露出歉疚的神情垂下头说："谢谢你！"

"我？"

"是的，你是第一个听我把故事讲完整的人。"

舒然的心情豁然如这海边的落日一般，金色的光芒洒在无垠的海面上，一片波光粼粼。她很想说这是职业习惯，可是内心一个声音告诉她这不是真的，而是她真的很喜欢这个故事，甚至有那么一点儿喜欢听这个大男孩讲故事……

舒然羞怯地闪躲，借口有事要走。

"哎？你不再听会儿吗？我还有很多心里话没讲呢，我不经常对人讲心里话的……"汪承宇突然又变回了那个没脸没皮的中二青年……

舒然感觉自己的脸在发烫，如果不是映着红霞，一定会被发现的，她的心像小鹿乱撞一样，她开始有些后悔来到海边，偷瞄着身旁高大帅气的汪承宇，去掉科学家的标签，怎么看都是一位邻家大哥哥呀。

见舒然只是低着头不说话，汪承宇挠了挠后脑勺，干笑两声道："也是呢，人不应该太贪心，从来没有人听我讲故事这么入迷的，我应该知足。"

舒然咯咯地笑了："没想到，你这人还挺单纯的。"

"我……单纯？"

长这么大第一次被人用这个词来形容，汪承宇只觉得好笑，自己的人生真的需要别人来总结吗？

"大海好美啊……"

两人面向大海，看着晚霞，沉浸在大自然之中，真的能让身心宁静呢。

一阵喧闹声打断了夜幕霞光的宁静，这种平时很少有人来的海滩今天怎么会这么热闹？

当汪承宇回过身眺望的时候，答案显而易见了。

"大小姐啊，你确定他会跑来这么远的地方？"张启源不仅跟不上汪承宇的步伐，似乎追着高薇轻快的脚步也很吃力。

高薇不屑回答这种问题，径直向海边走来。

此时的能见度尚可看清对面，还未到礁石滩，高薇的步伐停住了，她看到了一对身影，为什么会是一对？

她的脑子里"轰"地一下。

"哎？"不明情况的张启源推了推鼻梁上的眼镜，努力搞清楚状况。

严思颜悄悄拉住张启源，示意他往后退，肯定有不好的事情发生。

张启源终于看清楚状况了，站在汪承宇身边的不是那个小记者吗？

这哥们不会吧，连他心里也没底了。

这是要有大事情发生啊。

微风抚过高薇的长发，她轻抚着头发，努力不让发丝迷乱了双眼。

半响，她还是抬起脚步走了过去，似乎什么也没发生，似乎依旧气场强大。

"你多大了？还玩这种离家出走的游戏？"

如果在以往，汪承宇只会自嘲或者耍个小聪明滑过去，今天，他不知道怎么了，只觉得高薇的语气很刺耳。他少有地把郁积在胸中的气一口吐出，大喊道："不要用那种语气和我说话，我是你男友，不是你的男宠！"

"你……"两人相处以来高薇还从没见过这个样子的汪承宇，顿时被噎得一口气没上来。

"我想很开心地与你分享我的快乐，但只得到你的奚落，你觉得我该怎么样？像条小狗一样祈求你的原谅吗？"

"可是……"

"我知道实验室的人在找我，可我也有休假的权利，我想来看看我的女友怎么了？"

"你没有权利任性，你知道多少人把希望放在你身上吗？"

"那就让他们不要放在我身上，包括你！"

高薇只觉得头皮一阵阵发麻，两人交往以来，汪承宇从来没用这种口气和她说过话，今天是怎么啦？她努力使自己冷静，可是目光偏偏落在一脸无辜神态的舒然身上。

"你的报道我看了，写得很好，请不要再缠着当事人了。"高薇对舒然说，口气依旧那样居高临下。

"你有本事冲我来，别找不相干人的麻烦。"说着汪承宇抬步挡在舒然身前，一副护定她的样子。

"汪承宇！你居然当着我的面护着别人？"

汪承宇停下脚步，蓦然道："我只护着正确的一方，我想现在的我们是该冷静地考虑彼此关系了。"

"你什么意思？"高薇只觉得瞳孔都要缩紧，头一阵阵眩晕，一个可怕的念头在她脑海里萦绕。

他要和我分手？他要和我分手……

"完了完了，出大事儿了。"

汪承宇走了，张启源只会像和尚念经一样，反复念叨这句。

严思颜好像目睹了一场历史性大事件一样，震惊得一直张着嘴，没有合拢过。

要个性可以，可是这一次玩大了吧。

张启源怎么也想不明白，自己好容易找到了好哥们，却逼迫他做出这样的选择。

最可怜的是高薇，这个地方还是她找到的，据说他们还是学生的时候一起当着这片海山盟海誓过。

在相爱的地方分手，没有比这更残酷的现实吧，被甩的还是人人求而不得的白富美。

"我们走！"汪承宇对舒然说道。

舒然也没想到事情会变成这样，茫然地跟在汪承宇身后走去，一步三回头地看了看高薇寥落的身影。

高薇静默地垂立，头压得很低，仔细看才能发现她的身体一直在发抖，她一直在坚强地撑着。

在拥有美丽回忆的地方经历残酷的分手，再坚强的人也会受不住吧。

果然，一滴、两滴、三滴……

眼泪像断了线的珠子一样落下。

严思颜凑了过去，想要安慰学姐，可是丝毫没有经验的她根本不知道该说什么，何况高学姐从来都是一副强大到坚不可摧的样子，哪会想到有一天她也会泪如雨下呢？

"啊——"

对着落日的最后一丝余晖，高薇发出撕心裂肺的呐喊。

# 75　姑且夸耀的容颜

三年后。

31 岁和 28 岁之间有代沟呢。

没奔三之前总觉得自己还年轻，仅仅是跨了一岁，心态就发生变化了。

与之同样发生变化的是国内的盾构机市场，新的城市轨道交通规划已经不满足用小直径单线掘进机，单洞双线成了主流，这就需要更多的大直径盾构，而在这方面，路德集团依旧强势。

商州。

新南区工业园方案正式落实，华铁重工、隧道集团实验室和中铁装备等许多大型企业强强联合，华隧智能装备集团破土动工。

这是较早开工的企业之一，在四周建筑还没有拔地而起的新厂区内，只要一抬眼，便能看到东方拔地而起的一座高大建筑物。

那是新志远大厦，每次看到这栋即将建好的摩天楼的时候，汪承宇的心里都像被扎了一根刺。

他抬手遮住晨光，努力把那幢大厦的影像从心里屏蔽掉。

"汪总工早。"

有人热情地打着招呼。

三年了，他已经是一名成熟的机械工程师了，三年来经他手设计并下线的盾构机足有十台，应用于北京、天津、杭州、长沙等多个大型城市，这一次在华隧智能，他要发起一项挑战。

——制造中国大盾构。

直径超过 12m 的盾构机称之为大盾构，这方面华铁已经吃了不少亏。

早在 2004 年，开启 6042 米的长江隧道时就积累了丰富的施工经验，同时，设备的昂贵也让工程的总投资呈几何倍数增长，当时指挥施工的正是后来被称为中国大盾构"首席顾问"的严开明。

如今的严开明已临近退休，却仍然在岗位上默默地发挥余热。

登上前台的是汪承宇和他的年轻团队，平均年龄 30 岁的队伍要扛起中国大盾构的脊梁。

初生牛犊不怕虎，摆脱了纷乱的汪承宇已经不是当年的小汪同学了，他的举止少了一份轻浮，多了一份沉稳。

三年之中，他在本专业内容里，又向精深研读，如今他快要获得博士学位了，所以他的称呼上添了新的称谓。

被人打招呼的汪承宇轻点了一下头，哼了一声，丝毫没注意到打招呼的人是一位年轻的女员工，那板着的脸像城市一样，让试图对发起攻势的人撞了一鼻子灰。

"哎，不好意思……"一个肥胖的身影气喘吁吁地拨开人群，一手还握着食堂里拿来的早餐面包。

张启源越来越胖了，如今的他是团队里的重要成员，不节制的饮食让他过早地胖了起来，和汪承宇那健美的身躯比起来简直出现了"代差"。

"你再不节制饮食，小萝莉可不会再理你了。"汪承宇说。

张启源喘了两口粗气说："别胡说，我和严思颜是纯洁的友谊。"

"好吧，你急匆匆追过来有什么事？"

"季主任让我和你说一声，今天上午你不用到制造车间了，有采访任务。"

"采访？"汪承宇的情绪有些不佳，语气不自觉地提高了很多，"难道又是新南方网？"

"舒然那个小美女八成是看上你了，你要有心理准备啊。"

"一年采访八遍，他们还有完没完？"汪承宇一甩袖子大踏步离开。

最终，车间里的汪承宇以完成"政治任务"为由，还是被拉到俱乐部，一进大门便见到美女记者舒然对他嫣然一笑，轻声道："咱们又见面啦。"

三年了。

曾经的荷叶头如今已长发飘飘，佩戴隐形眼镜的舒然化了淡妆，习惯于在镜头前的她，气质很是与众不同。

她已不再是当初的那个小记者了，职业的熏染和日渐成熟的干练，让她有了优雅迷人的气质，连普普通通的打招呼都让人有难以拒绝的感觉。

汪承宇苦笑。

这些年华铁努力提升自身的形象，对媒体宣传一直很重视，尤其是新兴的网络媒体，对舒然做的"大国重器"课题尤为重视，已经做了系列采访计划，而这个计划里的另一个主角就是汪承宇——年轻且才华横溢的机械设计师。

比起坐在镜头前，汪承宇更想尽快完成华铁第一个 14.5m 大直径盾构机的模型设计。

大盾构并不单单是把原有的设计放大那么简单，它体现了一个国家的综合实力，若不是这些年蒸蒸日上的工业制造能力，华铁也不敢做这样的尝试，单是材料问题就很难解决。

眼下虽然解决了材料问题，尤其是主轴承问题，但是这么一个庞然大物，要面临的问题还很多，还需要通过不断试验——印证才能正式上马。

"麻烦你快一点，我还有工作。"汪承宇的表情很平静，既不予拒绝，也不热切，好像赶时间一样。

"好吧，我们马上开始。"

舒然也进入了工作状态。

工作状态的舒然没有一丝青涩，她熟练地完成了镜头、话筒、录音笔的放置，然后恬淡地坐在汪承宇对面，望着这位彻底褪去青涩，成为中国盾构领军人物的年轻男子。她突然有一种恍惚，仿佛一柄小钩子在心底悄悄地勾了那么一下，让她的心神轻微地开始荡漾，仿佛十六岁花季时第一次看青春偶像剧的感觉，一种力量催促着她有追逐的欲望。

是的，是欲望。

新南方网虽然很重视中国盾构机发展这个专题，不过作为一个要面向大众的综合性门户网站，每天大量新闻信息、娱乐资讯充斥其中，盾构机这种既不能吃，也不能玩，离生活还很远的课题就明显偏门。

是舒然一直以来的坚持才让这个专题继续做下去。

"你喜欢登山的原因是什么？"

舒然的第一个问题并没有与工作的实质有关。

"我想要改变。"

人生就是一场攀登，攀上一座又一座山峰，却发现总有新鲜的风景在等着你，攀登更像一种沉思，一种自我极限的突破，攀登的终点不是顶峰，而是下一个顶峰。

舒然终于明白自己为什么如此坚持这个专题了。

在她第一次见到这位年轻的设计者时，一种莫名的魅力让她注意到了这个年轻的团队，从而发掘到这个团队背后的故事，而现在她发现这个团队的成长没有止境。

三年前拿下穿钱塘江工程的盾构设计时，这个年轻的大男孩还曾一阵狂喜，如今他又在攀登自己的高峰。

面对这样一个优秀的人，舒然没办法欺骗自己。

是的，她爱上他了。

那种隐藏在心底，卑微的，怕被窥探的爱，如果可以，她渴求将自己置于他的保护之下。

她不是汪承宇，她不知道该不该挑战自我，去尝试接触一下很多单身女性不敢攀越的高峰，但她又害怕接触之后，会怅然若失。

或许，优秀的人只有优秀的人才配与之画等号。

这种感觉好痛苦。

采访结束的时候，面对快步起身离开的汪承宇，舒然三步并作两步追上。

"请问你什么时候去工地检验自己的设计产品？"

汪承宇停下脚步，用机械性的语言礼貌回应："这也是采访内容吗？"

舒然连连摆手："不，是我个人问的，为下一个采访做准备。"

汪承宇没有正面回答，仿佛大哥哥般劝诫道："听我的，女孩子还是不要往工地上跑，那会让你花容失色的。"

舒然不以为意，给出一个灿烂的笑容，调皮地说道："我姑且当作是你在夸耀我的容颜。"

汪承宇勉强挤出一个微笑，点了一下头，然后一声不吭地走了。

商州这座古老的城市如今早已变成了另一般模样，就在新南区商圈还难以形成实际的第二中心之前，老城区拥堵的交通和不断规划改造中的城市建筑，催生着城市地下交通的紧张建设，地下不知道有多少条"地龙"在蠕动。

城市迫不及待地改变面貌，有时因步履匆匆而乱了阵脚。

汪承宇每天把自己的弦绷得紧紧的，生怕因为放松而懈怠，夜里 11：30，他拖着疲惫的身躯回到家中。

三年来，很多并肩作战的队友陆续搬出宿舍，原本严开明、谭雅等各宿舍常住之星，也因为家庭升温而搬了出去。面对日益冷清的宿舍，汪承宇不想被别人提及任何有关孤单的话题，索性搬了出去，反正爷爷在这儿留了一套房子，两室一厅，足够他居住。

汪承宇的房间并没有一般单身汉那样凌乱，简洁而干净的陈设体现着他良好的生活习惯。

在把身体放倒在床上之前，他突然想起来自己有些日子没锻炼了，唯有晨跑还在坚持。

他准备做一套睡前伸展运动，然后再去睡觉。

就在这时，电话铃声响起。

他不耐烦地拿起电话，刚接通，就听到那头紧张地叫喊："快去新南区 5 号工地！那里出事了！"

# 76 突泥涌水

舒然没料到这么快就有新闻线索了，而且还和她做的盾构机系列有关，本来准备第二天一早乘飞机返回杭州的她顾不得半夜的微凉，披了件薄外套就冲出宾馆。

出事地点在新南区，在会展中心与新志远大厦两站中间的5号线地铁施工地段，该地段地上建筑物较多，不仅有新志远大厦这样的摩天楼，还有基本建成、尚未大规模投入使用的新商圈建筑和大量住宅园区。

地质层主体为粉土层、粉质黏土上下混杂，厚度10m左右，地盾情况比较复杂。

由华铁生产的6.8m外径盾构机实施双线施工。

事发经过是这样的：在4月4日19时至4月5日8时的夜班施工中，右线盾构掘进穿越新南远大厦南侧新南大道时，机修人员发现盾构机螺旋输送机运转不正常，队长带人进行了全面检查，在正反转过程中听到螺旋输送机前下方观察孔附近有异常摩擦声。23时左右，螺旋输送机彻底被卡死，当时判断有异物卡住了螺旋输送杆，当即做出了拆开盖板，取出异物的方案，在处理过程中观察孔突然发生突泥涌水现象，由于水土压力大，未能得到有效封堵。

项目经理第一时间启动应急预案，并通知了业主与监理单位。

两台盾构机是并线掘进，右线出现事故严重影响到左线，而这两台盾构机正是由华铁设计并制造，确切地说是汪承宇团队设计，用于商州市地下轨道交通网络施工的。

身为主设计师，汪承宇睡意全无，第一时间赶往现场，他必须确认事故不是因为盾构机质量造成的。

四月份的江南早已是花团锦簇，商州的夜泛着微寒，让仅穿着单衣的江南美女一阵阵瑟瑟发抖。

网站记者的条件比不得某些传统大媒，既无助手也无陪同人员，这让舒然不禁一阵阵后悔，早知道多带件厚衣服就好了，此刻她也来不及抱怨，因为她刚赶到现场就看见通往地下的风井口灯火通明，周围已经站满了人。

"你是干什么的?"

舒然刚一接近风井，立即有人很不友好地质问。

井下出了事故，工作人员的神经都紧绷着，对带着拍摄设备的人一律保持着高度警惕。

舒然刚想报出记者身份，突然想到自己的这次采访并不是什么好事，对方不一定会配合，慌乱中她说："我是记者，请放心，我会如实报道，不会添油加醋的。"

"记者?"工作人员将信将疑，警惕性极高的他们向舒然索要了证件。

舒然连忙低头翻包，手指已经开始哆嗦了，她并没有顺利地取出证件，几次尝试后，背后突然响起一个声音。

"你来干什么?"

这声音清晰而又低沉，早已做过多次采访的舒然哪还能听不出，她欣喜地一回头，目光正对汪承宇，只见他穿着绿色的军大衣，戴着黄色安全帽，身后还跟着胖胖的张启源，其他几个队友就不太叫得出名字了。

汪承宇此时的心情很烦乱，突泥涌水是很严重的工程事故，处理不好就会带来重大危害。虽然他已成功设计出多台盾构机应用于实际工程，但是这种程度的事故还是第一次遇到，能不能处理，处理结果如何，他还捏着一把汗。

"汪总工!"

汪承宇是机械设计总工程师，工作人员都认识他，见他认识那位记者，便有意放行，但是汪承宇皱了皱眉头，看着瑟瑟发抖的舒然，极简地问了一句："采访?"

舒然已经冷得上下牙直打架，她抱着挎包连连点头。

看得出，汪承宇很焦急，他边抬脚向前走，边对安保人员说："下面很危险，无关人员不要进去。"

"好的，汪总工。"安保人员会意后拦住了舒然。

看着汪承宇头也不回，舒然急了："哎! 你……你回来一下。"

汪承宇顿了一下脚，回头问："什么事？"

舒然勉力地抬起抖个不停的手，指了指他身上的衣服问："能不能借我一件大衣，我好冷……"

汪承宇眉头一皱，这会儿的他可没心情玩什么浪漫，时间紧迫，他想也没想地脱下自己的大衣直接抛给舒然。

娇小的江南妹子险些没接住。

"谢谢。"披上军大衣，舒然暖和多了，想擦擦鼻涕，又怕失了风度，于是抽了抽鼻子强忍着。

汪承宇头也不回地说道："其实你也可以回宾馆的，今天晚上是不会有具体消息的。"

舒然摇了摇头道："不了，我就在这里等。"

风井很深，下到底层需要经过一道长长的折叠铁楼梯，没有时间浪费了，汪承宇加快了脚步，一阵清脆的脚步声回荡在空旷的风井下。

前往现场的路很长，一个声音不断地灌进汪承宇的耳朵里。

"盾构机要么不出事故，要是出事故就是大事故。"

这是东南交大的导师说的，这个庞然大物也无时无刻不在提醒与之相关的人员，一旦钻进了地下，想退是不可能的，所以盾构机事故虽然造成的伤亡不高，但是经济损失巨大。

两台盾构机同挖一条地铁线，施工成本足有几十亿，出现问题就会导致整条线路全部废弃，之前做的工作全都前功尽弃。

"富水、高压、不良地质"三者不利组合是诱发涌水突泥的主要地质条件，这三点施工现场全占了。

古老的郑河流经千年，养育了两岸的百姓，同时也带动着当地丰富的地下水量，粉质黏土在动水压力作用下极易产生流砂，情况十分危险。

汪承宇深深感觉到现场氛围的异常，工人们已经从紧张变成了恐慌，若不是华铁传承下来的强大组织性、纪律性撑着，恐怕这会儿已经争先恐后逃离现场了。

项目经理早已急得团团转，汪承宇到达现场时他仿佛看到救星一般，连忙上前报告具体情况。

"已经采取应急措施，向涌水处注入水泥浆，但是水量太大，封不住。"

"抽水机呢？"汪承宇问。

"一直没停过，不知道哪里来的水，就是抽不干。"项目经理的眼睛都红了，身为施工项目的第一负责人，这起事故会让他的职业生涯就此断送。

"测试涌水量。"汪承宇连忙对张启源说。

设计团队连忙使用工具，对涌水涌砂量进行测试。

"260 立方米／小时！水量很大啊。"张启源惊讶地张开嘴。

"后盾尾有沉降迹象，再不阻止就来不及了。"

地面发生沉陷！

这让汪承宇的大脑"轰"了一下子。

这种破坏性的灾害通常只有撤出人员封闭隧道，再做进一步处理，但是……

大盾构项目刚刚起步，这起事故一旦通报出去，不论从哪个方面来的压力，都是对刚刚成立的华隧智能是一记重创，一蹶不振也不是不可能。

"这么大的涌水量，应该是某条地下河与郑河相连了。"

有着丰富的地质勘探经验的汪承宇一下子想到关键点，一个庞大的计划在脑子里慢慢勾画出来。

"现在由我接过指挥权，一切后果我负责！"

汪承宇勇敢地站了出来……

严开明接到事故消息时已经是后半夜了，还有一年就退休的他实在没有必要为这种事操心，但是他还是第一时间披起衣服。

"出事了？"廖雨凡揉着惺忪的睡眼问。

"嗯。"工作上的问题，老严还是不愿意多讲。

"小心点，一把年纪了，别什么事都冲在前面。"

"嗯，小汪他们已经到现场了，我只是辅助，给他们出出主意。"

"那就好，我可不想女儿毕业了见不到爸爸。"廖雨凡的担心不是没有道理的。

虽然近年来施工安全防控已经很到位了，但是只要是工程施工就难确保不出意外。

"我知道自己几斤几两，日子才刚刚好起来，我还不想这么早去见老连长。"严开明少有的半开玩笑。

当严开明到达现场的时候，事故周边的用地已经到处是灯火，看来小汪的抢险方案已经在实施了。


# 77  我有


"严爷爷。"

舒然用她那清脆柔和的声音呼唤着严开明。

老严一时间没认出这丫头是哪个。

"我采访过您的，那篇《盾构机从无到有》的报道就是我写的。"

严开明这才认出来，真是女大十八变呐，这才两年时间，小记者的变化真大啊。

"怎么？来采访事故？"

舒然摇摇头。

"那你这是……"

严开明看到她身上披的军大衣，上面还有华铁的标志。

"哦，我来的时候忘带衣服了。"

采访的时候话术很重要，随着汪承宇叫严爷爷，三言两语，就把关系拉近了许多。

严开明想到了什么，若有所思地说道："是啊，南方的女娃子适应不了北边的天气。"

"请问严爷爷，他们这是在做什么？"舒然指着远处问。

地面上，一个个架起灯的施工小组已经架起了钻探设备。

严开明这种老把式一眼就看懂了，连忙介绍给舒然这个外行："这是用于地质取机的钻探小组，小汪应该是想确认地下暗河的流向。"

"地下暗河？"舒然惊叫。

几年来的采访让他对施工有了进一步的了解，一听到这个代表复杂地质的名词，就知道险情不简单，这也是现场封控极严的原因，就是里面的人在必要的时刻必须立即撤出，毕竟人的安全是第一位的。

"汪承宇还在底下！"舒然的神思早飘到采访之外了。

"你很担心他？"严开明看出了些什么。

舒然没有否认。

"你能做的只有安静在这里等待，等着他胜利的消息。"

说罢，严开明叹着气向风井口道走去。

应急泵排水的速度根本比不过涌水的速度，应急队员们被组织起来，人力与机械并用，一边采用编织袋装砂土及袋装水泥封堵，一边调集吊车及注浆设备进入现场，抢险用钢板也就位了。

"必须减少涌水量，一次性封堵就位。"汪承宇的方案是多方配合的结果。

眼下，地面上的张启源就在尽最大努力寻找地下暗河的源头。

"情况怎么样？"

严开明进入现场，只见现场一片狼藉，涌水已清晰可见地没入隧道，为防止沉降，洞内作业人员迅速用高仿方木及木楔，对车架与管片紧邻部位进行加固，防止管片进一步变形。

"撤吧，封堵洞门，责任我来负。"

严开明一眼就知道情况的严重性，这个时候不能考虑经济损失了，这里都是华铁最宝贵的人才，每一位的损失都是巨大的，有他们一切才皆有可能。

"再等等。"汪承宇坚决地说。

"还等什么？想冒险？充英雄？"多少年没遇到这么严重的事故了，哪怕指挥贯通"万里长江第一隧"时，严开明也没像今天这么紧张过。

"等张启源的消息。"汪承宇的注意力依旧在现场，他把指挥权接过来，就要为自己的判断负责。

"时间根本来不及。"严开明可不是现场的某些人，他拥有着几十年的隧道掘进施工经验，什么地质类型没见过，他做出的判断没人敢质疑。

今天，给他下命令的居然是这个从小看着长大的小子。

汪承宇的表情格外沉稳，一副胸有成竹的模样，给人一种安心的感觉。

严开明让了一步，他问道："还要等多久？"

汪承宇看了看表，很自信地说："十五分钟。"

还好，现在涌水量虽然大，但还远远未达到汹涌的状况，十五分钟还等得起。

地面上。

张启源比汪承宇还要焦急。

为了降低郑河水与暗河相通带来的巨大压力，值春季放水季，华铁动用一切力量紧张联络周边水库负责人，关闭所有水闸，尽量减小水量。

同时，张启源才是这场救援行动的关键，他需要确定暗河的具体位置，执行排干方案。

大功率抽水机已经随着钻探小组就位，能不能找到暗河主河道是这次排险行动成败的关键。

如果他这里失败了，那么只能封闭洞门，本条施工线路就此作废。

方案没有问题，只不过范围太大了，一时间难以确认具体位置，时间一分一秒地过去，希望也越来越小……

新南区第二中心的位置还正在建设中，周边几个楼盘也没入住多少居民，如果不是知情人，根本不会知道这里正发生着一起怎样严重的险情。

但是因为新志远大厦在这里，高志远还是比寻常人提前得知了这起事故。

比起紧张排险的华铁工人，高志远的心情则更为紧张。

险情出现在哪里不好，偏偏出现在新志远大厦旁边。

新志远大厦的卖点是什么啊？

除了商州第二中心第一高楼的美誉，就是这条双线地铁站啊！

如果这条线路不能在这里开通，或者地铁站的建设稍稍偏那么一两公里，那么大厦的售价会立即打折扣，66层的高楼几千间房屋，算下来足以令高志远的资金链断裂。

志远集团，哪怕在如今蒸蒸日上的房产市场也扛不住这么大的损失。

到时候股东们找他要钱，哪里还付得出？

有时候有钱人很悲哀，为了钱而奔波，被钱给套牢，究竟是钱的主人还是钱的奴隶？这根本不是一个有具体答案的问题。

大半夜，一台宾利抵达事故现场，因为事故在地下，地表上除了看到工人的忙碌，并无任何异常。

高志远俨然一副领导模样，趾高气扬地向拦阻他进入现场的工作人员质问："你们惹了这么大的祸，还不让我知情？谁给你们的权力？"

"你是谁啊？"工作人员满脸疑惑地问。

高志远一指高耸的大楼吼道："看见那幢楼了没有？我盖的！"

因为高志远与华铁的渊源甚深，很多工作人员都知道这位从华铁走出去的大老板，至少听过他的名字，不过他这一手震慑一般的老百姓还可以，对经验丰富的华铁员工就失灵了。

工作人员长舒一口气说道："高总，这里好像不归你管。"

"你们的事故影响到我了，我当然有知情权。"

就在两帮人争执不下的时候，一辆奥迪 A6 飞驰而来，在风井口戛然而止。

车上下来两个人，为首的提着公文包一副风尘仆仆的样子，另一位戴着宽边眼镜，显得不疾不徐。

高志远如同看到亲人一般，三步并作两步迎上去，寒暄道："陈主任来了，太好了，秦秘书也在啊。"

三年过去了，当年的陈副主任如今终于可以名正言顺地摘掉副字，他没有理会高志远的寒暄，上来就对华铁的工作人员说："下面什么情况？"

工作人员简单地回答："正在排险。"

陈主任回头与秦秘书对视了一眼，心里有些唏嘘，还是当秘书好啊，代表领导过来看一看，回去再做个汇报就好了，哪像自己，简直就是把脑袋别在裤腰带上啊。

身为新南区开发的主要负责人，发生事故他是有责任的，这个时候顾不得太多了。

"井下危险，秦秘书留在这里，我下去看看。"

秦秘书摇摇头说："我代表市长来这里查明情况，就不能在一边等着结果，一起去吧。"

人家主动，陈主任也不好驳回，点头答应了。

"陈主任，我也是铁道兵出身啊，我陪您下去，有什么我能帮忙的尽管说。"

陈主任狐疑地看了一眼高志远，对他的过度热情先是有些不解，目光扫在新志远大厦上，马上释然了，于是点头道："好。"

领导来了，工作人员再没有理由阻拦，一行人在工作人员的带领下走进深深的井下。

舒然一直旁观着这一幕，见到有机可乘，悄悄地混在人群里尾随其后，趁乱混进了井下。

排险人员与领导见面时，汪承宇刚好淡定地说完"十五分钟"。

这样的光线不适合拍摄，舒然点开录音笔，默默地在心里开始她的采访。

"在等什么？"

就算是外行，陈主任也看得出现场有多恐慌，连带着他现在的生命也有危险。

"等钻探结果，确定暗河的位置，多点抽水，控制水量，再实施封堵。"

"如果找到只是很快的事儿。"汪承宇还是一脸淡定。

领导的质问在他意料之中，只是没料到随行人员里居然有高志远，三年没见，他倒是一点儿没变。

"高伯伯。"汪承宇勉强挤出一丝笑容。

"你要确定地下暗河位置是吗？"高志远没有寒暄，直截了当地问。

"是的。"

"我可以！"


# 78　两亿六千万


"什么？"

在场人都愣住了，不敢相信这是真的。

一个房地产商怎么会有地下暗河的位置？

"新志远大厦动工的时候就发现这里的地下水量非常丰富，为确保投资不出问题，我花钱雇了专业团队，获取了方圆十五公里范围内地下地质情况，确定选址没问题。"

这个时候再看高志远，简直就像救星一样。

陈主任面露喜色道："那快点拿出来呀。"

高志远摇摇头，对汪承宇说："来不及了，你把地图给我，我指给你看。"

"对，就在右线掘进 247.2 米 +0.6 米处，向北五百米位置。"

"对，不用怀疑，主河道就在那边。"

对着步话机，汪承宇与张启源现场沟通，指挥行动。

事实上，张启源距离找到暗河主河道位置相差无几，只不过还没有确认最后的具体位置，有了这个及时雨，他再也不怀疑自己的判断，立即命令各小组工具就位。

移动式钻探机凸显出它的灵活，几分钟后，钻口就喷出巨量的水，压力非常大，确定这就是主河道。

卸压、抽水。

对具有丰富施工经验的华铁人来说轻车熟路。

几分钟后，随着一声令下，地下隧道中的工人齐刷刷地忙碌起来，堆沙袋，铺钢板，注浆，一系列封堵动作一气呵成，彰显着老牌建筑企业的素质。

舒然一边记录着现场的关键词，一边偷偷地注视着这位年轻的指挥者，他本不应该这样做，因为现场谁指挥，就意味着谁担负更大的责任，其实他只要确保事故不是盾构机质量原因就足够了，但是他没有。

舒然看到了汪承宇的担当，她仿佛看到了那一次挡在她身前的高大身影，他的后背看起来格外可靠。

是的，这位年轻的总设计师似乎不懂得什么叫明哲保身，他的眼里只有排除险情，而他的努力使他的形象愈发高大起来。

汪承宇在成长，逐渐成长为华铁的中坚力量。

几小时后。

在加灌了加强聚氨酯和水泥填压后，涌水终于得到了有效控制，隧道内的排水泵正在逐渐把积水排干。

直到这时，隧道里的人才松了一口气。

最危险的时刻过去了，余下的就是打扫现场，重新恢复开工状态。

当全体指挥人员再次回到地面时，外面已经艳阳高照了。

"做好汇报，把事故的处置经过详细报上来。"陈主任对华铁的工作人员沉着脸说，尽管他在本次事故中的表现可圈可点，但毕竟没做到未雨绸缪，上级对他的态度是什么样子，心里还没有底。

陈主任说完这句话，望向了秦秘书，换了一张笑脸说道："秦秘书冒险进入事故第一现场，这种精神值得我们很多干部学习呀。"

秦秘书扶了扶眼镜，看不出喜悦，也看不出厌弃，平淡地说了一句："还是陈主任把责任放在第一位，亲历现场指挥，这才避免了一起严重事故的发生。"

此时，最大的功臣当属高志远，他几乎以胜利者的姿态面对华铁的工程人员，尤其是对严开明，鄙夷的神情就那么不加掩饰地挂在脸上。

"高总帮了大忙，回去后我们会把高总的功劳汇报给领导们的。"陈主任附和着说。

这时的高志远才稍稍收敛了锋芒，含笑着说："尽一个公民的义务，何况我也是老铁道兵呢。"

说着，高志远把目光瞟向严开明，眼神里充斥着敌意。

他把"铁道兵"三个字咬得特别死，那真是赤裸裸的讽刺。

严开明没有理会高志远的挑衅，故地重游之后，严开明的内心已经从那次灾祸中走了出来，他要为中国盾构事业发挥最后一丝余热。

在别人没有注意的时候，严开明拍一下汪承宇的肩膀说："这一次，你做得很好，很淡定，很有大局观。"

汪承宇没有揽功，甚至连多余的话也不愿意说，他淡淡地道："严爷爷早点回家休息吧，一夜了。"

就在这个时候，地表发生了清晰可感知的震颤，刚刚舒缓下来的气氛顿时紧张起来。

"地震？"

有人惊问。

很快，有人做出判断，这样轻微的震颤并非地震。

如果不是地震，那么只有一个可能——地下工程！

就在右线拼命排险的过程中，左线施工也停了下来，并且通过左线向右线注浆，加快了封堵涌水口的进程。

盾构机每向前掘进一段距离就需要衬砌一环，左线掘进快于右线35环。

就在所有人把注意力放在右线的时候，谁也没想到，由于地质结构复杂，一开始涌水导致地面塌陷，造成左线局部管片破损开裂，右线涌水控制住之后，地压发生变化，左线进一步沉降，致使地表明显感知到震颤。

"快去排查险情。"

汪承宇刚刚喊出这句话时，地表以目力可及的速度开始塌陷。

塌方！

汪承宇的大脑"轰"的一下，隧道工程最可怕的名词出现了。

左线塌方，意味着之前的工作前功尽弃。

"封闭洞口吧。"

事已至此，严开明只有选择最终方案。

"所有人员全部撤离！再通知一遍，所有人员全部撤离。"

工地的高声喇叭里传出来紧张的呼喊声，不论左线还是右线，再没人敢在隧道里逗留，所有人员进入紧急状态，按照预定的应急预案，工人们顺着安全通道快速撤离危险地带。

就在最后一个人逃向地面没多久，地表发生了大面积沉降，涌水渐渐从地下渗出，很快形成一个大坑。

看着满是积水的大坑，汪承宇整个人像被抽空了灵魂一样，呆呆地立在原地，阳光洒在水面上，泛出的光泽让他觉得分外刺眼，他却不想遮挡，任凭这光线刺激着，横流的泪水能让他感觉自己还是个活人。

"为什么？"

汪承宇不敢相信，为什么尽了最大的努力，最终还是失败了。

从小到大，若论打击，这一次最大，他几乎无法面对失败的结果。

地下的两台盾构机是由实验室设计，华隧智能生产，华铁隧道承包施工，发生了这么大的工程事故，对几家单位的影响不言而喻。

刚刚起步的事业遭受重创。

"你没事吧?"舒然怯生生地来到汪承宇的背后,悄声询问。

半晌,汪承宇闭上双眼,头也不回地说:"你都看到了。"

舒然微点着头,说道:"我看到了,我看你不顾生命安危站在排险第一线,你尽力了,我们不是神,不可能控制所有的事。"

"别安慰我。"

舒然连连摇着头:"这不是安慰,这是实情,我会如实报道的。"

"一个失败者有什么好报道的?"

"不,我已经记录下了全程,你是在用自己最大的努力力挽狂澜,有些事……是意外,对!是意外。"

"失败就是失败,不要找什么意外当借口,你回去报道吧,就说是我的责任。"

"我不会这么报道的。"不知道是否是近朱者赤,三年来与华铁人频繁的接触,舒然的身上也沾染了华铁人特有的倔强,"我会把我看到的,听到的,如实报道出来,让更多的中国人知道,有这么一位年轻人勇于担当,在推进中国盾构事业上矢志不渝。"

汪承宇苦笑一声:"你们记者就是爱夸张……"

之后的一下午,在地表沉降趋于稳定之后,工人们用钢板封闭了洞口,并用工字钢作为支撑,加固了钢板背面。

最终,经多方对事故的论证,最终做出"洞口封闭,两台盾构机被埋于地下"的决定。

这次事故造成的直接经济损失高达两亿六千万,新南大道阻塞,这还不包括类似新志远大厦价格浮动这样的间接经济损失。

若不是年龄大了,高志远能当场哭出来。

为什么又是华铁?

自己当初是很看好汪承宇,那是因为女儿的原因,如今因为这小子的现场指挥,导致自己的财富大幅缩水,这笔账可有得算了。

从那之后,他对严开明的恨转移到汪承宇这代的小辈人身上。

事后,经过十天,地表重新修复,新南大道正常开通行驶,商州轨道指挥部决定对已有的会展中心车站进行改造,对该地铁线做改线处理。

而对汪承宇临场指挥的责任认定，却迟迟没有得到正式的批复。

# 79　左右为难

清晨，汪承宇把写好的辞职信装到平时经常使用的手提包里。

出了这么大的事总要有人负责，汪承宇不想牵连到别人，尤其是即将退休的严爷爷，因为以他对严爷爷的了解，对方一定会揽过全部责任的，但是这一次他不想。

汪承宇准备承担全部责任。

穿上正装，他提上手提包向门口走去，慢慢地穿上皮鞋。

这虽然不是他第一次写辞呈，但却是最正式的一次。

在三年前近乎胡闹的辞职过程中，是严开明和徐复文硬生生把他拉回来，这一次他不能再连累两位即将颐养天年的老人家了。

汪承宇希望今天的自己让别人看得到担当，不会给一门三代人都为华铁工作的汪家抹黑。

他不后悔自己的选择，唯一有些遗憾的是大盾构的项目怕是与自己再也无缘了。

他对着穿着镜，看着镜前看起来还算帅气的自己，满意地点点头，在心里暗道：这一次就看你了。

做完这一切后，他看了看表，扭开房门，走了出去。

"汪总工。"

门前突然闪出的一道身影吓了汪承宇一跳，定睛看向那气喘吁吁的身躯，不是舒然还有哪个？

只见她边急速喘着，边举起手机，一条新闻呈现在汪承宇面前。

"百年盾构梦，排险英雄与中国大盾构"，汪承宇疑惑地念出了新闻的标题。

"你这是？"

舒然的喘息平复了许多，她把屏幕滑到下方网友评论处，一句句关切和鼓励的话语出现在屏幕上。

　　这只是一起普通的意外事故，希望中国向前走的脚步不要停止，我们有信心会越做越好。
　　即便道阻且长，也要征途不止。
　　实业兴邦，这样有担当的科研人员就应该多报道，别整天让我们看神剧。
　　这个小哥哥很帅，真不敢相信是工程师。
　　修别人的路，让别人无路可修，华铁，我们支持你！
　　……

后面还有很多很多类似的消息，汪承宇语塞了。

"昨天发的报道，网上已经沸腾了，网友们呼吁不要随便把责任扔给科研人员，那样太不负责了。"舒然喘了两口气接着说，"我也没想到报道的效果出奇得好，我希望你不要气馁，再接再厉，会做好的。"

汪承宇有些感动，自己和这些素未谋面的网友并没有什么交集，但是他们对中国盾构建设的关注度居然这么高涨。

"回复的时候替我谢谢他们，不过这么大的事故，总该有人负责。"

"那不应该是你。"舒然有些激动。

"那也不该是别人，说起来是我改变的排险方案。"

"就算你不改，结果也是一样的，你尽力了，那样的结果是无法预料的。"

汪承宇想说谢谢，又觉得太过矫情，他努力挤出一个微笑，说道："谢谢你，有机会我再给你讲故事。"

"啊？"舒然显然不觉得那是个什么美好的体验，还没等她反应过来，汪承宇已经绕开她，一路小跑下了楼梯。

舒然奔向楼道的窗子，望着那个跑远的背影，她只觉得这个刚步入中年的男人在努力使自己看起来轻快，年轻的他背负了太过沉重的包袱，自己还能为他做些什么吗？

舒然不知道，她清楚地知道自己在做一件傻事，一件看不到希望，看不到回报，却愿意主动燃烧自己的傻事。

这种单恋的小美好让她每天都陷入幻想之中，当清醒过来的时候又怅然若失。

汪承宇至今没有对她做出过任何回应，完全是正常的联系与交往，但是她还是愿意，愿意偷偷地看着他，愿意默默地在背后支持他。

"希望这次他尽快走出阴影吧"，舒然想。

汪承宇刚刚来到公司大门口，便遇到了张启源。

"今天你来得挺早的哈。"汪承宇努力让自己的表情轻松一些。

张启源懊丧地说："要是早五分钟能够确定主河道位置，也许左线就不会发生沉降。"

看着自己多年的好哥们儿，汪承宇强迫自己挤出一个微笑，一只手拍在对方的肩上说："做决定的是我，你不要多想了。"

两人各怀心思，一起来到办公室，刚刚坐下，耿家辉进来了。

这几年耿家辉的眼镜片越来越厚了，都快赶上啤酒瓶底子了，他的专业知识倒是很扎实，就是脾性合不来，平时一些小事上总有些阴阳怪气的，今天出了这么大事，却看不到他有幸灾乐祸的神情。

都是华铁的一员，集体荣誉感还是很强烈的。

"季主任让你过去一趟。"耿家辉的情绪有些低沉。

张启源很纳闷，这件事和他也没关系，他低沉个什么劲儿？

季主任叫汪承宇是情理之中的事，不管定责还是了解情况，都应该第一时间找到他，第二天才找他已经是晚了。

张启源不放心，坚持要跟着汪承宇一起去。

主任办公室里，季先河如同平时一样穿着正装，这几年他的两鬓愈发斑白，见到汪承宇进来，他的表情没有明显变化，挥手一指旁边的会客沙发，示意他坐下。

门后，张启源露出他那颗显得肥胖的脑袋，挤进来问："主任，我能一起进去吗？现场的情况我也了解啊。"

季先河眉头一皱，不过还是挥了挥手。

两人坐在沙发上，只见季主任抽出一本装订好的文件，看了一眼后说道：

"马上又要到毕业季了，和往年一样，总部会提前签约一些优秀的毕业生，其中不乏硕士研究生、博士研究生这样的高才生，不过不管哪种学历，小汪你应对起来都应该绰绰有余，这是名单。"

"主任……"

汪承宇没料到季主任找他来是说这个的。

"我是主设计师，这种带孩子的活儿不应该由我来干吧。"

"知道自己是主设计师还写辞呈，那你的活儿谁来干呢？"

"哎？"

汪承宇愣了，自己写辞呈的事儿和谁还都没说呢吧，季主任怎么会知道？难道自己家里被安装摄像头了？

这也太离谱了吧。

装摄像头是不可能的。看着汪承宇一头雾水的模样，季先河笑了。

"知子莫如母，是谭老师告诉我你一定会写辞呈的，让我看着办。"

不是知子莫若父吗？汪承宇腹诽着。

"既然你认可了总设计师这个职位，那就把你的辞呈交出来吧。"

看着季主任伸出来的大手，汪承宇的大脑一下子不会思考了，乖乖地交出了辞职信。

季先河把辞职信往抽屉里一收，严肃地说："辞呈我收到了，你该回到自己的工作岗位上了，记住，大盾构不研发成功你休想当逃兵。"

"主任……"

汪承宇不知道该说什么，被寄予厚望的滋味虽然很好，但是这责任也太重了吧。

"主任……"张启源站了起来，也递上一封辞职信说道，"我知道事故总得有人负责，既然汪承宇还要继续战斗，那么这是我的辞呈。"

"胡闹。"季先河没好气地说："无组织无纪律，该谁承担责任自然由组织定夺，谁给你们揽责任的权利了？该干什么干什么去。"

"这……"

"要是不想研发大盾构，就给我带实习生去。"

"我还是研发大盾构去吧。"张启源脖子一缩，拉了拉呆立原地的汪承宇。

汪承宇恍然回过神，连忙对季主任行了一礼，然后倒退出主任办公室。

"这就没事儿啦？"张启源简直不敢相信，他们是设计者，又在现场负责排险，按照惯例……

"不对，我得找严爷爷去。"汪承宇本能地觉得有人揽过了责任，除了严开明还能有谁？

他转身直奔严开明的办公室，却被告知严总工正在开会，汪承宇的心沉到了谷底。

华铁内部正在对"4·4事件"进行总结和善后处理，相关人员都被叫进了会议室，唯独把当时在现场制定应急排险方案的指挥者及执行人丢在外面，其中的保护意味实在太明显。

从上一次闹离职开始，他就太对不起严爷爷了，如今还要老人家冲到前线吗？

如果季先河没有率先找他谈话，这个时候的汪承宇一定会不顾一切冲进会议室的，现在他能做的只是等在外面。

冗长的会议一时半刻不会结束，徘徊在门外的汪承宇还是第一次如此左右为难。

# 80　迷妹声援团

"2014年4月4日10：30—11：00，右线盾构机螺旋输送机卡住，盾构司机立即报告盾构队长，盾构队长在准备好应急物资后决定立即安排人员拆除螺旋机观察孔盖板……"

事关重大，几乎所有含盾构机的施工现场负责人均被紧急召回，听取事故过程原因及寻找善后处理办法。

因为时间较近，现场人员都在，处置记录详尽，听取报告的人员很容易把握了事件的全部过程。

要大家发表意见时，陆凯德第一个站出来，中肯地说："应急处置方案很大胆，但是没有问题，换作我们任何一人也做不到更好了。"

严开明看了一眼老战友，老陆和他一样，近两年已经很少深入一线了，都是给人家当顾问，这个人虽然脾气坏了点，但是本质并不坏，技术上也是一把好手，早年去欧美考察染上了一身洋病，如今快退休了，养气功夫倒是好了许多。

有陆凯德在前面抛砖，后面的人也开始纷纷发言。

大家的发言差不多的时候，严开明沉稳地说："我一直在一旁看着，指挥上并没有出现什么问题，所以我同意老陆的看法。"

说完，两位老战友对视了一眼。

这么多年了，他们之间很少这样默契过，而这一次他们都知道为了什么。

保住汪承宇不受"4·4事件"的波及，在很大程度上意味着保住华铁大盾构研发项目，这一次由不得汪承宇自己站出来逞英雄。

在大家的发言都差不多之后，会议的相应总结条目也就出来了。

总结起来，直接原因四条，间接原因四条，最重要的原因是盾构队长在不了解打开观察孔盖板将出现涌水隐患的情况下，擅自安排现场工作人员打开螺旋机观察孔，导致发生地下水喷涌。

汪承宇的应急措施可圈可点，需要批评的是在地面已发生沉降的情况下冒险排险，不过当时的沉降幅度并不大，属于预测可排除险情的范围内。

事情大家心里都有数，当时右线确实保住了，谁料左线又出现突发状况，冲击到右线，最终导致排险功亏一篑。

如果排险成功，今天就不是批评了，而是身戴大红花，被全华铁表彰了。

可惜了。

好多人不经意地把目光投向汪建国，这几年大西北的风霜让他一张高原红的脸怎么也掩饰不住，不过整个人气色好多了，也许真应了"家和万事兴"那句话吧。

看过这次会议的总结陈词，汪家那小子肯定是没事了，只是可惜最后面的意外，不然老汪家这次就立大功了。

汪建国本人很冷静，他清楚这会儿自己肯定是矛头，不管汪承宇做得对还是不对，他这个当爸爸的都不能发表任何评论，任何一句话都有袒护的嫌疑。

所以任凭别人打量，汪建国一直处于旁听状态，没有发言。

这一次严开明的坐镇让事件的定性简单了许多，有这位老专家在，不管现场人员还是其他部门都不会强加上自己的意志，更不存在推卸责任的现象。汪建国很是感激，自家两代人都受过严开明的恩惠，人家却从来不要回报。

汪建国在心里暗叹，如果说严开明想要什么回报，那么就是希望看到中国大盾构的研发成功。

有必要鼓励一下自家那小子了。

正想着，突然单位大门一阵喧哗，隔着厚重的玻璃都能听得清。

在场的诸位领导好奇地望向大门，见到很多年轻人聚集在大门前，还有一些挥舞着牌子，牌子上的字组合起来就是：保住希望。

保住希望？什么意思？

在场的人大多是技术专家，对社会上的事不太敏感，还是一位年轻的领导说了网上的新闻，这件事故已经引起热议了。

"这些是网友？"汪建国疑惑地望着窗外，莫名地感叹自家那小子的运气太好，居然有这么多人支持他。

没想到是网友们把单纯的事故升华为爱国热情了，他们在用自己的行动支持中国大盾构的发展，支持年轻的科研人员。

这……

"看来我们低估群众对咱们事业的支持了。"季主任定了调子。

"那……现在怎么办？"汪建国问。

"解铃还须系铃人啊。"季主任悠悠道，"让汪承宇自己去对他们说吧。"

汪承宇来到大门口时，几十名网友像捧明星一样把他围在中间，如果不是没有协调好统一指挥，这会儿定能把他抱起来抛到空中。

"舒然？这是你搞的？"

汪承宇一眼认出人群中的舒大记者，她的职业风度算是彻底没了，穿着一身运动服，高举着牌子冲在最前面。

牌子上写着"汪承宇，我们支持你！"

太露骨了吧，汪承宇自己都快看不下去了。

见到汪承宇出来，舒然激动得眼泪都快出来了，她有些喜极而泣了："你出来啦，太好了。"

"什么出来了？我又没进去？"

此时的汪承宇一个头两个大。

"这些都是我在网上召集来的网友，他们听过你的事迹，都非常支持你，我们来声援，让华铁知道社会的反应，他们就不会处理你了。"舒然激动地说。

"谁说我要被处理啦？"汪承宇试图辩驳，激动得脑筋有些过热的网友根本容不得他说话，簇拥着他，七嘴八舌地问这问那，让这位汪大才子左支右绌，好不狼狈。

舒然只是想为汪承宇做些什么，于是就在网上发了几篇帖子，本以为现代网友会更关心明星八卦等热料，没想到很多人对国家装备制造的发展也这么关心。

仅商州一地便来了几十个网友，陆续还有很多人要来实验室声援。

只是有些奇怪，为什么来的网友里女性居多呢……

不过那些都不是问题，只要来了就好，让高高在上的领导们看看，舆论的力量是巨大的。

舒然笑得格外灿烂。

隔着实验室巨大的落地玻璃，远远看着这一切的研发人员心里的滋味各不相同。

耿家辉酸溜溜地说："科研人员不好好搞研究，要什么活宝？"

张启源倒是释怀，对着耿家辉说："我的身材和你的瓶底子眼镜注定不是要活宝的好材料。"

"你什么意思？"

"呵呵，各种滋味，自己体会。"张启源干笑两声，扬长而去。

有种"福"叫身在福中不知福。

被那么多女网友包围，汪承宇根本招架不住，好不容易安抚住大家激动的情绪，并且多次声明自己并没有受任何处理，这才勉强安抚住大家的情绪。可是这些家伙左一个问题，右一个问题，缠得汪承宇根本脱不开身。

舒然，你给我等着。

汪承宇暗自腹诽，他讨厌自作主张的人，一个个都声言为自己好，却从未考虑过自己的感受。

凭什么替别人做决定？

和高薇一样……

他的脑子里蓦地掠过高薇的影子，双方都是有骨气的人，说不见就不见，连一点联系都没有。

没联系，不代表没音讯，她快毕业了，选择了华铁，而她本身的条件也合格，应该随着这批实习生一起来实验室吧。

为什么会想到高薇呢？

汪承宇自己也很纳闷，不自觉间，他已经开始把舒然和高薇放在一起对比了。

大事件有老头子们顶着，他们年轻的团队只需要干好一件事——研发大盾构。

# 81　实习生

耿家辉接到一个旁人都羡慕的活计——带实习生。

这是一年一度人才引进计划中的关键一环，以往这个时候，来华铁应聘专业对口的实习生绝对不会少。

按理说华隧智能的成立让盾构机研发工作的前景更广，但是今天报这个领域的人并不多，或者单单说来华铁的人不多。

学生一共十几人，比起前几届，这届毕业的研究生形体上较以往有优势，就算达不到模特标准，但也称得上是俊男靓女。

"本来不只这些的，还不是'4·4事故'，让一些原本准备来的实习生改了主意，要么去了别的单位，要么干脆不做这一行了。"人力资源专员叹着气说。

耿家辉有点失望，当然是人越多越威风，以后论资排辈，这些人谁不得喊上一声"耿老师。"

"不过这届的几个女生相当漂亮，要想解决单身你可得抓紧啦。"人力专员适时地提醒着单身已久的耿家辉。

"真的吗？"

扶着厚重的瓶底眼镜，耿家辉试图把眼睛再瞪大一点。

实验室的大门依旧被一群网友包围着，保安试图维持基本秩序。

耿家辉左等右等就是为了等这批实习生的到来，本想进行一场演讲，或是来一通陈词，可惜今天的风头又被汪承宇抢走了。

拨开围在大门前的"汪汪"粉丝团，耿家辉望着一辆暗金色的大巴车由远及近。

实习生们来了。

虽然场面有点乱。

男同学们很谦虚地让女同学先下车，本就对即将工作的地方好奇的学生们打量着门前的异景，都露出诧异的表情，随即，女性的本能让她们这些高才生不自觉地和围在门前的迷妹们比较起来。

通常来说，学理科的女生不擅长打扮，但那是老皇历了，这批前来的研究生有高薇做榜样，不似从前的理科生那样古板，基本打扮上不输于常人。

耿家辉看着排头的女同学，她们不自觉地围在一位大美女身边，而这位大美女很自然地站在 C 位，没有一点儿违和感。

学霸加美女的身份让她们很傲然地看待门前的小迷妹们。

耿家辉觉得，有了这批实习生，他在实验室扬眉吐气的日子到了，不为别的，就因为他带的这届实习生虽然是历届人数最少的，但女生却是最漂亮的。

大美女身后，另外两名女学生一样散发着成熟而迷人的自信，这样的女性是耿家辉欣赏的类型。

"你们好，我叫耿家辉，是你们在实验室的初级导师，你们可以叫我耿老师。"耿家辉站在大客车旁边做着自我介绍。

"哟，耿老师，你能教我们什么呢？"这届的男同学似乎很刺头。

耿家辉本想答，我会得很多，可又想着做人要谦虚那一套理论，左右为难，不知道如何作答。

"好啦，你们别为难耿老师了，我们是来学习的，将来也是要沉下心工作的。"C位大美女站出来替耿家辉解了围。

耿家辉长舒一口气，对大美女投了一个感激的眼神。

可惜，厚眼镜着实有些影响效果，不知道对方有没有感应到。

瞥了一眼旁边的汪承宇，耿家辉又有些懊恼，都是一样学习一样工作，那家伙为什么不戴眼镜？

一、二、三、四、五，一共是五位女实习生。

女人来搞机械研究已经是新闻了，一下子来了五个，恐怕把东南交大本届这个专业的女毕业生全包揽了吧。

这一次耿家辉猜对了，还真是这么回事儿。

至于为什么坚决地选择前来实验室，一是资格够，另外嘛……

老耿勉强把各个名字对上号，替他解围的那个大美女叫高薇。

现代社会的知识体系太过庞大，为了在某个领域达到精深，必须经过长时间学习，等步入工作岗位时，往往意味着不再青春。

当高薇重新踏入校园时，就决定用不输于前辈的勇气去圆属于自己的盾构梦，现在正是好时机，她终于踏入了梦想已久的盾构实验室。

那位耿老师她并不陌生，从前听过很多关于他的故事，典型的理工男，不善言辞，做事专注，偏古板，偶尔刻薄，不过整体上心地纯良。

很少有汪承宇这种异类，活泼的时候是个标准的阳光大男孩，发痴的时候又像个诗人，一个忧郁、极端的家伙。

不得不承认，来到这个地方，这个人是始终绕不过去的。

三年前，她果决地将她们之间的感情做了冷处理，随后真的是一点儿联系也没有，偶尔会通过严思颜得到一些延迟的消息，拼凑出他现在的样子。

"4·4事件"高薇知道得比一般人详细，很难想象一个从小到大一帆风顺的大男孩，遇到真正的挫折会怎么样？

如果没人劝，怕是又当逃兵了。

直到现在，高薇还能把汪承宇的性格摸得个十成准。

强大，但没安全感。

耿家辉忠实地履行着导师的职责，还没进门便开始介绍起来。

"欢迎来到国家重点盾构及掘进技术实验室，我们的实验室以华铁隧道集团为依托，联合国内外相关企业、大学和研究机构，打造技术创新、人才培养、学术交流的培训和教育基地，实现我国在重大装备和施工技术的持续创新突破。自成立以来，设计并制造了多种型号盾构机，并应用于施工中……"

本来是一番很严肃的介绍，此处应该有掌声，可惜被旁边的网友扰了效果，两队人马挤在一处，正式的迎接工作显得很凌乱。

"耿老师，'4·4'事件的两台盾构机就是这个实验室设计的吧。"

刚才学生里的那个刺儿头趁耿家辉的话还没讲完，就当众戳肺管子，这种问题好当众讲吗？

耿家辉气得脸上一阵青一阵白，半晌没吭出声来。

"不愿意来马上可以走，老大不小了，没人逼着你们。"高薇站出来，对挑衅的人横眉冷对，说着，眼神竟飘向被围在人群中的汪承宇身上。

三年了，看样子没什么变化嘛，不！更不着调了。

高薇在心里默默评价着。

"谢谢你啊。"耿家辉压低声音在高薇面前表示感谢。

已经是第二次被大美女解围了，耿家辉很感动，但是那是因为他不认识高薇是谁，更不知道她和汪承宇之间的往事，如果知道的话他肯定敬而远之。

多年来的直觉告诉他，凡是和汪承宇沾边儿的就没有好事儿，"4·4事件"就是个例子，他自己安然无恙，整个华铁却被卷入漩涡之中。

越是想躲就越躲不开，对耿家辉是，对高薇也是。

"汪承宇……汪承宇……我们支持你！"

声援团还在大门前，好不容易来的，怎么可能三言两语就劝退呢。

汪承宇没有对付媒体的经验，更没有对付粉丝的经验，一直以来做什么事都游刃有余的他第一次感到焦头烂额，哪怕"4·4事件"当晚也没有过这种感觉。

"他还挺受欢迎嘛。"高薇淡淡地自言自语。

三年了，本以为自己会平静对待那段感情，可当这个人再一次活生生出现在自己面前的时候，她的心竟然不由自主地乱跳。

是激动，抑或愤怒？

高薇难以评判是何种感情左右了自己，但是她知道，她心里根本忘不掉这个大男孩儿，即使他已步入三十岁，但高薇还是能看出来，他的冷峻、他的成熟、他的内敛，全都是装出来的！

他在扮演一个别人都想看到的汪承宇，像他小时候一样，而他骨子里的狂热如火、忧郁如歌和深深地对自我的不认同并没有消失，只是藏得更深了，深到连他自己也被欺骗过去了。

人群中有一个女人的眼神让高薇一下子记住了她，那明媚的眸子里流光闪动，一直凝望着汪承宇，眼神里全是柔情。

她喜欢汪承宇！

人与人之间的感应总是那么奇妙，有科学证明，超感官知觉是存在的。

在高薇注视汪承宇的时候，在纷乱的人群中，汪承宇的目光也一下子锁定在高薇身上。

两人的身体像触电一样，瞬间僵硬，这对视既陌生又熟悉，是多久没有见过了？

是那个海边黄昏之后？还是更久远？

也许可以推进到两人在校门前的第一次见面，是什么时候让高薇在汪承宇的生命中占据了主动，承担了本不该由她去填补的位子？

爱因为角色错位而发生位移，最终滑向不可控的深渊。

高薇默默地走进实验室大门，努力不去看汪承宇的目光，仿若从前一样，坚强而自主。

舒然看到了那个背影，尽管在众多的人群中，穿着普通，但还是那样地卓尔不群。

直到此时，舒然才发现，原来有人从未走远，即使那个位子空缺，也从来没打算给自己预留过，那个渐渐远去的背影才是根深深扎进汪承宇心里的刺，而自己从来没出现在他的世界里，那种被关切的感觉，不过是自己不切合实际的幻想。

是的，舒然终于承认，她不敢直面这种感情的原因，是因为她和汪承宇之间横着一道不可逾越的背影。

"只要你有干劲就好了，我和身后的网友会一如既往地支持你，支持中国的装备制造！"

舒然握紧拳头高喊着，她努力保持着笑容，因为只有她自己知道，只要稍微绷不住，泪水就会不受控制地流下来……

# 82  答案

陈主任近来的状况很不好，"4·4事件"在他官阶晋升的通道上留下了很大的污点，为了尽快消除影响，他必须立即拿出解决方案及善后处理办法。

"责任必须全部由施工方来负。"

陈主任定下调子。

华铁方面承诺，立即对地表进行无害化处理，同时对事故线路进行改线处理。

受事故影响，新的10号线穿郑河隧道重新招标，陈主任虽然没有明说，但是暗地里已经有倾向，华铁这一次不在招标范围内。

穿郑河6.9千米隧道的方案是新式单洞双线隧道，需要外径在14米以上的大型盾构机。

该项目华铁本已中标，而且投入大量资金进行大盾构的相关研发与设计，华隧智能上下本是摩拳擦掌，准备大干一场的，重新招标的消息一传出来，整个集团士气不振。

汪承宇像个悲愤的斗士，他极力压制着自己的情感，把所有的精力投入到大盾构的研发制造中，而对消极的队友们视若无睹。

他的盾构机目前还停留在图纸上，实际制造过程中还有很多困难要面对，首先，壳体问题尚未解决。

这可不是以前的小家伙，14米外径的大盾构，立起来足有四层楼高，要想制造体型如此庞大的超级装备，极限加工必不可少。

超大型卷料工业母机还是不久前安置在加工车间的，工人们还没有足够的经验去操作这个大家伙，稍微不小心便会使厚达 14 厘米的钢板在弯卷成桶状的过程中发生变形，材料就会报废。

而短期内不造大盾构的消息已经传遍了车间，工人们明显懈怠了。

"还研究这玩意干啥？也不造了。"

在研发团队丝毫不气馁，继续投入热情的时候，遭遇了这样的风言风语。

汪承宇干脆自己上，戴上手套，握紧弧度尺，一节一节地测量，跟着他一起干的还有张启源和几个同事。

他们必须自己做出模型。

一百多米长的大家伙，每一个零件都必须严丝合缝，不能有一点瑕疵，否则 "4·4 事件" 的惨痛教训还会继续上演，到那时，实验室也失去了研发的权威。

他们坚信自己所做的一切都是值得的。

一上午时间，汪承宇成功地卷圆了第一个钢桶，他把弧度尺放在一边，用袖子擦了擦汗，这时一个毛巾递了过来。

"谢谢。"汪承宇也没看是谁递过来的毛巾，拿过来便擦了一把脸，毛巾还未从脸上拿开，目光便落在眼前递毛巾的人身上，他的身体明显一顿。

高薇似笑非笑地站在他面前，气氛有些尴尬。

张启源识趣地示意队友们离远一点儿，也到了午饭时间了，大家三三两两地结伴向食堂走去。

"特意来的？"汪承宇明知故问，再左右看看，的确没发现别的实习生，耿家辉的实习课程应该还没到实践参观这一块，高大小姐有些率性而为啊。

"是的，抬头不见低头见，用不着装不认识吧。"高薇淡淡地说。

汪承宇强行压制平静的内心又乱了起来，这段感情他不知道该怎样面对，不管拾起来，还是彻底放弃，他都没有勇气，只好像只小猫一样，躲在角落里静静地舔舐伤口。

"我想这里不适合谈一些和工作无关的话题。"说话间，汪承宇明显表现出回避的态度，他还是不愿意面对这样的感情。

"你不要这样好不好？"高薇规劝着。

"我怎么样了？我挺好的，我挺正常的，你这是来同情我的吗？那我郑重告

365

诉你，高薇同学，我不需要！"汪承宇用明显过激的反应来掩饰心中的不安。

高薇知道，再谈下去就会惹怒他，于是点头装作不在意的样子说道："OK！我懂了，一起吃个饭介不介意？"

汪承宇本能地想推辞，可是觉得那样太不爷们儿了，于是很自然地说："介意什么？吃饭有什么好介意的？不就是吃个饭吗？"

说着他抬脚就向工厂大门外走。

高薇看着他的样子觉得好笑，叫住了他说："不去食堂，我们出去吃。"

"啊？"

汪承宇一愣，还在思考要不要去的时候，高薇反激道："怎么？不敢？"

"有什么不敢的？不就是吃饭吗？我还怕你吃了我咋的？"汪承宇嘴里说得轻快，眼神飘忽不定，不肯直视挺直胸膛的高薇。

"那走吧，去市中心以前常去的那家西餐厅，我请客。"

"成！反正你高大小姐不差钱。"

似乎这样说就能找回不少自信，汪承宇大大咧咧的，连工装都没脱就这样出去了。

至于高大小姐想说什么，自己听着就是了，不顺的事已经够多了，不差这一件了。

人到中年必须懂得，所有的事只有自己能扛，包括从前欠下的债。

高大小姐这一次毫不掩饰她家资本雄厚，开上豪车便直奔市区，找了一家高档西餐店，倒不是故意炫，而是这家店的牛排特别好吃。

下车时，汪承宇撇撇嘴，故作不屑地说："有什么了不起，咱现在也是月薪过万的。"

"那好，你请。"

高薇改口比翻书还快，不过谁让他汪承宇逞强呢？

"你……"面对一顿饭上千块的价格，汪承宇恨不得把嘴封上，这样就不会乱说话了。

西餐厅的环境很优雅，非常适合情侣约会，当然也少不了一些专门来这里享受家乡味道的外国人，汪承宇和高薇虽然没来得及换下工作服，但是高薇的豪车告诉服务员，不要习惯看衣服下菜碟。

好在这里的服务员素质还是很高的，没有用怪异的目光打量二位，但是客人就难免了。

两人被安排在一处安静的座位，不能饮酒，便很随意地点了两道主菜，几道配菜。

"当初你说要重新考虑我们的关系，我是来问你考虑得怎么样了？"菜还没上来，高薇迫不及待地问。

"哎？我还以为你知道答案了。"汪承宇故作平静的样子说。

"什么答案？"

"就是……就是……反正就是这样嘛……"左顾右盼也避不开高薇犀利的目光。

"汪承宇，你什么时候能对自己的行为负点责？"高薇的声音提高了几度，安静的西餐厅内，惹得旁边一些客人纷纷侧目。

"非得来这种地方问这些问题吗？"

"当然。"高薇扬起白天鹅般高傲的头颅，双眼不加掩饰地红了，"三年来我一直在等你的答案，我想知道我的猜测有没有错。"

"你猜什么了？"

"我猜你是个胆小鬼，缩头乌龟，连面对感情的勇气都没有，就知道逃避。"

"太夸张了吧。"汪承宇还在躲避。

高薇今天不打算给他躲避的角落，逼问道："今天我只要一个坚决的答案，两个答案截然相反，这顿饭不管庆祝我们破镜重圆，还是分手，我都吃得下去。"

"我……"汪承宇说不出话来。

"我希望你能勇敢点儿，别让我瞧不起你。"高薇下了最后通牒。

在三年前的情况下，汪承宇能说出冷处理这样的话，是因为心底还埋了一线希望，他希望结果的走向顺其自然，和谐圆满，而不是咄咄相逼的强迫选择。

被强迫选择过人生轨道的汪承宇还在倔强地寻求另一种形式的抗争。

从爱上高薇那一天，他看中的根本不是钱。诚然，把大富豪的女儿揽入怀中的确有优越感，不过他更希望高薇是需要保护的云雀。

当有一天，云雀突然从云层中俯冲扑下来时才发现，这根本就是一只鹰隼，这个时候自己反而成了猎物，任人摆布的猎物，这种感觉汪承宇不喜欢。

如果非要妥协，他希望两人是平等的，高薇太强势了，直到现在也是。

在汪承宇目前生命中遇到的人里，能和高薇比强势的只有他妈。

迟疑了半天，直到餐前点上来，汪承宇的答案还未说出口。

一帘之隔的隔壁座位，传来英文对话。

两人都是学霸级的人物，英语听力是最基本的素养，隔壁的对话就那样毫无掩饰地入到耳朵里，不听还好，细听之下，两人同时吃了一惊。

隔壁座位居然在谈盾构机！

# 83  奔跑吧！兄弟！

"也就是说，您对这次竞标志在必得喽?"一个女声传来。

是的，隔壁坐着一男一女。

明显是女的在问，男的在回答。

"是的，在大直径盾构领域，中国的生产商根本没有竞争实力。"

"可我听说他们已经在着手研制 12 米以上的大型盾构机了。"

"不妨透露一些具体细节，此次竞标的盾构机外径的标准尺寸是 14.5 米，不论配件的铸造还是机械极限加工，华铁根本没有相应的制造实力，而我们路德公司是全世界一流，我想贵国的政府不希望看到一个钻到地下就故障频出的劣质品吧。"

"那么价格呢? 会不会很贵。"

男人故弄玄虚地轻咳了一声，然后说："当然是物有所值。"

说到这儿，男人故意换成熟练的中文说道："你们中国人有句话说得好，便宜没好货，好货不便宜。"

"鲍尔!"汪承宇一下子听出这位德国老小子的声音，他没想到会在这样的情况下偶遇。

随后，女人也换成中文说道："感谢您接受我们的采访，没想到您的中文说得这么棒。"

舒然？

人生真是奇妙啊，被高薇逼着从厂里出来吃中午饭，居然能一连遇到两个熟人，好在为了个人的隐私，两个座位之间隔着厚厚的布帘，如果不是对方提到盾构机，声音就是再大一些也不会引起两人的注意。

希望他们没看到自己。

"说到便宜货，贵国华铁在今年出的事故已经证明，即使小直径盾构机都会在施工过程中出现问题，那么大直径盾构机就更没有竞争力了，你说是吧——汪总设计师。"

汪承宇和高薇奇妙地对视了一眼，对方有透视眼吗？

鲍尔呵呵笑着，从另一头餐桌绕了过来，面色虽然平静，但已是明显的挑衅。

"老实说，贵国的西餐虽然做得不伦不类，但是别有一番风味。"鲍尔挤了挤眼。

不用问就知道，他是奔着新线路施工使用的大型盾构机而来的。

"我想这一次，我赢了，你需要践行你的赌约，从今往后，只要有我在的地方，不允许你出现。"鲍尔还没忘记三年前说的话。

汪承宇"嘿"了一声，说道："虽然你喜欢赖账，但是我们中国人是守信的，如果你赢了我会践约的，前提是必须你们的产品中标啊。"

鲍尔笑笑说："你们别无选择。"

这时牛排上来了，侍者很尴尬，小心翼翼地绕开鲍尔，将两盘主菜放到餐桌上。

"舒然，你还没吃饭吧，正好我不怎么饿，这牛排你吃了吧。"

"啊……啊？"舒然大吃一惊，这场面怎么也不像请自己吃牛排的样子，两人虽然一脸气呼呼的样子，刚才还吵出声来，可怎么看也只像小情侣在怄气。

三年前那场短暂的分手瞬间，舒然是在一旁目睹着的，虽然有过幻想，但是她还有自知之明。

舒然连连摆手："不……我的胃不习惯这东西。"

汪承宇望着牛排,故作为难:"唉,真遗憾,其实我也不怎么喜欢吃这生不生熟不熟的东西,谁让人家用炮舰轰开了古老中国的大门呢,我就当它是敌人,勉为其难地消灭了吧。"

汪承宇抓起刀叉,顾不得吃相难看,三下五除二把一大块牛排分成了十几块,然后狼吞虎咽地吃起来。

鲍尔皱了皱眉头,心想这小子气疯了吗,然后耸了耸肩说:"用炮舰轰开中国大门的是英国人,我们可是带着产品过来的,在我们德国的援建下才有你们基础建设的飞速发展,我是过来人,我可以证明的。"

"不要钱的援助吗?"

鲍尔翻了个白眼,天呐,这家伙完全无法对话,怎么可能不要钱呢?

在三十几年前,中国可是拿着钱也找不到帮手呢,当时的西德因为政治因素才大胆地伸手援建,诚然,那个时候的中国真的很穷,虽然收了钱,但是真的称得上是雪中送炭了。

因为在餐厅,对方也并未邀请自己坐下来一起聊聊,鲍尔讨了个无趣,摇摇头走了。

舒然觉得气氛很尴尬,汪承宇只顾吃,根本没看她一眼,而高薇简直把她当空气。

"那个……"

"哦,对了,记者有采访的自由,也请你在采访鲍尔的报道上添上我的一句话吧。"

"嗯,好的。"舒然连忙准备设备。

"不用那么麻烦,很简单的一句话。"

舒然一愣,盯着汪承宇,只见他飞快地把最后一块儿牛排塞进嘴里,然后边咀嚼边用餐巾擦嘴巴,随后,他的眼神开始变得认真起来,轻吐了几个字。

"我们不会放弃的!"

高薇敏锐地觉察到,汪承宇的胸中燃着一团火,他把情感中的一切悲戚、不甘、愤怒当作燃料,来燃烧这股志气。

鲍尔的高高在上刺激到了他,而他本身也在与对方较劲。

他不能失败,哪怕一次又一次的挫折,他也要成功,这时的高薇才发现,是自己做过分了，这个时候不该给他施加更多的压力。

"我们的事以后再谈，回去做你该做的事吧。"

高薇当即放下刀叉，起身后把工作用的帽子戴在头上，头也不回地快步离开餐厅。

面对高薇突如其来的变化，汪承宇一下子愣住了。

好半天在服务员的叫唤下，他才醒悟过来自己遭遇了多大的危机。

"先生，一共消费 635 元，现金还是刷卡？"

当服务员托着个准备收小费的盘子笑眯眯地看着汪承宇时，他才发现，自己并没有带钱。

"那个……"汪承宇不好意思地搓着手，笑眯眯地望着舒然说："能借我点钱吗？"

"啊？"

走出西餐厅大门口，更郁闷的现实摆在眼前，被高薇甩了之后，便捷的交通工具没有了，而这里，距离工业园十六公里……

"汪总工……要不要把打车钱一并借了？我记得你下午要上班的吧……"舒然试探着问。

时光仿佛一下子回到三年前，高薇总是在自己激动的时候习惯把别人甩掉，那个时候是，现在也是……

难道以后？

可能都要继续习惯吧。

汪承宇的一颗心很快沉了下来，为什么说以后呢？难道两人之间还会有什么吗？

不知道，不过心跳在加快。

"谢谢你对我做的一切，放心！我不会当逃兵的。"

对着舒然说出了心里话，汪承宇轻快地起身，他要潇洒地抬起头，迎向阳光。

迈开步伐，汪承宇高喊："奔跑吧！兄弟！"

舒然的双眼瞪得大大的，难道他……他就要这样跑回去？

华铁隧道集团。

做完汇报的汪建国夹起公文包走出主楼大门，司机早已拉开车门恭候他进去，他一抬眼发现，谭雅正静静地站在大门外。

　　汪建国示意司机先在一旁等，然后快步来到谭雅面前，笑了笑却不知道该说什么。

　　谭雅也没打算让他恭维，抬眼望着他，嘴角勾着笑说："这次表现不错，没有一上来就急吼吼地吼儿子。"

　　谈起公事，汪建国说得很溜，他说："事故经过的报告我提前看过了，那小子处置得不错，很大胆，也有依据，处置事故本身就有风险，要是因为这个就处置人，那么以后怕是没人敢担责了。"

　　谭雅显然不满意汪建国这样的回答，撇撇嘴，嘟囔着自语："假正经。"

　　"什么？"汪建国没听清。

　　"没什么。"谭雅不愿意再争辩什么，只是自嘲地说道："我嘛，习惯了，儿子也不需要你陪，忙了一辈子，我看你到老给自己剩下什么。"

　　三十几年都没改过的老毛病了，对亲人稍显冷漠的汪建国，对工作却格外热情。

　　中天山隧道左右两线顺利贯通，是汪建国职业生涯里浓墨重彩的一笔，为了这个胜利，他已经牺牲太多与家人在一起的时间了，而今一家三口，都在为了中国大盾构事业而奋斗，这样的精神足以令他欣慰了。

　　"哦。"汪建国觉察出气氛的尴尬，连忙缓了口气道："你知道的，土库二线年底前务必通车，还有这次谈判，都至关重要，我相信咱家那小子，一定能和我站在一条战线的。"

　　谭雅笑了："你们倒是上阵父子兵了，谈判完了别忘了一起回家，我给你们做晚饭。"

　　汪建国笑了，青春已经奉献了，老来的幸福却格外温馨。

　　真好……

# 84　不降价

鲍尔越来越喜欢这个国度了，相比南亚次大陆的某些国家，这个国家的基础设施要好太多了。

这些年，这个国家在飞速地发展，很多地方已经远超古老的欧洲，比如地铁，干净又明亮，比又脏又破的巴黎地铁好太多了。

当然，高速路、高铁、特大桥、海底隧道等基建项目仍然在日新月异地建设中。

这个国家已经开始制造盾构机了，在小直径盾构机方面已经拥有了一定的竞争实力。不过对自己公司的产品，他依然有着绝对的信心，装备之王不是那么好搞的，虽然鲍尔认为这个国家搞出大型盾构机的时间表已经大大提前了，但是从质量上全面超越却没那么容易。

也多亏了"4·4事件"，那场事故让谈判变得容易许多。

这么多年来，他与华铁打过无数次交道，对这个顽强而又倔强的集体，他佩服的同时又深感惋惜，多么优秀的团队啊，他们虽然一直致力于高端装备的研发，但苦于起步基础太差。

汪承宇那小子他很欣赏，但是鲍尔也并没有在意对方的挑衅，在他看来，那不过是不甘心的叫唤，和"我一定会回来的"这样的话一样没营养，这次竞标十拿九稳了。

只不过这位熟悉中国谚语的外国专家，忘了还有一句俗语：计划没有变化快。

市里临时开了一个会，会议的结果对华铁很有利。

华铁在改革开放这三十年里的功绩有目共睹，因为一个小事故就成了惊弓之鸟？

重新招标这件事上会讨论之后认为完全没有必要，不能为了倒脏水把孩子也泼出去。

连华铁高层都不知道，在市领导据理力争之下，建设标暂不重新招标，依旧由华铁隧道集团执行，毕竟临时找一家有丰富经验的建筑企业还需要大量的时间，而商州市的开发最缺的就是时间。

另外，关于盾构机使用哪家，交给施工方提出方案，由轨道交通管理部门监管。

没有得到这个消息的鲍尔注定要为自己的大意负责，他不知道，正是因为他的大意，开启了中国大盾构时代，从此路德盾构机的市场占有率一路下降，最终落得惨淡收场的结局。

"七亿元人民币，一分也不能少。"

对面的谈判对手是鲍尔的老熟识了。

严开明——盾构及掘进技术专家。

汪建国——华铁隧道集团高层领导。

季先河——国家盾构及掘进技术实验室主任。

汪承宇——华隧智能大盾构主设计师。

对方一下子来了这么多人，似乎吃定自己了，但是鲍尔有自己的骄傲，他有他的产品，产品质量代表一切，他相信中国人会退让的。

"鲍尔先生，我们是老相识了，熟人的买卖好做，因为我们相互知根知底，这个价格恕我们不能接受。"

鲍尔一副无所谓的样子，他悠闲地喝着面前的咖啡，眼光飘向面露焦急之色的陈主任。

陈主任是真的很着急，他急需一个新项目的成功来挽救"4·4事件"给他带来的影响，对他来说价格不是问题，这种谈判多半是为了做做样子，可华铁的那帮人还真谈起来了。

这个时候他不能不说话了。

陈主任轻咳了一声，说道："既然你们都是老相识，路德公司提供的产品也没问题，价格上嘛……"

他是在座的领导，但是他不能拍板，毕竟秦秘书还在一旁盯着呢，自己表现不好可是要失分的。

"我们有信心把价格压缩在 7000 万以下，所以鲍尔先生还是考虑降价吧，否则路德公司就不在我们的考虑范围内了。"汪承宇抢过话。

"你就是'4·4事件'盾构机的总设计师吧。"陈主任不满地看了一眼汪承宇，言下之意是你设计的东西都出事故了，再便宜谁还敢用？

汪承宇没有否定，他淡定地回复道："'4·4事件'的全部事故经过已由专家审核，确认无误，并非盾构机质量的问题，而是人为原因，况且我们实验室筹备大盾构制造已经三年了，今年我们在材料上取得了突破，我们有信心制造出质优价廉的产品，至于对路德公司产品的考虑是基于该公司一向良好的质量，如果性价比差太多的话，我想市财政压力也会很大。"

七个亿到哪儿都不会说成是小数目，而且一次就要采购两台，压力的确不小。

"财政问题不用你们考虑，就说路德公司的产品质量行不行吧。"陈主任说。

鲍尔很自信地说："我们的品牌就是信誉，我们的质量全世界第一。"

陈主任的目光又看向华铁的人，想听听他们还有什么说的。

一直沉默着的严开明说话了："如果订购路德公司的产品，什么时候可以开工呢？"

鲍尔说："两年后我们可以交付产品。"

"两年？"陈主任眼珠子差点没掉下来，地铁从规划到完工也才给了两年时间，怎么可能用两年时间去等制造盾构机呢？

"好的装备是要让买家觉得物有所值的，制造要精益求精，这个时间是质量的保证。"

陈主任急得头皮发麻，连连用手抓，德国人难道没看计划书吗？怎么能说出这么古板的回答？定下的规划没那么容易轻易改变。

"陈主任，我们只需要七个月就可以了。"汪承宇说。

七个月！

陈主任眼前一亮，时间短，价格低廉，他差一点儿就当场拍板了，但是"4·4事件"给他带来的阴影太大了，他没再做更深层次的考虑，自己就在脑子里否决了华铁的方案。

第一轮谈判结束，鲍尔仿佛已经胜券在握一样，高昂着头走出会议室。

老徐学会了上网，还学会了玩微信，一有空闲就会在办公室摆弄手机。

"哈哈，这就成了。"

这天，徐复文在办公室里点着手机，兴奋地叫出声来。

"干什么呢？这么高兴？"一头花白头发的老排长许建军朝徐复文的办公室探了探头。

"哟，老领导，什么风把您吹来啦？"徐复文乐哈哈地迎了上去。

"还不是你小子笑得太过张狂，让我大老远就听见了。"许建军一笑，脸上的皱纹更密了。

许建军退休有些日子了，为了不给单位添麻烦，他基本上不往单位跑，今天是公司搞档案史料的工作人员有些问题搞不清楚了，就把这位活化石请了出来。

"那咋不找我呢？"徐复文也是爱热闹，如今这顾问当得越来越清闲了，他正闲着半拉膀子呢。

"那会儿你还没当兵呢。"许建军说。

"要是这样，我更得去了，好好学习一下老连队的光荣战史，等今后下去陪老连长解闷儿的时候好有话说。"

许建军作势就要抽他："我还没想着下去呢，你小子咒我呢？"

徐复文脖子一缩，连称不敢，活像个老小孩儿。

"对了，你刚才乐什么呢？我在走廊那头儿都听见了。"

徐复文神秘兮兮地指了指手机："这个，千里之外，嗖地就传过去了。"

"不就是手机吗。"

"哎？不是，传的是文件，直接在掌中就能传，方便得很，有机会我教您。"

"不就是传文件吗，真当我没见识啊？不至于乐成这样吧。"

"你猜我传的是什么文件？"

"猜不到。"

"经我手搜集的路德公司盾构施工全部技术问题的报告，最早的可追溯到1991年。"

许建军的手在空中虚点一下，问："传到南边去了？"

徐复文点点头："给前线加点火药。"

"好啊……"许建军点点头，突然又想到了什么："哎？不对啊，1991年我国还没引进路德公司盾构机呢吧。"

徐复文哈哈一笑："是外国的施工案例，前段日子咱们不是有队伍出国援建铁路了吗。"

两个头发都花白的老头儿会意地相视而笑。

又是一次众志成城的战斗，打败路德公司，彻底摘掉屈辱的帽子才是老一代华铁人最终的愿望。


# 85　好大一股子醋味儿


"徐老爷子可把他这些年的心得体会全无私援助给我们啦，大家要打起精神，这一次不利用主场优势把路德集团挤出去，以后的路会更坎坷，打响这一炮，全国人民等着我们胜利的消息呢。"

大设计室。

一排排办公桌组成的格子间占据了主要空间，每个格子间后面都有一名设计人员不停地滑动鼠标和敲击命令。

正是这些设计人员辛勤地工作，才慢慢勾勒出大盾构的全貌。

图纸就是这么画出来的。

身为总设计师，只会在关键技术问题上亲自上，平时嘛……

汪承宇倒背着双手在过道里来回踱步，看看这个，看看那个，时不时说两句非常正经的话鼓舞士气，这可是老徐的真传，不用岂不是浪费？

为了大盾构项目，全华铁也是拼了，最好的条件，最优的待遇，全部的扶持，空调、咖啡、茶水、小点心二十四小时供应，但是过度的劳动让大家依然感觉到很累。

这几年，与制造相关的研发人员的薪水有所提高，但是和火热的房产市场相比，那点薪水简直就是小巫见大巫，比起平平常常就拿三五万月薪的同学，实验室的高才生们还是有点窘迫。

虽说这几年不流行搞原子弹不如卖茶叶蛋的说法，但是能留下来埋头搞科研的人，都是有理想有追求的，没点儿顽强的毅力，也坚持不到现在。

大盾构可不是把小盾构放大制作那么简单，而是时刻在考验这个国家的基础工业。

这些日子大家都很辛苦，每天都会发现一些新的问题，每天也都会解决一些新的问题，图纸材料都快堆成山了。

高薇在新到的实习生中，成绩与技术都是佼佼者，这些天里她也感觉到吃力了。

汪承宇在帮助一个技术人员解决了绘制图纸过程中发现了一个小问题后，不知不觉走到高薇身边。

平时飘逸的长发扎起了马尾，用鸭舌帽束在脑后，最近的她也不施妆粉了，仅仅做了基础保养，整个人看起来素雅了不少，看着她频皱眉头的样子，汪承宇偷偷扬扬眉。

"这可是为了科技强国啊，大家可不能马虎，有些人要是实在坚持不住呢，就回家当大小姐去。"

高薇感觉眉头上的神经都在跳，这不是故意在气她吗，出奇的是，高傲的大小姐居然忍下了，什么也没说，继续摆弄鼠标绘制图纸。

她绘制的是主轴承局部，参与保险轴的设计。

当马达扭矩不一致，为了保护大齿圈，转速异常的那个马达保险轴会在削弱口断裂。

刚刚实习就参加这样的大项目研发，说不吃力是假的，不过她还在坚持。

"耿老师，过来给我看一看，我这里画得对不对？"

耿家辉推了推高度近视镜，有些茫然，又有些欣喜，这些日子里高薇没少向他请教，加上之前屡次替他解围，让他产生了一种奇妙的感觉，每次与这个新来的实习生距离近一点儿就会脸红。

"嘿！"

汪承宇瞪大眼睛，本想咸鱼翻身拿对方一把，没想到人家根本没理自己，拿自己这个主设计师当空气啊。

"咳咳！"汪承宇踱着步子，轻咳两声，怪腔怪调地说道，"嗯……这个……各位导师的特长不一样，新来的同学呢需要全方位发展，不能总请教一个人。"

高薇没理他，而耿家辉居然端出了争雄的姿态。

好像两只雄孔雀呀。

汪承宇鼻子都要气歪了，他俩这是要联手呐。

想想那段进行不下去的感情，矛盾的汪承宇实在不知道该如何面对此时的高薇，让他再像从前一样在她面前做五好少年肯定做不到了，可又看不得她总拉着耿家辉这个碍眼的人当挡箭牌，害得自己就算想有点什么小动作也根本靠不近。

这就是当初玩潇洒的后遗症，现在下不来台了，不过话说回来，没有当初的抗争，哪有后来的汪承宇？

现在，她又回来了，干脆就在眼皮子底下，低头不见抬头见的，这让汪承宇如何自处？

"是进亦忧，退亦忧……乎！噫！微斯人……"

午间。

实验室顶楼天台上，汪承宇眺望着远方乌蒙蒙的城市，发出一声感叹。

这时通往楼顶的通道铁门打开，张启源端着一个饭盒上来。

"你果然在这儿，找你半天了，谭老师让我问你，怎么不去吃饭。"

唉，还得是老妈关心自己，女朋友什么的都是扯淡，何况还是前女友。

汪承宇自嘲地在心里安慰自己。

"怎么？舍不得啦？"张启源看出端倪。

这三年来，汪承宇在工作时表现得太过平静，平静到就像演出来的，直到最近高薇的到来，他的表情终于有了变化，像一个正常人了。

"什么舍不得？"汪承宇依旧嘴硬，从张启源手里接过饭盒，打开一看："又是饺子，一点胃口都没有。"

"这是阿姨亲手包的，心意啊。"

"就因为是心意才受不了呢！"汪承宇反手把饭盒又塞回到张启源的手里："现在我把谭老师对他亲儿子的心意转交给你，千万不要客气，放开吃，我相信你的实力。"

"啊？"张启源有点蒙。

"您得尝尝这份心意呀。"

"哦。"张启源还真往嘴里塞了一个饺子，顿时面色铁青，谭老师的面子才勉强没吐出来。

"我说谭老师剁馅不放盐吗？"

"她是极端完美主义者，现在不是提倡低盐吗？人家可好，干脆把盐给戒了。"

"真的啊？"

汪承宇斜瞪了损友一眼："假的，这你也信。"

"我就说是嘛，肯定是忘放盐了，这几天我看见谭老师又回宿舍了。"

"哦……"汪承宇这时才想起来，好像有段日子没去看妈了，老爸一天像空中飞人似的，指望他照顾老妈那是没可能的。

"其实……"张启源说，"我觉得你和高薇两人成不成根本无所谓。"

"哎，这才是兄弟嘛，这话说得公道。"

"反正我看老耿挺有那方面意思的。"

"啥？"汪承宇下巴差点没掉下来，尽管高薇总拉着耿家辉问东问西，可在汪承宇心里，那家伙连个当备胎的资格都没有。

"你不要胡说啊，他俩不可能的。"

"你吃醋？"

"我不是那个意思。"汪承宇有些手足无措，"我是说高薇根本不会看上老耿。"

"你问过啦？"

"这还用问吗？有脑子都知道啊。"

"可是，刚才我看到他俩出去吃饭了。"

"去哪儿啦？"汪承宇还真有些心急。

"不知道。"张启源摇摇头，"开着那辆橘色奥迪走的，看方向是去市里了吧。"

是啊，高薇肯定看不上老耿，但是为什么心里酸溜溜的呢？

小汪同学也不想想，就他现在这个状态，连备胎都算不上，凭什么说别人是备胎呀。

"男女之间任何情况下的冲动都是有可能的，好自为之吧。"张启源拍了拍汪承宇的肩膀转身离去，嘴里还嘀咕着饺子加点蒜酱会不会好吃一些。

"你……"

下午。

汪承宇从一堆印好的图纸中故意挑出一张，直接丢了出去。

"这种垃圾以后不要拿出来现眼。"

所有人都呆住了，汪承宇的脾气没有这么坏呀，今天是怎么啦？

有人捡起被丢下的图纸，看了一眼并没有发现太大问题。

当图纸交到高薇手里时，一个声音咆哮着："谁让你们把扭剪槽结构设计成 U 型的？"

你们？

有人解读着其中的意思。

图纸要标明设计名称、班组、姓名、时间，那上面明明只有高薇一个名字，为什么说是你们？

高薇毕竟才实习，不论经验还是资历上，都没办法在这样的问题上和主设计师争辩，可是当众被指责，她的脸一下子烧起来。

过了好一会儿，耿家辉拨开人群，拿过图纸，推了推眼镜，又询问了周围人刚刚发生的事，然后朝着汪承宇走了几步，站在他面前说："有什么问题吗？过去这样做的。"

"过去的经验已经表明，这不是一个合格的设计，大盾构不能有一丝一毫的马虎，只有 V 型结构是可以用于保险轴扭剪槽结构的！这一点徐总工程师传过来的重要资料上已经反复提及，你作为一名实习生导师就是这么带学生的？"

耿家辉这几年沉稳了不少，但也不过刚过三十的年纪，被人当众数落，面子上根本挂不住，何况又想到今天中午的事，在实验室一向不喜争辩的他也控制不住情绪了。

"汪承宇，你别仗着几分聪明就欺人太甚！"

汪承宇毫不退让，上前一步，居高临下俯视着耿家辉，说道："现在说我仗着几分聪明啦？从前怎么说我仗着爷爷和爸爸呢？"

"你……"虽然泥人也有三分土性，可论辩非耿家辉所长，情绪一激动，居然一句话也说不出来。

"我还真就告诉你啦，老耿你又笨又自以为是，咱们走的是一条前人没走过的路，就凭你还真设计不出来大盾构。"

"你……你……"耿家辉被噎得一句话也讲不出来，眼珠子都快从眼眶里瞪出来了，偏偏对汪承宇还一点儿威慑力都没有。

"三年前老子写辞呈的时候咱们打了赌，三年后我还站在这里呢，你还没履行赌约呢，赌品如人品，怎么样？你要么履约，要么承认自己是小狗儿。"

这都哪儿跟哪儿啊，汪承宇这一咄咄逼人，团队老成员都看不下去了，正寻思着从哪个角度去劝劝呢。高薇站了出来。

"汪承宇你想多了是不是？中午我是和耿老师出去吃饭了，可事情根本不是你想象的那样。"

"那是什么样？"汪承宇反问。

到此时，众人才恍然大悟，只觉得空气中飘散着一股好大的醋味儿。

# 86　主场偏分

看着汪承宇阴阳怪气的表情，高薇心里很不是滋味。

这些日子里她为了不影响对方的状态，已经时刻在忍让了，但是这家伙偏偏跳出来故意找麻烦。

老虎不发威，你当我是病猫啊！

忍无可忍，无须再忍。

高薇气场全开，呈现一副咄咄逼人的态度，指向汪承宇："你以为你是谁呀？总设计师是吧！很了不起是吧！管到我们的私事了是吧！你管得着吗？我是你什么人啊？"

本以为占着主场优势的汪承宇猛遭反击，一下子不会说话了。

是啊，是什么人啊？女友？前女友？如果是后者，人家爱和谁吃饭和谁吃饭，怎么也轮不着汪承宇来管吧。

面对被一句话憋无语的汪承宇，高薇到底还是展现出了王者归来的气场。

众人恍然大悟，怪不得他们的主设计师曾经在这位志远集团大小姐面前落荒而逃，狮子一声吼，再狂吠的狗也得夹起尾巴逃跑。

对不起，总设计师，不是故意说你，但是没有比这更恰当的形容方式了。

大家腹议着暗笑。

"我……"汪承宇气得半晌说不出话，手指哆哆嗦嗦地指点着图纸，终于找到一件有力的武器，"这个……这个……设计的什么玩意儿？啊？"

"对啊，我设计得不好啊，你朝我来啊。"高薇粉颈高扬，藐视地看着色厉内荏的汪总设计师。

"我在跟你讲科学。"

"嗯。"高薇轻哼着点头说，"我听着呢。"

"你态度认真一点儿好不好？"

"我还要怎么样啊？你是专家你说了算。"

"我……"

汪承宇哪还有心思搞教学啊，面色一凛，对着耿家辉喊道："你带的实习生啊，你看看你都教了些什么？咱们是纪律队伍……"

耿家辉每次在汪承宇面前都很难有效反击，这次也一样，憋了半天，头脑里还是找不到一句有针对性的话。

"你说啊，为什么不按照既定的设计思路走？你的纪律性呢？"

"我……我……汪承宇你仗势欺人。"

"我仗谁的势？我能仗谁的势？"汪承宇也急了，本想小小地施个压，哪知道因为有高薇这个变数的存在，现在他也下不来台了。

"好，设计是我指导的，我出的错我自己承担，别欺负薇薇。"耿家辉说。

"薇薇？"汪承宇瞪大了眼睛，左看看右看看，不可思议地说，"叫得真亲热，你知道她是谁吗？"

耿家辉愣住了，他只是寻常事不太上心，并非痴傻，明显感觉到气氛不对劲了，汪承宇这次是对人不对事啊，他的惯性思维好不容易才调整过来，低声说："薇薇就是薇薇啊。"

"他是我前女友。"汪承宇顾不上在场众人的围观了，有些失了理智地试图宣示主权。

"志远集团的大小姐，高志远的亲生姑娘，大学和我相处了四年的女朋友，三年前我闹离职就是为了她，你知道这丫头有多毒吗？只要她认为不需要了，就会一脚把你踢开，绝不留情的。"

群众的眼睛是雪亮的，这一次，汪承宇的话没有得到别人的认同，不少人开始窃窃私语。

"不就是前女友吗，怎么还不许别人追啦。"

"就是，工作上霸道一点也就算了，私生活还管那么宽。"

"怎么都是你家菜园子啊。"

"耿老师多忠厚啊。"

汪承宇简直不敢相信，平时一呼百应的信众这会儿全都倒戈了，是耿家辉给了好处？还是高薇的背景起作用了？

"耿老师，走，咱们不理他。"高薇白了汪承宇一眼，拉着耿家辉，拨开人群就走了。

看着他们吵闹，下班时间也过了半小时，众人赶快小跑向更衣室，光看热闹没看时间，得快点儿回家了，不然赶不上2路汽车了。

汪承宇有一种众叛亲离的感觉，拿着图纸傻呆呆地在原地转圈，怎么这么难受啊。

"这……这明明是错的嘛……你们……"

空旷的大办公室回荡着他的声音，却没有人回应。

汪承宇居然在自己的主场失了分，天道轮回，报应不爽啊。

国外盾构机有国外盾构机的优点，也有它的缺点，华铁人在成年累月的施工积累中，在严开明、徐复文这样老一代华铁人的努力下，用经验汇编成的以问题为导向的盾构机研发思路是国外没走过的路，所以在国产大盾构的研发过程中，这些宝贵的经验让年轻的设计人员少走了不少弯路。

这也是汪承宇为什么敢接下这个重担，而且有信心打败路德公司的原因。

路德公司表现出的自大，足以让他们在这次谈判中失去本该属于他们的订单。

"七亿，一分不能少。"

鲍尔还是老样子，尽管陈主任把嘴皮子都磨破了。

市财政的资金是年初规划好的，新线路用多少钱，可以增拨多少费用都是需要经过严格审批的，尽管陈主任非常想拍板买路德公司的产品，但是很遗憾，他说了不算。

陈主任连底牌都摊了："只要每台便宜五千万，我就能保证你们拿下合同。"

"4·4事件"把陈主任吓成了惊弓之鸟，这会儿他所想的只有尽快弥补过失。

鲍尔还是摇摇头，继续操着他特有口音的熟练中文说道："你们好好想一想，只要钱花到位，就能得到一条安全的地铁线及我们路德公司完美的后续服务，这很划算的，当然，如果你们坚持买便宜货，那么'4·4事件'还会继续上演。"

真是哪壶不开提哪壶。

陈主任捏着鼻子认了，一咬牙说道："行！我去请示领导！"

这么大的资金需求，仅靠书面报告还不行，得提前当面陈述。

陈主任早早地来到市政府，看了看表，足足提前了半个小时，因为没有预约，他得见缝插针，看看能不能和领导说上一句话，只要市领导点头，事情就好办了。

商州市的市政府是一幢老楼，尽管规模足够，但是设施已经老化，没有中央空调，办公室的冷风吹不到走廊里，如此炎热的天，陈主任的身心都在饱受煎熬。

这里是市政府，各级领导经常出现的地方，他又不敢像在自己办公室一样来回踱步，只得不时地擦拭着汗珠，再抬眼看表的时候，已经十点多了。

自己足足等了两个半小时，眼见领导的办公室门庭若市，一会儿出人，一会儿进人，就是没有可供他插进去的缝隙，这根针不好插啊。

"哎？陈主任？"

来的人正是高志远，他在门口见到了老相识，马上打起招呼。

"你？"陈主任一愣，随即想到市领导有的时候也会召见知名企业家，以高志远的身家，出现在市政府并不奇怪。

"陈主任这是？"

"找领导有点事儿？"

"申请经费呀。"高志远一语中的。

陈主任闭上眼重重地点头，表现出为难的样子。

"没预约？"

陈主任自嘲地笑道："我哪有你的福气啊，随随便便就能成为领导的座上宾，咱们这种跑腿儿的只能多等等了。"

高志远笑笑说："主任，有件事我得提醒你，采购还得买质量过硬的产品。"

高志远不是那种喜欢随便下药的人，但是这次他是为了女儿。

年纪大了，精力不济，这几年酒局应酬伤了身体，拿着大把的金钱保养身体，可最好的办法还是尽快退下来休养，只是不知道女儿被灌了什么迷魂汤，还真就在华铁工作了，看样子大有扎根的趋势。

自己就这么一个女儿，她不回来继承产业，谁来？

难道要交给刘高卓那帮不着调的亲戚吗？

在他看来，自己的女儿还是上进的，有能力的，再看看刘高卓那两个儿子，活脱脱两个纨绔子弟，眼下有自己压着，刘高卓不敢在公司的人事上有什么调动，但是以后呢？

对女儿参与的项目，他是打心眼儿里不希望能成，何况还牵扯到汪家那小子。

陈主任挤了挤眼睛问："你是不是知道点什么？"

高志远叹了口气，为难地说："我在华铁不是有老熟人吗，他们说了，这次设计新线路大盾构的还是汪承宇，'4·4事件'出事儿那两台盾构机就是他设计的……"

陈主任听到后头都大了，现在的他听到"4·4事件"不是一般迷糊，只要与这件事沾边儿的他都不想用，若不是上级怕坏了规划，他连华铁都想除名。

"4·4事件"！梦魇呐。

# 87 帮忙

高志远此行的目的是新志远大厦下面那条地铁线，新线路设计方案距离志远大厦足足绕了 1.5 公里，这让大厦的价值直接打了折扣。

好在距离不算远，他希望还能按原方案，把地铁线与大厦连通起来。实在不行也要用一条地下通道连接起来，再新增一个地铁站，远是远了点，但是对外还能宣称紧邻地铁口，如果再努努力，也许地铁站名依旧可以叫新志远大厦站，这样就完美了。

不过，华铁提供的地质报告让市领导对 5 号线新改线路做了重新评估。

认为原施工线路地质层进行长距离掘进的话，有三个方案。

一是，从地上挖掘，敞开式施工比较保险，但是会破坏原有地上建筑，属于重复建设，浪费较大。

二是，从地下挖掘，这就需要一台盾构机，投资较大，亦属于非必要建设。

三是，人工挖掘，耗时较长，地质复杂，施工风险巨大。

从这三个角度来看，都不太支持高志远的想法。

今天与领导的会面从正面证实了这个想法，尽管市里表示会从其他角度予以志远集团补偿，但是高志远依然因为没达到目的而失望。

看着上了年纪的高志远灰头土脸地从领导办公室走出来，陈主任立即对着一旁陪送的秦秘书笑脸问道："领导有时间吗？"

秦秘书只是笑了笑，似随意地看了一眼办公室敞开的房门。

陈主任好像会意了对方的意思，抬起屁股钻了进去。

没人打扰了，高志远对一同出来的秦秘书说道："我们志远集团也是有丰富经验的建筑企业，如果市里同意，这条隧道由我们自己修建，不需要市里额外投资，还希望秦秘书转达我的意思。"

秦秘书很官腔地说："这个提议领导刚才没否认，也就是说还在考虑，高总就放心回去等新的消息吧。"

高志远与秦秘书握手告别，这时，办公室里传出了领导的训斥声，因为房门隔音效果太好，即使紧贴着门边儿，也只能知道领导很生气，但听不到具体内容。

紧接着就看到陈主任踉踉跄跄推门退出来，屁股先出了门口，身子却还躬在门里，口中一个劲儿地道歉。

秦秘书拉了拉陈主任，用眼神示意他快走，然后自己进了领导办公室关上门……

市政府停车场，正待上车的陈主任被高志远叫住。

"上我的车？"

虽然是疑问句，但是宾利车在身后一摆，显得颇为强势。

垂头丧气的陈主任寻思了一下，然后一点头，随着高志远上了车。

高志远自然不会去问发生了什么，他半请示地说道："去会展中心看看？"

陈主任话也说不出来，无力地点点头。

会展中心主体已经完工，表体正在装修，蓝色镜面玻璃把这个大型建设装饰得像一块宝石一样，阳光照射下发出璀璨的光。

三年才盖完的会展中心进度并不算快，好在符合市里的规划。

想当初这里的人事权还有一番争执，最终高志远换掉了不务正业的高又轩，亲自选派得力的项目经理管理施工，这才促使施工走向正轨。

如果是汪承宇一直在管理的话，这里会是一番什么景象呢？

高志远的心情是复杂的，能被华铁盾构实验室聘用的都是高端人才，汪承宇这小子更是家学渊源，可惜了，当初如果不是为了讨好女儿，是不是能把他留下来？

"下个月政府就可以接收，陈主任的功劳簿上又可以浓墨重彩地添上一笔了。"

本是赞誉之词，奈何陈主任刚被领导批评，一点心情也没有，长叹着气，一阵唏嘘道："你是商人，不需要考虑政绩，可你看看我，一个不小心，之前做多少都白费呀，这个主任当的，还不如干副主任呢。"

"到底出了什么事？"这会儿高志远可以问了。

"还能有什么事儿？还不是那个该死的路德公司？我好话都说尽了，他们就是不降价，还有华铁那帮人，成心看热闹，一句话也不帮着说。"陈主任抱怨着。

"人家想推销自己的产品，无可厚非，只是……能让领导大发雷霆，路德公司到底要了多少钱？"

高志远只能了解一些无关紧要的信息，关键问题也没有渠道来源。

陈主任用手比了个"七"的手势，咬着牙说道："一台七个亿呀，他们可真是狮子大张口。"

一听这数字，连贵为大老板的高志远也不禁咋舌，别看他资产后面那一大长串的零，可那大多都是固定资产，要他一下子拿出七亿现金都有些吃力，何况一下子买两台。

思索了好一会儿，高志远说道："陈主任，如果我在这件事上能帮上忙，我有一件小事能不能求陈主任帮帮忙？"

"帮忙？"陈主任一愣，虽说对方是有求于他，但这件事属于公事公办，可是高志远能帮上什么忙？他和那德国老头关系很好？

"你不会想捐钱吧，政府可不会接受这种事的。"

高志远笑了："看您说的，我就算真想捐，也一下子拿不出来14亿啊，我只能说试一试，如果成了自然好，不成也只能算尽心啦。"

陈主任狐疑地看着高志远，说道："你倒是给我交个底呀，你到底想怎么样啊？"

高志远微笑着对陈主任耳语，远远地都能看到陈主任那张本来哭丧着的脸，慢慢笑了……

"嗯……高小姐，我知道你家条件好，但是没想到这么好，我对不起……不该有那样的想法……"

实验室职工宿舍大门外，耿家辉面对主动来找他的高薇，垂着头说出这样一番话。

本以为凭着华铁科研人员的身份，找一位家庭条件好的女朋友应该没有什么问题，但是汪承宇那一番话彻底打碎了他的幻想。

志远集团是什么规模他清楚得很，虽然比不上华铁，但华铁是国家的，而志远集团是私家的，那样大的财富放到哪里都是一笔天文数字，耿家辉不敢奢望生于这样家庭的大小姐会和自己般配。

被汪承宇奚落了，也清醒了，耿家辉的头垂下就再也没抬起来。

"呃……"高薇也很尴尬，本以为她和汪承宇的事实验室的人应该都清楚，但是没想到耿家辉就是那种埋头只做自己的事，很少去八卦的那种人。

"那天我真的只是想表示自己的感谢，希望耿老师不要误会。"

耿家辉苦着脸，说道："打小我家里就穷，靠着啃馒头、吃咸菜过完的大学生活，本以为有个像样的工作别人就会尊敬了，可惜在你的事上我太傻了，我都没多想想你的家庭背景，对不起，我这样的人是没资格配上你这种家庭的，以后我不会乱叫你的小名了。"

高薇很尴尬，她今天是带了一堆问题来请教的，没想到对方会和她说这些，引起了对方那样的心思并非出自本意，虽然对方看起来很痛苦，可是同情就没有必要了吧，何况汪承宇……

还好，如今的职工宿舍大多数年轻人已经搬出去了，就算不成家立业，也都有了自己的小窝，说起来耿家辉至今单身，还真是性格所致。

"耿老师，其实你不用太过在意那家伙，咱们不是已经成功地孤立他了吗，你放心，有我在，他以后再也不敢欺负你啦。"

连安慰也没有吗？耿家辉最后一丝的幻想也被彻底击碎。

既生辉，何生宇，呜呼哀哉啊……


# 88　准婆媳的交锋


高薇挺难的，学校里学习的东西，拿到实践中来，很多都得重新学习，苦于没有实操经验，她必须向前辈请教。

有汪承宇那样的技术精英，她却不能主动去请教。耿老师倒知无不言，可是有些因循守旧，缺乏开拓性思维，可能这也是上级让他来带实习生的原因吧。

保守，有时意味着不出错。

可大盾构研发是个前所未有的新事物啊，没有创新思维怎么能做成呢？

虽然高薇凭借个人魅力，成功地团结同事，孤立了汪承宇一把，可他的水平确实比一般人高，哪怕只是简单地画图纸都是所有设计人员里最快的，久而久之，大家还是要以他为中心的。

这些日子的忙碌，让高薇感觉自己都快忘记化妆流程了，一大早只是把头发一扎，简单洗把脸就出门，晚上拖着疲倦的身体倒在床上的时候，满眼都是线条，整个人都快魔怔了。

汪承宇开始刻意回避她，耿老师那边也不能距离太近，有人的地方就有八卦。

如今的高薇，做什么都得靠自学，长这么大，就从来没这么艰难过。

大家都是做技术的，不怎么需要刻意地维护人际交往，以往那些围在身边的朋友也渐渐疏远了。

做人难，做女人难，做女机械工程师更难。

"这条线不应该这么画，你看它应该在这里拐一个弯。"

就在高薇吃力地边啃书本，边绘图纸的时候，背后出现一个声音，柔和且自信。

高薇猛地一回头，见到一张和蔼的脸正微笑地看着她。

"呃……"高薇一时语塞，根据这些日子同事们的描述，面前这位女性应该就是汪承宇的妈妈、教授级高工，谭雅女士。

当真正碰面后，高薇竟然不知道在第一时间该做何反应。

同事的身份？晚辈的身份？抑或潜意识里的搁置感情的汪承宇准女友身份？

"我叫谭雅。"谭雅大方地说道。

高薇连忙站起身，行了一礼说："原来是谭阿姨，没想到您这么年轻。"

"是吗？"谭雅微笑着说，"女人要学会在工作中保养自己，像你这样哪行？"

高薇尴尬地看了看自己，这些天熬的，发梢都开始分叉了，哪像从前那样一头乌黑油亮的长发。

"谢谢。"

"行啦，你才实习，有些时候不要太勉强，随我出去走走。"

"这……这样好吗？"看着周围的同事们都在埋头工作，似乎没人觉得有什么异样。

张启源悄悄抬头看着她，对着她挤挤眼，示意没问题。

这代年轻人哪个不是谭老师带出来的，就凭谭老师的行事风格，别说叫出去一个实习生，就是把总设计师叫出去训一顿都不奇怪。何况这个总设计师还是她亲生的。

大设计室依旧是一片键盘和鼠标按动的声音，在总设计师的注目下，谭雅大方、自信且毫无阻拦地把高薇带出大设计室。

"哎，你过来。"汪承宇一头雾水，连忙把张启源叫到自己的办公桌前。

张启源一到，汪承宇就迫不及待地压低声音问："这是什么情况？"

张启源一挤眼，苦着脸说："你别问我呀，你问你妈去啊。"

"这种时候我敢问吗？"

"那我更不敢问呐。"

汪承宇掰开手指说："你说啊，一个是我妈，一个是我……哎，就算前女友吧，我现在是局中人，分析不清楚，你这个局外人帮我看看。"

张启源沉下心，思索一番后笑了："对啊，也许我能看明白呢。"

"你说，这是什么情况。"

"哎，猜错了可别怨我啊。"

"哎呀，你快说。"

张启源舔了舔嘴唇，仗着胆子说道："我怎么觉得像婆婆审未来儿媳妇呢？"

汪承宇恨不得想照着他那大肥屁股上来一脚，怎么有这么个朋友。

不过……未必没有道理啊。

心里胡乱猜测着的汪承宇把视线投到窗外。

唉，烦躁啊，到底是怎么回事呢？

实验室楼外的树木刚刚被精心修剪过，散发着木本植物本身的芳香。

谭雅深吸一口气，贪婪地闻着这股味道，感觉精神好了很多。

"那个……谭阿姨……"

"老师！"

"啊？"

"在工作场合请叫我谭老师，概莫能外。"

"哦……好的，谭老师。"

"看得出，你很努力。"谭雅边漫步边说。

高薇站在谭雅身后半步的位置跟着，她不知道这算赞誉还是另有深意。

"你和我想象得不一样，本以为你这样的富家小姐坚持不了多久，但是现在，至少在我的眼里，你是合格的。"

"谢谢谭老师。"高薇礼貌而保持着距离。

"我家那小子让你费心了。"谭雅话锋一转。

"汪承宇吗？"

"你不会以为我单独把你找出来只是为了谈工作吧，我还不至于和一位实习生谈工作，当然，我愿意坦诚，希望你不要介意。"谭雅把握着谈话节奏，这让一向习惯处于上风的高薇很不习惯这种风格。

说不介意是不可能的，高薇并不是温柔的女孩子，但是偏巧，谭雅还有教授级高工这一重身份死死地压着她，除非她不想干了，否则不可能与这位强势的女人针锋相对。

谈话刚一开始，气氛就不太融洽。

"有的男人呢，三棍子打不出屁来，你越是挤他，他就越想逃避，偏巧，汪承宇就是这样一个人。"谭雅说。

"您是想说，我在感情问题上处理得犹豫不决，对吗？"高薇试图反击。

"犹豫不决的是那小子，不是你，女人在处理感情问题的时候应该像朵花一样，等着被摘取，而不是用柔软的花蕊触碰坚硬的顽石。"

高薇品味着话里的意思，显然汪承宇被比喻为顽石了，石头动不动全看他自己，除非……

"除非有更大的力量，对吗？"

高薇的话让谭雅意外，这个姑娘果然不简单，怪不得自家小子始终逃不脱对方织就的一张无形大网。

"我不想因为他伤害到你。"谭雅试图解释一下自己来找她的原因。

"是因为您不看好我？"

"不，恰恰相反，我对你很看好，你的韧性让我很欣赏，像年轻时的我，不过工作是工作，感情问题上还是要及时处理清楚，拖得越久伤害越大，到时候想要弥补，需要付出太多太多了。"

谭雅这是在交心了，高薇体会到了其中的用心良苦，但有些事她不敢苟同。

"可惜我不是您呢，我并不想拖太久，也许是明天，也许是一刻钟之后，我随时有可能想得很清楚，当我真的放弃的时候，这段感情也就真的缘尽了，我不会回头的。"

这个姑娘！

谭雅愈发从这个姑娘身上看到一股强大的自信，和儿子身上那股飘忽的狂妄不同，这种自信心清纯、干净且天然，仿佛浑然天成一般。

狂风骤雨虽烈，却吹不垮她这枝骄阳玫瑰。

谭雅由衷地流露出欣赏的神色，柔声说："以后有工作上的问题可以直接问我，实验室的女人不多，咱们之间要相互帮衬了。"

"好的，现在我可以叫您谭阿姨了吗？"

谭雅笑了："你什么时候都可以叫我阿姨，我的办公室随时为你敞开。"

刚刚还说着概莫能外的谭雅用身份上的称呼表达了自己对高薇的接纳。

第一次接触……就这样融洽了？

高薇自己都不敢相信，传言中严厉到刻薄的谭高工居然与自己有高度的契合度。

直到高薇笑着回到大设计室，汪承宇发现她才出去这么一小会儿，身上的气场就发生了质的变化，仿佛原来那个高薇得到了某种魔法力量的加持，变得愈发强大了。

似乎，那个初来乍到、处于迷茫的高薇不见了，更强大的高薇回来了。

她得到老妈的认可了吗？

汪承宇似乎感受到了一股强大的力量正对着他扑面而来。

# 89　回来吧！

"'4·4事件'不只是一起简单的地质灾害，还反映着我国在高端装备制造业上的不足……而为了与这方面历史悠久、质量上乘的路德公司竞争，竟然采取恶性竞争的方式亏本销售……"

一则新闻经由中天网科技与经济板块传出，目前各大门户网站都有转载，其矛头直指"4·4事件"，直指华隧智能。

大设计室内，设计人员正围着张启源听着他念这则消息。

"事实证明，某些单位的好大喜功，不在质量上下功夫，而一味地追求高速发展，正是这种思想导致了本次事故。"

"砰"的一声，汪承宇把拳头砸在办公桌上，气愤地大声道："咱们是经验差了点，可是基础制造与极限加工并不比外国差，这些网站凭什么睁着眼睛说瞎话？"

张启源做了个嘘声道："后面还有呢。"

"改革开放已走过三十几年的发展历程，我国在各个领域均取得长足发展，但我们仍然处于社会主义初级阶段，追求高端领域国产化的初衷是好的，但是不能成为某些单位领导捞政绩的理由，'权为民所用、情为民所系、利为民所谋'，像'4·4事件'这样，揠苗助长，造成巨额经济损失，给百姓增加负担，给城市发展拖后腿……"

"我们还成拖后腿的啦？"汪承宇气得直蹦，要不是有人拖着，差点儿把电脑砸了。

张启源念完，整个大设计室里笼罩着莫名的悲愤，难得的一片鸦雀无声。

"谁写的这篇报道！"汪承宇终忍不住愤怒，拳头捏得紧紧的。

"走，找领导去，我就不信了，凭他们一张嘴还能歪曲事实。"汪承宇忍受不住这种悲愤，带头冲出了大设计室。

"走！找领导去！"众人有了主心骨，一拥而上，尾随而去。

热闹的大设计室顿时变得空荡荡的，只有高薇愣愣地站着，她从这篇报道里闻出一股熟悉的味道，可是她不敢往下去猜，如果她的猜想是真的，那么她将处于华铁的对立面，这让刚刚建立信心大展拳脚的她将如何自处？

想到这儿，高薇再也坐不住了，急匆匆奔往停车场，直到车子飞驰出大门，她还在心里一直默念，不要猜中，不要猜中……

季先河的办公室，悲愤与委屈的声音此起彼伏。

舆论这种东西，杀伤力极大，更何况如今的网上，夸张的标题横行，没事儿都能解读出事儿，更何况"4·4事件"是一起标准的人为工程事故。

如果那位盾构机队长不违规打开观察孔盖，就不会有后来的突泥涌水和地表沉降，华铁是负有管理责任的，可这关盾构机什么事？况且越来越多的解读把声音推向了正在研发的大盾构。

什么好高骛远、好大喜功之类的词汇频繁应用，好像华铁的领导们真的在拼命挥霍公共资源一样。

华铁人耿直、倔强，有的时候可以说不通人情，但是绝对不能允许被冤枉，这位有着军人背景的老主任顿时抑制不住心头怒火，拍案而起，拿起话筒，一个电话打到北京去了……

高薇很少把车开得飞快，这一次她却把油门踩得特别狠。

在她的记忆里，她清楚地记得，自己的父亲很擅长把控舆论风向，记得刚把企业转到商州市来发展的时候，当地最大的地产公司还是万聚龙股份，这家公司的实力强劲，初来乍到的志远集团还只能在别人的手指缝里赚点小钱。

在一次万聚龙公司收购地皮的过程中，与被收购方发生了激烈的冲突，万聚龙公司派出的管理人员被群情激愤的工人围殴致死，而工人方也有多人受伤。

这件事的脉络比较乱，但总的来说，万聚龙公司还是占着理的，没想到一篇颇为有力的报道直击万聚龙公司的要害。

硬生生地把万聚龙公司的正常收购行为说成是恶性收购，把正常的商业行为说成是官商勾结。

报道用词讳莫如深，制造出一种黑幕重重的假象，影响极其恶劣。

时值万聚龙公司正在扩张，手头资金链非常紧张，这篇报道一出，立即引起当时媒体的热议，万聚龙被暗指使用手段恶意收购国有资产，天知道有没有恶意收购，但是老百姓就信这个，一下子把商州市最大的地产公司逼入死角。

后来万聚龙公司为了摆脱事件的影响，不得不贱卖手中囤积的土地，以求脱身。

这其中，一直在背后操控的高志远出手了，多轮谈判下，低价收购了大量原属万聚龙公司的开发土地，一下子拓展开在商州的市场，成了这起事件中最大的赢家。

经过多年的商场沉浮，原来首屈一指的万聚龙已经不在了，志远集团成了商州市最大的地产公司。

每次谈及这一手段，高志远都不无得意，打败资本的不是资本，而是舆论。

高薇可是一直被当作接班人来培养的，这种事她当然了然于胸，而这次同样出现针对华铁的舆论攻势，只不过从过去的报纸换成了网络。

明面上在说华铁，明显是给市里的领导看的，目的就是妄图通过政令，干扰华铁对大盾构的研发，哪怕再不济，也要让这次新线路不使用华铁研制的大盾构。

可是……

父亲这么做的目的是什么呢？

高薇当然了解自己的父亲，没有明显经济利益的事，他是不会主动去做的，到底哪里出了问题？到底为了什么？

当高薇出现在高志远面前时，这位明显愈发老态的商场强人正在与集团高层研究摩天大楼的精细化管理。

比不得做什么买卖都赚钱的改革开放初期，摩天大楼这种耗能巨大建筑稍有不慎就会亏损，学习了外国的先进管理经验后，高志远很喜欢"精细化"这个词，于是在自己的企业里推广开来。

见到女儿的到来，高志远流露出喜色，这是亲人间的真情流露，他确实有段日子没见到高薇了，撑着这么大的企业，他有些力不从心了。

"来啦？"在员工面前，高志远依旧保持着风度，只是淡淡地寒暄着。

"到我办公室谈吧。"说完，高志远对手下职业经理人低语几句，然后迈步走出大会议室。

还是那间董事长办公室，陈设基本没有变化，只是清理了一些不必要的物品。

"这年头不流行富丽堂皇的装修了，新志远大厦那边的办公室采用的是简约风格。"高志远像从前一样，在言谈中向女儿透露当下的商场规则。

"是你做的吗？"

门刚一关上，高薇便直截了当地问："网上那篇报道是你找人发的吗？"

高志远呵呵一笑，否认道："你当你爸是什么？还操控舆论，现在谁敢？那不是找死吗。"

"可是你推波助澜了，不是吗？"高薇的语气沉静而平淡，但是在老道的高志远眼里，女儿的表现不过是为了竭力掩饰内心的恐慌，她在害怕着什么。

终于走到这一步了吗？在父亲与恋人之间做出选择？不，自己的女儿自己知道，她更在意的是自己的理想，这一点上倒是随自己。

在父亲的事业与自己的事业之间做选择，自己的女儿会怎么选呢？

高志远饶有兴趣地看着女儿。

"你为什么要这样做？"高薇质问着。

话已经说到这个分儿上，高志远没必要再掩饰什么，当即劝道："别干那个没前途的工作了，回来吧，爸爸这里需要你。"

# 90　请给我时间

真的是爸爸做的，高薇的耳朵听到了最不想听的答案，尽管她已经猜到，但还是希望父亲能看在她的面子上遮掩一下，他不是很擅长这种遮掩吗？

高薇的泪水刷地流下来，一丝阻碍也没有，一直以来支撑她的信念突然崩塌，原来父亲所谓的支持自己都是假象。

面对命运的选择不同时，父女俩毫不犹豫地走向了对立面。

"为什么不尊重我的选择？为什么？"有记忆以来，高薇第一次向父亲发出质问，即便三年前选择回学校的时候，也没如此直接地说出过心声。

"我这都是为了你呀。"

高志远说出了大多数父母都会说的话。

"你妈去世后，凭我的条件，再娶一点问题都没有，但是我没有，我亲手把你从小带大，早早地教会你待人接物，教你社会上的交往准则，你从小就比别的孩子聪明，怎么在这件事上就认了死理？"

"你不觉得有些事，你不亲自去做就会终生遗憾吗？现在！这个时代，正是我所学的特长可以最大程度发挥的年代，我们用十年就可以筑就起属于一辈子的荣光，它比赚钱，比志远集团更高尚。"

高薇争辩着，泪水如断了线的珠子，即使为了梦想，她不希望与自己的父亲走向对立面，但如果不这样，就要背弃梦想，放弃三年来为之而做的努力，放弃大盾构之梦。

"傻丫头，你爸前半生听够了理想呀，荣光呀，要不是我带人南下，当时得有多少人连饭也吃不上？"

"还不是为了你自己，你当时生活的条件不至于吃不上饭吧，还不是你的野心促使你去诱惑别人为你赚钱。"

"赚钱有错吗？"

"那你凭什么破坏我的理想？"高薇抽泣着，挥手指着窗外，"我就是要加入那个团队，我就是要在大国崛起的今天实现自己的人生价值，对不起父亲，你这里给不了我。"

"薇薇！"高志远真是急了，这些年，本以为孩子长大了，就忽视了沟通，哪知道仅仅一次旅行，女儿就被洗了脑似的有了别的选择，甚至自己这个父亲也拉不回来。

"华铁是国企，所有功劳不是属于领导就是属于集体，你所做的一切没人能记住，那里不缺你一个人！"

高志远几乎是用喊的，他试图唤回自己的女儿。是啊，在这里，做什么都是属于自己的，包括财富、地位，然而比起开创性的研发，志远集团所做的一切于国家的意义很低微，不是高薇想要的那种。

啜泣着，摇着头，高薇慢慢退开，满是泪水的双眼映着父亲的轮廓，她深深地鞠了一躬，口中念着："对不起！"

说完，她飞快地，跑步推门离开。

陈主任来拜访高志远，迎面险些与高薇撞个满怀，曾经见过高薇几面的陈主任感叹时间过得飞快，同时又疑惑，为什么是哭着离开的。

高志远的办公室气氛沉闷，他一个人站在窗口前长吁短叹，见到陈主任进来，连忙苦笑着打了招呼。

"高薇这是？"陈主任问。

高志远无奈地摇摇头道："现在的孩子呀，主意太正，当父亲的根本说不得，要是她妈在就好了。"

陈主任似有感慨，叹着气说："唉，伉俪情深呐，现在像高总这样的有情人不多了。"

"说正事儿吧。"高志远渐渐恢复了神态，伸手请陈主任坐下。

"市里有信儿了，要组建调查组，对'4·4事件'重新调查，在调查结论出来之前，盾构机的采购工作暂停，咱们也晾一晾鲍尔那老小子，省得总让他一个人神气。"

高志远想了想问："那依陈主任看，此次华铁那边的产品还有没有希望？"

"鸡蛋里还能挑出骨头呢，上边儿的事儿，我知道，领导们也怕担责呢。"陈主任若无其事地说。

"那就好。"高志远轻松了不少，从烟盒里抽出一支雪茄递了过去，两人吞云吐雾了一阵，他这才说道，"关于5号线地铁站的命名，还有地下人行通道的规划，陈主任那边可以施行了吗？"

"问题不大。"陈主任很轻松地说，"只不过需要你们自行解决一部分。"

"那没问题，什么时候动工，还得尽快安排。"

"这得规划，毕竟要挖开很多新建成的路面和建筑设施，你知道的，现在的媒体很厉害……"

陈主任话里有话。

媒体厉害不厉害没人比高志远更清楚了，他就惯于打这张牌，从中搅动风云获取利益，如果真被别人利用了，还真是一件麻烦事呢。

高薇从没像今天这样沮丧过，若在从前，再怎么难总还是有选择的，可是她现在无论选择哪一边都是错的。

她不能背弃自己的理想，同时又不能伤害父亲。参与过公司运营一段时间的她太清楚不过，这种事一旦被揭破，志远集团是要被反噬的，毕竟集团上下还有那么多的员工要养，还有那么多的二级商和建筑队为集团工作，自己这个"大小姐"不能砸了自己人的饭碗。

没有主意，只是哭，不知不觉回到了实验室大门前，为了不让别人发现，她慌忙地擦干了眼泪，低着头快步回到大设计室。

前去抗议的研发人员已经得到了领导们的肯定答复，这件事华铁不背锅，一定得说清楚。

再没有人比汪承宇更清楚华铁人的倔强了，上级说不背锅，那就肯定不背锅，哪怕打官司，哪怕闹到中央，这件事也一定会闹出个说法的。

此时，大设计室内悲愤的气氛仍然在，但是大家已经把悲愤化为力量，投入到工作中去了，键盘的敲击声又成片地响起，形成共鸣。

高薇实在没办法装作若无其事的样子，尽管她把头压得低低的，可这样反而出卖了她。

汪承宇早就发现她的反常，但又碍于两人之间不清不楚的关系，不太方便发问，于是给张启源使了个眼色。

"高薇，你没事吧。"张启源做出一副关心的样子，抬头问了一句。

高薇没回话，慌忙地摇摇头坐回到自己的位子上。

张启源皱了皱眉，把目光投向汪承宇，同样对他摇了摇头，意思是没辙。

汪承宇长吁了一口气，只好鼓起勇气站起身，装作若无其事的样子向高薇的座位踱去。

高薇此时的小心脏像只小鹿一样乱跳，上午还一切正常，这会儿再回来，已是浑身坐立不安，仿佛自己是所有人的敌人，随时会被唾弃的那种。

当汪承宇蹑手蹑脚地走到高薇身后时，看到她的电脑屏幕根本不是设计图纸用的 Auto CAD（二维绘图专用软件），汪承宇故意轻咳一声。

满脑子乱糟糟的高薇一下子惊醒，下意识地"啊"了一声。

尖锐的声音吸引来很多人的关注，本来习惯成为焦点的高薇只觉得这些目光好刺眼，连忙把头埋得低低的，可是后背依旧有一种火辣辣的感觉。

汪承宇也没想到高薇的反应这么激烈，不好意思地缩了缩头，看了看周围人的目光，连忙轻声笑道："没事……没事……"

大家又埋头继续工作。

汪承宇俯到高薇耳边轻声道："你跟我出来一下。"

高薇有一种做贼被捉到的感觉，恨不得马上逃离，可是她不能，只能乖乖跟着汪承宇走出大设计室。

楼里到处都在办公，汪承宇干脆带她来到平时喜欢去的天台。

阳光很好，微风，深吸一口气，很舒服。

汪承宇舒展一下筋骨，若无其事地问道："说吧，怎么哭成这样。"

唉，掩饰不住了，可是该编个什么理由呢？高薇想着，没有作声。

"有人看见你开车离开了，你说你买个什么车不好，全单位就你一辆橘红色的车，想不被注意都难。"

"那个……"高薇有些羞怯。

汪承宇通过她反常的样子明白了什么，微笑着说："我估计我猜到什么了，你也不用担心，反正事儿不是你做的，咱们华铁有一是一，有二是二，冤枉人的事儿不做，父债女还的事儿不做。"

有些事情说穿了，反而容易沟通了。

"你都猜到什么了？"

汪承宇不假思索地说："你爸和我爸有仇，和严爷爷也不对付，这不是一天两天的事儿了，如今严爷爷退了，我爸的主要精力又不在这边，那肯定是针对我来了，谁让我一不小心让他间接损失好几个亿呢。"

"那不是你的错。"高薇说。

"谁的错不重要，事已至此，没有回旋的余地了，我呢，也不能拿出好几个亿给你爸，华铁也不能干，但是你爸往华铁身上泼脏水这事儿咱也不能认，话说回来，这也不是私怨，只是你夹在其中挺闹心吧。"

说到这儿，高薇的泪花儿又泛了出来："汪承宇你什么意思？把我叫上来就是为了看我的笑话是吗？"

汪承宇摇了摇头："还记得先前你要我给你答案吗？我现在有答案了，你是你，你家是你家，先前是我太软弱，现在我决定重塑信心。"

"那是什么意思?"高薇抽泣着问。

汪承宇长舒一口气,努力使自己镇定下来说:"如果我能把大盾构造出来,我相信那时的我就会有信心面对你,面对所有的阻碍。"

"你……"

汪承宇转过身,走到高薇面前凝视着她,看得高薇不敢直视他的目光,才说:"现在的我还不够强大,请给我时间!"

# 91 "4·4事件"调查组

鉴于舆论的影响,市里成立了"4·4事件"调查组。

市建设局、规划局、轨道交通局以及相关设计院、工程院专家,一行十几人浩浩荡荡进驻华铁,开始详细地调查,同时对华铁大盾构研发的可行性进行调查研究。

汪承宇在调查组的队伍里捕捉到一个熟悉的身影。

"这人好像在哪儿见过……"他沉吟着。

"谁啊?"张启源远远地伸头张望。

"那个穿黑西装的。"

"全是穿黑西装的好不好?"张启源不耐烦地说。

"就是那个年轻的,站在车门边的。"

这次锁定准了,因为年轻的调查组员只有那么一位,看上去和他们的年龄相仿,张启源回忆不起来在哪儿见过。

直到调查组正式展开工作,年轻的调查员与汪承宇在大设计室会面时。

"怎么?不认识啦?"年轻的调查员根本不避讳旁人的目光,毫不掩饰地当众向汪承宇打招呼。

"面熟,想不起来在哪儿见过了。"汪承宇很诚实地回答。

"杭州。"

"哦！"汪承宇这才想起来，这位调查员曾在杭州担任过标书的审核员，那还是三年前他第一次竞标的时候，只可惜碍于双方身份的相互对立，不便多接触。

"章炎，立早章。"

"汪承宇，幸会。"

寒暄过后，章炎说："我关注你很久了。"

汪承宇心里"咯噔"一下，在网上圈了一圈女粉丝也就罢了，怎么还有男人关注自己？

心里胡思乱想着，脸上"嘿嘿"一乐，连手也没握，说道："这里是主设计室，图纸都是从这里出的，近期要给大盾构建模，我们现在就忙这个呢。"

"难度大吗？"

章炎看似随口问，汪承宇忽然警觉起来，调查小组兵分两路，一路调查"4·4事件"始末原因及细节，一路调查国产大盾构制造是否真的可行，这个章炎先前不是在杭州吗，怎么调到商州来了？

因为双方还不太熟，所以有些问题不方便问，但是很明显他们这一组是来查汪承宇及他的团队能力的。

"怎么说呢？难度肯定是有，但是我们的经验更丰富，咱们的设计是从实践出发，倒推出大盾构机的设计需要，可不像网上无良写手胡说的那样。"

章炎看出汪承宇的警惕，也笑了笑说："真的假不了，该澄清的肯定会澄清的。"

"那就拜托你们啦，随便查，随便看，但是你们得签保密协议，如果我们的研发成果流出去，别怪我们到法院告你们哦。"

章炎笑着说："好厉害，好，我们签。"

章炎自从在杭州盾构机招标会上就对这个年轻的团队感兴趣，后来一直在网上追踪相关报道，作为管理城市轨道交通部门的干部，他很清楚，盾构机产业化的优势是什么，因为工作优秀，被借调到商州交流，进了调查组。

说起来还真是缘分呐，在这儿遇到了当初那位年轻的工程师，三年过去，他看起来没什么变化，只是更自信了。

"这是滚刀，应用于硬岩，TBM用的。"身为总设计师，汪承宇必须接下这个任务，促使调查组得出对华铁有利的调查结论。

众人先是参观了实验室，然后来到工厂。

虽然来的人都是各行的专家，但是专精盾构领域的还没有，说起来也就是章炎了解一些，两人谈起来十分热络。

"这是液压泵，盾构机的心脏，这里面的液压油就好比人体的血管，液压油要是出了问题，盾构机也就不转了。"汪承宇说。

"原来是这样，我以前还只是看过它的工作状态，对这个大家伙的工作原理可一窍不通。"章炎赞叹道。

"做这么一个大盾构，仅刀盘自重就有 585 吨，刀盘的伸缩完全靠液压的推动，通过 24 根千斤顶伸缩移动驱动部带动刀盘，总重达 1000 余吨的轴向前滑动 100 毫米。"

"这么厉害呀。"

"等我们的 3D 动态模型做出来，你就能更直观地看到大盾构的工作状态了。"

两人一唱一和，看得外行人一愣一愣的，好像不赞叹几句就跟不上步伐，这调查组的味道可有点变了。

"那咱们的盾构机和外国的相比呢？直接地说，和路德公司的相比。"

汪承宇心里一紧，心道：这是个笑面虎啊，笑里藏刀，原来在这儿等着我呢。

表面上，他不动声色地说："各有千秋吧，论功能，我们的多一些，论长距离推进，我们还有差距，但是性价比嘛……"

汪承宇卖了个关子，成功地吸引了调查组其他成员的注意，技术问题他们听不懂，价格差异总是明白的。

"这么说吧，他们一台能买我们十台，这还不算人工和维护费用，而且随着我们维护手段的提高，盾构机的使用寿命将大大延长。"

听到汪承宇这么说，调查人员直咂舌，终于有一个人说道："这就好像二战时的'虎'式坦克和 T-34 坦克，一个虽然精，但是产量低，一个虽然糙了一点，但是咱们五台打一台呀。"

汪承宇笑笑说："不能这么比，毕竟两种大盾构在质量上的差异还没大到那个地步，外国人之所以敢要高价是因为垄断，如今我们即将成功地打破他们的垄断，开启我们自己的大盾构时代，这个时候，谁阻挠，谁就是卖国贼。"

笑脸直接拉了下来，仿佛他才是调查员，一言既出，说得调查员们两耳冒风，这么大个帽子谁敢接？

此时都不作声了。

章炎早就领教过汪承宇的油滑，没想到他这张嘴这么狠，一上来就甩了一个大帽子，逼调查组的人摆明态度。

那架势就是这顶帽子你们接不接吧，接了就是卖国贼，不接调查组就失去了意义，这个时候，大盾构的好坏就全凭汪承宇一张嘴了。

章炎暗笑，谁说理工男木讷，这个汪承宇的心思可多了。

见其他人不说话，章炎只好自己出来打圆场。

"汪总工，话不能这么说，我们来调查也是为了还原真相，树立广大人民对我们国产品牌的信心，你这一下子……"章炎又干笑了两声，说道，"我知道你对调查有意见，不过年轻人不要火气那么大嘛。"

"你自己也很年轻啊，别总是一副暮气沉沉的样子好不好？"

"呵呵……"

两人相视一笑，似乎磨合出了某种默契，气氛一下子缓和了不少。

南京，整座城市被太阳炙烤着。

刚吃过巷子里小店的包子，舒然还来不及擦脖子上细密的汗珠，急匆匆招来一辆出租车，直奔新南方网的办公地点。

她如今也是个大忙人，各种采访任务接二连三，经常奔波于全国各地，不过与那些做娱乐新闻已经火得不行的同事比起来，她的工业和科技的报道就显得不温不火。

回来几个月了，她还是忘不了商州科技产业园里采访时看到的一幕幕，一群有朝气的年轻人，正在为了中国的技术进步，夜以继日地辛苦工作，他们拿着和自己创造价值完全不能等同的薪水，不辞辛苦，任劳任怨。

最近他们遇上麻烦了，中天网的那则报道漏洞百出，但该网站有着巨大的影响力，从某种程度上可以影响视听。

汪承宇那边一定很不好过。

舒然几乎可以肯定，所以她在做完手头采访后，马上申请重新对"4·4事件"进行跟踪报道。作为新闻人，她拿过一手资料，比起那些信笔胡说的无良写手，她决定坚守内心的正义。击垮对手！

# 92　汪承宇的反击

调查组还要进驻一段时日，在等待结论的这段时间里，汪承宇不打算什么也不做。

士气一旦低落下去，再想打顺风仗就难了，借着这股悲愤，汪承宇要反击。

首先，他要澄清事实真相。

2014年网络已经成为重要的传媒力量，但是还没发达到后来视频时代那样的巅峰，对舆论战，汪承宇是外行，但是有人是内行啊，他内心坦荡地拨出了那个从未拨过的电话号码。

"汪承宇？"对面听到他的声音显然很惊喜，随即便知道他为什么打这个电话，语气又有些低沉。

"从前你帮过我们，现在我们依旧需要你的帮助，虽然我们不能给你什么承诺，但是请你相信这是一份正义的事业，它所带来的不只是改变，还有希望。"

说出了这番话，汪承宇觉得自己简直有天赋，对方应该没办法拒绝吧。

舒然一边拿着电话，一边盯着电脑屏幕前的稿子，她沉默着，虽然知道那份不切实际的爱是一种幻想，更多缘于自己的单相思，但是这种感觉一旦袭来，对她是一种煎熬。是的，不用汪承宇承诺什么，她都会做，可再次听到他的声音时，她却不知道该怎么办。

"让我再想想……"

大设计室。

电话那头传来忙音。

抱着很大希望，围在汪承宇身边的队员们唏嘘不已。

"怎么样？美男计不成了吧？"张启源笑呵呵地调侃着。

"你知道什么呀，那叫人家态度认真，不轻易答应，这才叫专业。"汪承宇总是能把反的说成正的。

又是一阵唏嘘声。

好在小汪总工脸皮够厚，站在最前面挺直胸膛面向在场所有设计人员，大手一挥道："从来就没有什么救世主，也不靠神仙皇帝，要创造人类的幸福，全靠我们自己，我们要夺回劳动果实。"

好久没见到汪承宇耍活宝了，高薇忍不住捂嘴偷笑，一不小心笑出了声。

这一小细节被汪承宇捕捉到了，他一指高薇说道："下面的同志你还真别不相信，咱们连盾构机这种大家伙都玩得转，小小的网络又怎么能难倒我们这些科技精英？"

虽然是开玩笑地说，但是仔细一听还挺有道理的，对方可以利用网络狂轰滥炸，大家也可以再想办法轰回去啊。

都是年轻人，又是学理科的，想要搞懂一些简单的网络常识并不难，对方无非是发布真伪难辨的消息，误导读者。

但是凡事都怕认真，若真要较起真来，假的就是假的，怎么也没有说服力，即便对方是职业媒体人也不行。

"把'4·4事件'的始末编成文字，用通俗易懂的语言发到网上，张启源负责，你上大学的时候不是喜欢写小说吗。"汪承宇开始分派任务。

张启源一口水差点没呛到自己，连连摆手说："我那时候就是玩玩儿，别找我。"

"就你啦，别人还不如你呢。"汪承宇根本不讲民主，瞄了瞄下面的人寻思着说："制作几张 3Dgif 图，咱们得图文并茂，让那些没见识的人看看，什么叫专业！那个……那个……图谁来做呢……"

这时，一支怯生生的手伸了出来："我绘图还行。"

说话的正是耿家辉，他的眼里有着一股热切。

自从高薇请过他吃中午饭，汪承宇结结实实晾了他好几天，后来发生了媒体事件，两人一直没什么交集，此时这位平时不善言谈的闷葫芦主动请缨，既让汪承宇感到意外，又有那么一丝小小的感动，他决定，过去的事一笔勾销。

"好！到底是华铁人，咱们华铁有一个算一个，都是有集体荣誉感的。"

耿家辉本是生怕汪承宇一口拒绝，但是得到肯定的答复后，他露出笑容，又是想打立正，又是想行礼，总之有点手足无措了。

"还有任务得交给实习生，你们离开学校时间不长，与学校的导师和同学们还熟悉，玩儿网络还得靠年轻人。"

"说得自己像老年人似的……"高薇抿嘴笑着，在下面嘀咕。

"咱们这招儿叫发动群众，网上的声音靠推，光靠咱们几个人不行，得让更多人参与进来，包括东南交大的内部论坛，越多人知道这件事对咱们越有利。"

"我回去找我爸，他们厂子一万多人呢。"

"我去找我二大爷，他认识铁路那边儿的，可以发动更多人。"

"我……"

一时间，大家集思广益，共同献计献策，必须让这件事从源头上控制住。

如此动员，群情高涨，比研发大盾构的热情都要高。

汪承宇暗笑，徐爷爷的高招儿果然奏效。

士气可以令力量加倍增长。

东南交大。

林荫道上，严思颜接到高薇的电话。

"什么？我能行吗？"当她听到是帮华铁正名，很想答应，却又很犹豫。

"放心，你是英雄的后代，没有谁比你更适合做代言人了。"

"嗯！我会努力的。"

严思颜仿佛接到了一项政治任务，放下电话直奔女生宿舍而去。

华铁隧道、华铁装备、华隧智能……

一家家单位仿佛接到了同一个指令，不约而同地打开手机、电脑，在网上为华铁发声，尽管"4·4事件"始末的披露文章尚未出笼，但是在网上已经形成了一股不小的势力，针对先前的无良文章开始反击。

在网上的力量尚未发酵之前，汪承宇又被调查组调查了。

在前往大会议室接受新一轮审查时，汪承宇看见了章炎。

当着众多人的面儿，章炎只能耸了耸肩，给出一个爱莫能助的眼神。

汪承宇立即明白，最关键的时候到了。

大会议室里，针对"4·4事件"的调查组成员都在，华铁方面是一个一个单独进去的，第一个就是汪承宇，也许是看他年轻，方便套话吧。

厚重的对开大门重重地关上了，在外面的人是不可以随意进入的。

季先河有些担忧，把目光投向沉着脸的严开明，严开明微微颔首道："没事的。"

陈主任陷入了思维误区，他顽固地认为事故就是由盾构机引起的，而引起事故的盾构机是华铁制造的，那么新的项目就一定不能让华铁参加。

只不过现在的他也很矛盾，舆论风向事发后，他又找过鲍尔，暗示只要再稍稍降价订单就会给路德公司，但是鲍尔好像是上天派下来的魔星，古板的脸上不见一丝笑意，价格方面也是咬得死死的。

陈主任很清楚，哪怕自己跪下来管他叫爷爷，价格也不会减半分。

他想不通，这么好的买卖，为什么就是不肯降价？德国人的脑筋都坏掉了吗？

不过，想不通归想不通，审查的时候还是不能手软的。

"汪承宇，说吧，你是怎么隐瞒事故原因的？"

陈主任见过几次这个小伙子，最近一次还是在事故现场，他镇定自若地指挥排险，当右线险情排除时，他还真松了一口气，如果没有后来的地陷，他一定开表功会表彰这位青年，现在没办法啦，他和高志远已经达成了默契，在这件事上没有回旋的余地。

汪承宇多大的祸没惹过，自然不能被陈主任一吓就腿软，他没有回答，反问道："陈主任，当时你在现场啊，我有什么好隐瞒的？"

陈主任轻咳了一声，不好意思地看了看身边的几位调查员，然后说道："我又不懂技术，我怎么知道出了什么事？"

"事故记录你不是看过吗？"

"这么大的事故怎么可能是一个小小的盾构队长造成的？你们这是推卸责任。"

"那您调查去呀，问我干什么？"

"我现在的调查对象就是你！"

"那我没什么说的了。"汪承宇索性往椅背上一靠，来个徐庶进曹营——

410

言不发。

第一次交锋就碰了软钉子，陈主任气得火冒三丈，狠狠地一拍桌子："坦白从宽，抗拒从严！"

# 93　搬起石头砸自己的脚

调查组的严厉态度给盾构实验蒙上了一层厚厚的阴霾，先前也有过几次单独谈话，只不过这一次时间有点长。

下班的铃声已经打过很久了，天色渐渐暗下来，一直在主楼外守候着的高薇望着大会议室，那里已经亮灯了。

到底调查什么？居然摆出这种审犯人的架势？

"怎么还不走？"谭雅迈着优雅的步伐向高薇走来。

路灯下，高薇的面容有些憔悴。

"谭阿姨。"高薇轻唤着，那语气似乎在求助，眼睛又瞟向大会议室的窗，神态间掩饰不住的忧虑流露出来。

谭雅顺着高薇的目光望去，轻轻地笑了："在担心？"

高薇回望谭雅的脸庞，一张比同龄人要年轻得多的面容显示着她在以极好的态度面对生活，可是高薇知道，谭雅在过去三十几年里，一直在心底埋着巨大的重负。

汪承宇的妈妈究竟是怎样调整自己心态的呢？

来华铁三个月，她感觉自己比过去三年耗费的精力都多，再这样下去就要未老先衰了。

"您不担心他吗？"

谭雅笑着说："当然担心，做母亲的怎么能不担心儿子呢？但是我更愿意相信他，这点小挫折对他而言，不过蜻蜓点水那样微不足道。"

"哎？"高薇瞪大了眼睛，没想到谭雅的心态是这样的，不是说汪承宇的妈妈是个严母吗?

"你是不是想说,和你想象中的汪妈妈不同?"

高薇没否认,直接点点头。

"你显然误会了严母的概念,要求严格并不是事事都要横加干涉,在人生的大事上给予必要的关注,并不指指点点,这才是我。因为每个人想要的是他自己的人生,高尚也好,低微也罢,世人的目光并不重要,重要的是自己的内心。"

高薇的思路豁然开朗,她忽然明白三年前汪承宇为什么说要重新考虑两人的关系,他们的感情没有出问题,问题在于投入感情的方式有了差异。

高薇是用细致的高标准要求自己的恋爱对象,却忽视了感情不是管理,感情不需要太多的理性,在过分的关心下,少了尊重,这才是需要重新考虑的原因,而自己竟然用了三年也没想明白错在哪里。

当然那家伙也有错,自己又没要求他做什么,干吗那么急于表现自己?

"你还年轻,要懂得像一个年轻人一样,学会释放自己,不要把什么都绑在自己身上,那样你的身体会越来越重。"谭雅语重心长地传授着她的人生真谛。

"嗯!我知道了!"说出这句话后,高薇真的感觉身体轻快了许多。

因为想通了一直憋闷在心底的事情,再看大会议室的灯光时,心里也没有那么焦虑了。

担忧汪承宇的不只是高薇,千里之外,有人在做着同样的事。

舒然咬着笔杆,笔记本上画的大纲被她涂了改,改了涂。

电脑屏上的 Word 软件上始终是那几行字,一篇不长的报道一直熬到半夜也没写出来。

她失神了。

她想不明白自己是从什么时候开始对那个看起来并不牢靠的家伙念念不忘的,是那次偶然的采访,还是事故现场看到他淡定自若的神情?抑或是带着他体温的棉大衣⋯⋯

明明已经放弃了,为什么还会哭?

如果没有接到他的电话,她也一定会义正词严地发声,但是当接到求援电话时,她的心瞬间乱了,连平时手到擒来的工作也干不顺,满眼都是对方跳脱的影子。

她和那个影子之间，还夹着一座冰山。

抹干眼角的一滴泪痕，舒然拿起手机拨通了一个号码。

"主编，我要出差。"

华铁盾构实验室。

大会议室里，陈主任的头都要大了，他简直没搞懂自己究竟是来调查的还是被调查的，那小子居然张口问自己是不是已经犯了罪，还问自己是不是在公安局有兼职？

"现在是我问你！"陈主任急得只会拍桌子了。

"可你问的问题不属于调查范围内啊，坦白从宽什么的应该是警察的台词吧。"汪承宇两手一摊做冤枉状。

这种耍活宝式的调查不能再继续了。

旁边城建局的一位调查员看不下去了，咳了一声，打圆场道："按程序调查，不要跑偏。"

陈主任大小也是个干部，被这么一个年轻人顶撞得不轻，脸面拉不下来，有人给了台阶下后，他又问："由于你的错误指挥，导致两台盾构机被埋，直接经济损失 2.6 亿，事后却没负一点责，这其中一定有内幕，汪承宇我警告你，不要等着被我们调查出来。"

汪承宇故作委屈地低着头说："当然有内幕。"

此话一出，陈主任来了兴致，探着身子问："说，说出来，你的责任就会轻很多。"

"咦？陈主任不是知道吗？"汪承宇故作惊讶地问。

"我知道？我知道什么？"

"不是你和德国人说好了 7 亿一台买他们的盾构机吗，说不定背后有什么见不得人的勾当呢。"

"一派胡言！"

这种诛心的话，哪怕是流言，也不是他一个小小的主任能扛得住的，气血上涌的陈主任后悔接了这个摊子，搞规划看起来威风八面，实则八百双眼睛盯着呢，他敢搞小动作？还是和外商？

一想起外商，陈主任的眼前就浮现出鲍尔那张古板刻薄的脸，就有一种老鼠掉风箱两头受气的感觉。

　　陈主任气得高血压犯了，拍桌子的手指尖传来丝丝麻意，他的胸很闷，只想大口喘几下气，于是猛地站起来，结果整个头顶都在眩晕。

　　这就是个坑，大坑！

　　带着最后的这个想法，陈主任气血上涌，摇摇晃晃地腿一软，"扑通"一声摔倒在桌子底下。

　　"来人啦，快叫救护车！"

　　被审查的把审查的气倒了，这在以往的调查工作中可不多见呐。

　　看着陈主任被救护人员抬出去，季先河与严开明面面相觑，这小子到底说了什么？把审查的人都气倒了。

　　事实上，反复被核查过的材料根本不存在造假，现场的当事人也被反复询问过，这就是一起人为事故。

　　除非是故意违法，否则如果出了事故，都要追究排险人的责任，那么以后再出现类似事故就没人再敢负责指挥了，这不符合建筑行业的规矩。

　　中天网作为知名的门户网站，在业内有很大的影响力，科技与经济板块更是引导着票证经济的趋势。

　　相比之下，新南方网的影响力差了很多。

　　而此时，舒然以新南方网记者的身份质问中天网科技与经济板块的负责人。

　　"我一天要阅览那么多消息，这样一篇不起眼的报道我怎么注意得到。"

　　舒然从平板电脑上调出那篇文章，又拿出自己掌握的大量材料和现场照片，两相对照之下，真伪立时可知，这是一篇明显充满倾向性报道的文章，文章的主观性太强，根本不具备新闻价值。

　　"这样的一篇文章，大量被转载，没有人为操控，您说可能吗？"舒然反问对方。

　　"也许可能吧，很多好的报道都不需要幕后推手就能火起来。"

　　"可你刚才不是还说这是一篇不起眼的报道吗？"

　　被舒然抓住话柄的负责人突然收了声。笑话，自己肯出来见她，已经是看在美女的情面上了，难道要自己出面道歉？

网上的东西就是那样，你不炒它，它就火不起来，时间会让读者遗忘一切。

负责人不屑于回答，起身要走。

"如果您是这种态度，那么我会披露中天网面对虚假报道不作为，有失媒体人该有的操守。"

"你随便。"

对方就是这种自大而自信的态度。

从南方跑到北方，刚找到了对方的负责人，却得到了这样的答案，对方仗着家大业大不把新南方网的小记者放在眼里，舒然眼里充满愤怒。

既然有的人可以昧着良心说话，那么自己也不用因为是同行而客气。

网上关于澄清"4·4事件"的帖子已经很多了，只不过该领域被人很少关注，汪承宇的小迷妹才几个人？根本不足以形成推动力量。

舒然不同，她从毕业开始就在这家网站工作，属于和网站共同成长的一代，她懂得怎样让一篇文章发酵，怎样让零散的声音聚在一起。

一篇带着愤怒的文章开始上传了。

"中天网新闻造假，冤枉科研功臣？"

高志远在办公室里念着这则来自网站的消息，这则消息不仅被大量转载，而且被一些传统媒体抓住把柄，纷纷向中天网开炮，舆论的焦点直指"4·4事件"调查组。

高志远派人查看过，华铁盾构实验的大门前已经聚满了新闻媒体，因为昨天晚上陈主任在调查过程中忽然晕倒，新闻又多了几分可抓取性。

甚至有一些小网站已经曝出某官员与外国企业勾连，吃国家回扣的不实言论。

这种事根本不需要证实，只要流言出来，网民们几乎盲目地信以为真。

当无良报道遇上无良报道，高志远对网络传媒这一新生的力量感觉束手无策了。

这不是搬起石头砸自己的脚吗？

# 94　道歉

调查的方向越来越明朗了，既然"4·4事件"的处置没问题，施工用的盾构机也不存在质量问题，那么这就是一起单纯的人为事故引发的地质灾害，造成的经济损失由施工方负责，同时施工方还要按照合约改线，这样的结果华铁方面一口答应下来。

接下来的问题就是华铁自研的大盾构能否禁得住考验。

首先是理论上的。

专家组不乏工程院院士，在他们严格的审核下，结合3D效果预测，目前来看，制造大盾构是完全可能的，而且包括研发费用在内，全部资金不会超过2.6亿，制造周期预测在七个月内，比路德公司给出的时间快了一年零五个月。

时间优势加成本优势都在，没有理由一定要花十倍的价格选用进口产品。

"这两台盾构机造出来，我们是负责保修的。"汪承宇又有些翘尾巴，当他得意洋洋地对专家组说出这样一番话的时候，高薇忍不住地偷笑。

又看到本来面目的他了，比一直板着脸可爱多了。

单纯、自信、阳光的汪承宇回来了，没有问题了。

调查组全面撤离的时候，章炎竟然有些不舍了，站在中巴车的门前，他忍不住驻足，回望着盾构实验室的大楼长叹一口气。

章炎不是在叹息调查组铩羽而归，而是有些羡慕这些年轻的科研人员。

"章组长啊，想我们了有空儿可以再过来啊，不用这样长吁短叹吧。"

汪承宇一脸坏笑地看着章炎，嘴都要咧到耳根子了，看得出来他的心情是极好的。

章炎"噗"的一声笑了，对汪承宇说道："我可不是舍不得，我是羡慕。"

"哦？羡慕什么？"

"让我想起了我小学的时候，刚上学的第一课，老师问我们长大后的理想是什么。"

"你想当官儿？"汪承宇开玩笑地问。

章炎摇摇头，很正经地说："我当时的回答是想当科学家。"

汪承宇笑意满满地说："理想和现实是有差距的，你也不用过于自责呀。"

章炎被这张油滑的嘴再一次逗笑了："我哪有自责，我只是在想原来科学家也可以如此年轻啊，所以有些羡慕你们。"

"既然我们替你实现了理想，那就请你下次再来华铁审查什么的时候手下留情。"

章炎连连摇头："那我就渎职啦，好啦，和你打交道很愉快，希望下次不要以这种形式见面。"

章炎伸出手，以示友好。

身为审查人员，当众做出这种举动是不明智的，很容易被人抓住柄，但是从某种程度上也可以解释为坦诚，但章炎显然不害怕流言蜚语，他的手就那样停在半空中。

汪承宇惊诧于他的大胆举动，虽然审查已经结束，但是……

"啪！"

汪承宇的手与他击了一掌，没有握手，但同样表现出了友好的态度。

章炎吃惊于汪承宇的机灵，同时被他最完美的应对方法感动了一下。

那个穿正装的年轻身影终于转身上了车。

在媒体的监督下，调查组宣告调查结束，全体离开华铁，等待最后的汇报，不过大家都知道，报告的结果一定是有利于华铁的。

经历了波折，华铁大盾构的研发工作再一次高速运行。

当采购方正式通知鲍尔，本工程不再考虑路德公司的盾构机时，鲍尔的脸色一下子铁青起来。

这本是一笔志在必得的单子，也是他来华以来最大的一笔订单，他还指望这笔订单能让他的荷包充盈起来，毕竟他是家里的顶梁柱。

更为可怕的是，如果这笔订单没拿下，下一次公司还会不会再派他来就不一定了，毕竟他老了，欧洲的经济不景气，还有更多的年轻人没有就业岗位呢，为了谋求一个职位，他们会拼尽全力去争的，包括主动降低薪水。

一定是哪里出了问题，哪里出了问题？

　　他们的官员？

　　鲍尔急了，开始到处打电话，寻找一开始与他谈判的那位陈主任，在得知对方在医院时，他顾不上保持一位绅士的矜持，直奔对方的病房。

　　陈主任的状态比鲍尔还要差，一直处于高压状态的他突发脑溢血，好在比较轻微，意识还清醒，只是暂时卧床，还不能出院。

　　看着鲍尔焦急的脸，陈主任笑了，口齿露风地奚落着："你们呀！聪明反被聪明误，早知现在，何必当初，他们到处都在传我收了你的贿赂，我冤呐。"

　　看着陈主任还能一口气说这么多，鲍尔也只好勉强挤出一丝苦笑。

　　"难道一点回旋余地都没有了吗？"

　　"你中文那么好，应该听过一句话吧，泥菩萨过江——自身难保。"

　　鲍尔哑口无言……

　　商州市最大的五星级酒店客房里，鲍尔收着东西，他的休假计划泡汤了，对路德公司来说不过损失了一个单，可对他来说自己的职业生涯告一段落了。

　　公司已经正式来了通知，要他回德国总部换岗。

　　所谓换岗就是等待退休了，鲍尔不抱任何希望了，就要与这个国度说再见了，有生之年，怕是不会再来这里了，他贪婪地望着窗外，心中满是不舍，连商州这样的中原城市也建得这么漂亮，这个国家越来越强大了。

　　鲍尔有种预感，这不会是路德公司第一次失败，垄断一旦被打破，就会形成多米诺骨牌效应，难道中国的大盾构时代真的来了？

　　提着行李箱，鲍尔再没有来时的意气风发，他退了房走出酒店大门。

　　今天的阳光真好啊，甚至有些刺眼，这里的夏天比德国炎热多了，哪怕是处于中纬度的商州市，奇怪……

　　刺眼的阳光下，几个人的身影格外眼熟，一位高个子青年带头走向他。

　　鲍尔松开手提箱，定了定神，长舒了一口气。

　　"还记得我们那个赌约吗？"

　　这个年轻人，自信，而又直率，比自己家的那个小子招人喜欢得多，现在的德国年轻人躺在父辈的功劳簿上越来越颓废。

　　"记得。"鲍尔不打算赖账了，因为已毫无颜面可言。

"当着老朋友，把当年的事说一遍吧。"

尽管汪承宇已经推测到问题的原因，但是当事人说出来的效果是不一样的。

鲍尔看了看汪承宇身后的严开明和汪建国，感慨地说："二十几年了，时间过得真快啊，我也该退休了。"

汪建国上先一步说道："不管怎么说，感谢二十几年来你对中国的贡献，尽管我们是付了钱的，但你依然是个人才。"

"谢谢汪先生的慷慨，我很少遇到像你这么大度的对手，或者说是潜在对手。"

汪建国拉过严开明，介绍道："你的对手是他，严开明，被喻为'中国大盾构第一人'，他想打败你已经不是一天两天了。"

严开明终于开口道："虽然不是我做到的，但是我们的子弟做到了，我有生之年看到了。"

鲍尔抿着嘴，点点头说："很了不起的成就，我当初说你们要走到这一步至少要用一百年，现在看来，你们只用了二十年的积累就已经达到同步水平，再过几年，我真的不敢想象你们的基础装备制造会发展成什么样子。"

严开明说："谢谢你的肯定，现在你可以说当年是怎么回事了吧。"

鲍尔苦笑道："尘封往事了，不过当时你们的技术水平确实不行，我们仅仅在控制系统上动了一个小小的手脚，你们就玩不转了，要知道，硬件是先于软件发展起来的，未来谁掌握了高端软件系统，谁就能领先于世界。"

严开明说："这些话留给后生听吧，我也退休了，咱俩都一样。"

鲍尔说："但是我更沮丧，我希望我还有机会来这个国度，那个时候我们会成为朋友，对吗？"

严开明没有承认也没有否认，只是简单地笑笑说："但愿吧。"

鲍尔拖着拉杆箱，向马路边上的出租车乘降站走去，一辆出租车停在他身边。

鲍尔打开车门，突然他怔了怔，转过身向三人深深地鞠了一躬。

"很可敬的对手是吗？"汪建国说。

严开明看着出租车远去的背影，叹了一口气说道："暗中较了二十几年的劲，今天我是松了一口气，小汪还任重而道远呐。"

汪承宇"嘿嘿"地笑着说："我还年轻，经得起折腾。"

"你这小子，别给点阳光就灿烂，晚上把你妈接回家，我掌勺，好好做几个菜，带学生也得有个限度，不能总拿宿舍当家呀。"

"收到，别做烧茄子。"

汪承宇笑嘻嘻地对着老爸敬了个军礼。


# 95　违规工程


陈主任因为身体原因不能工作，高志远那边对地铁 5 号线会展中心至新志远大厦站的改造规划失去了上级的支持。

当高志远把这一坏消息传达给公司高层时，刘高卓当即拍案而起。

"说好的地铁站距离新志远大厦不超过 100 米，现在可好，搬到 1.5 公里外去了，新站还能叫新志远大厦站吗？"

有人想做和事佬，刚劝两句就被刘高卓骂得狗血喷头。

这位穿着麻布儒衣的老者，骨子里还是一位个性刚强的铁道兵，只不过几十年过去，驱使他的动力从报效祖国变成追逐金钱，那些曾经的理想与热血全都尘封在心底。

"高志远，你必须给我们股东一个交代，名声让你占了，我们的实惠呢？你必须保证我们的股份不缩水。"

不知道为什么，刘高卓人老了，反而更愿意争了，年轻时没有争的东西，此时他一点儿也不想放弃。

"老刘，你镇定一点，我现在不是也正想办法呢吗？"

"你别糊弄我，你以为我不知道？改的线路都开工了，根本没考虑咱们一分钱的事儿。"说到气头上，刘高卓连他平时最喜欢把玩的带玉环的烟斗也摔到了地上，名贵的烟斗顿时成了两截。

一些小股东看着直心疼，少说也得值个上万吧。

420

商海沉浮十几年，高志远第一次感觉自己真的老了，他想不明白为什么从前惯用的手段这一次失效了，为什么华铁能轻松应付检查，为什么谈好的交易会出现变数，他有点想女儿了，可惜女儿现在不站在他的对立面就算给他这个老爸面子了。

长叹了几声，高志远说道："事情已经发生了，我们就不要再闹内讧了，都是老战友，咱们就把话放在明面上，老刘你有什么主意？"

刘高卓习惯性地想吸烟，却发现烟斗已经被他摔了，只得作罢，一拍大腿说道："要我说，咱们先把活儿干了，事后再补手续。"

"未经批准擅自动工？"高志远吓了一跳，不过随即想，这种事也不是没干过，只不过他这个董事长必须装作不知道。

高志远扫了一遍在场的股东，谨慎说道："这种事我不同意，我累了，你们有什么事和老刘商量吧。"

说着，高志远叫来了白秘书替他办理疗养事宜。

在众目睽睽之下，高志远抬步走出了新志远大厦顶层的大会议室。

"他走了那咱们怎么办？你们家大业大，几亿几十亿跟玩似的，我们小门小户可亏不起啊。"一位股东对刘高卓说。

"是啊，地铁站要是不建在新志远大厦下面，我就得喝西北风啦。"

一旁有人嘲讽道："你该庆幸还有西北风喝，我只能找根绳子了。"

刘高卓听得心烦，这些家伙，有事儿的时候一个个躲在后面，没事儿的时候就站出来跟着吃肉喝汤，自己当年连提干的机会都放弃了，如今还得操心他们的口袋，罢了，谁让自己是第二大股东呢。

想到这儿，刘高卓站起来，不阴不阳地说："老高胆小怕事，咱们不一样，光脚的不怕穿鞋的，这件事咱们必须干起来。"

"怎么干？"有人问道。

刘高卓命人找来一张商业区规划图，他在图上比画着说："你们看，这是新规划的地铁站，开车的路程是 1.5 公里，如果从地下过……"

刘高卓在地图上将新志远大厦和地铁站的位置画了一条直线。

"地下直线距离不超过 500 米，我们再追加投资，修上电动人行廊道，飞机场的那种，这条隧道直通新志远大厦地下停车场，你们觉得怎么样？"

"地价肯定会涨啊。"有人附和着。

刘高卓点点头："对！所以我们得努力促成这条线。"

"可是刚刚高总不是说上边没批吗。"

"先斩后奏的事儿还少吗？"刘高卓不以为意。

的确，在改革开放摸着石头过河的初期，这种混乱确实存在，开放，开放到什么程度；搞活，活的标准是什么？那个时候的人都没有一条准确的尺度，有些时候会产生放得过开，搞得过活的状态。

不过近年来这种现象越来越少，基本上被发现就是勒令停工加处罚，没有哪家建筑企业敢冒天下之大不韪。

"这行得通吗？"

有人表示出怀疑，但很快被淹没在一片口水之中。

商人逐利，无可厚非，但是有的时候为了逐利，往往罔顾规则，这就要承担后果了。

"怕什么？咱们在地下修，等被发现的时候已经修好了，到时候再拆就有碍观瞻了，索性不如批了，这种事以前也不是没有过。"刘高卓很自信，他从自己的秘书手里接过刚送来的烟斗，放在嘴边抽了两口，感觉精神好多了。

"咱们自己打隧道能行吗？"

刘高卓把嘴一撇，说道："你们这些年是不是钱赚得太多塞住脑袋了？忘了咱当年是干什么的了？谁没挖过隧道，站出来。"

一些人面面相觑，虽然他们中间有人曾经是汽车连的，但是这会儿也不好抬杠。

"那就这样敲定了，马上从现有的建筑队里挑选有经验的，钱咱们给足。"

刘高卓画的这条线正好通过原5号线地铁突泥涌水事故发生地带，不过他不认为有什么问题。

当年天山都打穿了，这样一条短隧道简直不能称之为困难。

没几天，新志远大厦旁边的一块空地上围起了一圈围挡，对外声称改造大厦内部电源线路，志远集团的违规地下工程开工了。

一个月后，5号线改线工程施工现场。

工地外围已经圈好了围挡，依照华铁的速度，这样一片工地只要一声令下，两天时间就能建好，只不过现在还没有开工，工程人员和设计人员正在进行着最后的方案定夺。

临时打下的风井口设立了醒目的安全标志，有人在外把守着。

季先河没有下风井，而是放眼望着这片新开发的区域，几年前这里还是一片农田，如今已是高楼大厦林立，一座新城拔地而起。

"真感慨呀，咱们国家基建速度太快了，连我这个一线业内人士都目不暇接。"

严开明倒背着手，就站在季先河身旁，这位老铁道兵为了国家建设，努力工作了四十年，如今也到了放马南山的年龄了，可是他还有心愿未了，虽然他知道，以他现在的年龄只能在一旁摇旗呐喊，冲在前面的只能是年轻一代。

借着季主任的话，严开明点点头说："老喽，帮不上忙了，倒是你还有些年头，能看得更远，真想知道十年后，咱们国家在盾构领域能发展成什么样子。"

季先河只是点点头，望着风井口说道："呦，小汪他们上来了，咱们过去看看。"

还不待汪承宇报告，季先河张口便问："怎么样？适合吗？"

汪承宇点了点头说："和我们一开始想得一样。"

严开明的面色有些严肃，说道："如果技术细节可行，那就上报吧。"

汪承宇看了看季主任，没作声。

季先河左看看右看看，明白这是两人等着他做主呢。

经过考察，原地的单洞单线地铁准备修改为现代流行的单洞双线，这就需要外径 14 米以上的大型盾构机，联想到新接的地铁 9 号、10 号线穿河隧道，季主任哪里还不明白，这是降低大盾构生产成本的好时机。

华铁再怎么说也是企业，企业是要创造效益的，单这一笔，就能让华铁增收 6000 万，而且单洞双线更稳固。

不过这种事需要向上报告，怎么也不能当面拍板。

季先河乐呵呵地说："看来你们师徒俩早已打定了主意，老严加上小汪，我这个脑子可玩不转喽。"

汪承宇笑道："季主任说的哪里话，您永远是最英明睿智的那位。"

三人一阵欢笑。

修改方案的事获批的可能性很大，这让经历了"4·4事件"的华铁，在大盾构研发项目上重新步入正轨，而且锦上添花，当然是件值得高兴的事。

"不过……"

汪承宇有些担忧地说。

"怎么啦?"季主任关切地问道，他知道，小汪很少露出担忧的表情，应该是有事。

"地下监测时听到一些杂音，应该是东南新经济中心那片区域传来的施工声音，那边应该有人在地下施工，距离太远，听不太清晰，不知道……"

汪承宇的话没说完，季先河敏锐地意识到这是个大问题，只不过他一门心思搞技术，对政府规划方面不甚了解，只是隐约记得近期除了华铁的一些地下工程在这边，应该没有哪家单位有工程了，难道是新近批的?

"我抽空请示一下领导，希望双方明确一下边界，不要在地下撞车。"季先河慎重地说道。

正说着，就听到地表传来一声轰鸣，应该是某种东西爆破的声音。

众人紧张地循着声音的来源望去，目光落在一公里外的旧线工地处，自从两台盾构机就地填埋后，那里就一直处于封锁状态，难道又发生沉降了?

"是炸药!"

前半辈子都在打眼放炮的严开明怎么听不出这种"炮"声?

有人在封锁区域动用炸药!

# 96　非法闯入

刘高卓的如意算盘打得很好，利用原沉降区封闭期间，抓紧时间打通这条地下通道。

等木已成舟之后，再行申报在沉降区修建地铁站，这里原本就距离新志远大厦不远。

想法虽好，施工的现状不太如意。

一开始就遇到了问题，这是一片富水区域，新志远大厦修建的时候在排水问题上下足了功夫，高志远因此还特意考察了地下暗河的流向问题。

刘高卓找来的施工队，盖房子是一把好手，但是面对这种地下工程，明显手生。

面对开挖就遇到的地下水，一时束手无策。

搞得年近七十岁的老刘不得不亲自出马，布置排水这才使工程顺利进行下去。

因为是以粉质黏土为主的地质，支护必须在挖掘前进行才能确保安全，施工单位没经验，还闹过一次塌方，搞得工人们集体要求涨薪，这才同意继续干下去。

刘高卓是老了，精力不济，不能天天在工地上盯着，而委派的副手能力不足，这也不怪别人，还是施工经验不足导致的。

工程队边摸索边向前推进，时间一长，还真让他们找出方法来，推进速度倒也不慢，一个月后推进到沉降区，这里当然不是终点，不过他们遇到难题了。

事故中填埋的两台盾构机还在地下，原来的位置有坚固的管片衬砌支撑，单靠人工挖掘不可能打通质地坚固的钢筋混凝土管片。

工人们不敢私自做主，不得不把居家休养的刘高卓再次请过来。

"废物！废物！这点儿活儿不会干吗？要是年轻时的我根本用不着你们，我自己就能炸开！"

一到工地刘高卓就破口大骂起来。

工头儿和刘高卓不熟，也不直管，就少了一些敬畏感，大胆地说："刘总，这是要动炸药的，咱们没拿到许可，私自动工可是要犯事儿的，大家是出来赚钱的，谁都不想钱没赚到进局子里是不是？"

这一句话噎得刘高卓满脸通红，半晌才缓了口气，重新憋足劲大声喊道："咱们志远集团家大业大，这点儿事儿摆不平还干什么房地产？回家喝汤去吧！干！我做主了！"

刘高卓一拍胸脯，俨然当年的风枪队长又回来了。

工人们面面相觑，还是有点不敢动手。

"风枪！上风枪啊！谁打出第一个打眼儿，我奖励10000块钱，不用走公司的账，我当场兑现！"

重赏之下必有勇夫，有人开始跃跃欲试，虽然动炸药犯法，可这只是打眼儿，还是上级允许的，应该没事吧。

10000块钱可不少，就打一个眼儿？

见到鼓动有效果，刘高卓两腿一蹬，颇有想跳起来的意思，加重了三分语气，大声喊道："怎么，放着钱不想要啊？不想要就滚！我自己上！"

说着他直奔一旁放着风枪的地方迈步而去，还真就弯下腰去拾风枪。

刘高卓毕竟是老了，170多斤的大家伙放在过去谁也没有他玩得溜，可是现在，将将掀起来就把他累得腰酸背痛，险些吃不住劲。

"刘总！刘总，别……"

终于有人反应过来了，随行的人一拥而上，抬风枪的抬风枪，扶人的扶人，这才阻止了刘高卓的冲动。

"有钱不赚王八蛋，有刘总撑腰你们怕什么？上！"

终于有人提起风枪冲上去了，"突突突"地开始钻孔。

见有人上了，其他人这才着急起来，生怕10000块钱和自己无缘。

因为没有防尘设施，不一会儿狭窄的隧道里就弥漫起烟尘。

刘高卓身边那些体面的工作人员早就受不了这烟尘味，捂着口鼻咳着，边咳边扶着刘高卓劝道："刘总，烟太大了，咱们躲躲吧。"

刘高卓今天铁了心，说："怕什么？当年这种烟老子少吃了？你们吃一点儿怎么啦？这点苦都吃不了趁早滚蛋……咳咳……"

话没说完，一口烟钻进嗓子眼儿，刘高卓重重地咳了起来，随行人员连忙递上手帕，刘高卓用手帕捂住口鼻，这才感觉好一点儿。

随行人员见刘高卓没有躲避的意思，只好硬着头皮陪着，毕竟拿高薪的工作并不好找。

刘高卓虽然年纪大了，但是这些年锻炼出来的头脑并不简单，他深知夜长梦多的道理，生怕工程未完工前被发现勒令停工，所以必须加快进度。这次来现场，看到现场的工人并没有这种紧迫感，他不禁心疼付出去的工资，他今天站在这里的目的就是要告诉这里的工人，必须尽快完工，快了有好处拿，慢了就滚蛋，所以，管片这个硬骨头必须拿下。

在刘高卓的支持下，雷管、炸药、导火索全部被送来。

志远集团是有使用炸药的权利，但前提是必须报备，每次用的时候领取，用完上缴，这次使用的炸药是以往使用过未上缴的，完全是违规的。

这个时候的刘高卓根本顾不得这些。

第一个眼儿很快打好了，刘高卓当场命令秘书取出一万块现金奖励了出去。

如果说空口的许诺还让工人们将信将疑，如今厚厚的一沓钞票摆放在眼前，说不眼红是假的，很多人开始恨自己的动作不够麻利，让别人捡了便宜。

于是干活的士气更高了。

炸药的剂量是刘高卓亲自指挥调配的，毕竟现在的工人很少接触这么猛的家伙，而他有这方面的经验。

"行了！上！"

按照刘高卓调配的比例，工人们开始安装，这一切全在刘高卓的指挥下进行。

"轰！"一声闷响，地表发生急剧震颤。

这震颤被汪承宇那边的施工测量现场捕捉到了，而地表上听到的那声，则是在违章工程已经连续破开第二道管片之后发生的。这里是左线，距离沉降区只有区区十五米，这一声爆炸让原本刚刚处理好的施工现场发生松动，地表再一次发生塌陷。

"塌方啦！"

没有经验的工人们瞬间恐慌了起来，前边的烟尘里不知道谁喊了这么一声，十几个工人如惊弓之鸟般顺着进来的通道向外跑。

"怕什么？回去清理现场！"

刘高卓挥舞着拐杖驱赶着逃跑的工人回去工作，这一次爆炸直接把不深的地下通道炸成了通天洞，已经能看到满是云朵的天空了。

因为塌方，重赏也不太管用了，工人们大多数都在远远地观望着。

刘高卓把怒气发到工头身上："你是不是不想干了？今天不打通，以后都别想！你指望这儿开个窗，别人看不见吗？"

工头一开始也吓了一跳，但见烟尘散去，并无异样，于是仗着胆子召唤工

427

人们回来。

胆小的早就跑没影了，几个胆大的又被召了回去。

折腾了一个多小时，违章工地才恢复正常，工人们开始清理爆破的渣土，外面有几辆"太拖拉"大卡等着装卸残土。

刘高卓累了，工作人员不知道哪里找来的小马扎，让他老人家坐下，还有人把他心爱的紫砂壶拿过来，在边上端着茶水伺候。

而工人们只觉得这个老头儿太难糊弄了，不仅懂施工，脾气还贼倔强。

感觉到了爆炸，知道有人在沉降区使用炸药，华铁这边的施工人员不淡定了，那片区域还处在危险之中，是什么人如此大胆，居然敢未经请示在那里使用爆炸物？

而汪承宇和严开明的脸色同时变了。

他们都是参与过"4·4事件"排险的当事人，清楚地知道那里的地质情况，稍微深一点就会挖出地下水，何况是爆炸？

当两人到达爆炸地点时，几乎同时看到了那个塌陷的通天洞。

"有人在打隧道！"

汪承宇惊呼。

"是谁？"

严开明想都没想便向塌陷区奔去，汪承宇拉都拉不住。

"严爷爷危险！"

严开明当然知道危险，他四十年的工程岁月里，难道不知道通天洞随时还会二次塌陷吗？但是他更知道，下面的隧道有人，不论发生了什么事，必须先把人救出去。

"你们在干什么？不知道这是封锁区域吗？"

严开明使足了力气，朝着塌陷的洞口里面喊，下面果然有人在施工，而且已经爆破开原本已经填埋的报废隧道。

若不是原本盾构机堆砌的管片撑着，恐怕塌陷区就不止天井大的那么一个口子了。

刘高卓正坐着监工，突然听到这么一声喊，猛地站起来，头一阵眩晕。

这声音太熟悉了，是的，身为老战友，他怎么能忘呢？虽然后来他们走了不同的路，可是那些年的战友情根深蒂固呀。

刘高卓下意识地想躲，可是又一想，今天已经暴露了，躲得开吗？不如一鼓作气，把活儿干了！

想到这儿，他朝洞外喊了一嗓子："严开明，是我们在施工，没你的事儿，回去吧。"

严开明没看到洞底的身影，但是同样，他一下子就听出刘高卓的声音，那个曾经手把手教他用风枪的风枪队长。

"刘班长！这里是沉降区，已经封锁了，在这儿施工非常危险，你们快点撤离，这里随时会塌陷。"严开明好心劝道。

没想到刘高卓却不领情："严开明你少危言耸听，我玩风枪的时候你还不知道在哪儿凉快呢，现在教育起我来了？"

"刘班长，是真的，我亲自参与的排险，这里的地质情况没人比我更清楚！"

工人们听到这样的对话，纷纷不敢动了，有胆小的害怕出事儿，已经找借口偷偷溜了。

刘高卓急了，扯着脖子喊道："严开明你是国企，我是私企，国家的钱损失就损失了，我的钱损失不起，今天我必须打通这条道，你要是再捣乱别怪我不认你这个老战友！"

高志远和严开明有私怨，刘高卓却没有。

撕破战友情？

严开明不敢想象老班长会说出这样的话，就在他还想开口劝几句的时候，突然听到下面的人惊恐的喊声。

"水！"

# 97　伤逝

说时迟，那时快。

就在工人们清理残土的时候，原左线管片缝隙处突然喷水，根本不用仪器测量就知道水压很大，呈现喷涌状，只是目前裂缝还小，但是随着持续的水流喷出，裂缝越来越大。

"快跑啊！"

本来就处于恐慌中的工人再也不能维持基本的纪律了，争先恐后地向外跑。

工头看了看刘高卓，又看了看喷水口，一脸惊慌。

"不好！"汪承宇再了解不过地下的情况了。

当时就是因为左线涌水冲击右线，导致排险工作一败涂地，不得不做出填埋的决定，如今看这涌水量怕是动用抽水机也解决不掉，如果大量的水涌进这条非法开凿的单隧道中，那么一定会引起更大面积的塌方，这条隧道会形成新的地下暗河，说不定会冲击建筑物！

"危险！"汪承宇试图将严开明拖到安全地带。

"松开我，下面还有人呢！"严开明挣脱开喊道："刘班长快跑！"

刘高卓也是气昏了头，挥舞着拐杖对工头说："跑什么？把工人都找回来，有水放掉就好了，当年我们贯穿大山的时候就是这么干的。"

工头听着上面的警告，哪里还能听刘高卓在那儿讲老皇历，性命要紧，脚底抹油撒丫子就跑。

刘高卓气坏了，跳着脚喊："以后你们都别想再赚志远集团的钱！"

看着裸露的管片缝隙处不断流着水，刘高卓的跟班也开始发抖了，他的秘书劝道："刘总……要不……我们也走吧。"

"那么点水有什么好怕的？老子当年什么危险没见过？凿通这条通道我能赚好几个亿，你们都有奖金！"

刘高卓平时还算大方，手下跟着他也很满足，但是拿命去冒险……

当第一个跟班儿拔腿跑掉的时候，第二个、第三个头也不回地向隧道另一头跑去。

"忘恩负义的东西！"

刘高卓气得把手杖一甩，生生砸在灌浆干透的水泥地面上。

"刘班长！"

严开明急了，这里随时会有危险，可是……

他往下看了看，要是年轻那会儿他肯定毫不犹豫跳下去，可是现在，除了搭上一个，一点意义都没有。

人老了，牵挂反而多了，他眼前猛然闪过这几年还算和睦的那个家，想到了正在上学的女儿，就这么一愣神的工夫，巨大的水压冲开了管片，破洞而出。

刘高卓听到这声音的时候已经来不及了，再回头看，水已经冲到面前了。

初始的水压很大，但是很快缓了不少，若是这个时候抬步就跑，刘高卓是完全有能力跑出去的，但是他把拐杖丢出去了，情急之下，手上习惯性地做了个挂拐的动作，脚下一空。

"扑通！"

刘高卓一头栽进水里，再想爬起来只觉得右脚踝钻心的痛。

糟了！崴脚了！

他想呼喊，却一口水呛到嘴里，险些背过气去。

这个时候，哪怕有一个人过来扶他一下也不至于出事儿，可偏偏平日里"忠心"的跟班跑得一个也不剩，更不用说那些早已跑光的工人们。

"刘班长！"严开明虽看不见具体情况，但是俯看涌水，也知道下面出事儿了，他急坏了，一咬牙就准备往下跳。

"严爷爷！"汪承宇这次可不松手了，他死命抱住严开明，身体就往后拖。

严开明力气很大，但毕竟老了，汪承宇的身体素质一直不错，任凭严开明怎么挣扎就是不松手。

"你松开我！下去救人！"严开明扯着脖子大喊。

"你别做无谓的牺牲！还记得老连长吗？"

严开明曾经讲给汪承宇的故事深深地印在他的脑海里，此时脱口而出。当年，老连长为了阻止战友们无谓的牺牲，用身躯挡住了战士们前仆后继的身体。

当年的铁道兵战士们太纯朴了，他们可以用自己的生命换取别人的生命，但汪承宇不能眼睁睁地看着严开明往坑里跳啊。

"快走！"汪承宇猛地一拖，把严开明拉离了危险之地。

严开明跟跄地走着，他望着那个通天洞，心急如焚。

地下涌水量很大，但并没有急到能把人冲走的那个地步，一个正常的健康人或许能跑掉，奈何刘高卓此时根本无力起身。

亿万富翁呀，随便砸出一点儿身家就够普通人生活一辈子，此时却狼狈地倒在泥水里，泥水从口中涌进涌出，冰凉刺骨的地下水正在急速冲刷着他的体温。

刘高卓苦笑一声，一辈子大风大浪都闯过来了，没想到就在这么个小阴沟里翻船了。

这次衬砌是破开了，可惜也准备要了他的命了。

刘高卓的眼前突然闪过很多事，为什么要坚持破开遗留在地底的管片？

或许因为那代表了华铁，如果不打通，自己这辈子跨不过心里那道坎，纸醉金迷的生活可以迷了眼，却洗不掉曾经负重前行的命运。

他是个兵，曾经是个兵，一个已经与战友们的意志背道而驰的兵。

选择赚钱发财不能说是错，但是如果有可能重选，他一定会和战友们站在一起，倒在心中的魔障前，死得其所吧。

他有遗憾，也知道，如果他死了，家里一定会被两个不成器的儿子闹得鸡犬不宁，用不了几年万贯家财就会被败光。

他也知道，这些已经和他没关系了。

地下涌水不算汹涌，但仍以目力可及的速度增长，眼见就要没膝。

汪承宇害怕出现问题，双手一直死死地拖着严开明，生怕他有什么想不开。

边控制着老严，边对身边的工作人员喊道："下面有人发生危险快报警，对了！打119！"

地下水混着污泥，浑浊的水面越涨越高，在消防车赶到之前，泛着白沫的污水已经控制不住地向那条违章隧道冲去。

地面"轰"的一声发生塌陷。

"刘班长——"

严开明老泪纵横，嘶吼一声，双膝不自觉地瘫软。

"扑通！"

他跪倒在地，埋头痛哭。

严开明看不见下面的情况，但是从声音上他知道，下面一定出事了，他的老战友，老班长以这样的方式埋在了下面。

消防车来了，他们并不是专业的施工人员，对着满是泥水的现场，一时间手足无措。

"搭绳子下去!"一位消防兵的排长下达了命令。

严开明的魂似乎一下子复活了,他连忙拉住那位排长的手说:"同志,我是隧道工程师,下面情况不明,你们不能下去。"

"那……"消防排长也不知所措,在年轻的消防兵眼里只有救人才是第一位的。

"我清楚,一定来不及了,由我们华铁组织人员吧,你们帮忙封锁一下现场。"汪承宇知道严爷爷情绪不稳,主动接过了现场指挥权。

"好。"

因为是危险地带,消防和警察共同拉了封锁线,刚控制好现场,一辆豪华宾利车急匆匆开来,车上的人一身名贵的西装,他看起来很焦急,但是却被警察挡在外面。

"我是志远集团的董事长,下面是我的副董,我的老战友!"

高志远急了。

"先排水!"

华铁的大批施工人员被紧急调来,他们携带着便携式大功率抽水机,很有经验地寻找抽水点,同时有效地做着排水工作。

"隧道的那一头怎么样?"高志远走近现场,也一下子明白了事态的可怕,连忙用电话调人,打算从另一头抢险。

华铁的人和志远集团的人还是第一次合作,没想到竟然是以这样的方式。

两辆大型水泥车赶到。

汪承宇见到严开明的意识清醒了不少,于是放心地开始指挥封堵,待水排得差不多,开始对漏洞处注浆。

塌陷区的水渐渐减少,志远集团的人在下面,华铁的人在上面,两拨人终于在更大的通天洞口相遇了。

因为下面压了人,不敢动用挖掘机,只好组织更多的人力开始挖掘。

"在这里!"

一只已经泡得发白的手露了出来,手腕上还戴着一只天价瑞士名表。

高志远不忍直视,扭过头去,突然发现一道犀利的目光打在他身上,四目相对，高志远的气势竟然弱了几分。

严开明三步并做两步走到高志远面前，质问道："下面非法施工你知不知道？"

高志远躲避着严开明凌厉的眼神，失去了平时的淡定，支吾着说："我……不知道。"

"你是董事长，下面都是你们的人，你怎么会不知道？"

"施工的具体事务都是刘高卓负责，我不插手的。"高志远并不承认。

"好，就算你不承认也没关系，你的良心过得去吗？"

"他有两个儿子，老婆还健在，我会尽义务照顾的。"高志远叹了一口气，却并不愿意面对这个现实。

"高志远！你不后悔吗？"严开明第一次这样质问对方。

从前，高志远当副连长的时候，严开明还只是一个新兵，他敢这样对待高志远，不论从哪个角度，高志远都不会忍。

"那你呢？你不后悔吗？那晚谭雅找不到，你为什么不上报？为什么要私自寻找？你搭上了白莎燕的命你知不知道？"

高志远嘶吼着。

严开明一下子怔住了，那段尘封往事曾经折磨他几十年，如今旧事重提，是为了告诉他，高志远没有忘记，他还一直视严开明为罪魁祸首。


# 98　默哀


天公似乎要故意映衬人的心情，阴沉的天空淅淅沥沥地下起了雨。

狼藉的现场正被一点点收拾干净，警车、救护车、消防车，各种灯闪耀着带有警示意味的光。

刘高卓的尸体蒙着雨布被送上救护车，事后的一切，等待更进一步的调查。

一周后。

调查已有了初步结果，事关志远集团，他们需要负全责，事后会有相关的处罚条款来惩治。

刘高卓的葬礼盛大隆重，符合他的身份。遗体告别仪式上，黑压压的人群一排接着一排，这位生前也算叱咤风云的人物，在近七十岁高龄的时候死在他最熟悉的施工项目上，而这个工程还是违章项目，不得不说是一种讽刺。

不管怎么说，死者为大，盖棺定论，他曾经是一位好班长，好的带头人，不论是华铁的老战友们，还是志远集团的高层，都对这位有魅力、敢于担当的老风枪队长保持着足够的尊敬。

严开明等人是在第三波向遗体告别仪式的时候见到这位曾经的老班长，他化过妆，安详地躺在水晶棺材里，像睡着了一样。

想到当天的现场，严开明落下了几滴老泪。

"走吧！人终有一死，他这辈子苦也吃了，福也享了，唯一遗憾的是最后一条隧道没打通。"徐复文拍了拍老友的肩膀。

严开明苦笑着转身离开灵堂，在墓园外长叹了一口气，

刘高卓的心里有个结，就是当初他离开华铁的时候，内心是不甘与痛苦的，但是当时的他既已做出选择，就必须与这种痛苦决裂。

他的后半辈子都在寻找一个信仰，试图用这个信仰来证明他离开华铁没有错，如果不是这个结，他也不会顽固地非要打通这条隧道不可。现在好了，连同他那条违章隧道也一并填埋了。

"我听说高志远不愿意承认，并对这起事故负责？"徐复文问。

严开明一下子收住了眼泪，脸一绷，说道："他会后悔的，这件事也一定成了他心底过不去的坎儿，人到老了，骗谁也骗不过自己的心。"

徐复文乐观地望了望天空说道："都这么大岁数了，什么坎不坎的，早晚都要经历那道迈不过去的坎，我现在就想在死前看到咱们的盾构事业产业化。"

提到这个，严开明一下子开朗了不少，他面色舒缓道："小汪那边一切顺利，你很快就会看到咱们自产的大盾构穿江了。"

"想起这个我就兴奋得睡不着觉。"

两位老人相互照应着向大门走去，突然一下子怔住了，一道佝偻的身影映入眼帘。

"丰班长！"

两人迈开急促的脚步，一左一右簇拥在丰班长两侧。

"班长，你怎么来了？"严开明关切地问。

丰班长咳嗽着，他的气色依旧很差，再加上难以掩饰的倦容，两人生怕丰班长会当场倒下，于是主动上去搀扶。

"不用扶我。"丰班长摆摆手，强喘一口气说，"我来看看老刘，一晃三十几年没见，想不到壮如牛的身体，竟然走在我前面了，本想着他会不会要求和战友们葬在一起，可是……唉，我真傻……"

丰班长这个絮絮叨叨的老人嘴里不停地念着。

是啊，看看这奢华的葬礼就知道，刘高卓走不回去了，即使他到死还心念着战友们。

丰班长翻着提包，里面的物品不多，他拿出一沓钞票塞到严开明手里，说道："这是给你们的，我一个老头子用不了国家发的这么多钱，还是给国家做点儿贡献吧。"

严开明本能地推辞，但见徐复文给他使了个眼色，他明白，这钱不能推辞。

这是丰班长的一点心愿。

在丰班长的包裹里，两人不小心瞥见里面有一张火车票，那是一张普通的软座票，这位老班长竟然一路坐着火车来的，按照那个距离，火车开到商州需要整整两天一夜。

他不辞辛苦，不远万里来到这里，一是为了向这位曾经的老战友告别，二是为了给大盾构捐款。

"老丰！"

记忆太久远了，对这位老班长，高志远的记忆是模糊的，但是他还是认出了对方。

高志远身后跟着一群人，大多数都是志远集团那边的老战友。他们有的认识丰班长，有的不认识，不过这并不影响他们对丰班长的敬仰，为牺牲的战友守陵十数载这不是一般人能做得到的。

严开明等华铁一波战友们在左边，高志远带着另一波战友们在右边，众星捧月般簇拥着丰班长。

众人陪着丰班长重新走入灵堂。

刘高卓的告别仪式非常冗长，丰班长到的时候还没有结束，这得以让他见到了久违的老战友，这位曾经做过他副手的副班长。

在众人的目光下，丰班长拖着不太灵便的腿脚，径直走到刘高卓的遗体前，缓缓地脱帽向老战友三鞠躬。

默哀。

在场众人本已冲淡了一些的情绪又凝聚起来，不知道是再次哀伤刘高卓的离去，还是为这位身体已经佝偻的老班长叹息。

默哀完毕，众人走出礼堂。

"老丰，就在商州多住些日子吧，你身体不好，我给你找大夫好好调养一下。"高志远很主动地示好。

"丰班长是我的老班长，我想还是让我们尽心意就好。"严开明看了一眼高志远，不管他的话有几分真，能够想到丰班长的身体不好，他还是投来了感激的目光。

"你们才赚多少钱，拖家带口的，还是我来吧。"高志远说。

就在两伙人争抢着要招待丰班长的时候，佝偻的身影已经走出很远了。

"丰班长！"严开明追了出去，他看着这个佝偻而坚强的身影，不禁又有鼻酸的冲动。

唉，老了，感慨也多了起来。

高志远也追了出来，他没作声，默默地看着丰班长。

丰班长一挥手道："我就是来看一眼，已经买了回程票，这就走，不耽误你们，你们都是大忙人，还能为国家发挥余热呢。"

"快！用我的车，再派一个人送丰班长。"高志远大手一挥。

志远集团，他是说一不二的，连忙有十几个人跃跃欲试。

宾利车开来了，可是丰班长不为所动，默默地站在公交站牌下，搞得高志远那帮人不敢上前硬拉。

严开明和徐复文等人的车也等在那里，一时间公交站附近竟然停靠了一排小轿车，高志远和严开明两帮人泾渭分明地站着，似乎连空气都紧张起来。

众人纷纷猜测，这样两伙人为什么要围着一个风烛残年的老头儿？难道是他们的老领导？

看着不像啊。

众人就那样围观着，而两伙人的站姿也是十分标准的。

丰班长没再说什么，但是他的倔强把众人排除在外。他是一个人来的，看了一眼老战友转身就走，这是他的执念，或许他更惦念那些在万里之遥安睡的老战友们。

许久，郊区的公交车才姗姗来迟。

公交车不得不绕开两排小轿车，缓缓驶入车站，慢慢地停了下来。

丰班长不是很利落地上了车。

严开明很想再唤一声，但是丰班长坚决的态度让他觉得即使唤这一声，对方也不会回头。

佝偻的身影就那样消失在众人的注目之下。

车缓缓地开了，卷走一缕烟尘。

# 99　国之重器

七个月后。

华隧智能的大盾构车间内，一台 14.5m 直径的大型盾构机成功地组装完毕。

华铁人喜出望外地看着这台自主研发的国产大盾构，它的下线意味着终于打破了国外的技术垄断，开了国产盾构产业化的先河。

"先河一号终于要面世了。"汪承宇很喜欢这个名字。

高薇难以掩饰欣喜，笑着说："最初的那台叫华铁一号，这台大家伙的确不该沿用华铁这个名号，不过命名'先河一号'，你就不怕有人说你拍季主任马屁呀。"

汪承宇看着身边的高薇，心有所感，从实习期开始，高薇就以超乎常人的毅力努力成长着，这其中虽说有老妈的功劳，可是她的进步超出了大家的想象，连汪承宇也始料未及。

不去继承亿万财富，却非要当女机械工程师，这份决心也是没谁了。

"谁爱说谁说，我就是想告知世人，这台大盾构是咱们中国自主研发的，是由我们盾构梦之队开创的先河，反正季主任也不会反对。"汪承宇乐呵呵地说。

"如果郑河的河底隧道成功洞穿，那么我们这些人就会更忙了。"高薇很有前瞻性地说。

"谁让你选了这条路呢？任重而道远，这一辈子够你忙的。"

高薇很坚决地说："值！"

两人正聊着，张启源远远地跑过来："哎，你们还在这儿呢？快点换衣服，一会儿登台接受表彰，还有记者采访呢。"

两人相视一笑，向更衣室走去。

搭着大红布的台子上，背景是"先河一号"大盾构，名字处盖着大红布，而大盾构机也被挂上了大红花，仿佛一尊凯旋的铁将军，只不过这个大家伙还没出征呢。

舒然端着相机坐在下方的记者席位上，兴奋地望着眼前的一切，没想到这么快就造出来了，这可比国外的制造速度快上一倍还有余。

"先河一号"可采访的点太多了，除了第一台国产大盾构之外，还有它背后的艰辛历程，那些可是舒然第一时间采访到的宝贵资料。她相信随着报道越来越多，大盾构产业化一定会被大众所熟知，也会有越来越多的人知道自己的祖国有多么了不起，一定会为之而自豪的。

一身正装的汪承宇站在研发团队的正中央，因为先前连续不断的采访，他已经是一位小明星了，加上这届团队的颜值平均值很高，在"咔嚓咔嚓"的镁光灯下很上镜。

季先河起初是极力反对汪承宇的命名，虽然小汪百般解释，可这明显就有拍马屁的嫌疑呀。

还是汪建国、严开明等人的鼎力支持，这才勉为其难地答应。

对这台大盾构的下线，季先河还是满意的，时间短、任务重，这些年轻人吃住都在厂里，边研究、边设计、边制造，那份辛苦可想而知。

不过结果是好的，他们发扬华铁人不怕苦的精神，连续攻关，仅用了七个月就制造出了第一台大盾构，有了这次经验还会有第二台、第三台，随着技术越来越成熟，盾构机批量生产，价格会大幅度下降。

即使现在，季先河也有信心，国产大盾构的时代到来了。

"先河一号"出厂典礼暨国产第一台大型盾构机新闻发布会准时开始，欣喜的华铁人敲锣打鼓，燃放了两挂鞭炮，用传统的方式庆祝着这次成功。

季先河、严开明、汪建国、谭雅……

从先辈到后辈陆续登上领奖台。

季先河用他深沉的声音对着麦克风讲道："今天是一个值得庆祝的日子，国产第一台大型盾构机'先河一号'正式下线，即将开始它的征程，它的下线标志着我们成功打破了国外的技术垄断，标志着我们国家大盾构产业化的先河！"

台下一片掌声。

"大家都知道，这一单是我们华铁从路德公司抢来的，大家知道路德公司曾经的报价是多少吗？"

季先河用手指比画了一个"七"的手势，顿了顿说道："七个亿呀！咱们的人去求，可是人家咬死不降价，不降价怎么办？咱们自己搞，如今这台大盾构连研发费用算在内总计不超过 1.7 亿，比预计还要少，随着我们技术手段的进一步成熟，像这样一台大盾构，我们有望把价格控制在 5000 万以下……"

强大的数字对比，引起了一阵镁光灯的闪烁，记者们兴奋地记下数据，这是足以令国人为之骄傲的工程，将来是可以拍纪录片载入史册的。

"我们华铁有着光荣的传承，如今的我们会把这份传承继续下去！"

季先河越说越亢奋，就在大家"哗啦哗啦"鼓掌的时候，工厂大门外一阵喧哗。

所有人都很好奇，谁会堵着厂区大门闹事呢？

记者们都是"好事之徒"，有热闹看哪还有不去之理？纷纷提着"长枪短炮"向大门外跑去，生怕晚一步新闻就被别家抢先了。

门前停着两辆豪车，有几位穿着笔挺的人，他们正在与保安理论。

因为今天有大批记者在，保安以没有上级指示为由拒绝他们入内，不过他们也猜测着这些人的身份。

这些是什么人？

记者们显然不会装备这样的豪车，有眼尖的马上认出这是本地有名的地产商、志远集团的董事长的座驾。

"好事之徒"们开始纷纷窃窃私语，听说高志远与老华铁的一些人不对付，难道是来捣乱的？不应该呀。

不一会儿，华铁的高层领导走了过来，带头的是汪建国，他正要上前，就见到已是一头白发的高志远从豪华宾利车里慢慢走出来。

两人的目光对上，汪建国发现高志远从前眼神里敌视的目光不见了，不知道是因为什么，他的身影显得愈发衰老。

高志远穿着一身名贵的商务西装，他提着手杖慢慢踱到汪建国面前。

"十几年了，那些宿怨也该释然了吧。"高志远提前开口道。

汪建国笑了两声，说道："释然当然是好事，不过那是私事，今天高总如此高调地堵我们的大门是什么意思啊？"

高志远双手扶杖，深吸一口气，望着大门内广场的台子，叹道："我的独生女正在为你们工作，说实话，我这个当爸爸的没尽到心，一晃已经两代人了，我想为自己的心愿做点什么，今天是个好日子。"

汪建国听得不太清楚，但是知道对方没有敌意，只不过在说出来意之前，他还得进一步确定，于是静静听着，没有作声。

"我这里有一笔私人捐款，想设立一个奖励基金，鼓励更多有才华的年轻人加入你们，没有任何附加条件，还希望你们能接受。"

说着，高志远竟然不顾愈发老迈的身躯，一个躬鞠了下去。

汪建国一愣，没想到志远集团那边的人竟然齐刷刷地向他躬身行礼。

思索再三，汪建国上前将高志远扶起道："这我得和各位领导们商量商量，高总里面请吧。"

大门打开了。

高志远有日子没见女儿了，如今在这种场合，台下与女儿见面，他发现女儿身上那份纯然的自信已无可挑剔。

"到底是老铁道兵的种，身上不可避免地沾上了老铁的风采。"

高志远自言自语地嘀咕着，眼前竟闪过了一片泪花。

今天的发布会上多了一个项目，高志远以个人名义向华铁盾构实验室捐赠了一笔高达 2 亿元的奖励基金，用于对越来越多加入研发团队年轻人的奖励，有了这笔奖励金，科研人员的生活水平将进一步提高。

不过华铁自然也有打算，今后盾构机销售所产生的利润将有一部分也像今天这样设立基金，用作对科研人员的奖励，不能让宝贵的人才白白流失掉。

发布会结束，高薇跑到高志远身边，愈发成熟的高薇居然破天荒地扭捏了起来。

"女儿呀，老爸心疼你呀。"高志远怜爱地看着女儿，又看了看站在她身后的汪承宇，成熟的男人果然耐看，高志远年轻的时候就玉树临风，和汪承宇一比，觉得这小子胜过当年的自己。

"老爸，今天你太高调了。"

高志远干笑两声说道："不这样我怕你不理我这个老爸，当然捐款是实心实意的，不然为什么以个人名义呢？"

"放心吧老爸，我已经适应了这里的工作环境，你家的姑娘要誓做盾构梦之队的第一位女性，你要有信心哦。"

高志远点点头，看了看汪承宇，又对女儿说道："你们两个……"

两人的脸上同时晕染上一抹绯红，高薇不好意思地低下头，默不作声。

"哦，承宇你是个男人，总该说句话吧。"

汪承宇站了出来说："我和高薇经历了考验，如今也该有个结果了。"

高志远只是点点头，没什么表态。

汪承宇笑着说："要不……我约下家长？"

高志远干笑两声："你这个臭小子……"

高薇幸福地微笑着，他们的爱情吧，说来也没有那样，但一样很不容易，如果不是双方心里都有对方……

不行，不能把幸福全都建立在感情之上。

刚刚还幻想美好的高薇突然又无比清醒，在她的脑子里已经盘算着从婚前到婚后的一系列计划，一定要确保幸福的主动权牢牢地掌握在自己的手中……

小汪同志还不知道自己已经被准媳妇儿算计在心里了，还在傻呵呵地笑，他是真幸福啊。

高志远望着这座四层楼高的大型机械，不禁感叹道："我终于知道这个傻丫头为什么要选这条路了，这才是当之无愧的大国重器！"

# 100  在一起

"先河一号"的开工仪式搞得异常盛大，华铁奢侈了一把，红布都不知道扯了多少米，现场到处披红挂彩。

一阵鞭炮声过，现场围观的人群人声鼎沸，他们由衷地为第一台国产大盾构的开工而自豪，为华铁自豪！

经过两个月的紧张施工，这台总重接近四千吨的庞然大物终于被安装在施工现场。

"呦，那就是咱们的大盾构呀，可真威风。"

参观团里不仅仅有在职人员，好多退休的员工也纷纷前来庆贺，这些老华铁人也是付出过青春和热血的。

郑大姐本是满头花白，今天特意染了满头的乌黑，甩起来颇有几分秀发的感觉，她挺起胸膛说："那是，咱们实验室就是干这个的，别看姐现在退休了，姐可是时刻关注实验室发展的，我跟你们说啊，咱们的小汪总工……"

"咱们家还有个侄女，也不知道小汪总工看不看得上。"郑大姐滔滔不绝地说着，好像她已经和汪家联姻了一样。

陆大姐一副鄙视的表情，说道："人家小汪已经有对象了。"

"啥？小汪总工有对象啦？"郑大姐一脸迷茫。

"说出来吓死你，知道人家对象是谁吗？"陆大姐说。

郑大姐连忙摇摇头，一双眼死盯着对方等待着答案，要是说出来的名字不是那么吓人，那她也不是可是随意被人奚落的。

"志远集团的大小姐，高志远的亲生女儿，几十亿财产的继承人高薇。"

"高薇？后来的？"郑大姐常年忙于家务，显然对后来实验室里的事不甚了解。

陆大姐一副自得的模样，仿佛在炫耀懂得比郑大姐多。

"哟，聊什么呢？"谭雅终于听不下去了，如此喧哗的现场，她俩尖厉的嗓音硬是透过上面人制造出来的杂音，清晰地渗入谭雅的耳朵里。

"哎……"两位大姐从前就打怵谭雅，都不好意思地干笑两声。

"高薇呢，是我的学生，我正式把她收入门墙下了，至于将来会不会是我的儿媳，这种事连我这当妈的都管不了，你们也就不要再掺和了。"说罢谭雅露出一个十分迷人的微笑转身离开。

"哼！就你家儿子宝贝……"

盾构机施工最关键的两个环节，一个是入土，一个是破土，尽管做了充分的准备，但是现场的施工人员仍然十分紧张。

耿家辉自从被汪承宇批评过设计死脑筋之后，一直思考自己到底适合干点什么，思前想后，决定转行搞施工。

作为现场工程师，他此刻比谁都紧张。

"耿老师。"

高薇戴着安全帽，穿着一身工作服，蹦蹦跳跳地避开施工现场的障碍物，笑嘻嘻地直奔对方而去。

"你……"耿家辉嘴笨的毛病还没改。

"祝你成功，一定行的。"高薇握紧双拳。

"你特意来的？"耿家辉很惊讶。

"当然。"

"那……那家伙……"耿家辉四处张望试图找到那家伙的身影。

"这是我自己的意愿，我没有施工经验，特意申请到现场实习三个月，今后要拜托耿老师啦。"

"啊？呃……好！"

耿家辉的喉咙发紧，快要说不出话来。

"现场的人都在看着呢，咱们开始吧。"

盾构机巨大的刀盘正面，依着纹理绘制成巨大的花朵画面，煞是好看。

在成百上千人的注视下，架设好的盾构机开始缓缓转动，以液压为推力，这个上千吨的大家伙开始缓缓移动。

在刀盘抵达掌子面的时候，周围发起一阵欢呼。

两百多个昼夜的辛苦没有白费，高薇不知道从什么时候开始，自己已经很久没有这样激动过了，看着这个大家伙的开工，一切都值了。

他们的总设计师这个时候在想什么呢？总设计师呢？

高薇猛然发觉，现场并没有看到汪承宇的身影，这么重要的时刻他这个总设计师跑到哪里去了呢？

突然一阵鞭炮声响起，随后一捆捆礼炮点燃，在烟花的烘托下，现场的气氛被推向高潮。

工地现场的扩音器响起《铁道兵志在四方》这首歌。在雄壮的歌声下，不少老铁道兵退休员工不禁跟着唱起来，眼角的泪花儿吹散在风中。

就在大家沉浸在追忆过去的荣光和向往美好的未来之时，扩音器里突然响起一道能够撕裂人耳朵的歌声。大家都有点懵。

世界上竟然还有这么难听的歌声，这是野兽来了吗？

"汪承宇？"高薇确定以及肯定，这种破锣嗓子只有汪承宇配拥有，也只有听到这破锣嗓子唱出来的歌，才会确定老天是公平的，否则真的会以为这家伙是逆天生长的。

唱歌的人是确定的，唯一不确定的是谁给他的胆子居然敢在这种时候公然唱歌？

仔细听，那首歌还是非常有辨识度的。

"如果你疲倦了外面的风风雨雨，就留在我身边做我老婆好不好，我一定会承受你偶尔的小脾气……"

难道他这是给自己唱的？高薇的心跳在加速。

仔细辨识着咬字还算清晰的歌词，她终于忍不住笑出了声。

"喂喂，高薇，我想对你说，这首歌是献给你的，当然这是在排练，但是我想，假如……假如你听到我的表白还会不会再回到我的身边？会不会接受我的求婚？我这个人又帅又有才，性格开朗，歌儿还唱得这么好，我想你不嫁就是你的损失……"

"喂……关了。"

"什么关了？"

"麦克开着呢！"

"啥时候……妈呀！"

汪承宇最近一直都在练歌，刚刚就在播音室里内部播放呢，哪晓得被张启源使了坏，竟然把声音放了出去。

"死了死了……死定了……"

汪承宇仓皇而逃。七拐八弯地上了楼梯，想找个地方先避一避，哪知一到地面，迎面撞上堵截在这里多时的高薇。

小高总身边的粉丝团人数不少，还不待高薇开口，就有人起哄道："向高薇求婚哟，有没有准备求婚礼物呀。"

"就是呀，汪大高工不会寒酸到戒指都买不起吧。"

汪承宇被几十双眼睛直勾勾地盯着，左右为难无处脱身，心中只恨张启源那个损友，说好的用播音室的音响练一练，哪晓得竟然被人做了手脚，那家伙跑哪儿去了，如果抓住他一定要撕碎他。

报复行动是以后的事，眼下这关眼看过不去喽。

簇拥着高薇的青年男女们好一阵起哄，臊得连汪承宇这种脸皮可以当城墙用的人也支撑不住了。他一咬牙，心一横，上前一步来到高薇面前。

高薇面色绯红，心如小鹿乱撞般，有一种退无可退，却还很期待发生什么的感觉。说白了，这家伙算不得温柔，但是很贴心，如果他真的做了什么？自己要答应吗？

高薇正胡思乱想着，只见汪承宇忽地单膝跪地，还不待她作反应，便从口袋里掏出一个戒指盒。

"吧嗒"，戒指盒打开了，露出一枚亮晶晶的钻戒，钻石虽不算大，却也闪着夺目的光。

"嫁给我吧！"

"哇！"周边一阵感叹声，原来汪总工真的早有准备啊。

"怎么办？怎么办？"高薇感觉心慌得让她难以呼吸。

"在一起！在一起！在一起……"

刚才调侃起哄汪承宇的一群人开始起哄，这下轮到高薇下不来台了。

"扑哧，"高薇突然莞尔一笑，抿着嘴故意看天空，状似勉为其难地说："你呢……还算不错，只不过以后在家里不许唱歌儿。"

"收到！"汪承宇兴奋地把戒指递到高薇面前。

晶晶亮的戒指戴在手指上，那是一种对爱情的契约，接纳了这份情也就寓意着两人将一起走过相依相偎的日子。

望着一脸欣喜的汪承宇，高薇沉默了，过去自己曾经讨厌他的浮夸，现在似乎也不那么在意了。因为她懂得了，相爱就是默默在心底记下对方的好，相爱就是要和对方一起成长……

# 101　走向世界

五年后，莫斯科。

这座史诗般的城市始终有一种如同蒙上了面纱般的魅力，它的神秘和它的美丽吸引着世界各地恋上东欧独特风景的人们，在这座曾经抗击法西斯前沿的英雄城市，它的地铁系统曾发挥过巨大的作用。

庞大的地下系统可供 400 万人同时避难，兼顾着城市交通和城防的双重要求，第二次世界大战期间，莫斯科的地铁系统曾发挥过重大作用。同时它还是世界上最具艺术感的地下设施，每座车站都由国内著名建筑设计师设计，格局不同，风格迥异，一座座诸如"普希金""契诃夫""屠格涅夫"等充满诗意命名的车站，一座座富丽堂皇如地下宫殿般的艺术殿堂。

七十年前，曾经有一批苏联老专家来北京援建了中国第一条地铁，七十年后，一批来自古老东方国度的工程师及施工人员齐聚莫斯科，他们怀着欣喜和憧憬等待着从遥远的中国运来的最后一台盾构机。

临时搭建的工人宿舍内，汪承宇对着镜子张大了嘴，努力看着自己小舌头的震颤，怪异的卷舌声从他的口中传出。为了工作，他曾学过英语、德语，如今又要来练习这绕嘴的俄语，真不是一般的痛苦。

门推开了，带来一股凉风。张启源搓着手，带着呵气进了屋。

"莫斯科真冷啊。"

汪承宇没有回应，从喉间努力发出一连串的颤音。

张启源脱下带着冷意的外套，笑着说："你别练了，我都练了一年了也没成功，他们的发声天杀的鬼才能练出来。"

"咳咳……"汪承宇喉咙发痒，干咳了两声道，"那是你，我可是天才，集帅气的外表和天才的智慧于一身，拥有无限魅力，我要用最为纯正的嗓音让来自遥远北国的美女在她们的土地上为我倾倒。"

张启源冷眼一瞥，拿出手机笑道："我可录下来了啊，手一松，高薇可就收到你刚才说的话了。"

汪承宇立马软下来了："别呀，那也太不够意思啦，咱们可是异父异母的亲兄弟啊。"

张启源很满意对方这种表现，笑着说："看你的表现。"

汪承宇神秘兮兮地说："我还有两瓶老干妈，怎么样？匀你一瓶。"

张启源放下手机，满意地说："这还差不多。"

打趣过后，汪承宇又照着镜子张了张嘴，然后纳闷道："你说俄国人发音怎么就那么怪呢？好好说话就那么难吗？"

张启源笑道："地方特色呗，不过季主任可说了，这一次咱们代表华铁出国，绝不能堕了中国人的威风，晚上咱们聚餐，把老伊万请来，这次我找了几个好手，就不信拼不过他们。你说俄国人咋就那么爱喝酒呢？"

汪承宇看着窗外，又飘雪了，他似自语般道："冷呗。"

"一方水土养一方人，北国的独特地理位置造就了他们独特的性格，初来的时候不是还瞧不起咱们吗？现在怎么样？'玛利亚'（盾构机的名字）的破土动工让他们刮目相看了吧。"

张启源自豪地说："是啊，走出国门没什么，问题就是咱们是站在'老师傅'的土地上，北京第一条地铁还是苏联专家援建的，用的是开膛破肚的明挖法，如今也有求到咱们的时候，一想到这我就热血沸腾。"

汪承宇表示赞同："咱们的东西又好又便宜，性价比比他们自己造还要高，最重要的是咱们的东西能在低温环境下启动，全世界独此一家。不买咱们的买谁的？虽说是一笔交易，说到底还是咱们的家伙好使，让他不买都不行。"

张启源也乐了："是啊是啊，还记得当年的路德公司吗？"

"嗯。"汪承宇怎么会忘，他有时还在想会不会再遇到鲍尔那个德国老头儿呢，要是让他知道如今华铁把地铁修到莫斯科，会是什么表情呢？

"当年的路德公司就是不肯降价，把主管规划的主任都给气病了，若是他们当初肯现实一点放下架子，咱们今天的发展说不定还得慢上几年。"

汪承宇没有否认，点点头说："有一定道理吧，不过咱们的发展也不一定就会慢，没了他这盘黄花菜，咱们还不过年了吗？"

"对了，高层有消息传出来了。"

汪承宇的父亲自从退休后，便和夫人满世界溜达，似乎想把过去浪费掉的时光全都补偿回来。

一门心思钻研技术的汪承宇越来越少听到什么小道消息了。

"什么消息？"

八卦之心，人皆有之。汪承宇竖起耳朵，洗耳恭听。

张启源神秘兮兮地说："咱们要收购路德公司。"

"什么？"汪承宇瞪大了眼睛，也没心思练小舌头了，转眼望着张启源，你从哪儿听到的消息？

"和高薇一批的那些人里，有人不是调到行政去了嘛。"张启源说。

"哦。"汪承宇没觉得哪里意外，不是什么人都一定适合科研第一线的，如今的华隧智能，在实验室的加持下，技术手段日新月异，不仅制造出了能轻松在零下 25 摄氏度开工的盾构机，还在向智能化方向发展。

至于带常压舱的盾构机早已服役多年，技术手段越来越成熟，广泛应用于压力较大的地层、海底隧道等大型工程。

"我记得老鲍鱼当年信誓旦旦地说咱们超过他们得用一百年，这才几年不到就沦为卖厂子的地步了。"

"是融资。"汪承宇很严谨地纠正着张启源的说法。

"管它是什么呢，可惜老鲍鱼退休了，不然再看看他今天的表情得多有趣。"

"别那么说，鲍尔是一位值得尊敬的对手，没有他，咱们哪能这么快就自强起来？况且路德公司的很多技术也是值得咱们学习的。"

"好好好，就你大度。"看着一本正经的汪承宇，张启源只觉得讨了个没趣，这时他的手机"叮咚"一声响起来了。

张启源一乐，笑道："媳妇儿来电话了。"张启源没有辜负多年来的努力，终于如愿以偿地把严思颜追到手，两人整日如胶似漆的。

打开微信，张启源吓了一大跳，倒吸一口冷气，自语道："完了完了。"

"怎么啦？"汪承宇不以为意地问。

"我把刚才的录音不小心发出去了。"

汪承宇大骇，抱着一丝侥幸问道："发给谁了？"

"还能有谁？你家高薇。"

"完了！"汪承宇欲哭无泪。

张启源打开免提，语音信息里传来高薇颇有压迫感的声音："三天不打上房揭瓦是吧，张启源你告诉他，他要是敢向俄罗斯姑娘抛一个媚眼，回家就等着跪搓衣板吧。"

"得嘞。"张启源带着同情的表情看着多年的好友。

汪承宇攥着拳，一脸痛不欲生的表情，哭丧着脸道："果然，这个世界上不怕神一样的对手，只怕猪一样的队友，我饶不了你……"

"啊……呀！松手……"

已经到了油腻年龄的两个大男人像孩子一样扭打在了一起。

两天后，用俄罗斯喜剧《爸爸的女儿们》命名的最后一台盾构机"叶甫盖宁"号运抵莫斯科。至此，与俄方签订协议中的五台盾构机全部到位，中国基建的旗帜插到了古老的莫斯科，大国基建走向世界的同时，打响了中国盾构的品牌。

华铁、中交等大型建筑企业打响了自己的名头。

"请问汪总工，之前在《俄罗斯报》有报道称'中国人的地铁建设效率全球闻名'，请问这是他们选择我们的原因吗？"

尽管不是第一次面对镜头，只不过这一次镜头前的汪承宇还是略显腼腆，因为同船随行采访的人是舒然，时间过得真快，当年的小记者如今成长为大 V 了，这是个自媒体的时代，早期的网络记者纷纷转行做起了自己的大 V 号，而舒然的关注点依旧在中国装备制造的发展方面，甚至多部央视纪录片也引用过她的采访报道资料。

"只能说是原因之一吧，这些年我国在盾构机领域得到了长足发展，这也是外国青睐我们的主要原因，不只是俄罗斯，还有相当多的一部分国家向我们求购盾构机，而我们的服务也让对方相当满意。"

舒然的镜头下，记录了在这个雪的国度中国工人的精神风貌，同时也标志着我国的隧道工程已然走出国门，走向了海外。洋洋洒洒的采访结束了，不少人都留下了影像，他们纷纷向家乡人表达了自己的思念。

"让我尽一下地主之谊吧。"汪承宇有些不好意思地说。

舒然一边收起设备，一边示意身边的一位身材高大的帮手说："我和我的男朋友要单独享受莫斯科的浪漫。"

"结婚啦?"

"还没。"舒然笑着说，"不过很快了，没想到，从那次招标会开始，我竟然见证了一个时代的发展。"

汪承宇笑了笑，很是感怀地说："祝你们在莫斯科玩得愉快。"

"下次希望你还能给我更大的惊喜。"舒然说着伸出手。

握过手后，目送着舒然和她的男友越走越远，不由得感叹时间真是神奇，不过咱们得加油啦，更远的征程还在等着华铁人一起去踏足呢!

2020 年 9 月 27 日，国产最大直径盾构机在长沙下线，直径 16.07 米。

两天后，9 月 29 日，具有里程碑意义的自主研制的第 1000 台盾构机正式下线。

十二年间，国产盾构机从小到大，从零到一千，打破了国外的技术和市场垄断，拉低了同类产品价格的 40%。

前进的路没有止境，带传感器能够自动探测前方地质的智能盾构机已经出现，用于城市下水管道的超小型盾构机技术业已成熟。未来，更加智能、功能全面的盾构机将不断被研发生产。

大国重器，享誉世界。